整体感觉比較
像是猶太教的传教書.
涉及的一些爭議：
权利 vs 義務
自由 vs 秩序
B— 寬刑 vs 嚴刑
均等 vs 階序.
公義 vs 私利
都以非常人道精神在
處理的大会上提出.
其書名取名 利伯恩州
光明之城. 是推銷書
故意誤導讀者的興趣.
对專刊的了解 讀完全書
依然模糊

第七章 份如西方
左如高吉弘之争
其則但日好叔弓

A - 62 point
在熟析 Judaism
and christranig
之區別重改

B+ 更隨著之後著 (第八章) 另有对 mongolia 入侵凌辱降的過程等

OPEN是一種人本的寬厚。

OPEN是一種自由的開闊。

OPEN是一種平等的容納。

此書大半是偏太人立向的海上斯商之族的過程等

以及猶太人於異教之間的抑壓紀述.

大大美歐等一明代 由 歐訓五之海上留易

至於有周邦州(刺桐)的描述, 這指第4章

同始到結 描述也是以猶太人的生活

及主 而非為的小個人

引同客一些之述成

但时刺桐的描述(另方面)媒程.

一些地方多多之名 同愁到澤

但有些了可代出却表露案的

此書之豈貴之處   都中提出猶太
此處於   教信仰試把
沒有別的書   其他信仰的言
的討   論.

邦州
= Sodom
鄒密之成

猶.邦州三败德惡行   否
人氏之無記永身根, 於色當看

都中提出猶太
教信仰試把
其他信仰的言
論.

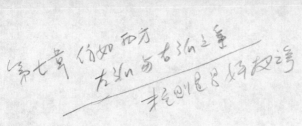

OPEN 1/20

光明之城

作　　者　雅各・德安科納
英 譯 者　大衛・塞爾本
譯　　者　楊民　程鋼　劉國忠　程薇
審　　校　李學勤
責任編輯　湯皓全
美術設計　謝富智
出 版 者
印 刷 所　臺灣商務印書館股份有限公司
地址：臺北市 10036 重慶南路 1 段 37 號
電話：(02)23116118 ・ 23115538
傳眞：(02)23710274 ・ 23701091
讀者服務專線：080056196
郵政劃撥：0000165 — 1 號
E-mail：cptw@ms12.hinet.net
出版事業登記證：局版北市業字第 993 號

初版一刷　2000 年 6 月

定價新臺幣 450 元
ISBN　957-05-1656-9（平裝）／ 96340000

OPEN 1/20

The City of Light
光明之城
一個猶太人在刺桐的見聞錄

雅各・德安科納
Jacob D'Ancona/著
大衛・賽爾本
David Selbourne/英文編譯
楊民 程鋼 劉國忠 程薇/譯
李學勤/審校

臺灣商務印書館 發行

目次

導讀　李學勤　001
中譯本序一　陳高華　007
中譯本序二　王連茂　011
英譯本提要　015
英譯本譯者鳴謝　017
第一章　引言　019
第二章　這是在一二七〇年……　033
第三章　海上得救　095

第四章 無比繁華的貿易城市 149
第五章 黑暗之中，光明之中 193
第六章 在學者中間 239
第七章 自由的法則 277
第八章 我說出上帝的眞理 325
第九章 魔鬼 371
第十章 死亡之雲 403
第十一章 好的結局 461
第十二章 尾聲 483
猶太曆月名表 493

495 雅各的語言
505 中外人名對照表
519 中外地名對照表
531 中文譯者後記

導讀

李學勤

這篇文字按說不應由我來寫。文中要向大家介紹的英國新書*The City of Light*，所涉及的內容和我的專業範圍相去甚遠。不過，這本書問世未久，已經喧傳於國際漢學界。幸有倫敦大學友人惠助，我能夠及早讀到，覺得有必要為國內學術界傳遞一下有關的信息。

我說的這本書，標題為《光明之城》，署名原作者是雅各・德安科納，編譯者大衛・塞爾本，李脫・布朗出版社於一九九七年秋出版(*The City of Light*, by Jacob d'Ancona, translated and edited by David Selbouone, Little, Brown and Co., 1997)。書的封面上說：「在馬可・波羅之前，一位意大利猶太商人冒險遠航東方，他的目的地是一座中國都市，稱作光明之城。」據稱這位商人兼學者雅各・德安科納的旅行，年代為一二七〇年至一二七三年。他在一二七一年，即南宋度宗咸淳七年，到達光明之城，即我國泉州。因此，《光明之城》這本書，乃是比《馬可・波羅遊記》更早的歐洲人訪問中國的遊記。

編譯者大衛・塞爾本是有許多作品的學者，生於倫敦，從小學習希臘文、拉丁文，在牛津大學攻讀法學，成績優異。他曾在美國芝加哥大學和印度新德里「發展中社會研究中心」工作，並於牛津的拉斯金學院任教達二十年，現居於意大利中部的古城烏爾比諾(Urbino)。烏爾比諾離安科納(Ancona)很近，都屬於意大利的馬爾凱大區。安科納是亞得利亞海濱的一處良港，建於公元前四世紀，有許多古跡。《光明之城》作者雅各・德安科納，名字的意思就是安科納的雅各。

塞爾本在書裡詳細敘述了他接觸《光明之城》寫本原件的經過。據說，他是在一九九〇年，從一個造訪他在烏爾比諾的家的客人那裡，初次獲知這一寫本的存在的。那年十二月，他在馬爾凱大區某地的藏家手裡，見到了這部寫本。此後，塞爾本用了幾個月的時間，說服藏家，允許他在藏家本人監督下檢視和試讀。直到一九九一年九月，經過長時間討論與公布寫本有關的種種問題之後，塞爾本終能在藏家的房子裡仔細研譯這部寫本。

塞爾本對藏家的姓名和地址諱莫如深。他說，這是出於藏家和他的約定，因此寫本的來源和所有權都不清楚。書中沒有寫本的照片，也沒有完整成段的原文。

寫本是什麼樣子呢？據塞爾本描述，是用一幅十七世紀的絲綢包裹的，綢子上繡有華麗的藍色和粉色的花串。寫本本身是紙的，頁高二五・五釐米，寬一九・五釐米，一共有二百八十頁，裝有已經摺皺褪色的皮面。紙質良好，絕大部分是雙面書寫，每頁平均四十七行。字跡小而清晰，一般為連寫斜體。有不少改削和頁邊批注，有的與本文為不同人的手筆。

這部寫本既無標題，也不分篇章，譯文中的題目都是後加的。原本所用語言是中世紀意大利方言，主要是托斯卡那語，受到多種語言影響。塞爾本在書末附有一篇研究性文章〈雅各的語言〉，比較專門，這裡便不介紹了。值得說的是，寫本裡有不少處希伯來文，係由熟手書寫，還有若干拉丁文，以及零星的希臘文與阿拉伯文。塞爾本說，他傾向於認為這是雅各本人生前的稿本，寫於雅各七十來歲，即一二九〇年後不久。

寫本如何傳流下來，不能完全知道。塞爾本提到，在寫本末一頁下面，有用另一筆跡、另一墨水寫的人名「蓋奧・波納尤蒂」，這是猶太人的名字。據考有個叫這樣名字的人，一四三〇年以前在安科納與人合辦銀行，一四三三年又和別的猶太人在烏爾比諾開設銀行。雅各在寫本裡曾講到一些姓「波納尤塔」或「波納尤多」的親戚，估計和「波納尤蒂」只是不同的拼寫法。

這一點可能與塞爾本聽到的說法有關：寫本係由當地一個猶太人家族「世代祕藏」，然後才轉到現在的藏家手中。這個藏家並不是猶太人。

關於《光明之城》寫本為什麼長期祕藏，是沒有人知道的問題，塞爾本以為是由於寫本的宗教內涵。書裡有很多地方，站在猶太教的立場上，對基督教有所非議，這在中世紀基督教居統治地位的情況下，是非常危險的。一五五三年，烏爾比諾發生過焚書的嚴重事件。這部寫本被猶太人家族隱蔽起來，祕不示人，大約就出於這樣的原因。

塞爾本認為寫本的翻譯相當困難。即以作者自己的名字「雅各」而論，原文就有 Iacob、Iacobbe、Giacobbe 等拼寫法。特別是書中論述中國，有好多人名、地名、職官名，比如歷史人物可辨知的，有黃帝、皋陶、漢武帝、司馬遷、王莽、漢明帝，還有老子、孔子、曾子、孟子、楊朱、韓非、杜甫、李白、王安石、朱熹、陳亮等，辨識不出的還有許多。

比《馬可・波羅行紀》更早的歐人來華遊記，當然是十分引人注意的。《光明之城》的出現，無疑會導致一系列的爭論。

大家知道，《馬可・波羅行紀》雖傳世已久，但一直是爭論的焦點。一九九五年，英國不列顛圖書館的吳芳思博士新著《馬可・波羅到過中國嗎？》一書，一九九七年南開大學楊志玖先生在天津《今晚報》以同題著文反駁（收入《博導晚談錄》，天津人民出版社，一九九八年)，看來爭論還會繼續下去。對於《光明之城》自然會有不同看法，包括書的真偽。

在國際漢學的歷史上，確實有過偽書出現。一個有名的例子是喬治·撒瑪納札的《台灣史地紀實》(*George Psalmanaazar, An Historical and Geographical Description of Formosa*)。此書有薛絢中譯本，名《福爾摩啥》。假名撒瑪納札的作者出生法國，一七〇四年(清康熙四十三年)在英國出版此書，隨即有法文、荷蘭文譯本行世，風行一時。實際上，作者根本不曾涉足東方，書中所述全係揑造，對此他在晚年的回憶錄裡承認不諱。

由於沒有看見《光明之城》寫本的原件或者照片，談不到對寫本進行什麼鑑定。不過對於書中敘述的歷史事跡，還是可以核對研究的。例如，塞爾本指出，雅各在泉州與當地長者交談時講過「近來降臨我們的地震」，可能是安科納一二六九年發生的破壞性地震，正在雅各啟程的前一年。

塞爾本寫過一本《中國一瞥》(*An Eye to China*)，《光明之城》則使他的名字傳播於國際漢學界。至於書中關於宋末中國的記述有怎樣的價值，這方面的專家應該是能夠下一判斷的。這本書厚達三百九十二頁，詳細討論恐怕只有等到大家細讀以後了。

以上的介紹文字，我寫於一九九八年初夏，曾發表在《中華讀書報》上。後來，蒙南開大學楊志玖先生示知，《泉州晚報》海外版在一九九七年底對《光明之城》已有報導，天津《今晚報》一九九八年一月還刊登了秋凌〈他比馬可·波羅早到中國?〉一文，所以我並不是在國內首先談到這本書的。

《中華讀書報》的小文幸能獲得許多友人注意。由於報上講我「已著手翻譯該書」，更引起出版界的關切，使我欲罷不能。經我提議，清華大學國際漢學研究所約請了人文社會科學學院楊民、程鋼、劉國忠三位先生，以及程薇女士，開始了《光明之城》的中譯工作。

翻譯所用底本，是李脱·布朗公司一九九七年的精裝本。全書包括註釋都已譯出，將以地名為主的「詞表」與「人名表」換成「中外人名對照表」、「中外地名對照表」。一九九八年，李脱·布朗公司的分支機構阿巴庫斯(Abacus)出版社印行了《光明之城》的簡裝本，增加「簡裝本後記」，註釋僅略有改動，譯者也作了參考。

今年二月末，大衛·塞爾本先生來訪泉州，參加關於《光明之城》的學術研討會。承泉州海外交通史博物館惠助，楊民先生專程去同他晤面。後來，塞爾本先生指出，底本中有個別錯字，刪去了一些註釋，並要求不譯「簡裝本後記」，譯者都已照辦。

譯出這部書，首先是為了供國內讀者研究鑑別。前面已經説過，《光明之城》在英國一出版，就引發了真偽的論爭。據我所知，最早一篇質疑的評論，是倫敦巴雷特先生所寫，標題叫《只缺筷子》，登在一九九七年十月三十日的《倫敦書評》上(T. H. Barrett, Everything but the Chopsticks, *London Review of Books*, 30 October 1997)，此後持類似意見的文章不少。對《馬可·波羅行紀》研究有重要貢獻的楊志玖先生，在讀了《光明之城》摘要後，認為「不是偽書」(《文匯報》一九九九年二月十三日)，並撰有〈我對《光明之城》的初步觀感〉(《泉州晚報》海外版，一九九九年三月二、六、九日)。我希望楊先生和其他學者專家對這本書作出更多的研究討論。

我覺得，大家應該感謝中譯本的幾位譯者。《光明之城》的內容涉及範圍非常廣泛，所用語言古奧繁雜，而且這本書是剛剛出現，不像《馬可·波羅行紀》那樣經過無數中外學者分析考證。譯者們投入大量精力，在很短時間裡克底於成，實在值得敬佩。譯本難免會有不足之處，相信在讀者幫助下，定會得到彌補。

最後需要説明，《光明之城》這本書有濃厚的宗教色彩。書中雅各·德安科納出於他本人的猶太教觀點，對其他宗教，尤其是基督教，進行了各種各樣的攻擊。同時，書中關於中國及其他國度社會的描寫，有不少失實或過分的地方，也都來自作者的看法。對於這些，譯者依翻譯慣例，未予改動，請讀者注意。（本文作者係國際歐亞科學院院士、中國社會科學院歷史研究所所長、清華大學國際漢學研究所所長）

中譯本序一

陳高華

中國古代的海外交通，有過光輝的歷史。至遲從西漢起，已有明確的記載。到了宋元時期，達到鼎盛的階段。福建的泉州，便是這一時期中國最重要的港口。

泉州港的歷史是豐富多彩的。它興起於唐代或者更早，在宋元時期繁榮昌盛，以「刺桐」(Zaitun)一名蜚聲世界。入明以後，逐漸衰落，沒沒無聞。近代以來，經過中外學者的多方探討，終於弄清楚中世紀外國旅行家筆下的東方大港刺桐就是泉州。二十世紀泉州大量文物相繼出土，進一步證實了這一結論。泉州的歷史與文化，特別是它在古代中外交通中的地位與作用，愈來愈受到人們的關注。九〇年代初，聯合國教科文組織(UNESCO)發起的「海上絲路綜合考察」(這是「絲綢之路綜合考察」的組成部分)，便選擇泉州作為重點，這説明它的歷史地位重新得到了承認。

中世紀不少西方旅行家在行記中都提到過刺桐，最著名的是馬可·波羅和伊本·白圖塔。他們都為這個港口的繁榮和城市生活的絢麗感到驚奇。中國文獻中亦有不少有價值的記載。但總的來説，有關中世紀泉州的文獻資料並不是很充分的，不少問題得不到説明，令人感到遺憾。人們期待有更多的文物出土，以及有新的有價值的文獻資料出現。

《光明之城》一書，是最近發現並整理出版的。全書洋洋三十餘萬言，記述的是一位意大利猶太商人雅各由海道前往「光明之城」亦即泉州經商的經過和見聞，時間是一二七一—一二七二年。書中的描述，涉及泉州社會生活的方方面面。內容之豐富，遠非同時代其他西方作者旅行記所能及。如果此書內容真實，必將有助於泉州歷史以及宋元史乃至中國海外交通史的研究。此書經整理、翻譯出版後，立即在歐美漢學界引起了熱烈的討論。中國學術界對此書的興趣，亦已開始。此書的編譯者已應邀到泉州作過訪問，並和當地的學者初步交換了意見。

承蒙中譯者的好意，我得以在正式出版前看到《光明之城》的中文譯稿。看過以後，產生不少疑惑，感到要對此書的價值作出判斷，殊非易事。此書原來是個寫本。對於一種寫本來說，確定其價值，首先應對其外部形態進行分析。具體來說，就是要對寫本的紙張、裝幀樣式、語言文字、流傳過程等，作出科學的鑑定。這是判斷真偽和斷代的基礎工作。《光明之城》的編譯者只用他自己的話對寫本的一些情況作了說明，而不曾提供實物和照片，實際上也排除了其他人接觸寫本的可能性。這不能不說是一個很大的缺陷，也難以取得學術界的信任。其次，對於寫本的鑑定來說，弄清楚作者的情況也是很重要的。但是，寫本的作者顯然不是他那個時代的知名人士，除了寫本中透露的某些信息以外，可以說對他的生平一無所知。這條路也走不通。因此，人們可做的工作，就是對寫本的內容加以分析了。

《光明之城》中關於泉州城市生活的不少描寫，如繁榮的商業、手工業和多種宗教的並存、富人的奢侈淫佚、特有的飲食習俗等，確實是南宋時期泉州存在的社會現象，可以從其他文獻中得到印證。但是，寫本中也有一些記載，令人感到困惑。例如，其中多次提到「度宗」和「世祖」。眾所周知，兩者都是皇帝死後的謚號。南宋皇帝趙禥，死於一二七四年，而《光明之城》的作者在一二七二年已離開泉州。元朝皇帝忽必烈，死於一二九四年。《光明之城》

的作者此時是否活在世上都是問題。書中說：「他們的國王，他們叫他忽必烈，契丹人與蠻子人叫他世祖。」當作者一二七一—一二七二年在泉州時，可能有「世祖」的稱呼嗎？要知道，一二九一年離開中國的馬可・波羅，稱呼忽必烈為「大汗」、「忽必烈汗」，而從來沒有用過「世祖」這個詞。又如，「也里可溫」一詞，現在所知，是元代開始的。元代有「回回」一詞，指來自域外的信奉伊斯蘭教的民族，並沒有「回」的稱呼。「回」作為民族名稱，是明代以後的事。怎麼能證明這些名稱早在宋代已流行於泉州呢？又如，寫本中說，「商人可以從港口出入而不用交稅」。果真如此，這可是海外交通史上的重要事件。至少在現有宋元文獻中找不到任何類似的記載。中國歷代封建王朝都重視市舶的收入，宋、元兩代更以此為「軍國之所資」。不僅如此，向出入國境口岸的商品徵稅，也是國家主權的體現。沒有特殊的原因，任何政府都不會輕易放棄。「不交稅」之說，至少是可疑的。

更令人不解的是，寫本的主要內容是記述作者在泉州參加的幾場大辯論。宋代的政治體制，是否允許此類辯論的存在，這是可以深入研究的問題，對此可暫不討論。一般來說，中世紀西方旅行家(特別是商人)來到中國，關心的主要是交通、物產、貿易方式、風俗之類問題，他們免不了和官府打交道，所以也記下對官府的觀感。由於語言的隔膜，加上文化背景的差異，他們一般對中國的傳統思想文化不感興趣。馬可・波羅在中國生活十餘年，在他的遊記中就缺乏這方面的內容。《光明之城》中多次引用中國古代哲人的教導，提到的人名就有孔子、孟子、老子、曾子、朱熹、楊朱、漢武帝、王莽、王安石等。這樣一長串名字，如果出於近代西方漢學家筆下，可以理解，但現在出於一個據說十三世紀只在泉州生活了半年左右時間的猶太商人筆下，不但令人感到驚異(西方漢學史需要改寫)，而且也有些太離奇了。

我在上面提出讀後的一些困惑，並不是想對《光明之城》的真偽作出判斷，而是希望學術界對此書從多方面作深入的探討。我以為，這一寫本有兩種可能：一種是，雅各確有其人，寫本確係雅各訪問泉州後所作，但有誇大之詞，有不實的記載，這是中世紀旅行家的通病，而且可能在流傳過程中經過某些竄改；另一種是，寫本係後人所作，假造雅各的名字和經歷，但又利用了某些有價值的資料，真偽混雜。當然，也不排除今人偽造的可能。無論如何，這一寫本的整理出版，為我們重新檢討宋元海外交通和古代泉州港的面貌，提供了很好的機會。因此，完全有理由說，中譯本的出版，將會受到中國學術界和廣大讀者的歡迎。（本文作者係中國海外交通史研究會會長、中國社會科學院歷史研究所研究員）

中譯本序二

王連茂

《光明之城》中譯本的出版，對我國學術界尤其是泉州地方史界來說，是一件值得高興的事，也是期待中的事。儘管這部十三世紀的手稿，近兩年來在西方學術界引起了很大爭議，甚至被指斥為「偽書」，但我認為，中文譯本的出版仍然十分必要和及時。這不僅因為手稿記錄了不少南宋末期 Zaitun(刺桐，即泉州)的重要史實，對於研究泉州地方史和中國海外交通史很有參考價值；更因為西方評論家對手稿所下的結論，至今無法讓人信服，可以說，真偽問題的討論還遠遠沒有結束。

難道不是這樣嗎？我們只要稍微關注一下這場爭論，便能發現：諸多評論家用以否定手稿真實性的最大根據，即在於主觀認定有關泉州的史實是荒謬而不可信的。他們既不相信這時期的泉州會有如此程度的繁榮和國際化，會有如此程度的文化開放和宗教寬容；也不相信手稿中有關泉州有許多馬車，有火葬和禁止踢門檻的習俗，有妓女、瓦舍，人們的穿著稀薄而又性感，有貨幣交易，有瓷器和「黑糖」的生產，有市民之間的辯論，有那麼多的外國僑民包括歐洲人和猶太人等等的描述。所有這些都被視為發現者偽造《光明之城》的有力證據，這就很值得商榷了。

當然，我並無意於迴避手稿中確實存在的那些缺陷、錯誤或者誇張失實之處，以及那些確實需要進行認真考證研究的地方；也無意於指責某些評論家對中國歷史的偏見和無知。但是，如果把這些爭論的問題和所表露的基本觀點放在一個更廣闊的背景中來看，卻不難看出「歐洲中心論」的影響所導致的一種最不可取的傾向。這種傾向的關鍵話語，也許正是北京大學王銘銘教授所指出的「西方衝擊——中國回應說」所引起的緊張感，更多源於一個事實，即它與近代以來的西方中國觀有重大的出入。在一般印象中，沒有近代西方文明的東漸，中華帝國的開放是絕對沒有可能的，而《光明之城》似乎隱含著一種說法，即在歐洲啟蒙以前，在遠東地區卻早已存在世界性的開明文化了」。

既然這場真偽之辯在很大程度上已經成了有關南宋泉州開放史的討論，那麼，怎能沒有中國學者的參加呢？毫無疑問，對於熟知自己國家歷史文化的中國學者來說，他們最有這方面的知識來判斷該手稿內容的真偽。因此我相信，在中譯本出版之後，必定會有不少中國學者發表自己的真知灼見。

我於是聯想起西方學術界從十九世紀二〇年代開始的那場關於 Zaitun 具體地理位置的大爭論。有趣的是，當時的學者雖不懷疑 Zaitun 在中世紀的開放性及其世界大港的地位，卻把 Zaitun 誤譯為「阿拉伯油橄欖」，因為泉州沒有橄欖樹而漳州有；更因為此時的泉州早已衰落得暗淡無光，而十六世紀前後的漳州則更為歐洲學者所熟悉。於是，主張 Zaitun 是漳州的學者在很長的一段時間居然成了主流派，他們的觀點也幾乎已成定論。直至二十世紀初日本學者桑原騭藏《蒲壽庚考》的出版，特別是二〇年代中國學者陳萬里、張星烺到泉州實地考察後所發表的詳細考古報告，才使這場糾纏了一百年之久的爭論，有了正確的答案：那個蜚聲於中世紀「海上絲綢之路」的 Zaitun，就是今天的泉州。這樣的結局無疑是富有啟迪性的，當我們進行有關 Zaitun 問題的討論時，不到泉州來實地看看那些豐富而珍貴的中世紀文化遺存，又怎能真正理解一個很長的歷史時期發生在這裡的文明對話與交流的盛況呢？

在發了這麼一通議論後，我還想對中譯本有關泉州地名與人名的翻譯問題提點看法。實際上，我在最近撰寫的一篇評論文章中談到了這個問題。手稿的主人雅各在刺桐所見過的人和所到過的地方，許多乃出自在當地僱用的混血兒僕人李芬利的介紹和翻譯。那麼，李芬利究竟用什麼語言告訴雅各這些地名和人名呢？是現代的普通話嗎？肯定不是。有兩種可能性：一種是用泉州方言發音，然後由雅各記錄下來；另一種是李芬利用意大利土語先翻譯出來，然後由雅各記錄下來。而這兩種可能性都有一個由泉州方言轉譯過去的過程。

了解這樣的過程顯然是必要的，因為它起碼提醒我們避免犯一個根本性的錯誤，即習慣於用現代的普通話去翻譯書中的地名和人名，並企圖以此進行考證。正確的做法應該是，用泉州方言的發音進行翻譯。如果當年雅各主僕對這些地名和人名的拼切相對準確的話，我相信，重新用泉州方言來翻譯，必定有助於學者們的考證工作。（本文作者係中國海外交通史研究會副會長、泉州海外交通史博物館館長）

英譯本提要

一九九〇年，著名的學者大衛・塞爾本(David Selbourne)見到了一份令人驚奇的手稿，這部手稿不為人所知已達七個世紀之久。在這份手稿中，一位名叫雅各的具有學術思想的猶太商人，描述了他在一二七〇年如何從意大利動身遠航，於次年抵達中國的沿海城市泉州——又稱之為「光明之城」——的經歷。他的遠航中國，比馬可・波羅於一二七五年抵達上都還要早四年之久。

大衛・塞爾本仔細地研究了這份手稿，並很快意識到，雅各對這次旅遊的敘述，具有無窮的魅力，同時也覺得這是一個非同尋常的發現。手稿的擁有者並無意讓大衛・塞爾本去揭示該手稿的來源，所以，大衛・塞爾本帶著折磨人的疑問，翻譯了這份他人難以接近的手稿，並決定將手稿的內容公之於世，以引起世人廣泛的關注。

這部手稿不但描述了一位中世紀商人的冒險經歷，而且通過一位歐洲學者的目光評論了中國社會。作者的敘述生動活潑，常常帶著戲劇性的散文筆調，富有人情味，具有洞察力，同時又收集了各種事實材料，所以它構成了一部可能含有重大歷史意義的文獻。雅各敘述了泉州在繁榮的貿易經濟中奇特的生活場景，敘述了它充滿生機的製造業和奢侈的消費生活，敘述了它在日益逼近的蒙古人入侵的陰影之下，在富裕然而卻分化了的南宋社會，再次演奏的一曲憂傷的告別之歌。

雅各參加了泉州內部的政治鬥爭。在那兒，商人階級同一些社會賢哲和學者一起，討論了市民的責任和公共的道德，揭示了在討論個人對社會的作用這個永遠具有意義的問題上中世紀的見解。他也突出地闡明了中世紀的猶太人、基督徒以及薩拉森人三者之間的關係。通過他同隨行人員的關係，通過他自己的內省反思，雅各坦露了他內在的畏懼和夢想、自我的見解和精神的生活，而且就宗教上的虔誠和思想上的懷疑主義、理智上的好奇和道德上的正統觀念，展示了一種不同尋常的混合物。

現在，由大衛・塞爾本翻譯、編輯和介紹的《光明之城》，透過中古世界迷人的窗口，給雅各意外遇到的一種世界上的偉大文明，帶來了引人注目的生命。

雅各・德安科納的這部手稿涉及諸多方面。在西方世界，能公正地翻譯和注釋這部手稿的學者並不多，大衛・塞爾本正是這為數不多的學者之一。大衛・塞爾本生於倫敦，父親是醫生，祖父摩西・阿維格多・阿米爾（一八八二—一九四五），是現代最偉大的拉比哲學家之一。塞爾本早年曾在曼徹斯特的語法學校學習拉丁文和希臘文，在牛津巴爾利奧學院學習法理，為溫特・威廉姆斯法學生和獎學金獲得者，並曾獲得過詹金斯獎和佩頓獎學金。他曾任芝加哥大學的英聯邦研究員、阿那林・比萬紀念研究員、新德里發展中社會研究中心的高級研究員。他在牛津的魯斯金學院教授思想史達二十年之久。除了其他著作以外，他也是著名的政治哲學著作《責任的原理》（一九九四）的作者，該書也受到他所研究的雅各・德安科納手稿的影響。現在他住在意大利馬爾凱大區的烏爾比諾。

英譯本譯者鳴謝

承雅各・德安科納手稿的藏家惠允我在一九九一年九月到一九九六年六月長時間接觸該手稿，同意本譯本印行，並授予我譯本的著作權，深表感謝。我還要對在本譯本產生過程中賜予各種幫助與道義支持的各位，特別是已故的 Eliezer Amiel、Domenico Cossi 博士、Matthew d'Ancona、Joseph Hassan、Boris Kaz、Maria Luisa、Moscati Benigni、Luigi Paci 博士、Gustavo Pesarin 博士、Meir Posen、Carol Thomas 和 Donald Thomas 教授，及其他許多答覆我種種方面問題的人士，表示說不盡的謝意。對我的妻子在本工作進行中給我的精神與實際的協助，我也深懷感激。更應感謝 Christopher Sinclair Stevenson、李脫・布朗公司的 Philippa Harrison 以及 Andrew Wille，其智慧與判斷力在本書的編輯工作中發揮了很大的作用。

大衛・塞爾本　一九九七年於烏爾比諾

第一章 引言

一九九〇年，有客人來訪我在烏爾比諾(Urbino)的家，才使我知道我現在譯出的這部手稿的存在及其爲私人所收藏。來客了解我對猶太文物感興趣，說他準備向我披露這部手稿，因爲他沒有信心向一個意大利人作任何披露。

一九九〇年十二月，我終於得以見到了這部手稿。手稿是由一塊十七世紀的絲綢包裹起來的。絲綢上刺繡著美觀的藍色和粉色花串。圖案和保存在我們這個城市猶太會堂的櫃櫥裡，其中一部法典捲軸的包裹書衣很像。不過這種絲綢現在已不被人使用，因爲殘存在猶太人手裡的也已經剩不到六件了。

這位手稿的擁有者住在意大利的馬爾凱(Marche)大區，他本人不是猶太人。我經過幾個月的時間終於說服了他，使他讓我當他的面來檢視並嘗試閱讀這個文本。手稿的來源和手稿的擁有權問題，我都不清楚。然而，直到一九九一年十二月，在對於透露手稿存在的問題經過長久的討論之後，我才得以著手仔細地研究該手稿。這種研究工作總是在手稿擁有者的家中進行，當時我就準備翻譯並出版這部書了。

雖然我對現代意大利語很嫻熟，但是我對中世紀的意大利方言並不熟悉，只是在多年以前曾借助手抄本閱讀過但丁的作品。我還必須掌握識別手稿的作者或謄抄者的筆跡，而手稿的擁有者猶疑不定，對於讓此書的存在公之於世這一明智之舉，也多次改變主意。我知道，他在有生之年可能不會讓世人發現此書的準確蹤跡，他的後代可能也會同樣如此，所以，對一部別人不易接近甚至不可能接近的手稿作翻譯工作，我也在與自己的疑慮進行著鬥爭。

這是一個艱難的選擇。但是，我的主要興趣是手稿的內容，所以我最終決定用英文忠實地譯出初稿，這既是對手稿的擁有者信守諾言，又最大限度地滿足人們的興趣。我自然會受壓力要我透露更多的東西，但是我並不想這樣做。這既是信譽的問題，也是對這種信賴感激的問題。

我對手稿的翻譯工作是斷斷續續進行的，先是在我思考一部名爲《時代的精神》的著作的時候；隨後又在我計劃寫作《責任的原理》一書的當口。在工作進行中，我逐漸明白，我手頭擁有一項不同尋常的發現——一件禮品；我也明白我具有一種責任，它使我感到，無論這部手稿會帶來多少困難，我都應該將它的內容公之於世。猶太學者兼商人雅各·德安科納(Iacobbe[Jacob] D'Ancona)，比馬可·波羅(Marco Polo)早幾年抵達遠東，身後留下了一部異常出色的旅行記，這一事實足以驅使我去進行翻譯，特別是他描寫蒙古勝利者的逼近，中國的南方城市剌桐所經受的磨難，眞令人嘖嘖稱奇，足以鼓舞我的翻譯工作繼續不輟。

但是我聽說，手稿在歸屬現在的擁有者以前，長時間「祕藏」於本地一位猶太人的家庭，「有好幾代之久」。這也使我困惑不已。我在通讀手稿之後，開始得出一個清晰的結論，那就是，這件事的主要原因是手稿對一些宗教問題作出了危險的評論。

在宗教法庭時代，雅各有足夠的理由要小心謹慎，這種小心謹慎似乎歷代相傳，延續而下，甚至連今天的手稿擁有者，一個非猶太人，也會明瞭這一點(當地的猶太人會想起一五五三年在烏爾比諾公開焚燒他們擁有的一些書籍。當此之時，這樣的小心是必要的)。進一步來說，當作者寫作這部手稿的時候，也許正是十三世紀的末年或者十四世紀的初年，因爲意大利在基督教和猶太教之間進行了各種有關神學的辯論，所以對猶太教也更加深了敵意和恫嚇。一個世紀之後的一四〇九年，帕多瓦(Padua)大學藝術系開始招收猶太學生；伊利賈・德爾梅迪格(Elijah del Medigo)在那兒作公開的哲學講座，比科・德拉・米蘭多拉(Pico Della Mirandola,1463－1494)，意大利偉大的人文主義者，就是其學生之一。在十五世紀意大利文學藝術這個早期的文藝復興重要階段(Quattrocento Renaissance)，猶太人思想家發揮了意義深遠的作用。

但是在前一個世紀，雅各的作品所包含的對基督教的攻擊，表露了一種強烈的仇視，大膽而直率。這種仇視如果被人發現，就會對他以及他的家庭造成嚴重的傷害。這一點就像是一個家族的禁忌，一直附著在此時我手頭的這個手稿上。這個手稿在一代又一代裡，與古代猶太人擔心基督教所指控的誹謗和反宗教都有直接的關係。事實確是如此，因爲雅各自己就曾在手稿的末尾寫道：「我擔心，如果我所看到和寫下的一切現在全部公之於世，那麼，因爲我所觀察和敘述的事情奇妙至極，人們不可能相信我，就會把其他部分也當作一個嚴重的錯誤了。」可能就是這樣，此書才被祕藏起來。如果手稿是來自雅各原稿的一個早期抄件，那麼，此抄本也只能是由親友中最可靠的人抄寫的。

在中世紀，有許多來自歐洲尤其是意大利的旅行家去近東和遠東旅行，在意大利，尤其是在梵蒂岡的圖書館裡，存在相當數量的已知和未知的手稿，裡面記述了這些旅行家的故事。以歷史學家和地理學家的眼光看，它們的眞實性是可疑的；「中世紀」的張揚浮誇是尋常之事，甚至連馬可・波羅這個最有名的東方探險家，人們也懷疑他是否去過中國①。當然，因爲雅各本人所持的一種懷疑態度，我們在他所敘述的各種數和量的問題上也不能完全相信他，但是總的來看，他似乎還不是閔希豪森

(Munchausen)綜合症的犧牲品——這是古代旅行家的固有稟性，那種往古旅行家的嗜好，比如作冗繁的修飾，誇大其辭，賦予自己非凡的勇氣，等等。

至於他怎樣寫作了這部手稿，也就是說，他的旅行記錄是怎樣保留下來，他又是在什麼樣的環境下怎樣把這部手稿詳細記述下來，我們都只能去猜想，別無他法。馬可·波羅據說是向一位熱那亞(Genoa)的同牢獄友口授了他的旅行記，甚至還不是用他的母語，這對其內容的可信性來說，就打了一定的折扣。就雅各·德安科納手稿的情況來看，作者在對話和辯論的敘述上給予了太多的筆墨，並自稱這都是他親自參加的。我們從他在泉州的嚮導和翻譯李芬利(Lifenli)所起的作用不難看出，手稿所依據的寫作材料，至少有部分是來自他這位忠實僕人當時爲他作下的和準備的筆記。在臨分別的時候，他給了他的僕人一筆可觀的報酬。雅各聲稱，「通過第三者的口」，他能明白同他說話者的話；他自己說話是通過「另一個人的語言」。他命令李芬利「將我們寫就的東西，一頁一頁地全部準備就緒」，這就說明，他們曾對雅各在回去時從中國隨身帶走的材料在一起作過一番整理。

然而十分清楚的是，從基本原則來看，從對手稿內容的仔細檢查來看，該文本的許多部分肯定是作者在意大利閒暇的時候才補充潤色的，這也許是在雅各終止了他的商業活動，回到他的研究工作之時(確實，他在手稿中曾一度用希伯來文寫道：「讚美上帝，是祂指導我寫作」，這是某某人敘述事件的頌詞)。雅各在手稿中提供的儒略曆和猶太曆的日期細緻入微，也準確清楚，兩者之間又對應無訛，這說明他肯定保留了某些在海外以及中國旅行的近似於遊記的東西。但是，他在中國所作的關於哲學的交流以及其他事情的長篇報告，雖然李芬利似乎總是在場，但不可能一字不差，特別是他的報告文字出現了用希伯來語寫作的段落，在這種時候，他是不可能用這種文字說話的。

爲什麼一直到今天都無人知曉(或者沒有記錄)有一部雅各·德安科納的手稿存在？對於這一問

題，在那些熟悉意大利及其世代遺傳情況(patrimony)的人看來，其實也沒有什麼值得大驚小怪的。我自己並不懷疑，像其他眾多的意大利藝術作品一樣，這部手稿也是殘存的藝術品中的一件「逸佚的」珍品而已；這種藝術品有被人偷走的，有被人「轉移」的，有被人販售的，也有像我相信是這種情況的：完全由私人掌管而沒有一點透露到擁有者近親範圍之外的。此外，一個擁有者因爲擔心手稿會被沒收充公，被人偷走或者遺失，從而不願透露擁有原件，在意大利的環境下，這是符合情理的。

在最近幾年裡，我隨意抽看，便看到了鮑德薩爾·卡斯蒂廖內(Baldassare Castiglione)的《侍臣論》(*Il Cortegiano*, 1528)一部含有簽名而贈送的抄本。這部書是在烏爾比諾文藝復興的宮廷中寫的，如今卻在馬爾凱大區的一個人跡罕至的角落日漸毀壞；我調查了一座猶太教堂的部分古代檔案，它們是保存在其宗教團體成員家中眾多的櫃櫥中的；我也發現許多罕見的古代書信，它們被遺棄在馬爾凱大區另一座猶太教堂牧師的座位下面。一九九六年十二月，我出席了一場「世界性的首次公演」，是演奏「業已逸佚的」烏爾比諾公爵的魯特琴宮廷音樂。這個樂譜就是在亞得里亞海岸城市佩薩羅(Pes-aro)，從一家藏書室書架上的一部手稿中「發現」的；這次音樂會包括各種作品，如蒙特菲特羅(和邁迪西)宮廷音樂家以及舞蹈大師埃布里奧(Guglielmo Ebreo)或者猶太人威廉(William, 1497-1543)的作品。

雅各·德安科納這部命運曲折的著作有其自身的背景。

這部手稿是用軟羊羔皮紙(vellum)裝幀的，有褶痕，且顏色已褪盡，高二五·五釐米，寬一九·五釐米。全書共有二百八十頁，絕大部分爲雙面書寫。書寫用的紙質地良好，紙面潔淨，字體小而清晰，通常是連寫的斜體字。裡面有相當數量的刪節、修改和眉批，有的和主要文本的筆跡不一。手稿中每頁平均四十七行。本文中用希伯來語寫的許多單詞和短語，字體老練，有許多幾乎可以確定和寫作手稿主要部分的是出於同一個人。文本全部沒有裝飾，沒有標題，沒有分爲書或者章節，也沒有提供抄寫者的名字。在手稿末頁的下端，有使用不同筆跡、不同墨水寫出的一行人名：「蓋奥・波納尤蒂」(Gaio Bonaiuti)。

手稿是用羊皮紙裝幀包裹，但卻是寫在紙上的，這一事實大概可以表明時間是十四世紀，因此也就是手稿作者去世之後。作者告訴我們，他生於一二二一年。在十三世紀早期，紙已經在商人中間用來寫信，它甚至是更早的時候從中國和穆斯林國家進口到歐洲的。不過只是到了十三世紀的後期，意大利才開始造紙(也包括有猶太人製造的)。確實，這個手稿的紙張可能是來自意大利的法布里阿諾(Fabriano)，安科納離那個地方很近。在一二六八年和一二七九年之間，法布里阿諾一地開始造紙；有人說這部手稿是由雅各寫在他自己從中國帶回的紙上的，由於沒有證據，這似乎有點異想天開，雖然它還是有這種可能性，因爲紙張並沒有水印的明顯標誌。

這部手稿是用意大利方言所寫的，而不是用拉丁語。這也許會令人假設，這個文本不是由雅各・德安科納親手所寫，而僅僅是一個譯本(也許譯自一部希伯來語的原作)，使它成爲較能接近的方言，這樣來達到祕而不宣的要求。不過，這也只是一個假設而已。但是有一點必須指出，拉丁語被看作是屬於（基督教）教會的異己語言，所以一般來說，有學識的猶太人在任何情況下都是迴避使用它的，雖然在手稿中也有用拉丁語寫出的段落。此外，用意大利方言來寫作，最早的例證可以追溯到公元九六〇年，而到了十一世紀和十二世紀，意大利方言就逐漸投入使用之中了。

因此，對於這部手稿是否由雅各本人在世之時所寫，我的態度比較寬容。我傾向於相信，也許希望相信，它是雅各自己親筆寫成的。令人吃驚的是，手稿中混合運用了多種語言(意大利語、希伯來語、拉丁語，在它們原來的手寫體中，還帶著一些阿拉伯語和希臘語單詞)，單是這一點就可以否定後來抄寫或者翻譯的說法了。如果這部手稿是由雅各自己所寫，那麼，它就不可能比一二九〇年晚多久，也就是在他幾乎到了七十歲的時候。

文本自身也有其他可以追尋的線索，它們提示了雅各手稿開始寫作的一個早期的時間。有一處提到「我們近來遭受的地震」，這無疑是發生在雅各重新寫作和詳細敘述他在泉州對那兒的長者作演講的一段時候。一二六九年和一二七九年，在安科納發生過兩次破壞性的地震，第一次是在雅各動身旅行之前，第二次是在他回國六年之後。

第二條線索在確定手稿寫作的時間上比較模糊。這條線索與argumi一詞有關。雅各用argumi這個詞，是用來表示在泉州的中國和歐洲的混血兒的。這是一個源自韃靼的單詞而意大利化的，不可能是雅各在泉州的時候所流行的詞；我們應該知道，泉州是在雅各離開以後的一二七七年，才落到韃靼人手裡的。我猜想，雅各是後來通過與中國蒙元朝代時的商業交往而知道這個詞的，但是這也指出了一個時間，說明他在一二八〇年的早期寫作了該手稿。

「蓋奧・波納尤蒂」的簽名肯定較爲晚出，但是它也提供了一條有關手稿變化無常的重要線索。因爲文獻記錄顯示，有一個名「蓋奧・波納尤蒂」(姓是猶太姓)的人，在安科納和他的夥伴一起經營一家銀行直至一四三〇年，後來又同其他猶太人一起，因爲與一四三三年在烏爾比諾設立銀行之事有關而出名。我猜想，波納尤蒂是雅各妻子的直系後代(lined descendant)，因爲在手稿中雅各妻子的名字是澤西的薩拉・波納尤塔(Sara Bonaiuta of Jesi)；雅各在手稿中也提到了他的姻親兄弟以撒・德・波納尤塔(Issac de Bonaiuta)，提到他在阿卡(Acre)訪問過一個表兄弟埃利埃澤爾・波納尤多(Eliezer Bonaiuto)。波納尤塔、波納尤多(Bonaiuto)和波納尤蒂(Bonaiuti)這三個姓氏在安科納的猶太人中是有名的，今天的馬爾凱大區仍然如此。在意大利的家族史上，姓名拼法的不同和輕微的更改(比如有單複數的形式)都並不鮮見②。

這樣,此書最初也就有可能是通過波納尤塔家族,從安科納到烏爾比諾而傳遞的,兩者的距離大約是五十英里。當然,簽名是一個隨時可能進一步失去的東西,但如果將它標定為十五世紀中葉的簽名,這就提供了附加的根據,說明手稿在當時仍繼續收藏在這個原來擁有手稿的家族中間。

因為在這個黑暗時期,猶太人擁有的書籍可能總是處於危險之中,就像我們業已看到的那樣。一五九三年十一月十一日,烏爾比諾的吉多巴爾多大公二世(Duke Guidobaldo Ⅱ)發布法令,命令在這個城市中,沒收和銷毀所有的《塔木德》文獻(Talmudic texts)。不管是在基督徒手中的還是在猶太人手中的,全都沒收銷毀。命令限定在八天的時間裡,將這些著作交給烏爾比諾的代理官員,以便可以「在露天廣場,立即公開燒毀」。如果不遵守,對一個猶太人來說,懲罰是嚴厲的,這就是「絞死」,剝奪一切財產;而對一個基督徒來說,則是「永遠禁止進入大公的領地,並將他的財產充公」。在這兩種情況下,一個告密者如果對當局透露了這種書籍的存在,那麼,這個告密者就能夠得到受害者財產的四分之一③。

就像我前面所說的那樣,手稿的文字大部分使用十三世紀或者十四世紀的意大利方言:它基本上是有教養的托斯卡那(Tuscan)方言——雅各告訴我們,他的祖父是佛羅倫薩的拉比④——但是其中的文字也含有一些威尼斯單詞和拼寫形式,偶爾有一些短語能夠看出是中世紀安科納的猶太方言。除了這些短語、單詞和少量用較長的拉丁語的段落以外,也有許多段落和文字是希伯來語,大部分源自《聖經》和《塔木德經》。此外,這部著作包含許多出於宗教目的的祈禱語和短語,也包含一些表達情感的特殊詞彙。這些短語詞彙,不管是用意大利語還是用希伯來語所寫,對猶太人和希伯來人來說都是很容易辨別出來的。

在手稿中，雅各直接引用《舊約》以及《塔木德經》的所有文字，幾乎都是希伯來語。在後面的附錄中，我會更加詳細地提到這些問題。

如果說手稿曾經一度存放在烏爾比諾大公國著名的文藝復興圖書館中，特別是存放在由蒙特費爾特羅的費德里科大公(Duke Federico,1422—1482)的收藏品中，這也並非不可能。這位大公的宮廷是當時最壯觀的宮廷之一，而這個圖書館則珍藏了令人驚奇的各種手稿，它們使用的文字有阿拉姆語(Aramaic，古代敘利亞使用的語言，閃米特語系，公元七世紀後爲阿拉伯語取代)、古敘利亞語、希臘語、拉丁語、意大利語和希伯來語等。這個圖書館的大部分藏書現存梵蒂岡。大約在一四七七年左右，圖書館館長是羅倫佐·阿布斯泰米奧(Lorenzo Abstemio)，是一個「極其精通拉丁語」的猶太人。在這些希伯來語的文獻中，有《聖經》和《塔木德經》的學術著作，有猶太拉比對阿威羅伊(Averroes)⑤、阿維森那(Avicenna)⑥和亞里士多德(Aristotle)著作的註釋，也有一些像猶太哲學家邁蒙尼德(Maimonides, 1135–1204)等人論及醫學、科學以及愛情的著作〔還有一種對開本的羊皮紙手稿，用紅色的皮革包裹，標明「反猶」；這個可能是奧古斯丁(Augustine)的《論反猶太》(*Tractatio Adversus Iudaeos*)〕。

這個圖書館的著作很多，有亞里士多德和但丁(Dante)的中世紀抄本，有荷馬(Homer)和《可蘭經》抄本，有各種字典和讚美詩抄本，有論及養馬、園藝、獅子、清汙(the removal of stains)、國際象棋、青春期的習慣以及靈魂不朽的手稿，也有關於旅行的手稿本，包括弗瑞尤利安苦修士(Friulian friar)鄂多力克(Odorigo 或 Odoric)到印度和中國的旅行記，當然，這已是雅各·德安科納旅行中國五十年以後的事了。

一六三一年四月六日，烏爾比諾的最後一位大公，弗朗西斯科·馬利埃二世(Francesco Maria II)去世。大公的領土轉爲教皇的領土，但是圖書館卻特別遺贈給了烏爾比諾市(comune)。因此，圖書館的館長弗萊米尼奧・卡特拉羅(Flaminio Catelano)在一六三二年擬就了一份圖書館的目錄清單，負責城市公共事務的文書弗朗西斯科・斯庫塔齊(Francesco Scudacchi)對該清單作了清點。這份清單提及了來源不明的「一捆捆不同的著作」，說它們甚至含有「各種各樣的祕密」(secreti varii，第一四一八條)，這當然極具誘惑力。此外，人們都知道，在一六三二年詳細的目錄已經列出之後，許多書籍卻開始從這大批收藏品中消逝。一六五七年，在教皇亞里山大(Alexander)七世時期，這批剩餘的書籍便草草移交給了羅馬教廷⑦。

在烏爾比諾，圖書館的移交直到今天也還是遭人怨恨的，主要是因爲對那時移交所提出的根據覺得有問題。對這種根據，人們今天也還認爲具有欺騙性。帕拉維西尼・斯法爾薩(Pallavicini Sforza)帶著教廷對地方竊案一貫持有的鄙視口吻，聲稱：「烏爾比諾人沒有文化，玩忽職守。」⑧

《光明之城》的手抄本是否爲一六三一年到一六五七年間消逝的一種大公收藏品，或是依然暗藏於烏爾比諾猶太人社區的一種文獻——它自一六三三年起就封存於城鎮中猶太人定居區(ghetto)——對此我們一無所知。不過大體上說來，兩個世紀以前，費德里科大公的折衷主義趣味和人文主義的同情心十分寬廣，原則上有可能把雅各・德安科納的作品擺在他的書架上面，這一點也是可以肯定的。

這部手稿反映了雅各觀察世界的規模、興趣以及總體上的準確性，同時它還反映了在中國的南宋時期，雅各非比尋常地捲入了中國城市的事務，除此以外，這部手稿作爲中世紀猶太人的一部罕見的自傳作品也是很重要的。中世紀的猶太歷史學——和它的哲學和宗教著作不同——確實少見，可以在這部手稿中發現的私人見證(personal testimony)尤其少見。

比如說，我們有十二世紀圖代拉(Tudela)的拉比本傑明(Benjamin)的《旅行記》(*Travels*)，有在開羅猶太人教堂中發現的十二世紀商人的書信，有巴格達阿布・奧-巴拉卡塔(Abu Al-Barakat)的猶太哲學家和醫生所作的《個人沉思錄》(*the Kitab al-Mu'tabar*)(從一一六〇年到一一七〇年是巴拉卡塔的鼎盛期，他晚年則皈依了伊斯蘭教)。

但是在十三世紀的晚期，學者式的猶太人馬可．波羅，則可能既是拉比和醫生，也是一位商人，同時又具有談論政治的世俗興趣，這又是另外一碼事了。

對十三世紀的中國，知道的人很多，並不僅僅只有傳教的修士(friars)、馬可．波羅那樣的人(Polos)以及來自黎凡特(the Levant)的穆斯林商人知道。我前面提到的西班牙拉比圖代拉的本傑明，去東方就比雅各早了大約一百年，留下了一本用希伯來語所寫的《旅行記》。此書顯然是在一一七三年，在卡斯蒂利亞(Castile)完成，於一五四三年在君士坦丁堡首次出版的。我們也可以假定，他像雅各一樣作爲商人而旅行，而在一次似乎花了十三年的旅行中，抵達了胡齊斯坦(Khuzistan)。胡齊斯坦，有的人認爲是伊朗西南，有的人認爲是在印度洋，有的人則認爲是中國的邊遠地區，認識不同。在十五世紀，有意大利猶太人，費拉拉的伊利賈(Elijah of Ferrara)，一位《塔木德經》專家和旅行家，還有十五世紀末葉在沃爾特拉的梅述蘭姆(Meshullam of Volterra)。這兩個人也都是拉比商人。

在中世紀，知道東方並記述東方的非意大利猶太人，名單當然要更長，比如柏郎嘉賓(Plano Carpini)在哈剌和林(Karakorum)的時候大約是一二四六年。威尼斯的馬可．波羅動身去中國是在一二七一年，亦即雅各離開中國的那一年，並於一二七五年抵達忽必烈汗(Kublai Khan)的蒙古上都，傳說中的行宮，也就是雅各．德安科納安全返回意大利的兩年之後；一二九二年，馬可．波羅爲戰勝南宋的蒙古軍隊服務多年之後，作爲一個行政官員和特使，從雅各所知道的泉州啓程，開始了他返回意大利的航程。

聖方濟各修會的孟特哥維諾(Giovanni di Monte Corvino,1247—1328)在一二九一年從霍爾木茲起航到剌桐，後來，克雷芒教皇五世任命他爲汗八里(北京)的主教；上面提到的修士鄂多力克，從一三二四年到一三二七年也是在中國，並且參觀了剌桐。而另一著名的意大利修士馬黎諾里(Marignolli)，在一三四〇年訪問中國後，也留下了一部旅行記。

在中世紀，有很多知道印度和中國的穆斯林遊記作家，其中也包括拉希德·奧-爾丁(Rashid Al-Din, 1247–1317)，一位生下來就皈依了伊斯蘭教的猶太人。他也是雅各·德安科納、華瑟夫(Wassaf，大約一三〇〇年在中國)、阿布爾菲塔(Abulfeda, 1273–1331)以及可能最有名的伊本·白圖塔(Ibn Battuta, 1304–1377)的同時代人。伊本·白圖塔也是在剌桐下船，後來又從剌桐啓程，比雅各發現自己捲入剌桐的事務要晚半個世紀⑨。

雖然我常常發現很難把握手稿的字跡、題字以及頁邊批注，可能也出了一些錯——當然，在某些情況下，文本本身就包含有不同解讀的可能；但是我相信，我已準確地翻譯了這部著作。

手稿並沒有分章節，所作的劃分都是我本人進行的，書名也是我所加。

我稱作者爲雅各·德安科納，他提到自己時稱「Iacobbe」、「Giacobbe」和「Jacob」。在其他的情況下，我沿襲了他對人名、地名以及他聽到的中國人姓名的音譯的拼寫。在這些地方，凡是能夠識別的，或者對它們是什麼意思可以作出一種有根據的猜測的，即使是把它們翻譯成最接近的意大利語音，結果也都證明它們記述得相當準確。

確實，從涉及雅各敍述的一些證明材料，比如著名的歷史事件、人名、地點和日期等來看，其記錄的準確性全都給了我們深刻的印象。但是從編者和讀者的觀點來看，在文本中也有某些過分之處，比如，他對猶太人信仰的宗教證明以及哲學探討，都需要很多中世紀的背景知識才能夠理解。在這裡我刪去了一些部分。我也刪去了他的一些給翻譯帶來過分負擔的虔誠的感嘆性言詞和表述詞。

雅各從《聖經》引用的段落或者語句，以及我(或者我的助手)認爲是這樣的地方，我一般不從意大利語(或者希伯來語)逐字逐句地翻譯，而是採用了權威的《聖經》詹姆士王本。雅各引用拉比哲人的觀點，比如引用《密西拿》(Mishnah)，我也全部依賴他人，查出它們的來源，然後加以翻譯，因爲它們都是用希伯來語所寫。

我承認自己常常受到意大利原本的精神和語言的影響，翻譯希臘和拉丁語典籍時常常是如此，難以擺脫，所以我在翻譯中也不免存在擬古主義(archaisms)的毛病。這些翻譯可能有的令人不快，但是我一般在修改時都保留了它們，作爲我自己對這個文本的反應，因爲我不希望用現代的表達習慣遠離原初的精神，從而破壞它的韻律、色彩、詞序。我也在一些地方作了一點注釋工作，以方便讀者閱讀。

註釋

①如吳芳思的《馬可・波羅到過中國嗎？》一書，倫敦，一九九五年版。

②也有一處可上溯到一二五四年的參考材料。在杜波羅維尼克(拉古扎)的城市檔案中，有一個叫「安東尼奥・波納尤特(Antonio Bonaiunte)」的人，被描述為一個「安科納的商人」(J. E. Leonhard 著 *Ancona nel basso Medio Evo*，安科納，一九九二年，第二八八頁等。

③G. Luzzatto 著，*I Banchieri Ebrei in Urbino nell'Età Ducale*，帕多瓦，一九〇二年(一九八三年再版)，第五十九頁。這裡我應感謝烏爾比諾的 Lauro Guidi 博士，他為我提供了參考材料。

④拉比，指接受過正規猶太教教育，系統學過《聖經》、《塔木德》等猶太教經典，擔任猶太社團或猶太教教會的精神領袖或在猶太教宗教學院傳授猶太教教義的人——中譯註。

⑤阿威羅伊，或者伊本・羅希德，一一二六年出生於考多巴，一一九八年於摩洛哥去世。他是伊斯蘭哲學家和醫生，他對亞里士多德著作的評註，對西方基督教思想的影響很大。但是，阿威羅伊也遭受了人們的譴責，說他

背棄了伊斯蘭教義。

⑥阿維森那，九八〇—一〇三七，阿拉伯名伊本·西納，原為波斯人，出生於波克哈拉，哲學家和醫生。他以其論述醫學的著作以及其哲學百科全書而著名。他把亞里士多德思想同新柏拉圖思想結合了起來。

⑦參見M·莫蘭蒂和L·莫蘭蒂的 *Il Trasferimento dei, Codices Urbinates' alla biblioteca Vaticana*，烏爾比諾，一九八一年版。此書講述了各種書籍的詳細目錄以及書籍遺失的全部情況。

⑧ *La Vita di Alessandro*, VII, Prato，一八三九年出版，第二卷，第一八五頁。

⑨其他一些到中國旅行而留下旅行記的有：日本僧侶成尋(Jojun, 1011－1081)；魯布魯奎斯(Rubruquis)，他在一二五三年到達喀喇崑崙山(the Karakoram mountains)；亞美利亞的希托姆(Hetoum 或 Hayton)，他在一三〇七年在中國；還有德國的騎士，伯爾登塞爾的威廉(William of Boldensele)，一三三六年時也在中國。

第二章　這是在一二七〇年……

一二七〇年四月，時爲四十九歲的「雅各・本・所羅門・德安科納(Salomone d'Ancona，意即所羅門・德安科納之子)，拉比以色列・迪・菲倫茨的孫子」，幾乎沒有告訴我們有關他本人的情況，但是他還是透露一些內情。他不止一次地説，他有「高貴的拉比血統」。這種引以自豪的自述，使我更有理由相信，他本人就是一個拉比，雖然他在任何地方都沒有這樣稱呼他自己。他僅僅將自己説成是「虔誠而博學的」(「om pio e dotto」)，但是他的拉比經學知識確實是很淵博的。

此外，文本中有三個地方，使我們可以有理由假設他是拉比，但是這也還僅僅是假設，並沒有確定性。第一點，他評論過「如果一個拉比勸導他們(即偶像崇拜者)祈禱上帝」的可能後果。這是因爲他自己具有作爲拉比的經歷呢，還是他間接得到的某種認識？我們不得而知。第二點，他在南印度港口猶太人中間所作的談話，這一點更有説服力，他説，「那些知道我的家系的年輕人」——不過他並沒有説他自己具有拉比的身分——「於是就《托拉》和聖賢的觀點向我提出了許多問題」。如果他不是像我猜測的那樣是個拉比，或者退一萬步來説，如果他沒有受過某種拉比的訓練，那就不會有這樣的場面。第三，在另一次，他坦率地(對一個拉比)宣稱，某些禁忌「在我們的猶太教堂裡是不需要遵守的」，這種宣稱，對任何自身沒有拉比權威的人來説都是不合適的。

他還是一個醫生嗎？這裡有證據證明他是，雖然這並非定論，但卻可以説它和定論是同樣有力的，或者是比較有力的。同樣無疑的是，他也具有醫學知識。他吃水果，「以便使我的腎臟能夠保持健康，我的小便清潔」；他嘗試治療一個女僕的「腹瀉(flux)」；他檢查糞便，看自己有無生病的跡象。更有意義的是，他檢查另一個生病的僕人，看他的「眼睛、舌頭、脈搏」，並給藥房說明要一種特殊的「解救藥」，用來治療他自己的「傷痛」。他也評論說，在中國，他同當地的賢哲就「醫藥、哲學和其他事情」，作了「多次談話」。

如果說，他既是拉比，也是醫生，這並非是不可能的事情。在那個時代，許多猶太學者都屬於這種情況，據我們所知，他們往往同時還是商人。他也說自己「不僅僅是一個商人」，完全具有一個才華橫溢的人所具有的思想和道德的信心，因爲上帝「在很早以前就開啓了我的心靈」，他曾經這麼說過。

至於他的外表，書中只有零星的參考材料。他不止一次地提到他的「灰色的鬍子」；在一次辯論中，別人也描寫了他，說他有著「黑色的眼睛和鷹鉤鼻子」。我們也注意到，他在自我描寫中說是戴著某種突出的帽子，穿著長袍，結果，在他所到之處，中國人都讓到了一邊。這使得我們忍俊不禁。

關於他的籍貫和早期的教育情況，我們一無所知。所有可以確定的只是，他是安科納這個地方一位猶太商人的兒子，也許是長子。這位猶太商人自己極可能是出生在佛羅倫薩。在十二世紀和十三世紀，佛羅倫薩和安科納之間確實有著密切的商業聯繫，安科納是托斯卡那(Tuscan)地區商品通向亞得利亞海的出口。

手稿中的語言大部分是托斯卡那方言(參見附錄中有關雅各語言的論述)，這個事實本身並不能證明雅各小時候是在佛羅倫薩接受的教育——也許其目的是從事拉比職業，並受到他祖父的庇護——因爲手稿的語言是否爲雅各原始著作的語言，這一點尚未最終弄清楚。雅各自己會說希伯來語、阿拉伯語(他曾這麼對我們說)和意大利語，也有足夠的拉丁文知識，他在手稿裡就常常用一種學者的方式使用拉丁語，顯然他也具有一些希臘語知識。根據他在書中順便所作的一個評論來判斷，他也會說波斯語。

在我們所知道的和雅各的身分有關的點滴事實中，另一條很重要的材料是：他偶爾提到「雅各・本・阿巴・馬里・安納脫利(Jacob ben Abba Mari Anatoli)」，說他是「我在拿波里(Naples)的老師」。這裡也打開了一個使我們了解雅各・德安科納思想背景的窗口。因爲這無疑是指雅各・安納脫利(或者安納脫利奥，Anatoli 或 Anatolio)(一一九四—一二五六)，他是邁蒙尼德(Mose ben Maimonides, 1135–1204)的信徒。我們知道，邁蒙尼德是有名的拉比、人文主義者、醫生，也是《迷途指津》(一一九〇)(*Guide to the Perplexed*)的作者。

安納脫利像他的老師一樣，是一個醫生、拉比和亞里士多德的哲學家，同時又是一個數學家。他在普羅旺斯(Provence)和意大利，在傳播邁蒙尼德的教導上發揮了重要的作用；他把阿拉伯語的邏輯學和天文學的著作翻譯成希伯來語，他與基督教的思想世界保持了密切的聯繫。他也同其他著名的猶太科學家一起，在一二四〇年代的拿波里，出入於弗里德利希二世(Frederick II，按，一二一二—一二五〇年間爲神聖羅馬帝國皇帝)的大學和宮廷，並以此而出名，而此時雅各二十歲出頭。

有些現代學者將安納脫利描寫爲一個「理性主義者」，甚至更加充滿想像力，把他描繪爲一個「第十三世紀的自由主義者」。我們也許可以發現安納脫利對雅各本人哲學觀的影響，因爲作者在這一點上給我們作了詳細的敘述。雅各把虔誠之心和敏銳的懷疑主義，把對世界的理性主義好奇心和約定俗成的正統道德不同尋常地結合在一起，這些都可能是他在拿波里時從他的老師那兒獲得的。這樣，他就有了一種強烈的對占星術的厭惡和退避的心理，一種在當時的基督徒和猶太教徒中間都罕見的心理。但是，這又標誌著雅各自己是一個邁蒙尼德學派的信徒。他常常對迷信和偶像崇拜表現出敵意，這就是一個很好的證明。

但無論如何，我們不能把雅各描述爲一個「自由的思想家」、一個懷疑論者，雖然他常常似乎是這樣的；他對上帝存在的證明是當時「高等」經院哲學的典型做法，是猶太人、穆斯林以及基督教的亞里士多德主義者共享的資源。然而，儘管他虔誠地遵守並不斷地崇敬「托拉眞理」，但是在他討論自然世界時，他卻常常選擇一種「較爲現代的」唯物主義，或者是準科學的立場，來反對猶太教神祕主義哲學家(cabalists)、新柏拉圖主義者以及其他「過於神祕地談論這個被創造世界的人」，正如他在一個值得注意的段落中敘述的那樣，「一個人，不管上帝之光照耀到他的身上沒有，不管他是基督徒、穆斯林還是猶太教徒，都必須在偉大的存在之海中游泳」。

這種態度肯定是雅各在拿波里時期培養起來的。正統的塔木德主義者(Talmudists)會將這種態度視作極端的過激主義立場，雖然對邁蒙尼德派來說也許更爲可取。霍亨斯脫芬(Hohenstaufen)的弗里德利希二世(一一九四—一二五〇)，從一二二〇年(按，這一年爲他正式加冕之年)直到一二四五年在里昂會議(the Council of Lyons)上退位，一直都是神聖羅馬皇帝。他於一二二四年在拿波里建立了一所學院或大學。他對猶太學術顯示了濃厚的興趣，邀請了當時許多主要的學者來拿波里，其中就有猶太人。這些猶太人所作的講演，有的就是用希伯來語進行的。弗里德利希最終與教皇鬧翻，被譴責爲異教徒，並在戰鬥中失敗。弗里德利希自己是一個具有懷疑精神的人，他在自己的頂峰時期，把他的拿波里宮廷建成爲一個偉大的學術中心，把四方的賢哲匯聚一堂。在這些他網羅來並成爲朋友的賢哲中，有一個是米切爾・斯考特(Michael Scott，又作 Scotus)。米切爾・斯考特是科學家、哲學家、占星術家，也是把亞里士多德著作從阿拉伯語譯成拉丁語的翻譯家。他在當時以占卜者和先知而聞名。

弗里德利希二世在五十六歲時去世，但是他所建立的學院卻繼續存在。阿奎那(Aquinas)(一二二七—一二七四)在一二五九年以後，曾在那裡講授神學。除了安納脫利以外，摩西・伊本・提班(Mose ibn Tibbon)，一位最令人欽佩的猶太人之一，曾經將希臘和阿拉伯的古典哲學和科學著作譯成希伯來語，他在一二四四—一二四五年間也在拿波里。看來情況似乎是，作爲佛羅倫薩「著名」拉比的孫子，雅各也隨同眾多的學生一起，拜在這些學者的門下。

一般來說，整個的普羅旺斯、意大利和西班牙，當時對上帝的本質和被創世界的本質都大感困惑，這在雅各的手稿中也有所反映。在這一時期，猶太教、伊斯蘭教和基督教的學者和神學家，也都開始進行這種思考。在鼎盛時期，像弗里德利希二世這樣的開明君主，甚至還邀請他們在一起討論問題。對猶太學者來說，同時代主要的思想論題很多，比如證明上帝存在的問題，上帝的統一性和非實體存在的問題，宇宙的本質及其創造和構成的問題，靈魂的本質、靈魂的功能以及與身體關係的問題，奇蹟的本質問題，通過思辨(包括數學)以及在天文學和物理學方面的早期科學試驗，從而提供了理解這個世界的新形式，這種新形式與《聖經》的眞理和諧一致的問題，等等。

我們在雅各的手稿中也可以發現一些明顯的跡象，顯示出他在這些問題上也有一定的興趣，有時甚至具有濃厚的興趣，即使有時候僅僅是片言隻語。在歐洲南部，那些具有學識的猶太人，他們有的投入實際事務，有的是商人，有的是拉比學者，但是在哲學上的思考和思想上的交流，在雅各的時代都是廣泛而深入的。把拉丁語的著作翻譯成希伯來語和阿拉伯語(特別是亞里士多德和其他的希臘古典哲學和科學著作)，把希伯來語和阿拉伯語的著作翻譯成拉丁語、普羅旺斯語，也可能翻譯成意大利的方言，都是廣泛流行的。具體地說，這樣傳授知識，比如傳授拉比經學的知識，由老師傳授給一幫弟子，是最爲常見的。

此外，就像我曾經暗示的那樣，年輕人早年在拿波里學習，成年以後又成爲安科納的猶太商人，像這樣的情況一點也不爲奇。偉大的邁蒙尼德本人就是珠寶商，同印度進行貿易往來，雖然他後來離開了他的弟弟大衛，獨自出遊。開羅的金尼扎(Genizah)猶太教堂中，人們曾經在收藏室中發現了一份手稿，手稿的年代大約是一一七〇年。在這份手稿中，邁蒙尼德用感人的挽歌哀悼了他淹死的弟弟。這篇挽歌事實上也透露出，在中世紀的猶太人中間，商人的生活和學者的生活交織關聯的程度。邁蒙尼德悲嘆道：「他帶著屬於我和他以及其他人的金錢，葬身於印度洋……我看著他長大，他是我的兄弟，也是我的學生；他做市場貿易而賺錢，這樣我可以安全地待在家中……現在，一切快樂都消逝了……我無論何時看到他的字跡或者什麼信件，我的心都會絞痛不已，思緒不寧。」①

因此，當雅各離開安科納而東遊的時候，他也爲自己必須離開學習和家庭而悔恨。他的人格是中世紀猶太人中普遍可見的(儘管用其他的標準來看又是相當突出的)人格：一種學者—商人的人格：它既精通香料貿易，又精通關於靈魂本質的討論②。

但是，在雅各的手稿中也有不少痕跡顯示出某種靠自學求知的幼稚特性，甚至在許多論題上都保存了中世紀知識的局限性。他的見解並非都是那種專業學者的見解。這一點使我猜想他的學業可能一度中斷過，因爲在安科納，他聲稱過著一種商人的生活，這也許是爲挽救他父親未成功的事業而去盡心盡力，所以沒有實現其學術上的理想。

最後，他略爲提及了「我的朋友希萊爾·本·塞繆爾(Hillel ben Samuel)」，這很引人入勝，因爲它提示我們，他與當時意大利主要的猶太學者有非同一般的熟悉。就他所言及的背景來看，這個「朋友」可能是指維羅那(Verona)的拉比希萊爾·本·塞繆爾(一二二〇—約一二九五)，一位著名的追隨邁蒙尼德的學者。他在巴塞羅那(Barcelona)研究拉比經學，在蒙彼利埃(Montpellier)研究過醫學，他本人於一二五四年來過拿波里，這無疑是在雅各的學生時代過去之後。

研究中世紀安科納的歷史學家在研究上是有欠缺的，因爲他們幾乎完全沒有早期的檔案資料。現存的市政府法令和法律是一三七八年以後的，比如一些與批准商人的商業執照有關的文件等，其中有一處人們可以發現某些表明所羅門和雅各・德安科納活動情況的痕跡。現存的港口當局的章程和規則也都是十四世紀末葉以後的。可以確定的是，中世紀的猶太人社會有他們自己的商業規則、宗教法庭對貿易和其他問題的決定、猶太會堂的文件等，但是並沒有保存下來十三世紀的東西。

但是從其他的許多資料來看，我們可以知道，從十二世紀上半葉開始，安科納經濟的繁榮發展大部分都是來自國外的貿易。在中世紀，威尼斯的聲名和榮耀使得安科納相形見絀。但是，安科納和威尼斯一樣，都是意大利最重要的亞得利亞海岸港口，都具有一定規模的海外商業活動以及一定的對外交往的自由權。但是，這些問題都被歷史學家忽視了。安科納也和威尼斯一樣，缺乏富饒的內地農業，因此必須依靠港口來進口食品，比如從阿普利亞(Apulia)地區進口穀類食物等，都是通過航海完成的。

安科納的名字來自希臘語的「肘」字(elbow, ankon)，是對港口自然形貌的描寫。安科納是由敘拉古的迪奧尼修斯(Dionysius of Siracusa)在公元前三九〇年所建立，它還是圖拉真(Trajan，按，羅馬皇帝，九八—一一七年在位)的軍團征戰達基亞人(Dacians，按，古羅馬帝國行省，相當於今日羅馬尼亞地域)時登陸的碼頭。薩拉森(Saracens，按，中古時期的穆斯林部族)人在八四〇年和八五〇年對安科納作了兩次破壞，對此雅各也略爲提到。早在九九六年，安科納即已稱作城市(a civitas)。由於長期處於拜占庭的影響之下，安科納很令威尼斯這一邊苦惱不已，因爲安科納既是一個敵對的港口，又是同拜占庭帝國有政治和商業關係的中心。一一三五年，它已經是一個繁榮的港口，具有自己的公共管理，十分有名。它成功地抵禦了試圖摧毀其政治獨立的各種攻擊——包括弗里德利希·巴巴羅薩(Frederick Barbarossa)皇帝③發動的攻擊。

隨著日益繁榮和強盛，安科納鑄造了自己的貨幣(agontano)，並且在一二二〇年，即雅各出生的前一年，擴大了城牆。但是在此同時，安科納與威尼斯爲爭奪亞得利亞海沿岸的控制權，其衝突也更加激烈；教會要把安科納置於教皇統治之下的努力，也變得更加強烈了。在一二二八年和一二三一年之間，當雅各還是一個孩子的時候，威尼斯的艦隊曾經好幾次對這個港口進行封鎖，但是並不成功，這和威尼斯試圖把整個亞得利亞海沿岸變成其領地的其他努力是同樣的結果。儘管有這樣的壓力，對這個城市來說，十三世紀仍然是一個有影響的和繁榮的時期。

弗里德利希二世是雅各在拿波里的老師的保護人。在弗里德利希二世和教皇英諾森四世(Innocent IV)之間不斷的鬥爭中，安科納沿著自己的路線前進。然而，因爲安科納所處的戰略位置至關重要，因爲它與希臘和穆斯林世界繁榮的商業關係，所以也受到教會的看重，甚至比威尼斯更爲受寵。在這樣的交往中，安科納的猶太人(雅各的父親即在其中)肯定發揮了重要的作用，比如我們從雅各那裡曾經得知，所羅門(按，雅各父親)同黑海港口就有各種貿易往來。

在十三世紀的歷史上，隨著城市的頑強抵抗，教會所施加的影響力也在不斷地加強。手稿中有一些材料言及於此，文字十分心酸，它可能反映了：因爲教皇控制城市的事務，所以安科納在總體上產生了比較普遍的敵意(在某一階段，安科納曾拒絕向羅馬教廷支付年捐)。這個城市甚至在與教會聯盟的時候，也要求保留政治上對教會的獨立性。這種鬥爭的複雜性以及其商業的繁榮，在某種程度上也可以說明，爲什麼安科納的猶太人具有相對有利的地位，至少類同於雅各的敘說所判斷的那種情況。在這種狀態下，這個城市也存在一定的優勢和吸引人的商業前景。我們不妨這樣猜想，面對強大的權力機構，雅各對自己城市的自豪感，影響了他自己對泉州遭受苦難的認識，同時也使他在世界的那一端，在另一個獨立港口的城市事務中，成爲一個大膽的對話者。

在雅各出外旅行時期，安科納成功地維護並保衛了其大部分獨立的商業權，保留了它管理港口的權力。它也以不同尋常的技巧，拒絕向教會交權，在整個該世紀中，它在其他方面也一直堅持其在政治上的自治權。

在塞浦路斯(Cyprus)開俄斯島(Chios)、君士坦丁堡、特里比松(Trebizond)、阿卡(Acre，就像雅各確定的那樣)、羅馬尼亞以及在其他地方，安科納都有自己的殖民地，或者安科納市民的貿易點以及它的領事處④。朝聖者也通過這個港口而湧向聖地朝聖。安科納是意大利中部的主要貿易港口，船運貨物包括酒類、穀類、橄欖油類等。從阿雷佐(Arezzo)、佛羅倫薩、佩魯賈(Perugia)和錫耶那(Siena)到意大利南部、達爾馬提亞(Dalmatia)、黎凡特(Levant，按，指地中海東部地區，如敘利亞、黎巴嫩等)以及其他一些地方；進口的則有一些城市需要的食物，以及來自達爾馬提亞的羊毛和皮革，來自波斯尼亞(Bosnia)的銅、銀、鉛等金屬，來自東方的香料和布匹。因此之故，它成爲當地和遠距離的貿易中心，雖然其商業規模小於威尼斯、熱那亞或者比薩，但卻是十分重要的。這裡似乎也有奴隸買賣，對此，雅各帶著極大的興趣簡單地(輕描淡寫地)說了一下。

最後一點是，一二七〇年在雅各啓程遠航時，我估計安科納的人口是在一萬五千到二萬人之間。在大約寫於一一九八年和一二〇一年之間的《論安科納的困境》(*Liber de Obsidione Ancone*)一書中，中世紀的歷史學家德西納(Magister Boncompagno da Signa, 1170–1240)認爲，一一七三年安科納的人口是「一萬」人；他說「其中的大部分依靠貿易和航海謀生」。不管當時實際的數字如何，它在後來繁榮和擴張的時期，數量上都會有相當的增加。一三五四年，雅各去世半個世紀之後，*Descriptio Ma-*

rchie對安科納的人口提出的數字是七千户，每户有五口人。歐洲中世紀歷史學家中，一般使用這個比率，所以一共應有三萬五千人。

從十三世紀開始，也就是雅各出生前二十年左右，宗教裁判所成立，其目的是發現和迫害「異教徒」，這使歐洲的猶太人承受了巨大而長期的、然而又程度不等的壓力。宗教裁判所的提倡者，不但把猶太人看作「不忠貞」的異教徒，犯下了故意不信仰耶穌神性的罪行，而且把猶太人看作是將他人導入異教的勾引者，特別將他們看作是魔鬼的密友，甚至稱猶太人爲魔鬼之子(filii diaboli)⑤。

一二一五年，在來自基督教世界的一千二百多名代表出席的第四次天主教拉特蘭公會上(雅各出生六年之前)，在教皇英諾森三世的領導下，以加強教皇職權，打擊「猶太人背信棄義的行爲」的名義，展開了針對猶太人的戰鬥行動。先是在猶太人身上強加了教會的新税收，接著是把他們排斥於政府機構之外，因爲他們認爲，「要誹謗基督的人來對基督徒發揮力量，當然是荒唐的」。此外，他們在一二一五年十一月十一日頒布法令，並在第六十八段寫道：「有些教會區域，由人們的服裝可以把猶太人和基督徒區別開來，而在其他一些地區，因爲他們之間沒有明顯的區別而產生了一些混亂……因此，我們命令這些人……必須使自己容易讓人辨別出來。」

教會的法令説，猶太人(和穆斯林)應該佩戴明顯的證章，但是這個條例並不總是能夠生效，或者其意圖後來也被人們巧妙地迴避了。因爲人們把證章佩戴在斗篷或者茄克衫的裡面，這樣其他人就看不見了。雅各告訴我們説，安科納也是如此。人們也利用賄賂來避免這種沉重的心理負擔，而在某些地方，猶太人可以得允在長途旅行中將它解除。在意大利，具有同情心的地方長官，甚至高級教士，都可能使這條規則完全無效。因此在一二五七年，當雅各三十多歲時，教皇亞歷山大四世在詔書中重申了拉特蘭法令，這似乎使得實行這個條令要更爲嚴格一點。

雅各稱證章爲「該隱的標誌」⑥。這個標誌強加在猶太人身上，從一個基督教國家到另一個國家，甚至從意大利的一個城市到另一個城市。在羅馬，一二五七年的教皇詔書之後，仍然命令把黃色的圓圈固定在男子的帽子上或者女子的面紗上；一三一〇年以後，命令男子穿更加突出的紅色披風，而猶太婦女則必須在面紗上佩戴兩個藍色的帶子（或叫 strisce）。在其他地方，整個的帽子都必須有所區別，一般是以紅色或者黃色作標記。

但是，佩戴證章或者外在的標誌，無論有意無意，無論成功與否，它的結果都是羞辱、傷害佩戴者，把他和他人區別開來。這是一回事。對像雅各·德安科納這樣具有奉獻精神和學識的人來說，在他的有生之年，有人發出對《塔木德經》的咒罵，則又是另外一回事。一二三二年，雅各十一歲，接近他作爲成年人正式被引進猶太人社區的年齡。這一年，多明我會托缽僧傳道者受教皇格里高利九世的委託，不但要肩負起意大利、西班牙和葡萄牙施行「宗教裁判」的任務，而且要負責搜索、檢查和燒毀用希伯來語寫作的書籍。四年以後，雅各十五歲，其信仰肯定已完全確定。此時，多明我會會員勸說教皇譴責《塔木德經》，要把它作爲一部「誹謗和褻瀆神聖」的作品來看待。

要評判這種法令對十三世紀的意大利特定的社區和個人所產生的實際效果，評判它所表達的精神所具有的實際效果，都是十分困難的。雅各的見證可以說是例外的材料，這一見證罕見，同時也價值非凡。不過，這種詛咒的影響作用沒有什麼一致性，這主要是因爲意大利在中世紀基督教時期的地位比較反常。教皇職權所處的中心地區十分複雜，它是獨立性不斷增加的社區的土地，也是敵對的貴族領地的土地，同時也是猶太人在基督誕生之前就已經定居的土地。在獨立社區和貴族領地之間的傾軋矛盾，可能有助於猶太人，也有害於猶太人。

意大利的猶太人，尤其是在羅馬的猶太人，都是土生土長的定居者，而不是移民。在雅各的時代，有些城市在某些地方長官的統治下，猶太人在他們鄰居的眼中都有一種可以推定的權利(presumptive right)。就是說，經過一千五百多年的不間斷定居之後，這些猶太人有居住在他們所在地方的權利⑦。在有些城市，人們有各種理由相信，猶太人是被當作公民(citizen de facto)來看待的，如果不是被看作法定公民(de jure)的話⑧。拉特蘭第四次公會禁止猶太人擁有政府機構的權力，這也確實提示了我們，在某些地方，他們又確實掌握了這樣的權力；就像雅各在手稿中表明的那樣，儘管有教皇的詔書，一個猶太人也都可以成爲一個突出的、具有成就的人物，尤其在意大利是如此⑨。

不過，我懷疑在中世紀一個意大利猶太人可能是一個被授予全權的城市行政官，因爲他不可能作什麼基督教的宣誓。但是在中世紀的意大利，猶太人社區的存在是確定的，是具有意義的，不管對他們有什麼厭惡之情。這一點從一些證明材料中就可以看出，許多中世紀的意大利城市，除了羅馬以外，尤其是在北部的盧卡(Lucca)、帕維亞(Pavia)、帕多瓦(Padua)以及其他地方，都是塔木德學術的中心地區。

這個事實似乎說明，雖然中世紀的教皇和高級教士對羅馬内外諸教徒(urbi et orbi)經常頒布殘酷而歧視性的法令，但是一般來說，他們也反對在意大利對「他們的」猶太人採取過激行爲。進一步說，在雅各的時代，意大利猶太人雖然大部分居住在城市，但是他們也都可以擁有土地，可以在農業和葡萄釀酒業中不另收取費用，就像在安科納地區(或者「邊界地區」)一樣。這些猶太人居住在小城鎮甚至小村莊中，也居住在較大的城市裡。不過他們更多的是從事商業——包括大規模的國外商業冒險，就像雅各·德安科納在手稿中所表示的那樣——和手工業活動，特別是服裝業、印染業以及絲綢業等。雖然如此，在意大利和其他一些地方，當地的特別稅收和禁令(這還不包括猶太人一再地擔心他們財富權的劇烈變更)卻總是束縛著他們的腳步。比如在威尼斯，有一條舊條例就禁止在屬於威尼斯基督徒船主的船上攜帶「猶太人的商品」。至少在條例的行文上如此。

我們可以看到，雅各·德安科納的立場是反對這種常見的歧視形式。他本人抱怨說，他是一個「在自己的國土上沒有聲名頭銜的人」，然而他卻與豐蒂·阿威拉那(Fonte Avellana)修道院院長、堪普(Campo)的聖·羅倫佐(San Lorenzo)修道院院長以及法諾(Fano)的主教等人保持聯繫，為的是給他們提供珍貴的香。雅各的父親所羅門，似乎把一筆錢借給教皇在安科納的高級教士加迪諾·瑞納(Cardinal Rainer)，但是最終卻受了騙。雅各依靠「尊敬的(rettore)西蒙的知識和他的保護」，出海遠航了。這個西蒙，肯定就是從一二六六年開始在安科納接任高級教士的，內心「深感內疚，要為瑞納先生的惡行作補償(見下文)」的加迪諾·西蒙。雅各離開意大利去塞浦路斯時，帶了一些推薦書，雖然他並沒有說這些推薦書是誰寫的。安科納的市長(podestà)喬萬尼·康法羅尼埃里(Giovanni Confaloniere)，雅各稱他為「我們的鄰居」。在雅各離開時，他曾經來和雅各告別，而雅各也對他「祈求……希望我的家庭能夠免於傷害，保持平安」。這些似乎表明他們有親密的關係。

在航海的冒險中，雅各的夥伴也包括本維努托(Benvenuto)和阿爾貝托·德·塔拉波蒂(Alberto de Tarabotti)兩個人。塔拉波蒂家族是十三世紀和十四世紀早期安科納的顯赫家族；而本維努托則在雅各動身那年，是附近城市阿西維亞(Arcevia)的行政官員。在隨後年月裡，阿爾貝托則是同一城市的市長。

然而從一二六五年開始，在教皇克雷芒四世(Clement IV)的統治下，在昂儒的查理一世(Charles of Anjou，按，西西里國王，一二六五—一二八五年在位)——即戰勝弗里德利希二世者——的專橫統治時期，也有補充的材料表明，對猶太人的敵視情緒在不斷地增加。一二六八年，在雅各動身去東方的前兩年，意大利南部也開始引進宗教裁判所。意大利多明我會的反猶太主義的傳道，使得所有地方的形勢變得非常嚴峻；要猶太人改宗的壓力也逐漸增加，同時又使用免除特別稅特權來加以引誘。

這樣，雅各在一二七〇年初夏離開他的家庭之時，對他自己或他們的前景肯定是沒有什麼信心的，一面擔心他會浪費財富，一面擔心旅途的危險性，這一點他說得也很清楚。但是，就像我們所看到的那樣，他的精神力量並沒有受到影響。他是具有在安科納社區的猶太人和基督徒地方特徵的人。反對猶太人命運的車輪滾動不停，雖然在這一命運之輪的翻轉中，他並不敢保證他的世界將不會被推翻，將不會失去，但是他還是具有一定的精神力量的。他是不是也佩戴「恥辱的徽章」，這一點他沒有說明。

儘管中世紀的檔案材料貧乏，但是在公元九六七年，在靠近安科納的地方，土地擁有者中有猶太人的姓名，這也是眾所周知的；其中有一份簡短的地方文件，一直可以追溯到公元九四九年的「猶太人大衛」。我們也知道，在雅各的時代，外地的猶太人也在馬爾凱(Marche)大區從事銀行業、亞麻和羊毛的貿易、皮革鞣製、造酒業以及油類生產，同時也從事醫生和學術的研究工作。我們還能看到一些來自里米尼(Rimini)的十三世紀殘存文件，這些文件表明，猶太人從一二三〇年開始，依照契約規定，介入了收集港口稅款的活動⑩。在他的手稿中，雅各本人斷言說，(到一二七〇年)猶太人在安科納已經有一千年之久。但是，並不存在什麼與此相關的地方傳說，也沒有任何記錄存在。

但是在雅各、雅各的家庭以及安科納這三者之間，它們的關係又是什麼?「德安科納」這個姓⑪，雅各曾經根據意大利猶太人的習慣，附加在他自己和他父親的名字上，作爲表示來源出處的名字。這提示我們，他的祖父，亦即佛羅倫薩的拉比以色列(Rabbi Israel of Florence)，在雅各的父親出生時，離開佛羅倫薩而遷居安科納。雅各同薩拉(Sara)的婚配，也證明這個家族在某個時期在當地定居的猜想。但是，這明顯不是定論。薩拉是來自澤西(Jesi)家族的女子，澤西是位於安科納西南部的城市，在中世紀有少量猶太人口。這種猶太人的婚姻，在年輕時期由媒人安排，在澤西的姑娘和佛羅倫薩的小夥子，兩個居住並不太遠的一對之間進行，可能並不是難事。

雅各把安科納稱作他的本鄉(patria)，意譯是他「父親的地方」。但是，這個詞並不必然意味它是雅各的出生地，或者是他父親的出生地。他也不妨爲此使用 loco natio 一詞。我們倒不如說它是「歸屬之所」的意思，或者像我們所說的「家」，從此知道了他的父親所羅門是在這個地方的。

意大利猶太人歷史學家都認爲，中世紀除了羅馬之外，安科納是意大利中部最大的猶太社區。他們也斷言，有相當一部分人，其中也包括雅各．德安科納的父親，也許還有他的祖父，都因爲有利可圖的港口提供了大量的機會，受到吸引而去了那兒。迄今所發現的僅有的一些文件，都與同意停留該城、允許從事商業活動有關。這是在十四世紀後半葉、雅各遠航八十多年以後，向某些羅馬的猶太人頒布的。我們也知道在同一時期，安科納有一大批「外國商人」，包括希臘人、達爾馬提亞人、西班牙人和德國人。

就像我在前面所說，若說本地的意大利猶太人是以這種名義來到這裡的，這很令人懷疑。我想，更有可能是，安科納的猶太商人擁有一種團體的許可證，特許他們從事外貿，按某些規定管理他們的活動，使他們遵從稅收制度，控制允許加入的商人數量以及如何解決糾紛，等等。這種有關猶太人(以及其他人)的許可證，在歐洲的其他城市尚有存在，它們最早的時間可以上溯到卡洛林王朝(Carolingian)時期。

另外，似乎還有一種可能，這就是說，十三世紀安科納的猶太人擁有某種特許權，和正式地頒布的豁免權，比如說可以擁有土地，可以僱傭基督徒和家庭僕人，就像其他地方的猶太社區受到比較寬容(儘管不太穩定)的地方性法規的管轄一樣。正如雅各告訴我們的，他和他的家庭也受到這樣的待遇。

另外還有兩條線索：從第一條來看，在雅各的時代，安科納的猶太人所從事的商業活動，本質上並不很清楚。十四世紀早期，教皇在給這個城市⑫的信件中，曾試圖禁止安科納同薩拉森(Saracen)世界在武器、馬匹和金屬鐵器等⑬材料和工具上有貿易往來，因爲這些東西對薩拉森人的好戰野心有一定作用。我們也可以推斷說，在早期，也就是在雅各的時代，安科納的商人因爲從這種貿易中獲得利益而激怒了羅馬；我想還可以這樣推斷說，猶太商人因爲了解黎凡特(以及阿拉伯)國家，所以特別有機會去從事這種貿易，在薩拉森人中間也遊刃有餘。確實，就像一般所斷言的那樣，如果猶太商人的財富在雅各去世以後的意大利逐漸減少，那麼，教皇同安科納的往來可能就會說明，有種種限制性的壓力沉重地加到猶太人的身上了。

我們也知道，在十四世紀早期，來自安科納和里米尼的猶太人在帕多瓦從事銀行業和放貸業。這很可能是一種跡象，表明亞得利亞沿海港口從事遠距離貿易的猶太商人被迫到其他地方尋找其他的生存之道。

雅各·德安科納到東方的貿易計劃是一種冒險，就像手稿所大量顯示的一樣，也是家族生意的一部分，這種生意開始也許是他父親所羅門建立的。在這種冒險生意中，一些合夥人投入冒險的資本，以求最終分享紅利。每次航行都要分別尋求資金，雅各的生意也是一樣。雅各告訴我們，除了他的父親和他的妹婿巴魯奇(Baruch)以外，他的合夥人還有塔拉波蒂家族的兩個成員，即盧卡的塞繆爾·迪·納森(Samuel di Nathan of Lucca)和卡梅里諾的列維·迪·亞布拉姆(Levi di Abramo of Camerino)⑭，他們兩人顯然都是猶太人，可能也是親戚關繫，此外還有佛羅倫薩的多梅尼格・古爾蒂(Domenico Gualdi)⑮一共是八個人(在這樣的合作關係中，一道旅行的合夥人在中世紀保存的正式契約中，通常稱之爲Tractor；投資者，或者不參與具體經營的合夥，稱之爲stans；股份稱之爲sortes；每個股票持有人所作的貸款投資，則稱之爲commenda)。

在猶太人的文化史以及世界貿易史上，猶太的貿易商人都具有典型的特徵。亨利・皮朗(Henri Pirenne，按，著名中世紀經濟史家)就曾說過：「從卡洛林王朝時代開始(即公元第八世紀)，唯有猶太人從事一種具有規律的商業活動，這樣，Judaeus（猶太人）這個詞和mercator（商人）這個詞就顯得幾乎是同義了」⑯。至於雅各的祖先，甚或包括他擔任拉比的祖父在內，究竟從事這項貿易往來有多長的時間，就難以說清了。但是，他有親戚在阿卡和亞歷山大港口城市兩地從事對外國的貿易，他的兒子同巴士拉(Basra)猶太商人的女兒結婚，他在西印度的猶太人貿易社區中間有許多熟人，凡此都清楚地說明，他的家族及其傳統都是同這個貿易的世界結合一起的。

在這個貿易世界中，猶太人幹練老到，能使用多種語言，又總是具有文化修養——一個猶太人如果不能閱讀經書，實際上就不是該社區的一員——他們敢於冒險，就歷史上來看，他們常常也是開拓者，把地球最遙遠的部分連接到了一起。比如說，雖然猶太人參與中國絲綢貿易以及同遠東交往的往古事情，被遮上了一層神祕的面紗，但是，第九世紀阿拉伯的原始材料卻暗示了，「從不可記憶的時代開始」，猶太人就已經到過中國了。這對雅各來說，是非常有興趣的主題，他在手稿中就曾提到了這一點。在有些傳說中，關於猶太人所出現的日期甚至是早在中國的漢代(公元前二〇〇—公元二二六)，而最令人感興趣的是，我們從手稿中發現，中國人也知道這個傳說。

在阿拉伯的文獻中，他們常常把九世紀到十四世紀的猶太旅行商人稱作 Radanites，這個單詞是從波斯語來的，意思是他們「門路通」。這些猶太旅行商人在歐洲和遠東之間自由往來。在薩拉森執政者將幾條主要通道對基督教貿易商人封閉時期，他們商業上的成功就更爲突出了。這些「門路通」者最初是從底格里斯河東部的伊拉克來，據說是第一個把橘子、糖、水稻、檀香木和山扁豆、桂皮香料和樟腦、麝香以及茉莉花和丁香花等帶到西方去的人。

根據羅伯特．洛佩茲(Robert Lopez)所說，在中世紀早期，確實是「孤獨的猶太人」普遍進行成隊的旅行，「他們保持了基督教的歐洲、伊斯蘭教的世界、拜占庭帝國乃至印度和中國等之間的貿易和文化的聯繫」⑰。具有這種傳統的猶太貿易商，本身就是旅行家。就雅各．德安科納來說，他除了做其他事情以外，同時也在從事門路精通的奧德賽風格的冒險事業。

皮朗說，人們可以賺取大筆的財富，「發財致富」可以「非常迅速」。「旅行愈久，進口貨物愈珍奇，贏利的前景就愈大」，這種贏利足以「抵銷艱辛和冒險」。皮朗爲我們解釋了雅各的動力，並特別提及香料和絲綢⑱。總之，皮朗認爲：「資本的力量主宰一切，支配著……海上和陸地上的運輸，不管進口還是出口，無不如此。」⑲在雅各的商業冒險中，那些由投資者(猶太人和非猶太人)所提供的冒險資金，都是這種活動的驅動力。教會(常常是祕密地)和擁有土地的仕紳也都捲入其中。

此外，中世紀在擴展遠距離的商業貿易方面也是意大利，特別是意大利北部的商人起著帶頭的作用。因此，在這一時期留下的東方旅行記述的名單中，意大利人佔了這樣高的比例，傳教士們又沿著這些商人的道路繼續向前，就沒有什麼令人驚奇的了。在商業慣例和結算方法中，在支付的方式和通過一種當地代理商和代理人網絡的代理系統中，大部分重要的創新都是源自意大利人。從一〇九六年開始的第一次十字軍東征到一二一七年的第五次東征，都額外地增加了意大利海洋城市的財富。威尼斯、熱那亞、比薩和安科納的船主，一般都因爲運送十字軍和朝聖者到黎凡特而獲得了極大的利益。

我們可以斷定，猶太人，這些歐洲的第一批國際主義者，也參與了這一切的活動，其中當然也包括運送十字軍。

商業的這種快速發展，就封建社會的歐洲人口突增的規模來看，可以說是一種「革命」，但是對猶太人來說卻並非是革命。猶太人習慣於自由的貿易活動，在當時，他們是這種貿易活動的主要從事者。他們專營絲紗和織品、染業和染料，專營藥材、香料、芳香劑、香水、香，專營金銀以及珍珠和珊瑚等。在從印度和遠東而來的遠方的貨物中，最有價值的是香料的貿易（就像雅各的採購中所證實的那樣）。在這一方面，猶太人早已是專家了。在同印度的貿易中，猶太商人特別「組成了一種僅限於少數人參加的祕密團體，只有他們相互知曉，外人不得而知」⑳，雅各的手稿也對此作了新的解釋。這樣，在印度南部的辛格里(Singoli)（或者稱作克蘭格諾爾(Cranganore)，像我們現在所知的這樣）貿易站，「猶太商人在港口往來頻繁，」雅各寫道，「我們進行的貿易繁複多樣，連我們的貨物也因此免去了通行費。」雅各於一二七二年九月抵達亞丁(Aden，按葉門首都)。我們知道，到印度去的猶太貿易商人對中世紀的亞丁經濟來說也同樣是相當重要的。

但是，長期以來傳統的觀點認爲，在十二和十三世紀，猶太商人在歐洲所擁有的主導地位落到了他人之手（包括落到黎凡特和馬格里布（Maghreb，按，包括今日摩洛哥、阿爾及利亞、突尼斯和利比亞的非洲西北部地區）的猶太商人之手），而教會的憎恨，連同具有限制性的行會條例以及妒忌性的競爭，已經成功地將猶太商人和銀行家擠出了國際商業，使他們只能從事小型的借貸和小規模的地方貨郎貿易這種屈辱的貿易形式㉑。雅各・德安科納的手稿表明，即使這是普遍的事實，這種壓力在意大利（和普羅旺斯）所發揮的效果，較之歐洲其他地方還是比較緩慢的，而他的家庭在安科納的經濟貿易也還是按部就班地運作不停。

但是，不能肯定這在該世紀末是否仍然存在。

雅各的旅行延續了三年零一個月，從一二七〇年四月到一二七三年五月。這期間，他去了中國的南方，又返回意大利。旅行途經阿卡、巴士拉、霍爾木茲海峽、印度西海岸、錫蘭、尼科巴群島(Nicobar Islands，在今天的印度)、蘇門答臘(Sumatra)、馬六甲海峽(Malacca straits)，以及我們今日稱之爲馬來西亞以及東埔寨的港口，花費了十六個月時間。其間包括他在巴士拉逗留兩個月，在蘇門答臘天氣不佳而逗留幾乎三個月。他在泉州這個中世紀中國南方的港口城市，逗留了五個月左右。

他在一二七二年二月稍晚的時候動身返回安科納，同樣途經爪哇島(Java)和西印度，但是隨後又途經亞丁、弗斯塔德(Fustat，今天的開羅)和亞歷山大港。他回國的旅程只花費了十五個月多一點，包括在蘇門答臘躲避西南季風季節的一段時期，一二七二—一二七三年冬季在亞歷山大港口逗留的三個月，在那兒，他也有一些家族成員和貿易夥伴。

這些航行路線，其中包括那些在黎凡特的、經由陸地作艱苦旅行的駱駝商隊所取的路線在內，大體上說來，相似於十三世紀其他一些從歐洲到東方的商旅所採取的路線，有些商旅是經由尼羅河和紅海，另外一些則經由幼發拉底河以及波斯灣(但是馬可·波羅卻選擇了經過波斯到印度的陸路，而不是自己駕駛極易毀壞的船隻，冒險從海路旅行到波斯灣；我們的旅行家雅各就像手稿所說的那樣，則由他在巴士拉的教友提供了比較便利的條件)。

在雅各·德安科納時代以前，從阿卡或阿勒頗(Aleppo)到波斯灣的駱駝商隊，在正常的情況下都要經過巴格達。但是到了一二七〇年，被旭烈兀汗(Hulagu，按，成吉思汗孫，伊兒汗國創始人，一二一七—一二六五)率領的蒙古人攻擊以後的第十二年，它不再像往昔那樣是貿易中心了；不過雅各一點也沒有提到這一點。在大馬士革(Damascus)，也有「逗留時間長的危險」，就像他報告的那樣。這個地區不甚安寧，一二七一年十月，在雅各經過那兒半年之後，敘利亞北部也遭受蒙古人的侵略。

如果不是這樣，他出國和返國的旅行就會沿著一條熟悉的路線了。在他們的海上航行中，由於擔心海盜的劫掠行爲，擔心海員們消耗過多的體力，擔心盛行風(prevailing wind，按，氣象術語)，所以他們總是控制在海運線路中遠行。在比較滿意的情況下，一條中世紀的船裝備了風帆和槳，每天似乎可行七十英里。揚帆盪槳穿過印度和中國的海洋，既需要漫長的行程，也需要勇氣，這一點並不使我們吃驚。就像謝和耐(Jacques Gernet)指出的那樣，「在我們時代開始的幾個世紀裡，在蘇門答臘和廣州之間作不停頓的遠航和長期旅行，早在第七世紀似乎就已經形成常規。」㉒

雅各離開安科納的時間是多長，這也是人們希望知道的。從歐洲到印度和中國的旅行，在中世紀至少需要有兩年時間，常常要更長一點。

在一二七〇年，也就是創世以來的五〇三〇年㉓，上帝保佑，在四月的第十六天和尼散月㉔的第二十三天，當喬萬尼・康法羅尼埃里(Giovanni Confaloniere)擔任市長，馬修・安吉尼(Matteo Angeli)和吉亞考姆・布拉迪奧尼(Giacomo Bladioni)領導大衆的時候，我，安科納的所羅門(Salomone)的兒子，佛羅倫薩的偉大拉比以色列的孫子雅各，安科納的商人——願其英名永存——踏上了遠航之路，到大印度以及地球最遠端的海岸去。

我四十九歲，為此而讚美上帝吧，我身體良好但是體質虛弱，有很多的疼痛。不過通過我家庭的愛和我高貴的拉比家世，我加強了勇氣㉕，崇仰和頌揚造物主吧！喬萬尼(Ser Giovanni)為我送行，我增加了信心，我轉過來請求他，願我的家庭免於傷害。

既然我在這裡決定真實地講述一切，把我離開和我返回的時間中所發生的一切都說出來，讚美上帝吧！既然在這本關於我的旅行記中，將記下一些甚至不宜為人所知的事情，那麼我就宣布，我啟航遠行是告知了 rettore 西蒙(Simone)，而且是得到他的保護的。西蒙內心有愧，於是說要為拉尼埃羅(Ser Raniero)和卡波西(Ser Capocci)兩位大人的錯誤行為(misdeeds)作一定的補償㉖。西蒙對我保證，認為我可以贏利，說是靠近卡特利亞山的亞維拉那修道院院長㉗，以及福格里亞的聖・托瑪索(San Tommaso in Foglia)和堪普的聖・羅倫佐(San Lorenzo in Campo)兩地的修士們，都希望從我這兒得到珍貴的香，用它來使他們對其偶像的演講散發馨香，當然，他們也還要我做其他一些事情。

然而，我感到無比的悲傷，因為我必須這樣在危險中遠航天涯海角，要作為旅行者而多年遠遊在外，離開我的出生地，甚至要遠至蠻子(Manci)，有的人將它稱作 Cin(秦)，我們則把它稱作中國(Sinim)㉘。確實，我悲傷至極，哭泣不已，擔心發生不幸的事故。我向上帝祈禱，讚美難以形容的聖一，願我能完成遠航而無任何海難。各種顧慮接踵而至，害怕有歹徒和海盜，害怕發生沉船事件，害怕在淺水中擱淺，害怕船隻撞礁，海水從罅縫中湧進來。

如果發生這種不幸，我的船隻就會沉沒，既然遠航印度和中國海的航船常常發生海難，那麼，在腳踝深的水中都不能站立的我又能做什麼？我們讚美的拉比摩西・本・邁蒙(Mose ben Maimon)㉙的兄弟大衛——願他的靈魂最終復活——溺死海中，不是引起他的兄弟為他沉痛地哀悼嗎？因此，我向上帝祈禱，讚美祂，如果我的船隻碰地或者破碎，或者在夜晚航行的時候迷失方向，或者我發現其他的危險在即，願祂饒恕我吧。任何踏上這種船隻的人都要把他們自己交給上帝，願我們崇敬祂的名字吧。

但是，我也害怕其他人的貪得無厭和無窮的慾望，害怕在我能夠獲利之前而遭受搶劫的危險。生活是這麼艱苦，災難是如此繁多，威脅著甚至最虔誠的猶太人，我們只有在上帝面前，才可以根據我們的功過而發現公平。

我也擔心某些傷害或者事故會落到我家庭成員的身上，比如我父親，願寬恕書冊上記下他的名字吧，年老體衰，疾病纏身，在我離家遠行的時候可能會更糟。這種災難降臨的時候，我們家的財產可能會每下愈況，遭受毀滅。

我帶著這樣的思想向上帝祈禱，讚美祂，我會遵守安息日，我不會受到蠱惑而吃令人厭惡的東西㉚。我祈求祂使我的家庭平安，人人健康，我自己也安然無恙。這樣，在我一直隨身攜帶的錢包中，我放進了貝桑金幣(the golden besant)，這是我們的哲人拉比梅那伊姆(Menahem)㉛給我的，我保證在平安返回之時交還給他，如果上帝許可的話。

父親的不幸使我開始了遠航的冒險事業，我憂傷不已，請求我妻子薩拉(Sara)和兒子能夠原諒這一切。我對兒子們說，在這苦難的世界裡，一個人如果自己能夠抵抗邪惡，就可以說是一個正直的人了，而為了達到自己的理想，他就必須強迫自己面臨各種危險。我的父親十分明白，我並沒有過錯，便同意把那些在同拉古扎(Ragusa)以及大馬士革貿易中獲得的財富，以及並非依靠可鄙的奴隸買賣而獲得的財富㉜，都分別放到他在黑海和塔納(Tana)㉝的商業冒險中去。他們祈禱我平安，淚水漣漣，唯恐在布滿艱難險阻的道路上一切都遭受毀滅。

但是他們也為我高興，因為我將在巴士拉(Basra)見到我們可愛的兒子以撒(Isaac)，上帝給了他健康和豐富的財富，他作為威尼斯的傑爾申·本·朱達(Gershon ben Judah)以及西尼格利亞(Sinigaglia)的海姆·本·亞布拉姆·哈-列維(Haim ben Abraam Ha-Levi)和我的代理商，在亞丁待了一年。他去巴士拉是迎接在阿斯庫里(Ascoli)的以賽亞(Isaia)之女來結婚。因為他們再次開始哭泣，我就對他們説道，我們必須永遠把自己交給上帝，要讚美上帝，所有的喜事都是來自上帝。

於是，我要他們應該永遠記住，如果上帝同意，我回來時將帶給他們大量的布匹、絲綢、胡椒、香料、珍珠，以及其他各種具有極大價值的珍稀物品，所以他們不應該沮喪。此外，我告訴他們，我的任務是在水手準備妥當之時，提醒其他忽視工作職責的人，戰勝所有那些試圖利用騙局和詭計欺騙我們家、偷我們東西的賊盜，因為他們會給我們假貨、劣質商品，或者利用其他邪惡的手段欺騙我們。

我這樣説到自己肩負的任務，以便能夠平息他們的擔心。同時我説道，我的任務就是去恢復我們的財富，設法找到一個地方，買到那種在另外一個地方能貴重如黃金的東西；我還要把從我們國家送來的所有屬於我們的商品集中起來，把那些虎視眈眈的竊賊打發開去，並且從各地的猶太人中選擇一些，作為我們的代理商㉞，也要獎勵那些對我們盡職盡責的人。

動身的日子愈來愈近，各條船的船頭船尾、前後左右也都確定，風向著東北偏東的方向。但是就在這個時候，我又感到了悲傷，我的妻子薩拉也是這樣。她想安慰我，但是卻絲毫沒有效果。上帝啊，我是這世界上最不幸福的人了。我想我會憂傷而死的，因為我明白，根據法律，我必須同意和我的配偶、澤西(Jesi)的薩拉•波納尤塔(Sara Bonaiuta)離婚㉟，而薩巴托•本•梅納伊姆(Sabbato ben Menahem)和拉扎羅•哈-可恩(Lazzaro Ha-Coen)兩位長者則對此作證。這樣，我，安科納的雅各，因為擔心我會發生不幸，所以授權於她，如果我在旅行中遭遇危害，或者在三年之內不能返回，根據上帝的法令，讚美祂吧，她可以再次結婚；同時，如果需要的話，就把她和我的幾個兒子交由我在法諾(Fano)的兄弟達塔羅・波拉特(Dattalo Porat)和以塞亞・蘇蘭・哈吉茲(Isaia Sullam Hagiz)照料。

但是現在，領航員畏懼逆風，急於要我們使用槳和帆而盡快地取道扎拉(Zara)㊱，所以，我的親朋好友便只好下船。這樣，我們淚流滿面，在最後擁抱之後就離別了。我勸妻子薩拉要降低消費，以免我們的家業愈來愈糟，我們相互都把對方交給了上帝，讚美祂吧，頌揚祂吧。

這樣我們揚帆啟航了。我知道左右兩邊的繩索已經拋出，便在心中默默地背誦《施瑪篇》(the Shema)（按，猶太教晨禱和晚禱中的禱文，申述對上帝的篤信）。在這船上，我帶了許多貨物，有天鵝絨布匹和羊毛，也有我們的金線㊲，在中國，人們會給它好價錢的。我也帶了水銀、亞麻、用木箱包裝的安科納肥皂，還有大量的酒和玉米，這是準備在拉古扎作交易的，此外還帶了其他許多有價值的東西。

我身上也帶了珠寶，是作為在巴士拉(Basra)僱傭船隻的佣金。但是，我只帶了很少的錢㊳，無論是威尼斯的格羅特還是貝桑金幣，我都只有很少，這樣，邪惡之徒也許就沒有什麼興趣來取我的生命了，但願上帝阻止這樣的事情。

這樣，我同我的基督徒僕人一起離開了安科納。這些僕人都是來自安科納的，其中有我的兩個忠實的聽差皮埃特羅・阿曼圖喬(Pietro Armentuzio)和西蒙・皮茲埃庫利(Simone Pizzecolli)；廚師佩克特(Pecte)和魯斯蒂西(Rustici)以及他們的副手，年輕的伯萊托(Berletto)。我還有兩個僕人來幫助我洗衣服，婦人伯托妮(Bertoni)和布卡祖普(Buccazuppo)小姐，雖然我並不想要她們。其他還有我的航海員，勇敢的亞托・圖里格利奧尼(Atto Turiglioni)，他來自聖・安格羅(Sant' Angelo)的弗拉・皮埃特羅(Fra Pietro)，受西蒙(Simone)領導，我們將用他的海航圖航行。我們安排圖里格利奧尼以及前面說的一些人，在從巴士拉到大印度以及中國大陸的途中，一直留在我的身邊；另外兩個人是米切利(Micheli)和弗爾特魯諾(Fultrono)，則隨時照顧我的安全，以免我的生命受到任何傷害。

在我們從港口出發時，我從海上向考尼羅(Conero)高高的小山上張望。船上除了我自己以及我父親——願他的靈魂可以承受一切——的財富之外，還有我妹婿巴魯奇・波納尤托(Baruch Bonaiuto)的貨物。我的合夥人本維努托(Ser Benvenuto)和阿爾貝托・德・塔拉波蒂大人(Ser Alberto de'Tarabotti)㊴都各有三個股份，盧卡(Luca)的塞繆爾・迪・納森(Samuel di Nathan)，卡梅里諾(Camerino)的列維・迪・亞布拉姆(Levi di Abramo)和佛羅倫薩的多梅尼格・古爾蒂(Ser Domenico Gualdi)各有兩股；塔拉波蒂(The Tarabotti)和托斯卡那(the Tuscan)家族則根據每一個人的股份而接受贏利，以及其他一些人，我不想提及了。

船行駛到了公海，海浪開始大起來，我再次祈禱上帝，讚美祂，但願我能夠平安返回。但是，因為我們遭受的痛苦，我又一次陷入極大的憂傷之中。我想到我的薩拉，想到我可能再也看不到她了，我開始哭泣；離開了我的學術研究，離開了我的父親，我的心情萬分沉重；唯有上帝知道，我遠航的命運將會如何。

這樣，我們穿行在各條航船之間，向著東北偏東的方向前進。我為了航行而平息自己攪擾不安的心情，決心永遠去遵守猶太人的責任，不吃不潔之物。在安息日裡，如上帝許可，則既不上船也不下船。我也決心不忘記以下兩件事：常常向上帝傾訴衷腸，讚美祂吧，每天都攜帶我的經文護符匣㊵。如果在暴風雨中我心慌意亂，不知道耶路撒冷在什麼地方，這是上帝禁止的，我會把我的心靈和思想導向我們的至聖之所(Holy of Holies)，就像拉比猶他(Judah)允許的那樣，願他安寧。

我也發誓，無論我多麼希望獲利，我都應該使用最忠實的方式自我經營，沒有任何的汙點瑕疵，因為這總是我的習慣。買主給賣主好處就像賣主給買主好處一樣，都是很有益的。不管是在第一種情況下，對一定的商品超過公平的價格而多支付一小筆款額，還是在第二種情況下，對一定的商品在價格上小作折扣，一個人都可以在後來其他人大量支付的那些事情上，得以廉價地獲取利益。

然而，既然真正的利益只能給予認真聽取上帝福音的人，讚美祂吧，如果貪婪和貪得無厭攫取了一個人的靈魂，其靈魂中沒有了聖一，請寬恕我說這樣的話，那麼，他也就得不到利益了。

我就是用這樣的思想平息了自己攪擾不安的心靈，但是我的身體卻被翻滾的巨浪弄得不得安寧。我身體虛弱，漸漸地感到反胃，因此我放棄了近來一直在吃的一些食品。我的腿失去了控制，我又一次感到自己會憂傷而死。此時，距離港口尚遠。這時候伯萊托過來幫助我，使我恢復常態，我漸漸地好了起來，讚美上帝吧。

天剛破曉的時候，風比以前柔和了許多，我的身體也恢復了，我祈禱上帝，讚美祂，把經文護符匣放在我的前額和胸前，許多船員看見以後都覺得吃驚。然而猶太人，甚至在陌生人中間，都必須像按照上帝的命令去做的那樣，通過祂可以聽到的祈禱以及自己靈魂的寧靜去做一切，只是他並不能去傷害他人，也不能去干涉他人的信仰和活動。

這樣，人人都允許他人根據其信仰而崇拜上帝，但是唯有猶太人不會崇敬偶像，也不會尊敬那些面對偶像雙手相合、雙膝下跪的人。以色列的上帝，沒有像您這樣的上帝啊。這樣，我們在這一天抵達了扎拉(Zara)，因為風很大，有時候還是逆風，所以槳手拚命地划槳，但是我的病痛已經過去，對此我要讚美上帝。

在扎拉，我逗留了六天。這段時間是克多西姆(Kedoshim)安息日，我的任務是把我兄弟以及我的所有貨物都搬運到一個更加寬敞而牢固的船上，這樣做是根據一些指示和要求，這些指示和要求也已經通知了扎拉的謝西特．哈-列維。(Sheshet Ha-Levi)㊶。在這裡，我要負責等候前來的梅斯特里(Mestre)的梅納伊姆．維沃(Menahem Vivo)，願他的靈魂永在，如果我發現他已經到達，那麼我們就一起遠航。

我也購買了各種食品，並且同維沃以及從拉古扎(Ragusa)一起來的人共同僱傭了一條船。在這條船上，有三個人以備不時之需，還有三十個武裝士兵，每人的佣金是每月六十個格羅特。僱船、購買食品以及僱傭船員，花費確實很大，因為我們還必須有主舵手，有負責拋錨者、操持纜繩者、負責飲食者、木工、副舵手，以及其他一些在我們向聖．喬萬尼．德阿克里(San Giovanni d'Acri)進發時為我們服務的人。

當一切都終於準備妥當，諸事穩妥，我們開始啟航。梅納伊姆．維沃的船以及基督徒的商船緊隨而來，他們的船隻武器裝備精良，以便對付各種海盜，並不僅僅是為了對付法馬古斯塔(Famagusta)的海盜。商人唯有在武裝保護之下才能安全，否則，他們就會處在被人奪走一切物品的危險之中。達爾馬提亞(Dalmatia)的小島和水域是賊盜的藏身之所，這些人生性粗野，以偷竊為生，甚至在他們自己人中間也進行偷竊。

在我們船長的計劃下，我們在桅桿上也升起了威尼斯的國旗，以便使我們可以免於其他船隊的攻擊，因為在我們城市之間，敵意仍然很深。

我們隨著和緩而清冷的風，向東南方進發，首先到了庫佐拉(Curzola)㊷。我從那兒的以賽亞・本・西蒙(Isaia ben Simone)手裡買了銀子，賣了許多酒，然後向拉古扎進發。在這段時間裡，我奉守我的職責㊸，讚美上帝吧，避免在安息日上下船。我在船上看見了亞摩爾(Emor)安息日黃昏的星，就停止了所有的勞作，也不再去幫助阿曼圖喬和皮茲埃庫利他們作什麼分析計算，或者就海圖的問題給勇敢的圖里格利奧尼什麼建議，我堅守安息日，並且在就餐之前背誦禱詞(kiddush 和 amotzi)。

以賽亞(Isaiah)，願他安寧，曾經說過：「這樣去做並因此獲益者是幸福的。」他又說：「如果你因為安息日而不去行商，我就將使你富有，使你在世上擁有很高的地位。」翌日，晨光初顯我即起床，因為這是我的習慣。這是亞摩爾安息日，我穿上了一套新衣服，薩拉早就命令過伯托妮和布卡祖普兩位，要她們為我準備每一個安息日的衣服，讚美上帝吧。

在海上守安息日的時候，我因為閒著，便在船上走來走去，這也變成了我的常規工作，這是拉比賈馬利埃爾(Gamaliel)和埃利埃澤爾(Eliezer，按，兩位都是猶太拉比、聖人)所允許的。他們在從羅馬到布林迪西(Brindisi)去的時候就是這樣做的，他們在書中也是這樣寫的，雖然拉比約書亞 Joshua 和阿奇巴(Akiba)為了遵守安息日的法規，只允許移動四肘尺(cubit)㊹。

然而在亞摩爾安息日結束之前，也就是伊亞爾(Iyar)的第三天㊺，在我們到達拉古扎的時候，我仍然待在船上，儘管根據我的朋友維沃所說，願他安寧，只要船梯是為所有的人而不僅僅為一個猶太人設置的話，那麼安息日是允許下船的，就像拉比賈馬利埃爾所教導的那樣。他這麼對我說，但是我仍然不為所動。我回答他說，守安息日比《托拉》中所有的命令都重要，因為我們應該為天賜之物而感謝上帝。因此，維沃沉默了下來，沒有再說什麼，好像過於驚奇而不知說什麼為好，我的決定真偉大。

但是我在心中也默默地考慮，在上帝的眼中，這樣不為所動，究竟是真正為聖名的光榮而盡責呢，抑或不過是一種固執？我因此決定，願上帝寬恕我吧，當我在黑海上航行，抵達亞里山大港的時候，在我心地純潔的前提下，我應該注意，以免我會把我的冒險事業或者把他人的安全置之危險之中。這是因為，即使一個賢良之人有理由說我在完成責任上甚至超過了最虔誠的人，但是，遵守《托拉》的命令，其自身並不是目的。進一步說，善良的人在被迫之下破壞了規則，其實也比內心邪惡的虛偽之徒遵從規則要好。

於是，我就按照這個道理走下船梯，然而心中老大不情願，因為我擔心這樣做會有損我的名聲，而且其自身也不太光彩。

下船後，我去了我的兄弟拉古扎的㊻利奥・本・本尼代托(Leo ben Benedetto)那兒，我跨著堅定的步子來到他家中，這是安息日，所以不能顯得悲傷的樣子，而且我相信我的行為也沒有什麼應該受到責備的。這是因為，如果一個人在安息日表示快樂，堅決避免勞作，那麼他就是在做他最需要做的事情。因此，我牢記安息日以使它聖潔無瑕，甚至避免去對我在貨船上的財產作短暫的一瞥，把它交給我忠實的基督教僕人照料。既然在安息日去思考第二天需要做什麼，也是我們的哲人所禁止的，願他們安寧，他們把這些看成是敬畏上帝的人不會費心思去做的事情。

我的兄弟利奧是一個代理商。在他的房間裡，我發現了許多商人，他們聚集一起，悠閒自得。他們歡迎我，邀請我就座，讓我留下來，全都把我作為一個具有高貴家世聲名的猶太人而致意不迭。他們在貿易市場上常常是我父親的夥伴，所以，雖然知道我父親的不幸，但是他們沒有將他的不幸歸咎於我。

相反，他們嘗試用各種方式來幫助我，給我許多建議，比如在大印度的這些地方，哪兒可以買到便宜的東西，哪兒可以賣出好價錢。不過這是安息日，既然在這一天應該撥出時間來研究《托拉》，於是我向他們告辭而去了一個安靜的地方。我們的先哲告訴我們，安息日和節日賜予以色列人，為的是讓我們可以全心研究這些特定的日子，各人都按照自己的理解力和能力去研究。

在宗教節日結束的時候，我同他們一起祈求以色列的先知以利亞(Elijah)的保護，並在他們的陪伴下向主背誦晚禱，願上帝賜福於我們，激勵以色列人永遠做正義的行為，這樣，耶路撒冷的聖殿就可以在我們的時代再次建立起來。阿門，阿門，我回到了我的床上。

在後來的一些天裡，我們的船隻在港口拋錨的時候，人們把我船艙裡的油、酒、玉米等卸了下來，運到市場上去。這真費了一番力氣，有一些還是由我兄弟的僕人把它們放置到貨房裡去的㊼。剩餘的商品賣了一個公平價格，我也有所獲利。在市場上，有許多安科納人，他們大多數居住在拉古扎，生活自由，可以免去捐稅，又可以擁有許多房屋和船隻。

這裡也有好幾百猶太人，因為拉古扎是一個大港口，也是一個貿易城市。這些猶太人是當地最富有的人，他們大都從事我們國家的酒類以及其他產品的貿易，諸如來自錫耶那(Siena)的布匹，來自阿雷佐(Arezzo)的油之類。

當西北風開始勁吹的時候，船隻終於修理好，食品也再次補充完畢。船頭船尾一切都井然有序。於是，我們在貝哈爾(Behar)安息日之後再次啟航，維沃的船隻緊隨後面，其他如法馬古斯塔和聖・喬萬尼・德阿克里的幾條商船也隨之而行。在這些船隻中間的是塞內達(Ceneda)的拉比以撒・本・以撒(Isaac ben Isaac)、安科納的拉扎羅・德爾・維齊奧(Lazzaro del Vecchio)和威尼斯的埃利埃澤爾・本・納森(Eliezer ben Nathan)的船隻。

隨後，海風穩定，船行駛得很快，就好像在天空飛行一樣。我們盪起船槳，天空一碧如洗，船員和其他人都為報酬和食品而滿意，我則在疾病之後恢復了健康。我們通過了可齊拉島(Corchira)，它有一個名字，叫波塞冬(Poseidonia，按，希臘神話中的海洋之神)，我們緊靠海岸而行，以求安全。

我們就這樣在伊奧尼亞海(Ionian)航行了許多天，其間有很多其他的島嶼，比如伊薩卡島(Ithaca)、贊特島(Zante)以及齊斯拉島(Chithera)等。我們在這些地方都停一下，以便獲得淡水和新鮮的食品，但是我在貝胡庫泰(Behukotai)安息日則堅持宗教義務，毫不失言，由可憐的伯萊托監視我。因為我曾經叫他不要給我肉，而為我提供用酒烹製的魚，這是根據薩拉提供的烹製方法，同時還給我一些水果。這樣，我的腎臟可以保持健康，小便也會乾淨。其他人則吃了過量的肉類食品，有的人由於熱毒而生病，他們的小便呈棕色，有種疫病的惡臭，使我非常不安。

我們的船隻向克里特(Crete)航行，時間就這樣過去，沒有遇到任何值得記錄的事情。天氣晴好，大海平靜，也看不到任何海盜。克里特有許多猶太人。在那兒，我去了猶太人會堂，因為我已經決定，讓自己在安息日下船，讚美上帝吧。我去的時候，晨禱已經開始。我在那兒受到埃拉克利奧尼(Eraclione)的埃倫・埃布雷奧(Aaron Ebreo)的歡迎。埃布雷奧是安科納的基督徒商人皮埃特羅・德・托迪尼(Pietro de Todini)的代理商。

我作為一個虔誠的猶太人，聲名是衆所周知的，所以有許多人向我致意，並邀請我到《托拉》[48]的學習室，感謝上帝。隨後，我對窮人的葬禮會作了捐贈，同時留下來參加增加的安息日祈禱儀式，此時最好是思考我未來航程的各種危險，祈禱上帝使我平安返回。

第二天，因為是伊亞爾月(Iyar)的第十八天，八月節(Lag Ba-Omer)[49]的日子，於是我同拉比以撒・本・以撒一起留在猶太會堂，沒有去做任何買賣。但是，梅納伊姆・維沃以及拉扎羅和埃利埃澤爾就和我們不一樣。當船隊的船長知道我因為虔誠，不會在當天在猶太人中間作買賣，變得不能忍耐，認為我們向造物主禱告的時間太長了。我不會改變我的意志，在八月節當天和第二天，都花了很長時間研究《密西拿》，直到我完成了禮拜的責任，我才感到滿足。第五天，我在取得大筆財富以後，同埃倫・埃布雷奧分手告別，願他安寧……心中充滿了兄弟的情愛。我們民族中許多不認識的人對我也帶著同樣的兄弟情意，他們把我們送到碼頭。我想，以色列的聖石和救世主(Rock and Redeemer)會保護他們的。

這樣，我們啟程去喀爾帕佐(Carpazzo)和羅迪島(Rodi)[50]。在那兒，我把塞繆爾(Samuel)[51]的布匹賣了個好價錢。布匹質量相當好，當地的貴族都非常看重。隨後，我們去法馬古斯塔。在到那兒之前，我們非常擔心那些水域的海盜，在靠近利西亞(Lycia)海的一個叫作帕塔拉(Patara)的地方，以及帕姆菲利亞(Pamphilia)海上，我們遠遠地看見他們，但是，他們看到我們船多人衆，反過來害怕我們，讚美上帝吧。在那兒的市場上，有許多優質細棉布被子(buckram quilts)。我買了一大批這種棉被，我在那兒停留了幾天，以便能選中最好的貨物。

因為蠻子(Manci)在冬天非常需要這樣的東西，所以他們會為細棉布支付高價錢的。在這裡，我把西蒙託我轉送的信件交給了安德列・迪・法馬古斯塔(Andrea di Famagusta)修士，同時他給了我一封出於主教之手的信件，準備交給中國的托缽修會修士。我們告別了法馬古斯塔，啟航前進。五月十三日，我們在船上度過了五旬節(Shavuot)，我們的船隊由我的船率先前行，威尼斯的埃利埃澤爾的船隻跟在後面，終於抵達聖・喬萬尼・德阿克里[52]讚美上帝吧。

到了德阿克里，我飛快地下船，擁抱前來接我的叔叔，我敬愛的埃利亞(Elia)，願上帝保佑他。我讓我的聽差阿曼圖喬將我們身邊的貨物卸下。我也向塞內達的以撒告別，他急切地要同他的代理商一起動身去耶路撒冷。啊，耶路撒冷，但願我能獲准死在那兒。

在這裡，我們距離錫安山(Sion)比較近，它是我真正的家，也就是說，它是我靈魂的家，是我所有兄弟的靈魂的家，願上帝賜福於我們，百倍地增加我們的人口。在港口，有許多來自安科納和熱那亞的船，但是也有威尼斯人的船，有的甚至使用了他們自己的旗幟。看到這樣的旗幟，我感到十分驚奇，因為在最近的、給這個城市帶來了莫大傷痛的戰爭以後[53]，人們有理由認為，威尼斯人不會再來這兒了，但即使是最大的恐懼也敵不過獲利的慾望。

在聖・喬萬尼・德阿克里，安科納人和熱那亞人之間，就像在世界上其他地方一樣，充滿了友誼和情愛，安科納人的居住地區是伊布里諾(Ibelino)的喬萬尼給予他們的，和熱那亞人地區非常接近。在這裡，安科納的商人，因為教皇的授權，可以免交稅款，於是他們就大批地居住下來，並擁有他們自己的教堂、房屋、商店和倉庫，建立了為遠來的商人而設的旅館。此外，安科納的商人，不管是猶太人還是基督徒，都可以使用貝桑和馬克(mark)兩種貨幣，也可以使用他自己的貨幣，甚至還可以在當地薩拉森人中間進行交易。

威尼斯人曾經使這個城市遭受傷害和痛苦，現在又得允在這裡進行貿易，不過他們必須交納很高的稅負。雖然如此，在這個城市中，所有的人對待他們還是很公正的。在遙遠的國度裡，商人和來自鄰近地方的船員，不管他們是威尼斯人還是熱那亞人，是法蘭克人(Frank)[54]還是猶太人，無論他們在自己的國度會選擇什麼方式爭吵不休，在這兒都成了親戚朋友。當人們遇到同樣的麻煩，就像在大風暴中一樣，良心善意都會大增，這是因為人與人之間的嫉妒和邪惡減少了許多。但是，當金錢的光澤映照他們的時候，他們又會獨行其道，邪惡也會再一次引導他們前進的步履。

阿克里有二五〇名猶太人，有的住在他們自己的區域，鄰近熱那亞人居住區；有的則和薩拉森人及基督教徒生活在一起，但是他們也和睦相處。在這裡，薩拉森人和基督教徒，雖然不在一起就餐，但住在一起卻相安無事。當然，做禮拜用的穆罕默德大清真寺被改成了基督教教堂，薩拉森人的內心還是感到非常痛苦的。後來，當地的基督教大主教為他們在教堂旁邊提供了一個小寺院，使他們得以在裡面作祈禱。

儘管城中的猶太人在他們自己中間說，薩拉森人常常對他們不好，薩拉森人不可信賴，但是猶太人和薩拉森人之間的來往還是很多，交情也很深。這裡的猶太商人和薩拉森商人常常從事同樣的貿易，相互購買物品，用阿拉伯語交談，在他們的房間裡一起吃飯。

許多穆罕默德教徒[55]將他們的麵包隨意地送給那些需要的人，這一點和基督教徒不一樣。但是，這個習慣是同對待猶太人的其他可鄙行為和習慣混在一起的。他們常常對猶太人表示仇恨基督徒，有時候又對基督徒同樣表示仇恨猶太人。因此，基督徒和猶太人可能都不相信薩拉森人，因為他們的仇恨隨風而變化，今天颳北風，明天颳南風，這樣，沒有人會隨著他們的情緒轉動。

不過，他們在貿易上卻比基督徒老練，但沒有猶太人老練。猶太人總是能比他們做得更好。因此，薩拉森人在許多地方，比如在大印度和小印度(Greater and Lesser India)[56]，擔任猶太人的代理商都做得很好。他們都能夠在安息日工作，但願上帝阻止這樣的事，也都有一種對商業的熱心。所有這些事情，有的是我自己觀察到的，這是獲得事實的最佳方法；也有的是從其他人那兒了解的，因為他們在阿拉伯的土地上作了很多貿易，所以比較知道情況。

然而，在猶太人和薩拉森人之間，友愛比猶太人和基督教徒之間要多一些，因為薩拉森人自己宣稱他是我們的祖先亞伯拉罕(Abraham)的兒子，並尊敬我們的導師摩西(Moses)，願他在天堂安息，最終復活。但是，那些把一個猶太人(按，指耶穌)當作他們偶像的基督徒，願上帝對他們的不敬發發慈悲吧，他們沒有我們先哲教導的知識，卻反要焚燒我們的《托拉》，願上帝在大地上毀滅他們。

在休息了一天以後，是貝哈洛卡(Behaalotkha)安息日的時候，我在我叔叔埃利亞身邊學習，船上的人們則把我的貨物從船上一一卸下。我同本城的其他幾個虔誠的猶太人一起，東走走，西看看，在早晨去了安科納人的居住區。在那兒，所有的人都在守他們自己的安息日，只有幾個把我從安科納帶到這兒的水手例外，布卡祖普小姐也是其中之一。這些水手因為錢包裡有太多的威尼斯格羅特貨幣，所以，就用不適當的方式揮霍起來。

我責備他們這樣做，但是他們說，他們離別歸家的日子愈來愈近，他們可能再也不會見到伴隨我去巴士拉(Basra)的那些人了。在海上待了許多日子之後，他們決心在這樣的快樂裡打發剩餘的時光。

我回答他們說，雖然他們是在擔心明天，但是沒有人可以說明天會是什麼樣子，而這樣做就是堅持不遵守他們的安息日，亞伯拉罕的子孫不能做這種行為。他們在醉眼矇矓中對我的話大笑不已，甚至嘲笑我灰色的下巴鬍子，其實他們已經失去了理解力，並不能保持正直。他們變成了傷人的野獸，不怕犯罪的野人，就像拉比希萊爾(Hillel)所說的那樣，願他安寧。在他們飲下了大量的酒之後，他們的桌子上到處都是汙穢之物，沒有了上帝，甚至是在他們的安息日裡。

我從這個地方退了出來，心情悲傷，但是也把痛苦的布卡祖普小姐從他們那兒帶了出來。我告訴她，如果不離開，她就可能和她的表姐伯托妮分手，難堪地回國，對此她當然是討厭的，所以哭泣著求我原諒她的行為。這樣，她離開了那兒，回到了她的住處，準備為明天而打起精神。

我則去埃利亞的房間。在那兒，我詳細敘述了我所看到的一切，思考和研究我們的先哲，閱讀阿曼圖喬的大書[57]，打發了這一天剩餘的時光。

第二天，我同梅納伊姆・維沃、拉扎羅・德爾・維齊奧以及威尼斯的埃利埃澤爾一起檢查清楚，了解到我們所有的貨物都放到了一些四輪車上，安排停當，送到一個叫作埃爾－賈馬利亞(El-Gamalia)的地方。那兒已經聚集了許多駱駝，旅行隊將從那兒出發，去敘利亞的沙漠地帶。我從一位極有名氣的金匠手裡，選購了一些黃金首飾。因為據我所知，一些大印度和小爪哇(Java the Less)的有錢貴族，非常看重這種薩拉森的工藝飾品，甚至超過世界上其他的一切東西。這位金匠的一些戒指鑲嵌有寶石，我把它們連同其他一些首飾全都藏到身上。剩餘的一些，我則託付給忠誠的阿曼圖喬和皮茲埃庫利保管，他們用生命發誓，絕不會對我們的伴侶吐出半個字來。

因為這些交易，我給了埃利亞一張信用證(the suftaja)[58]，埃利亞可以用它來作為證明，收集拉古扎的利奧和安科納的銀行家列維這兩位代理商所支付的款額。埃利亞打算在塔慕次月

(month of Tammuz，按，猶太月份，在公曆六月和七月)，帶上大印度的香料以及其他貨物去他們那兒，如果上帝許可的話。

我也作了其他一些適當的交易，獲利可觀，此後我就回到聚集駱駝的地方。埃利亞來了，我的僕人也聚集到這兒，伯萊托看到這種動物居然有這麼多，十分好奇，真不知道說什麼才好。他看到好幾百頭這種動物跪了下來，為我們的旅行負載一切，驚得目瞪口呆。這些動物大聲吼叫，好像為每一個要承受的重量而痛苦不堪。我向上帝祈禱，願上帝對它們發發慈悲，因為它們的哀鳴讓所有聽到這種聲音的人都感到難忍。

阿拉伯人㊾習慣在夜晚把貨物像白天一樣裝到這些動物的背上，這樣，旅行者可以在黎明離開。但是，他們做這些事情非常慢，就像他們在陸地上做其他一切事情一樣。因此，雖然有我的僕人以及其他商人的僕人一起來幫助，一切還是做得很慢。我們只有在炎炎赤日下慢慢地等待，一直等到旅行隊把一切都準備就緒。駱駝是最有用的動物，因為它們背負沉重的物品，卻消耗很少，雖然它們不像馬或者毛驢那樣能夠快步行走。

這樣，一二七〇年六月九日，也就是說創世以來的五〇三〇年，西萬月(Sivan，按，猶太曆的月份，在公曆五月至六月)的第十八天，我們的旅行隊離開阿克里，從基督教的世界動身前往幼發拉底河。在前往耶路撒冷的路上，也有一支猶太人的旅行隊，他們是去那兒結束生命——就像我的理想一樣，如果上帝許可——因為他們隨身帶著他們親屬的遺骨，準備埋葬在聖城的土地上，願他們的靈魂永存。他們把這些骨頭放在布袋裡隨身帶著，看到這個景象，我內心受到極大的震動。

這樣，我兄弟中的死者，願他們安寧，通過他們最後的旅行。而我同我的兄弟維沃、安科納的拉扎羅•德爾•維齊奧以及威尼斯的埃利埃澤爾，連同我們所有的僕人，一共八十人，全都面朝東北方向站定。我教友中許多走遍世界的商人，都是用這種方式表達心情的。他們不但是去尋找能夠給他們帶來利潤的東西，而且尋求能滿足他們心靈的東西。

商隊有幾百頭駱駝，每頭駱駝都負載了至少六百磅重的東西⑥⓪，我們就這樣向阿拉伯世界的大馬士革推進。許多趕駱駝者，使用鞭子和口哨來驅趕緩慢的牲口。我們用這種方式，穿越了萊昂特斯河(Leontes)和約旦河，跨過了赫爾蒙山(Hermon)，來到敘利亞荒蕪的沙漠地帶。我們在每一次落日時作一次停留，而我則同維沃、埃利埃澤爾和拉扎羅一起，堅持自己禮拜的責任，為此而讚美上帝。

但是在第四天，那是可拉(Korah)安息日的前夕，正如我們的先哲所教導的，我們必須在一個地方放三個繩圈。這些繩圈必須一個放在另一個的上面，繩子和繩子之間的空間不能大於三威尼斯掌(palms)⑥①，這都要在傍晚第一顆星的星光下完成，表示那是神聖的安息日。因此我在就餐之前說了祝辭和禱辭，這是伯萊托按照我的命令所準備的。此後，我們感到了滿足，向上帝表示我們的感謝。

但是在晚上，我卻被趕駱駝的人以及他們的同夥嚇壞了，因為他們是一夥邪惡而可鄙的人。他們從商人那裡肆無忌憚地偷竊東西，有時是施詭計，有時是使用暴力手段，而更多的則是使用詭計。

這樣，到了晚上我總是保持警惕，我忠實的聽差阿曼圖喬和皮茲埃庫利，還有米切利和弗爾特魯諾，全都攜帶武器，在馱運貨物的駱駝之間來回地走動。我向上帝祈禱，願祂寬恕我的行為。我把兩頭身上藏有一些東西的駱駝，拉到前面說到的繩圈旁邊，我自己靠近它們守著。

但是其他駱駝，因為在黑暗之中，沒有月光，又不能生火㊽，所以就看不見了。當我們走過趕牲口者身旁時，他們從睡夢中驚醒，對我們的擔心很生氣。但是，在那些認為所有法蘭克人（按，指基督徒）和猶太人都很富的人中間，確實有許多人並不誠實，他們為了搶奪這些法蘭克人和猶太人的財物而常常使出各種詭計。

早晨，趕牲口者噓聲大作，催促我們繼續趕路。但是我禁止這樣做，因為這是可拉安息日。在這個地方，我們一直待到第二天，這樣牲口也得到了休息。這就像《托拉》中所說的那樣，讚美上帝，你的牛和驢也應該得到休息。

從這裡我們一直旅行到大馬士革，經過了阿比林(Abilene)，穿過了阿巴尼亞河(Abania)，走了好一大段路程。這個國家的生活方式是穆罕默德信徒的生活方式：農耕、商業貿易和宗教崇拜。那兒有許多清真寺，在猶太人和穆罕默德信徒中間有知識的人很多，但是也有許多令旅行者害怕的具有陰暗心理而沒有靈魂的人。在這個王國的內部，敘利亞沙漠的邊緣地帶，有許多非常貧窮的人。這裡也有一些游牧的貝多因人(Bedouins)家庭。他們在我們靠近時就逃離而去，即使在趕牲口者中間有一些他們的同族兄弟也無濟於事，因為他們常常顯得膽小、畏懼，但是有時候又邪惡、殘忍、毫無理性。

因此，旅行者必須保持警惕，無論內心想什麼，都不能過於隨便地驅使他們，也不能太隨便地施加恩惠。因為有一些人，由於畏懼他人而在善惡方面走向極端，就像一條怕人的小狗，不知道是搖動尾巴好還是去咬人的手好一樣。

大馬士革是個大城市，猶太人有三千之多。我同我的夥伴一起從其西門進城，但是我的那些僕人卻留了下來，以便照看我們的物件。拉扎羅·德爾·維齊奧的兄弟和表兄弟們是這個城市的大商人，我們用阿拉伯語同他們談了很多，也接受了他們贈予的禮物和忠告良言。他們悄悄地告訴我們，他們擔心韃靼人即將來臨；又告訴我們，他們得以知曉邦達克達羅蘇丹(Sultan Bonducdaro，按，蘇丹的意思是國王)打算，把基督徒從敘利亞的國土上驅逐出去，這樣對猶太人是有好處的。他們告訴我，韃靼的軍隊在攻克北方的土地後，也會征服大馬士革。所以，如果在這兒長久停留就會有危險，因為在離城市幾里路的地方，已經有人看見這些搶劫者了㊸。

因此，我在同我們的兄弟作了幾筆買賣，得到去巴士拉所需的許多食品後，就明智地決定盡快動身，這也是因為，從現在起，中午的烈日會愈來愈熱。這樣，我們在胡卡特(Hukkat)安息日之後，在塔慕次月的第一天就從大馬士革動身，向東南偏東方向的幼發拉底河進發。敘利亞的沙漠，當地人稱之為哈馬德(Hamad)。許多個日日夜夜，我們就在這哈馬德中旅行，一直走向包達斯(Baodas)㊹，沿途受盡酷熱之苦。暑氣這麼蒸人，這真令人驚奇。中午的時候，因為沒有蔭涼之處，在寸草不生的石頭山中，要活下來真不容易，甚至駱駝也痛苦得大聲叫喊，眼睛中流出淚水，願上帝可憐它們。它們行走的每一步都踉踉蹌蹌，大風所至，塵土蔽日，人和駱駝都跌跌撞撞，必須等到風停才上路。我的僕人極其憂傷，他們發誓說自己真不應該離家遠行。布卡祖普懇求我說，她希望轉回聖・喬萬尼・德阿克里。誰要是過多地同婦人交談，就會給他帶來罪惡，並將會承受地獄的懲罰(Gehenna)。

天是那麼熱，我感到陽光強烈的蒸烤。天空一隻鳥也沒有，沙漠上也不見任何爬行動物，我的血甚至已經乾涸。然而，我讚美上帝，是祂使我平安，我也叫我的基督徒僕人這樣去做。他們有的嘰咕不停，小聲對抗。但是所有的人，只要比動物好，就會有一種崇尚上帝的衝動。

因為除了上帝，我問道，還有誰是世界上生命的給予者？

但是，他們因為作祟拜偶像的罪惡，對於上帝並沒有什麼真正的概念，讚美難以形容的上帝吧，上帝是一，直到永遠。但是，因為對他們來說，那個人⑥⑤就意味著上帝，讚美上帝，因此之故，他們根本不能了解上帝。如果一個拉比引導他們去向上帝祈禱，他們就會轉向那個人而不是轉向上帝。

進一步來說，在他們中間還有許多困惑，願上帝憐憫他們。他們有的說，無人能夠在中午預言傍晚的落日會是什麼樣子，更不要說是一個人來日的命運了。我回答他們說，世界和天空確實是無限的，今日消逝了，不會回轉，我們的日日夜夜也會這樣消逝而不再回轉。但是，上帝並不會消逝，在每一個地方，無論有多麼遙遠，無論在哪兒，一個人只要宣稱上帝是一，祂就會降臨於這個人並賜福於他……熱愛上帝吧，頌揚祂吧。

有許多天我們行進得非常緩慢，因為我們很多人遭受了酷暑的折磨。當我們到奧拉諾河(Aurano)的時候⑥⑥，那兒已經沒有流水，這就是大沙漠乾燥的緣故。但是在所有這些天裡，就像在巴拉克(Balak)安息日一樣，我同維沃、威尼斯的埃利埃澤爾以及拉扎羅·德爾·維齊奧一起，承擔起我們禮拜式的責任，為《托拉》帶來的禮物而讚美上帝。

但是在夜深之時，在這條河流的地方，我因為整夜失眠，精神上相當痛苦。黑夜裡星光閃爍，但是，想到我在這世俗的世界裡漫遊，心中產生了各種憂傷。上面的天空表明上帝的偉大，然而畏懼卻困擾著我，疑問也同樣把我包圍，願上帝垂憐我的靈魂吧。因為我在夜晚無限的天空中看不到上帝的手，僅僅看到虛無空茫，所以我對於理解之鄉園、智慧之發源地產生了困惑，願上帝寬恕我。

我對自己的困惑哭泣不已，天啦，我向上帝祈禱，讓上帝在白日之光轉回之前給我指示道路，這樣我可以在陽光照耀著我身體的時候，我的靈魂不再徘徊在黑暗之中。上帝的思想和智慧是無限的，所以，人的思想和理性也是無限的，沒有限制也沒有終結，這樣，如果有人想一下虛無空茫，這也在許可之列。這就是上帝以祂的名義而顯示給我的真理。進一步說，除了這個無垠的天空和我們眼前的物質世界，並沒有其他證明上帝存在的方法，讚美上帝。此外，通過認識他自己的靈魂，一個人，即使是處於痛苦的境地，也終究可以知道造物主和創世的本質。所謂知識，關注的就是他本人被創造出來的目的所在。

上帝之手控制著萬物，對懷疑這一點的人，就要讓他知道，哲人們說過，世界無時無刻不在創新，沒有上帝，這個世界就真的成為一個虛無空茫了。我真的對自己懷疑這一點而感到恐懼和羞恥。在黎明時分，我祈禱上帝，願祂原諒我的沮喪，寬恕我所犯的錯誤。正如拉比猶他(Judah)教導我們的，一個人應該知道他上面是什麼。它是一隻凝視的眼睛，是一隻傾聽的耳朵，他的所有行為都將記錄在案。這樣，我因為思考而使自己有所昇華，所以我把一對經文護符匣分別放到我的胸前和前額上，感謝上帝將祂的智慧在黑夜裡傳授給我，感謝上帝，因為祂把我引向了光明。

後來的一些天裡，在平查斯(Pinchas)安息日和塔慕次月的齋戒節時⑰，我也恪盡職守，完成禮拜儀式。此時我們終於來到了肥沃的地方，所過之處接近包達斯。包達斯現在落入了韃靼人的手中，已經成為一片荒野，只有敘利亞和奧拉諾(Aurano)的薩拉森旅行隊才會光顧。隨後，我們抵達偉大的幼發拉底河，沿著河的西岸走了好幾百里路。這裡有許多居民區，那兒的人民食糧充足。我們在這富饒肥沃的土地上行進，可以買到一切生活必需品。我堅持自己的禮拜儀式，遵守馬托特(Mattot)、馬塞(Masei)以及德維尼姆(Devarim)安息日，毫不含糊。

這樣，我們就接近巴士拉了。我們可以看到許多瀉湖(lagoons)，或者不如說是沼澤地，沼澤地的左右兩邊都有茂盛的果園，果實累累，也有許多棕櫚樹，上面結著海棗。但是，在亞維(Av，按，猶太月名，在公曆七月至八月之間)的第九天，天氣奇熱，真沒有聽說世界上什麼地方有這樣熱的，草乾枯了，流水乾涸了，人的血液精髓也乾竭了。我同身邊的維沃、埃利埃澤爾以及拉扎羅一起，全都不吃不喝，默默前行，我們悲痛至極，為我們的城市，這個在衆多國家中一度偉大之國家的毀滅而傷心不已[68]。

在太陽的烤炙下，我們受盡了折磨，有的人感到吃驚，宣稱說，我們即使發誓說不喝水也沒有意義，伯萊托則常常強迫我飲水，他擔心他的主人是在死亡的邊緣。維沃、埃利埃澤爾以及拉扎羅的僕人也同樣去做，我看到這些感到很高興。

但是在這一天，猶他(Judah)受到了監禁，她所有的美麗都消失殆盡，因為敵人已經把手放在了她的身上，就像今天的基督徒把他的手放在我們的王后《托拉》身上一樣，此時，猶他的痛苦不是更大嗎？這樣，我們一起哭泣，心中默默地對我們四周那些在旅行隊中的人說，你們忽視的一切，對你們來說不是什麼也不是嗎？你們具有像我們的悲傷一樣的悲傷嗎？我就這樣哭泣著。當哀悼之日過去的時候，我們帶著貨物，同僕人一起繼續向巴士拉進發，讚美上帝。我們在七月三十一日[69]進了城，也就是說，從我離開安科納動身算起，離家已經有三個月零十五天了。

阿拉伯人稱巴士拉為奧爾-巴士拉(Al-Basra)。它是一個大城市，坐落在多條大河交匯的地方[70]。商人在這個城市可以賺取大筆財富。這些商人來自四面八方，有從伊斯蘭土地上來的，有從大印度來的，有從小印度群島來的，甚至有從中國大陸來的。

這個城市有三千多猶太人，也有上百個法蘭克人，但是，城市裡的大部分人都信仰穆罕默德。在這個城市裡有一條河，有的人將它稱之為薩拉森河(Saracens)，有的人將它稱之為伊達卡羅河(Iddacalo)。另外還有一條運河，有三里路長，挖掘得非常巧妙。這兩條河可以把商品貨物一直運到入海口。在入海口有一個貿易港口，稱作薩拉基(Saraggi)。在這裡，有來自中國的大船卸貨裝貨，有猶太人設立的貿易站，以及為那些前往大印度的人所建造和租用的船隻。

在巴士拉，你可以發現豐富的絲綢和金色的錦緞，稱作 nacchi 和 nacchini [71]，上面有使用金線繡的獅子、熊以及其他動物的圖案，工藝極佳。你也可以在這裡花好價錢買到馬匹，不過到了大印度那兒價錢會更貴。這裡也有大量世界上最好的棗子，這些都是由來這兒的商人操持。這裡的商人也用絲綢和紫色的服裝以及各色各樣的香料進行易貨交易。在當地的商人中間，有許多猶太人作代理商，他們也代表薩拉森人辦事，從中獲得大筆財富。在各個國家之間所進行的金銀交易中，他們也能賺取許多錢財。

這個城市的婦女信仰穆罕默德，全都用薄薄的紗巾把自己遮蓋起來，紗巾是黑色或者紫色的，這樣她們就可以看見別人，而別人卻看不見她們，就像在薩拉森人的所有土地上一樣。但是，當她們取下了紗巾，就像她們想讓人甚至讓陌生人看見時所做的那樣，她們常常顯得非常美麗。我曾經聽說，法蘭克的商人說她們並不非常純潔，雖然她們把紗巾一直裹到腳踝。但是，我弄不清楚這事實真相。

人們吃棗子、家禽和魚類食品。靠近這座城市有一些美麗的溫泉浴場，其中有一個浴場，猶太人常常去，其他的則是薩拉森人去，為的是一洗暑熱的煩躁。人們在浴場中會發現有不少蒼蠅、馬蠅以及其他一些令人不快的小蟲。

富有的猶太人中，最有錢的是阿斯庫里(Ascoli)的以賽亞㉜，他的女兒將和我的兒子以撒結婚。我進城見到我的兒子時，喜淚直流，一次又一次地將他緊緊地擁抱，他是我兒子中最可愛、最盡責的。他觸摸我的腳，以示敬意。我把我的手放在他的前額上，為他祝福了三遍，他為這樣的祝福而感動得哭了起來，我又一次地擁抱了他。

我從他那兒知道了這個城市中猶太人的一些生活情況，因為他非常了解他們。在這裡，猶太人很高興同薩拉森人一起吃飯、談話；薩拉森人因為必須依靠他們，所以對他們非常好，甚至把他們作為合夥人，共同建造去錫蘭(Seilan)遠航的大船。對薩拉森人來說，雖然他們在這裡做事都顯得很精明，比如在買賣上，但是，比起猶太人來還是要差一點，他們在做買賣上，每一步都會向猶太人尋求幫助。

因此，這裡只有幾家猶太人是貧窮的。此外，和在基督教徒中間不同的是，在薩拉森人中間，商人都被看作名門貴族，許多猶太人擁有國王一樣的財富。但是，他們常常受到嫉妒，所以，他們必須把自己的財富掩藏起來，鎖緊房屋，這樣，不受他們信任的人就難以看到其中的底細了。許多猶太人並不住在他們自己的區域，就像我在聖•喬萬尼•德阿克里也曾看到的那樣。但是在這個城市裡，薩拉森人、法蘭克人以及波斯人之間並非界限分明，他們甚至居住在同一個巷子和院落裡。有的大街小巷附近有猶太會堂，這些街巷的住户都是以猶太人為主，但是即使在這些地方也還能看到薩拉森人。猶太人和薩拉森人相互之間也相當講禮貌，薩拉森人稱呼猶太人為 Malem ㉝。

這裡和居住在基督教的土地上不一樣，因為這裡沒有基督教教士來傳道，也沒有人要求人們不要同我們一起飲食，或者禁止人們到我們的房間串門聊天；相反，在這個城市裡，不同信仰的人民之間有深厚的友誼，信仰穆罕默德的人也允許他們的男子同他們稱之為異教徒的人結婚，雖然這是被我們的拉比所禁止的，願他們安寧，願他們的名字榮光。

在薩拉森人的法律中，猶太人的妻子也可以遵守她的習慣，在房間裡作她的禱告，甚至可以告誡她的丈夫，不要使她破壞安息日，對此而讚美上帝吧。同時如果她默默地學習《托拉》，他也不能加以阻止，為他的寬容而讚美上帝吧。但是，在她嫁給了一個薩拉森人以後，她就不能再去猶太人的會堂了，否則他們會受到詛罵。

這裡對我們的稅款也是固定的⑭，我們不會遭受像其他王國的國王對我們那樣的搶劫掠奪。我們在這裡也不必受迫去放高利貸，而在基督教的土地上，基督徒們曾經強迫過我們這樣做，因而也引起了普通百姓的仇恨。因為在巴士拉的猶太人中間，不但有貿易商，而且有做衣服、家具、皮革和鐵器的工人，有做鞋和鞍具的工人，也有許多藥劑師和醫生，他們得益於嫻熟的醫療人體疾病的知識，以及得益於對大自然的了解。

這裡的人都有下巴鬍子，又尖又長，大部分都很漂亮。他們穿著黑色的長袍，戴著一頂紅色的帽子，上面有一條條的絲布；他們只允許穿黑色的鞋，這樣可以把他們同其他人區別開來，這是該城蘇丹的命令。他們也允許騎馬⑮，儘管他們是猶太人，但是不能攜帶刀劍。

女子如果不戴紗巾走路，因為有黑色的頭髮，美麗而優雅。她們的皮膚光潔，目光柔和，眼睛深黑，因為她們撲了粉在上面，所以發著光彩。願上帝寬恕我用這樣輕巧的方式描寫這些。她們的腰部圍著一條嵌有飾品的腰帶，頭髮都編了辮子，指甲也染成了紅色。

在問候客人時，她們都大膽地握住客人的右手，輕輕一吻，並把這隻手放到她們的前額上。然而對她們這樣做的一切，她們都帶著一種極其謙恭的方式。如果她們受到某種侮辱，或者她的某一位親人去世之時，她們就會大聲地哭喊，拍打她們的臉頰，扯破她們的長袍，但是那種用金線繡的做成或者嵌有珍珠的衣服，她們就不亂扯了。

這個城市的猶太人是席地飲食，食物很衛生，味道也很好。這些食品常盛放在銀盤中，一般擺放在地毯上。他們也用棗子和無花果造出一種烈性飲料，他們自己幾乎不喝，但是薩拉森人對此卻很看重。他們在這裡用這種飲料同薩拉森人做了許多交易。在安息日結束的時候，當我的兄弟們舉杯祈求上帝賜福的時候，他們就將酒灑到地上，然後說，在這些房間裡，誰不把酒像水那樣倒出去，誰就不是上帝賜福的人，願他們安寧，繼續富有，阿門。

我上面說的這些，有的是我兒子以撒在我同他一起時對我講述的，願上帝保佑他，有的是我親眼在這個城市裡看到的。

我們的貨物是在薩拉基(Saraggi)卸下的，所有這些商品，一個人要為此付四十分之一的稅⑯。我們把貨物放在我的兄弟阿斯庫里的以賽亞的貿易房裡，願他安寧，趕駱駝的人由阿曼圖喬給他們付了一大筆錢，打發了他們，我們的僕人也在以賽亞的貿易房裡得到安身之所，一直住到我們動身去大印度的時候。

但是現在，在維坦南(Vaethannan)安息日之後，烤炙人的大暑又降臨了巴士拉這個城市。這是八月的開始幾天，也就是說亞維的第十五天。這裡夏天的暑熱是這樣厲害，甚至在世界上其他地方都沒有聽說過，真是熱得沒法估量。天太熱了，讓人難以忍受，到了中午，一個人幾乎不能在外面的地上停步。人們都在他們自己家挖得很深的地窖中藏身。在暑熱中，也有人躺在水裡，比如在一些水池中，或者在距離城市有一天距離的棕櫚林中避暑，為的是使自己清涼一點。大暑的日子也是多病的時期，因為熱風使許多人熱死，比如可憐的伯萊托就遭受了這一不幸，對此我會很快敘述的。

這樣，人們因為暑熱和乾燥，白天就待在他們的房間，晚間才出門。中午的時候，萬物沒有一點生氣，天太熱了，甚至蒼蠅和其他昆蟲也在睡覺。一切都在等著得到一絲涼風，即使減少一點熱氣也好。但是，當風吹來的時候，帶來的卻是更熱的熱浪。確實，在夏天有時候會有這樣的熱浪向你襲來，讓你根本受不了的。因為這是世界上最乾燥的國家，在這暑熱期間，我在受罪，我的僕人也在受罪。

因為沒有新鮮空氣，有害的風可以讓一切都腐爛，所以他們用一塊布把肉和魚蓋起來，把它們同紅花和其他所有的香料放在一起，但是它們幾個小時後還是因為過熱而變味，因為這個城市的空氣中充滿了瘴氣。

我在疲倦中夢想有純淨的清泉。對我來說，彷彿從體內流出去的並非汗水，請上帝寬恕我這樣敘述吧，後來我彷彿擔心我的肉體也會轉化為液體流出去，但願上帝阻止這樣的事。

我試圖解除酷熱的痛苦，但是徒勞無益。這裡有一種由大蒼蠅傳播的瘟疫，這也一度折磨過埃及的土地，讚美上帝吧。這種蒼蠅大得像小鳥，我一看見它就把頭躲了起來，我真被這種折磨弄得痛苦不堪。此外還有許多蚊子，叮得人奇癢難熬，難以休息，而撓過之後又非常疼痛。但是亞布拉姆·海吉茲(Abraam Hagiz)，巴士拉一個熟練的醫生和藥劑師，按照我的命令
[77]為我配製了一種藥膏，這種藥膏可以使我的皮膚清涼一點。

我兒子陪伴我過了一個月的時間，直到我動身去大印度。我放了一些珍貴的東西在他那兒，並為他未來的生活作了一些忠告。在這兒我也完成了我的禮拜式責任。在埃克維(Ekev)、

里伊(Reeh)以及基台澤(Ki Tetze)安息日，我花了許多時間研究《托拉》，作祈禱。在厄路耳月(Elul)的第十五天，我去了我兄弟(按，指親家)以賽亞的家，願他安寧。秋分(the autumnal equinox)的新月即臨[78]，我們一起歡度新年，度過了贖罪日(the Day of Atonement)，並開始準備我們家庭的聯姻，此時，這都是合適的。因為萬物終而復始，循環往復，所以懺悔和高興，幸福和贖罪，一個伴隨一個，互為因果，應該是很公正的。

在這個時候，我同我的女兒[79]麗貝卡(Rebecca)熟了起來。麗貝卡十五歲，舉止優雅得體，和我的兒子最為般配。凡事她都留意我的意願，總是設法使我滿意。新年也是很熱的一天，所有的人都聚集到猶太會堂，我兄弟的家離那兒只有二百步而已。

在這裡，當作了合適的禱辭以後，我作為一個具有高貴家世的猶太人，受到所有人的致敬，並應邀來閱讀了一部分律法。隨後，按照習慣，人人互相使用阿拉伯語和希伯來語兩種語言祝福對方，道聲新年發財，萬事如意。

但是在我一人獨處的時候，我因為我的薩拉不在這兒而哭泣起來，祈求上帝保佑她吧，我也想到了我的父親，願他的靈魂永在。在新年的歡慶中，我一開始就心事重重，這是很不虔誠的，願上帝寬恕我吧。後來我心情很好，因為我的兒子就在我的身邊。

大熱不退，我常常去我兄弟那兒，願他安寧，在以賽亞家的地窖裡避暑。這個地窖在他家房子的下面，又大又深，有一條溪流通過一個溝槽，使這個地窖貯存了許多水。在這裡，因為能夠更加自由地呼吸，輕鬆自如，我想到了父親的憂傷，願他的名字永存。我也在祈禱，願我的貨物能夠得到我僕人的安全保護，願上帝保佑我旅行平安。在這黑暗之中，我也反覆思索上帝的智慧之光，它輝煌壯麗，光明燦爛，照耀著人世，但是卻不會進入不虔誠者的心中。正如我的朋友希萊爾·本·塞繆爾——願他安寧——祈禱的那樣，願真理的知曉者(the Knower of Truth，按，似為上帝)，憑著他名字的威力，永遠教導我這樣的真理，阿門。

我就這樣常常在以賽亞的地窖裡坐著，抵抗酷熱，我自己也為贖罪日作了準備。在那一天，我祈禱上帝，願祂寬恕我，因為我曾經對折磨我理性的萬事萬物感到懷疑，寬恕我對他人所犯下的罪惡，懲罰那些背叛他們的誓言、偷竊我們財物的人。在禁食的時候，我也獨自向上帝傾訴心靈。在羊角的鳴聲中，我的靈魂在畏懼和快樂中上升，好像面對著上帝。此時，上帝在我看起來又像是賜福於大智大慧之人，而不是賜福於尋常的肉體生靈。這種賜福，由我們的導師摩西以可以看得見的形式展示給他的選民，以便能夠成為照亮整個人類秩序的光芒。至於正直者卻悲傷而痛苦，邪惡者反而富裕而悠閒，這只是發生在我們此世周圍的事情，時間短暫，解釋它們超出了我們的能力範圍。

這時到了我兒子和女兒的婚期，每天我們都充滿了快樂。就在這些日子裡，我兄弟以賽亞家舉行了一個盛大的宴會，有許多姑娘和小夥子在房間裡唱歌跳舞。無法估量的財富也得以炫耀起來。我認為這過於鋪張了，因為猶太人最好別用這種讓別人知道其擁有財富的形式來活動。

但是大家都說，像以撒和麗貝卡這樣的婚配，真是在世界上還沒有見過的一對，新郎是人們所見過的極其英俊的男子。但是也有人說，阿斯庫里的以賽亞舉辦這樣的婚禮，不是出於他的善良與責任心，而是出於他自己的強烈慾望和私心。

但是首先我要說，在他們的婚禮時期，我又一次為薩拉不能在場而哭泣，所以，當這對新婚夫妻在婚禮的天篷下低首鞠躬，接受祝福的時候，我的眼裡含著淚水，朋友維沃、安科納的埃利埃澤爾和拉扎羅趕快過來安慰我。

新婚夫婦穿戴華麗，裝飾一新，全都像是皇家貴族。因為這是一次隆重的婚禮，我兄弟花費了一大筆錢。確實，這個房子並沒有大得足以容納許多人，所以他讓部分來參加婚禮的人在旁邊的一間屋子裡慶祝。

房間裡燈火通明，許多人遠道而來，甚至是從包達斯、伊斯法汗(Isfahan)以及考姆薩(Cormosa)而來。來人太多，要計算究竟有多少人來參加婚禮幾乎是不可能的。婚禮上也有許多人希望看到我的兒子能夠結上愛的紐帶。當他們用神聖的誓言而互相連在一起，我的兒子挽著他的愛人的時候，全場開始歡聲雷動。新娘從頭到腳，打扮得雍容華貴。她戴了一頂綴滿了珍珠、藍寶石和紅寶石的桂冠，多漂亮的寶石！全都是有名的能工巧匠所製作的，她的手上還戴了許多極其昂貴的戒指。

有一些薩拉森人也到了場。邀請所有的人來參加婚禮也是《托拉》的命令，包括邀請像薩拉森人這樣的鄰居，即使他們是敵人也要邀請。所有的人都為新娘的美麗而讚嘆不已，新娘在結婚之前的八天裡，她堅持用冷水沐浴，在第八天，她的頭髮作了裝飾，而她本人則迴避男性。

在天篷之下，新娘的臉龐用一條美麗的紗巾遮起，她繞著以撒走了三圈，以撒則繞她走了一圈。包達斯的拉比海姆·本·喬爾(Haim ben Joel)也同他們一起參加了這一儀式，願他安寧。隨後，人們在他們之間宣讀了婚禮契約。根據這一婚約，我的兄弟以賽亞要負責裝備我的船隊，這一點我後面再敘述。

前面說到的海姆一邊取下新娘的紗巾，一邊對我的兒子——願上帝關懷他——宣布道：

「年輕人，抬起你的雙眼，看一看你為自己選擇的對象。美麗是無用的，但是一個敬畏上帝的女子則是應該讚美的。」在作了七次祝福、高喊發財之後，每一位重要賓客都將手上拿著的泥瓦罐摔到地上打碎，依照風俗，它們不是玻璃製品[80]。

後來，我的兒子以撒，願上帝祝福他，拿起一個雞蛋，做出要擲向他妻子的樣子，這是表示他希望她分娩輕鬆，讚美上帝，上帝會慷慨賜予的。後來，客人們在新郎新娘的四周圍成了一大圈，給一位少女一只小酒杯，讓她飲酒；又給了一位寡婦一只大酒杯，讓她飲酒，至於原因，我在這裡就不提了。

隨後，每個在場的客人都把禮物拿出來，擺在這對新人面前：金帶、昂貴的布匹、寶石、珍珠，還有用銀絲加工的金首飾、銀雕，都非常精巧，看上去真是一個奇蹟。還有一對貝桑，價值真沒法估量。但是，我看到這種東西內心感到極其不安，因為我們的導師拉比摩西·本·邁蒙不是說過嗎？我們不需要的東西是無窮的，而我們需要的東西則很少。此外，許多來賓因為追逐豪富的生活方式，只好借錢以置備這種禮物。

我兄弟以賽亞給了我們大批物品，作為嫁妝。除了其他東西以外，他還負責替我租了一隻大船和兩隻槳帆船，事情都已經有了進展；同時，他又為我到大印度和中國，以及返回到埃登特(Edente)要僱傭的船員支付了一半的報酬。我這邊則負責支付另一半的報酬，承擔船員們食品的費用，此外，以賽亞應該分享這次航行一定比例的贏利，如果上帝許可的話，同時也負責把船隻帶回到埃登特。如果有任何毀壞或者損失，那麼就要大家共同來承擔費用[81]。

人們觀看了禮物之後，驚奇不已。然後，大家便開始會餐。地毯上安排好了一切，人們各就各位。由於我對《托拉》有相當的知識，所以被尊為首席貴賓，為此而讚美上帝吧。巴士拉的拉比，所羅門・本・吉烏達(Salomone ben Giuda)祝禱辭，於是大家齊呼阿門。

隨後，人們全都迅速地吃起飯來，許多人敞開了肚皮，吞下了多盤的肉食、水果，連眼珠好像也要迸了出來。因為這是一次豪華的會餐，就像我所說的，所有的一切都是阿斯庫里的以賽亞要讓我兒子光彩一番而為他提供的，願他安寧。

我的兄弟把他的妻子安排在他的右首，和新娘、她的姐妹以及這個房間的其他婦女坐在一起；我和我的兒子，以及以賽亞的其他兒子和孫子則坐在左首。至於其他人，足足有好幾百，都按規定而就座，有的在這間屋子，有的在那間屋子，他們中間也有一些來自外地的客人。

客人們的裝束華麗，披金戴銀，綾羅綢緞，連同他們身上的珠光寶氣，十分壯觀，看到這種穿戴真難以讓人相信。每個客人都努力把自己打扮得超群出衆，說真的，這是毫無價值的事情。在我面前，人們擺了一個純金的大碗，裡面斟滿了酒。其他飲料，根據各人的口味也各有安排。

當酒足飯飽之後，所剩者太多，於是一部分就給了僕人，一部分給了這個城市的窮人，願上帝憐憫他們。

隨後，人們向保護子民、懲罰惡人的上帝作感恩禱告，所有的人們都祈求祂，願我的兒子和女兒長壽，賜福他們子息繁盛。同時也祈禱無以形容的上帝，祈求祂增加並擴大所有在座之人的財富，在這個城市的猶太人相互之間，同鄰里之間，都能夠和睦相處，親愛友善。對此，所有在座之人都異口同聲地說阿門，阿門，其他人則說，願上帝這樣做吧。這樣，這所房屋的每個房間都回響起他們的聲音，而我因為自己的所愛之人不在場，又一次流出了淚水。

現在，以賽亞親熱地稱呼我雅克(Ciacco)㉜。他邀請我首先說話，以便我可以給這對新夫婦一些忠告良言。我對他們說，生活中既有快樂也有痛苦，充滿了憂傷和歡笑，既有收穫也有艱辛，既有黑暗也有光明。但是，無論變化多麼大，無論上帝會給我們帶來什麼，男的和女的，對其父母、對對方、對其兒女以及其鄰里的責任則是永遠不變的。

人們聽了我的話，齊聲表示同意。當其他房間的人明白了我說話的內容之時，他們也同樣大聲地表示贊同，並且聲稱我講的全都正確，極力讚揚我的話。我在說了一段我兒子的優點之後，進一步告誡我的兒媳，希望她要帶著愛心來照料他，並且告訴她，如果她這樣做，那麼他也會這樣做。同時我也希望她早生貴子。隨後，許多客人也作了講話，小夥子和女子，就像我前面說過的，開始唱歌跳舞，此時，人們可以擁抱，這在薩拉森人中是禁止的，現在則可以，但是不能接吻。最後，我的兒媳由幾個女子簇擁著出去，準備過夜，我的兒子則長久地擁抱我，向我發誓說一定要盡到自己對我的責任。聽了他的話，我感到很滿意，隨後他就去找他的新娘去了。

這就結束了我兒子婚禮的敘述，對此，我既感到高興也感到悲傷，因為我知道，人就是這樣一代又一代地過去，太陽底下並沒有什麼新事物。鳥飛走了，再也沒有了鳥，也沒有了鳥的身影。但是因為上帝的仁慈，讚美祂吧，虔誠的人們熱愛祂，熱愛祂的善行，萬物都將因此而再次更新，阿門。

註釋

①參見戈伊坦(S. D. Goitein)的《中世紀猶太貿易商的書信》(*Letters of Medieval Jewish*)，普林斯頓大學出版社，一九七三年，第二七〇頁；這些藏品是在十九世紀八〇年代發現的。

②參見戈伊坦對中世紀開羅的猶太商人和穆斯林商人的論述，「中產階級有學識的商人」是一種「相當普通的現象」，見上引著作第九頁，「有些人本身就是學者」，出處同上。

③從第十世紀開始，神聖羅馬帝國正式落入日耳曼統治王朝之手。他們作為意大利王國名義上的君主(同時由歷代教皇加冕為皇帝)，聲稱他們有權統治逐漸增加的具有獨立思想的意大利城市——國家，並說這是在一一五三年他們被授予的權利，同時又周期性地參加意大利的戰爭，包括反對教皇的軍隊，以便維護他們。

④外國僑民的這種「聚居地」一般都有他們自己的居住區、教堂、商店以及貨棧。

⑤「事實上，猶太人較之他們的基督教同伴受到了更好的教育、更多的培養，也更加成熟，所以，傳說中就把他們大加貶謫，說他們在普通人性之下，人格卑汙，情感低下，從底層威脅了基督教的社會，需要遠遠超過了他們自己卑微能力的黑暗力量的幫助，以便作惡。」見莫爾(R. I. Moore)的《社會迫害的形成：從九五〇年到一二五〇年》(*The Formation of a Persecuting Society*)，牛津，一九八七年，第一五一——一五二頁。

⑥Sign of Cain，意為「殺人罪的標記」——中譯註。

⑦人們知道，公元前一六〇年，羅馬就已經有猶太人，這比公元七〇年提圖斯(Titus)夷平耶路撒冷要早二百年之久。猶太人的「羅馬長者」，也被作為《密西拿》中猶太律法的權威解釋者加以徵引。《密西拿》是就一些法律和禮儀的問題所作規定的匯編，可以上溯到公元前第二世紀和公元第二世紀之間，見Abodah Zerah,4:7。

⑧有些現代學者，比如考雷特(Noël Coulet)論辯說，中世紀普羅旺斯的猶太人，因為他們的地位和長期定居，所以他們的情況和意大利的猶太人十分相似，具有名副其實的公民身分。一般看來，和基督徒具有同樣特許的權利和自由。參見《西班牙和法國中部地區的少數民族與邊緣群體》七到十八世紀，巴黎，第二〇三——二一九頁(*Minorites et Marginaux en Espagne et dans le Midi de la France, VIIe-XVIIIe siècles*, Paris, 1986, pp.203－219)。但是就我所知，在中世紀意大利的法律下，並沒有什麼直接的證據，說明猶太人具有公民身分。關於安科納的猶太人，雅各在他的手稿中說，有些人「高貴而富有」。這肯定不是指出身貴族，而是指尊嚴和行為舉止，或者是指知識上的高貴，因為他在「城市的貴族」和「我的兄弟」即擁有共同宗教者之間也作了區別。他也特別指出，猶太人並不屬於那些「主要的公民」，在十三世紀，唯有這些公民能挑選城市的執政官；雖然如此，猶太人是否屬於「全權公民」(full citizens)，哪怕在等級上要稍低一些，不幸的是，雅各並沒有說。很可能他們並不是。

⑨在十二世紀，圖代拉的拉比本傑明甚至在教皇的扈從中發現了猶太人。有一個叫賈西爾的，本傑明將他描寫為

「一個英俊的青年，聰明，審慎」，是教皇的管家，*Travels*，倫敦，一七八三年，第四十四頁。

⑩米拉諾(A. Milano)，*Storia degli Ebrei in Italia*, Torino，一九六三年，第一二七頁。

⑪這個名字在居住於地中海沿岸國家的居民中仍然可以發現。在中世紀，安科納商人的居住區分布很廣，很有可能，大部分使用普羅旺斯這個姓的人原本都是猶太人。

⑫參見倫哈特上引文第二一九頁的腳註。

⑬在教皇的通信中是描寫為「對異教徒有用的商品」，倫哈特，同上，第二七七頁。

⑭中世紀的盧卡是服裝和絲綢貿易的中心；卡梅里諾是位於馬爾凱大區南部的一座小山上的城鎮，在中世紀，以與安科納有貿易關係而著稱。安科納把卡梅里諾作為向南意大利和黎凡特出口商品的載貨港口。在中世紀，盧卡和卡梅裡諾都有非常重要的猶太人社區。塞繆爾・迪・納森和列維・迪・亞布拉姆無疑都是富有的商人，他們為海外的貿易籌措資金，從事像雅各這樣的商業活動，不但要收回股份的利潤，而且可能還要以滿意的價格獲得各種特別的商品。

⑮「古爾蒂」並不是猶太人的名字。雖然這種猶太人——基督徒出海冒險的結合似乎沒有記錄下來，但是卻有一些銀行和信貸公司的記錄，說明托斯卡那(特別是佛羅倫薩)和猶太是夥伴關係。因為在十三世紀末葉的意大利中心地區，在一二九五年的蒙特吉奧喬和一二九七年的阿斯科利皮切諾，我們都可以發現它們。

⑯皮朗：《中世紀歐洲社會經濟史》(*Economic and Social History of Medieval Europe*)，倫敦，一九四七年，第十一頁。

⑰《九五〇—一三五〇年，中世紀的商業革命》，劍橋，一九七六年，第六十頁。

⑱參見皮朗，見上引文，第四十七，五十，九十四，一六六頁。

⑲同上，第二一四頁。

⑳參見戈伊坦，前引文，第一八四頁。

㉑參見魯斯(C. Roth)的《猶太人簡史》(*A Short History of the Jewish People*)。作者斷言，猶太人「在生活中處處受到阻礙」，第二〇三—二〇四頁。

㉒謝和耐：《中國文明史》(*A History of Chinese Civilization*)，劍橋大學出版社，一九八五年，第三二七頁。

㉓也就是說，根據猶太曆。

㉔關於公曆與猶太曆月份的對應關係，參見本書附錄。

㉕在手稿中，有關好幾次提到他的legnaggio rabbinico nobile，這只能意味他是來自一個拉比賢哲的高貴家系，並以此而自豪。

㉖德安科納家曾提供給教會一些貸款，這些「錯誤行為」可能包括沒有還付這些貸款。紅衣主教西蒙從一二六六年開始，在克雷芒九世教皇的統治下，成為教皇在安科納的使節。維拉布羅的紅衣主教拉尼埃羅(或者雷納)和卡波西(Capocci di San Giorgio)則是前任使節。從手稿來看，所謂「補償」似乎就是(可能祕密地)讓教會成為遠航的合作夥伴。

㉗亞維拉那(Santa Croce di Fonte Avellana)修道院距離安科納有五十英里。

㉘Sinim在整個手稿中都是用希伯來字母拼寫。

㉙「摩西•本•邁蒙」：或作邁蒙尼德，世人稱作「猶太人的亞里士多德」。他是一位哲學家、塔木德經學學者、醫生。邁蒙尼德一一三五年生於西班牙的科爾多瓦，於一二〇四年在巴勒斯坦去世。他最偉大的著作是《迷途指津》(*Guide to the Perplexed*, 1190)，希伯來語稱作Moreh Nevukhim。在書中，他試圖調和理性的需要和信仰的追求這二者的關係；在討論天、創世和人的自由意志的時候，他顯現出自己既是一個拉比思想家，也是一個亞里士多德思想家。他作為一個醫生，以其嫻熟的醫療技術而出名，他一生寫了許多關於醫學的論文，獅心王(Richard Coeur de Lion，即英王理查一世，一一八九—一一九九年在位)曾在倫敦賜予他御醫的職位，但是遭到了他的拒絕。終其一生，猶太人都向他求教他有關整個中世紀的宗教觀的問題，他也是一部拉比律法知識手冊的作者。他對阿奎那的思想影響甚大，這也是衆所周知的。

㉚這個意思只能是指「不潔的」(un-kosher)食物。

㉛這大概和一個地方當時的拉比有關。他明顯是使用了猶太人傳統的迷信手法，給雅各一個硬幣，作為一種符來避邪或免災。這種傳統到現在也還在猶太人之間流行。

㉜奴隸在中世紀時期，似乎大部分都是在家庭中和大船上使用的；經濟史學家說這種貿易在雅各時代的威尼斯比較流行。手稿使用了女性複數形式schiave。

㉝亞速海的一個港口。

㉞這種代理商，意大利語原文為commissi，基本任務是充任海外商人的代表。

㉟「離婚」：「根據法律」，顯然是指「根據猶太人婚姻法」。在這個「婚姻法」中，在所描述的情況下，可以提供一個分離備忘錄(a bill of separation，手稿中非常正規的措辭說明，雅各引用了原始文件，或者是他在寫作

時手邊擁有這份文件）。在《塔木德經》的規定中，分離達三年之久應推定為視同離婚，這是因為，它說明丈夫未能盡到對妻子的責任，時間過長，因此應讓妻子自由。事實上，雅各離開其妻子達三年零一個月，隨後他們又重新結合了。「離婚」就成為一份無效的信件了。手稿中，他把妻子和孩子委託給兩個稱作「兄弟」的猶太人同宗，似乎是一種特別家庭應急監護人的形式，可能是由安科納猶太人教堂的長者所組成，就像文件本身會由他們起草和證明一樣。

㊱也即扎達爾，現在克羅地亞。一二五八年三月，在安科納簽署了一個協議。協議提出，安科納和扎拉(扎達爾)的商人可以相互減免稅款。因此這兩個港口的聯繫也就比較密切了。扎拉還同安科納團結一起，共同對付威尼斯。

㊲手稿為nostro filo d'oro，可能用作裝飾。

㊳「我只有很少的錢」：雅各在談錢以及其利潤數量的時候一般都很謹慎，但是從手稿來看，中世紀的猶太商人並不攜帶大量現金，只是依賴他們的代理人、家庭成員和同宗者提供給他們需要的東西，與他們結賬。商業交易是建立在相互理解和信任的基礎上，通過早期的賬目和期票交易來完成的。在這種安排下，一些比較複雜的交易，購買人在一個地方用書面或者口頭的承諾去支付一大筆錢款，而不是用負債的形式來作交易，這樣，也許就是把錢款交給賣主的代理人。但是也有其他許多形式，比如根據商人房屋的多少而訂立的信用證，根據貿易路線的長短而訂立的信用證，根據兩地比價不同，賬單數字相應變化的複雜系統所簽訂的信用證，等等。在這類活動中，中世紀的猶太人和意大利人都是行家裡手。

㊴值得注意的是，雅各僅僅把尊稱的Ser(sire)一詞附加到異教徒的名字上。

㊵「經文護符匣」：兩個方皮匣子，帶有條紋，裡面包含有羊皮紙卷軸，上面寫有《出埃及記》十三，《申命記》六和十一的文字內容。它們是放置在前額和左臂上，作為虔誠的猶太人晨禱的一個部分。

㊶可能是一個猶太人船主，他僱傭了一些船隻，包括一些武裝船隻，因為到聖•喬萬尼•德阿克里(San Geovanni d'Acri，阿克里)旅行，一路比較危險。領取許可證在扎達爾似乎比安科納要便宜，而扎達爾的造船主也以他們嫻熟的技術而出名。

㊷即科爾丘拉島(the island of Korcula)。

㊸「我奉守我的職責」：這在手稿中是一個不斷出現的術語，我們把它作為遵守祈禱文的一系列日常規定以及猶太人其他禮儀上的職責來看。守安息日特別重要，有誦讀祈禱文，點燃燭光，穿著清潔的衣服等等。這裡面，

一共有六一三個各種必做之事和禁做之事的規則和命令，包括每一種可能出現的方式，都讓人們感到是上帝之愛的表現。從手稿來看，甚至在艱苦的環境之下，雅各顯然也總是明白他的責任和他的缺點，不厭其煩地記錄下其行使責任的過程，雖然通常僅僅是使用一般的術語。他不斷地使用表述詞和感嘆詞反覆讚美上帝，這也是《托拉》的規定要求虔誠者去做的事情。

㊹這個段落同其他許多地方都提到了《塔木德經》文本，令人有理由相信(雖然並不是定論)雅各是一個受過訓練的拉比。此處接近《密西拿》或者《口傳律法》(*Oral Law*)的埃魯賓(Erubin)4:1，這個段落因為包含了一段材料，說明意大利在公元前即已有猶太人，十分引人注意。

㊺一二七〇年四月二十六日。

㊻「兄弟」似乎表示教友。

㊼估計是拉古扎的利奧·本·本尼代托。

㊽在安息日期間，這是一個殊榮。

㊾一二七〇年五月十八日。「八月節」(原文為希伯來語)是學者的一種節日，有一次，猶太哲人阿奇巴(Akiba，大約五〇—一三二)的學生中有許多人遭受了瘟疫的折磨。為了紀念這一瘟疫的結束，於是產生了這個八月節。

㊿即卡爾帕索斯島和羅德島。

(51)前面講的盧卡的塞繆爾·迪·納森也許是這次航海的一個股東。盧卡是中世紀的一個重要城市，以高質量的服裝聞名。

(52)從一一〇四年開始，地中海東部為基督徒所擁有。一一八七年，薩拉丁再次佔領了阿克里(聖·喬萬尼·德阿克里)，一一九一年，十字軍在英王理查一世的領導下又把它奪了回來。

(53)在阿克里的威尼斯人和熱那亞人殖民區的交界線上，有一個教堂。一二五五年，雙方為該教堂的歸屬問題而發生爭執。這裡可能就是指這次爭執。雙方引發的打鬥，波及面甚廣，阿克里的大部分都遭到了毀壞。

(54)「法蘭克人」：公元三世紀，人們用這個名字指稱萊茵河谷的日耳曼部落。後來，羅馬皇帝尤里安(the Apostate，按，叛教者)統治下的羅馬人武裝征服了這個部落。但是在克洛維(四八一—五一一)的領導下，他們推翻了羅馬統治，戰勝了他們的地方性的敵對部落，從高盧到塞納河，一直向前發展，並信奉了基督教；他們的歷史也就是法蘭西新興王國的歷史。人們，特別是其他信仰的人，開始籠統地稱西方基督教徒為「法蘭克人」。

(55)手稿為 **maomettani**；雅各似乎交替使用 Saracen 和 Mahometan(穆罕默德教徒)這兩個詞，雖然不難看出，他使用後者主要不是指一個民族或者一國人民，而是指一種宗教團體。

56 一般說來，「小印度」(India minore)似乎覆蓋了蘇門答臘、馬來亞、泰國、印度支那或者越南和柬埔寨一些地區。

57 手稿為 volume magno，可能是一賬本，或者由他的辦事員保存的分類賬。

58 手稿為阿拉伯語。由一方簽發的信用證，在這裡則是雅各所寫，持有者在這裡則是雅各的叔叔埃利亞，用它作為證明，從一方或多方收集款額，在這裡則是從拉古扎和安科納收集。這些人持有屬於簽發信用證者的資金。

59 手稿中的 axabi 這個詞，似乎表示貝多因人(Bedouins)。

60 大約等於一二五公斤，這可能是兩個成人的重量。

61 一威尼斯掌相當於十英寸。

62 這是出於遵守安息日的禁忌。

63 事實上，韃靼人在下一年侵略敘利亞北部時，從一二五九年到一二七六年一直在位統治的馬木留克王朝的邦杜卡達蘇丹(the Mameluke Sultan Bundukdar)，在一二七一年九月也抵達了大馬士革。雅各得到的這個信息足夠準確，因為蘇丹的計劃確實是要把基督徒以及韃靼人趕出敘利亞。

64 巴格達。

65 「那個人」：雅各像古往今來其他虔誠的猶太人一樣，覺得不可以說出耶穌的名字，甚至於連約書亞・本・亞瑟(Jeshua ben Joseph)也不說，儘管後者在猶太人著作中有時候也可以發現。在十二世紀拉比旅行家的著作，比如圖代拉的本傑明(Benjamin of Tudela)所著《旅行記》中，也能夠發現這種迂迴曲折的說法。本傑明的《旅行記》，倫敦，一七八三年，第七十三頁。

66 我認為這是毫蘭河(或者 wadi)，巴格達過去一點，接近敘利亞沙漠的東端。

67 巴比倫城神的名字；猶太人用來紀念尼布甲尼撒摧毀耶路撒冷城的日子。

68 亞維(Av)的第九天，哀悼第一座神廟和第二座神廟的倒塌；雅各在描述他自己的哀悼之情時，使用了一些短語，手稿中為希伯來語，來自《耶利米書》一：一、三、六以及十二。當時在猶太人教堂中是閱讀《耶利米書》的章節。

69 如果每天走二十英里，那麼從大馬士革動身要三十七天。

70 雅各把巴士拉(Basra)分別稱作 Bastra 和 Bassora，如果這個詞在手稿中用阿拉伯語，則是 al-Basra。這是由哈里發・奧馬爾(Omar)在六三八年建立的，鼎盛期是在亞巴西德斯時代(the Abassids)。雖然它隨著貝多因人的入侵而衰落，但是它在中世紀仍然是一個通向波斯灣、印度以及遠東的重要港口。

(71)對這些術語，我難以翻譯，可能指各種不同的錦緞。

(72)源於馬爾凱大區的阿斯庫利・皮森諾，他本人可能知道雅各，或許還是親戚。

(73)這是個尊稱。

(74)這樣就和專斷性、多變性區別了開來。

(75)「允許騎馬」：在中世紀基督教的土地上，猶太人不能騎在馬背上，或者佩帶刀劍，這是一個常見的禁令，也許是因為它們在基督徒的眼中是騎士的象徵。騎馬使騎手超越於大衆之上，就象徵意義和事實來說都是如此，教會的條令試圖阻止猶太人，認為他們不配這種殊榮。在霍爾木茲，薩拉森人顯然也實行同一種歧視政策。對雅各來説，看到猶太人同伴騎在馬背上，當然足以使他驚奇得將這一切記錄下來。

(76)手稿為 quarantenum。在所選擇的款項上，進口商品價值的百分之二點五是比較低的，因為商人可以支付百分之十甚至更多。也可能對所説的這些款項，雅各並沒有講出來，只有他自己知道。

(77)這個短語也許説明雅各受過某種形式的醫學訓練，雖然專治蚊蟲叮咬的藥膏，其準確配方可能很多人都知道。

(78)手稿為 il novilunio verso l'equinozio d'autumno。

(79)也就是媳婦。

(80)這是為了紀念神廟毀滅，同時也要説明，包括幸福在內的萬物都是脆弱易逝的。

(81)阿斯庫里的以撒因此也加入了業已建立的夥伴關係中，但是他的股份比例卻沒有確定。

(82)「雅各」的愛稱。

第三章 海上得救

正如我們將會清楚看到的那樣，雅各的手稿爲猶太人在中世紀的經商活動提供了有價值的材料。我們了解到，猶太人的家庭、宗教、學術和貿易的關係究竟是用什麼方法編織和傳播的，了解到他們又多麼地不太在乎疆界和其他邊界。這樣我們也能夠看到，雅各·德安科納家族的聯繫紐帶在多大程度上是靠血緣關係、婚姻關係、教育機會、學術研究以及特殊的貿易夥伴關係和經濟活動聯繫在一起的；以上種種關係波及到如下地區的城市和鄉鎮：意大利中部的馬爾凱大區、威尼斯、維羅那(Verona)、托斯卡那(Tuscany)及拿波里、普羅旺斯和西班牙、拉古扎(Ragusa或Dubrovnik)、阿卡和亞歷山大、大馬士革以及巴士拉、印度以及遠東地區。手稿特别表明，通過與遙遠地區的親戚合作進行的商業冒險，更可能產生贏利的機會。凡此，對於那些地理上活動範圍比較小的人來說是很難和他們競爭的。

因此，雅各能夠通過親戚或者同宗教友，租借航海工具，得到至關重要的貿易信息，保證付款的兑現，獲得損失的補償。他在亞丁找到了猶太船主和海關官員，在巴士拉從兒子的岳父那兒租借了交通工具，他幾乎無論去哪兒都使用阿拉伯語(也許也使用希伯來語)談話。尤其是，手稿還顯示出了雅各的兒子在外國商站臨時充任著代理商的角色。從商業戰略出發，雅各又讓兒子同主要貿易通道上聲名顯赫的商人家庭聯姻。這種婚配，就雅各的描寫來看，可以稱之爲一種世襲的貿易婚姻(a dynastic

更爲一般地來看，手稿也表明，在大的貿易中心，包括印度的馬拉巴爾(Malabar)海岸，蘇門答臘和泉州在內，都有猶太人代理商。這些代理商既可以是某一個大商人的代理，也可以是許多位海外猶太商人的代理。在較小的港口，他們會保留貿易站，或者稱作fondaco，這樣的貿易站擁有賬房和倉庫，負責接收商品，同時也採辦和處理商品，收轉款項，同時也兼顧自己的生意。此外，雅各後來還提到，猶太人的情報員或者信使在開羅和亞歷山大港口之間來往。手稿也説到，猶太商人在他們途經的港口僱傭非猶太人作服務性工作，這些受僱者既有基督徒也有穆斯林信徒。猶太商人之所以僱傭他們，也許是因爲，在船隻抵達的時候，不巧適逢安息日，此時對正統派來説做任何事情都是不合時宜的，所以要請他人幫助；也許是因爲需要卸貨，人手不足，所以要僱傭其他人；雅各的手稿也記載了他對此表示的不滿。

相反，我們從雅各這裡也得知，在外國的碼頭，「有許多代理商是猶太人，卻也擔任薩拉森人的代理。薩拉森人在許多方面都很精明，比如講價等，但是在管理賬目上卻並不好，這方面猶太人最爲熟練」。

但是，關於他自身的利潤，乃至爲大部分貨物支付的價格等問題，雅各也明顯表現得小心謹慎，他好像並不願意在手稿中透露這種事情。根據他提供的關於他商業道德的表述，我們可以看到，他是一個忠實的人，但爲了確保在海關港口減免應繳費用和税款，他也隨時會對不正直的官員們行賄。他很快就發現了他人不擇手段的贏利行爲，並拒絕質量不好的商品，或者他稱之爲「劣質物品」或者「劣等物品」，也就是説，它們是垃圾。從他對自己經商的敘述來看，他似乎是一個精明而老練的人，總是不斷地尋求利益好處，但是也準備爲高標準的商品支付公平的價格。他可能是學者，但他當時也是小有名氣的商場中人。

雅各的家族同貿易事業聯繫很深。雅各到巴士拉去，除了家務事原因以外，其旅行的主要目的，顯然是要通過大量購買能贏利的物品以振興他們的家族，因爲他父親在黑海貿易中遭受虧本和不幸而損失掉了財產。

此外，我們也知道，中世紀的國際貿易大部分都依靠個人的關係。在信函來往緩慢的情況下，很難保證準確地把握商務情況。因此，商人們都留意從自己家鄉所在城市的居民中挑選，或者(就像在猶太人中所作的挑選一樣)從自己的教友或者家族中挑選地方上的代理商(commissi)和買辦(fattori)，凡此都是出於信任的緣故。但是，所有這樣的人際關係都需要通過私人的接觸往來而不斷地更新或修正。要想促使親密的合夥人，在數載春秋中，遠離家園，漂洋過海，冒著生命或傷殘的危險而從事貿易，這是必然的。

我們同樣可以看出，雅各也斷斷續續地提到，說是有一些特殊的問題要他去解決。這些問題包括檢查代理商和買辦的工作情況，如果必要就撤換他們；解除早先作出的一些確定的協議，結清賬目，確定報酬，也許還要盤查供代理人居住和旅行商停留貿易點的運作情況。爲某個商行服務的代理商，也可能會因爲某些事情而受到懲治或者解僱，比如說，曾經送回安科納一些質量不好或者其中羼假的商品，或者做了其他一些效率低下或疏忽違約的事情，或者經過調查發現在途中發生了欺騙和偷竊行爲，或者支付了過高的稅收和款額，就像雅各有一次埋怨的那樣，在應付港口官員時，通過不當的詐騙手段。凡此，對代理商都要進行處理。

雅各一度曾把這種款項說得比「掠奪還要惡劣」。這樣的款項包括支付倉庫佣金，因爲貿易商本人沒有或者僅僅是部分擁有這樣的倉庫設施；也包括支付港口和道路通行費、市場稅費、運輸費、值班費、賄賂以及被任意勒索的費用，同時還要支付在某些國家和港口用來專門徵收猶太人的費用。這些勒索，雅各將它們稱之爲 malatolta，或者「非法搶奪」。直到在西印度的坎貝塔〔Cambaetta，或作 Cambaet、Cambay，在古加拉特(Gujarat)〕港口，在雅各生病康復的過程中，他曾因其代理商的失敗而憤怒不已。他對他所發現的一切問題批評甚烈，這些批評也向我們展示了一幅當時的商人經歷磨難的獨一無二的畫面。

就在現在這段時間，忠誠的阿曼圖喬由勇敢的圖里格利奧尼陪著來見我。他們從薩拉基來，精神不安，思想負擔也重。他們說這已經是九月的第二十一天，因為他們是在格達利亞節(Gedaliah)這一天來的，所以東北風肯定會在下一個二十一天裡來到。他們說，我應該趕緊轉回港口。現在港口那兒一切需要的東西都已經準備好了，梅納伊姆・維沃、威尼斯的拉扎羅・德爾・維齊奧以及埃利埃埃澤爾等人的船隻也準備好了。他們也聲稱，因為瘴氣流行，我的僕人有很多人生了疾病，伯萊托非常衰弱，布卡祖普小姐說是懷了孩子，這使我勃然大怒。他們也報告說，阿拉貢(Aragon)的巴塞羅那大商人埃倫(Aaron of Barcelona)的三條船和兩隻槳帆船也都準備停當。

我回答說，不管是什麼風，我都只能動身於我孩子的婚禮之後，這可能是在提市黎月(Tishri)的第十三天，也就是說九月十三日。此外，一個虔誠的人也不可以在住棚節(Succoth)和慶法節(Simhat Torah)，或者在伯萊希特(Bereshit)安息日上船的，那樣會給他們帶來許多麻煩。因此我對他們宣布說，我們應該在十月十一日以後動身，這是從他們來我這兒開始算起的第二十一天，以此來平息他們的擔憂。進一步來說，我兒子以撒在以賽亞的指點下——願他安寧

——已經精心購買了許多坎塔(cantar)的棗子，準備帶到中國，同時也準備用它們在大印度作易貨貿易，此外也帶了三百匹寶大錦(baudekins)，全是用絲綢或者金線織就，一百個一捆的 nacchi 和 nacchini。而在我的指示下，也由阿曼圖喬本人購買了其他許多東西，它們現在都已經裝載完畢。對此，我表示十分滿意。

但是在九月二十二日，當我匆忙趕往薩拉基，想把業務料理妥當時，我在這裡發現，天哪，伯萊托臉色蒼白，也瘦了許多，布卡祖普婦人在她的床邊哭泣，害怕我發火。我對他們兩人分別作了指導，對年紀小的傢伙關心的是他身體虛弱的問題，對另外一個則關心的是她靈魂昏暗不明的緣故。我對她說，存在物的階梯的最高階段則是男人和女人，他們比天底下的其他任何生物都高級，這樣的男人或者女人，不管是猶太人、薩拉森人或者基督徒，都應該以與其自身職責相符的方式去行動。

她因為悲傷，對我說的話沒有作任何回答，只是更加悲哀，她和伯托妮婦人一起來要求我幫助，以便結束她的生命。這是因為，如果這樣生活，這基督徒就是在啐上帝的臉，願上帝原諒我褻瀆的言辭，如果我不這樣對偉大的上帝表明心意，願割去我的舌頭，讚美祂吧，熱愛祂吧。

以賽亞的船絕不是一般的小快艇(yehaz)，容量很大，載運了八千到一萬坎塔的貨物①，還載運了四百個人②，其中有三百人是為船隻在航行中風太小，難以運行的時候，能發揮扯帆拉篷，搖櫓盪槳作用的。船上有四個桅桿，十二張帆，還有另外兩個桅桿，這是固定在那兒的。這些全都用結實的厚木材製就，包裹得很好，釘得也牢靠。船上還有三十個艙位，分別配有鎖和鑰匙，大船的外側附有六隻小船。這樣，當我們停泊或者從海中捕魚時，就可以使用這些小船來採集補給。

根據我前面所說的嫁妝，以賽亞另外也為我配備了兩條帶槳帆的船，每條船都帶著九十名船員，以便在必要時去裝運某些挑選的貨物③。船上還帶有武器，準備在發生危險時給予援手。因為在印度洋上有許多海盜，在從坎貝塔(Cambaetta)到科蘭姆(Colam)的沿途搶劫過往的船隻。

大船也有三個舵手，船長，他們都是巴士拉人。他們帶有薩拉森人製作的印度和中國海的海圖。他們相信，薩拉森人在製作海圖這方面很聰明，比法蘭克人(Franks)製作的海圖更加準確。

他們也為我展示了一個中國羅盤(compass of Sinim)④，這羅盤製作極其精巧，在這些海上的船員都非常看重這種羅盤。當天空布滿陰雲，看不見太陽，也看不見星星，這時候，通過子午線，他們能夠說出船的方位。但是，當天空晴朗，薩拉森船長能夠通過地球或者星星顯現的跡象而掌舵，就像在我們中間所做的一樣。

我在看了所有這些奇蹟，給了我的僕人一些指示之後，為了過贖罪節以及參加我兒子的婚禮，也為了住棚節和慶法節以及伯萊希特安息日⑤而前往這個城市。就像我前面已經寫的那樣。當我完成了我的一切工作任務，讚美上帝，我便匆忙返回薩拉基準備動身啟航，因為東北風現在颳得強勁猛烈了。

這樣，當所有的必需品全都裝上了我的船，裝上了維沃、埃利埃澤爾和拉扎羅的船，同時也裝上了巴塞羅那的埃倫等人的船以後，我們的大船就鼓起了風帆，準備啟航了。我同我的兄弟以賽亞告別，同我的兒子以撒告別，願上帝寬宥他，給他帶來好運。我憂心忡忡，這擔心許多是因為我的僕人招致的麻煩，同時也害怕我們的航船難免不發生海難，但願不遭受任何海盜的劫掠就能夠完成遠航。

但是我所用來遠航的這些船隻，就我推斷，已經給以賽亞帶來了巨大的財富，讚美對祂的子民慷慨大方的上帝吧。這樣，在十月十三日，我充滿了信心而開始遠航，就像《托拉》命令我們的那樣，負責把船隻帶回到埃登特，就像我敘述的那樣。我額外留下了一批貨物在我兒子的手中，在發生不幸事件時他可以將它們出售。

現在，因為不會再有瘴氣的威脅，不會再處於那種乾燥國家的暑熱之中，我們感到了某種輕鬆。這也使我想到，我應該使圖里格利奧尼的心靈平靜下來，對他來說，其他領航員的在場是不受歡迎的；我也要去使布卡祖普小姐的心情冷靜下來，她由於其病情的關係，體重下降了許多。

我告訴他們，可憐的伯萊托一直緊靠著他們睡覺，在這個世界上不會活多長時間了。他們的疾病，同他比起來不算什麼，真正的智慧來自於明白這一點，並非一切事物的本質都與其表象是一致的。也就是說，甚至在憂傷和哭泣之中，也仍然含有快樂的東西，就像在分娩的疼痛中也有幸福的開始一樣，或者也可以說，在針對對手的憤怒之中，我們也具有借助於我們自己更偉大的品德，促使我們提高自己，有超越他人的自豪感。

無論如何，我的勸説幾乎沒有給他們帶來什麼安慰，但隨後他們卻更加關心我，也十分同情伯萊托了。因為我看見，儘管人們已經給了他許多藥物，但是他卻仍然骨瘦如豺。就他的身體來看，毫無疑問，他已經接近死亡的邊緣，他的病情的惡化速度實在是太快了。

這樣，為了安慰他，我這些天也常到他那兒去，以表示同情。隨後的一些日子，我也都每天去安慰他，就像對待我的兒子一樣，但願上帝阻止這樣的事情。所有的人在遭受痛苦時都是一樣，身體虛弱，力不能支，毫不例外。這基督徒精力喪失殆盡，就像薩拉森人以及猶太人一樣，他的死灰色的皮膚開始腐爛，散發死亡的異味，不管他是否上帝的選民，都是如此。

他不願意吃喝，我對他說：你應該聽從勸告，喝一點水。但是他沒有回答。其實，不回答就說明他虛弱。也就在這時，我們的船隻帶著其他大小貨船，揚帆駛航，秩序井然，沿著波斯灣的索爾斯坦(Suolstan)海岸一駛而過，日日夜夜在和風中遠航。

新月乍起，我們經過了拉爾島(Lar)，這也就是諾亞(Noah)安息日的前夕，讚美上帝吧。我在我的船艙裡點燃了兩支安息日的燈光，作了祈禱，此時我也想到，我和薩拉分手，外出旅行已經有半年之久了，由於這個原因，我違背了我對她應盡的義務⑥。隨後，阿曼圖喬和伯托妮婦人來到我這兒，她哭泣不已，要我快去看一看伯萊托。

在安息日，一個虔誠的人因為有人生病並瀕臨死亡，忽視了遵守安息日的事情，這不但是允許的，而且也是值得讚賞的事情，因為世界上沒有比人的生命更有價值的了，《托拉》因為生命的緣故也會同意的，於是我立即去了可憐的伯萊托的床邊。我看了看他的眼睛、舌苔，摸了摸他的脈搏。他的腿在三日瘧(quartan fever)⑦最後的折磨中扭纏一起，伯托妮婦人在旁邊低聲哭泣，我摸不到他的脈搏⑧，知道他的死期已經來臨。我看著他瘦弱的身體，想到他在我生病期間對我的精心照料，我內心激動，哀憐悲憫。我的所有的僕人也都圍繞在他身邊悲泣。我對他們說，哭泣可能會持續一個夜晚，但是快樂會在早晨到來。

但是，他們很多人看到這年輕人的死亡，也擔心自己的生命，因為他是死於三日瘧。布卡祖普小姐嚎啕大哭，說是她從來沒有看見過任何死人，說了一遍又一遍，用一種奇怪的方式問道：怎麼啦？這是什麼？我對她說，我的女兒，這是一個逝者的身體。說到這裡，她沉靜了下來。

然後我離開了他們，回到了我的住處。因為他是一個基督徒，對他們來說，需要對他說他們自己的禱告，我也叫他們這樣去做。但是，既然他的身體有傳染疾病的危險，我自己也感到不安，覺得必須設法做一點什麼來解決這個問題。然而，這個孩子確實是死了，不再是一個病人，不可能因為他的緣故而破壞安息日，於是我還是讓自己專心學習《托拉》，第二天我也這麼去做。也就在這一段時間裡，我們接近了庫薩姆(Cusam)島。

我在宣布認可結束安息日之後，自己也感覺受到了三日瘧的襲擊。隨後，我轉回到了伯萊托那兒。當我靠近時，他似乎已經死了很長時間，屍體已經處於腐爛的狀態。然而他去世到現在才不過十八個小時，在這樣的一個地方，屍體這麼快就開始腐壞，甚至在死亡的兩個小時之後就開始了。

我們中間有一個很聰明的習慣，甚至在寒冷的國家也是如此：就是把死者的屍體迅速地埋葬，因為屍體被剝奪了靈魂之後，儘管人們對它本身表示尊重，但實際上是令人厭惡的東西。所以在這些天氣太熱的國家，人們更進一步所做的就是把死者的屍體在當天埋葬。

然而，我的僕人不同意把伯萊托的屍體丟入大海，布卡祖普甚至威脅說要與我拚命。她宣稱說，他應該有一個在陸地上舉行的基督教徒的葬禮。因此他們請木匠製造了一口棺材，把這個孩子放到裡面，裡面也放了一些紅花(saffron)以及其他一些巴斯特拉(Bastra)的香料，用以防腐。

這樣，在我們抵達考姆薩(Cormosa)的時候，我的身體也開始發燒。在這裡，有許多來自切斯馬考拉諾(Chesmacorano)、大印度以及中國的貿易商來購買物品，比如珍珠、馬匹、寶石以及水果之類。這座城市建在稱之為彌瑙(Minao)的河邊，從印度洋上來的船隻，就是通過這條河流而抵達這個城市。這兒盛產柑橘、蘋果。當地的君主蘇丹是洛坎·穆罕默德(Roccan Mahomet)，人民又把他稱作卡拉蒂(Calati)，他可以任由自己的意願而命令一切，敵人非常怕他。據說他殺死了他的兄弟並奪取了他兄弟的地盤，他的家族血腥地殺戮並作出其他殘忍的行為，這也是他們薩拉森人中間使用的方式。

但是這又是一個對全世界開放的城市。在這裡，有二百五十名猶太人，以色列的聖石和救世主保護著他們。這些猶太人有的非常富有，對他們的教友也非常慷慨大方，並熱情地款待他們。他們平日極其認真地遵循《托拉》的戒律。他們的房屋比較乾淨，家具裝飾也比大部分的薩拉森人要好。他們通曉《密西拿》和《塔木德經》，日夜學習律法。他們也能說波斯語，但是說得並不是那麼地道⑨。這裡的市場進行各種商品的交易，凡是人們希望購買的應有盡有，這個地方的經紀人幾乎全都是猶太人。他們有自己的醫生，有許多家庭也從事布匹的印染行當。

在這裡，由於卡拉蒂的命令，所有的人都必須戴一條黃色的包頭巾。婦女穿紅色或者綠色的長袍，底部飾以金邊，顯得華貴，但是這些婦女並不像薩拉森婦女那樣把臉部遮蓋起來。確實，這樣做將會是一種罪過，她們的美麗不過如此而已。這個國家的男人都有很多黃金，他們戴著包頭巾，上面用珠寶加以裝飾，這些珠寶具有難以估量的價值。他們穿著絲綢的背心，外面披上一件外套，外套上也撒了金。他們這樣穿著而騎馬行走，就像是王子一樣。

但是猶太人不可以騎馬，除非他是蘇丹的醫生，但他們可以騎騾子。薩拉森人說，馬匹作為一種動物，對猶太人來説太高貴。如果他們騎馬，那就等於是對薩拉森人的詛咒。卡拉蒂也不允許他們身配刀劍，那樣會造成使他們害怕我們的效果。此外，當猶太人經過薩拉森人的清真寺時，必須赤足行走。如果一位薩拉森人手指著他們，他們不敢舉手回應。如果回應，他們的雙手都會被砍掉，因為他們舉手反對了真正的信仰者。但是，我的兄弟在貿易和金錢交易上倒是受到了公平對待，因此許多人憑藉自己的能力和勞動而發了財；薩拉森人則不太活動，更多的是休息。如果猶太人或者基督徒褻瀆了穆罕默德或者他們的《可蘭經》，或者同一個薩拉森婦女睡覺，就要受到懲罰，被火燒死。

這裡，我因為受到三日瘧的影響，身體非常虛弱，我感到痛苦好像牢牢擒獲了我的靈魂。我遭受了這樣的折磨，限制了我去獲取財富，這真是一種極大的痛苦。忠誠的阿曼圖喬和皮茲埃庫利督促我留在船上，進行休息，但是我的任務是要去恢復我的財富，所以我同我的兄弟桑森・埃布里奧・本・摩西(Sanson Ebreo ben Mose)一起到市場去走了一遭。我的兄弟是在一二五九年離開安科納的，我的父親，願上帝安息他的靈魂，曾經對我講到他的情況。

在這個地方，我有許多的麻煩。蘇丹的士兵發現我的僕人從船上抬下一口棺材，不同意他們將棺材送到當地的法蘭克人墓地去。他們把我喊到港口碼頭。他們看到我的鬍子和裝束而知道我是一個猶太人，所以指控我將某種瘟疫帶到了他們的城市。他們命令我當面打開伯萊托的棺材，願上帝寬恕我。阿曼圖喬於是回到桑森・埃布里奧那兒，以便求得幫助，因為國王暗地裡是猶太人的好朋友，對我們的信仰十分賞識，讚美上帝吧。這個國王從來沒有搶佔過一個猶太婦女，感謝上帝！他搶佔的是其他人，比如他的大臣的妻子，有時候連大臣的女兒也不放過。我這是聽桑森・埃布里奧說的。

此外，每一個猶太人在九歲以後每年都必須向國王交納一份稅款，他們用薩拉森語稱之為Kharadj。雖然如此，拉比亞西爾・本・傑西爾(Asher ben Jehiel)卻不必付任何東西，這是因為薩拉森人對他的學識一直非常尊敬，認為他是真正有智慧的人。確實，在安息日，這位蘇丹秘密地去傑西爾位於梅拉(Mellah)的家中，坐在他的桌子旁邊，同他談話，就像前面提過的亞西爾(Asher)告訴我的那樣。所以，雖然我們的兄弟為擁有一個猶太會堂，埋葬他們的死者，同時這座教堂又可以見到陽光，不致被遮擋於黑暗之中，必須付給蘇丹一筆錢，但是，知道蘇丹國王保護我們，我們還是感覺得到了保佑，因此並沒有遭受更多的痛苦。

他們也擔心新的蘇丹上台，就像我們這些從基督教國土上來的人擔心新教皇和新國王即位一樣，因為在這種時代，對我們人民來說，君主的改朝換代常常是一個備受劇痛的時代，願我們敵人的名字被消滅乾淨。一個新的君主對我們常常不是開恩、慈善，而是勒索苛捐雜稅及其他款項，或者因為一些我們並沒有做過的事情而懲罰我們，甚或會把我們從那一片國土上驅逐出去。

還是回到我的主題上來。這時候我只有打開棺材，我祈禱上帝，希望在未來的日子裡，比如在瓦耶拉(Vayera)和海耶爾・薩拉(Hayyel Sarah)安息日裡，我能夠得到憐憫而得以潔淨我的這一罪行。我在心裡對上帝說：我這樣做出於迫不得已啊！我同時也等待我兄弟桑森和忠誠的阿曼圖喬到來，把我從這些哈曼中⑩解救出來。

打開棺材的時候，屍體已經發綠，有一股腐臭氣味，願我得到保護。對於這樣的情況，那些士兵抓住我，死不鬆手，說是我給他們帶來了瘟疫，儘管這是我的基督徒僕人的過錯，因為他們沒有把伯萊托的遺體像我說過的那樣扔到海裡。我也不願意讓屍體這麼赤裸著，但是這樣擺在那兒，讓他們檢查也可能救我的命，因為如果除了三日瘧的熱毒而外並沒有其他疾病的症狀，那就萬事大吉了。但我面對的仍然是令人憎惡的事情，讚美生死予奪的上帝吧。

現在桑森·埃布里奧來了。他對士兵說，這位猶太人具有高貴的家世，不是一個簡單的商人。如果他們企圖傷害，拉比亞西爾·本·傑西爾會去蘇丹穆罕默德那兒講出一切的。此外，他對每一個士兵都使了金錢，以便我的基督徒僕人可以帶著棺材去基督徒墓地。我們費盡了口舌，與此同時，我裝作沒有發燒的樣子，以免一切更糟糕。此後，我的僕人才把棺材帶走了。我指示他們不要同任何人爭吵，要用平靜的方式來做一切事情。

我疲倦不堪，因為我身體虛弱，發燒，又遭受暑熱，現在只好去休息。我命令阿曼圖喬去與該地的經紀人桑森·埃布里奧交涉，購買二十匹馬和一些飼料，這些在以後應該交給米切利和弗爾特魯諾兩人來負責。

一匹膘肥體壯的薩拉森馬在考姆薩(Cormosa)要五十馬克(mark)的銀子，到大印度的一些城市賣出，甚至要四百馬克的銀子，後來的情況正是這樣，讚美上帝。薩拉森人的馬匹擅長奔跑，在大印度，酷愛騎馬的貴族們會付很高的價錢。但是實際上他們對這些馬匹卻不太精心照料，願上帝對它們發發慈悲吧！這些貴族甚至在很短的時間裡就把一匹最強壯、最能疾馳的馬糟蹋了，因為他們並不懂怎樣騎馬。這是我生病而躺在一邊，桑森·埃布里奧告訴阿曼圖喬的，情況就是這樣。

當我慢慢有所恢復的時候，感謝上帝，我購買了很多優質的香。這是準備出售給大印度和中國的偶像崇拜者的，他們願意購買這些香，特別是達法羅(Dafaro)的乳香，他們更是喜愛。我發現這裡的乳香質量很好，人們看到會驚奇不已。對這些東西，我給了桑森·埃布里奧百分之五十的費用，我應該能獲取大筆錢的。在桑森·埃布里奧的幫助下，我也選購了一些香水，以及西巴維科(Scebavecco)的綠松石，也為安東尼奧買了優美的靛藍色刀劍，這是我答應他的。我發現一些好的珍珠，又從我兄弟桑森那兒得到了一些極有價值的紅寶石，這種紅寶石在這裡稱之為八拉西(balasci)。桑森是從巴達西安(Badascian)的一個貿易商那兒得到的。

我注意到這裡的珊瑚並不是最好的，然而那個賣主卻想賣出最高的價錢。我沒有同他多囉嗦，我的兄弟桑森站在一邊保護我，同時用我們的語言說，小心不要讓那傢伙搶你的東西。讚美上帝教導我要如此的小心吧，我因此決定留待更好的機會再來購買。在這裡，我們也買了一些柑橘、蘋果、桃子、乾果以及石榴等，隨心如意地買，這樣我們的心得到了撫慰，我們非常激動。地球上一切水果在考姆薩都可以看到，讚美上帝對人類的慷慨大方吧。

這樣我就離開了我的兄弟桑森，許多其他教友陪著我們到船上，但是卻將基督徒伯萊托永遠地留在了考姆薩的土地上，願他的靈魂安寧吧。我們船隊的其他商人在這個地方也收穫巨大，對此讚美上帝吧。

也就是在赫舍汪月(Heshvan)的這些日子裡，我們在切斯馬考拉諾(Chesmacorano)海岸邊的奧多海(Oddo)上航行。住在這些土地上的穆罕默德的崇拜者就是這樣命名切斯馬考拉諾海岸的⑪。此時東北風停了下來，我們的船也停了下來，有的船隻帶著許多槳，所以能繼續努力不停地划向齊希(Chisi)港口⑫。其他的船隻同我們保持一起，以免受到海盜的襲擊。這時又來了一股熱浪，熱得能將人的血肉烤乾、烤硬，當然就使得人們的發燒加劇。我們得不到一絲風，天空寧静，大海也静如鏡面。我的僕人開始痛哭流涕，布卡祖普因為懷孕而感覺很不舒服，所有的人都由於極度的酷熱而疲憊不堪。

一天一天過去了⑬，我堅守我的職責，祈禱上帝，願上帝給我們帶來海風，願上帝垂憐我們。日子就這樣一天天地過去，沒有遇到任何值得敘述的東西，我開始誦讀《托拉》。因為這是一部你應該永遠不斷閱讀的律法書籍，你應該日夜在其中思考，這樣你就可以自己走上富裕之路，獲取成功。

然而我們就像在荒野之中的鵜鶘一樣，我們的心在枯萎，彷彿在火爐中烘烤一般。我的僕人為了打發時間，減少憂愁，白天也睡大覺，而不去思考上帝或者人，願上帝禁止這樣的事情吧。只有忠誠的阿曼圖喬坐在板凳上，在一個大的卷冊上登記賬目，好像他是在他自己的地面上，在他自己的國家一樣。但是伯托妮和布卡祖普兩人卻抽泣不已，一個人在埋怨責備，一個則小聲哭泣，守候著仍然在發燒之中的我。

當風轉向的時候，讚美上帝，我好了起來，而這時我們來到了齊希，就好像我們又一次穿越了空間一樣。確實，風比以前更為強勁，這種風正如勇敢的圖里格利奧尼所説，在印度洋上有時候會變化的。此時圖里格利奧尼還是對那些薩拉森主人(Saraceni masters)惱火不已。這樣，我帶著病體，虛弱地下了船，好像兩條腿也都已經麻痺了，我祈禱上帝，願祂寬恕我，願祂幫助我，使我能夠很快地恢復力氣和健康。

但是在齊希，我同我的兄弟一起遇上了更多的麻煩。新國王因為非常恨猶太人，也許他的靈魂中充滿了地獄之火，所以向我們強行徵收全部貨物百分之十五的特別税和款額，並對到他們國土的猶太商人強加其他殘忍的捐税。因此，我決定拒絕交納這些税款，對此，那個國王的士兵就用武力來使我屈服。

我雖然疾病加身，並因為三日瘧而顫抖不已，我的僕人也極需要大量的水以及新鮮的食物，這該詛咒的國王，我真擔心他手下的代理人會因為我的傲慢而把我殺死，然而沒有猶太人會向一個不公正的國王低下他的頭顱，即使痛苦而死，也絕不會低頭的。但是，維沃、埃利埃澤爾以及拉扎羅·德爾·維齊奧並不了解我的心思，他們對我說道：我們必須委曲求全。願這些傢伙的名字永遠消失吧，要不就是我們死。這個地方的猶太人有五十個，他們戴著黃色的頭巾，並不準備來幫助我們，這是因為，他們自己也害怕國王的士兵。我通盤計算了一下，國王徵收的關稅以及苛刻的款額加到一起，幾乎是我貨物一半的價值了，真是駭人聽聞，願上帝縮短這國王的壽命吧！

阿拉貢有一個了不起的猶太人，他曾經同這個國王的父親和祖父作過多次貿易往來，他白色的鬍子使得薩拉森人甚至基督徒也會尊敬不已。所以，這位猶太人就同國王的手下一起來和我們談判。最後，還是銀子起了作用，談判達成了一個協議。在任何地方，銀子都是治療這種疾病的最有效的方法，只要一個人知道如何正確地使用它就行。除了支付這筆數目的銀兩之外，我也增加了一定數量的銀子給這個地方貧困的薩拉森人。

我們就這樣擺脫了這一險境。此後我發現，猶太人全都居住在同一個區域，猶太會堂也就在附近，他們遵守食物潔淨的法律，也作合適的禱告，讚美上帝吧。然而，在這裡，我也遇到了一個信奉異教的猶太人，我的心靈極其不安。他說他根本就不關心什麼耶路撒冷或者彌賽亞(Messiah)，我記錄下了這樣的不虔誠之言，願上帝對我發發慈悲吧。他聲稱，只有懂得戰鬥才可以提高我們人民的地位，唯有通過這一點，我們的人民才可以擁有他們自己的土地，保衛它免於敵人的侵略。

願上帝寬恕他吧。他是這麼害怕國王，說話時也是小心翼翼。我狠狠地指責了他的邪惡的念頭。此後，他看到我非常虛弱，就在市場上幫助我。我在這裡同阿拉貢的埃倫一起，發現了許多質量很好的麝香⑭，這種東西，中國的蠻子會用四倍於它重量的銀子來支付的。這裡也有來自卡斯卡羅(Cascaro)的名貴寶石，來自切西姆羅(Chesimuro)的黑色毛皮⑮，這些我都分別買了一些，準備送給梅瑟爾・塔拉波托(Messer Taraboto)，這樣他就可以有一件冬天的大衣了。切西姆羅(Chesimuro)在大印度的北部，在波勒(Bolor)和大土耳其(Great Turkey)的方向。我在這裡也聽說了切西姆羅的韃靼人大肆掠奪的事情⑯。

我們在十月三十一日或者十一月一日從這裡動身出發，但是，發燒再一次使我頭昏腦脹，我難以說出究竟是哪一天。在我們隨著和風向坎貝塔行進的時候，我又一次得了三日瘧，腎臟也開始疼痛。但是當這種痛苦開始之時，正好是海耶爾・薩拉(Hayyei Sarah)安息日⑰，此時是禁止在身上搽醋酒的，所以我只能擦一點油來代替。夜晚我渾身疼痛不安，而在白天又幾乎處於欲死不能的狀態，於是我祈禱，甚至希望我不再存在⑱，願上帝對我的過錯發發慈悲吧。我捫心自問，為什麼我在此時遭受這種海上的、陸地的以及來自各種國家的危險，為什麼上帝不讓我，一個虔誠的人，看到祂的臉龐？

我就這樣痛苦和憂傷不斷，進入了荒野中的乾燥之地。世界對我來說，似乎已經成為無止境的折磨，我已經病成這個樣子了。我的雙腿和肚子因為水腫而膨脹起來，看起來可怕得要命。但是上帝，讚美祂吧，祂知道萬物萬事，祂幫助我作出正確的判斷。

在我發燒的時候，雖然上帝仍在注視著我，但是我眼前也浮現出我這一生的種種生活，有時候甚至於就像處於彌留之際的人們所感受的一樣。此時，我是世界上最不幸的人了，像孩子一樣，我在思考中哭泣不已。因為，要是把我葬身大海，那我真會恐怖到了極點，所以我不知有多少次地誦讀《施瑪篇》⑲，以便能抓住一線希望，心中所思所想全是我的命運，感傷自己在最需要的時刻卻得不到親人的支持。

我想到那些再也見不到的人，內心哀嘆不已，悲傷至極。我的心在我的身體中幾乎要爆炸。這樣，許多日子就在這生死之間度過。婦人伯托妮照料著我，而我的痛苦卻使我喪魂失魄。我因為發燒而全身顫抖不已，疼痛打垮了我。在痛苦中，甚至跳蚤也把我作為它們的獵物來肆意咬齧。

我的四肢好像被捆住了一樣，虛弱無力，難以移動，甚至清潔甘甜的水在我的舌頭上嘗起來也是苦的，有害的，所以我想自己肯定是吃了什麼腐壞的東西，或者在我兄弟以賽亞家裡中了某種飲料的毒。

這樣我憂傷不已，常常祈禱上帝，乞求祂的拯救，因為我相信我的大限來臨，我會在海上痛苦地死去。但是上帝，願我們熱愛祂吧，祂聽到了我的禱告，將我領到了祂的手裡，我的高燒慢慢地退去，也開始一點一點地有了食慾。

我也常去廁所，在自己的糞便中尋找之所以生病的原因。啊，上帝，祂洞察萬物，也明白我的意願，幫助我去發現糞便中的血跡，幫助我去捕捉髒衣服中的跳蚤和其他害蟲。在鏡子中，我發現自己臉色蠟黃，大腿瘦削。但是到第二天，我的水腫好了一點，蠟黃也褪去了些許。

這樣，我從三日瘧、水腫以及腎臟的熱毒中恢復了過來，感謝上帝！因為在我就餐以後感到比以前更餓，我的僕人也因此用他們自己的方式感謝上帝。我就這樣大約病了一個月的時間。在這一段時間裡，根據上帝的意旨和自然的規律，我從絕望的痛苦逐漸恢復到心滿意足的狀態。

十一月十四日的早晨，也就是說赫舍汪(Heshvan)月的第二十八天，我們來到了坎貝塔的一個大港口——加祖拉特(Gazurat)。坎貝塔有許多來自其他國家的商人，因為人們可以從這兒買到許多質量優秀的布匹。這個港口大約居住了二百名猶太人。此地有許多穆罕默德教徒，他們有很好的寺院，也有一個猶太人的會堂。在這個會堂裡，我度過了托勒多特(Toledot)安息日，祈禱，誦讀《托拉》，感謝上帝，讚美祂，因為是祂把我從死亡線上解脫了出來。

在這裡，為宮廷提供服飾和生活必需品的任務託付給了猶太人，國王的王后和嬪妃所需的金銀飾品也交由那些會製作金銀飾物——感謝上帝——的猶太人辦理。

在坎貝塔，我雖然因為發燒過後而非常虛弱，必須常常去廁所，但是我的手下人還是把我喊去懲治我的兄弟貝考爾(Bekhor)，同時也要我給他一些命令。我的兄弟貝考爾是一個代理商，他因為玩忽職守和其他錯誤，對商務產生了許多不良影響。他要受到質詢的問題有很多，因為他沒有把某些商品送到目的地，他購買的商品質量低劣，比如胡椒變色，逾越節(Passover)的香料變質，靛藍染料不純，以及其他商品有劣質現象，而對此他卻拒絕賠償損失。他既沒有制止偷竊行為，也沒有停止支付國王的官員要求他支付的每一種稅收。

因此，我把無恥的貝考爾喊到我面前，並決定由忠誠的阿曼圖喬和西蒙[20]來檢查他的賬目。忠誠的阿曼圖喬和西蒙在他的賬目中發現了許多嚴重的錯誤，比如減少收入和其他錯誤行為等。對於發現的這些情況，貝考爾顫抖不已，哭哭啼啼，因為此人已經同我們達成了協議，受到了我們的一切好處，願上帝制止人們再一次這樣對待我們吧，制止像他這樣的人來從我們的錢包裡攫取利益吧。我對他說，上帝要每一個人對他自己的行為負責，而除了生命，一切在彌賽亞來臨之前都可以恢復，因此，他必須對我解釋。對此，他只是痛哭流涕得更加厲害，乞求我的寬恕，同時他又抓住我的披風，把一切罪過都說成是因為他妻子貪財以及其他如此這般的藉口。

雖然我因為熱病而虛弱，我也感到惱火，我要求他告訴我，為什麼他不把所有欠我們的錢款追回來？這是我十分渴望追回的錢，還有，他為什麼支付這樣一大筆稅款？這就是他糊塗的地方。他不明白，如果你對那些收稅的人尊重一點，作為禮物，適當地送他們一些東西或者錢，不太多也不太少，他們會很願意合情合理地去評估商品，而不會去強行掠奪的。

然而，以撒·貝考爾卻支付了市場稅、交通稅、貨棧稅、運輸稅，以及所有不合理的費用。他在我面前哭來哭去，說他事實上想賺錢。我對他說，他做得一點不聰明，也不機敏，而現在交到我們手裡的貨物，除了瞎子，是根本沒有人會買的。他聽了我的話哭得更加厲害，趴在地上，又是撕衣服，又是扯鬍子，絲毫沒有人的尊嚴。

我對他一點也不可憐，阿曼圖喬也是如此。我因為難以忍受，於是就讓他去了，而讓梅納伊姆·維沃的代理商，他的表兄弟貝尼亞米諾(Beniamino)，一個正直老實的人，來準備為我服務。這樣，我沒有打他就將他打發走了，同時我告訴他，要他去感謝上帝，因為我除了解僱他以外，並不再要他作更多的賠償。我又對我在坎貝塔的兄弟報告了他的過錯，這也是我的責任㉑。

我的損失，願上帝為我彌補吧！這裡撇開我的損失不談，我相信自己在這件事情上做得很公正，這樣我的兄弟可能會用比較適當的方法來懲罰貝考爾的。我告訴他，這位無恥的人可能支付的一定賠償，應該投放到他們學習經文的機構中去。本地的拉比邁爾·本·喬爾(Meir ben

Joel)，願他安寧，對此也表示同意。我知道這一點，內心感到非常安慰。

整個晚上，我都聽到蚊子的嗡嗡聲，使我的靈魂非常不安寧，因為對身體虛弱的人來說，這些蚊子真令人苦惱到極點。然而，我在失眠的好幾個小時裡，又開始學習和思考。造物主，願我們崇敬祂，祂對所創造的每一被造物都確定了它所應期望的目標，比如讓狐狸追求它的獵物，讓鷹隼渴望天空，讓虔誠的人追求上帝以及世俗的知識。

許多事情都是困難的，只有最聰明的人才能夠解釋。比如說，像書上所寫的，誰作為該隱(Cain)的妻子而為他懷孕生子？然而那時在地球上，除了夏娃，還沒有任何女子呀。或者如亞伯拉罕，我們的祖先，願他安寧，當上帝還沒有把那些準則和律法給我們的導師摩西的時候，就像書上寫的那樣，亞伯拉罕又怎樣保留上帝的一切準則和律法？對這樣的問題，我都作了思考。同時，我也感到悲傷，一個學者居然要在同他人的貿易中謀利而消磨時光。就像拉比希萊爾教導我們的，一個人如果從事太多的貿易就不可能聰明。但是我的腦海裡也響起了拉班・賈馬里埃爾(Rabban Gamaliel)的教導，願我們用一千遍的祝福記住他吧，他說，一切對《托拉》的學習，如果沒有世俗的勞動，就全都會成為無用，甚至還會帶來罪過。

想到這一點，我心中感到莫大的安慰。第二天，我同我的朋友維沃一起出門。和維沃一起時，我發現他也飽受蠅蟲之苦。我們是想去採購那些在中國價格昂貴的優質棉布和染過的布匹。這些東西，我們每人都各買了六十四，它們的圖案設計都奇怪而美麗，有威尼斯的六手寬㉒。

除此之外，我在這裡還購買了許多準備帶到中國的胡椒，優質的庫斯圖(Custo)(一種為敬神者使用的香)，還有靛藍染料、紅色的吉納紫檀(kino)，以及一坎塔的邁羅巴蘭(Mirobalan)

㉓。這邁羅巴蘭價格太低廉，要不然就是坎貝塔的商人，一個穆罕默德信徒在稱斤兩的時候弄錯了。我由於在其他生意上從他那兒獲利甚豐，便告訴了他所出的差錯，讚美上帝吧。這就像《托拉》所教導的那樣，猶太人如果欺騙薩拉森人或者基督徒，那就是比欺騙兄弟還要嚴重的罪行，因為在這樣的情況下，除了欺騙本身，聖名也受到了褻瀆，願上帝可憐一個猶太人的欺騙吧。

我對自己在這裡的行為和收穫感到非常滿意。我們船隊中的每隻船都再次裝備齊全，這樣，我們在作了六天逗留之後，於一二七〇年十一月十九日離開坎貝塔，在風平浪靜中啟航，向東南方進發，感謝上帝吧。

現在，我們向著屬於大印度的稱作梅里巴爾(Melibar)的地方前進，沿途也有很多其他的大船，在這片水域作香料交易。因為在這裡可以發現各種最好的東西，給人特殊的風味，比如最好的香水、香脂、顏料、藥品以及蠟等等你可以在世界各地發現的東西，商人們從中可以獲取很高的利潤。比如像那種製作香料的香樹，所有的偶像崇拜者都會為此而出高價，如果上帝許可，保佑他擁有良好的身體，又能平安地免受海盜以及其他的不幸，那麼就沒有比和梅里巴爾人作交易更好的了。

這裡，絕大部分人都把牛奉為他們的神靈，願神聖者可憐他們吧，不吃牛肉，因為他們說牛是神物。牛尿放在金盆子裡，牛糞放在銀盆子裡，但願上帝禁止這樣的事情！祭司首先在金盆中洗臉，然後用銀盆子中的東西塗抹他們的額頭、臉頰和胸口。他們這樣做，就像基督徒認為他從井中打水上來，接觸一點水就會受到祝福一樣，認為自己會因為牛的糞便而得到淨化。他們還有其他許多野蠻的習慣，人們看到這些會感到驚奇，對此，我們還是不去提為好。

他們也使用基督徒的方式來數念珠，低聲地說這個或者那個神或者靈的名字，他們的念珠是用一根線串起來的，根據他們信奉的神靈而有一定的數量。我不知道基督徒用同樣的方式要數多少念珠，但是他們全都是偶像崇拜者，願上帝在最後審判的日子裡寬恕他們吧。在他們中間，每一天，甚至每一個時辰，都要由命運來控制決定，根據他們巫師的判斷，把遇到此事或彼事看成走運或不走運。這樣，在一定的時間看見一條嘴巴裡有食物的狗就是走運，在另外一個時間裡看見就是不走運；同樣，看見或者沒有看見一個帶黃油的人，一匹沒有馬鞍的馬，右邊的一隻貓，左邊的一隻猴子，也都會有不同的命運。

但是最糟糕的事情是，他們不是和猶太人或者穆罕默德教徒一樣，只崇拜一神，頌揚上帝吧，而是崇拜多神。他們和基督徒一樣，擁有的聖人數量沒有人可以數得過來。印度人㉔也使用同樣的方式崇拜許多物事，有幾千個神，無論是人、鳥或者野獸，全都具有人的形式，願上帝可憐他們吧。他們的偶像崇拜確實有點過度，男人或者女人甚至都同樣崇拜男性生殖器的雕像，他們還在這樣的雕像上放上花環。但是在他們中間，最不雅的習慣是把公牛和母牛的排泄物像膏藥一樣敷到他們的臉上，糊到他們房屋的牆壁上，散發出地獄般的臭氣。然而他們每天要洗上多次的臉，每次都是使用右手，因為他們說左手不潔，當人們把合乎理性的東西同不合乎理性的東西混合一起的時候，這種事情就難以理解了。

此外，雖然在這些偶像崇拜者中有許多人不殺生，但是這些人卻也會活活燒死死者的妻子，有時這種婦女還極其快樂地跳入火中。對於這種瘋狂和肉體燒焦的味道，他們使用大量的香和香料來加以掩蓋，但是總是令人厭惡的。因為對一個人來說，嗅到人類血肉的味道，或者看到這種焚燒的煙霧，都是很不虔誠的，而他將另一個同類投入火焰之中，不管這種行為是什麼目的，這都是對上帝的褻瀆，讚美祂吧。

有的基督徒把梅里巴爾的居民看作野蠻人。然而就是在這些基督徒中間，如果有人得罪了他們，他們也同樣用這種方式對待得罪者，好像上帝不會同樣評判他們一樣。但是在二者之間，我們並沒有發現什麼區別。身體裹上幾塊布，此外幾乎全裸，和按照修士(friar)的習慣而著裝，無論哪一種方式，他們的行為都同樣違背了上帝，願祂的名字莊嚴偉大吧，無論是以神牛的名義還是以那個人的名義而製作的雕像，他們都會面對著這個雕像而屈膝下跪。關於這些事情，此處我就不再贅言了。

第二天，當我在坎貝塔將我的事務安排就緒，並對貝尼亞米諾的職責作了一些指示，開始從那個地方啟航以後，布卡祖普突然在早晨大出血，而在底艙，人們發現在腐爛的食品上覆蓋了一種散發異味的灰黴菌，但願上帝禁止這樣的事情發生。

薩拉森人和基督徒把這種事當作不祥之兆來看，認為這姑娘的血以及這異味薰人的黴菌，這二者是來自同一原因，或者源自惡魔(Evil One)的行為。但是我對他們說，姑娘流血肯定是因為伯托妮給她的飲料而引起的；黴菌則是來自一種劇性毒藥，是一個人在考姆薩將馬匹賣給阿曼圖喬，放在馬飼料中的，願瘟疫奪走他的身體吧。

但是，對於這一點，他們遠遠不能接受，伯托妮以她的生命和她信仰的救贖主的十字架保證，她並沒有給布卡祖普吃什麼有害的東西；阿曼圖喬則用他兒子的頭以及他的神靈保證，賣馬者是一個老實人，但願上帝禁止這樣的事情吧。

對姑娘的大出血，我嘗試用開水煮的邁羅巴蘭以及食鹽和蓽澄茄(cubebs)㉕的藥膏來制止。當血不再流出的時候，因為她哭得很厲害，為了使她有力氣同時也高興一點，我又給了她一些蜜棗。隨後，我給了她一種稱作亞薩倫(asarun)㉖的藥，一天兩次。因為她的身體和心靈都受到了極大的打擊。我也不想問她是同誰睡覺的，只是責備她同男子的輕率行為，同時勸告她，為拯救她的靈魂，根據基督的教導而認真思考一下。但是，她在心靈的攪擾不安之中，把頭從我這邊轉向另一邊，大聲地要我離開她，說上帝和人都不愛她，只有那惡女人伯托妮愛她，說上帝僅僅注意滿足那些受到鍾愛者的願望而已，願上帝對她的這種褻瀆發發慈悲吧。

我這麼懇求她的時候，船員們則把變質的食物全都扔到了海裡。薩拉森人和基督徒，人人都按照他們自己的方式祈禱。此時我也受到了沉重的打擊，像我這樣一個虔誠的人，居然會在瓦耶茲(Vayetze)安息日的前夕，落到這樣一種不潔的狀況之中。因為我的雙手沾上了一個女人的血，我的耳朵聽到了一個男子不應該聽到的穢語汙言，我痛苦難忍。由於大海，我不但同我的妻子薩拉天各一方，而且同我的兄弟維沃、埃利埃澤爾、拉扎羅以及大埃倫也不能在一起，雖然我能夠看到他們近在眼前的貨物。因此我清洗自己，穿上新的衣服，點燃安息日的蠟燭，然後祝禱辭，一切都根據我的禮拜式職責來做，讚美上帝吧，因為祂寬宥了我而頌揚祂吧！但是在我的心中沒有什麼高興之處，願上帝原諒我，原諒我用這樣的一種方式來迎接祂神聖的日子。

為了改善我在大海上的不虔敬的狀況，我要阿曼圖喬把我的油燈拿走，我不希望伯托妮接近我，整個晚上我都在黑暗中坐著。我用這種方式祈禱、學習，不是讀我的書而是在我的心中默默地學習。第二天，那是基色婁月(Kislev)的第八天，我沒有去捉跳蚤，而在其他日子裡我是習慣這樣做的。因為在安息日，我們那些最嚴厲的先哲不是說禁止人們從衣服裡捉跳蚤嗎？不是也禁止虔誠的人在燈下讀書，免得他因為忘記安息日，忘記自己而移動燈盞，使得燈油流得太多嗎？不過，如果是因為大海的運動而移動油燈，那是允許的。

我用這種方式在夜晚的黑暗之中獨坐，在第二天，也這麼獨坐不止，恢復了對上帝的認識，振作了精神，感謝上帝吧！有學識的人宣稱說，既然萬物都是由一種動力所推動，而它本身又是由另一種動力所推動，每個高一級的東西都在創造的等級系統中推動其下一級的東西運動。他們說，既然不可能追溯無窮的運動者系列，那麼我們的心須抵達原初的推動者，這個推動者就是上帝，讚美祂吧！但是，我在這樣的證明中並沒有發現上帝，而在物質世界的斑爛美景中，在物質世界的高山大海中，在躍動的魚和飛翔的鳥中，在地球上所有一切上帝用祂的慷慨大方而賜予我們的其他運動的生靈中，卻發現了上帝。因為地球充滿了各種活生生的完美性，雖然上帝的心靈(mind of God)是第一推動者，但是一個人仍然可以極其神祕地談論事物的始點和終點，或者談論這個被創造世界第一個與最後一個(alpha and omega，按，《聖經》典故)。然而，理解之光確實也是神聖之光，在這個無限而永恆的光照之中，萬物都有它們的輝煌。

但是，作為受上帝的恩賜而賦予理性的人，我們也通過自己在世間的行為而認識了世界的本質。進一步來說，一個人，不管上帝之光是否照亮了他，不管他是基督徒、薩拉森人，還是猶太教徒，都必須將自己的位置安置在生存的大海上。這些就是顯現在我的思想中的一切，讚美上帝吧。

隨後㉗，我們來到了一個稱作芒吉阿勒(Mangialur)的地方。這裡有中國的偶像崇拜者視為十分珍貴的香和香料，還有象牙、優美的珊瑚以及其他東西，經驗老到的商人可以用它們大發其財。這個地方，男男女女的皮膚都是棕色的，且身材修長。他們的食物是大米，到處都有蛇、蠍子、烏蛛等，必須時時提防它們才行，因為它們的毒素是任何藥膏也無法解救的。

在這裡，我購買了許多坎塔的胡椒，黑色的和白色的都有，種類也繁多，因為胡椒在中國和在我們國家一樣昂貴。這裡也有檀木、蘆薈，以及其他的香樹。他們也用基督徒的方式，使用大量的香來做他們的偶像崇拜。這兒的樟腦也很好，偶像崇拜者將這些樟腦撒在他們聖壇的台階上，以便讓他們的神靈嗅起來舒服。就是這種質量的香，在中國與黃金一樣貴重。

隨後，我們立即去了伊利(Ili)國㉘，在那兒的江邊拋錨。在這裡，維沃遭到了搶劫，願他的靈魂能夠承受得起。我們抵達時，代理商首先到我們的船上，隨身帶來一些物品的樣品，因為我們會進行檢驗工作。但是，這些代理商有一種習慣，令人覺得十分奇怪。他們總是把雙手放在桌子上，然後用一塊布蓋起來，這樣，賣主就看不見它們了。他們提出價格，聽對方報價，和這個說話，和那個說話，用只有他們自己才明白的表情言談。隨後，他們轉回岸上，到僱傭他們的商人那裡。這樣，事情就一步步地朝前推進，但是也並非沒有用來賺錢的大騙局。

我並不相信他們。他們把衣服蓋在手上，就像是大竊賊一樣。所以，一個人如果不希望在這個地方受騙，他就應該在上岸的時候，身邊僅僅帶一點兒錢，並且把它放在鞋底裡。如果他購買，他就應該使用他自己的秤，一盎司一盎司地稱出物品的重量。隨後我們乘坐我們的小船上了岸，來到了猶太人的地方。這兒的猶太人很少，但卻都是當地主要的商人。他們對我們很負責任，互相都不熟悉，卻都是兄弟，所以他們才會告訴我們要防備芒吉阿勒人偷竊。

這些猶太人並非全都富有，不過當地的地主都看得起他們，這是因為他們的操行很嚴格。他們不但資助經文學習活動，而且對該地的窮人表示同情，讚美上帝吧。對我們，他們賣了一批優質的丁香、豆蔻以及珊瑚，凡此我都大量地購買以帶到中國去出售。這些商品對中國人來說是珍貴的，因為他們要用來繞在他們的婦女和他們偶像的脖子上。

這個地方也有許多不同種類的鸚鵡，大的小的，有的是紅色，有的是綠色，並且有一雙黃色的爪子。這兒的樹幾乎棵棵都流出香水，我還沒有發現任何一棵樹不流出香水，沒有大用處的。在準備從這個地方動身的時候，人們都帶著兄弟般的愛意送我們上船，所有的必需品也都準備停當，我們就在這風和日麗的天氣裡啟航遠行，讚美上帝吧。

這樣，我們向東南方航行，在瓦耶謝弗(Vayeshev)安息日之後，終於抵達了居住有一千多名猶太人的辛格里(Singoli)㉙。在隨後的幾天裡，拉扎羅和大埃倫的船隻也抵達了這兒。這裡冬天也好，夏天也好，總是很熱。印度人養育大象，就像安科納人養牛一樣，把它們放在邊境地區。

猶太商人經常來這個地方，頗受優待，我們帶來的商品非常多，所以我們也被免除了關稅，並免去了進貢的事情。當地的國王對這裡的猶太人十分看重，這些猶太人也因此而獲得了安寧和榮譽。猶太人具有世界的各種知識，他們不但在《托拉》上有豐富的知識，而且在各種語言和藝術上也都具有豐富的知識。他們從這些方面獲得了許多好處。在這裡，他們中間的香料商人也從一個城市到一個城市，因為以斯拉(Ezra)，願他安寧，在我們中間立下了一個規定，要求我們出售商品，以便使以色列的女兒們可以裝飾自己。

但是，最重要的是他們最講信用。他們的《塔木德經》全都是希伯來語，他們認真地遵守戒律，所以他們總是準備幫助和保護他們的兄弟，給他們提供避難的地方，給予每個人需要的東西。此外，他們在這個地方已經居住了很長的時間。我看了一些銘文，這些文字有九百年之久了，裡面說道，梅里巴爾的國王，名稱巴斯切拉(Baschra)，願他的名字永存，根據這一點而授予我們的兄弟拉班高貴的權利，願他安寧，說是只要陽光還照耀大地，這種權利就存在，讚美上帝吧。

這樣我們的兄弟拉班受賜而騎大象，由傳令官為他開道，並對他人宣告拉班駕到，容許他白天點燈，踏著地上鋪就的地毯，而在他要去的路上還伴隨著鼓角齊鳴。

在這裡，我同我親愛的朋友維沃，願他在亞丁安息吧，以及拉扎羅、埃利埃澤爾和大埃倫一起閒聊了很長時間㉚，閃閃發光的大枝形吊燈把純淨的光投入我心，我過了一個快樂的哈努卡節(Hanukah)㉛。然而這裡也發生了令人可怕的事情，願上帝禁止這樣的事情發生吧！一卷《托拉》掉到了地上，我為此感到很悲傷。我的兄弟為這個不祥之兆而嚎啕大哭，科蘭姆的拉比所羅門・本・摩西(Salomone ben Mose)命令所有在場的人必須齋戒一天，就像我們的哲人命令的那樣。

但是我兄弟中有許多人因為特別畏懼，就聲稱說，誰使它掉到了地上，誰肯定就會在來年死去，願上帝寬恕他吧，又說甚至那些目睹這一場面的人，也會處於夭亡的危險之中，願上帝原諒我們吧，我的朋友維沃聽到這些話，嚇得連臉色也變了。

為了悔過，我們因此去做禱告，就像拉比所羅門恰如其分地命令我們去做的那樣而齋戒一天，害怕上帝發怒。油燈燒了八天時間，我們同本地虔誠的猶太人一起，克制自己，一直禱告下去，只是在夜晚才略為走動一二。在這段時間裡，年輕人因為知道了我的家世，問了我許多關於《托拉》以及先哲的問題㉜，願上帝保佑給予他們記憶力吧。

他們問我說，窮人能不能走到諾亞方舟的前面，我回答說可以，窮人和富人一樣，都可以走到諾亞方舟的前面，但是他不能衣衫襤褸。在這種情況下，提供給他衣服就是猶太人的責任了，讚美上帝吧。因為穿著破爛的衣服，他就不可能去閱讀律法，或者走到諾亞方舟之前，或者在祝願中舉起他的雙手了。

他們又問了我第二個問題。他們說，在贖罪節時，除了吃、喝以及洗浴之外，還要禁止什麼？我回答他們說，穿拖鞋，同妻子睡覺，這都是禁止的，不過國王或者新娘卻允許洗臉，就像拉比埃利埃澤爾教導的那樣。但是不管在哪兒，只要因為不吃不喝而使生命有可能處於危險之中，那麼這種擔心就高於一切，我們不能因為不吃不喝而危害到自己的生命。所以，一個病人是允許吃東西的。

另外一個人問我說，男人和女人應該在安息日怎樣穿他們的衣服，同時又問我許多屬於這類特殊的問題。因此我告知他們，婦女出門進入公共場所，畫眉，或者前額上有飾帶，而不是縫在紗巾之中，或者在鼻子上戴銀圈，或者手裡拿一瓶香水，這都是破壞安息日，正如一些男人穿著帶釘子的鞋會破壞安息日一樣。但是男人如果失去了一條腿，那是可以帶著木假腿出門的，如果它裝在他的身上很合適的話㉝。

他們又問我醫生在安息日可以做什麼。我回答說，因為生命的緣故，安息日也是可以打破的，但是醫生不可以把殘肢斷體擺正，也不能去合上屍體的雙眼。又有一個人進一步問我道，是否可以把手指頭放到孩子的嘴巴裡，讓孩子嘔吐，我回答說，如果孩子的生命在危險之中，這樣的事情也是允許做的。

第二天也有一個人來到我這兒問問題。當時我正在洗澡，就回答他說，虔誠的男子不可以在洗浴的時候回答問題，因為一個人在裸體的時候是禁止講說律法條文的。

當哈努卡節在悔過和學習的日子裡過去的時候，米凱茲(Miketz)安息日也過去了。於是我同當地的巴魯奇・埃布里奧(Baruch Ebreo)一起到市場上去了一趟。我曾經在他家裡休息，所以相互比較熟悉。忠誠的阿曼圖喬已經把考姆薩的馬匹牽了過來，並且在弗爾特魯諾以及米切利的幫助下，在市場上把這些馬匹賣了。一共有十八匹馬，讚美上帝，其中有兩匹因為黴菌感染，腹部腫脹，已經死去。這些馬都賣出了好價錢，強壯的馬賣了四百銀馬克，瘦弱的則賣了三百銀馬克。這樣，我又從中得到了一筆錢，感謝上帝吧。我使用這筆錢買下十坎塔㉞的白色和黑色的胡椒以及一些香料。在這些香料中，有優質的肉豆蔻衣和肉豆蔻，但是我為此並沒有付出太多的錢幣。

巴魯奇・埃布里奧在購物上給了我和梅納伊姆・維沃一些珍貴的指導，上帝保佑他吧。他因為同小爪哇和中國有許多貿易往來，就告知我說，味道甜美的樹，特別是檀木和蘆薈，中國的貴族以及有錢的商人都非常看重，他們在房屋的支柱以及大門上都使用這些東西。販運這些東西，可以從他們那兒得到很大的收益。他們在家中用瓶子把香水裝起來，這些香水全都是他們所欣賞的香水。有了這種香水，空氣清香，客人也會滿意，他們燒珍貴的香，也為的是這一目的。因此，我從他那兒買了一大批這種香樹和香水，還有雕刻得十分精巧的象牙梳子。因為他告訴我說，中國的貴族婦女常常使用香水，並且把它放在絲袋子裡，用一根帶子將它繫在腰間。她們還在頭髮上插許多象牙梳子。他說的所有這些事情都是真實的，上帝保佑他吧。

這樣，我在這個地方購買了許多東西，這些東西對我都非常有利。阿曼圖喬和皮茲埃庫利看到我們購買的商品也十分滿意，這些商品我們都沒有支付任何稅款。這裡的土地景色優美，有許多樹木花草，還有一些小樹，上面能流出紅色的汁液，很甜。我的僕人也對這個地方感到十分滿意。布卡祖普小姐也恢復了健康，但是，按照我的關照，在娛樂時仍不能過度。

我們所有的船隻都裝滿了食物，一切安排就緒，只是拖延良久，薩拉森主人對我們幾乎都不耐煩了，勇敢的圖里格利奧尼也是如此，於是，我們在瓦耶西(Vayehi)安息日，一二七〇年的最後一天，又揚帆啟航了，讚美上帝吧。

現在我們來到了科蘭姆㉟，大埃倫已經先行一步，這是因為他把財富看得比禮拜式職責更重，但願上帝禁止這樣的事情，所以不願意在辛格里對褻瀆《托拉》而悔罪，真是大不敬。我在這裡看見了許多香料，這在我們國家是從來沒有見過的，也看到了一些質地不好的東西，這些東西，誰要是購買那真是傻瓜了。商人從世界各地來到這兒，因為這是大印度最大的港口之一，中國商人更是常常來這兒。這個地方盛產生薑、靛藍以及胡椒等，人們用大象搬運木頭。這兒一共有三八〇個猶太人家庭，他們都是梅里巴爾的大貿易商。

我在這裡好像是在自己家一樣，因為有表兄弟安科納的列維在我身邊，科蘭姆的拉比埃利亞胡・本・埃爾哈南(Eliahu ben Elhanan)也在這裡。我同他一起在瓦耶拉(Vaera)安息日帶頭作了祈禱，讚美上帝吧。在這個地方，猶太人的墓地是在城市的外面，有幾百座之多，願他們親愛的靈魂安寧。這些墳墓都是用純白色的石頭建造，銘文用黑色，這和我們那裡一樣，是卡哈尼姆(Cahanim)㊱，用他們值得祝福的雙手，以高超的技藝刻成的，願他們的靈性(holiness)永遠長存。

傍晚，科蘭姆的猶太人點燃了香燭。這種香燭一邊燃燒一邊散發香味，只有一點兒煙。猶太人坐在香燭的光下，談論《托拉》以及他們的商務，這裡的家庭有著寧靜的甜蜜，有著面對上帝盡禮拜儀式職責的甜蜜，讚美祂吧。

一眨眼工夫，夜幕降臨，沒有給虔誠的人留下時間去對白天說再見，去感謝上帝對他的寬恕，也沒有什麼時間讓他總結白天的事務，並準備睡覺。當黑夜降臨之後，他們並不離開燈燭，在黑暗中走太遠，因為他們害怕野獸，野獸會把人撕扯粉碎，但願上帝禁止這樣的事情發生。

我在這裡同埃利亞胡·本·埃爾哈南作了多次的辯論，願他安寧，因為他對《托拉》有很深的研究。比如說，禿頂者或者有殘疾者是否可以在猶太會堂裡擔任祭司，對這樣的問題他回答說，在寺廟裡，但願這是上帝的意旨，或者在我們今天再次建立的寺廟裡，禿頂者如果一綹頭髮也沒有，大概不能任職，而沒有眉毛或者眼睫毛脫落者也不可以任職。如果一個人有著像婦女一樣的乳房，或者他的男性器官過大，他也是受到禁止的，因為一個人沒有正確的形體就不能為上帝服務。

聽了這一番話，我對虔誠的埃利亞胡講道，根據我的判斷，雖然這樣的禁令在寺廟裡是合適的，但是在我們猶太會堂裡，這種禁令卻並不需要遵從。因為在這樣嚴格的律法下，如果只允許那些完美無缺的形體面對上帝，那麼就沒有人能為祂服務了，但願上帝禁止這樣的事情。所以我又說道，如果注意他的人並沒有因此而產生視覺上的痛苦，那麼他就可以在他的教友面前閱讀律法，這也是合適的。埃利亞胡對我說的這些表示贊同，他本人也是一個禿頂。

我在這個地方從埃利亞胡兄弟那兒購買的香料，在中國都是非常昂貴的。我從當地我的表兄弟那裡，也獲得了一些優質棉布，人們相信這在世界上都是最好的東西。

一二七一年一月十二日，我們從這兒開始動身啟航，到東南方的考馬里(Comari)去，然後再去錫蘭㊲，我兄弟維沃的船隻緊隨我們之後，願他的靈魂永在。

現在我們來到了錫蘭的島上。我想這裡肯定就是伊甸園，上帝的花園了，讚美上帝吧。因為燕雀也在啼囀不已，在讚美造物主；梨子㊳閃著玫瑰的顏色，棵棵樹都散發著馥郁的香味。整個的國家充滿了香氣，甜蜜濃郁，這真是奇蹟。在月光之下，樹木也顯得搖曳多姿，白天太陽太耀人眼目，難以注意到上帝賜予的一切，為此而讚美祂吧。

確實，我們隨時隨地都必須準備觀賞上帝所創造之物的美妙景致，就像耳朵準備傾聽悅耳的音樂一樣，讚美祂吧。然而，當小鳥向造物主歌唱的時候，有些人的耳朵卻聽不到這種歌聲，即使這歌聲就在我們身邊也無濟於事，因為我們的耳朵只能去聽憂傷悲嘆的聲音，或者去聽憤怒和爭吵的聲音，此外聽不到任何其他的聲音。看也同樣如此，這是因為，大自然所顯現的一切都必須由人來看，並不是僅僅保留在上帝的眼中。一個人有責任去關心他可以從中學習的一切創造。他們有眼睛去看但是卻不看，有耳朵去聽但是卻不聽。

島上的人都非常黑，全裸著身體㊴，唯有在私處才覆蓋了一點布，從後面將它繫起。他們被傳授了許多占星的知識，作為貿易商也非常老實。這個島的國王稱作帕卡姆波(Paccambou)，但是這個王國現在有很多的麻煩，因為錫蘭人正在同來自北方的人發生戰爭。這北方人的國王稱作桑搭拉(Sundara)，他帶領其軍隊已經征服了這個島的一個部分，所佔領的這一部分他們用自己的語言名之為伊拉姆(Ilam)㊵。

我在這裡同維沃一起，願他的靈魂永存，買了胡椒、生薑以及肉桂等物品。肉桂樹的葉子像月桂，它們生長得非常茂盛。在中國就像在我們那兒一樣，肉桂的價錢是很貴的，所以我購買了大量的肉桂，同時也買了一些油類物品，當地人用這些油類物品製作油膏以及藥膏等物。這裡也有一些用來治療遭受脾病痛苦的良藥以及藥喇叭油等，我也都買了一些，準備送給巴托洛繆先生(Bartolomeo)㊶。

但是在我所看到的全部東西中，最好的東西還是寶石，這在世界上是最受歡迎的了。我所看到的這些寶石全都是極其稀有的寶石，令我驚嘆不已。這中間主要的是紅寶石。神聖者為每一種創造物都確定了一個達到完美的終極的境界，讚美上帝吧。在樹木之中，最寶貴的是棕櫚樹；在具有靈魂的生靈之中，最尊貴的是人；而在寶石之中，最昂貴的則是紅寶石。

這裡也有黃寶石、紫藍寶石、藍寶石，以及其他各種形態、顏色各異的寶石，錫蘭的偶像崇拜者說，這些寶石是他們四方神靈淚水的結晶。此外，他們的工作方式也令人稱奇，我還沒有看過比他們幹得更好的。所有這些寶石，我都買了許多㊷，讚美上帝吧。他們也有各種珍珠，是人們所見過的珍珠中質量最佳者。這些珍珠有的是白色，有的是淡紅色，就像巴塔拉(Battala)的那些寶石一樣㊸。他們說這些珍珠是在牡蠣中由露珠而產生的，對此我不太相信。

這個島就其物產而言，真是無與倫比。這裡的人民絕大部分都是偶像崇拜者，來這兒的許多人也確實都是朝香進貢者，因為他們相信，這是他們的神釋迦㊹的故鄉，他們稱呼釋迦為佛。他們說，佛的足跡就在這個島的一座山頂上。偶像崇拜者崇敬這個足跡，他們一直爬到雲遮霧罩的山頂，不畏艱苦，為的就是用山谷的水來洗滌自己的臉、眼睛，他們聲稱，這水是由他們的佛腳產生的，也就是說，這水是釋迦的水，它能使我們淨化心靈。

但是他們那兒的穆罕默德信徒說，這個山谷是我們的始祖亞當的足跡，願他在末日來臨之時重新活過來，他們認為這並不像佛教徒(the Sacchiani)聲稱的那樣是佛的足跡。因此，他們常常為了究竟是誰的足跡而爭吵攻擊。不過，雖然亞當是上帝創造的第一個人，頌揚上帝吧，但是我們並不去崇拜這種無價值的東西，因為沒有人能夠說出我們的祖先把他的足跡踏到了什麼地方。進一步來說，崇敬一個地上的足跡是令人厭惡的事情，那是偶像崇拜者的事情。但是他們也用同樣的方式來崇拜佛牙。佛牙是在島上的一個寺廟裡，放在一個黃金的容器中的。然而那些看到它的人都說，這佛牙和野豬的牙齒一樣大，並不是人的牙齒。然而，虔信者們都尊崇它，相信它就是他們神的牙齒。

這樣，偶像的崇拜就沒有限度了。在這種事情上，人還是應該用理性來指導自己。沒有理性的指導，他就會相信違反自然的東西。相反，所有的自然都是根據上帝的理性而形成的，讚美無以形容的上帝吧，是祂用祂的力量創造了世界。雖然這裡有一些事情人們難以去解釋，但是，產生這些事情的原因還是能夠找出來的，而規範他們生存和活動的律法也肯定能夠發現。因為上帝並沒有創造出任何這樣的事物：它具有與其他所有事物的秩序不相吻合的特有秩序。世界上的許多不可能之事，比如說人有和野豬牙一樣大的牙齒，這怎麼可能？如果相信這種事情，那就是不虔誠了㊺。

錫蘭島上也有一六〇名猶太人，但是他們中間很少有人學習《托拉》。真的，他們大部分人都沒有信仰，願上帝禁止這樣的事情吧。這也就是說，他們沒有下午或者傍晚的祈禱，而貝夏拉(Beshallah)安息日㊻的晨禱也不專心。此外，他們許多人都吃令人厭惡的東西，所以我覺得他們也就不值得一談了。

我們在這裡一共過了十五天。二月四日，在伊特羅(Yitro)安息日之後，我們從這裡動身啟航，我繼續按照律法書(the Law)的命令做事，讚美上帝吧。在這個地方，雖然我兄弟的不虔誠令我不快，我為了獲利而多有採購，心情還是平靜了一點。這樣，我們向著東北偏東的方向拔錨啟航，雖然現在的天空是一碧如洗，我們的船主還是有一點擔心天氣會變得惡劣起來。

在大海中心，當風帆像翅膀一樣張開之時，船的航行方式真令人驚奇。然而，因為知道上帝可以任意而為，就像上帝根據是否適合於祂而評判我們一樣，我就克制自己，不得意忘形。雖然某些基督教聖賢說，神的意志是永遠不變的，但是我們的聖賢卻堅持不同的意見。因為在這個有死的和帶有欺騙性的世界上，對所有曾有片刻時間感到滿足的人來說，他必須真正地稱量其中的物質性成分(material stuff)，這種物質性成分在被賦予秩序之前，全都是由混沌形成的。進一步來說，有的哲人說，自然把地球固定㊼在宇宙的中心，其他的一切都圍繞它而轉動，但是我們卻不能肯定它就是這樣。毫無疑問的是，物質世界的潛在力量既存在於上帝的意志之中，也存在於自然法則的作用之中，誰會懷疑第二個(按，指自然法則)是受第一個支配的？但是第二個本身也是一種潛在的力量，同控制它的各種法則一致而行動。人的任務就是要去發現這些東西，這樣，他才可以明白一點上帝的知識，頌揚祂吧。

但是，因為神的光輝總是照耀著我們，存在性世界(existent world)被賦予給我們，就如同上帝賜福於我們，使我們不會對那些時而出現在外部世界、時而出現在我們內心世界的混亂漠然無睹，所以，如果虔誠的人透過我們眼前的表象，發現了較為偉大的秩序，知道並非萬物都像我們所見到的那樣，所經歷的那樣，那麼他也就應該知道，即使一個人完成了他對上帝應盡的責任，海風和海浪也可能會用一種擊碎他的希望的方式而吹拂和湧動，讚美上帝吧。人的血肉之軀是那麼脆弱，而萬物的本質又是那麼堅強，我們最好不要去為我們的財富而得意忘形，因為財富畢竟是難以持久的。就這樣，我思考著人生命運的無常，決定對善與惡表現出更多的忍耐，祈禱上帝，願我從此不會大喜大悲，能夠安然對待這個世界上的善和惡。

現在我們來到了小印度的起點，讚美上帝吧，它從錫蘭海一直延伸到遙遠的中國海。雖然天空澄澈清碧，但是因為東北風迎面而來，海浪翻滾不已，所以槳手們拚命地划水。風向又改變了，一時是東北風，一時又是西風，這樣薩拉森的船主們就不顧圖里格利奧尼的意見，要轉回錫蘭去，但是在波濤洶湧的大海上想掉轉船頭又談何容易。

既然難以掉頭，圖里格利奧尼就佔了上風。他聲稱，選擇另一條航線是錯誤的，而梅納伊姆以及其他人的船隻也繼續在他們的航線上前進，大埃倫和他的商船隊也都一直向前。這樣，我們便繼續沿著我們的航線吃力地前進，揚著帆，划著槳，隨著阿拉貢的埃倫的船隻向前。我祈禱上帝，願祂使風能夠吹得更加柔和，把我們平安地帶到港口。

就是這樣，讚美上帝吧，我們抵達了尼科維拉諾(Nicoverano)群島，它是一片光禿的土地。但是，這裡的人民並不是裸著身體，男人都用一塊布遮住他們的生殖器；女子則用樹葉遮蓋私處，並且用一條細帶子圍在腰部，有兩條長長的飾帶拖在後面。因為樣子像是尾巴，所以那些並沒有仔細觀察他們的人就將這些人稱作帶尾巴的人了。

船員們確實擔心海風會把他們帶到這個地方，因為他們說，這個島的人雖然有人的身體但是卻有著狗的鼻子，他們發音的方式像狗的狂吠和咆哮。但這不是事實，因為他們說話和錫蘭人說話一樣。他們也並不是按照威尼斯的標準所說的，只有三掌半的身高㊽，就像某些人宣稱的那樣，其實他們只是比我們矮一點兒，而且他們的嘴巴也不是像什麼鳥喙。船員們還說，薩拉森船長就是這樣說的，說是他們對陌生人很兇狠，有著邪惡的傾向，然而他們對我們卻顯得寬厚善良。

無論如何，他們的皮膚呈黑色，有的人的牙齒像動物的牙，一些人也不剪他們的指甲，這樣，他們的手好像是鷹的爪子一樣，但是人們同他們交往卻都像同其他人一樣。他們有許多肉豆蔻樹、香樹以及小豆蔻樹，這些都是他們用來作交易的東西，他們對糖很感興趣，喜歡把它作為他們的香料來使用。他們還有大量的印度花生，這種花生個個都像人的頭那麼大，裡面含有乾淨、新鮮的水，並且有一塊果肉，又白又硬，口感極佳。我們從他們那兒買了這樣一些東西作為我們的食糧，此外也買了一些稀有的水果。據說這些人曾經把海上遇難的船員殺死並把他們吃了，然而，在他們中間，就像任何人都可能看到的一樣，他們只是吃水果和海中的魚類。進一步來說，如果說，他們的眼神有某種使人害怕的目光，因為他們常常帶著一種懷疑的目光看著陌生人，那麼，他們也是以奇怪的眼光看待其他一些剪指甲並把指甲保護得很好的人。

在我們離開的時候，島上的一些男子試圖警告我們，他們手指天空，催促我們下船，薩拉森人看到這裡感到害怕，我則祈禱，願上帝寬恕我們和我們的船隻。但是，大埃倫難以忍耐下去，這樣我們也就隨著他，違抗了圖里格利奧尼。我這也是最後一次看到我的兄弟梅納伊姆·本·大衛，稱作維沃，願他的靈魂在伊甸園裡安息。

現在我們在充滿危險的世界中迷失了方向，好像被上帝拋棄了一樣，願上帝寬恕我，願祂的名字崇高偉大。因為在第二天，天空開始昏暗，遠處雷聲隆隆，東北風迎面吹來，十分猛烈，我們真的連寸步也難行。為此，勇敢的圖里格利奧尼來到了我的船艙，這是我用來作祈禱上帝的地方，他告訴我說，現在和他預見的一樣，大海和天氣變化無常，我應該注意我的貨物的安全，因為暴風雨連同猛烈的旋風正在從東北方向逼近而來。

接著，正如他預見的那樣，風怒吼不已，海水翻騰，電閃雷鳴。隆隆的雷聲那麼大，充滿了整個天空，好像天也要掉下來一樣，海也在咆哮，一切都達到了極點。天漆黑一片，沒有一顆星星在天空出現，我們看不見其他任何船隻。就這樣，我們處在危險之中，只有我們自己，孤獨地漂浮在大海上，然而上帝的意願和力量也充滿了世界。

這也好像是最黑的夜晚，黑暗和雷聲不是人世的而是地獄的東西，願上帝寬恕我這不敬的話吧。海水翻騰，愈來愈高，我們的危險也愈來愈大，每個人的心頭都是極度的苦痛，船員們不能前進，也不能後退，不能停止他們的勞作，不能保持航線，也不能選擇其他的航線。

在一個短暫的時間裡，就像風的暴怒不斷增加一樣，我的僕人也帶著恐懼紛紛來到了我這兒，我祈禱上帝，願祂寬恕我們，使我們免於死亡。同時我告訴我的僕人，每一個人都用他們自己認為合適的方式來祈禱，記住要讚美上帝，讚美祂能夠使我們一直保留至今。在這樣做的時候，布卡祖普小姐是最虔誠的，向我請求指導，應該使用什麼詞語來對她的神祈禱，怎樣完成對萬事萬物的責任。她在得到了回答以後才離開。但是伯托妮卻哀嘆不已，悲悼她的命運，說我們的末日已經來臨。

確實，暴風雨現在更加猛烈了，真是糟糕透頂，它正在把我們帶向災難，勇敢的圖里格利奧尼來到我這兒，告訴我說，我們的船隻在嚴重的危險之中，如果上帝不幫助我們，我們就將喪失一切。因為在風暴中，船員們放在船艙底部的壓艙物已經裂開鬆散，帶著巨大的力量把船裡的木材向左右推開，這樣薩拉森舵手就再也不能掌舵駕船了。

這樣，我現在處於極度的恐懼之中了，上帝寬恕我，儘管我已經決定，我應該一切適度，不採取偏激態度，但是我在痛苦之中問我自己：為什麼我要將自己投入這遙遠而危險的旅程之中，我在風的呼嘯中祈禱，因為我不會游泳，但願我別沉入海水而死。

圍在我身旁哭泣的人很多。布卡祖普似乎並不怕被水淹死，她跑去安慰基督徒，忠誠老實的圖里格利奧尼則就他的職責而在薩拉森人中間走來走去，以便給他們什麼指導。這時，一個梯子因為被風扯斷，很快就要落入海水之中，圖里格利奧尼毫不畏懼洶湧的波濤，將那梯子拴到了木頭上。然而，船員們很快又擔心我們裝載貨物的大船會撞上其他小船，沒有辦法，只好去砍斷繩索，因為這些繩索是用來控制風帆的，而現在這些風帆都被暴風雨颳得四分五裂了。這樣一來，一切似乎都失去了。首先是船頭，然後是船尾，全都逐漸地浸入水中，風急浪高，似乎要打碎我們脆弱的貨船，這樣，風帆就從桅桿上扯破了。

在雷聲可怕的轟鳴聲中，我聽到了上帝的憤怒，但願所有的人都在祂的威嚴和力量面前顫抖。確實，是上帝的心靈把世俗的世界控制在祂的航程之中。然而暴風雨是這麼猛烈，夜是這麼黑暗，好像世界已經失去了固定原點，一切全都回到了流動不已、混亂無序之中，和前一天相比，這種紊流或者混亂更甚一籌，願上帝原諒我的胡思亂想。現在彷彿回到原始的狀態：形式和質料合一，沒有區分，整個創世過程全都消融在大海黑色的水流中，但願上帝禁止這樣的事情。

當我產生了這種思想的時候，我在恐懼中向上帝祈禱，希望風暴消逝，我祈禱說，哦，聽啊，以色列。基督徒則用他們自己的形式，雙手交叉，雙膝下跪，禱告不已。布卡祖普小姐則耐心地等待著上帝的解救，讚美祂吧㊾。然而在黑暗之中，風的呼嘯和海浪的撞擊，聲音是那麼兇猛，我連自己的聲音也聽不見了。雖說如此，我仍然完成了我的職責，就像拉比朱斯(Jose)教導我的那樣去做。這樣，我祈求上帝，祈求祂所頒布的任何一種命運，為我的薩拉，也為我損失的財物哭泣。這是因為，有著血肉之軀的人畢竟是脆弱的，而畏懼死亡又使人變得更加脆弱了。

在整個夜晚，船員和槳手都在死亡的邊緣掙扎。他們控制船隻，但全都是白費氣力，風太大了，浪太高了。然而由於上帝的憐憫，願我們珍愛祂無以言說的名字吧。貨船沒有遭受大的破壞，我們也沒有被拋到岩石上或者淹沒在深水之中，而是終於活了下來，迎接了第一線的曙光，感謝上帝給我們帶來了安全，讚美祂，願祂崇高偉大。

然而我們在天亮的時候發現，我們正處在到小爪哇的航線上，而且已經喪失了六個船帆和兩根桅桿㊿。我們原本以為自己在海上是孤零零的，但是當太陽升起的時候，我們看見了我們的近在咫尺的船隻㉛，感謝上帝，是祂為我們帶來了珍貴的貨物。這些船隻在海天一線處四散開來，是屬於威尼斯的埃利埃澤爾、拉扎羅・德爾・維齊奥以及大埃倫的。

但是我兄弟梅納伊姆，願我們永遠記住他吧，他的船卻沒有發現，天哪，我在心中立即明白了，他已經失去了一切。因為在我們分手的時候，我看見上帝將他的手放在了他的身上，願上帝寬恕我吧。因此，考慮到我的朋友，知道他現在已經失蹤了，我開始哭泣，說，卡迪西(Kaddish)㊷，祈禱他的靈魂可以在伊甸園中充滿快樂，直到他在末日的時候得以復活，阿門。他所擁有的豐富的貨物，連同許多船員以及僕人的貨物，許許多多，願上帝憐憫他們吧，在我的靈魂中，我感到一切全都是在水下，走向死亡和世界末日。

既然在風暴之後我們有了一次安寧平靜，我就對我的僕人宣布說，在海上，風總是控制著一切，但是也要根據上帝的意旨。進一步來說，我們最好不要過度地為我們失去的東西而悲痛，也不要為我們擁有豐富的財物而過度高興，這就像我寫下的一樣。或者不如說，忍耐一切是高貴的。這樣，我在恢復了情緒，在我們船隊的船隻過來幫助我們，準備帶著我們向小爪哇航行的時候，感謝上帝，因為祂在我們的心靈最為黑暗之時保護了我們，使我們平安。我也為如此艱苦的生活而祈禱上帝，希望梅納伊姆・維沃的名字有可能被銘記在寬恕書(book of forgiveness)中。他是一個虔誠的人，做一切事情都盡職盡責，就像拉比亞納伊(Yannai)教導我們的那樣，解釋善人的悲傷和惡人的多福，這不是我們的力量，我在前面也曾經這麼說過。

在嚴峻的時刻，猶太人總是對著造物主放聲大哭，頌揚祂吧，大聲地詢問，把我交給敵人或交給深水卻又寬恕了作惡者的上帝在哪兒[53]？不過上帝開始是用一種方式召喚我們，然後是用另一種方式召喚我們，有時候使我們生，有時候使我們死。這樣，在祂的威嚴之中，根據祂的意志，祂把虔誠的維沃扔進了黑色的水流，把大埃倫帶到了安全之所。對此，我在心中感到巨大的痛苦和憂傷，但是我也知道，只記得我們的憂傷，記不得在其他時間裡，我們的心又如何因為上帝的饋贈而產生的快樂，這是不虔誠的。進一步來說，一個人，並不會因為對這個世界感到痛苦，而想擺脫這個痛苦，從而在這種人生的思考中獲得真正的知識。真正的知識只能來自學習，學習上帝創造的一切，學習人類的著作，因為人也同樣是上帝的創造物。探索者發現未知之物，而不去探索的人，則只能知道已知之物。

終於，經過了許多苦難之後，天空再次愈來愈暗，雷聲也再次聽到，我們在特薩維(Tetzaveh)安息日之後來到了小爪哇的一個叫作蘭布里(Lambri)[54]的地方。大埃倫的船隻，願他安寧，在此之前已經駛向了中國海，雖然是在極大的危險之中。在這裡，在薩拉(Sarha)[55]港口，因為狂風暴雨以及對我們船隻的桅桿和風帆的損害，對拉扎羅以及威尼斯的埃利埃澤爾的船隻的損害，我們停留了九十三天，直到五月二十七日。因為天氣不好，我一個人走到陸地上的時候，甚至在港口邊擔心船隻有可能遭到毀滅。但是船錨終於安好了，在這些地方，我們的船隻也全都恢復了，讚美上帝吧。

在普林節(Purim)時期，我們哀悼了我們的兄弟梅納伊姆•本•大衛，我們稱維沃，足有一個星期，願他的靈魂安寧。許多人則留在船上保護我的財物，把貨物放好。我則找到了寄宿之所，同我的兄弟一起，在那兒停留了七個安息日。這段時間正好是逾越節㊻。而我對一切事情也都盡心盡力地做好，雖然困難重重。那兒沒有猶太人。然而我們讚美上帝，祝福祂，我們的導師摩西命令為我們的海上得救而歌唱，因為在遙遠的地方，祂保護了我們。

雖然這個地方很大，但是他們說小爪哇是一個島，不過我也難以說出，因為我並沒有環繞它而航行。這是一個荒涼的島，島上可以發現帶著毒牙的黑蜘蛛，如果咬上一口就可以殺死一個年富力強的男人，但願上帝禁止這樣的事情。這裡也有大豬，地毯就是用它的毛製作的，對這種地毯，一個虔誠的猶太人可能既不會買也不會賣的。薩拉森人說，在爪哇的男人中間有許多巫師，他們說，這些巫師能把自己變成鳥、野獸或者水怪，但是我不相信，因為它違反自然的特性。

在這個叫作蘭布里(Lambri)的地方，我等待和風的來臨，這樣我們可以遠航薩拉。但是暴風雨繼續不斷，水漲得很高，我的內心遭受了極大的折磨，因為我們浪費了許多時日，損失了許多船員，我哀悼我的朋友維沃，擔心我的貨物會遭受毀滅。但是只有這最後一點，才是阿曼圖喬和皮茲埃庫利所關心的，我則堅持自己的功課，無論是安息日還是其他日子都是如此，讚美上帝吧。

然而，我常常心情沉重，因為我的船隻在這次風暴中受損嚴重，好在我的貨物平安無損，我的僕人也忠實可靠，我也有理由去高興，雖然我的薩拉和我天各一方。我可以使自己投入學習，感謝上帝，這樣就不會過度地感傷我的損失了。進一步來說，對這種損失，我的兄弟巴士拉的以賽亞也還是要擔保一半的；同時，我又發現自己現在在這樣的地方：連這裡的樹木和小鳥都為上帝的偉大作見證，而且虔誠的人不應該讓自己毫無理由地哀悼命運的不佳，哀悼世間的不幸，比如暴雨、寒冷或者其他一些事情。畢竟世界上萬事萬物都有它們存在之所，人人都有他們自己的時間，就像我們的哲人所教導的，願他們安寧。

終於，在新月的日子，也就是四月十四日，風略為有一些減弱，我們的船隻也得以恢復，於是我們啟航向薩拉(Sarha)進發。薩拉離蘇門答臘只有一里格之遙，是王宮所在地。這個國王同他的臣民一樣，全都崇拜穆罕默德，這裡面也包括一些猶太人。

在蘇門答臘，我們發現大埃倫的船隻避開了暴風雨，絲毫無損，我們也得到了埃弗萊姆・本・朱達・格里高(Efraim ben Judah Greco)的熱情而慷慨的接待。他是一個代理商，富有學識，因為錯過了時間，他認為我們已經死去，因為他們在海岸邊發現了許多船隻毀壞之後的船板、木頭。我同他一起待了四十天，因為這個時候航行仍然很危險。薩拉森船長和圖里格利奧尼都認為，不到五月的最後一天我們不應該動身。

在這個地方，就像我業已說過的，也有虔誠的猶太人。他們作應作的禱告，遵守食物清潔的律法，也學習《托拉》。進一步來說，穆罕默德國王讓人們相信他是猶太人的朋友，他很欣賞我們的信仰，並允許我們隨便戴什麼帽子。這樣，沒有誰一定要戴黃頭巾或者紅頭巾，一定要披紅色的斗篷，或者作其他任何標誌猶太人的事情。

進一步來說，在市場以及蘇門答臘的貨棧裡，可以發現所有商人心中希望的商品。因為這裡有最好的黃金，它的閃閃發光的質料是由火、風、水以及大地所構成的，所有的人對此都渴望得到。這裡也有白色的安息香，這在薩拉森人中稱之為luban javi，它對中國以及大印度的偶像崇拜者，對羅馬的修士，都是寶貴的。這裡也有乾松香和最好的樟腦，是番色(Fansur)㊼的那種，任何人都可以發現它，但是對此人們必須付上不低的價格，簡直和銀子一樣貴重。這種樟腦在中國的偶像崇拜者眼中極其昂貴，他們稱呼它為Pinpou或者雪片，因為它比他們自己的要高級許多。我購買了一大批這種樟腦，有三百里波(libbre)㊽，價格雖然昂貴，但是我在埃弗萊姆·格里高的指導下，十分清楚我能夠得到什麼回報，結果也就是這樣，感謝上帝。

這裡也有檀香樹、紫膠和沉香木或者鷹樹，這種樹聞起來味道香甜，各地的偶像崇拜者都視為珍寶，和黃金一樣值錢。至於華澄茄、肉豆蔻衣、優質的肉豆蔻樹、丁香以及黑色和白色的胡椒，全都有大批量的出售，而且價格低廉。對埃弗萊姆·格里高貯存在貨棧裡的這些東西，我買了兩坎塔的肉豆蔻、華澄茄和肉豆蔻衣，十坎塔的丁香和二十坎塔的胡椒㊾。這些東西，有的我是準備帶到中國，有的我是要帶回國內。那裡的這些東西也極其豐富，但是質量沒有我從埃弗萊姆·本·朱達這兒買到的好。然而那兒也有許多人跑來找我出售他們的香料和樹木。我應付他們就像我們的哲人——願他們永遠被牢記——所教導的那樣，對他們一言不發。這是因為，如果你並不希望購買東西，你就別去問價。

那裡也有一些貧窮的小商人，他們只有一點貨物，因為條件受限制，所以只好賤賣，很有價值的東西也只能低價出售。有一個這樣的傻瓜，他有番色的樟腦，這是那兒最好的貨物，但是他所開出的價太低了。埃弗萊姆，願他安寧，催我購買，大聲地說來說去，但我如聾子不聽，像啞巴不開口㊿。他用這種方法來佔一個頭腦簡單者的便宜，這是不虔誠的行為，而且違背了我們哲人——願他們安寧——的教導，因此我狠狠地責備了他。

然而，當我們所有的船隻準備完畢，桅桿和船帆也更新一通，正準備離開的時候，埃弗萊姆跑來對我說，他很希望他的女兒同我的兒子結婚。又說，如果我的兒子體型優美，同時又具有智慧，那麼最好能夠來進一步操持我們的業務。但是，這種提親並沒有使我高興。我告訴他，我所有的兒子都已經有了婚配。他聽了有些失落，於是我必須說上半天來取悅他，因為他為我所做的一切都是很不錯的，願他安寧。我給了他百分之五的利潤，對此我心裡感到非常惱火，但是卻沒有表現出來㉑，因為他還要繼續購買香料，為我的返回作準備。

這樣，在五月的最後一天，在納索(Naso)安息日之後，我們從蘇門答臘出發，船長們也決定按照原來的路程前進，因為西南風季節來臨了㉒。威尼斯的埃利埃澤爾、拉扎羅・德爾・維齊奧以及大埃倫的船隊，現在又加上了其他一些商人的船隻，這樣，我們就可以更好地保護我們的船隊，免於在這些海域遭受海盜的襲擊，如果上帝允許的話。因為在這裡人們必須一啟航行，全副武裝，以便有力量來保護自己才行。

在小印度的這些海面上，我們張開帆迎著東南風航行。這些海面有很多島嶼，沒有人可以數清究竟是多少，也叫不出它們的名字來㉓，它們太多了，為此而感謝上帝的饋贈吧。這裡也有許多的王國，比如薩巴姆(Sabam)和辛斯普拉(Sincepura)王國，梅特(Mait)和賓塔諾(Bintano)王國等。賓塔諾王國也有猶太人，從事檀木貿易，但是我在他們那兒並沒有停留，因為東南風颳得非常猛烈，他們卻給我們帶來了食品、飲料，以便歡迎我們。

在這裡，大埃倫從他們那兒買了大批的檀木。卡庫拉(Cacula)㉔的巴西木有很多，而且便宜，我在卡庫拉買了大量的巴西木以及象牙，因為在這兒大象很多。卡庫拉的黃金也不少，威尼斯的埃利埃澤爾和拉扎羅買了一些，避開他們的僕人而收藏起來。在宋多爾(Sondore)㉕，拉扎羅也買了不少樹木，比他在賓塔諾買的還要便宜。大埃倫在這件事情上因為他的當地代理商出了差錯，感到非常痛苦。

然而我卻沒有體會到這樣的痛苦。對於作買賣的虔誠者來說，這樣去悲傷是不值得的，就像上帝讓他不必看重各種損失和受人勒索，而會用收入和利潤賜福於他一樣。因為在這世俗的世界上，沒有人能夠僅僅擁有大筆財富而不付出什麼，甚至最正直的人也是如此。確實，許多人甚至是哲人，他們雖然聰明，但是也遭受生活的痛苦，比如說，那些生活得沒有價值的人，以及嫉妒他人智慧的人，就會對他們表現出惡意和怨恨。同時，再大的財富也不能使擁有者免於疾病和死亡，就像世俗間最美麗的人也必須根據上帝的意志而腐朽，願人們更加讚美上帝，珍愛祂。因此，為錢而憂傷，就像在某個地方，一個人為某種東西支付了更高的價錢；在另一個地方，另一個人則為同樣的東西支付了更便宜的價格，若有人為此而悲傷，這都是愚蠢的。

在叫作宋多爾的地方，我把這些告訴了大埃倫，因為他為檀木的事情痛苦不堪，但是他因為傲慢、貪婪，根本聽不進我的話。相反他問我説，我是不是不想賺錢？我遠遠不能使他安靜下來，只是告訴他，我確實想賺錢，但是這都必須符合情理。對此，他很生氣，好像要打我一樣，忠實的阿曼圖喬和皮茲埃庫利聽到我們的話，立即跑到我們中間擋住了拳腳。

無論如何，以他傲慢的性格，他是不會感到羞恥的，因為這是把對上帝和人的責任放到一邊的人。他具有一種無賴的本質特徵，會認為自己是世界的主人，其實世界只是上帝來指揮的。我們並不能用金銀去購買他人的智慧和靈魂，也不能用金銀來違反理性。因為所有的人事都是有界限的㊻，凡此，上帝在《托拉》中就早已經確定了，而自然法則也規定了這一切。對這些界限，我們的理性和責任㊼都為我們作了規定。即使是一個偉大的人，也不能去侵犯他人。不過我沒有把這些事情告訴阿拉貢的埃倫，因為他離開我，同僕人一起回船上去的時候，脾氣非常不好。

在塔慕次月，在胡卡特(Hukkat)安息日或者巴拉克(Balak)安息日(68)之後，我們從宋多爾這個地方啟航，沿著東-北-東的方向前進。風還是來自西南，這樣，我們來到了一個叫作扎拜(Zabai)的地方。這是在東巴(Ciamba)，即考馬里(Comari)王國(69)。這裡的人崇拜穆罕默德的法律，國王叫作西亞辛那(Ciasinna)。他們擁有許多蘆薈和高級小豆蔻。我買了一些小豆蔻。我在船上和陸地上都按照規定做我的功課，盡職盡責，我的僕人在這麼多天裡都把它看作一個奇蹟，但是也擔心我們最後會遭到海盜的襲擊，或者在航行中遇淺水而觸礁，或者遭受其他不幸。然而現在一切都已過去，我們終於進入了中國本土的海域，頌揚威嚴而壯麗的上帝吧。

一二七一年八月十三日，也就是說五〇三一年厄路耳月(Elul)的第五天，在紹菲迪姆(Shofetim)安息日(70)之前，我們的船隊來到了蠻子居住的刺桐。在這裡，我，安科納的雅各・迪・所羅門，看到和聽到了各種各樣的事情。這些事情，其他人可能會驚奇不已，對此，我現在要借助上帝而告知一切，頌揚祂吧。

註釋

①等於在四百和五百噸之間。

②這個(連同其他一些細節)數字有所誇大，但是僧侶鄂多力克說，他用以航行到中國的船可以乘坐「七百」人。

③也許是比較罕見的香料。

④「中國羅盤」：這裡提到了羅盤，雖然不是首次，但也是較早的。在雅各的時代，西方世界也已經開始使用羅盤。一個中國羅盤，這裡似乎是製作得「極其精巧」使雅各感興趣，這可能是他在從扎達爾(Zadar)到阿卡(Acre)

的路上，他的船上已經攜帶了一個的緣故。他作為一個有學識的人，應該對它有所了解。但是羅盤對中國人來說，知道它早已經是好幾個世紀之前的事情了。這種羅盤是用黃楊木製成的盒子或者碗，中間有一枚磁針，在一個很小的支點上轉動，能指南。確定了一個方位，其他所有的方位就都能確定了。這些方位都標示於固定在盒子中的圓盤上。

⑤這些時間可以確定為一二七〇年十月二—十一日。

⑥這可能是指《塔木德經》的訓喻，丈夫和妻子在半年之內至少要有一次房事。

⑦手稿為 nell' agonia mortale della quartana。一般認為這是瘧疾，但是中世紀的醫生也用這個術語來指一般的熱病；quartana 僅僅指每四天發一次。雅各注意到伯萊托腿部發抖，說明這是瘧疾，而他迅速死亡則說明有其他一些原因。

⑧手稿為 perdei li polsi。在手稿中，雅各說他進行診脈，並檢查伯萊托的眼睛和舌苔，這進一步證明他具有醫學知識。

⑨不知道這是傳聞、自吹，還是雅各自己也能說波斯語。

⑩哈曼是波斯阿哈修魯斯國王宮廷的一名官員，出於傷害的動機，要屠殺猶太人，但是受到了王后以斯帖(猶太人)的反對。

⑪說這個地名中的 corano 與《可蘭經》(Koran)的「可蘭」有關係，並沒有什麼文獻學的證據。正如雅各這裡正在做的一樣(「切斯馬考拉諾」現在是馬可蘭地區，橫跨伊朗和巴基斯坦兩個地區，一直通到印度德爾它和現代的卡拉奇)。

⑫可能是一個港口，靠近馬可蘭的中世紀城市凱基(the city of Kij)。

⑬這是雅各誇大其詞，因為從年表來看，至多也不會多於四天或者五天。

⑭麝香是從喜馬拉雅山的麝身上所割取，中世紀的東方和意大利都把它用作藥物，它肯定是通過阿富汗而帶到這些波斯港口的。

⑮這是來自克什米亞的，很明顯與貂皮有關。

⑯對克什米亞，雅各或稱之為 Chesimur，或稱之為 Chesimuro，從一二五九年到一二八七年，克什米亞都是在韃靼人 Kajjala 的控制之下。

⑰一二七〇年十一月八日。

⑱這是希望死，用希伯來語所寫，但是有一條對虔誠的猶太人的詛咒，在手稿中卻部分地劃去了，不過卻依稀可辨其意。

⑲《施瑪篇》：雅各手稿中提到背誦祈禱文《施瑪篇》，有六次以上，該詞總是用希伯來語所寫。它以「聽，啊，以色列，主啊，我們的上帝，主就是一」開始，是猶太人一神教信仰中基本的懺悔禱文。虔誠者一天要重複三次，而在臨死之人的身邊也要重複三次，因為臨終之人希望在臨死之時，他們的嘴邊能念誦著這些文字。雅各在畏懼和危險的時候也背誦這些文字。殉道者遭受宗教審判的火刑，當火焰吞噬他們的時候，也會說這些詞語。

⑳西蒙·皮茲埃庫利，第二個辦事員。

㉑這是一個有趣的暗示，說明這是一個在坎貝塔的猶太商人行會，行會中有它自己的規則以及對商業上不軌行為的懲戒條例。

㉒也就是五英尺或者一·五米寬。

㉓我弄不準custo和kino兩詞的意思。邁羅巴蘭是收縮型的果實，像李子，風乾後可作藥，治療腸胃毛病，在染色、製作棕褐色和墨水中也可使用。在中世紀，這種物品非常貴。雅各後來把這種物品的調配工作交給他的女僕布卡祖普去做。

㉔手稿為lo indo。我把它翻譯為Indian，但是雅各的意思可能是指印度(Hindu)。

㉕華澄茄是一種有香味的漿果。在中世紀，除了作其他用處之外，還可以起抗菌防腐的作用，特別是防止生殖泌尿系統的感染，以及性交感染等，同時也可以治療其他一些腸胃的毛病。在中世紀的烹調業中，也用作香料，稱之為「華澄椒」(cubeb pepper)。

㉖我難以辨別是什麼。

㉗不清楚這是什麼意思，但是雅各肯定在坎貝塔和芒吉阿勒之間的某些地方看到了陸地。

㉘這很可能是德里山(Mount Delly)，位於今天印度坎拿塔卡州坎納諾爾的北部。

㉙在手稿中，這個名字有所變化並寫了多次，所以很難辨認。但是，從段落的內容上可以認出是在克拉拉(the State of Kerala)國的Cranganore或者Cochin，這從非常古老的時代開始就是大量猶太人的聚居地了。瓦耶謝弗(Vayeshev)安息日能清楚地追溯到一二七〇年十二月六日。

㉚從手稿中的其他一些說明來看，這可能是指猶太人在遵守習慣問題上的不同。

㉛奉獻節(the Festival of Dedication)形成於公元前一六五年，是猶太人為紀念聖殿得以淨化而設，當時，安條克・埃皮芬斯(Antiochus Epiphanes)曾玷汙了耶路撒冷的聖殿。
㉜這幾乎是決定性(但不是完全)的證明，說明雅各是一個拉比。這是因為，如果他不是拉比，那麼人們就根本不可能向他諮詢有關托拉的各種難題了。特別是在當時的環境下，當地的聚會是有他們自己的拉比的。但是雅各在任何地方都沒有像此處這樣，提到他的「家世」而使用了這樣的術語。
㉝大約這樣，他就不必用手來承擔重量，也就不違背安息日工作的禁令了。
㉞這等於五百公斤，或者半噸，非常多的一批貨物，有力地說明了雅各購買的規模。
㉟奎隆，或者 Kollam，位於印度南端的科梅林角西北一百公里處，在中世紀，是亞洲的一個大港口，也是一個大的國際市場。
㊱祭司家族的後裔。
㊲這個詞(錫蘭)在手稿中寫過許多次，似乎出於不同的筆跡；這個詞下面的詞難以辨認。
㊳這裡的這個詞或者是 pere(梨子)，或者是 perle(珍珠)，幾乎辨認不出來。因為雅各說到了燕雀和樹木，所以我選擇了「梨子」一詞。
㊴手稿為 vanno tutti ignudi，雖然這裡有男性的複數形式，但還是不清楚是否雅各僅僅是指男子。
㊵「帕卡姆波」是普拉克拉馬・巴胡(Prakrama Bahu)的一個更為嚴格的說法。他從一二六七年到一三〇一年統治錫蘭。桑搭拉明顯是印度小王子的名字，他帶領該島南部的「錫蘭」佛教徒投入了戰爭。
㊶藥喇叭油是中世紀使用的一種催吐劑，用錫蘭以及其他地方生長的植物所製作。巴托洛繆可能是一位藥劑師。
㊷雅各把他的交易細節蒙上了一層面紗。
㊸巴蒂卡羅(Batticaloa)，在錫蘭東海岸。
㊹這就是釋迦牟尼，或者佛。
㊺這大概是亞里士多德思想在中世紀的一個最為概括、最直截了當的表達。這除了說明其他問題以外，也說明邁蒙尼德及其追隨者的教義對雅各的影響。
㊻這可以確定為一二七一年一月二十四日。
㊼「自然把地球固定」：雅各似乎對地球固定的觀念有所懷疑。這只能是因為，這種懷疑論的推論在比較激進的思想家中間流行，而雅各則受到了他們的影響。他們本人又是受到了更早的畢達哥拉斯學派懷疑論的影響。畢

達哥拉斯學說認為，天體，包括太陽和地球在內，都是圍繞著「中心之火」轉動的。地球因此也被當作一顆行星。

㊽也就是三英尺，或者九十釐米。

㊾這裡有一個很不尋常的提示，說明雅各認為「猶太人的上帝」會拯救她。

㊿這使我們想到，這隻船根據雅各所說，有四支桅桿，十二張帆，另外還有二支，「他們將其豎起來，放定位置的桅桿」。

51可能是兩隻較小的船伴隨著主船。

52猶太人的哀悼辭，基本上是祈禱彌賽亞時代的快速到來，承認上帝在全世界有至高無上的權力。

53一個略加偽裝的暗示，說明「大埃倫」按照雅各的標準，很早就顯示出不忠於《托拉》的規則，是「邪惡的」，是一個「作惡者」。

54蘇門答臘西北一個省的地名。雅各似乎認為它是一個港口的名字；雅各並沒有認出他們躲避東北風的港口名字。這似乎是用來修理船隻的地方，可能是達亞(Daya)。

55薩拉位於蘇門答臘的東部海岸，因為雅各說它靠近「蘇門答臘」，或者首都薩馬蘭卡(Samarlanga)。但是，從達亞環繞蘇門答臘西北的路岬，以便停泊在蘇門答臘，就肯定要冒一定的風險。但是，為了把船隻再次配備齊全，補充食品，這大概也是必不可少的。

56這是在一二七一年三月二十八日。

57蘇門答臘的一個地區，位於蘭布里南部。

58等於六十公斤。

59等於五百公斤，或者半噸丁香，一千公斤或者一噸胡椒，這似乎是一大堆了。

60手稿為希伯來語，引自《聖經·詩篇》三八：一三。在雅各所說的場合，埃弗萊姆對雅各可能說希伯來語(以便保密)。

61這可能暗示，雅各按照民間代理商的標準，又額外給了他百分之五的利潤。代理商的標準費用可能是由當地的同業公會控制。

62手稿為del gherbino，西南季風已經來臨，他們的船隻可以順風而行，但是風也過於強烈了一點。

63這些可能是馬六甲海峽南端的群島，位於蘇門答臘和新加坡旁邊。但是雅各所說也可能指西里伯斯和摩鹿卡斯，一些船員對此可能都有談論。

㊹這可能指今天馬來西亞的一個港口，也或許是指泰國偏北的地方。

㊺這是坡羅・坎多爾島(Poulo Condore)，今天越南海岸南部一帶。

㊻手稿為 fini。這個單詞不甚清楚，或是「界限」或是「目的」之意。

㊼上帝的語言所命令的宗教責任或界限。

㊽分別為一二七一年六月二十日和二十七日。

㊾Zabai 難以辨認，但是柬巴(Ciamba 或者 Cambodia)這個詞和現在的柬埔寨有關，似乎是今天越南的部分。Comari 也許是高棉。

㊿一二七一年八月十五日。

第四章　無比繁華的貿易城市

刺桐，這座光明之城，是十三世紀南部中國的主要港口，在外國人對它中文名字的訛用(或誤聽)下，阿拉伯、印度、歐洲等地旅行家們的記述中往往把它拼寫爲 Zaytun、Zaiton、Zaitun 和 Zeithum，以及 Cayton、Saiton、Kaitam 等。從這些譯名中顯然可見，對於不講中文的人來說，第一個音節的發音很難掌握，很難音譯。

關於刺桐的位置問題，長久以來，學者們一直存在著爭論，他們不能確定刺桐是位於現在福建省的泉州一帶，還是位於泉州西南六十英里處的漳州一帶。當今的權威人士選擇了前一處地點。一九七四年，在泉州灣海底發現了一艘巨大的裝載著大量香水和香料的十三世紀木船①，這進一步證明泉州是中世紀主要的海港和造船業中心。

雅各還把刺桐這個城市說成是它所在省的省會，關於這一點存在著一些疑問(南宋的土地在雅各還沒到達的一二七〇年，劃分成十六個省區，整個面積有法國四倍大)。不過，無論是否爲省會，十三世紀的刺桐已代替辛迦蘭(Sinchalan)，即康府②(Khanfu，指廣州，或稱 Canton)，成爲中國南部的主要貿易港口。廣州的第一次全盛時期是在八世紀，據估計那時有二十萬人口，但是從十一到十四世紀，更爲活躍的港口則是刺桐。

因此，無庸證明，馬可·波羅把刺桐稱爲「南部中國的貿易港」，「所有的印度船把那兒作爲他們拜訪的主要海港」③。歷史學家承認刺桐城的活躍程度超過了歐洲中世紀最大的港口。而且，在宋代，中國是世界上最大的海運強國，據估計，從南到北，它有一億户口④。商品與貨幣的流通特別集中在中國的東南部。雅各待在刺桐的那個時期，他說那兒有二十多萬人口，實際上，大家都知道，那個時候已是放縱消費與奢侈享受的時期，農民源源不斷地流入城市中心，物資大規模輸入，結果在貿易方面出現赤字。其進一步的結果，是用貴重金屬的輸出來塡補赤字，從而又導致了貨幣的短缺。這種短缺本身構成了發行紙幣的主要原因，包括雅各・德安科納在內，很多中世紀來華的外國遊客對於當時紙幣的發行非常驚異。

那個時期也是一個技術相當發達的時期，「開始了它的現代化過程(striking for its modernism)」⑤。在那個時期，印刷術有了大規模的使用。對此，雅各和馬可・波羅不同，他有很多有趣的事要說。事實上，人們對整個南宋王朝的感受似乎不只是面臨征服者日益逼進的恐懼，而且還有充滿活力的燦爛光芒。十三世紀七〇年代，南宋的都城行在(Kinsai，即杭州)，這個雅各由於自身的原因(他有詳細說明)而沒有去的地方，已被認爲是世界上規模最大、最富庶的城市，據估計當時有一百萬人口。與此相比較，十四世紀初的威尼斯也許有十萬人口，佛羅倫薩的人口約在四・五萬至六・五萬之間，巴黎則擁有六・一萬個家庭，人口大概爲二十五萬。

根據雅各的記載，刺桐是一個巨大繁華的沿海大都市，人口變動不定，種族多樣⑥。這個城市處於社會和文化的渦流之中，它擁有許多殖民居住區，其中包括法蘭克人(西方基督徒)、薩拉森人(穆斯林)和猶太人。考古學家已經證實了這種經濟活動的程度和沿著海岸線的活動，他們在這一地區已發現了(還有待繼續發現)穆斯林、聶斯托里派(即景教)、天主教、摩尼教和印度教的碑文⑦，但是還沒有發現雅各所提到的猶太會堂和墓地的痕跡。

在雅各來訪的一二七一至一二七二年以及整個十四世紀，在元朝和宋朝都有猶太人的這一情況，在歷史上已得到詳細記載，這也分別爲外國旅遊家的報導所證實。《馬可・波羅行紀》的拉瑪西奧(Ramusio)版本中沒有提到猶太人在中國的情況，而把他們與「薩拉森和偶像崇拜者」以及「許多不信仰上帝的」人混爲一談。孟特哥維諾(Giovanni di Monte Corvino)講到了猶太人在中國的情況。而馬黎諾里(Giovanni di Manignolli)說，在十四世紀四〇年代，他曾和猶太人在汗八里(北京)舉行過神學辯論。伊本・白圖塔(Ibn Batuta)也記載說，十四世紀中葉的行在有猶太人，但是由於可以理解的原因，只有雅各・德安科納給予這個問題以高度的注意。

雖然所有的事實證明在雅各來訪的時期，南部中國的經濟膨脹，社會混亂，然而，一些學者卻全然不顧所有這些證據，他們斷言，南宋的經濟儘管規模龐大，手段嫻熟，並且在商業上出現了法定的貨幣，但由於受到官僚主義的控制，受到朝廷官員們對商人的歧視，受到不開明的政治管轄，從而難以發展成爲一個「充分發展的資本主義市場經濟」⑧。不過，雅各關於刺桐的記述提供了其他的一些情況，他的記載表明南部中國的經濟似乎與當今世界上一些貿易中心的「自由貿易區」沒有什麼區別。

它勾畫了一幅商業經濟繁榮、製造業興旺、消費奢侈的景象，總而言之，這是一個在形態上近乎「現代」的、存在著激烈的商業競爭的社會。在刺桐的這個躁動而緊張的時代——對此，雅各以很大的熱情作了描繪——當時，勢力強大而又思想自由的商人們介入了與朝廷官員爭奪統治權的鬥爭之中，而且朝廷官員本身也有了分化，他們中的一些人自己也捲入到貿易之中。

另外一些歷史學家對於雅各所發現的世界已有了更爲精確的認識，而雅各的手稿對於揭示這個世界具有十分獨特的價值。韓名士(Hymes)與希里考爾(Schirokauer)寫道：「新的財富與更容易得到的教育培養了一批爲數眾多、自信心十足的精英人物，知識分子的生活呈現出新的活力，新的政治見解成爲可能。受過教育的精英人物……試圖以思考、著述和行動來努力處理有關政府、政治以及它們與社會的關係等各種問題，他們試圖搞明白……政府是什麼，它應該或者能夠做什麼……」⑨這些在雅各的手稿中得到驚人的證實，正如上述作者的觀點所述，十三世紀的宋代城市絕不缺乏「自治」，那是一個對「政府的推動力失去信心」⑩、地方分權盛行的時代。在那個時代裡，「新的地方性制度——有一些是自發的，有些是政府發起的，有些則是混合而成」——紛紛呈現出來，換句話說，那是一個與我們的時代並無多大不同的時代。

還可以用另一種觀點審視這個時代，如謝和耐認爲，「十四世紀中國南部的秩序的印象」(這是一種雅各並沒有發現的秩序)「是虛幻的……這個大廈是脆弱不堪的」⑪。那也是一個受到蒙古人威脅的世界，對於蒙古人的擔憂不斷地、時隱時顯地出現在雅各的遊記中，這種擔憂使這個城市陷於分裂⑫。然而在韃靼人征服之前與征服之後，對於造訪刺桐並爲它的外觀和規模所震撼的中世紀遊客來說，刺桐似乎絕不是「脆弱的」。

對馬可・波羅來說，它「令人驚奇，非常宏大和高貴」；對馬黎諾里來說，它是一個「奇妙的優等海港，規模叫人難以置信的城市」；對安德魯的佩魯賈(Andrea di Perugia)來說，那是一座「偉大的城市」；對阿布爾菲塔(Abulfeda)來說，那是一個「引人注目的城市」。伊本・白圖塔描寫刺桐是一座「偉大的城市，確實壯麗」，在它的港灣，他看見一共有一百多艘巨輪，他認爲它「是世界上最偉大的港灣之一——實際上我錯了，它就是最最偉大的」！鄂多力克(Odoric of Friuli)估計這座城有「波倫亞城的兩倍之大」，他認爲它的位置「是世界上最好的地點之一」，不過泉州給他印象最深刻的卻是它的港口，「它所有的船舶在數量上很壯觀、很龐大，簡直令人難以置信」。他感嘆道：「整個意大利也沒有這一個城市所擁有的船隻數量。」⑬

一二七一年八月二十五日，雅各告訴我們那一年是中國的「羊年」，這位安科納的商人在他五十歲的時候抵達了刺桐。

在上帝的保佑下我們來到了中國(Sinim)的領土，到達了刺桐城。這個地區，當地的人把它叫做泉州，它是一個不同凡響的城市，具有很大規模的貿易，是蠻子的主要貿易地區之一。我和我的僕人帶著滿船的胡椒、蘆薈木、檀香木、樟腦、精選的香水、珍貴的玉石珠寶、海棗、衣料等貨物就在此上岸，感謝上帝，這一年是羊年，因為蠻子人都這樣叫，他們給我們的年份取了動物的名字，如龍年、牛年、蛇年等。

蠻子人也把這個城叫作 ha-Bahir ⑭，因為街上有如此衆多的油燈和火把，到了晚上這個城市被映照得特別燦爛，在很遠的地方都能看得到它。由於這個原因，人們稱這座城市為光明之城(Hammansicien)。鄉村的人們給這個城市取名叫 Giecchon，它位於晉江(Sentan)的入海口，他們稱對面的島嶼為兄島和弟島(the brother and younger brothers，按，疑為大墜島和小墜島)，刺桐是蠻子國所轄該省的省會。蠻子國的領土一直延伸到一條大河的河堤，中國人稱那條大江是黃河(即 Ouangho)⑮，韃靼人稱那條江是黑江(即 Carmuren)。不過曾見過那條河的人都說，江水既不黃也不黑，而是棕褐色的。

我把從印度及其島嶼上帶來的許多珍寶都搬到了刺桐城，因為我又害怕別人會垂涎我的財物，擔心在經過許多辛苦的勞動以後，我的錢還沒來得及賺回來就會遭到搶劫，而且，雖然我備受我的兄弟西尼戈格里亞的納森・本・達塔羅(Nathan ben Dattalo of Snigaglia)的愛心關懷⑯

——他是一個製造商，此後他和這個城裡其他的猶太人一起給了我許多榮譽和讚揚——並保證我不會受到傷害；但是，我也獲悉韃靼人和他們的軍隊就要征服蠻子國(指南宋)了，對此，我感到很害怕，害怕我會失去所有的一切，包括我的財富和生命，我要向上帝祈求，祈求他一定要禁止這樣的事情發生。不過首先我要講一講刺桐的港口和商品。

這是一個很大的港口，甚至比辛迦蘭還大，商船從中國海進入到這裡。它的周圍高山環繞，那些高山使它成了一個躲避風暴的港口。它所在地的江水又廣又寬，滔滔奔流入海，整個江面上充滿了一艘艘令人驚奇的貨船。每年有幾千艘載著胡椒的巨船在這兒裝卸，此外還有大批其他國家的船隻，裝載著其他的貨物。就在我們抵達的那天，江面上至少有一萬五千艘船，有的來自阿拉伯，有的來自大印度，有的來自錫蘭(Seilan)，有的來自小爪哇(Java the Less)，還有的來自北方很遠的國家，如北方的韃靼(Tartary)⑰，以及來自我們國家的和來自法蘭克其他王國的船隻。

的確，我看見停泊在這兒的大海船、三桅帆船和小型商船比我以前在任何一個港口看到的都要多，甚至超過了威尼斯。而且，中國的商船也是人們能夠想像出的最大的船隻，有的有六層桅桿，四層甲板，十二張大帆，可以裝載一千多人。這些船不僅擁有精確得近乎奇蹟般的航線圖，而且，它們還擁有幾何學家以及那些懂得星象的人，還有那些熟練運用天然磁石的人，通過它，他們可以找到通往陸上世界盡頭的路，對於他們的天賦，願上帝受到讚美。

因此這兒有成批的商人沿江上下，如果一個人沒有親眼目睹這一情景，簡直無法相信。在江堤邊上有許多裝著鐵門的大倉庫，大印度以及其他地方的商人以此來確保他們貨物的安全。不過其中最大的是薩拉森人與猶太商人的倉庫，像個修道院，商人可以把自己的貨物藏在裡面，這其中，既有那些他們想要出售的貨物，也包括那些他們所購買的貨物。

這是一座極大的貿易城市，商人在此可以賺取巨額利潤，作為自由國家的城市和港口⑱，所有的商人均免除交納各種額外的貢賦和稅收，這方面情況在適當的地方我還會多寫一些。因此在這個城市裡，從中國各個地區運來的商品十分豐富，諸如有上等的絲綢和其他物品，其中有的商品還來自韃靼人的土地上⑲。每一位商人，無論是做大買賣還是做小買賣，都能在這個地方找到發財的辦法，這個城市的市場大得出奇。

以前，從大印度經由海上來的商人要給自己所有值錢的東西，諸如珍珠、寶石、金銀之類的貨物交百分之五的稅，香料要交百分之十到百分之二十的稅，衣料要交百分之十五的稅，除非他的代理商得到了他所要去拜見的市舶使的支持，憑藉於此他才可以免稅。但是現在，所有諸如此類的稅皆被取消了，對此以後我會說得更多一些，因此商人可以從港口出入而不用交稅。他們說所徵的城市稅和居住稅的款項之大，足以填平甚至超過蠻子在經營布匹、香料等生意中所可能受到的損失。他們還說，市場、商店以及客棧等供世界各地商人休憩的場所獲得的利潤，足以超過該城市因免去關稅而受到的損失。當然，也有許多商人被來自他鄉的貿易商趕離了自己的櫃台和貨攤而窮困潦倒，上帝不容啊！以致當人們看到他們時不由得會產生同情。

然而，來這個城市的商人還是那麼多，有法蘭克人、薩拉森人、印度人、猶太人，還有中國的商人，以及來自該省鄉鎮的商人，一年到頭它都像一個巨大的交易市場，因而在這裡你可以找到來自世界遙遠地方的商品。但是對大部分當地人來說，他們製造並賣給外商大批精美質地的綢料以及其他上等的物品，而從我們手中購買香料、薰料、木料、衣料和其他物品。結果，就像我將要講的，在刺桐，人們可以見到來自阿拉貢(Aragon)或威尼斯、亞歷山里亞(Alessandria)、佛蘭芒的布魯格(Bruge)等地的商人，還有黑人商人以及英國商人⑳。

對於珍稀、昂貴商品以及其他物品的需求量極大，不光在港口，就連通往城市的道路上都擠滿了運貨的馬車和貨車。的確，對商品的需求難以測量，所有的人，無論是富人還是窮人，都燃燒著慾望之火，甚至於沒有辦法來使之滿足。因此，他們白天黑夜都擁擠在市場上，在那裡，他們不只是觀看一般的物品，而且留心世界上每個國家中最為貴重的商品。此處有一個人生活所需要的所有物品。不過，做買賣的狂熱是如此厲害，對佔有被大家看好之物品的那種貪婪的慾望也是那麼強烈，以至於普通人沒有能力買許多東西，並比以前更窮，而另一些人則富得令人難以置信。

不過首先我要告訴大家，中國或稱 Mahacin ㉑的國土分成兩部分：一部分是北方的契丹人(Cataini)的土地，他們已陷入韃靼人及他們的忽必烈汗的統治之下㉒；另一部分是南部的蠻子人居住的土地，他們現在在度宗(Toutson)皇帝㉓的統治下生活，他們稱他為天子，意思是上天的兒子。契丹人淵源於契丹(Cataio)王國，蠻子人(Mancini)指那些生活在蠻子(Manci)地區的人，雖然他們之間有很多相同點，但他們卻像是兩種民族。每種民族既與韃靼人不同，也彼此有所區別。從刺桐啟程，要花五十天行程才能到位於上都的韃靼汗的朝廷㉔，花二十天的行程可以到位於行在(Chinscie)的度宗的朝廷㉕，花八天的旅程則可以到達福州。

韃靼人，有些人叫他們蒙古人，用我們的話說的就是強壯剽悍的意思，他們使契丹的田地荒蕪。而且，契丹各城的人民都處於韃靼人的監視之下，他們軍隊的士兵就駐紮在距每座城一里格遠的地方，他們不允許處在他們統治下的那些人去保存自己的城牆或城門。

有些人說這些蒙古人是歌革(Gog)和瑪各(Magog)的後裔——願上帝禁止，北移的以色列人的敵人，他們是吃人肉的道德敗壞的民族，他們起初被稱作 Magogoli。偉大的亞歷山大(Alexander)把他們禁閉在韃靼(Tattaria)地區，從而保存了世界，感謝上帝拯救了世界。那些曾去過韃靼土地上的人說他們長得很醜，都是小眼睛塌鼻子，身上的皮膚像獸皮。由於他們是一個肆意殺戮與掠奪的兇殘民族，這使他們讓人恐懼。不過，另外一些人說，韃靼人奪取了中國人的土地和財富以後，使自己過上了舒適的生活，沒有什麼衣服不是絲綢和黃金做的，沒有一樣食物不是用精選的調料烹調的。

他們的國王，他們叫他忽必烈，契丹人與蠻子人叫他世祖(Scitsou)，他是拖雷(Tuli)的兒子，鐵匠成吉思汗(Cingis Cane)[26]的孫子。有的人說這個成吉思(Cingis)被雷電擊死，有的說他死於戰鬥中，還有的說他被他的夫人所殺，也有的人說他死於疾病或者因年邁而死。關於同一件事情的記述有這樣的不同，這就是隱藏的大陸世界的實情。

關於韃靼人還必須再補充說一些，像我們的國王所羅門，願他的名字永載史冊，所做的一樣，他們的汗(Cane)有很多的嬪妃妻妾，也有很多兒子。據說他的宮殿中也有很多薩拉森人做顧問。我從西蒙(Simon)[27]那兒聽說，那些與基督教徒有一樣想法的人認為，韃靼人在戰爭中會和他們站在一起，反對穆罕默德教徒，這種想法是錯的，相反，在他們之間存在著一種深厚的愛。而且，在契丹人與蠻子人中間有一部分恐懼和憎恨韃靼人的人，他們總是稱蒙古人為猶太人的血親(kin)。不過他們長得一點不像我們[28]，也根本不知道《托拉》，願經文受到熱愛。

不過以同樣方式說起我們的人不多，凡是他們所高興談的事情，更多的是播下抱怨我們的種子，要麼說我們特別殘酷，要麼說我們貪婪。更有甚者，我還聽到一種談論，說有一種魚，基督教徒與薩拉森人可以不費力地抓到它，但猶太人卻不能，願上帝保佑我們。因此，在韃靼人進入我們的波希米亞時㉙，不是也有人說他們源自以色列的十個支派——願和平降在我們所有真正的祖先和後人身上，以便激起人們對他們更多的憎惡嗎？

至於蠻子人，我要說他們也都長著小鼻子，不過是黑頭髮，白皮膚，與韃靼人不一樣。他們的男人也不長鬍子，或者只長幾根鬍鬚，很稀少，老人則不去剪它們。婦女們的肌膚很美，很白，皮膚很柔軟。除了頭部和陰部以外㉚，他們身體的任何部位都不長毛，願上帝寬恕我。不過關於這一點在適當的地方我會寫得更多一些。

他們的國王度宗，他們叫他天子，就像基督教徒稱那個人(按，耶穌)為上帝之子，願上帝原諒他們。他自己與女人盡情取樂，作為一個極度好色的人，他很少關注韃靼人的逼近，即使他洗澡的時候也要叫女人侍候他。而以宰相賈似道(Ciasuto)為首的大臣們則以度宗的名義管理著王國，不過，首先我必須進一步說說被稱為光明之城的刺桐城。

這是一個無比繁華的商業城市，街道上擠滿了潮水般的人流和車輛。此外，作為一個ouang——這在他們的語言中是大城市的意思，根據他們的法律，只有天子從高級官員中派來的進士，即有學識的人，才可以管理這個城市。確實，通過對許多事情的觀察可以知道，那裡人們的混亂狀態嚴重，以致我都不知道用怎樣的筆墨來很好地描繪它。

刺桐城中的人口多到沒有人能夠知道他們的數目，不過他們說超過了二十萬，它比威尼斯城還大，讚美上帝。實際上構成這個城市的居住區與周圍的村鎮看上去是連為一體，建築物的數量由於非常多，以致彼此挨得很近，因此城裡人和鄉下的人住所混在一起，就好像他們是同屬一體的。

在城裡，人們還可以聽到一百種不同的口音，到那裡的人中有許多來自別的國家，因此，像我將要說的，蠻子人中也有精通法蘭克語和薩拉森語的人。確實，城裡有很多種基督教徒，有些教徒還布道反對猶太人；除此之外，還有薩拉森人、猶太人和許多其他有自己的寺廟、屋舍的教徒，每一種人都待在城內各自的地方。在這些地方，有為每一種人開的旅館，我們船隊的基督教徒和薩拉森人可以在其中找到自己的住所。

至於猶太人，他們的人數有兩千，並有一處供祈禱用的房屋，讚美上帝，他們確信那間房子大致有三百多年了㉛。在我們船隊上岸以後的第一個安息日，即紹菲迪姆(Shofetim)安息日，我與納森·本·達塔羅、威尼斯人埃利埃澤爾以及拉扎羅·德爾·維齊奧去了這個地方，以便我可以回到我的兄弟中間，並能感謝上帝，願祂的名字讓人永懷，使我們從海上安全地返渡。在這兒，他們向上帝禱告，祈求度宗皇帝受到保佑，因為這個城裡的猶太人極度恐懼韃靼人的來臨。

這樣一起生活在刺桐城的各種民族、各種教派，願上帝拯救他們，所有人都被允許按照自己的信仰來行事，因為他們的觀念認為每個人都能在自己的信仰中找到自己靈魂的拯救。因此，教士們可以不受阻礙地按自己的意志布教，宣講他們所相信的任何奇談怪論(follies)。

關於寺院的神像，佛教徒(Sacchia the Buddum)建得最多，無論在城裡還是在城周圍的山上都可以找到它們。不過，這個地方的基督教徒企圖使猶太人皈依他們的信仰，但他們並沒有使一個猶太人成為異教徒背叛他祖先的上帝，願上帝得到讚美和頌揚。

中國(Sinim)的土地上有很多猶太人是在亞伯拉罕(Abraham)、以撒(Isaac)、雅各(Jacob)等我們的祖先時代就已到達此地，願他們安息。由於在中國人中間待了那麼長時間以後，他們的容貌、他們的習俗和名字都已改變，以致很難把這些人與城裡的其他人區別開來，他們與蠻子人有同樣的皮膚、眼睛、鼻子和同樣顏色的頭髮，他們用一種我聽不清楚的語言進行禱告，因為那種語言是由中國語和一些我們所說的語言構成的㉜，但是說的方式很奇怪，他們的《托拉》也是這樣，所有的經文都是用蠻子文字寫成的，然而裡面夾雜著整段我們的語言，以致他們也不能看懂。

他們中間還有一張完全用我們的語言書寫成的有關律法的羊皮卷軸，但是除了他們的拉比，一個叫羅候(Lo Hoan)的人以外，他們中沒有人能讀懂它，因此，一個來自法蘭克國家的猶太人不能明白他們所讀的律法條文。然而，他們仍然是猶太人，因為他們對我們語言中的《施瑪篇》還是能理解的，他們的包皮在出生後第八天以前要割除，他們也遵循關於食物純潔性方面的規定。

但是，雖然他們說他們的禱告儀式是對的，比如說，在早晨和其他的安息日的禱告儀式就依照律法書進行，不過據那些既懂得我們語言又懂得蠻子話的人所稱，從薩拉森及法蘭克土地上去他們那裡的猶太人，諸如商人、代理商、學者等，卻在附近的一處地方做禱告。在這裡，自從和蠻子的猶太人在紹非迪姆安息日作過禱告以後，我就和納森．本．達塔羅以及這個城裡數百個我們國家的其他兄弟常去那兒，以便更好地完成我的職責，願上帝受到讚美。

他們說，在中國的土地上，有數以萬計的中國猶太人㉝，像在辛迦蘭(Sinchalan)、Penlian、行在、蘇州(Suciu)，此外還有許多其他的地方。因此在開封(Chaifen)的會堂裡有 Maccabees 和 Sirach 之子的佚書，納森．本．達塔羅說他曾親眼看見，我想那會是真的㉞。在辛迦蘭，猶太人非常多，很久以前很多人與薩拉森人、基督教徒、印度拜火教徒一起遭到一個叫白巢(Baiciu)㉟的人的屠殺，願他們的靈魂得以安息，但願現在那個城市處於一片和平之中，為此感謝上帝。

在蘇州，有四十個猶太家庭住在這個城市北面的齊門(the Se gates)附近，靠近北禪寺(piscien temple)。在行在，猶太人住在城東的 Singte 與 Ouangian 門之間，有二百多個家庭。在剌桐，他們住在四宮街(Four-Span)和小紅花街(the Little Red Flowers)，在這兒還可以發現他們的學堂。他們的墓地則在城牆之外被叫做 ciuscien 的地區，願死者的靈魂得到安息。

在整個中國，也就是說包括契丹與蠻子、猶太人——願上帝因祂偉大的仁慈永遠受到讚揚——身上並沒有佩帶標記物。他們獲得了很大的榮譽，這不僅是因為他們的財富，而且由於他們學識廣博，醫道高明㊱及其他各種高超的技藝。另外，可以看出，蠻子人從猶太人身上學到了很多東西，雖然他們崇拜偶像，但對於用動物與植物做成的同一件織物並穿在身上的做法，上帝對此難容，他們的信仰也是不允許的。因為 Leviticus 書中寫道，用亞麻線與羊毛混織而成的一件衣服是不能穿在身上的。蠻子人也同樣奉行這個習俗，這個習俗一定是從猶太人那裡得來的。而且中國船的比例也與諾亞方舟一樣㊲。另外，猶太人而不是基督教教徒持有這樣一種看法，即一個人不可以入墓穴，不可以觸摸屍體和死者的骨頭，在中國人中間，那也是褻瀆神靈而被禁止做的事情，當然準備去埋葬那個屍體或者為了查明疾病的原因以免別的人生病可以例外。

此外，像我上面所寫的，儘管韃靼人肯定不是來自以色列的支派，然而，當他們成為整個世界其他各地區的主人時，他們不是也稱自己的君主為「汗」(Cane)嗎？「汗」這個詞在我們的語言中寫作「Kanah」，意思是成為了擁有者。

不過，當一個人的心靈被拋入這樣的混亂之中，以至於他走路的時候得堵住耳朵，遮住眼睛，以便保護他的理智不受傷害。在這種情況下，他怎麼能夠公正地談論刺桐這座偉大的城市呢？人們嘈雜不安，川流不息，以至於來到這裡的任何人的感官都感到難以承受，除非在這裡待的時間很短，否則簡直無法承受，因為心靈需要寧靜，以便從事思考。

我忘了談一談基督教。在刺桐，他們中間有許多人是聶斯托里派㊳的忠實信徒，他們有自己的教堂和主教，但都因背信棄義而受到城中其他基督教徒的憎恨，這並不是因為聶斯托里派的信仰比他們自己的教義更荒謬可笑，而是因為羅馬對他們有一個禁令，這個禁令甚至到達了中國的沿海之濱。至於他們的信仰，他們說在那個人（按，耶穌）身上有兩個位格(person)而不是一個位格，一個是上帝之道(word of God)的肉體形態(corporeal form)，另一個則是人之身，上帝的肉體或是如同寺廟中的神像一樣置於人身之中，或者與他緊密結合在一起，就如同火與鐵〔在煉鐵時〕緊密結合在一起時一樣。這就是這些偶像崇拜者所宣講的理論，願他們因這些褻瀆的言論而受到譴責。

關於這種不含真理之光的黑暗理論，城中的基督教徒們在爭論時，修士們除了逐妖魔之外無事可作。蠻子人中，有很多人認為自己身上纏著妖魔，為尋求援助都來找修士們，於是修士們把水噴灑在那些已著魔的人身上，並以上帝的名義命令魔鬼立刻離開他們的身體，然後他們請求洗禮，這樣就把一種偶像崇拜換成了另一種。

關於他們自身，他們說有一個名叫阿羅菲諾(Alofeno)的教士，在六百多年以前，他帶著聖書和那個人（按，耶穌）的神像從大秦(Tatsin，即羅馬)來到此處，當時統治他們的太宗皇帝(King Taitsun)允許阿羅菲諾自由宣講自己的教義㊴。關於這一點我沒能查明事實，但是可以肯定中國的猶太人在此以前就已來到此處。

不過誰會談論上帝呢？無論是真還是假，在一個嘈雜喧囂的城市裡所發出的聲音是如此之大，以至於人們甚至聽不到上帝的打雷聲，願神聖的上帝原諒我的話。

因此，在能使人發瘋的喧鬧聲中，在運貨馬車與偶像中間，數以千計的商人來來往往，交換著黃金、白銀、銀幣和紙幣，關於這一點在適當的地方我會說得更多，富人的叫喊與喧嚷，窮人及恐懼者的悲傷與憤怒，這就造成極度瘋狂的咆哮聲，它是那麼大，以致有人說在城裡的市場上甚至連上帝的雷聲也聽不見。此外，各處都有巨大的作坊，在那裡，數以百計的男女在一起工作，生產金屬製品、瓷花瓶、絲綢、紙張等物品。這些作坊中，有的甚至有一千人，這真是一個奇蹟。

還有許多地方，你可以買到寫在紙上的著作和小冊子，這在他們的語言中叫做 tachuini，它們是用他們特製的墨汁寫成的。這些小書花一點兒錢就可以買到，因此被那些想了解世界的人大批量地購買，讚美上帝。此外，在光明之城，每一天他們都把一張大紙貼在城牆上，上面寫著這個城市的高層官員、天子代理人所頒布的法令和決議，還有市民的條例以及其他考慮到值得一提的消息，每個市民都可以免費得到這樣的紙[40]。

因此有許多人成群地聚集在一起，在他們中最時髦的英俊男人只長著稀疏的幾根鬍子，與貓的鬍子差不多，但女人卻是全世界最漂亮的女人，願上帝寬恕我。男人們和女人們對上述的所有事情都津津樂道，他們也樂於談論他們所看見和所掌握的事情，對於他們未受允許或未能看見的事情也是談興很濃。他們依靠商業和製造業而謀生，並不熱中於武力，他們更喜歡錢而不是智慧，儘管在這些愚者中間也有很多智者，但對那些愚者而言，財富比知識更重要。

首先，他們中的許多人聲稱，所有的人不僅在上帝的眼中是平等的，而且依據自然法則也是平等的。然而，與此同時，他們自己不僅尋求超過別人的顯赫榮耀，而且尋求超過別人的巨大財富。因此，如果有人得到來自天子的榮譽，他就會成為大家極度嫉妒的對象。所有的人都渴望受到朝廷的注意，與此同時又表白說自己對這種榮譽持藐視態度。

因此，從我開始在光明之城的旅居生活時起，我的精神與肉體就遇到了極大的煩惱，我在我的職責中尋找安慰，為我的內心與眼睛所犯的罪而提心吊膽地等待著贖罪日的到來，願我的靈魂得到寬恕。我和伯托妮及布卡祖普姑娘找到了納森・本・達塔羅房子的所在地，平安與他同在，以便她們能照顧好我的需要。我的其餘僕人在別的地方找到了住所，海員們住在離薩拉森人的寺很近的地區。我讓忠實的阿曼圖喬和皮兹埃庫利與我保持密切的聯繫，以便他們能按我的願望買入和賣出。

然而，出於對韃靼人的極度擔憂以及這個城市的混亂狀況，我根本得不到休息。由於不斷被接踵而來的事所攪亂，我的心情也無法平静。因此，我思索著已來到的這個地方以及人們的辛勞，我的精神逐漸變得愈來愈糟。因為，雖然這是一座令人驚奇的城市，然而它也是一座應受到譴責的城市，願上帝拯救它的人民。

在城市裡走動的、長著絡腮鬍子的人，都是從其他國家來的薩拉森人、基督教徒和猶太人。中國人沒有鬍子，要麼只有稀稀拉拉的幾根，因此很容易辨認出大街上的外國人。不過，這裡的外國人實在太多了，根本無法數清他們的數目。刺桐人把基督教徒稱作也里可溫人(elicovemi)，把穆罕默德教徒稱作回人(hui)，回人中有一些是蠻子人，其他則是來自波斯和Mitzraim 王國和其他國家的商人。實際上，薩拉森人非常多，據說大概有一萬五千多人。他們也像基督教徒一樣分成各種宗派，有些人戴著黑色帽子，他們是最虔誠者，而另一些人則戴著白色的帽子，每一宗派都有自己的寺廟，他們去那裡敬拜他們的先知穆罕默德。每一宗派都有自己的方式。

但是蠻子人中有很多人認為，所有從外國來的人都差不多，猶太人與薩拉森人，或猶太人與基督徒之間都沒有什麼區別。因此他們把薩拉森人與猶太人叫做那種長著大鼻子、不吃豬肉的人，上帝不容啊！說他們都是色目(somacium)，用我們的話來說就是長著彩色眼睛的人。如此，即便是那些在人們中間有非常大差別的事情，他們也常錯誤地加以理解，混亂到了如此程度。這座城市是一個民族的大雜燴，據說有三十個民族之多，城中的每一個民族，都已居住了很長一段時間，都有它自己的語言。因此，薩拉森人說阿拉伯語，法蘭克人說法蘭克語[41]，每一個其他國家的人民都用他們自己的語言。因此這個城市像《聖經》中所說的巴別(Babel)，願上帝能加以禁止！

而且，每個民族也都按自己的意願行事，薩拉森人根據自己的習俗，而亞美尼亞人也按自己的習俗，所有其他民族的人無不如此。結果那些大印度的商人，他們很容易被看出來，因為他們又瘦又黑，他們的婦女，尤其是支什米亞(Chesimur)的婦女，都非常美麗。這些大印度人和他們的婦女都根據自己的選擇，以蔬菜、牛奶、米飯為食，不吃肉和魚。他們既不像刺桐人那樣吃東西，也不遵循他們的習俗習慣。每種民族的人都按自己的方式生活。

因此，來自其他國家的商人幾乎都不能掌握刺桐人的語言和文字，那些人都被迫聘請許多熟練掌握其他語言的官員(officials)。他們把那些人叫做 hunlusciaocini、coscienfusci 和 lipinueni。和他們一起的是那些他們稱為 argumi 的人，關於這些我在適當的地方會說得更多。這樣，一個人就可以行走在剌桐城的大街上了，它彷彿不是蠻子人的城市，而是整個世界的一座城市。在這一地區住著穆罕默德教徒，在那一塊地區住著法蘭克人，在另一個區域又住著基督教徒中的亞美尼亞人，在另一塊地區則是猶太人，平安與他們同在；在另一個地方又是大印度人，每一塊地方又分成幾部分，如在法蘭克人的居住區有倫巴族(Lombards)居住區，非常能吃的日耳曼人居住區和我國人的居住區㊷。

在這裡有威尼斯人，他們在技能方面僅次於猶太人，另外還有熱那亞人、比薩人、安科納人和法蘭克人，他們各自都有自己的客棧和庫房，此外，這兒的威尼斯商人與熱那亞商人相處和睦。所有生活在同一片土地上的人遠離自己的家鄉時，在他們之間總會有一種深厚的愛㊸。的確，他們是那麼和睦，因而在他們之間有一個由威尼斯人、熱那亞人、安科納人組成的二十四人公會。在他們當中有一個叫維奧尼(Vioni)的熱那亞商人，他在這個地方已經住了很久。他告訴我，他有一個兄弟在陶利斯(Tauris)時死於瘟疫，薩拉森人也有這樣一個公會，他們給它起名叫 ortaq。

在這個城市裡，正像每個民族都有自己的居住區、寺廟、街道、旅館、庫房一樣，猶太人也如此，願上帝受到讚美，正如我所寫的一樣，猶太人也有一所醫院、一棟禮拜堂、一座學堂、一所學校，還有一處墓地，願埋在那兒的人得以安息，阿門！的確，基督教徒、薩拉森人與猶太人在城牆外都有各自的一片墓地，可是蠻子人中的偶像崇拜者卻把自家死者的屍體予以焚燒，他們的所作所為與大印度人一樣，那種情形不忍目睹㊹，上帝不容啊！在城裡所有來自其他國家的人中，只有猶太人在那個地方住的歷史最悠久，願上帝受到推崇讚美。因為，正如任何人所見到的一樣，這個城市裡有我們古老的祈禱堂，它已歷經一千多年之久，祝願我們平安與充足，雖然它現在躺在一片廢墟之中，但它在神聖的光澤下一直會持續到永遠。因為它是神聖的主提供給他的人民的，阿門！

在這個城裡，基督教徒常與偶像崇拜者以聯姻的方式結盟，但是薩拉森人則很少這樣做，而猶太人則從不這樣做。依據法蘭克人的習俗，凡已婚的男人如果離開自己國家達二十多天以上者，無論他到什麼地方，都可以另娶女人，而妻子可以另嫁丈夫，兩個人誰也不談論它。在薩拉森人中間，男人可以這樣做，但是妻子則不行，不過兩種習俗都同樣令人憎恨，它們都違反了上帝的戒律，願上帝受到頌揚，願祂的戒律得以遵守。

因此，法蘭克人與薩拉森人隨意地犯著通姦罪，還做著其他許多極可恨極邪惡的肉體勾當。容貌極其美麗可是行為不檢點的刺桐婦女則是他們的同黨，她們引誘許多商人，使之色迷心竅而在她們那裡留宿，結果這些商人們便拋棄自己的妻子而另娶新歡。他們說他們自己的妻子不會做刺桐婦女們的那種技巧，因此他們更樂於和她們同床，願上帝懲罰他們。不過對於那些沒有把信仰擴展到所有事情上的人來說，在這種情況下變得脆弱並不讓人驚異。

他們說，在過去，無論是基督徒還是薩拉森人都是不能這樣做的。因為，對於一個外國人來說，尋找一個刺桐女子為妻，或者想和這個城的婦女上床都會受到極大的憎恨。而且，在過去，這個城裡的男人女人都舉止文雅，很有禮貌，尤其是對外國人，他們以深厚的友情加以招待，並為之提供各種建議。他們說，他們不強迫任何人違背自己的志願而留在這個城市，也不將任何希望繼續與他們相處的人拒之門外，這是他們的習俗。實際上，在過去，他們設有一個專門官員，他的職責就是保護從國外來的商人免受冤屈，懲處那些企圖用冒牌商品欺騙他的人。但是現在，這一切都變了，刺桐人自己之間的爭吵已變得愈來愈嚴重，以至於他們之間存在著很多的抱怨和仇恨，如我在後文中所要告訴大家的那樣。

因此，在有刺桐人比鄰而居的地區，已不再被視為是單純的場所。同樣，他們以前曾友好地接待去他們那裡做生意的外國人，但在現在這個城市混亂的狀況下，很多人對這些外國商人冷眼斜視，好像這些人在他們中間不應有立足之地。

因此，在法蘭克人與猶太人的交易場所，市民以前提供泰安府(Taianfo)與 Uciaino 的優質葡萄酒以及錢江(Ciencian)的加香葡萄酒來招待他們的客人，雖然由於害怕它們已經給他們崇拜的神像進獻過，虔誠的猶太人不會喝它們，不過法蘭克人、薩拉森人在過去都是很愉快地飲用那種酒，但這樣的禮物不會再給他們提供了。實際上，現在有許多罪犯從事危害外國人的犯罪活動，有時甚至是在白天。如果他們能從一個外國人身上搶劫東西，看到那些到他們中間來做生意的外國人心中升起的恐慌，他們似乎更為高興，他們的行為已經墮落到了這種地步。然而，除了上述事情之外，這個城市中有很多人製造令人更悲痛的事，對此我在適當的地方會進一步講到。

在這個城裡，衆多的法蘭克人及其他國家的人與這個城市的女人上床。當一個男人在街上行走時，可以很容易地看到他們的後代，當地人稱他們為 argumi，就像我們把私生子叫做 mamzerim 一樣，人們也可以看到很多這個城市的婦女與基督徒所生的孩子。

人們正是從這些 argumi 中來挑選為外國商人服務的人，因為他們既會說蠻子語，又會講法蘭克語。這其中，有一個名叫李芬利的人，二十四歲，我在這個城市所待的八天以來，一直僱他給我服務。他除了那雙眼睛以外，長著一副蠻子男人的外表。他的母親是當地人，他的父親是一位來自比薩的名叫古格列摩(Guglielmo)的商人。他對光明之城的各方面都很了解。在那裡，他是我的嚮導。他忠心耿耿，技能嫻熟，熱中於談論別人的舉止行為。儘管城裡出身高貴的人認為他的出身很低賤，但他為我服務得非常好，祝他平安，他不僅幫助我生意興旺，而且還把我帶去見城中的賢者與顧問，雖然因此有許多苦難向我襲來。

在基台澤(Ki Tetze)安息日㊺之後，我以喜悅的心情做完我所有的神職，讚美上帝。此後，在前面所提到的李芬利的陪同下，我在交易高峰期㊻來到了甚至比威尼斯更擁擠的人群中。因為在這樣一個龐大的城市裡，如果沒有當地人的陪同根本找不到自己的路。人群中混亂不堪㊼，好像這個世界被打翻了似的，願上帝禁止這樣的情形。

在光明之城的大街上，成千上萬的貨車、馬車不停地穿來穿去，它們的嘈雜聲和數量都是絕無僅有的。天剛亮，光明之城中的人們就早早地從他們的床上爬起，在整個白天，眾多的人群為自己的生意來回忙碌，他們的數量是如此之多，簡直讓人懷疑這個城市是否會有足夠的食物提供給他們。

黎明來臨時，那些出售食品的貨攤擠滿了人。這些過路人吃著羊肉、鵝肉，喝著各種各樣的湯，就著其他的熱食。與此同時，大批的男男女女則行走在大街上，一些人邁著飛快的腳步向四面八方奔去，好像十分憂慮；一些人像是不知所措或者邊走邊吃，有一些人有明確的目標，而另一些人好像毫無目的。街上混亂不堪，我看見一個背著罐的人被擠倒了，另一個也扛著罐的人又摔倒在他身上。在這種情況下，正如我們的聖人(Sage)所教導的，如果兩個背著罐的人一前一後地行走，第一個跌倒了，而第二個摔在第一個人的身上，那麼第一個人應該賠償第二個人所遭受的損失。

隨著時間的推移，這個龐大的人群不斷變大，愈來愈難計算。這些人中，有無數的農民和市民，有富人，也有窮人；有男人，也有女人；有主人，也有僕人；有高尚的人，也有惡棍；有中國人，也有外國人；有穿著綢衫的人，也有衣衫襤褸的人；有在蠶絲與陶土作坊勞動的人，有在酒館或商店工作的人，有出售食品和其他貨物的商人和小販；有流浪漢，有理髮師，有抬轎子的人，有偶像崇拜者的教士，有用瓷碟變魔術的人，此外還有預言家、占星家，以及那些牽著上了鐐銬的野獸四處遊蕩的人。

富人與出身高貴的人都穿著拖地的絲製長袍，腳上都穿著高底的鞋子，這可以使他們顯得更高。窮人則穿著只抵腰臀的短衣，一些人打著赤腳走路，願上帝憐憫他們。在街道上還有許多乞丐，睡在門板上的可憐人，以及為了爭奪食物和錢幣而打鬥的人。

我和李芬利一起，遇見兩個正在為他們在街上所撿到的硬幣而爭吵的人，第三個人對他們說那錢是他的。遇到這種事情，按照我們的聖人的教誨，如果一個人撿到散在公共場所的錢，那錢就歸給撿到的人，即那個最先把手放在錢上的人。但是如果所撿到的錢是裝在錢包裡的，或者成堆的，則必須弄清真實情況，那些錢不可以拿走。我把這些講給李芬利聽，他說那兩個人都聲稱最先把手放在了硬幣上，而第三個人則是一個乞丐，顯然也不會是他的錢。因此，我建議他們把那些總共是三個硬幣的錢分成三份，由他們三人平分，然後我們繼續走我們的路。

不過，城裡的富人和貴族把錢裝在他們的衣袖中，付錢時，他們拿出那些錢，彎下腰，把它放在另一個人的衣袖裡。這是他們的風俗。此外，他們上街的時候總帶著把扇子，走路時總擺出高傲的樣子，或者當他們騎在馬背上時，馬鞍總是用漆塗過，他們的女人坐在帶著小門的轎子上，而窮人則是步行。在所有地方，人們都攜帶著商品，懸掛在竹竿上。此外還有無數的毛驢、騾子和狗，人們在它們中間來回穿梭，那種混亂與嘈雜聲真是難以形容。就連那些最漂亮的女人，她們有些是坐在轎子裡，也有些是步行，也毫無懼色地接近這些動物。

李芬利對我說，以前，達官貴人以及富人的妻子們都只能待在自己家裡，不被別人看見。但是現在，她們中的一些人和我們一樣㊽，也成為了商人。這些人什麼地方都去，好像她們是男人似的。她們不僅是在櫃台服務，而且去互換貨幣的人那裡，或者從別人那裡購買東西，據說還有些人為了謀利還航海到小爪哇及大印度，不過這一點很難讓人相信。在大街上也可以見到年輕的姑娘們，在旅館之類外國人常去的地方周圍則是娼妓。在剌桐，許多婦女賣淫，她們毫不端莊地在街上四處閒逛，她們的那雙眼睛充滿了淫蕩。她們用目光去試圖勾引行人，如果行人看一眼她們當中的一個人，她會打手勢招呼他跟她去，這是上帝所不容的。其他的人雖然衣著華麗，逛街的時候卻張著嘴，在剌桐人看來，那是一種性慾的徵兆。關於上述事情，我會進一步描述。

這座城的四周環繞著高大的城牆，但其中一部分城牆已倒塌，許多城門上有城樓，每個城門口有市場，它們與城裡的不同地區分布著的不同職業和手藝相接近。因此，在這個門口是絲綢市場，那一個門口則是香料市場；這個門口是牛市和車市，另一個門口則是馬市；這個門口是由鄉下人賣給城裡人穀物的市場，另一個門口則是種類齊全的大米市場；這個門口是羊和山羊市場，那個門口則是海魚與河魚市場；其他的許多門口也都是如此。確確實實，這個城市的財富極多，甚至有各種各樣不同的市場。魚市的魚又鮮又美，也有一些不潔的魚㊾；肉市有潔淨的肉和不潔的肉。還有水果市場、鮮花市場、布匹市場、書籍市場、香料市場、陶瓷市場、珠寶市場，這些市場在城牆內外都可看到。

李芬利曾多次帶我到這些市場，以便讓我可以在那裡購買貨物。在市場裡，可以看到許許多多的人在仔細挑選貨物，這裡商品的豐富程度是整個世界的人所從來不知道的。在那裡，他們看到了所有他們想要的東西，並通過各種途徑來佔有它們，有的途徑是善的，而有的手段是惡的。有的人通過勞動和努力實現自己的目標，另一些人則依靠偷竊與犯罪來達到自己的目的。

因此，每個市場以及臨近它們的街道都充滿了像蜜蜂或其他昆蟲所發出的嗡鳴聲，以及由大隊人馬運動發出的砰砰聲，中間還夾雜著小販們的叫賣聲以及動物的吼叫聲和嘶鳴聲，這些動物有的是待售的，有的則是在街上遊蕩。此外，這裡的房屋都是用木頭和竹子建成的，房屋與房屋緊密地排在一起，街道變得很狹窄，以至於人們常常無法在街上移動和穿行，不得不另尋道路。李芬利告訴我，這裡的火災很多而且頻繁。不過，這裡也有很多巨大的偶像崇拜者的寺廟及其他建築，它們雕刻精細，而且用黃金裝飾，在陽光照耀下閃閃發光，真可視為奇蹟。

這裡的商店數目比世界上任何城市的商店都多。商店裡有各種各樣的商品，如香料、絲綢、珠寶、酒以及油膏等，都可以在這裡找到。這些物品，我都買了一大批。你也在那裡可以找到治感冒的藥品、驅趕昆蟲的藥膏、消除腫痛的草藥、給婦女染眼睛的顏料。有一條街叫三盤街(the Street of the Three Plates)，那裡全部出售絲綢，其種類不下二百種，這種紡織技術被認為是一種奇蹟。另一條街全部是金銀器商人，其中有些是薩拉森人，有些是猶太人，有一條街專門是藥劑師，而另一條街全都是占星家，他們住在自己的居住區，但是據說他們互相之間存在著敵意。

在和街(the Street of Harmony)，有一座建築物，李芬利後來曾帶我去過。那裡是他們所有的哲學家和占星家的住所，這些人在那裡提供關於他們智慧的證據。據李芬利稱，一些占星家和術士去那裡後，用好幾個小時的時間觀測星辰間的會合，這大部分往往是反映好幾年以後的事情。他們要求聚集於此的人群匍匐於地，以便使天子，即他們的國君，將能受到保佑。

這些被很多人視為聰明人的占星家然後用他們的話大聲喊 que e，它的意思是下去；然後，他們又大聲喊 che e，它的意思是起來；或者他大聲喊 cho e，意思是你們大家排列在一邊；或者當星辰是另一種會合方式時他們會大喊，把你們的手指放入耳朵裡。那些人都照做無誤。當占星家要求他們把手指從耳朵取出時，他們也同樣照做，這就是刺桐人認為他們所擁有的知識。刺桐還有很多的酒館，既有一些聲名遠揚的酒館，也有一些粗俗的場所，在那裡，男女可以在一起跳舞，還有一些地方備有魚類及用精選的香草製成的飲料㊿。城中還有一個地方，在他們的語言裡叫做瓦市（Ouasu），那裡說書的、賣唱的和賣淫的人極多。

因此，在光明之城，各種事情是如此豐富，無論是善抑或是惡，都是人們前所未見的。在那裡，人們可以找到比在自己國家更好的庇護所，但是，如我下面所會談到的，它同時也是一個許多市民遭到暴力死亡的城市。雖然這裡的居民不分白天黑夜地到處奔忙，但是好像他們自己都不清楚去哪兒，不過他們對於時間的分配卻投以極大的關注。在城市所有幹道的塔上都掛有一個時計51，每個鐘都有一個看守照料。他敲著銅鑼52報時，即使在很窄的小巷都回響著那種聲音，隨後他用他們的文字把時刻展示給所有的人看。

這裡和我們一樣，也不存在什麼宵禁，在男人們尋找作樂及尋求各種享受的地方，上帝不容啊，直到太陽重新升起時還照樣擠滿了人。刺桐人在自己房子的入口處和庭院裡都點了燈，因而到處都有燈光，而那些在夜晚趕路的過路人也點著無數的燈籠以照明，因此整個城市都在閃爍，處處都有燈光。

雖然商人與許多市民非常富有，但城裡的街道卻很髒，到處是各種動物乃至人的糞便。街上還常常躺著牲畜的屍體，好多天都無人過問，上帝不容啊！人們還毫無顧忌地從自家的房子中往公共街道上扔髒物。所有的市民都不願加以收拾，總覺得那與自己毫不相干。不過蠻子人像大印度人一樣，常常用涼水清洗自己的身體和頭髮，有的人天天洗，在陌生人面前洗澡，他們也不覺得羞愧，但是不能在婦女面前這麼做，也不能在不同年齡的親屬面前洗澡，無論他是大還是小。在他們中間沒有人有跳蚤，但是他們有很多骯髒的習慣，比如用布擦他們的牙齒和牙齦，也用布來擦他們的下部，這令人作嘔。他們還站在自家的門內朝街上撒尿㊼，也用同樣的方式吐痰，這兩種事也叫人討厭，上述所有的事情都是李芬利帶我在這個城市的街道上穿行時，我所親眼目睹的。

新年快要來臨了，內薩維(Netzavim)安息日㊽後再過兩天，新年就到來了。大埃倫已經到行在去了，我和納森・本・達塔羅、拉扎羅・德爾・維齊奧以及威尼斯的埃利埃澤爾一起，第一次去刺桐城猶太人的會堂，那些猶太人都是中國人。此後，我們又去了附近的紅花街(the Street of Red Flower)一帶，來自其他國家的猶太人習慣在那裡做祈禱。

頭一個地方有五百人之多，第二個地方人數則超過了七百，為此讚美上帝。在這裡，我作為一個猶太人與我的兄弟們一起盡我的職責，願上帝教導以色列人永遠主持正義，願我們的數量增加一百倍。我讚美主一直保佑我平安，並滿含淚水為薩拉及我的父親祈禱，願我父親的靈魂不朽，願我的兒女們受到上帝的保佑，願我在回家時看到他們依然健康無恙。

在提市黎(Tishri)月的第十天㊾，我戒了所有的食物，祈禱我對上帝犯下的罪惡能得以寬恕，對於我對我的同伴們所犯下的罪行，我也祈禱能夠獲得健康與力量去贖罪。我也為我的朋友維沃的靈魂祈禱，願他永遠受到祝福，我為他的屍體一定已被海浪所吞沒而痛哭，也為他此刻不在我的身旁而流淚。

我也祈求上帝幫助我在異國的土地上照顧好我的精神與肉體，首先幫助我研習《托拉》，其次使我的嘴避開不潔淨的肉類。在這兩個祈求中，頭一個是最最重要的，那些很留心照顧自己肉體的人並不一定是那些最長壽的人。因為疾病可能在一個最強壯的人意想不到的時候奪去他的生命。但是不關注自己心靈的人從一開始就要遭受折磨，認識到自己的欠缺之後，他要在上帝的幫助下才能加以補正。而當一個人患上一種疾病，不管這種疾病是潛伏性的或者是以隱蔽方式突然降臨到他身上，他自己是無法救助自己的，甚至連上帝最終也對此無可奈何。如果我的話語中有什麼得罪之處，願上帝原諒我。

至於說符合律法書規定的、身體所需的食物，那是上帝恩賜的一部分，我們應該表現出良好的食慾但不要貪婪，我們永遠要說，我們喜愛賜予我們的一切，以我們優雅的方式回報大自然的慷慨，用祝福儀式(Kiddush and amotzi)來讚美上帝。不過，我們也不應該允許讓賜予我們的充足食物使我們的思緒偏離學習〔《托拉》的熱情〕，也不應該貪婪粗暴地對待地球上的生物，似乎它們的歸宿只是為了成為我們喉嚨中的食物。

在刺桐城，就像我前面所寫的，人們可以找到想要維持生活的任何一種東西，甚至包括野鹿、野鳥之類的野味，以及已殺好了的母雞、肥得不能再肥的鴨子，和各種各樣我從未見過的魚類。

但是，刺桐人卻如此貪婪，他們熱中於吃其他種類的、不潔淨的肉，還不僅僅是豬肉，上帝不容啊！他們還吃那些連法蘭克人都不吃的骯髒東西。在城裡的市場上，可以看到很多好的東西，如大米、形形色色的水果、香草等。還有一種用灌木(bush)的小葉子做成的飲料(按，茶葉)，那種東西在他們中間很受重視，不過嘗起來卻很苦。此外，他們還吃各種各樣不潔的肉，如鳶肉、貓肉、狗肉、貓頭鷹肉，甚至還有蛇肉和老鼠肉，願上帝寬恕我所說的這些令人厭惡的話，最後一種肉他們和著薑吃。在他們的語言中，他們把老鼠叫做家鹿(deer of the house)㊻，所有上述事情，要麼是從忠實的李芬利那裡知道的，要麼是我自己親眼目睹的。

在刺桐人所吃的所有物品中，他們最貪吃的是豬肉，他們習慣於在街上烹煮豬肉，在過路人面前拿著那些不潔的部分，這也使薩拉森人感到極不舒服。不過，他們不吃牛奶和奶酪這一類東西，認為那些東西不乾淨。但他們卻不拒絕吃驢肉和狗肉。同樣，他們能忍受豬肉及煎熬豬油發出的臭味，那種臭味會使一個體魄健壯者暈頭轉向，並且直衝上帝的鼻子，願上帝受到讚美。但是，他們不能忍受大蒜的氣味，那種氣味叫他們厭惡。因此，上帝的創造物們，願上帝受到讚美，他們的口味和感覺都各不相同，對一些人來說，他們可以按照他們的規矩吃一些肉，但對另外一些人來說則是不允許吃的。

然而，我們並不能說，既然人們所做的所有事情都是既聖潔又不聖潔，因而所有的事情都有同樣的價值，比如，我們不能說吃蛇肉和老鼠肉與吃別的食物一樣乾淨。因為有些東西對人是有價值的，有些則沒有價值；有些東西對人的健康是有害的，有些則是有益的；有些東西天生就是衛生的，而有些天生就是骯髒的。此外，關於什麼是正義的，什麼是非正義的，什麼是善的，什麼是惡的。上帝都通過律法來指導我們，讓我們為上帝的恩賜而祝福祂吧！因為，如果缺乏這樣的律法，人類不可能過著有節制的生活而必將喪失自身。

在食用食物方面，有些偶像崇拜者出於虔誠而不殺害動物，也不使動物流血，不吃動物的肉。但是，也有另外的一些人，他們一方面向創世主和其創造表示偉大的愛，另一方面卻起勁地食用動物，他們讓其他的人扮演屠夫的角色，他們自己則掉轉了目光，不去想這種事。我們本該尊重所有的生命，讚美上帝，同時我們也認識到人對肉類的需求，但是我們這麼做時，要根據這樣一個原則，即不能讓動物感到痛苦，而要在殺它們之前先把它們擊昏。對於我們的嗜好和慾望，我們既不能欺騙自己，也不能欺騙別人，因為那樣的話就會擴大謊言的統治。

李芬利告訴我，光明之城中還有一些人試圖過簡單純樸的生活。他們認為吃得少、消化良好的人能比世界上的其他人都活得長，甚至可以活到一百歲。他們一年到頭都在吃齋，這不是為了悔過，而是為了健康。他們不吃肉，也不吃魚，只吃蔬菜和大米，以及一些水果和純淨水。他們說，一個人這樣的話可以保持健康，青春永駐。不過對其他人來說，這樣的生活是一個艱苦的磨練，而且會毀掉他們其餘的生活。然而，也有一些人與大印度人一樣，他們的行為超出了所有的限度，也違背了理性本身。他們說他們不會殺害世界上的任何動物，哪怕是一個跳蚤或一隻蝨子，因為跳蚤和蝨子及其他事物都和人一樣具有靈魂。不過在這一點上他們褻瀆了神明，因為只有與上帝相像的創造物才擁有靈魂，在上帝的眼裡，並非所有的事物都是平等的，願上帝受到讚美。

因為，人是陸地世界上的主宰者，只有人才同時具有理性和靈魂。有了這些，他才是一個人而不是一頭野獸。那些行為違反理性、忘記自己靈魂的人雖然也有人的面容和人的形體，但他們已變成野獸。因此我們的聖人對大家說，一個人不應該像一頭野獸那樣貪吃無厭，但也不能吃得太少而手無縛雞之力，因為這是對按照自身形象塑造我們的上帝的一種冒犯。

我對於所有這些事情的想法產生於悔罪日。當時我因戒絕食物而變得有氣無力，願上帝對我思想的漫遊予以原諒，他用羊角號的洪亮聲音將我召喚回來，我的腳再一次踏上上帝的正道，因而又可以讚美上帝，到達我遠航的終點。

此後，我和納森•本•達塔羅及忠實的阿曼圖喬一起，在李芬利的幫助下，通過出售我從各地帶到光明之城的商品，開始獲得高額的利潤。我的胡椒粉、木頭、香料、布匹、昂貴的珠寶，在這個城市的商人中贏得了極高的價格，為此讚美上帝。確實，我從大、小印度帶來的貨物都經過了精心挑選，其他人對它們都目瞪口呆。據納森•本•達塔羅稱，在中國土地上的安科納商人還從來沒有人會賺取到如此豐厚的利潤。

然而我心裡卻暗自煩惱，一方面是由於韃靼人已經進入了蠻子國的疆域，根據各方面的報導，我擔心他們將要攻打這座城市，擔心我會遭殃。另外，我也擔心，我周圍所有的人都是如此的盲目、貪婪、多慾和自大，以至於一個人身處其中都不知道該怎樣正確引導自己。而且，我的僕人們沉湎於這個城市的享樂之中，我也擔心他們會步入什麼圈套或危險之中而失踪。因此我常常告誡伯托妮和布卡祖普，要她們照顧好自己的身體和靈魂，她們常常對此真誠發誓。布卡祖普還祈求我教她認怎樣回國的航線。由於這件事，現在我相信她有一顆可靠的心，但我對伯托妮毫無信任，我命令她每天都要盡她的職責，以免讓罪惡出現在她身上。

我努力使我煩亂的心安靜下來，但是卻無法入睡。這個城市中的商人都是些富商大賈，他們所擁有的財富極多，其數目是任何一個經營絲綢、瓷器、香料等物品的商人所不敢奢望的，他們的人數也是多得無法統計，然而他們是那麼高傲，彷彿想把整個城市都置於他們的傲慢之下。此外，由於他們的城市比我們的城市大，他們就對此誇耀不已，以前他們曾有誠實之人這一公正的美名，現在這種美譽已不復存在，他們的貪婪和富有都很聞名。如果有人問他們，是誰真正給他們的城市帶來了光明？他們認為那就是自己，而不是他們的聖賢，甚至不是把光輝帶到這片國土上的他們所稱的天子。

他們不只從在中國及海外的貿易中發了大財，而且還從給天子及其大臣的借貸中撈足了油水，他們還從原先專屬國王[57]的商業利潤中賺到了衆多的好處。實際上，他們的商業繁榮極了。由於金屬的短缺，迫使他們使用紙做的錢，他們稱之為飛錢(fescieni)，他們用它而不是黃金和白銀來買進或賣出，因為在蠻子王所統轄的所有地方都可以使用那些紙幣[58]。關於這種紙幣，每五張就相當一sommo銀的價值，由國王委派專人負責在紙幣上寫上他的名字，做上他的記號，而那些大汗的紙幣上則蓋有朱紅色的印章。

以前在商人與工匠中有許多行會，這與我們國家的基督徒相同，每種行業都有一個行會，比如珠寶商的行會、兌換貨幣的行會、食品商人的行會、鍍金工人的行會、藥商和醫生的行會，甚至還有拉城裡大糞的人的行會。和我們在我們的herem[59]中所做的一樣，他們給那些需要幫助的會員以幫助，他們還制定規章，以便他們的生活可以得到良好的指導。不過，現在他們的行會陷入了極大的混亂狀態，因為每一種商業都對所有欲顯身手的人開放，與此同時，很多人也不再遵循規章，每個人都盡可能地謀取利潤，有的人變得愈來愈富，而有的人被迫去尋求救濟。

他們中間最富有的人最大的願望就是把自己提升到貴族的階層中，由於天子的朝廷自身垂涎商人的財富，也了解那些人想獲得榮譽的慾望，雖然並不值得給這些人授予榮譽，但是朝廷還是樂於把貴族的頭銜賣給那些樂於付錢買爵位的人。此外，即便是那些最大、最驕傲的商人中間，有的雖然未曾被授予貴族的榮譽，但他們也要穿著與貴族同樣的絲綢，戴著同樣的帽子，踩著同樣的高底鞋來裝扮自己，他們為了這種虛假的外表要花掉大筆大筆的錢。因此他們從外商那裡購買昂貴的大印度與法蘭克人國土上的器皿，在這種貿易中，薩拉森人與我的兄弟們為他們的愚蠢提供服務，並因此發了大財。

然而，由於施捨窮人被理所當然地視為是富人的義務，對此讚美上帝，天子不再像過去那樣給窮人提供必需品。在城市的商人中，一些商人盡力幫助窮困的人們，他們甚至到窮苦人的家裡了解他們的疾苦，並親手把錢交到窮人的手中。那些行善的人自己也從中得到了歡娛。雖然他們做這些事情是出於他們偶像崇拜的目的，但他們也是為上帝服務，願上帝受到讚美和尊敬。至於天子和他的官僚，他們聲稱，那些一無所有的人受到富人的救助，自然比他們成為國王肩上的負擔要好得多。

城中的商人由此成為窮苦人們的救星，他們還給這個地方帶來了巨大財富，他們也尋求在任何方面的支配權力。同我們中間的一些人一樣，他們也認為，那些為別人的需要提供服務的人也有統治他們的權力。不過，光明之城中那些言行舉止如同皇帝一樣的商人也試圖取代貴族與國王委派的官僚的統治權力⑥⓪。但是，出身高貴的貴族和官僚對於這些出身低微的商人根本不放在眼裡，他們甚至還嘲笑這些商人的財富，因為，在他們看來，自己是屬於第一等人，其次是農民，再次是工匠，而商人則是城市裡最低等級的人。

因此，一切都處於極度的混亂狀態，每個人都鄙視別人，願上帝同情他們。然而這座城市的財富和貿易額是如此巨大，它的人口是如此眾多，這一切，好像是在創造世界的第一天之前，人們在世界的巨大洪流之前而茫然不知所措，願上帝原諒我的話。原來在這個城市中所具有的所有秩序已不復存在，過去人們知道自己的腳步將邁向何方，現在再也沒有人知道。

因此，過去國王給那些生活困難、處境悲慘的人們提供食物和衣物，也會給那些遭受水災或火災的人們提供救助，但是現在這些都已不再出現。國王也不再像過去那樣，給孤兒與病者提供庇護之所，以往，天子是不允許貴族與官僚進行經商活動的，而現在一些貴族和官僚不僅從事經商活動，有的人甚至還在大印度等地方擁有自己的代理商。此外，有些大的商店和庫房暗地裡是屬於貴族和官僚的，他們通過租賃這些場所而發財，這種對財物的慾望毀滅了整個城市。

然而，所有的人都還擺著一副高貴的舉止，一面用王侯的方式鞠躬行禮，一面卻又不知羞恥地奪走薩拉森人的錢財。那個人是負責禮儀的長官(61)，他一面對時下的腐敗怒形於色，一面卻拿走了香料和調料百分之五或百分之六的部分，這些都是納森·本·達塔羅所說的。雖然在Succoth之後，我現在已賺取了大筆利潤，為此讚美上帝，但看到周圍的混亂局面，我的心靈更加煩惱。所有的人都說，那些有秩序的事情已經不再擁有秩序。因而，虔誠的人不能從混亂中得利，在同樣的事情中，有些人得到了職位，而有些人卻為此事而哀嘆，有鑑於此，我請李芬利帶我去拜訪他們中的一位賢哲，以便使我對這個城市的重大弊病有更好的理解。

在Simhat Torah日之後的那一天，即提市黎月的第二十四天(62)，我正要放置我的經文護符匣，可惡的(63)伯托妮來找我，說好幾天都沒有人看見過我的僕人圖里格利奧尼，擔心有什麼傷害可能降臨到了他的頭上。聽完我們的意見後，伯托妮大聲嚷嚷說，那個圖里格利奧尼結交了幾個壞夥伴，經常去這個城市的下等酒館。布卡祖普姑娘也進來了，她放聲大哭，懇求我去尋找他。我責備她們在我做祈禱的時候帶著這樣的事情來找我，上帝不會允許的，並把她們打發走了。這時李芬利來找我，說要帶我去一個偶像崇拜者的寺廟，他們把它叫做石鳳寺(the Stone Phoenix)，願上帝寬恕我這樣的罪行，我，雅各·本·所羅門，竟要進入一個偶像的寺廟。然而，這裡有誰真正稱道聖一，只知道祂而不顧那些其他人由於盲目無知而跪拜的偽神呢？

因此，我向上帝祈禱，寬恕我進入這個罪惡的地方。我和李芬利一起去佛教徒(Sacchiani)的石鳳寺，那裡可以看到至少有一千個和尚，願上帝寬恕他們，不少於三千尊神像。他們也像基督教徒一樣，有男修道院，有女修道院，有修道士，有修女，有肉體上的裝飾物，以及偶像崇拜者們不虔誠的儀式㊹。不過，這些偶像崇拜者倒是減輕屠殺人民的行為，而基督徒則以殺人為榮，他們的詭辯家們毫無羞恥地傳播與他們的信仰背道而馳的準則。

總的說來，佛教徒與基督徒不一樣，他們宣講和平與博愛。在過去，他們的寺廟受到過洗劫和其他傷害，使他們備遭痛苦。但是，現在人們對他們已不再有這樣的仇恨，因為蠻子人的信仰已變得很薄弱。許多僧侶沒有信仰，因此他們的寺廟只有老年人常去光顧。年輕人中願意獻身於這種偶像崇拜組織的人已經寥寥無幾，所以教士的職務都由年邁的人來擔任，他們的年齡都很老，牙齒全都已脫落掉了。另外，在光明之城裡，佛教徒的神不再受到尊敬，年輕人嘲笑老人的崇拜活動，他們甚至於連走入這個備受他們祖先崇拜的寺廟的興趣也沒有，儘管許多信仰活動是由於他們慈善活動而完成的，讚美上帝。

儘管它們的秩序㊺很薄弱，但這個城市的邪惡和弊病卻很強大。李芬利告訴我，年輕人嘲笑他們的法規，對它不屑一顧。由於這個原因，對偶像崇拜者崇拜活動衰退了，然而，金錢與財富卻成為他們的上帝和自然神(natural man)，成為人生一切問題的指導者，成為在所有事情上指引他們的自然神，上帝不容啊！在城裡的年輕人中，甚至有人覺得世界上不存在什麼神聖事物的想法也被看作是明智之見；還有，認為沒有什麼事物是理智之光所不能認識的想法，也被看作是明智之見。願上帝憐憫他們，願他那不可言說的名字受到頌揚和讚美！還有的人輕率地說佛教和尚是頭禿驢，他們說，當和尚騎在馬背上走時，驢頭比馬頭要來得高。

此外，和基督徒及薩拉森人一樣，在佛教徒中也存在著刻骨銘心的仇恨。雖然這些偶像崇拜者宣稱信奉同樣的偶像，但與基督徒一樣，他們中的一派人卻去迫害另一派人，各宗派都指控另一派是異端或騙子。前面我們已經說過，不同宗派的薩拉森人有的戴黑帽子，有的戴白帽子，他們之間還對齋月中神聖的齋戒應在何時停止而爭論不休，而在佛教徒中也存在類似的情況。佛教徒的一個宗派中有些人根據他們聖書的記述，反對另一宗派繞著神像轉圈時是從右到左，而不是從左到右；另一個宗派則宣揚，在崇拜神像時，信仰者的前額應該觸地兩次而不是那些人所習慣的做三次，上帝不允許這些舉動，而另一宗派則用基督教徒同樣的方式爭辯說，三種靈魂是否可以同時存在於一個靈魂之中，或者一個靈魂存在一切之中。

當他們中間對於此類問題不能達成一致意見時，最受排擠的一個宗派就會從其祖先的寺廟中搬走，重建一個新寺廟。在那裡，他們可以從左到右繞他們的神像轉圈，而不像其他宗派那樣從右到左轉圈，他們稱這些人是異端，不值得與他們同流。

但是李芬利告訴我，年輕人很久以來對這類蠢事情已變得厭倦，只有老年人才忙於那些事情。我回答說佛教徒的信仰像基督徒的信仰一樣，信仰上千種神，卻沒有上帝，在這麼衆多的神靈的陰影下，人們既看不見上帝，也聽不見上帝。

實際上，中國的偶像崇拜者相信無數的神，願聖一原諒我，或者說，他們的數目像海中的沙子那麼多。每個人都可以用泥土、石頭或木材造一個屬於自己的偶像，甚至把它放在自己家中以便照看它。在他們當中，神的數目之多就如同門檻的數目一樣。在這些諸多的神中，和基督教一樣，有些神刻在石頭上，有些神則塗以黃金，而有些神還有很多手和很多頭。不過，中國人會崇拜一個脖子上長著許多腦袋或長著三隻眼睛的生物不會令人驚奇的，因為，當所有的人心目中的神聖遭到這樣的否定後，他們已經墮落了，而去信奉那些用木頭和石頭製作的偽神，這就如同以色列的兒女離開了我們的導師摩西時的所作所為一樣。因為在那種時候，人們面前已不會有上帝，而只有祭壇。

不過從某方面來看，受到佛教徒尊敬的神像比那些基督徒的神像更值得稱道⑯，蠻子的偶像崇拜者在自己面前不僅放置佛(Buddum)的肖像，還擺放著野獸、鮮花、飛鳥等雕像，所有這些東西都上過漆，而基督徒在他們的祭壇上只擺放他們的神或他們的聖者悲痛或受難的肖像，彷彿死亡是比生命更美好的東西。不過這違背了上帝的律法和人類的理性，在聖一面前屬褻瀆行為，願上帝降福。

然而，我違背了上帝的命令，願上帝示我以仁慈，我走入了佛教徒的寺廟，以便我可以更清楚地將偽神與真正的神區分開來。在那裡，我看見其中的每一尊偶像都有自己的名字，也有各自的節日與自己的德行，這與基督教也一樣。

我也看到，他們的神像大都是木質的，並鎏上了金⑰，教士在每一尊神像上都刻著花環，還給它們上供品，上帝不容啊，好像這些神像會用他們的木頭嘴巴吃那一盤盤的熟食似的，只有失去理智的人才會相信如此。在這個寺廟中，正像我所親眼目睹的，他們也把牛奶撒在地上，敬給他們的偽神，就像基督徒灑水以敬他們的神一樣，他們認為這樣神靈就會保護他們。他們還在他們的神像前點燃精心挑選的香料，冒出縷縷的輕煙，這也和基督徒的所作所為一樣，這給那些香料的供應商帶來了豐厚的利潤，為此感謝上帝。此外，一位老和尚會站在那些信奉者的身旁，向他們鞠躬，催促他們買香料，給神像上香，老和尚自己把香點燃，這種方式給寺廟帶來了錢財。

和尚們也引導人們相信，無論什麼好運降臨到人們的頭上，那是歸功於和尚們的德操，而不是出於信徒們的德操，他們又可以從中賺取錢財，就像基督徒從驅趕妖魔的行為中所得一樣。

在這兒，我看見幾個老頭和老太太，他們向身邊的神像高高舉起他們的雙手，用他們的額頭叩地三次，祈求諸神像給他們帶來良好的理解力和美好的命運。此外，由於他們相信，當他們行走時，靈魂會伴隨著他們，就在他們頭頂上方幾掌尺（palms，以手掌的大小為度量單位，約十八—二十五公分）處，所以當他們踏進和離開供有神像的小寺廟時，都彎曲著身子，以便給他們的神靈留下空間，以免神靈們受到傷害。

他們相信，一個對神靈作惡的人，他的靈魂會下降到一種低等的生命上，進入另一種東西的體內，這是上帝所不容的，他們甚至認為會以貓、狗或豬的形象轉世，不過，如果這樣一隻貓、狗或豬很好地完成了自身的動物職責，比如抓老鼠呀、找塊肉呀，那麼這樣的靈魂是否可以攀上造物的階梯，重新進入人的體內呢？對此他們並未作說明。不過，雖然他們違背了上帝和自然的法則，甚至向木質的或金質的神像曲膝彎腰，但是他們宣稱世間平等，這一點所有虔誠的人都會同意，因為萬物都是來自於創造它們的上帝。

不過，我們不會相信，作為被創造的世界之王的人類，他的靈魂竟然會附在一頭骯髒的畜生體內，因為這樣的話，世間的神聖秩序就將不復存在，這是上帝所不允許的，只有上帝憤怒時才會造成這樣的結果，願所有的神像都被扔掉，被拆成碎片，而不復存在。

他們還荒謬地教導人們說，現世本身只不過是一種幻象⑱，生活就是不幸和苦難，因為我們在追求無關緊要的和非本質的東西，因此所有的一切將以欺騙和謬誤而告終。不過這也是褻瀆上帝和他的創造物的話語，上帝以他的形象及物質來創造世界，這是上帝的本性⑲。沒有人可以不褻瀆神靈地說，這個世界僅僅是由幻影構成的，或者說生活只不過在等待死亡。談論這種甚至於連想一想都是犯禁的事情，就是對上帝所創的、光榮的物質世界表示大不敬，這破壞了與神所賜予他的生命相配的人所應盡的職責。

此外，有人說佛教的僧侶擁有巨大的財富，過著不道德的生活。這些僧侶聲稱，既然世俗世界是空的，生存者的唯一願望就是逃避它，人們要從冒犯他們的事物上移走目光，否則真理的光芒就會被這個世界的陰影所毀滅。我是從這裡一個叫圓念(Iunien)的大主持那裡聽到這些話的，他聲稱，儉與忍在一切之中最為重要，我的心靈又一次感到極度煩惱，願上帝給我以寬恕。因為在光明之城中，有許多人又有錢又顯赫，與此同時有很多人窮困潦倒，那些得不到救助的人甚至連一小口麵包也沒有，然而光明之城卻是人們在全世界所能見到的最大的貿易區。在我看來，所有的這一切，似乎都沒有秩序和理性，這是上帝所不允許的，它好像已為上帝所拋棄。

在我看來，我似乎獨自待在一座巨大的城市裡，它一直延伸到遙遠的地平線，在這個城市裡，每個人只顧自己，在韃靼人日益迫近時，他們甚至從自己的神像下逃走，因此，我為我的命運非常擔憂，我甚至確信已經看見了蒙古人的刀劍在日照下發出的寒光。那天晚上，我和李芬利又一次走在城裡，我祈禱上帝，讚美上帝，願祂能原諒我去了那些偶像中間，我為我的薩拉祈禱，也為我親愛的父親祈禱，願他的靈魂安息，願他們都能平安，願上帝受到歌頌和頌揚，願祂甚至保佑那些對祂一無所知的偶像崇拜者。

註釋

①見《文物》一九七五年第十期發掘簡報——中譯注。

②據桑原騭藏《蒲壽庚考》，「康府」一名，最早見於索理曼《印度中國見聞錄》所載，中外學者對其位置多有討論，詳見該書第十三頁，中華書局，一九五七年——中譯注。

③玉耳(H. Yule)和戈爾迭(H. Cordier)：《馬可．波羅行紀》，紐約，一九九三年(據一九〇三年版重印)，第二卷，第二三四頁。

④這比估計的中國八世紀由糧食增產、經濟擴展、城市聚集造成的人口數多一倍。

⑤見謝和耐所著的《蒙古入侵前夜中國的日常生活》，一九六二年，倫敦，第十七頁。

⑥佩魯賈的安德魯(Andrea di Perugia)主教是一三二二年到剌桐去的法國主教，一三二六年，他曾在給上級的家信中評論了這個城市中有多種「宗教崇拜和宗教派別」的情況，見 A. van.den Wyngaert 所編的 *Sinica Franciscana* 第一卷，一九二九年，佛羅倫薩，第三七六頁。

⑦同見謝和耐《中國文明史》，第三七六頁。

⑧W. W. Lo《中國宋代部門簡介》：「與歐洲中世紀的城市不同，中國的城市是官僚管理機構的中心，處於皇帝(宋)的強權控制之下，並不是市民權力自治的中心。」(摘自《夏威夷大學學報》，一九八七年火奴魯魯版，第一頁。)謝和耐也有相類似的論述，他說：「儘管有大規模的發展，但不過是商人變得愈來愈富有而已。」(同上，第六十一頁。)他說：「但是由於社會習俗、道德準則和法律條令所影響的社會關係卻使個人和社會團體不可能從根本上得到解放。」(同上，第六十二頁。)德安科納手稿中顯示出的情況並非如此。

⑨R. P. Hymes 與 C. Schirokauer：《有序的世界：關於中國宋代國家政府與社會團體之研究》，柏克萊，一九九三年，第一頁。

⑩同上，第十九頁。

⑪謝和耐：《中國的日常生活》，第十六——十七頁。

⑫謝和耐在《中國文明史》第六十三頁中寫道：「在宋王朝的統治之下，一場你死我活的鬥爭在兩派之間展開，一派主張以武力干涉來抵抗野蠻人的入侵，另一派則主張運用以納貢形式來換取和平的政策……在政府運作內部所發生的暴力衝突是這個時期的事情之一」。這一觀點在德安科納的手稿中得到了充分的證實。

⑬有關刺桐城的同時代人的描述，見玉耳與戈爾迭合編的《馬可·波羅行紀》第二卷，第二三七頁起，其中也包含了有關刺桐位置的討論。紐約，一九九三年版(據一九〇三年版重印，增加了附錄)。

⑭原文為希伯來文，意為「光明的」。

⑮即現在的黃河。

⑯我推測這種情況還是意味著宗教徒的聯合，而不表明是血親關係。然而，他來自安科納 Adriatic 北部濱岸的 Sinigaglia(Senigallia)，這使親近的關係有可能清楚地表現出來。雅各和他的兩個僕人一起，曾由他提供住宿長達幾個月之久，這一點也許使那種可能性得到了加強。

⑰恐怕就是今天的西伯利亞或俄羅斯。

⑱手稿原文為 una cittàe un porto in stato franco。

⑲我記下這個是想說，被外國遊客稱為「契丹」(Cathay)的中國北部地區，此時已經落入了韃靼人之手。

⑳手稿作 inghilesi。

㉑或稱「偉大的中國」。

㉒忽必烈汗自一二六〇年起開始統治中國的北部地區，一二七一年，他大約有五十五歲。

㉓度宗(?—一二七四年)，雅各在中國時的南宋皇帝。

㉔上都常被音譯為 Xandu，在汗八里建成之前，忽必烈汗把他的宮廷一起設置在此。

㉕雅各手稿中的 Kinshe 或 Kinsai，即現在的杭州。雅各來訪時，這裡是南宋帝國的首都。

㉖雅各稱成吉思汗是鐵匠，但我卻無法查出這種稱謂的出處。

㉗如果正像我所推測的，這就是手稿首頁上所提到的 rettore Simone，那麼這裡不帶頭銜和尊敬地直呼其名，表明他們之間相當熟悉。此外，這段文章中還存在著細微的暗示，即雅各也許肩負著一種未予透露的外交使命。

㉘然而，手稿中沒有跡象表明雅各在中國期間與韃靼人有過個人的接觸。

㉙韃靼人大規模入侵波希米亞發生在一二四一—一二四二年。

㉚手稿原文為 non avendo addosso pelo niuno salvo che nel capo e nella natura。

㉛我沒有發現有關刺桐城存在猶太會堂的資料。可是，大家都知道刺桐有清真寺，這一點雅各在後來提到過，它建於一〇〇九年，被認為是過去伊斯蘭教在中國的重要中心之一，見吳芳思(F. Wood)所寫的《馬可・波羅到過中國嗎？》，一九九五年，倫敦，第九十四頁。

㉜這一定是指希伯來文。

㉝這是前面所提到的那種中國猶太人，在刺桐，他們擁有自己的會堂和宗教儀式。

㉞在手稿中，這一整句是用希伯來文寫的。我們現在所見到的四種《馬加比書》(*Books of the Maccabees*)都是用希臘文寫的，閃語(猶太人的)原稿已經佚失。他們記載了很長的一段歷史時期，這一時期從公元前三三二年亞歷山大征服亞洲開始，直到公元前一三五年哈斯蒙尼亞(Hasmonean)的統治者西蒙(Simon)的滅亡，還記載了戰爭及猶太人的其他戰爭場面。這段文章是不可信的，雅各對此信以為真，實在是太輕信了。《Sirach 之子耶穌的智慧》(即《傳道書》，*Ecclesiasticus*)，據《塔木德經》，其作者為 Ben Sira(公元前二〇〇年在世)，該書的希伯來語原稿直到十四世紀還存在著，但是到了十九世紀末卻佚失了，後來約有三分之二的部分在開羅的詹尼扎地窖(Cairo Genizahhoard)中被重新發現。原作的希伯來語稿本抄本也許歷盡曲折，在中世紀甚或更早就已傳到了中國，這一點完全是可能的，但讓人相信卻是很難的，儘管有雅各的證言。

㉟這一點是準確的，起義者白巢(Bae-Choo，疑即黃巢。中譯注)在廣州對外來移民和少數宗教教徒進行了大肆屠殺。

㊱手稿原文為：gran mastri della medicina，mastri 是老師或領路人的意思。

㊲據推測，雅各所提到的飛船像是中國的帆船。

㊳聶斯托里派異端認為，聖母瑪麗亞並非「上帝之母」，而是一個人。這一教派在七世紀從波斯傳到中國，其教義在五世紀就遭到羅馬教廷的查禁。聶斯托里派使用十字架標誌，但沒有繪出耶穌受難的圖像。這是他們的一個標誌，象徵基督的最後勝利而非受難，或者是戰勝死亡之後的一個勝利。雅各稱他們為 cristiani nesterini。

㊴雖然雅各說 Alofeno 的「真相」他「沒能發現」，但此人以阿羅本(Olopan)一名更為人們所熟知，據說在七世紀時他來到了中國，這應當是有關羅馬傳教士最早的準確記載，公元六三八年，他從當時的唐太宗處得到了一個敕令，允許他在長安建立一所教堂。

㊵這表明刺桐有一種類似日報的東西，上面除了發布法令以外，還有「市民行為條例」，是免費發行的。

㊶手稿原文為 in francesco。

㊷手稿原文為 delle nostre contrade，這幾乎可以肯定是指屬於今天意大利的地區和城市。

㊸如果沒有確指的話，意大利作為一個單一實體的最初意思肯定體現在這兒，但丁(Dante)用 Italico 來指「意大利」的附屬，見《天堂》IX，第二十五—二十六頁。

㊹「火葬肯定比土葬花費小，已經廣為流傳，尤其在下層和中層階級中間更是如此。這種與傳統方式迥異的習俗自十世紀以來在中國的幾個地區已愈來愈多，如河北、山西以及東南沿海各省，儘管政府反對也沒有用。見謝和耐所著《中國的日常生活》，第一七三頁。

㊺即一二七一年八月二十二日。

㊻這一定是指耶穌升天時的集市。

㊼在手稿中以希臘文所寫的「混亂」一詞，後面緊隨著以希伯來語所寫的詛咒語，以前的意思是指無形、一團的混沌姿態，宇宙從中因造物主而形成(現在文中已失去了這種回聲)。

㊽我以為「我們」是有意指猶太人的，然而，關於中世紀存在猶太女商人和經紀人的跡象我並不清楚，不過這是很有可能的。

㊾「不潔」的魚應包括甲殼類和鱔鰻。

㊿「香草飲料」及後文的「嘗起來有點苦的」、「一種用灌木的葉子做成的飲料」，很可能指茶葉。馬可・波羅在其中國遊記中沒有提到茶葉，這使人們懷疑他是否真正到過中國，參見吳芳思(F. Wood)書第七十一頁起的部分。外國旅遊者從九世紀開始就已知道飲茶並有所評論。據說中國至遲從公元前二世紀開始就已有飲茶的習俗，在雅各和馬可・波羅旅行期間，茶館非常普遍。然而，歐洲在十七世紀早期之前可能還不知道茶葉可作為一種飲料。

(51)大概是滴漏。

(52)很清楚是鑼。

(53)手稿原文為 mingendo ver la strada。

(54)內薩維安息日適逢一二七一年九月五日，而猶太人的新年在一二七一年九月七日。

(55)一二七一年九月十六日是贖罪日，雖然雅各告訴我們在這一天他會「禁食任何食物」，可是明顯的是他似乎耗費了大半天的時間在考慮剌桐城裡可用食品的多樣性。

(56)手稿原文為 daini della ca。

57 此處暗指前面提到的「國家壟斷」。

58 在一二六五到一二七四年之間，南宋政府以黃金和白銀為後盾，確實將紙幣投入流通，結果錢幣(主要是銅幣)喪失了其很多的價值。

59 Herem：指禁止隸屬加入共同體的禁令。在中世紀猶太共同體中，實施一系列限制以防止新來者進入猶太人定居區和貿易點。這不僅僅是為了限制競爭和保護生計——如同基督教行會所做的那樣，而且也是為了禁止猶太人的過分集中，以及在某些地方，為了避免仇視（猶太人）情緒的增長。從十三世紀初葉起，它似乎就在意大利形成了制度。

60 我把 singori aelegati dal re 譯為「國王委派的官僚」(lord-official of the king)，另一個專指中國官僚的 mandarin 一詞所出現的時間與此時不吻合，這一詞據說是直到十六世紀才在英語中使用。

61 手稿作 mastro del colto，可能是儒家禮儀的教師。

62 即一二七一年九月三十日。

63 手稿作 maligna，該詞的意思是「有罪惡傾向的」。

64 雅各不斷地把基督教與偶像崇拜相提並論，雅各在後來的辯論中也冠冕堂皇地加以維護，甚至證明其正義性，然而它卻與偉大的中世紀拉比，Troyes(Rashi)的所羅門・本・以撒(Salomone ben Isaac)(一〇四〇—一一〇五)的《塔木德經》中的教誨相違背。該書裁定說，基督教不能歸入偶像崇拜一類。

65 手稿原文為 ordine，該詞有精神體系或組織的意思。

66 猶太的正教將會譴責所有的雕像，並拒絕給雅各以榮譽。

67 手稿原文為 lignee e dorate。

68 手稿原文為 immagine。我們現在說是「假象」，但是雅各所用的這個詞意思更為複雜，有「偶像」、「肖像」、「輪廓」，以及我所翻譯的「幻象」的含義。

69 手稿原文為 la natura stessa di Dio。在這點上，這更多的是自然神論而不是希伯來思想。雅各對「Dio」一詞的搬用並不足為異，因為他常喜歡用叫人捉摸不透的猶太教術語，用希伯來語縮寫，以避免直呼神的名字。在這裡，雅各認為被創造的世界的形態和本質就是上帝，說明自己是邁蒙尼德(Maimonides)的真正信徒，超出了中世紀猶太拉比正教的範圍。

第五章　黑暗之中，光明之中

歷史學家都知道南宋的城市發展迅速，如當時的剌桐大概有安科納城十倍那麼大。儘管馬可·波羅對行在(Kinsai，按，即今杭州)在蒙古人統治下的日常生活曾做過生動的描述，但是雅各在剌桐遊記中所記載的在那些城市因大規模的道德腐敗和社會腐敗而造成的痛苦，以前卻鮮爲人知。雖然從中國歷代史學家的記載中也可以猜測出這些情況①，但是雅各·德安科納手稿中所提供的細節的詳細程度仍然令人稱奇。

從一二七一年八月到一二七二年二月，雅各·德安科納待在剌桐。當時，被稱爲蠻子(Manzi，雅各稱爲 Manci)的南部中國，正處在被韃靼人(或稱蒙古人)征服的邊緣。蒙古人已經控制了北部中國，在那些年代，外國旅遊者稱之爲契丹(Cathay)②。不過在一二七一年時，剌桐這座大城市像蠻子(Manzi)的其他地方一樣，仍是南宋度宗(Du Zong)皇帝領土的一部分，他的都城在行在。而宋的北部則早已落入敵手，一二七一年時，韃靼人統治者是富有傳奇色彩的忽必烈汗。

中國以往總是處於北方游牧部落的這種侵略的威脅之下，並且常常遭受他們的掠奪和征服。一二三三年，即大約在手稿所描寫的這段時間之前四十年，來自北部戈壁沙漠(Gobi desert)的韃靼人已攻佔了曾爲北宋都城的開封。此後，他們的統治一步一步地(依現代人的標準很慢)擴展到整個中國北部，遠至揚子江。的確，從十二世紀早期開始，韃靼人在成吉思汗(一一六二—一二二八)及繼承他汗位的大汗們的統率下，逐漸佔領了當時爲人所知的部分世界，連黎凡特(Levant)也在內。一二四〇年，韃靼人攻佔基輔(Kiev)，進入波蘭。一二四一—一二四二年，即在雅各開始旅遊之前的三十年，當他還在那不勒斯做學生時，韃靼人進軍波希米亞(Bohemia，雅各沒有提到此處)、匈牙利、達爾馬提亞(Dalmatia)、塞爾維亞(Serbia)、奧地利。因而，中國、伊斯蘭世界、歐洲大陸都同樣感受了「蒙古征服者可怕的磨練」③。在中國，蒙古軍隊於一二五三年到達了四川和雲南。一二六四年，即雅各啓航的六年前，現在人們所熟知的北京(那時叫大都)變成了蒙古人的都城。從一二六七年以後，直到雅各在刺桐時，北京作爲大汗的新城汗八里(Khanbalik，或作 Canbaluc)，正處於重建之中。一二六八年以後，在漢水上修建的襄陽城和樊城都處於蒙古人的圍攻之下，長達五年之久，這些在手稿中都談到了。

因此，由於這一連串的事件，韃靼人對南部中國的威脅日益增長，初看起來這似乎與這位來自意大利的猶太學者兼商人的利益幾乎沒有關係，然而與一般人設想的正相反，這其實與他的知識及其關懷密切相關。因爲在三十年前，當韃靼人還沒撤退的時候，他們的劫掠範圍就已越過安科納而到達了亞得利亞海沿岸，一二五八年，他們征服了巴格達，十年之後，他們又洗劫了敘利亞北部，如我們所看見的一樣，這些對雅各的商業旅行產生了重大影響。作爲一名來到中國的猶太商人，他的利益與南宋王朝的命運休戚相關。因此，他在忙碌於經濟活動的同時，也在爲刺桐城的存亡擔憂。我想這在一定程度上可以解釋他爲何曾一度深深捲入了一些重大的事情④。

在變故中，手稿揭示出：儘管北方淪落了，刺桐(和它所在的省區)面臨韃靼人入侵的危險與日俱增，可是南宋各省的經濟貿易仍在持續增長。正如對宋代手工藝產品的質量的稱讚一樣，雅各也不斷記錄了他對所看到的經濟活動和財富的驚嘆，不過顯然他也受到了折磨。他既講述了商人對於獲利和做買賣的狂熱激情，也講述了「士大夫」對政治和道德衝突的關注。這場衝突已經在城市中爆發，正在把城市弄得四分五裂。

第二天，我夢見我父親在辛勤操勞，願他在伊甸園安息，這時，女僕伯托妮和又在哭哭啼啼的小姑娘布卡祖普來向我彙報，她們說還沒有找到我的僕人圖里格利奧尼，我忍住火沒有責備她們，因為這時李芬利來了，我不想在他面前用粗暴的方式談及此事。但我還是很傷腦筋，唯恐由於圖里格利奧尼自己的愚蠢，在這個城市裡，一些傷害已降臨到他的身上。因為這個地方是人類的所有惡習以及世界上存在的一切罪惡和危險的溫床。

此後，我與忠實的阿曼圖喬和納森‧本‧達塔羅談了談我的財產，便與李芬利一起去找高貴的白道古。他年紀很大，在這座城裡德高望重。他原來任過長官，用當地的話叫做知州(cic-iu)。白道古既是貴族，又是進士(cinsci)，用我們的話說就是有學問的人。因為在蠻子國裡，只有有學問的人才可以做城中的長官。

穿過街道時，我的心情一直極度鬱悶。我在問自己，這樣的一座城市，充斥著亂糟糟的人、亂糟糟的神、亂糟糟的財富，而且人們善惡不分，如何才能治理好。一個不怎麼虔誠的人會這樣認為：即使是律法(Torah)⑤和聖哲們的智慧——平安與他們同在，似乎也不可能把這座城市治理得井井有條。因為在這種情況下，無論在哪裡，都難得有人去奉行命令，也難得有人去甘心服從。

這樣，我們沿著一條街道到了高貴的白道古的家，這條街被當地人稱為萬壽街(Long Life)，它位於這座城市的西部。白道古開口說話，李芬利作了記錄：「鄙人向博學的人聲明：

歡迎博學的人光臨寒舍。」⑥接著他又加了一句：「祝你們在我們這裡發財。」對此，我按照我們的哲人，拉比西緬·本·佐馬(Simeon ben Zoma)的教導作了回答，說：「閣下，向衆人學習的人是聰明人啊！」李芬利把我的話作了翻譯，白道古聽了，以蠻子人的方式，雙掌合十鞠了一躬。

然後，我們被領到一處涼亭下，清泉從那兒汩汩流出。白道古又說了如下的話，我一直注意著聽這位哲人的話：「人們在行為上總是與天的願望相反，忽略祭神，忘記先祖。自從黃帝(Angati)以來⑦，沒有什麼時期比現在更糟的了。城裡年長的人受不到尊敬，生活一片黑暗，地位低的人與地位高的人平起平坐。人們輕狂無禮地向著高尚的人高談闊論，而那些沒有賢能(merit)的平庸之輩佔據著官位。」

說到這兒，老人停下來，似乎不願再往下說。沉默了一會兒，然後他才又繼續表述自己的看法：「從前人們以忠信而著稱，對比自己年長的人和比自己博學的人持著幾分敬重，做兒子的尊敬自己的父親，做學生的尊敬自己的老師，做僕人的尊敬自己的主人。所有的人為了更好地找到他們所應追隨的道，對於那些過著高尚道德生活的人都十分尊崇。現在的人卻使自己的理智服從於自己的慾望，認為自己可以隨心所欲地做那些似乎合適的事情，不再向城裡的父輩們表示尊敬。」

「這樣，刺桐城愈來愈缺乏各種美德，因為我們先輩的習俗被拋棄了，僅有一些殘跡還保留著。可是如果年輕人不尊重老人，不守祖先留下的規矩，又怎麼可能敬畏王法呢？」白道古問道，「如果沒有這種敬意，年輕人和這座城市不是會一起遭受痛苦嗎？」

我覺得自己作為一個從外國來的旅遊者說他們國家的壞話不合適，就對他的問話沒有吭聲。所以他又繼續說道：「我按照理性(reason)的要求來對待這些問題。鄙人在天子那裡做過顧問，因為年輕時曾熟讀了孔(Chun)夫子⑧的著作，對於他的一套至理名言深信不疑。因此在行在，我向他鞠躬時心懷敬意，他是上天秩序的化身，因為宇宙中的所有事物都是結合在一起的：神的世界與人的世界，上天的疆域與自然的疆域。」

對此我依然沒有應答，因為博學而虔誠的人都不可能相信國王就是上天的兒子，如同我上面所寫的那樣。雖然人們竭盡全力時也可以與天使摔跤，就如同我們的祖先雅各——平安與他同在——曾在毗努伊勒(Peniel，按，與通行本《聖經・舊約》所說地名不符，或許為希伯來文)這個地方的摔跤。但是，若說一個人本人就可以做天使，這是不可以相信的；同樣，如果有人說行在的朝廷就是地上的天國，這也不可以相信⑨。

高貴的白道古繼續這樣說：「但是現在的年輕人由於貪婪變得無信仰可言，他們丟棄了我們的先師通往和諧的大道，甚至連宮廷中的君主們也不再向他們的先祖表示虔敬，對於聖賢的著述也不再拜讀。」

「你認為一個人只是在經商方面很精明就足夠了嗎？」他問我。對此，我保持沉默，儘管我明白那點智慧是不夠的。他又繼續說道：「從前，對貴族及學者來說，走進市場做買賣被認為是低級的行為，就如同去逛街、下酒館一樣。但是現在甚至連官位也可以買賣，禮節被拋在腦後，很多官員隨興所至而穿衣。由於城中的任何人都可以隨心所欲地做事，通判(tunpan)和知州(ciciu)即使挪用公款也不會被判刑⑩。因為他們的所作所為已不再被認為是冒天下之大不韙，而被認為是一種財運。從前那些在天子那裡得到褒譽的人是最受尊敬的人，現在即使是最卑鄙的人也會得到那些褒譽，那些值得尊敬的人都羞於與這些人為伍。」⑪

此刻，白道古痛苦地嘆了口氣，我也對此感到同情，但是沒有出聲，因為，正如聖賢們所教導的那樣，聽別人訴說痛苦是虔誠者分內的事。於是他又高聲說道：「權臣(chuancen)罪孽深重啊！」他對這個地方有這個稱謂的大官們非常惱火，「權臣們榮耀的日子已失去了，因為從前他們因自己無瑕的生活和公正的判決而家喻户曉，他們盡心於自己的職責。現在，他們在貪婪之心和敢於冒犯祖先的低級衝動的驅使之下，甚至不顧廉恥地去做生意，因而朝廷處於一片謊言的包圍之中。公平的獎賞不是依據賢能(merit)，而是依據價目表(scales)而頒發。這樣，智者或許等了好多年，既得不到獎賞，也受不到重視，只有默默地、孤獨地等待。因為在上天不保佑他時，無論他怎樣賢能，別的人也不會向他表示青睞。難道大人⑫不同意鄙人的看法嗎？」

我回答道：「不同意。因為我們的聖人認為，對於最聰明的人及懷有偉大美德(virtue)的人來說，被別人拋棄本身就是一種榮譽和祝福，也是其自身價值的最佳體現。因為真正聰明的人非常高興，在上帝面前他可能被晉升，而不是在其他人的面前。」

對於我的這一席話，當忠實的李芬利做了一番翻譯以後，高貴的白道古驚訝得不知道該怎麼說才好，只是靜靜地看了我好一會兒。

然後他才繼續說：「他們不再向祖先下跪，不再崇拜祖先。只有在金錢和財富面前，他們才會叩頭，好像那才是真正的神。他們所尊敬的東西以前是此，而現在則是彼。對老人的尊重真是罕見，在現在的年輕人中很少有人認為年歲大的人有智慧，或者滿頭白髮的人身上存在著榮耀。年輕人已經習慣於合夥謀事，而與老人保持距離，因此老人在街上行走時，似乎像幽靈一樣，人們視而不見；當他們說話時，也沒有人去聽。」

「真的，這種觀念十分強烈，即老人是別人身上的一種負擔，因而人們常說不希望自己活得很老，以至於自己需要別人的幫助。因此在他們體弱多病時，只要他們同意，別的人就可以置他們於死地，這是背離天理的事。而且老人死後，他們的兒女也不按照所吩咐的事去做，死者的屍體在兒子的房子裡沒有停留足夠的時間，他們的棺材前面也不擺放供品，墓前也不焚燒紙錢及芻靈，供死者在陰間享用。」

「現在只有虔誠的人才會盡那些義務。因為死亡被看作一件無足輕重的事；死者被拋棄時沒有人祈禱，沒有人服喪。死者的忌日與往常沒有任何區別，燈光照樣燃亮在酒館的門前，而不是在死者的家裡。活著的人忙於經營各自的事情，甚至不記得自己父母的忌日，這是悖天的事啊。現在，死者將被草草焚化，忘恩負義的兒女滿腦子只為自己打算，任意把自己父母的屍體燒掉。還有什麼舉動會比這樣對待父母的屍骨更為惡劣呢？當死者被運到不得不火葬的地方時，他們也並非出於愛心而焚燒屍體，只是為了省事。如今，當兒女們看到濃煙升空時，他們所想到的事僅僅是到了回家的時候了。⑬唉，在一個陌生人面前談這些事實在是很丟人的。」

雖然，我，雅各，不願聽到更多諸如此類不敬的事，白道古卻問我對他所說的事有什麼看法，讚美上帝，我回答道：「這些事情既違背人性又衝撞了無名之名(Unspoken Name，按，指耶和華)，願上帝在人類的末日時得到讚美。我們的聖人對我們說一個人的遺體，向他祝福，必須清洗乾淨，然後用布裹好，在日出之前埋葬在土裡。只有在瘟疫流行的時候，屍體才可以火化。因為，凡是屍體被焚燒的地方，就會有邪神崇拜，這是一件可憎的事。而且，我們對剛去世的人應示以孝行，因為雖然靈魂在最後一口氣的時候就與身體分離開了，但仍然會在身體上依附四天之久，這是我們的聖人，平安與他同在，告訴我們的。」

「一個不給父母造墳墓的人，就是一個如同他在父母在世的時候毆打過父母——請神寬恕我這句話，給父母帶來創傷的罪犯，他應該受到譴責。在以色列人中間，我們的法官會為此判處他們死刑。」

對於我的上述話，白道古回答道：「兒子把父母的屍體扔進火裡，然後把骨頭和骨灰收起來裝進金黃色的甕裡，這當然是冒犯天意的。因為，常常在遇到甕太小的時候，比較大的骨頭就被扔到一邊，其餘的骨頭則被打成碎片。而且，現在在我們當中還發生這種違背天理的事情，即把好幾具屍體放在同一處焚燒，然後把骨灰分給死者的親屬。這種做法也許可以欺騙死者，但不可以欺騙上天。然而，對活人來說，尊敬死者難道不有助於大家形成服從祖先習俗的意志嗎？難道這不是虔誠的人要做的正當事嗎？」

面對這位貴人提出的這些問題，我，讚美上帝，開始為我的父親而哭泣，願他的靈魂能經受住磨難。因為我在夢中夢見他的遭遇後，唯恐不能對他盡自己的義務，願他得到保佑。我打心底裡贊同白道古，卻一句話也說不出來，我知道他是遵循自己信仰的賢明之人，願上帝感到光榮。

此時，他又說：「如果兒女們不履行孝的義務，那麼他們父親犯下的罪過怎樣才能得以補償？我們要努力做得像曾子(Sengsu)一樣，他是一個最有孝心的兒子，他把為人之子的孝行放在所有事情之首。他的孝行告訴我們，無論是在長輩生前還是在長輩死後，我們都應該尊敬他們，而且要完成祖先們未竟的工作，要聚集在父輩們所聚集的地方，要尊敬他們所尊敬的人，要愛那些親近父母的人。這些都是一個兒子最重要的義務。」

然後他沉默下來，沒再多說什麼，只是站起來向我鞠了一躬，感謝上帝，他邀請我明天再去他家。

拂曉時我起了床，我和納森・本・達塔羅——平安與他同在——一起擺好了我的經文匣，祈求我能在這次航程中有利可圖，並能安全返航，上帝保佑。這時布卡祖普姑娘又到我這裡來了，她滿臉憂傷，因為勇敢的圖里格利奧尼失蹤了，至今還沒有回到他的住處。可厭的女人伯托妮用刻薄的話責備我，說我沒有費神去找他。我向她保證，過了諾亞安息日(Sabbath Noah)之後，我會去找他的，但今天不行，因為我一定得去高貴的白道古那裡。伯托妮聽了大喊大叫，布卡祖普姑娘又流下了眼淚，但她什麼也沒說。

不過，我先得和納森去一趟貨棧。這是為了和守信用的阿曼圖喬商談一下，他要給我展示五顏六色的絲綢產品，其中包括綠黃相間的絲綢衣料，這種衣料被視為奇物，這種工藝以前在世界各地從未見過。你若買四十磅這種料子，卻要不了八個威尼斯格羅特(Venetian groats)⑭。此外還有緞子⑮，它的名字源自刺桐，世界上還沒有見過像那樣富麗堂皇、綴滿小珍珠的緞子。他們還為我購買了韃靼的原料織成的絲織品，其技藝如此之精美，恐怕畫家用筆也畫不出與之相媲美的作品來。

至於香料，他們還沒有開始購買。我交代他們要買最好的糖、藏紅花、生薑、萱薑⑯，桂皮和樟腦，還有靛青和明礬⑰。不過在瓷器方面，他們已買了六百個製作精美的碗，並為此付了二百個格羅特。雖然它們只是碗，卻像玻璃酒壺一樣精緻。這些是世界上最精美的瓷器，我建議他們再為我購買一些。因為這種貨物將會讓我發財的，上帝保佑。若不是因為要買別的商品，如珍貴的寶石、珍珠、土糖(country sugar)，治腎病和胃病的黑色藏紅花以及其他東西，我們真該推遲到周圍地區的商旅。光明之城一帶是貿易發達、製造業繁榮的地方，也是買賣興隆的地區，在這裡商人可以獲得高額的利潤。

此外，我聽阿曼圖喬說，他從一個威尼斯人埃利埃澤爾的職員——願他平安——那裡知道，蠻子國的一些地區遇到了嚴重乾旱，農民和城裡的占星家都認為那是韃靼人就要來臨的惡兆。然而，對於那種預兆的可能性，人們不會輕易相信。而偶像崇拜者卻深信這類似乎是根據天氣的變化、鳥兒的飛行得來的結論，而理性不應盲從這種結論，它也與拉比摩西・本・邁蒙，願上帝保佑他的英名，對我們的忠告相悖，它對智者毫無價值，也是對虔誠的一種褻瀆。

然而，我還是決定要更加小心地提防我的商貨。我悄悄地叮囑阿曼圖喬隨時做好啟航的準備，以備這個城市遭遇什麼不測的事情。我的兄弟埃利埃澤爾和拉扎羅卻沒有這種擔心，他們開始隨意出入於剌桐城所轄的城鎮和鄉村，瘋狂購買，以便能夠獲利，願上帝保佑。

於是，我和李芬利一起急急忙忙地趕到白道古家。在他家，我看見有很多人圍在他的周圍聽他講話，那些人都對他很恭敬，願他的英名不朽。

他向大家說了下面一席話，李芬利按照我的吩咐做了記錄：「當今那麼多的東西都喪失了，要想重新獲得它們就如同登天一樣難。人們忘記了中庸之道，任何事情都要得到過分的滿足，大與小之間沒有什麼比例可言。現在，年輕的男男女女們都處於一種慾望之中，他們不滿足於那些生活所帶給他們的東西，受慾望的驅使而四處遊蕩，去尋求快樂和別的合他們意的事。」

「這樣，他們發現不能休息。在過去，城裡晚上沒有人閒逛，除非真的有要緊事，因為巡邏的人會盤問他，這麼晚了你還去哪兒？但是現在晚上有很多人在城裡遊蕩，對他們來說沒有什麼危險的事。從前，人們認為最好的方式是與中庸之道相一致，但是現在則是視對每個人是否有好處而定。而且，現在看上去好的事就是能給我們帶來利益的事。的確，商人的思想已深深地浸入我們心中，以致只有能用金錢衡量的東西才被相信具有價值，彷彿整個世界僅僅是一個市場而已。因此，很少有人能夠判斷什麼是真正有價值的，什麼是毫無價值的，以及該愛什麼，該恨什麼。」

「對所有的人來說，走這條路與走那條路一樣容易，他們沒有好與壞的區分。的確，有的年輕人說討論善與惡毫無意義。他們宣揚說，善與惡不是亙古不變的，而是取決於行為者本人以及他們意志產生的舉止和行為的好與壞。[18]」

「這樣，他們破壞了善行的準則，並且宣稱這種破壞本身就是一件好事，他們想這樣來打倒上天，當智者反對他們時，他們說人們不可能找到什麼通用的準則，即使找到了這樣的一條準則，它也會錯誤地強加到那些不願遵守它的人的身上。如今，甚至連我們中的一些賢者也聲稱，教導年輕人遵守上天的準則是錯誤的，免得他們受信仰的束縛；其他的人則說，各種準則無論是人為的還是天定的都不能使人變善。」

「因此，多數人不再能區別出哪些事是與自然法則一致的，而哪些則與自然法則相違背的東西；也很少有人能區別什麼是對，什麼是錯；在對這些事情的判斷上，老年人被認為不比年輕人好多少。對於這一切，我們不吃驚嗎？」

「或許可以這麼說，在我們當中，上天的神聖秩序已經失去，而人間的秩序也遭到破壞，所以我們陷入到了黑暗當中，沒有人能看清自己的路，因為真理的航燈不再發光。」

對於這番話，忠實的李芬利後來清清楚楚地為我寫了下來，而聚在白道古周圍的人則竊竊私語了一會後又陷入沉寂。作為一個外國人，我不敢冒昧地說什麼。儘管我知道，那些不遵守我們導師摩西制定的戒律的人一定會生活在任何美德都蕩然無存的社會裡，而那些做事沒有理智、讓自己為慾望和貪婪所操縱的人，無論他們是年輕抑或是年長，都不可能把他們的腳放在正道上⑲。

白道古繼續說道：「如今在我們的賢人中甚至有這樣的人，他們不僅給人宣講說，謬誤也可能是正確的，而且還宣稱善也許是惡的，這樣所有的東西都失去了正道。更為嚴重的是，如果有什麼人說，我們應該尊敬賢人和智者，就會有一些恬不知恥的人出來說，給賢人和智者這樣的尊敬會在人們中間產生一個優越的階層，這樣，有一些人會被視為是優等的，而有些則會被視為是劣等的。在這些瞎了眼的人看來，這是違反自然的。」

「或者有人對大家說年紀大的人應受到尊敬，那他一定會受到一些人的反駁，那些人只看見年輕人身上有美德。但是，在這種自以為是的人的靈魂深處沒有什麼尺度，也沒有其他什麼東西，因為在他們身上理解力的基礎已經被切除了，就好像一個人的眼睛被挖掉以後，不能再看見什麼了。」

「然而最糟糕的是，在我們當中的那些人說，不應該根據人的行為來判斷一個人。因此，如果有一個人行為不恭，沒有德操，比如當他不尊重他人，甚至奪取另一個人的生命時，他們會說錯不在這個人身上，而是在別人身上，如他的父母、他的老師，甚至會說錯在生不逢時。而且他們還爭辯說，人們不應該說這個人的行為是不義的，因為沒有人可以公正地判斷這種事情。」

「由此，他們製造了一座野蠻之城，在城裡，存在於人心中的野獸被解開了鎖鏈，獵人被剝奪了武器，獵物被置於野獸面前，任它盡興殘害。當一個人在自己身上招致這種災害時，就沒有什麼逃脱的希望了。對於一個城市、一個國家來說，也是這樣。」

聚在白道古周圍的那些人聽了這些話，好像變得很生氣。他們的臉漲得通紅，一些人要求知道應該做些什麼，一些人請求他喚醒這個城市的人，使他們意識到困擾他們的危險，還有一些人則靜靜地坐著，好像很絕望。

白道古對他們說道：「這個城市的生活方式發生了變化，已經充滿了罪惡。為了使它得到拯救，首先必須正確地斷定出誰是它的敵人。」聽了這番話，所有的人都陷入了沉默，好像不希望對這個問題作出判斷。白道古也好一會兒什麼都沒說，彷彿他自己也不知道要說什麼了。

後來他說道：「城裡的商人甚至教老百姓去毀滅他們路上的所有東西，就好像蠶吞食桑樹葉子一樣。正是這些極度貪婪的人造成了這個城市的失衡，他們甚至不想去抵抗韃靼人，而是想在韃靼人征服了這個城市之後從中謀利。他們斤斤計較每一件事情，卻對真正的衡量標準一無所知。如今，他們還認為自己的地位與所有的人是平等的，甚至比別人都高一等。」

白道古說這樣的話，好像並不害怕來自城中商人或其他居民(citizen)的敵意，只是對善與惡作出自己的判斷。我也知道，就像一頭牛會厭倦辛苦的勞作一樣，一個人也同樣會厭倦他所擁有的東西。

他繼續這樣說道：「可是，正是他們給這個城市帶來了腐敗。因此，甚至連靠別人施捨謀生的乞丐，現在也是為人不講道理，對給予他們救濟的人施暴，說給得不夠，所有東西的衡量標準被丟得這樣遠啊！的確，天下混亂的局面太厲害了，暴力事件是如此之多，以至於很多事件都沒有彙報而不了了之，而且我們的天子自己，由於周圍的人是出自國內商人圈裡的佞臣，也不再知道哪一條是所要選擇的正道。」

「因為一些人告訴他說給窮人施加恩惠是一件英明的舉措，而另一些人則說那樣做很愚蠢，使他們不願意養育自己的兒女，造成一筆王國財富的巨大損失。從前，天子給他們提供穀物等糧食，還有其他的物品，尋求這種援助的人都不否認，對窮人的這種救濟已被視為是一種責任。」

「但是現在天子的新臣子說，尋求救助無異於討飯，因為所有的人都可以通過他們自己的勞動而使自己富有起來。確實，像有些人所說的，無論是富人還是窮人，貪婪使得每個人都慾望難平。所有的人都在貪求他們的能力所及的任何東西，但是現在官吏卻對窮人說，帶著老天的詛咒走吧，因為上天愛你就像愛我一樣，你本可以靠你自己過得好的。」

聽到這些話，我感到很氣憤，讚美上帝，說富人受到上帝青睞，窮人則受上帝的驅逐，這是和我們聖人的學說相反的。但是我，安科納的雅各，卻沒有說一句話，因為生怕像我這樣的外國人如果在他們面前說不謹慎的話會被趕出去。

白道古繼續說道：「如果一個絕望的人，來到我們的賢者中間，想從他們的言辭中尋求真理之光，他會發現很少有人知道哪些東西真正合乎人類的智慧，有些人所知無幾卻給別人講道。在我們的賢人變得虛弱不堪、出賣柔媚的貨色的同時，人們卻變得強壯而剽悍。因此，我們的另一些賢者，他們不是用武器，而是通過犀利的言辭來使人們屈服於他們的主觀判斷。」

「但是我們精明的人中還有一些其他的人，他們自以為自己是最聰明的人，甚至不想知道別的人說什麼，還對每種意見都不加思索地提出相反的看法，無論那種意見是正確的還是錯誤的。這樣的結果，我們的年輕人缺乏所有有關正道的知識。以往，做兒子的受到這樣的教育，說如果在父母在世時很孝順的話，那他可以從死亡的手中逃脫。但是，現在哪一個老師會教這樣的道理呢？又有誰會相信呢？」

「智者所敬畏的事不應該受到那些人的不尊敬，那些人比智者知道得少，也沒有智慧，卻竟然被允許讓別的人服從他們的判斷。然而，卻正是這幫人數居多的傻瓜把人數很少的智者從他們的地方趕了出去，因此巨大的危害降臨到了年輕人的頭上。」

「因為，正如孟夫子⑳所說的，如果不對老百姓灌輸德教，那麼他們就會變得如同禽獸一樣。而且，一個不懂禮讓、也不懂其他技藝的孩子，既不可能對他的父母盡職，也不可能對天子盡職。」

「但是，現在只有冒犯上天的事情受到稱讚，而服從長輩被視為是弱者或奴隸的舉動。如今，沒有人去讚美忠厚的兒子，也沒有人讚美忠貞的妻子，因為他們不被認為是有德行的，而被認為是在違背自己的意願做事。」

白道古好像是背著巨大的精神負擔來談論所有這些事情的。在聽完這些話以後，我就離開了，因為那是諾亞安息日的前夜㉑，不過他的許多信徒和學生還聚在他的周圍以聆聽他的談論。李芬利無意於離開白道古家，我命令他陪我去納森．本．達塔羅的家，平安與他同在，我覺得獨自在這座城裡的街道上行走挺危險。

這樣，我們就離開了。因為在安息日，信徒必須終止所有的事情，除非他正在讚美上帝，頌揚上帝，或者在尋求上帝的憐憫，或者在為使以色列的兒女們避免危險和傷害而工作。因此，一個人不能用牙齒咬他的手指甲，也不能從他的頭上拔一根頭髮，也不應該在安息日以一個外國人的身分去聆聽一個城市的煩惱。

因為那些既不能使安息日得到回憶，也不能使它保持神聖，願主使我永遠免於這種欠缺，阿門！

在諾亞安息日後的第二天早晨，忠實的阿曼圖喬就在我放下經文剛一個小時的時候來找我。他建議我在以後的幾天到行在去，說我的兄弟、威尼斯的埃利埃澤爾和拉扎羅打算動身到那個地方去。我心亂如麻，擔心到那兒去後會被韃靼人或者別的什麼災難給斷了後路，而且在刺桐我也照樣可以買到我需要的東西，凡是我一心想買的東西在這裡差不多都可以找到。對此，納森·本·達塔羅向我做了保證。至於行在的絲綢和其他別的東西，以及他們那些飾銀的物品、裝飾品與香料，我在刺桐的商店和市場中也可以買到，與在其他地方的商店與市場購買一樣方便。伯托妮也來找我，她懇求我說，我應該幫著去找我們那可憐的圖里格利奧尼，我答應她第二天就去尋找。正在這時，忠實的李芬利也進來了，我看見布卡祖普的眼睛直盯著他。

後來，在李芬利的陪伴下，我又一次動身去白道古家。我想，這樣我可以更多地了解光明之城的困境，從而更好地在人生的路上指導我的方向。這是因為，一個在世界最遙遠的地方遊歷的人，不光是要做買賣以獲取利潤，而且也要去尋找真理，如果它能被找到的話。在快到白道古家時，我看見街上的許多人圍在那兒。我和忠實的李芬利穿過他們時，我的長鬍子和所戴的帽子使得在我們的所到之處，人們都退讓開來，這大概是他們出於對我舉止的尊重。

在白道古家裡，我發現圍在白道古腳邊的人比上次更多。白道古坐在一個高高的座位上，以便人們可以更清楚地看見他。他正在說有一種長著臉、長著身子、跟人一模一樣的人，卻極少極少做人應該做的事，而更像是野獸，上帝是禁止這種獸行的。

他說道：「正如孟子所說，人與野獸之間的區別是微不足道的。普通的人通常沒有這種區別，只有知道這個道理的人才會維護這種差異。但是對於那些已經迷失了這個道路的人來說，當他們內心卑鄙，行為淫蕩、懶散，滿腦子、滿眼中都懷著惡劣的動機時，怎樣才能使他們恢復作為人的價值呢？如果他們中的許多人是自甘墮落，那麼這個城市將怎樣才能把他們喚醒？獅子無論怎樣殘忍，也不會吞食自己的孩子，然而我們中間有些人卻熱中於對自己的兒女施暴，而兒女甚至也會對自己的父親行兇，因此他們的行為連禽獸都不如，卻還毫無愧色。真是有其父必有其子啊(For dragons beget dragons)！」

白道古說這些話時聲音低沉，很多人聽後都捶胸痛哭起來。

他繼續說道：「這個城市真正的靈魂已被仇恨吞噬了。現在如果有人對那些不端的行為加以指責，那他會最受別人的憎恨。然而，在我們的黑暗社會中，那些比禽獸還兇殘的人甚至施暴於寡婦和帶著孩子的婦女，或為了一枚硬幣而殺死弱者，甚至母親也會因無法抑制的憤怒而殺死自己的孩子。」

「似乎人的心已被火焰所毀滅，甚至把上天的愛也變成了灰燼。從前城市裡和平安寧，司法嚴正，因為天子不希望任何人遭受絲毫的冤枉，或是去冒犯他的鄰居。」

「的確，他的公正是出了名的，店主可以敞著門離開滿是商品的商店，貨主可以讓所有的貨品堆放在外面，而沒有人尋思著進去或者從他們那兒拿走什麼。所有的過路人，無論是在白天還是在黑夜，都可以在街上安全地行走，而不用擔心什麼人。現在所有這一切都不再有了。」

白道古以一種無力的聲音說著下面的話，好像他對生活厭倦了，「以前，人們都懼怕法律，知道誰的行為觸犯了它，誰就會受到他應得的懲罰，因此法律得到良好的遵守。現在，人們認為有四種刑罰㉒本身是冒犯了上天，或認為懲罰似乎是對作惡者的一個邪惡之舉。有人說，這些作惡者應受到我們的憐憫。的確，對於每一類的犯罪來說，無論它是怎樣地殘忍或狂暴，總有人會很快找到不應該譴責罪犯的理由，因此人們的憤怒在滋長，一些人親手向作惡者復仇，免得又讓他逃脫了懲罰。」

「而且，那些罪惡滔天、在以往應被判死刑的人卻行動自由，高尚的人卻要屈從於法律，而法官們則面無愧色地收取賄賂，這就是現在天下混亂的情形。結果，由於不存在人們心懷敬畏的事情，惡性的犯罪案件與日俱增，而居民們因被這一切混亂攪得心力交瘁，覺得即使是上天也聽不到他們的喊聲。」

聽了白道古這番駭人的言論後，那些在座者的憤怒再一次高漲起來，一些人向他們的神大聲乞求幫助，一些帶有殘酷表情的人說各種兇兆會殺死所有作惡的人。看著這些人，和他們在一起的外鄉人都會不寒而慄。白道古繼續說道：「現在，當城裡著火時，那些行為不端的人橫衝直撞，像野獸一樣地奔跑，搶劫那些因為畏懼大火而逃命的居民的家產。從前，每個人都來幫助鄰人，去搶救他的財產，但是現在每個人都成了別人的捕食對象。同樣，對於我們中間的外國人，我們的父輩們對他都會十分客氣，現在他卻受到無禮的對待。當他在城裡走動時，也會受到搶劫和襲擊，上天自己也會被這些事毀掉。」

「此外，誰不記得過去街上有一個衛兵(guardian)負責看管丟在路上的東西，凡是丟了東西的人都可以去向他詢問。這樣，刺桐城裡幾乎沒有什麼東西會丟失。但是，現在那些在路上撿到的東西從來不會交還，倒是據為己有。因此，對於那些打心底裡相信沒有人應該受到懲罰，即使殺了人後還可以在街上自由行走的人來說，現在不正是把他們叫到居民面前來，讓他們向上天回答他們信仰的時候嗎？」

白道古用輕柔的聲音問，但是所有的人都大聲回答他。他繼續問：「當路上走來二十個持棒帶刀的人，突然向行人撲過去，將他搶劫一空，在沒有被衛兵逮住的情況下逃之夭夭，這些人難道不是狼仔而是人嗎？」

「但是，我們現在卻允許他們中甚至是最野蠻的人為自己的罪行編造藉口。有些人說他們的行為是出於無事可做，有些人說那是為了顯示他們的勇氣，證明他們不是懦夫，有些人是為了模仿其他作惡的人，有些則是想以自己的罪行來贏得知名度。這些人中，有些微笑地面對法官的判決，而站在他們身旁的人善惡不分，要麼聲明錯不在他們身上，要麼宣稱對他們罪行的懲罰不公平，以致連衛兵們出去時都得為自己的性命擔憂。」

白道古因為上了年紀，又身體虛弱，說到這兒就結束了。當他離開時，所有的人都對他彎腰行禮。我所聽到的事情使我渾身發抖，我想到，在如此大的一座城市裡，人群中一定會有這樣的混亂。真的，我被高尚的白道古的一番話嚇住了。在李芬利的伴同下，我立刻返回納森．本．達塔羅的家，平安與他同在。我知道照這樣下去，這個異教徒(gentiles)的世界正在走向它的末日。因為猶太人顯然害怕所有那些讓別人痛苦、欺壓別人的事情，不管他們是基督教徒、薩拉森、印度人，或者是偶像崇拜者，因為他們的不幸會給我們帶來憂傷，願上帝憐憫他的子民，永遠保佑他們，阿門！

第二天是赫舍汪月的第六天，我任憑伯托妮與布卡祖普因為走失了水手而大哭大喊，在給阿曼圖喬作進一步交代後，早早就去了白道古家。願上帝寬恕我，因為那天我非常墮落，沒有擺放我的經文，而只是在心裡做了禱告。在他家，我發現圍聚了一大群人，比以前的人數更多。李芬利告訴我說，白道古的言論已傳遍了這個城市的各個角落，許多人都希望聽到他的談論。城裡的保衛人員、管理人員也沒有設法阻止他的演講，因為他們從心底裡相信他只是一個老頭子，他的判斷沒有什麼價值。

但是，現在白道古及那些聽了他演講的人的怒火愈來愈大，一些人大聲喊叫，反對比他們年長的人，一些人呼籲白道古來領導他們以便拯救這個城市。對於這些呼聲，白道古沒有回答，只是朝著地面低下了頭。他坐在首席座位上說道：「妓院是大衆的陷阱，賭場是帶來災禍的場所，小旅館是罪惡的溫床。目睹與耳聞的血腥事件是一盞照亮棺材中屍體的明燈。我們的聖人不是對大家說過，賭博是搶劫的同族，通姦是謀殺的血親嗎？但是現在沒有一件事情被視為是罪惡，反而被認為是一種快樂，因為對一些人來說他們的慰藉就是去殺人。而且，我們的年輕人不僅樂居於危險之中，甚至把落在別人身上的痛苦視為一種滿足。天下的混亂是如此嚴重啊！即使所有的人最終發現自己被這種快樂所欺騙，但想到自己只不過是在遊戲中變得更邪惡，他們仍然東奔西跑著去尋找這些快樂。真是走上了邪惡之道的人會變得邪惡。」

「以前，我們之中的每個家庭都相信上天掌握著自己的命運，他們向家中的神靈祈求每個家庭成員都受到上天的保護而長壽。的確，王國與城市是建立在父子關係的紐帶上的。因此家庭有道德，國家就有道德。為了使國家(chocia)有良好的秩序，家庭也必須有良好的秩序。而且，如果所有做父親的都沒有能力教育他的家庭，那麼就不會有任何人有能力來治國(realm)，國不過是大地上所有家庭的典範(a family of all the families)。」

「然而現在，就連五十歲的老人也不再安心於純潔的生活，因為其他人，甚至是年輕人都很少與妻子待在一起，也不照顧自己的孩子，他們來來往往地去追求別人的伴侶，而把自己的孩子與孩子的母親一起孤獨地留下。」

「以前男人們也非常謹慎，在任何情況下都不去染指別人的妻子，因為他們認為那樣做是一種罪惡，也是非常缺德的事。因此，除了自己的妻子外，他們不會去碰別的女人。作為他們的伴侶，城裡的女人們都守貞潔，有道德，愛護自己丈夫的名譽，精心照顧好整個家庭。」

「但是現在，有的孩子不知道自己的父親是誰。因為城中的女孩子以前講求貞潔，追求莊重，遵守善行，但現在她們卻常常不守規矩，粗俗不堪，肆無忌憚，因此人們可以在酒館客棧中見到她們中的一些人。她們不是用文雅的方式表現自己，而是以非常開放的方式展現自己，即使有長輩在面前也不莊重，她們會豎起耳朵去聽一些鄙俗的談話。因此，由於已允許花花公子進入自己的庭園，在結婚的時候，還是處女的女孩非常罕見。」很多人聽了這些話都大笑起來，願上帝寬恕他們。

「諸位先生們，以前，男子年滿二十歲㉓時加冠，女子年滿十五歲時加笄，但是現在很多人在體毛剛一長出，就彼此睡在一起。以前城裡的年輕女人不僅身體長得漂亮，而且行為端莊，那時用自己的身體作惡賺錢的壞女孩子沒有敢留在城裡的。但是，現在所有的女人，包括年輕的少女在內，無論她們有沒有丈夫，每當她們的性慾來臨時，都去尋求著使她們的性慾得以滿足。一旦她們感到了這種渴望，就會急於去交媾，對於她們的舉動所引起的憤怒毫不在乎。」

「的確，青年男女們都變得同樣壞了。女孩子不僅不莊重地露出她們的牙齒，而且在夏天穿著非常薄的衣服逛街，透過那薄衣服，她們的形體暴露無遺。似乎只要有人願意，她們就會向他獻上她們的身體。」

「因此，現在男人們下流地談論著女人，如果一個閨女有著肥胖的腿或者脖子上長著塊很大的腫瘤，他們會用輕蔑的口吻毫無節制、毫無羞恥地加以談論，這在以前是不允許的。而且，當今的多數男人戴著一頂綠帽子，因為多數婦女都扮演了妓女的角色，就連最年幼的女孩子出於無所事事，也把與男孩子睡在一起作為一種消遣。真的，在他們看來，沒有什麼其他的娛樂比這一刻更美好、更具有吸引力的了。」

「至於那些和男人睡覺的男人，他們努力尋求使反自然的東西看上去能與自然相符合，漸漸地，他們使居民對這種被禁止的事情司空見慣，並把他們這種卑鄙的慾望視為是道德的。他們這樣說，首先，並非所有的男人通過和女人睡覺就會使自己愉快；其次，一個男人與一個女人睡在一起並不比與一個男人睡在一起更符合於自然。對一個男人來說，和男人睡在一起才是愉快的。更準確地說，這是天下所有事情失去秩序的例證。」

「此外，為了迷惑居民，那些只愛男人的男人不僅對大家說他們心中也有純潔的愛情，這種愛情像男女之間的愛情一樣值得天下人敬重；而且他們還說，那些男人把隱祕的部位放入另一個男人的肛門裡，這些人也應該受到大家的尊重。」聽了這話，許多圍在白道古周圍的人都開始高喊著，聲音一浪高過一浪，直嚷嚷說這種人應該去死。

白道古繼續說道：「然而我們之中的蠢人卻對大家說，這種行為不僅符合自然，而且符合城市的時尚，也就是說，和男人睡在一起的男人比和女人睡在一起的男人更溫柔、更體貼人，他們彷彿在用理由為他們自己墮落的、萬惡的享受作辯護。另外一些人則以同樣時髦的反自然的方式加以辯護，他們對大家說，一旦男人和男人睡在一起，婦女會省卻許多痛苦，她們的身體也不會遭受生育孩子的折磨。」

「與此同時，這些壞人對那些以生兒育女、繁衍後代來維持城市生活的人說，做個妻子只是供男人奴役，因此女人應該從這種義務中解放出來，這正像另一些人所說的，兒子應該從孝順父親的義務中擺脫出來。然而，其中許多惡語中傷父母及兒子各自應盡天下義務的人，企圖把他們自己的方式變為公衆的準繩，以期逃避羞與他們為伍的人的審判，這些人還尋求在他們的慾望之路上沒有任何障礙：沒有法律，沒有義務，也沒有其他人的干涉。」

聽了這些話，許多人高舉雙臂，向上天絕望地吶喊，願上帝，獨尊的上帝，憐憫他們和他們的城市。等人們變得安靜下來以後，白道古繼續表達他的看法說：「各位先生，他們所說的所有這些事情雖然只是涉及到個人自身問題，」這在他們的語言裡叫「私」(sou)，「但是實際上並非如此，因為他們關係到城市的將來。當同性戀的男人在大街上大搖大擺地尋找男人作樂，或者將自己打扮成女人並按女人的樣子走路時，這已不再是私，而是一種影響到其他人行為的問題。」這在他們的語言裡叫做「公」(cun)。

「由於年輕女人的輕浮舉止，就是那些正在求道(seek the way)的君子也無法從她們身上移走自己的視線，那彷彿是有關個人問題的『私』。過去年輕的女子嬌柔而謙和，但是現在卻大不一樣。有些人落在青年男子身上的眼神，就如同獅子一般，不顧一切禁忌。以前的年輕女子只是善於調情，但是現在由於散漫的習慣以及對男人的不敬而變得愈來愈粗魯。過去，女人們以溫情的手段征服男人，但是現在她們卻認為，女人應該以輕蔑的態度或片刻的肉慾來征服男人，結果她們失敗了，而難以擁有男人。」

「此外，假如女人僅僅為了尋歡作樂才找男人，男人也就可以隨意來對待她，其結果是兩人都彼此蔑視。然而如果男人首先去尋求女人作樂，那時女人們自己卻認為那樣做是不對的。因此，希望和這種女人長久相處的男人真是少見，他們寧可獨自生活。而在青年男子中，那些健壯、無畏、英俊的男子，也不會希望承擔這種責任，而會迅速地與這個女人交往，隨即又與另一個女人交往，那情形就如同一些女人從一個男人轉移到另一個男人一樣，月月都有變化。另外，就算是有人結婚，他們的婚姻也只不過持續一段短暫的時間。因為他們剛一許下諾言，就馬上找到別的撫慰。」

「因為尊重與信任已消失了，漫遊的情慾取代了它們的位置，更少有人忠心於自己的配偶，而只是渴望找到其他可以使他們更快樂的人。」

白道古在此停了一會兒，他周圍的人們在他耳邊低語了什麼，他似乎給他們提供了忠告，他們聽了以後就離開了。李芬利對我說，現在城中的某些大商人對白道古所發表的反對他們的演講非常憤怒，那些與他親近的人在為他的安全擔憂。但是，儘管有這樣的擔心，高貴的白道古站了起來，對他面前的人深深鞠了一躬，並總結說：「在還有大量的話要說時，人們需要少說些話，不過鄙人已經講了很多。另外，對於這個城的意見太多了，以致這些意見還沒能被消化。詭辯家從商人的蔬菜、布匹買賣中獲取思想，他們竟然取代了盡職盡力的智者。因為所有的人都在做物品生意，無論是為了精神還是為了身體。」

「這樣，人們都用相同的口氣談論天下的每一件事情，而智者與詭辯家使用了相同的措辭，因此想判斷一個人或一種思想的價值已不再有可能。凡是在市場上或城市的街道上被吹捧抬高成偉大思想的貨色，居然就真的成為了偉大思想，甚至於連那些最有學問的人也對此表示相信。因而照天命的標準看，善良已經消融殆盡，剩下的只是渣滓。」

「現在，我們的生活沒有什麼指導思想，只是這兒試試，那兒碰碰，那種做法簡直像個瞎子。天底下的事情沒有哪個能恢復到有序狀態，一切都是像我們頭頂上飄忽不定的風。有的人認為是邪惡的東西，到了另一個人那裡就成了美德。在我們城裡，人們在昨天還希望得到的東西，到了今天就忘得一乾二淨。人們毫無顧忌地去追求這種慾望或那種慾望，無休止地循環往復。人們在這個地方聽取奸佞之徒的言論，在那個地方又目睹了暴力與色情，而在另一個地方他們聽到的是數不勝數的不孝行為。這樣，很多人除了知道這種狂暴與瘋狂之外，一無所知。然而此時，天子的官員們卻竭力制止他們本人大力鼓勵的那些事情造成的後果，與此同時，又希望那些從內心裡對他們已失去信心的人最終會趕來幫助他們。」

「每個人都對未來毫無自信，而被自己的擔憂所折磨。他們不希望變老，以免發現自己虛弱而又遲鈍；他們在尋找，卻不知道在什麼地方可以得到指導。以前，人們認為，身為城裡地位最低賤的人也有許多好處，即便是卑賤到連拉糞便的都可以因他擋了路而咒罵他。但是現在，每個人都渴望擁有所有的東西，認為沒有人比他更有價值。那些一無所有的人在要求幫忙時，彷彿他們是皇帝一般；而他們在得到所要的東西之後，卻仍像以前一樣忘恩負義。」

「因為我們祖先時代所禁止的東西現在不僅僅得到那些人的允許而且受到鼓勵，那些人糟蹋了自己，還企圖去損害別人，以便使邪惡戰勝善行。這正好像人們期望把發光的東西藏在陰影之中，而將黑暗的、淫猥的東西置於光天化日之下。」

「天底下的這個世界要垮台了，皇子們長得虛弱無力，韃靼人在步步進逼，但是賢明的領袖卻沒出現。過去，一個情操高尚、見解不凡但財富匱乏的人會受到人們的敬仰；但是，現在人們卻帶著鄙視的目光看著他，好像他已經迷失了他的道路。現在，男人們和女人們都隨心所欲地做事，甚至認為婚姻對他們的情慾是一種約束。而且，現在那些不學無術的人一點兒不覺得羞恥地闡述自己愚蠢的看法，好像他們是一些聰明人似的。」

「不過，正如晏子(Ianciu)的時代那樣，那些處於上位的人沒有原則，處於下位的人沒有法律；處上位的人忽視大道，處下位的人忽視學習。如果這種國家能幸存下來，那真是僥倖的事。諸位先生，鄙人也懷有極大的憂慮。除非通往善行與美德的途徑可以再一次找到，上天的法律可以再一次被遵守。否則，居民們會得到什麼結果呢？除非這城市以新的法律、新的秩序得以重建，這也許會保護它避免遭受更大的傷害。」

白道古說完這些話，又鞠了一躬，就不再說什麼了。我，安科納的雅各·本·所羅門，聽完了所有這些話，又依靠忠實的李芬利的口譯和筆譯得以理解㉔，我贊同他的許多觀點，也因此變得更為睿智，為此讚美上帝吧。

我對白道古說，他已用高貴的方式表明了自己的觀點，他的國家的人們所做的摒斥他們先人智慧的舉動，就如同薩拉森人摒斥他們的聖書、猶太人拒絕他們的《托拉》一樣，這是上帝所不允許的㉕。對此白道古向我詢問：「什麼是最高貴的美德？什麼是優先要選擇的美德？」讚美上帝，我回答說：「正義是最高貴的美德，健康是優先要選擇的美德。」在此我向他告別，他向我鞠了躬，感謝上帝，我離開了。

現在我開始著手尋找水手圖里格利奧尼。布卡祖普眼淚汪汪地跪在地上，懇求忠實的李芬利陪我去城裡的一些客棧和其他低級的地方，因為據說圖里格利奧尼從我們一到蠻子國的頭幾天就去了那些地方。

但我非常懼怕走進那種地方。讚美上帝，因為一個虔誠的人不可以讓自己置身於那種低俗的場所，除非他是為了從死亡手中拯救一個人的靈魂，這是我們的聖人所教導的，平安與他同在。但是對我來說，我不清楚事實是否就是如此，因此我對這一理由半信半疑，對於每一條請求來說，總有反對的理由困擾著我。

因為如果我去了那種黑暗的地方，卻沒有能找到圖里格利奧尼，那我卻會看見那種事情。對虔誠的人來說，看那種事情是不正派的，會破壞戒律，這是上帝所不允許的。同樣，如果我走進這種低俗的場所，把圖里格利奧尼從死亡中救出來，然而卻不能使我的視覺免受邪惡事情的冒犯，而我的視覺卻以那些邪惡的事情為樂，這樣我也會破壞戒律，這也是上帝所不允許的。但是，如果我不去，大膽的圖里格利奧尼被人發現已經死了，而他的死是在我原本可以挽救他之後發生的，我又是破壞了摩西戒律。為了拯救一個生命，一個虔誠的人應該做他認為必須做的事，只要他的信仰仍然是堅實的。

因此，這就需要我判斷一下伯托妮與布卡祖普的擔憂是否有確實的理由。對此，早已被女孩的淚水感動的李芬利認為，凡是獨身走進這個城市下等地方的外國人，如同圖里格利奧尼所做的那樣，都會有生命的危險。聽了這話以後，我把米切利和弗爾特魯諾(Fultrono)兩人叫到我的身邊，由忠實的李芬利作我們的嚮導，開始去尋找水手圖里格利奧尼。

在光明之城的下等地方可以發現普通的賤民，在他們當中有許多年輕人不信神、沒有法律、沒有信用。他們也不是勇猛的人，只是完全沉溺於懶散與惡習之中，過著像馬廄裡畜生般的生活，靠著偷竊與其他不正當的手段謀生。而且，由於晚上在酒館的客棧和其他不好的地方熬夜，他們臉色蒼白而不健康。他們的身上很髒，常常喝得爛醉，醜陋不堪，上帝是不允許這樣的。

他們也做著粗暴的手勢，任意咒罵，每個人都毫不文雅地對別人大喊大叫，粗俗地說著話，也不在乎有誰在注視著他們的舉止。他們中的一些人在說話的時候，總愛輕拍著他們的同伴，另一些人在別的事情上顯得毫不謙遜。其他的人由於不願意移動或者不願意從事勞動，變得又懶又胖。因此，他們的身心都是很可悲的，而且吃喝方面都有不良的習氣。

他們中的許多人又骯髒又邋遢地四處遊蕩，像我上面所寫的，他們不在乎他們的面子，也不在乎看見他們的人，因為他們從來不清洗自己，也從不梳理他們的頭髮。因此這些人，與蠻子人的習慣剛好相反。蠻子人非常熱中於清洗自己，而這些人身上散發著一種直衝鼻子的臭味，以至於一個人走進他們聚集的地方得用一塊布按在臉上。不過李芬利告訴我說，他們中有些人是很富有的，但卻寧願身穿破爛衣衫去遊蕩，也不怕狗會去咬他們。

我上面所寫的所有的人構成了這個城市下等場所的主體，他們有自己的說話方式，別人不太能清楚地加以理解。像我前面所寫的那樣，他們中的許多人熱中於休息、沉湎於無所事事的生活方式，結果這種懶散使得他們精神消沉。

同時，人們也可以見到那些邪惡的人，以及那些懂得符咒和魔法的人。他們當中有一些戴著金耳飾，或用珍珠和寶石裝飾自己，據一些人說這類人過去是從土耳其來的，而據另一些人說他們是韃靼人。

但是，刺桐居民中最底層的人既不懂魔鬼的妖術，也不知道別的什麼技藝，這是由於不願意學習他們父輩的技術，像製造絲綢、陶器、紙張的技術等。他們仍然是在白天休息和睡覺，把他們的床鋪當成了家；到了晚上出門，像浪子一樣四處遊蕩。當有的人在街上逛蕩，尋思著

對什麼人下手，準備去幹壞事時，有些人則吸食鴉片，然後要睡上三天之久。㉖

在這些人當中，我見到一些人有著一副野獸的外表，有著像狗那樣的嘴臉，他們中的許多人理解力遲鈍，由於他們的懶散和邪惡而像個妖魔，而且這種野獸般的人對罪惡沒有恐懼，因此進去和他們談話是不理智的，且要冒很大的危險。因為如果他們看見另一個人的眼神裡或行為中有讓他們不愉快的東西，他們會攻擊他，或者對他們進行別的危害。這樣，看到他們之後，我同時為我自身的安全及膽大的圖里格利奧尼的命運擔心起來。

因為這種人具有一種邪惡的血統，認為傷害、搶劫，甚至殺人都不是罪惡。的確，一些人企圖搶劫所有那些經過他們街道的人，可他們並不是勇敢的人，而是又膽小又邪惡，他們向行人發動襲擊，隨後趕快逃走，生怕行人比他們更強壯。即使當他們不想去攻擊或搶劫一個人時，他們也有這樣的壞習慣，如不停地嚼東西，隨地吐痰，生氣時往別人臉上吐唾沫。在這種情況下，作為流氓惡棍，他們熱中於對別人突然發怒、突然施暴的行為，這些我就忽略不說了。

因此，在米切利與弗爾特魯諾的陪伴下，由忠實的李芬利帶路，我懷著極度的恐懼走入光明之城中酒館客棧林立的街上和別的下等場所，我看見還有一種人，他們是偶像崇拜的布道者，他們那用黑色絲綢做的帽子上鑲著金邊，身上穿著黑色的長袍，腰上束著根黃色或紫色的帶子，腳上穿著一雙黑色絲綢做的鞋子，他們可以獨自在這種地方走動，而不遭受傷害。㉗

在那些酒館裡，他們以飲酒度過整個白天，這是上帝所不允許的，只是出來把尿撒在大街上。在酒館裡，他們總是讓大酒杯不離他們的嘴，這樣當一天過完的時候，他們已經醉得不能站立起來，還常常爛醉在街上，對著行人或者彼此大聲咒罵。確實，在這種下等地方，沒有人對自己的行為保持清醒，而是所有的人吃喝都沒有限量，一旦喝醉，他們甚至就睡在大街上，好像是豬或者死人似的。

這是野獸般的生活，我們的聖人和先知，平安與他們同在，教誨我們說，一個虔誠的人既不應屬酒鬼之列，也不應是暴飲暴食之徒。因為對有的人來說，他們沒有上帝，他們的餐桌上充滿了嘔吐物和汙穢。他們為酒所淹沒，由於酗酒離開了自己的正道。他們視覺出錯，判斷有誤，像一頭牛一樣步履蹣跚。

因此，一走進這些黑暗的洞穴裡去找圖里格利奧尼，我就受到那種臭味的極度折磨，看見許多年輕人處於這樣一種卑劣的狀態中，我真是痛感羞愧。對他們來說，不可能有什麼可以記住的事情，因為醉鬼是被剝奪了判斷力的、卑賤的可憐蟲。在這兒我看到很少有人能依然直立的，也看到其他許多恐怖的事，因為大多數人沒有動靜，甚至看上去不像是活的。這是上帝所不容許的！

正如追隨最高尚的亞里士多德的門徒，我們最博學的聖人向我們表明的那樣，任何有能力靠自身力量運動的每一種存在(being)，都有能力保持一定時間的靜止狀態。可是即使對這類事情，上帝也賜予了他的恩惠，祝福上帝，因為醉鬼和不敬神的人的睡眠狀態確實對世人是有益無害的。不過，他們會像野獸似地死亡，像綿羊一樣被放入墓穴，正如約瑟(Jesse)的兒子、我們的大衛王、以色列美好的詩篇作者所吟唱的那樣，以帶著枷鎖的方式躺著絕不是任何人命中注定的事，不論他是猶太人還是非猶太人，這些人甚至連畜生都不如，因為正是他們自己把枷鎖套在了自己身上。

這些人，既無信仰又無目標，既不對自己做好事，也不給別人帶來好處，確實不屬於人的行列，就像拉比摩西・本・邁蒙所教導我們的，平安與他尊貴的靈魂同在。在地球上的生命中，他們比真正的人等級低，僅僅比猿猴的等級高而已。因為他們具備人的形體，能力比猿猴高，但是由於缺乏那些依照上帝的形象而創造出來的存在物的美德，因此比人的等級要低。

而且，當他們喝醉以後，蠻子人在夜晚似狼哭鬼嚎般地又喊又唱，他們關心的只是玩樂器、唱歌、舞蹈而已。有一次，李芬利也這樣告訴過我，年輕人的唱腔和演奏是如此之輕盈優雅，聽上去真是令人驚奇。如果他們沒有到喝醉或者相互毆鬥的地步，還真會給人帶來許多歡娛。因為，正如我們的聖人所宣稱的，當歡樂到來時，人不應去阻止它，因為那樣做是不合時宜的，用腳跳舞是一件讚美主的事情，願上帝得以頌揚。

但是在光明之城黑暗場所的酒館客棧裡，聽到的只是惡魔的叫喊聲，而不是愉快悅耳的歌聲，這是上帝所不允許的。因為在這裡醉鬼和被折磨的人發出的悲痛之聲像是地獄裡的被告發出的，願上帝對我的措詞予以寬恕，他們的聲音中夾帶著許多難聽的嚎啕音調，好像那些人正在經受心靈上的劇烈疼痛。在這裡，他們演奏的不是悅耳的和諧聲、叮噹聲，而是一種哭泣聲，就像他們是被放在火舌上而嚎叫，我真是悲哀！

在米切利與弗爾特魯諾的伴隨下，我和李芬利一起，在這種又悲慘又黑暗的地方尋找了很長時間，可是圖里格利奧尼的命運還是一無所知。最後，我們返回了納森・本・達塔羅的家，平安與他同在。在此，布卡祖普在李芬利面前又大哭了一場，他深為感動，用一些寬心她的話來安慰她。

後來，在太陽落山之後，我和李芬利在米切利與弗爾特魯諾的陪同下，又一次動身到這個城市的下等場所去尋找圖里格利奧尼。但是，首先我向上帝祈禱說，願他得到讚美，在去接近那種被禁止的場所時，我自身要免於變得不貞潔。因為我覺得有必要再一次走入這個卑賤的世界，以免遭到別人的責難，說我對我的僕人處在危險與死亡之中漠不關心。

因此，我們來到光明之城東門附近的一大片地方，這裡有舞台，有娼妓，在燈籠和燈光的照耀下閃閃發亮。一到晚上，這裡聚集著尋歡作樂的人們，那樣子在全世界都不能看到，就連那些看見這一情景的人也都不敢相信。在這裡，我看見一大群青年男女朝我走來，真擔心他們想要搶劫我，我正想逃走，他們卻沒有注意到我，感謝上帝！

這個地方擁擠不堪，叫喊聲、喇叭聲、銅鼓聲、鼓掌聲交織在一起，有時還伴有尖叫聲，時斷時續的咆哮聲，以及像一大群蜜蜂發出的嗡嗡聲。因為這裡有很多的演員和歌手，至少有一百個劇團，每一個劇團都站在自己的舞台上，劇團周圍都有一大群人，一些人在等著演員的台詞和樂隊的奏樂，另一些人則留神聽著正在他們面前發生的那些事情。

周圍的一切聲音就這樣一起傳來，有唱歌聲，有敲鼓聲，有演講聲，還有一些聽起來怕人的痛苦的哭叫聲，以及其他人的笑聲，甚至還有一些看上去勃然大怒的人笑起來的聲音。整個天空被慟哭聲、呻吟聲，以及所有那些在場的人的笑聲所劃破，我好像獨自站在野蠻而荒蕪的地方，上帝保佑我。在這一曠野中，咆哮聲、狂怒聲……成千上萬種聲音在漆黑的夜空中迴盪。

但是當我走近時，看見了這樣的事情，我害怕講出來。願上帝饒恕我。雖然這個城裡的人們不喜愛武器，但是他們喜歡去聽，去看受痛苦、受磨難的人物表演，他們悠閒地站在表演場所的邊上觀看。這樣，我目睹了一場打架。在那裡，有一大群人參加赤手空拳的格鬥，有的人好像還帶著致命的傷口，所有的人都參與了一場用刀劍和棍棒的相互毆打，他們的手、胳膊好像都被砍斷了，只見鮮血噴湧而出。這一切彷彿給城裡的年輕人帶來了痛苦的快樂。對他們來說，聽到刀劍的撞擊聲、棍棒的敲打聲、受傷者的呻吟聲，以及他們用隱藏的手段造成的鮮血狂噴，是一種極大的歡樂。

因此，要能看見一次格鬥之後臉上、胳膊上出現的傷口，伴隨著他們周圍殷紅的血跡，是他們所有人的愚蠢的歡樂，如同聽到成為寡婦的婦女的哀號和孤兒的哭喊時，年輕人為此大笑並高興地晃著他們的腦袋，願上帝寬恕他們的罪過！此外，他們因為別人受到折磨而吶喊助威，一瞬間，你打我，我打你，砍傷、打斷手腳的兇殘場面全都展現在眼前，虔誠的人看見這種場面簡直感到恐怖。的確，他們做出那樣的舉動，好像他們喜歡走在血流漂杵的血水中。與此同時，李芬利也對我說了這樣的事，比如他們不願意去保衛這個城市以免它受到韃靼人的進攻，因為他們一聽到韃靼人的名字就嚇得發抖，而願意去互相施加傷害。這似乎說明他們有屠殺自己同胞的慾望，如同該隱(Cain)——願他受到詛咒——殺害了亞伯(Abel)一樣，他們想殺害的不是逼近城市大門的敵人。

他們並不像他們所表現的那樣聰明和極端狡詐，也並不虔誠和忠於職守。相反，看上去像處在野獸中間的獅子，擊斃人，殺死人，毫無休止、毫無目的地製造駭人聽聞的大屠殺。但是，他們本人的確是有名的懦夫。不只是目睹暴力死亡使他們高興，而且飲食人血，願上帝寬恕我在最後幾天寫這樣的話，在他們看來不骯髒、不噁心，甚至吞食糞便也一樣如此。他們當眾表現那種令人憎惡的事，但願詛咒像滔滔洪水一般地降臨到他們身上。

因此我看見很多年輕的男人，多得甚至成千上萬，還有婦女和兒童也站在閃爍的燈光與燈籠前的陰影下，他們臉色蒼白，在那裡高興地大喊大叫，好像噴濺出的血以及別的骯髒的事情是他們該受詛咒的、受到蒙蔽的靈魂的滋養品。

那些為了獲利而把這些事情展現在眾人眼中的人聲明說，他們並沒有激發起邪惡的念頭，正好相反，由於恐懼感，驅使人們免於犯罪。但是，說這些話的那些人本身就懷著邪氣，與光明之城中其他人的所作所為沒有兩樣，他們不僅混淆善惡，而且混淆真假。他們和罪惡有了關係以後，自身就成了罪惡；和不真實的生活有了關係以後，他們自身就成了說謊者。

面對著這些眼前的景象，我只好掉過臉去，讚美上帝，我就像避開一具腐爛的屍體一樣，因為這兒的人對別人的痛苦竟沒有一點兒同情心。在這裡，我看見年輕人的意願已經指向了罪惡的極限，凡是使人淒慘、變瞎的事都變成了他的樂趣。因此，這就使對上帝的敬畏、對人類的愛步入一片黑暗之中，就像在基督教聖地變得黑暗一樣，在那裡，我的兄弟們被拋入熊熊烈火之中，願他們的靈魂得以安息！

在黑暗與光明之中，我，安科納的雅各，看見了一個魔鬼製造的可怕而恐怖的世界，願上帝寬恕我，一個虔誠的人竟會進入到這種地方。任何東西看上去都像是用血染的，站在它前面的那些人都像是發著高燒，迷失了方向。我們在他們中間沒有找到大膽的圖里格利奧尼，也沒有聽到任何有關他的傳聞。

第二天，夜幕降臨時，我盡完我的職責，為此讚美上帝，又處理好我的事情以後，我又和李芬利、米切利、弗爾特魯諾一起再次動身去那些更加黑暗的地方，到那在光明之城被稱為江道的第三區的那一部分地區去，去那裡的是一些尋找最骯髒的快樂的人，願上帝原諒我！

這裡是充滿了淫慾的地方，非常汙濁，雖然每個地方都有照明，燈光與燈籠如同天上的星星一樣，但只有心靈最骯髒的人才會常來光顧此地，願上帝原諒我，我本應以輕快的腳步從他們中間離去。

在這裡，同樣是所有的一切都混在一起，男人、女人，沒有什麼等級界限，他們對於在這種地方被人看見，以及和很多供人消遣的女人在一起不覺得羞愧。在他們的語言裡，他們把那些女人叫作花，她們多得難以計數，其中有些既漂亮又放蕩，她們的身體上噴灑著香水，並由僕人侍候著，而另一些女人則低下而又廉價。她們也同樣不知羞恥，凡是能給男人以舒服和歡愉的事她們都做，願上帝寬恕我看到了那些事情。

的確，刺桐的居民非常墮落，最漂亮的妓女們竟被男人和女人們視為女神。每當她們一走，他們就跟隨在她們身後，而年輕的人不僅試圖模仿她們衣服的式樣和她們臉上所裝飾的顏色，而且試圖模仿她們說話和唱歌時所發出的腔調。因此，這種妓女不會因她們的罪惡而聲名狼藉，就如同她們不會因為自己的生活方式而感到羞恥一樣，相反，她們顯赫地四處行走，彷彿她們是上天的王后，她們甚至在當地的貴族中間尋找夫君。但是其中有一些妓女則是有夫之婦，她們由於缺乏德操而自由地扮演妓女的角色，而另一些妓女則是受自己丈夫的強迫來做這種事情，那些丈夫讓自己的女人與人通姦，卻不為此感到羞愧，願上帝寬恕我記下了這樣骯髒的事情。

另一些女人被從事皮肉生意的商人按小時或按每夜來出售，還有一些人竟被自己的父親帶到城裡來這樣出售，而她們還是不到十歲的孩子。還有很大一部分婦女並不是妓女(harlot)，只是為了尋歡作樂，而隨心所欲地把自己的身體自由地提供給陌生人一天、一週或者一個月，因此年輕的女孩子很快就失去了貞操。實際上，她們為了被客人選中而相互競爭，她們的行為非常輕浮，上帝不容啊！每當客商隨心所欲以後，給她一件小小的禮物以感謝她和他睡過，她竟然就很滿足了。她是那樣高興，因為他選擇了與她發生關係。因此這些人將貞潔視為一文不值，就像其他的人認為通姦並不羞恥一樣，她們對於不經意懷上的孩子也毫不在乎，常常會悄悄地打胎。所有這些人都在大街上晃來晃去，衣著極輕薄，薄得讓男人可以看見她們的肉體，她們的衣服如此地不端莊，願上帝寬恕我看到了這些事情！

李芬利告訴我，她們中也有許多是被自己丈夫休了的妻子，有些甚至已經生育過兒女。因為一個妻子如果不能滿足丈夫的話，丈夫可以趕走她，輕易地娶到另一個妻子。但是因為婦女們現在為自己尋找同樣的自由，她們沒有反抗這種事情的動力，因而常常過著這種骯髒的生活，上帝不會容許的！此外，現在她們之中存在的混亂狀況極為突出，一些女人自由地給所有人供獻出自己的身體，她們相信，誰擁有了更多的男人，誰就會比別人更歡愉。而另外的一些人則說，正如我們國家的基督徒所說的，她們僅想嫁給一個能用愛情的力量或別的忠誠的證據來獲取她們芳心的好人。

還有一種女人，與其說是少女倒不如說是男人，她們長得很好，像男人一樣強壯，她們完全拒絕男人，聲稱她們不會為了世界上的任何東西而和男人睡在一起，這是既正當又合理的。但是這些人，她們把精美的緞子(satins)拋在一邊，只穿著難看的綢子(rough silk)或不印花的麻布(plain linen)。雖然她們故意表現得不關注男人，卻穿著裁剪得非常緊身的衣服。這樣，利用極高的藝術，她們讓別人看見自己肉體的每一個動作，激起她們所拒絕的男人想入非非，以致男人不知道她們要幹什麼。這些人中，有一些人過著獨身的生活，而另一些人則據說和女人在一起睡覺，上帝不容啊！不過，不管怎樣，這些女人拒絕男人為征服她們而提出的懇求，並不是像基督教修女所宣揚的，是為了更好地把自己獻給上帝，而是出於對男人的反對。她們總是說她們不會和任何人結婚。

然而，另一方面，我也看見了一些東西，但願上帝原諒這個虔誠的人，他是不情願看見那些東西的。我看見了穿著女人的衣服和最精美的綢衣的男人，還有的男人這樣穿衣，以便看上去他們似乎長著碩大的乳房和巨大的臀部。至於別的男人，他們在光明之城中是那麼墮落，總是愉快地設想在他們面前有的不是男人而是豐滿的女人，願上帝禁止這種令人作嘔的事吧！

即使這些人沉湎於違背天理的罪行，過著像野獸一樣的生活，他們這樣做時，既不會聲名狼藉，也不會受到譴責。在他們中間，存在簡直像女人一樣出賣自己肉體的男人和男孩子。這在以前，他們會因其罪惡受到嚴重的懲罰，但現在在城裡卻擁有很大的權力，一些人還擁有巨大的財富。因此，為了尋找圖里格利奧尼，在我走入某些下等的場所之中，願尊貴的上帝寬恕我，我看見了這樣一些肯定前人沒有記載的事情，比如男人們在別人的眼前沒有羞恥地進行交媾。

對於這樣令人憎惡的事情，現在不可以饒恕，就是到世界末日也不能饒恕。讚美上帝，他們說，在光明之城，一個男人或一個女人有很多不同的方式來使肉體獲得最高的快感，還說，每個人都有權利按照自己的願望從後面、從女性的陰道中，或從大腿之間來滿足自己。㉘而且，他們還說，無論是男人還是女人依照自己的選擇所做之事都不會受到指責，也不會受到懲罰，然而他們也許會生病，會不乾淨，如我已經寫下的那樣。

因此，在刺桐城中那些如同以前的所多瑪城(Sodom)中的人一樣作為的人，對他們以前在罪惡之地的所作所為如法炮製的人，隨心所欲地行使他們的淫慾。他們在大街上遊來蕩去，尋求著去滿足自己的慾望。因為他們不認為所有淫蕩的方式是一種犯罪。因而，你可以看見那些人緊盯著青年人的方式而步步追隨，以致十歲、十二歲大的男孩子依靠出賣自己的肉體賺錢過活，他們不分晝夜地奔波於各處，以滿足他們那隱私部位的慾望。

然而在以色列，我們的法官，平安與他同在，對大家說，如果一個男人和一個男人發生關係，那麼他應該被鞭打而死。一個追求男人的男人，只有付出生命的代價也許才能從罪惡中得以解脫，因為罪惡之地的男人在未來的世界上沒有分，讚美上帝，因為非常彎曲的東西不可能再被矯直，睡在同一條被單下的兩個未婚的男人也同樣如此。但是在光明之城中，所有的淫慾都得到了釋放，每一種慾望都可以花錢來得到滿足，以致連偶像崇拜者中的僧侶們也不會比別人過著更有德操的生活，他們在神聖的寺院裡隨心所欲地一起作惡，或者常常和女人睡覺。

就這樣，在忠實的李芬利的幫助之下，我為了尋找我的僕人而走入了世界上最黑暗的地方。去那兒的人，都是為尋求他們肉體的快樂，而忘記了這個城市的痛苦。在這些地方，男人們試圖讓自己勃起的部位平靜下來，女孩子盡她們本能展現自己腿臀的地方，願上帝原諒我這樣的措詞，疾病在同一條路上走近他們。

而且，雖然城裡的許多女人受到疾病的侵襲，但她們把高度的注意力放在她們的美觀上，比如她們的頭髮、她們的嘴、她們的唇、她們的乳房以及她們的肢體，以使自己真正美麗。這樣，有些人要裹住她們的腳，甚至要折斷骨頭㉙，以便它們總是保持小巧，因為她們考慮到那樣會更雅致、更漂亮，而另一些人則把她們的臉、脖子塗成白色。還有一些人幾乎不吃東西，以便一直保持苗條的身材。至於那些變得肥胖的人，她們的面頰和乳房耷拉著，則生怕遭到拒絕。

因此，這些少女一年到頭都是以這種方式生活的，願上帝憐憫她們吧。那些擁有漂亮女兒的窮人們因此變得很高興，甚至認為賣淫具有極度的體面和榮譽，因為所有人都認為，作為他女兒行惡的酬謝，她會有一個高貴的婚姻。

另外，光明之城中的許多人説，到了三十歲，女人的容貌就會變老，因此，她們竭力使自己保持年輕，努力尋找各種祕方，使自己的容貌維持著經受艱辛生活之前的樣子。她們最擔心自己的皮膚乾燥，失去柔嫩。為了保持柔嫩光滑，女人們每天都會用昂貴的油膏來塗抹肌膚。即便是四十歲的女人也如此。因為在她們中間，受別人關注的不會是人品，那是不會有男人理睬的。此外，她們認為那些衣衫襤褸的人一定是小人物，而那些穿綢戴金的人一定是大人物，上帝不容啊！我們的聖人教誨我們，誰如果一意孤行，心靈空虛，那他的行為就會違背自己的靈魂。

因此，雖然在光明之城中，我在迷失了自己的人群之中度過了我的日子，但在江邊這個最黑暗的地方，我變得像一個迷失的鬼魂，我真不幸啊！當肉體受到眼睛而不是受到上帝賜予我們的理智的指引時，它是脆弱的，願上帝受到讚美！因為，作為許多人中間的一員，並和他們一起走進那個聲名狼藉的地方，我感到自己和他們一樣了，上帝不容啊！彷彿我自己也變成一個骯髒咆哮的野獸，願上帝原諒我在這兒受到了慾望的侵襲。

因此，高貴的白道古，願他的名字受到銘記，在宣傳道理以反對這個城市的罪惡時，我則聽説，每天都有很多的人聚集在那裡以聆聽他説教，而忠實的阿曼圖喬和我的兄弟納森在做我的生意。我不關心我的所愛，也不顧我對聖主的職責㉚，和李芬利一起走入那些地方。在那些地方，人們不把淫蕩的行為視為一種犯罪，所有的人都沒有羞恥地進行著肉體的行為，也不顧由於這種交往給他們許多人的皮膚上、生殖器上帶來的疾病。

在那裡，一個人可以和那些女孩子中的任何一個做他想要做的任何事，好像她就是他的妻子，他可以和她極度快樂地待在一起。因此，一個商人想要和一個女人睡覺時，他就使她和他來到一個為這種目的而安排的地方。確實，這兒沒有什麼漂亮年輕的女人是商人所不可以擁有的，只要他覺得合他的心意，並付給適當的價錢，而且這個價錢與那個女人的要價一致就行了。

在其他的方面，女人們靈巧、勻稱，具有所有的美。她們把自己的乳房、還有她們的私處展示給來這兒的人，在他們面前跳著裸體舞，願上帝原諒我眼睛的罪惡吧！如果巡視的保安人員快來到時，那些站在門口的人就給出一個信號，她們就用一塊布遮住自己的裸體。這些婦女中的許多人漂亮得無法形容，人們認為最漂亮的是那種長著柳葉眉、杏仁眼的婦女，而這些人把她們的衣服放在一邊，顯示出裸體，願我得到寬恕！

然而，儘管再漂亮，以致她們使花園中的花朵都失掉自己的色彩，但正如我們的聖人所教導的，平安與他同在，女人的裸體應比男人更快得以遮掩。但是這些女人卻認為她們並沒有犯錯，上帝不容啊！她們說把自己的裸體展現給男人們並沒有什麼羞恥，即使她們和男人上床，並沒有利用這做損害人的事。而且，她們宣揚說，她們並不覺得身體的這一部分比其他部分羞恥，而我們忙著遮掩起來，是因為我們對它感到羞恥。然而，即便可以說男人不應對自己的身體感到羞恥，那也只是因為，這是上帝的一種恩賜，因為男人是按照上帝的形象創造出來的，那些不謙恭的人冒犯了理性，因為並非屬於男人的所有器官都需要讓別人看見。

李芬利從一個叫做懷珠(Uaiciu，酒館掌櫃)的人那裡聽說，願他受到詛咒，圖里格利奧尼曾常來這個黑暗的地方和酒館。他建議米切利和弗爾特魯諾陪他去橋邊的第五巷。因為有這樣的建議，我只好帶著極度的恐懼單獨留在這樣一個地獄之處(Gehenna)。在這個地方，無惡不作、無法無天的人稱王稱霸。

因此，在很長的一段時間裡，我捫心自問：一個虔誠的人是否可以依然待在這個臭名昭著的地方，尋求上帝的幫助以便不會進一步犯罪？因為在這兒，我看見女人們讓一個男人觸摸她們身體的各個部位，即使男人不太願意也仍然如此。然而，難道不是我也已答應忠實的李芬利，我一直待在這個該譴責的地方等到他回來嗎？願上帝原諒我。因此，我害怕我不能遵守許諾，也受到前面所說的懷珠(Uaiciu)的約束，願他的名字被抹去，李芬利給過他錢，以便我在這個地方能保證安全，由於受到諾言和金錢的雙重束縛，我不能斷然拋棄這個地方。

我多次捫心自問，我的意圖究竟是好的還是邪惡的，因為一個人不可以為不潔淨的目的所束縛。我來這兒為了尋找我的僕人，然而即使我不情願，我的視線被引向了在我面前的那些邪惡事情。如我上面所寫的，我的意志由於我周圍漂亮的女人而變得薄弱，願我得到寬恕。

但是，一方面我的目的是善的，我來這種地方並非出於罪惡的目的，讚美上帝，而是懷著一顆純潔的心；另一方面由於虔誠與博學的人也應該努力觀察別人的生活方式，即便在世界上最黑暗不堪的地方也應該如此，以便自己由此變得更加睿智，所以即使我的慾望強烈得使我感到自己會失魂落魄，上帝是禁止這樣的，我也不應該從眼前所可能看到的情景上移開視線。

這樣，一個人出現在我的眼前，她身穿鮮紅色的綢衣，穿著一雙像爪子一樣的小鞋，她的頭髮像烏鴉的羽毛一樣烏黑，她的臉上搽著白粉，她的眼睛清澈明亮，她的身體像花朵一樣輕盈，或者像在風中彎曲的一枝花莖[31]。她看上去不像是一個妓女，而像是一個品行端莊的人，然而她向我展示了她的腿和腳，上帝不容啊！她的腿和腳真的十分漂亮，世界上不可能再找到更漂亮的了，我立刻受到了誘惑，願上帝可憐我吧！因為我的雙眼樂於盯著它們，這就是我肉體的薄弱啊！

她脱光了衣服以後，上帝不容啊！先用股部，然後用腹部開始肉慾的犯罪㉜。一種奇怪的香味從她的身體上散發出來，以致男人會因情慾而難熬。此外，人們説女人胴體中最受珍視的部分偏於胃部的地方，因為那兒更易被看到，願我不要因這些言辭而承受上帝的怒火。她在展現它時一點也不覺羞恥，儘管上面只有一點兒毛，也不禁止男人對它觸摸。那個男人帶著膨脹的部位和這女孩快樂地躺在一張席上。

我目睹種種的淫穢之事時，為了獲得聖一的寬大，在向上帝的禱告中説，我也許可以從中有所獲得，以避免我自已方面做出禽獸般的行徑。頌揚聖一的才智吧，那是上帝之性與人之性的智慧之光。這樣，那個人把一枚銀箍置於他那部位的根部，再加上一個琉璜圈，並在他的肚臍處塗上一層油膏，然後他分開上面所説的那個女人的大腿，願上帝原諒我所寫的東西，幫助她抬高她的臀部，用唾沫把深藏的部位弄濕，以便可以更不費力。接著，他把他自已的部位放在女方的入口處。這樣，他進入到深處，不久那個女人就達到了最高的歡樂。

我還目睹了其他的許多事情，骯髒得簡直無法寫出來，我的眼睛已經看膩了赤裸裸的肉體，而在一開始時，我卻感到快樂，願上帝寬恕我！可現在我的身心感到困乏。而且，當男人和女人在我眼前毫無羞恥地躺在一起像野獸般地交媾時，我看到的不是他們，而是我的父親死一般地躺著，唉，他的臉色蒼白，他的下頦被固定著，所有的人圍著他。在床單上有他最後一次受折磨時留下的一小滴唾液，願他的靈魂不朽，並受到永遠的懷念和一千次的祝福，阿門！因為是待在這樣一種兇殘的地方，可以説是一種野獸的廄所，我掉轉了正在流淚的雙眼，願上帝原諒罪孽深重的我。可是在我的眼前，我依然不僅看到了我的父親，願他的靈魂得以安息，而且看見在我身後那些卑鄙地交媾的人。一個虔誠的人要忘記這樣的事情對他的傷害真是太難了，因此，我所目睹的東西依然在褻瀆著我的心靈，即使我緊緊地閉上眼睛，它們仍然隨著淚水湧進來。

由此，我痛苦地知道了，我們應該對那些納入我們思想的事情十分小心。正如我們的聖人所教導的，儘管一個人必須巡遊世界以尋求知識，但有許多事情我們不知道會更好些。此外，我看到在美麗的外表底下會隱藏骯髒的東西。同樣，在真理的外表下，也會掩蓋虛假的東西，或在一個虔誠者的心中對於邪惡、受禁止的東西的慾望被隱藏起來。我也知道了，許多人希望對自己的慾望沒有約束，甚至寧願去死也不願克制他們的享樂。

但是現在，當我為這麼多想法所佔據的時候，忠實的李芬利和我的僕人米切利、弗爾特魯諾一起回到了我這裡，告訴我已經找到了水手圖里格利奧尼的屍體。於是，我就和他們一起走向一個黑暗的過道。在那兒，只看見圖里格利奧尼的屍體已腐爛得不成樣子了，通身是黑色的淤血，胸部和咽喉處有刺傷的傷口，上帝不容啊！但是，誰幹了這件事以及事件的原因，我們卻一無所知，因為沒有人願意說。

於是，我指揮我的僕人把他抬到熱那亞人的商行(trading-house of the Genoese)，他的宿舍是在那裡，以便神父們安排正規的葬禮。我這樣做，對他盡了義務。他本人希望為我駕船到達最終的目的地，卻死於一個汙穢的地方。由此，正像我們的聖人所說的，貪慾和放縱會把我們徹底毀滅。

此後，我便穿過城市返回，那些燈在黑暗中閃爍著，活像我們家鄉的螢火蟲。我和李芬利一起向我兄弟納森・本・達塔羅的房子走去，我的所見以及我的那些悲痛一直纏繞著我，這樣一座大城市裡層出不窮的危險也使我心煩意亂。因為我擔心，恐怕它的混亂與罪惡會使上帝降下憤怒的懲罰，願上帝得到讚美！上帝會借助韃靼人的軍隊來攻打它，恐怕在世界末日來臨的時候，偶像崇拜者的罪惡會由更大的邪惡來加以校正。

註釋

①據我所知，這些歷史記載都是未經翻譯的著作，它們包括《都城紀勝》（一二五三年）、《夢粱錄》（一二七五年）、《武林舊事》（一二八〇年）。

②該詞據說源於中國邊境的游牧民族契丹(Khitan)人，他們的征服者最初給中國北部取名為契丹(Kitai)。

③謝和耐：《中國文明史》，一九八五年，劍橋大學出版社，第二八七頁。

④從廣義上看，許多意大利商業城市的命運部分地與中國的命運聯繫在了一起。參見謝和耐的說法，他認為凡是在中世紀時期較為繁榮的意大利城市都是那些「位於通往亞洲主要商路結點上的城市」。

⑤指舊約聖經的首五篇——中譯注。

⑥原稿本上有l'umile（意為「鄙人」）、al sapiente（意為「先生」）、以及in questa poverella dimora」意為「寒舍」）等詞語，說話者的自我謙稱和對聽講者的敬稱是明顯可見的。

⑦可以確定指的是傳說中的黃帝，中國人把他統治的時期視為黃金時期。

⑧顯然是指孔子。

⑨手稿原文為reame celeste in terra。

⑩手稿原文為barattieri，指的是收取賄賂，或以權謀利的承擔公職的人。

⑪在這個時期裡，官員的勳章以及其他榮譽標誌一般都掛在腰間。

⑫對雅各的尊敬稱呼。

⑬「十二世紀之初，已有相當發展的火葬習俗，但仍得不到官方的認可，事實上，凡是墨守儒家學說的所有地方、不同階層都如此。」謝和耐《中國的日常生活》，同上引書，第一七三頁。

⑭重約八公斤，或十八磅，即二．二五磅或一公斤價值一威尼斯格羅特。

⑮手稿原文是zittani，雅各從他平常所稱的刺桐(zitun)的名字而得知緞子，然而《牛津英語辭典》(*OED*)認為「satin」源於意大利語 setino 和 seta，即絲綢的意思。

⑯手稿原文是galanga，薑類植物，中世紀多用作調料。閹雞肉大概就是用生薑、丁香、桂皮以及萱薑烹調而成。此外，它也用作催慾劑和麻醉劑。

⑰手稿原文是allume。一種漿染衣料時先要用的大量東西。一二七五年，在從希臘phocaea的礦物中開始得到大批量生產之前，它已從東方、尤其是從中國傳到了歐洲。

⑱手稿原文是 il ben e'l mal d' opre e de'fatti vengono dal fattor steso e 'l suo voler.

⑲這裡雅各以邁蒙尼德學派特有的思路在探索道德法律與理性原理的一致性。

⑳顯然指的是孟子，公元前四世紀中國的哲學家。

㉑那是一二七一年十月十日。

㉒我還不清楚這「四種刑罰」指的是什麼，南宋的刑罰分死刑(有各種形式的死刑)、流放、苦役、鞭笞和罰金，似乎也沒有別的什麼資料來證明這些刑罰當時已經失效，或認為是「一種懲罰犯罪者的不當行為」。

㉓指的是虛歲。

㉔此處的意思一定是說「忠實的李芬利」大概已用中文記下了他所聽到的東西。雅各得到一些經過他翻譯的部分，因此這一部分(正如我已猜到的)在寫法上一定非常精細。

㉕「願上帝原諒此處所寫的東西」這句話以希伯來語添加在頁邊上。

㉖手稿原文為 alcuni benono oppio e dormono dopo ben iii di。

㉗從對「布道者」的描述來看，他們頭戴鑲著金邊的黑色綢帽(al vivagno d'oro)，身穿黑色長袍(cappe nere)似乎應是道教的道士。至於他們為什麼會出現在刺桐城中的妓院，雅各沒有說明。

㉘在手稿中的拉丁語是 aut in postico aut in porta feminea aut inter crura，像後面所出現的此類句子一樣，雅各在這裡引用拉丁語，也許是為了對缺乏教育的同一教派的人(不知是否包括他的家人)有所隱瞞，也許是為了對個人的某些東西有所保留。前者似乎可能性更大。

㉙「纏足」(Compress their feet)是中國人的習俗，常常是用布條將小女孩的腳緊緊裹住，使之變形，這樣她們走路時顯得儀態萬方。由於腳骨頭被折斷，腳尖被擠在腳趾及腳掌之下，整個腳被嚴重變形地擠壓在一起，不足

三英寸長，被稱作金蓮。它是媒人的重視對象(也是一個性的崇拜物?)。此外，它令人痛苦，難以走出家門，是服從的象徵，正如費正清(J. K. Fairbank)在中國所觀察到的那樣。見《新歷史》(*A New History*, Cambridge, Mass, 1992)。「農民群衆對上層階級加以仿效，而包括明代皇帝在內的其他人反對纏足。」看來纏足之風直到十世紀才開始流行，並被雅各短暫地注意到。纏足一直持續到十九世紀晚期。

㉚值得注意的是，雅各在這個時期沒有提到安息日是怎麼度過的，好像他在這個城市的「下層世界」中尋找失去蹤跡的舵手時，已失去了時間感。

㉛手稿原文是 come lo stelo di fioretto che s'inclina al vento。

㉜此處是什麼意思尚不清楚，但是大概指她在跳舞。

第六章 在學者中間

雅各一開始就聲稱他違背了自己的意願，被迫捲入了在刺桐舉行的討論會和論辯會。根據他的敘述，這樣的會議也有城市裡的一些學者參加，用一種書院的形式(a kind of Academy)定期會面，(這種書院似乎是)起到了一種制定法律的作用。主要的商人也介入這種書院之中，他們在這些學者中間作出具有抱負的新貴(arrivistes)姿態。我們看到那些辯論爭吵的士子，雅各似乎把他們的大部分人都視作「詭辯家」，分別歸屬於不同的派別集團，雖然對這一點並不足夠清楚。這樣歸類，大體上是按照政治路線來進行的。總的說來，政治路線似乎取決於關於城市應該如何管理、應該如何準備抵禦日益逼近的韃靼人的入侵等的分野相關。

對於當時的情況，我們從雅各所作的生動而簡單的敘述中，可以一瞥就裡。情況顯然十分複雜，因爲論辯和衝突的頭緒好像很多。除了如何(甚至是否)保衛該城等實際問題上的觀點有所不同之外，還存在新派和老派之間的道德衝突。老派認爲，是倫理的衰退和目的的混亂而導致了對傳統的放棄，白道古就是這種老派的一個領導者。此外，對於如何統治管理也有一場逐漸變得尖銳激烈的辯論。在這一辯論中，雅各說他本人發揮了一定的作用；而對於商業自由的價值，他們也有尖銳的矛盾，其中，「商人黨」和它的領導則採取了一種進攻的姿態。

但是，對刺桐日常城市管理的眞正本質，我們尚不能確定，因爲我們從雅各的描述中可以看出，它好像是一種「雙重權力」(dual power)的體系，其中，富商發揮了，或者說是努力要發揮出對該城的權力作用。似乎皇帝的官員和貴族的那種舊有秩序日漸分裂，而一種新秩序，一種令商人熱心並至少得到部分普通大眾支持的(如果雅各的敘述可以相信)的新秩序正在產生，而同時，蒙古大軍也愈來愈近了。

書院裡的仕紳賢哲按時會面。在這樣的會面中，雅各的講話論題很多，還特別(不大可能)談到了基督教信仰的錯誤行為(misdeeds)問題。此外，似乎還存在一種公眾大會(popular assembly)，或者至少是一系列的公共集會的萌芽形態。在這裡，該城各種具有衝突的辯論都公開提了出來，以便去發現一條可以使大家都感興趣的媒介通道(viamedia)。

不管雅各的這種敘述有可能多麼準確或者多麼渲染，不管怎樣，我們對南宋城市的學術活動和政治活動都得到了一種強烈的印象。它同等程度地反映了眾多對話者和雅各本人的道德觀、哲學觀以及政治觀；實際上，它在更大程度上反映的是雅各的觀念，因為幾乎對所有的論題，他的表述都是長篇大論(至少他自己宣稱如此)，或是加了簡短的旁白(brief asides)。

儘管該城處於「痛苦」之中，儘管雅各對他們有某些過分的成見，但是他仍然保留了他自己的商業興趣；儘管作為客人而受到主人的讚賞，雅各仍然一邊繼續採購，而在該城的下等生活中歷險之後，也一邊繼續完成他的宗教職責。

本章值得注意，因為我們可以一瞥中世紀歐洲猶太人的生活場景，看到猶太人、穆斯林以及基督徒三者之間的關係，聽到雅各在哲學和道德上對基督徒的信仰和行為所表達的鄙視。最後應該說，雅各不斷地打破了或者忽視了，中世紀特魯瓦的拉比所羅門・本・以撒(Solomon ben Isaac of Troyes, 1040—1105)的《塔木德經》訓諭，因為它原是告誡人們不應該把基督教歸類為「偶像崇拜」的，這一訓諭以「拉西」(Rashi)而聞名。在這一章結束有個關於猶太人最終命運的偉大預見(prophetic visions)。

現在，布卡祖普小姐和伯托妮女士在得知水手圖里格利奧尼去世的消息之後，痛哭流涕。李芬利告訴她們在哪兒發現了他的屍體，並告訴她們說，我，安科納的雅各，一個虔誠的人，如何冒著令上帝憤怒的危險，走到了該城最黑暗的地方，以便能夠發現他的究竟。布卡祖普淚如雨下，但是她也不斷指責我，李芬利則不合禮儀地過去安慰她，而那惡婦伯托妮卻宣稱說，她哭泣是因為圖里格利奧尼很早就同她有了孩子。

聽到這些話，我馬上走開，回到了我的船艙。我擔心聽到這種異教徒行事的劣跡，同時也哀嘆，我周圍的這些人怎麼這麼低賤。一個虔誠的人不應該接近不潔的東西，除非那是去拯救另外一個人的生命。這樣，我在船艙裡傷心地痛哭，痛哭我遭受了這樣的羞辱，先是我在黑暗的地方為所見到的一切而丟魂失魄，然後又聽到了這樣的惡行，我祈禱上帝，讚美祂，願祂保護我，使我的腳步向善向真，這樣我既可以獲得財物，也可以為他人服務，同時又不危及我的身體和靈魂。

隨後，我把經文護符匣分別放到我的前額和胸前，頌揚上帝吧，我決心畢生都忠於《托拉》的命令。這時候，我從納森・本・本・達塔羅的手中接到了一個東西，這是梅斯特里的亞布拉姆・本・萊奧(Abramo ben Leo of Mestre)，一位來刺桐的商人託他交來的三封信。他告訴我說，我的妻子薩拉一切都好，我的父親有點虛弱，我的女兒麗貝卡已經懷孕，我在坎貝塔的商務也繁榮昌盛。這是貝尼亞米諾・維沃所寫，感謝上帝吧。

這一天是基色婁月的第二十一天①，我同納森和阿曼圖喬一起，再次去購買高級絲綢，購買已經奉命送來的那種高級瓷器以及其他各種東西。但是在這個時候，我的心受到了某種幻象的折磨②，使我在路上每走一步都會想到，我應該馬上回我的祈禱室，以便背誦祈禱文。但是，我又擔心這樣做我的幻象就不真了，儘管這是上帝送來考驗我的忠誠，為此而讚美上帝吧。第二天是瓦耶謝弗(Vayeshev)安息日的前夕，我的痛苦更大，接下來是光明節(Hanukah)的前夕③，這樣我憂傷地哀嘆不已，因為不知道我父親是否已經去世，但願上帝禁止這樣的事情發生，他還是依然健在，我對此不斷地祈禱，然而總是在我的眼前看到和早先同樣的幻象。

這正是基色婁月的日子，這個瀆神的城市鬧嚷嚷一片，都在說這個城市的危險隨時都在增加。現在，追隨高貴的白道古一派的人也愈來愈多了，我關閉了我心靈的耳朵，不再去聽這些事情。此外，他們還說，支持商人的人因為白道古指責他們給這個城市帶來了危害，非常生氣，要求把他投入監獄。對所有這些事情，我決定全都不去理會，同時也不去理會布卡祖普的哭喊，也禁止李芬利去接近她。相反，我同我的兄弟一起在光明節以及米凱茲(Miketz)安息日④中都去盡我們禮拜式的職責。我在大燭台(Menorah)的光芒下讚美上帝，讚美祂使我的女兒有了孩子，我的妻子薩拉平安無事；我也祈禱，希望我的父親能夠得以解脫，願他的靈魂能夠安息，我在心中默默地誦著祈禱文。

隨後，忠誠的李芬利來到我這兒，他說，高貴的白道古府上的僕人捎話給他說，我是個虔誠而有學問的人，在人生的多方面都聰明睿智，請我去與該城的其他學者會面。他們習慣於每月的第二十天在他們的大廳中會面。這個大廳坐落在刺桐的和街(Street of Harmony)上。這種聚會是同這光明之城裡天子差遣的官員一起進行的，目的是擬就法律的條文，同時也為邀集那些他們稱作賢哲的人，諸如天文家(astronomers)、占星家(astrologers)、博學之士，以及那些通曉醫術和煉金術祕密的人，這樣他們可以交流各種智慧和經驗的成果。

這裡不准士兵出入，因為他們出身低賤，只有該城有名的賢哲士子和具有一定財富的商人出入其間。這些士子戴的帽子均有兩個長長的護耳，像驢耳朵一樣；那些商人雖然缺乏學識，但是也在其中走動，說是因為他們給該城帶來了大筆財富，任何地方禁止他們出入都是不公平的。然而其他國家的智慧之士，除非他們的學識受到蠻子(Mancini)的極大尊敬，因而應邀會面以外，否則很少受到邀請，我之被邀確是一種殊榮，對此，感謝上帝吧。

所以我對李芬利說，因為我的功德善行而受邀，我感到十分榮幸。聽了我的話，他通知了白道古的僕人。因此，我由該僕人和李芬利陪同，立即去了他們的聚會之所，去見識一下他們那些賢哲士子的智慧，去看看他們為該城在危難之際的疾病開出了什麼靈丹妙藥。

到了那裡，我發現他們已經準備了一場豐盛的宴會。李芬利告知我，這個宴會用他們的語言稱作烹龍炮鳳宴(to cook a dragon and to kill a phoenix)⑤，但願上帝禁止這樣的事情。我對此很擔心，害怕擺在我面前的是什麼不潔的肉食。我在我四周看到了他們稱之為明經(Mincini)的經學大師(great doctors of holy scriptures)，稱之為明法(Minfani)的法學大師，稱之為算學(suansui)的算學大師，稱之為詩學(sciusui)的文學大師。

這裡有人精通歷史，有人研究相面和泥土占卜⑥，還有某些巫師，像我們中間的人一樣，試圖探索長生不老的秘密，真是大為不敬。他們聲稱為達到這個目的已經準備了一種水銀，但是這對那些飲用它的人來說是非常危險的。

那裡也有一些人說他們是算命者，就像我們中間的一些不虔誠者一樣，但是卻沒有他們博學多識⑦。其中有一個人曾得到了天子的賞識，並為天子服務。此人比其他人知識更豐富，他帶來了一個星盤(astrolabe)，用來辨識星象、時間和方位。這些人作為占星家、星象家以及其他占卜者，對某日的星宿、數字和方位進行研究，根據其情況而説明人們應該作旅行、結婚、送禮或者與妻子同房等事情。

這些人裡面，有的似乎是科學方面的專家和學者，其他人則非常傲慢專橫，也有的不盡虔誠。他們那些人甚至於做到這樣的程度，他們如果不互相切磋一下何日為良辰吉日，就連房門也不敢邁出。確實，所有這些人都希望去了解未來，免災避難。在我們中間也有許多有學識的占星家⑧，但是並不像薩拉森人那麼多。當人的意志屈服於命運的時候，他就會認為自己的行為既非善也非惡，而是由控制著他所做那些事情的原因和結果的預兆決定的。

這樣，所有的是非都由星宿來管理——但願上帝禁止這樣的事情——而不是由上帝的法律來管理，讚美祂吧，是祂告訴了我們人類行為的善惡。正如有智慧的拉比摩西·本·邁蒙尼德，願他安寧，曾教導我們的，無論是人的靈魂，還是人的意志以及人的行為，都並非受天體運動和關係的支配——這種説法，只有那些迷信偶像崇拜的人才會相信。

然而，在光明之城的那些賢哲士子中，最令人害怕的是那些依賴預兆而生活的人，那些在傍晚預言來日的人。他們常常在晚上把預言寫在城牆和城門上，這樣，過路的人就可以在早晨看到它們了。但是他們並不比我們國家的村媪老婦好什麼，我們的村媪老婦，只要誰給她一枚錢幣，她就告知其未來。雖然如此，這些算命者在他們中間卻被視作哲人，儘管他們是假哲人，並不能區別事情的真假，並不能區別什麼是能證實的事情，什麼是因為違反理性，違犯自然，違犯上帝的意志而無人能誠心相信的事情。

這樣，就像我已經寫出的，在每月第二十天，所有的人都聚集在一起舉行一次會議或者辯論會，有時討論一個主題，有時討論另外一個。吃飯之後，他們也對面前的問題討論很長時間，對這種討論，他們都會認真地準備意見和演說。這是李芬利告訴我的。

他們在宴會之前，也相互談論他們的發現，或者帶來一枚從地下發掘的古幣，或者閱讀他們的新作，記錄他們對往事、對花鳥蟲魚以及對其他事情的觀察研究情況。他們用這樣的方法，正如在我們中間一樣，根據自己對真的判斷而作哲理思考。然而，據說他們常常因為傲慢自大，目空一切，所以只是說一些浮廓空洞的東西，既不言及上帝也不言及我們能感知的這個世界的本質。

有這樣的一個人，他的年齡比較大，帶著一種傲慢的神氣，人們稱他為博通古今義理之王子(The Glorious Prince of Doctrine in the Past and Present Worlds)⑨。他認為自己上知天文，下知地理，願上帝寬恕我說的話吧！然而，他對他身邊的人卻悄悄地哀嘆說，他沒有寫出什麼大作，並擔心他的聲名會沒世而滅；但是他在其他人面前，卻又大肆炫耀，裝作是他們中間最偉大的哲人。

此外，當他說話的時候，他總是帶著王侯般的樣子，所以，人們全都受了騙，相信他們是聽到了真理。但是當聽者認真考慮他所說的話時，他的話就顯了原形，因為他的話不過是徒有其表而已。就這種人說話的方式來看，可以說他們是巫師(wizard)，就像我的導師拉比雅各宣稱的那樣，願他安寧。因為僅僅從語言來看，聽衆會覺得他們聰明⑩，然而隨後所顯現的一切，卻並不怎樣聰明，也不怎樣深刻，僅僅是華麗的辭藻和空洞的姿勢，在人世上是不會留下任何痕跡的。

此外，這些賢哲士子相互之間攻訐得厲害，這是李芬利告訴我的。然而就像我注意到的一樣，他們相互問候卻非常友好親切，說是歡迎歡迎，一年好運，或者祝對方兒子能光耀門第，相互間問候致意，鞠躬，讓座。其實，這種禮貌都是假的。李芬利告訴我，仇恨在這裡佔據了人們的心靈，所以他們甚至還受到過攻擊，挨過打，這我後面還要說的。在衆人中有三個人十分聰明，遠勝於其他人，但是其他人因為充滿了嫉妒，對這三個人沒有多少信任。他們轉向這三個人，向他們求教，但是一旦得到了什麼良言善策，這些人就開始小聲地抱怨起他們來了。

這就是嫉妒的力量。在這種嫉妒心態中，人們對死亡的了解與恐懼戰勝了人的理性，使得每個人因為擔心他人名聲大振，因為擔心他人超過自己，便想方設法來毀滅他。這種嫉妒者，想到自己會一世無名，而他人的作品和行為則將被後人傳誦評說，就會憤憤不平，至於那些並不真聰明的詭辯家就更是這樣了。確實，甚至是最有智慧最虔誠的人也擔心他的名字會被遺忘⑪。但是，這裡有很多人都被仇恨和嫉妒導入了歧途，這樣，他們就用噁心歹意來對待那些最具有學識的人，對他們顯示了極大的怨恨。在這種時候，他們會掉轉身子，或者假裝不知道他們的作品，甚或不知道他們的名字，如果不是這樣，那麼就是惡毒地談論他們。這樣他們就會說，他們中間最聰明的那些人，其實是最不聰明的，或者說這些所謂的聰明者所獲得的知識，不是從偉大的賢哲那兒得來，僅僅是偶然的認知而已，因此這些人也並不是真正的學者。

所以許多人的臉上都帶著仇恨的跡象，因為我們可以看到，那種咬噬著他們心靈的東西，那就是嫉妒。這樣，有的人表面和善得像羊一樣，有的人則像狐狸和狼一樣。確實，他們的外表和內裡都由於邪惡的力量而變化⑫，因為這種邪惡可以使人的靈與肉全都扭曲。也有的人看起來很親切，有的像是農村人，似乎粗俗、無禮。有的人皮膚黑得像豬肝一樣，但願上帝禁止，有的人呼吸氣味難聞，有的人老得連牙齒也脫落乾淨了，而有的人又曲躬身體，像是遭受了巨大的不幸。有的人說話結結巴巴，有的人說話奇快，使得李芬利很難跟上他的說話速度。

然而也有的人說話沒有邏輯，有些商人也是如此，李芬利將他們的話翻譯成我們的語言時看來就是這樣。但是在這個世界上，虛假不實或者違反人情物理的話卻常常受到人們的歡迎，因為人們使用語言的力量會領先他人一步，使用欺騙的手段則會領先他人兩步。因此，我在這個地方所聽到的大多數不是賢哲的演說，而僅僅是詭辯家的演說而已。他們的這些演說並沒有什麼真理之光，不能用來指引他人前進。很多人說話既沒有分寸也沒有內容，就好像他們喜歡欣賞自己的聲音，而毫不留意他們城市的大難臨頭一樣。對一個賢哲來說，片言隻語其實就夠了，並不要囉嗦不停，因為他如果把同樣的話擴大增加，只會產生過失，但是很多人似乎都有這種缺點而無休無止。

相反，就像上帝所做的萬事萬物都具有理性一樣，人所說的一切話也都應該含有理性，正如我們的賢哲所教導我們的。因為語言文字是我們思想和心靈的標誌，如果這種語言既不能充滿智慧又不能告訴他人真理，那麼，這種語言文字就是我們思想和心靈具有缺陷的標誌了。

進一步來說，如果一個學者忽視了所有能為他帶來好處，或者為他的城市帶來好處的工作，同時又依賴他人而生活，那麼這樣的學者就是冒犯上帝和人了。因此，智者為了通過自己的教誨而贏得他人的尊敬，就必須通過他們的行為和語言來顯示他們的智慧，因為智者不但要敬畏這被創造的世界，而且要展現這個世界並更新這個世界[13]，這才是智者的職責。然而根據他講的話，他也可以得到他人的評價，正如我們的賢哲所教導的。

在他們中間也有一些真正的人，當忠實的李芬利把他們講的話翻譯給我聽時，我覺得他們的思想也像我們的學者一樣聰明睿智，但是其他一些人，採用一種使得智者臉紅的錯誤推理方式(syllogism)論辯。從他們的說話來看，他們有很多人都是詭辯家，推論笨拙，毫無趣味，就像風雷大作而沒有雨點一樣。而對於這前後邏輯不一致(two heads)的人來說，甚至最聰明的人也無法給他一個公正的回答。

然而這些刺桐人，帶著十足的傲氣，卻相信唯有他們擁有世界上真正的智慧，相信那些不知道的人比他們要差許多。這樣，雖然他們對我禮貌有加，也適合我的家世身分，但是這主要是對一個來自外國、不了解他們科學的人所作的姿態。

他們中間有一個星象大師叫史畢(Scipi，Shibi)，用他們的語言稱作欽天監(ciuncancien)。他真有學問。得到李芬利的幫助——願他安寧——我同他作了許多關於醫學、哲學和其他學科的談話。史畢在談話中說，天道和人道是一，宇宙之理立於萬物之上，而萬物之中人通過學習又成為主人。史畢說，這是一個人們忘記曾一度了解的道理，也是一個了解了它，和平就會在人世上成為主要力量的道理。

我回答他說，我們的先哲拉比摩西·本·邁蒙一直認為，理性是人所擁有的財富，也僅僅是人才擁有這一財富，因為在上帝創造的世界上，我們並沒有發現其他生靈擁有知識。此外，拉比摩西·本·邁蒙尼德也教導說，追求獲得理性是人發展的極致。因為只有通過學習知識，一個人才能夠接近神，才能夠生活得較之其肉體長久，頌揚上帝吧，通過了解上帝在祂的恩賜中讓我們能夠了解的知識，永遠去追求接近祂吧。

借助李芬利的翻譯，我對史畢談了很多。這時我們四周聚集了很多士子。史畢邊聽邊點頭，然後回答說，這種辯論和他們上一代人的那種辯論很相似。在這種辯論中，上帝的地位至高無上，但是唯有這種信念結束的時候，但願上帝禁止這樣的事情發生，和諧才能夠在人類建立起來。

我回答說，正是由於人有理性，人才成其為人，就像我們的拉比摩西．本．邁蒙教導的那樣。除了來自上帝，人的理性又能從哪兒來呢？當他明白了我所說的話時，史畢對我再一次點頭，並欠身示意，然後回答說，根據他們的哲人朱熹所說，理性不過是能量(energy)的外發(exhalation)——他們稱之為自然秩序之呼吸(the breath of the natural order)，根據他們的教導，從這種呼吸中產生了道德真理。

對此，我在明白了他所說的話以後回答說，不但我們所擁有的道德真理是來自上帝通過我們的導師摩西而傳給我們的話，而且自然秩序本身也是上帝所創造。對此，史畢帶著大不敬的口吻大笑不已，但願上帝禁止這樣的事情，他並沒有作進一步的回答，因為他不知道說什麼為好。

既然這些士子大多數都是遵從光明之城最強者的觀點，不管其見解的是非真假，所以在他們中間所謂的智愚之別就打了一個大大的問號了。如果一個富人持有一種觀點，即使這種觀點是錯誤的，他們也會欣然接受；但是，如果一個人並不富裕，並沒有權力，即使他宣稱他們私下裡知道的東西是真理，那麼，他們也會反對他。樂意去否定那種他們知道是善的和真的東西，代之以他們知道是惡的和假的東西，以迎合他人，他們的願望就是這樣，但願上帝禁止這樣的事情。

但是他們並不滿足於這樣的偽善(hypocrisy)⑭，而是在萬事萬物中挑刺尋錯，因為在他們的黃色眼睛看來，一切事物都呈現黃色。在他們看來，某物太過，某物太不及，除了他自己的判斷，沒有什麼東西正好合適。他們的眼睛不管轉向什麼地方，都能發現存在著令他人不快的東西。因為沒有信仰，他們的思想從來沒有固定之所，難以安寧。他們堅持認為，欠缺的並不是他們，而是他們生活的時代，同時他們又將自己投入太多的各種事務之中，讓他們所擁有的各種東西攪亂自己的思想。

他們很少有人去把事物的特性作為一個整體來思考，比如對這個城市的痛苦和混亂的認識就是這樣，相反，他們每天都花大量的時間去相互品評。因此，他們為自己造就了一個荒涼的世界，卻為這世界的荒涼而責怪他人。

此外，他們不但相互之間用這種禮貌問候致意，顯得他們都非常熱情友好，就像我所寫的那樣，而且許多人都期望僅僅用他們的行為就讓人們把他們當作智者。這樣，他們和我們的賢哲不同，竟認為一個人不出門就可以全知天下事，不作觀察就可以了解一切，不作思考就可以聰明睿智。

進一步來説，他們許多人口頭上説人應該平等，實際上卻貪婪地追求更高的地位和榮譽。這個城市就這麼盲目地轉來轉去，沒有人能夠區別誰是誰非，理性也不能起到主導的作用，甚至對智者也是如此。相反，他們對爭執不休卻都顯現了極大的熱情，這樣，無論賢愚，全都投入了攻擊之中，好像人人都沒有責任心和良心。

前面我對宴會已略有描述。宴會共設了八張桌子，每張桌子上擺了三十個盤子。當一切都吃完之後，人們又開始講話，又投入爭吵之中。在這些爭吵者中，有的是高貴的白道古的派別，有的是商人的派別，但是其他人則又什麼也不是，只是聲稱，無論如何，君子不黨⑮。

他們不但要陳述他們的辯論和意見，而且要猛烈地抨擊他人，每一派好像都非常蔑視其他派別。這樣，他們從小聲嘀咕開始，然後就互相大喊大叫，很快就像狼一樣地狂吼起來，這樣他們每個人才可能比別人顯得強一點。

每一個黨派都不想去傾聽他人的意見，而是對對方進行詛咒、攻擊、謾罵，比如說這個人的兒子將是竊賊或那個人的女兒會是婊子。相互毫無羞恥地罵對方為烏龜，一個說對方是啞巴，夢見其父親死了，但願上帝禁止這樣的事情，雖然想說出他的夢境，但是卻講不出來。另一個則反脣相譏，說對方像個瞎子，打著燈籠，讓人們覺得好像他能看見一切的樣子，而實際上卻什麼也看不見。同樣，這個人又說對方是緣木求魚，另外一個又說他像一隻老鼠，咬文嚼字，卻什麼也不了解，只能毀滅真理。忠實的李芬利就是這樣翻譯他們發火時所說的話的。

他們作這麼大的詛咒，聽起來真令人吃驚，甚至願對方身體腐爛，或者雙腿折斷。即使是年高德劭的士子，也投入到了你死我活的爭吵中，毫不希望在他們中間作什麼調和。

這樣，他們開始揮動老拳擊打對方。他們關於白道古的論斷以及這個城市的情況辯論得非常激烈，有一個人因為極其憤怒，甚至將另外一派的人打倒在地，看著他倒下而大笑不已，願上帝寬恕他們吧。有個人將對方打翻在地，還去抽他的嘴巴，但願上帝禁止這樣的事情，他們就是這樣攻擊的。這是我在動物中，也是在人類社會中，從來沒有見過的令人噁心的事情。還有一個人，他遭受了最大的傷害，臉和鼻子都被打傷。另外一個人，兩隻胳膊都被打傷。最後，一位名叫安禮守(Anlisciu，An Lishou)的大商人用手掐住另一個人的脖子，這人是高貴的白道古一黨的士子，他的臉白得像蠟，我——安科納的雅各——站在他們中間勸架，讚美上帝吧。這樣，他們全都沉默不語了，好像他們為在一個陌生人面前做出這樣的舉動而羞愧不已。

然後我對他們說了一些話，李芬利將這些話翻譯了過去：「你的對手倒在地上並不是什麼令人快樂的事情，因為我們的賢哲埃利埃澤爾·本·以撒就是這樣教導我們的，願他安寧。當對方被打倒的時候，你不要高興什麼，上帝會看見的，頌揚祂吧。如果上帝看見，祂會大發雷霆的。」我說了這些話，看見他們對我的直言不諱驚奇不已。我心裡有一些害怕，因為我在他們中間畢竟是一個孤獨的陌生人。

但是，其中一個在場的士子說了下面一段話：「人們會錯認為你膽小怕事。這是因為，如果你是我們國家的人，你的意見將會受到更多的注意。進一步來說，我們對其他地方來的人，傻瓜也好，智者也好，都已經習慣了。我們也知道你們中間誰真聰明，誰真愚蠢。」他說了這些話之後，對我深深鞠了一躬，讚美上帝吧，所有的人都走了。我感謝上帝，是祂讓我說了這些話，這樣，我就在中國的土地上贏得了聲譽。

瓦伊加西(Vayiggash)安息日⑯之後，在特維特(Tevet)的這些日子裡，威尼斯的埃利埃澤爾、拉扎羅·德爾·維齊奧以及納森·本·達塔羅，願他們安寧，準備動身去行在。行在當時是中國的首都，皇宮在那兒。

從光明之城到行在有二十天的路程，但是沿途的道路常常是崎嶇不平，難以行走。幽深的森林中也常常有強盜出沒，水流湍急，幾乎不能通過。高山峻嶺中還有許多獅子⑰、猞猁、豹子以及其他野獸出沒。所以旅行者要在這個國家作長途旅行是非常危險的，除非集體行動才好一點。因為獅子非常危險。確實，路上好多遇難者都是商人，成為野獸口中的獵食，但願上帝禁止這樣的事情發生。

此外，我在選購商品時習慣一個人獨往獨來，去發現最能獲利的地方，不要陪伴，或者只要一兩個幫手，免得其他人並不懂什麼就能從我的判斷中得利，所以我對他們說，我不陪伴他們去了，只想在光明之城四周走動一二。在光明之城四周，一切希望得到和需要的東西其實都可以發現。這就像我後面會談到的那樣，在距離刺桐兩天的路程中，有許多城市和城鎮，有很多貿易的場所也大有利潤可賺。

此外，我非常怕毒蛇，這種東西沿途都可以見到。我也非常害怕危險而傷人的猴子，它們的臉像狗和狼，人們經過那裡就會受到傷害。然而在所有的動物中，我最害怕的卻是臉像人一樣的猴子，它們令過往客人膽戰心悸。因為它們實際上不像野獸而像人，但願上帝禁止這樣的事情。確實，就像我們的先哲所教導的，這種危險動物來到世界上，是因為世人褻瀆聖名造成的，讚美上帝吧，頌揚祂吧。在中國南方人中間，偶像崇拜是那麼厲害，一個遊客如果在户外露天度過一個晚上，他可能擔心自己會被什麼東西活活吃了。因此，為了向過往行人展示這種危險性，沿途都擺放了一大堆骨頭來警告他們。

但是，我還非常害怕路上會碰到韃靼人。也害怕天子年事已高，有可能去世，一旦真的如此，人人都會自危，攜帶大量財物上路的人就更是如此了⑱。但是，埃利埃澤爾和拉扎羅卻多次催促我，讓我同他們一起去。對他們的催促，我使用我們哲人的話回答說，智者不尋找王宮。此外，我與他們保持距離，也是因為我受到了該城賢哲的邀請，要去他們那兒，以便說一說我們的國家和信仰⑲，這樣在這片土地的聰明人中間，我就能獲得更大的榮譽，為此，讚美上帝吧，所以我沒有告訴埃利埃澤爾和拉扎羅多少實話，願上帝寬恕我吧。因此，在對納森•本•達塔羅作了一些指示，比如希望他購買哪些珍貴物品等等，然後我就把心轉向上帝，頌揚祂吧。在特維特的第十五天，在安息日的祈禱又一次洗滌了我行為的邪惡之後，感謝上帝吧，我同李芬利一起，又去了那些賢哲的大廳，以便在那兒說一說我們的土地和世界，這是他們要求我宣講的話題。

在這裡，我再次發現該城的許多士子聚集到了一起。這些士子對我都非常尊敬，說我先前說的話平息了他們的爭吵，是給人啟迪的良言，比他們中間任何人講得都好。他們希望從我這兒了解一點我們城市的生活情況，了解猶太人的遭遇，了解基督教土地上的薩拉森人以及其他各種事情。

有一個名叫何祝申(Ociuscien，He Zhushen)的人，是他們中間的德高望重者，他們稱他為賢智博識(Sciansciuposci)。這位何祝申說了許多讚美我的話，說我是具有高貴家世的大學者，然後邀請我說話。於是，我說了下面的話：「我將就我所知，就我所能，通過翻譯而談論一切，我請求各位長者能原諒我語言的貧乏。高貴的白道古無疑是一位智者，我從他了解到，你們的城市正處於危險之中，所以，在這一段時間裡來說話，我擔心會引起你們的不快。」

「我絕不會狂妄地認為，我能夠教給諸位這樣的博學之士任何諸位尚不知道的事情。因為在這裡可以發現那些相信是全城最聰明的人。就這個城市的財富和你們的辛勤努力來說，它確實是世界上最偉大的城市之一。我父親的家鄉名叫安科納，是一個非常小的城市，在那兒，我們的人民已經生活有一千年之久了。我們安科納城市的人民靠貿易為生，它是一個大港口，有大批的船隻到那個地方去。安科納的人民並不聽從國王的統治，而僅僅由主要的市民所選擇的那些人作為他們的執政官。」

「但是，在這些主要的市民中間卻沒有任何猶太人，雖然猶太人中間有一些人既是貴族也很富有。這些主要的市民不允許任何猶太人管理該城，他們說這是羅馬教會的命令。但是，我的那些兄弟卻可以自由地來去，可以同任何他們願意的人貿易往來，因為我的兄弟在這個國家的製造業和商業上非常有經驗，擁有大量的財富如船隻、土地和其他東西。在我們這些大小商人中間，有釀酒商和麵包師、染業和縫紉等的服裝工人、金屬業的金匠和銀匠，也有漁民，在我們中間也有窮人，願上帝幫助他們。」

「就我們的語言和生活方式來說，我們和基督徒並沒有多少不同，我的許多兄弟也有基督徒夥伴、僕人、保母乃至廚師⑳，同他們甚至居住在同一條街、同一所房屋。我們也從他們那兒購買雞蛋、奶酪，他們從我們這兒購買肉食品。我們把磨坊借給他們使用，他們把壓榨機借給我們。他們把我們的服裝清洗乾淨，我們為他們的衣服染色；我們也去他們的製革工人那兒，讓他們把生皮革製作成我們的律法卷軸，為上帝對其子民的慷慨大方而讚美上帝吧。此外，我們對他們的窮人也頻有善舉，就像對我們的窮人一樣，雖然他們並不是這樣去做。」

「雖然這個城市的貴族對我的兄弟顯得很友愛，甚至他們的一些教士也是這樣做的，願他們安寧，雖然該隱的標誌，也就是說作為猶太人的紅色標記，我們並沒有把它放到別人很容易看到的地方，而是放在我們的衣服裡面，這樣人們難以發現，但是，基督教會的意旨卻恰恰是要把我們同我們的鄰居區分開來。」

「按照道理，我將來談一談這件事，諸位，在國王的善意保護下，就像在安科納那樣，我的兄弟可以和平地生活，我們可以根據我們的律法來管理我們的事務，這個律法就是《托拉》。我們有自己崇拜的地方，此外還有精神法庭(spiritual court)、醫院和其他地方，讚美上帝吧。然而，如果一個新的貴族或者教士像折磨我們的哈曼(Haman)一樣來到我們那兒，但願上帝禁止這樣的事情吧，我們就沒有人能知道自己的命運將會是什麼了。當大衆為每一次不幸，每一次瘟疫，每一次人或者動物的疾病而譴責我們，我們也感到心情非常沉重。」

「在基督徒的土地上，有些地方，比如在波希米亞(Bohemia)和伯貢迪(Burgundy)，我的兄弟甚至被他們的一些國王當作人質，願這些國王遭到詛咒吧，並且在他們中間被來回地交換，直到已經沒有了人的用處，才像野獸一樣被拋棄一邊。但是在我們的土地上，猶太人可以像他們一樣地生活，為此而讚美上帝吧。不過，一個教士常常會聲稱，我們來到他們中間會玷汙基督徒的生活，他們試圖使我們改變信仰，但願上帝禁止這樣的事情，強迫我們去傾聽他們反對我們的布道，甚或將我們從他們中間驅趕出去。」

想到在這個世俗的世界上我的兄弟的悲傷，想到那些嘴上說愛之信仰之人的殘忍，我痛苦至極，一時間裡我說不出話來。商人安禮守聽到這裡，站起來說：「在下懇請大人更多地談一談有關基督徒對猶太人以及猶太人對基督徒的情況，因為我們對其真正的原因知道甚少。」

對此我作了下面的回答：「諸位，基督徒在他們中間說，他們所崇拜為偶像的人是猶太人的王，然而猶太人卻知道並沒有這樣的王。進一步來說，他們之間也宣稱，在世界的末日，我們的人民會得到這同一個彌賽亞的拯救，願上帝別讓我再說這褻瀆的話吧。但是同時，他們的修士又布道說，我們是墮落的人，是步入歧途的人，是受詛咒的人，因為我們沒有對基督教的猶太人上帝俯首下跪，讚美唯一的上帝吧。」

「這真是從來沒有過的邪惡和愚蠢，因為在我們國家的城市中，國王和貴族，還有一些教士和普通人，都尊敬猶太人，都保護我們，以免那些仇恨我們的人殘害我們。因此，他們允許我們打破那些會使我們苦惱的法律，甚至來我們的家中拜訪，同我們一起友好地吃飯，允許我們的學者教授他們的子女。確實，我們對那些詢問者和求知者教授我們的語言，傳授我們各種方法的特點，這樣，甚至在基督徒中間也有人皈依了猶太教，儘管他們會遭受痛苦，會遭受失去生命的危險。但是，就好像我們的導師摩西•本•邁蒙教導我們的，按照我們先哲的命令，愛他們甚於愛我們自己，因為我們明白，他們是自願選擇成為我們中間的一員的，而我們則是上帝的選民，崇仰祂吧，頌揚祂吧。」

安禮守聽了我的話以後，低首致意，然後坐了下來，未再說話。另外一個士子的名字是樓來光(Lolichuan，Lou Laiguang)，用他們的話被稱為明心修性(Mincinciuxcien)。在他們中間，他因為學識淵博而受到尊敬。這時他站了起來，說道：「欣聞這位虔誠的博學者是一個聰明的人，不才向他致意。這位賢哲聲稱，在基督教的土地上，基督徒中有些人在了解猶太人的生活之道後，皈依了猶太教。但是就像你所斷言的那樣，既然基督徒反對猶太人，譴責他們的過錯，那麼，為了逃避痛苦和死亡，難道沒有很多猶太人會屈服而成為基督徒嗎？」

在通過李芬利的翻譯而明白了他的話以後，我回答他說：「天哪，願上帝憐憫我們吧，我有些兄弟確實這樣做了，他們或者是為了自己，或者是為了他們的兒子，因為他們並沒有力量來抵抗。他們成為基督徒，並不是出於他們的心意，僅僅是他們嘴上說說而已。」

但是在這樣回答以後，我因為以色列遭受的痛苦而控制不住自己，再次哭了起來。對此，前面說到的樓來光問道，一個猶太人在看到基督徒的十字架時，心中是怎麼想的？對此我回答說，他在心裡是畏縮的，因為猶太人明白這是那個人的偶像伸展在十字架上。那些誹謗聖名的人，讚美上帝吧，宣稱說那個人既是我們的彌賽亞，但願上帝禁止這樣的事情，也是上帝之子，願祂寬恕我吧。這是違反理性法則，違反自然法則，也違犯上帝的神聖的，頌揚祂吧。基督徒又說，他們的偶像是被我們殺死的，但願上帝禁止這樣的事情，堅持認為我們是奸詐的，然而這並不是我們而是羅馬人所做的行為。他們又說我們是高利貸者，然而在我們的導師摩西的律法中，我們是禁止放高利貸的㉑。

「進一步來說，基督教宣稱的律法並不是他自己的律法而是上帝給予我們的律法，比如人不能殺人或者搶奪，不能通姦或者作偽證。既然知道基督徒從我們這裡了解了上帝的意旨，我們不是義正詞嚴地說，基督徒應該禁止對所有按照上帝的形象創造的一切作惡，停止搶劫他們擁有的財物嗎？」

對此，商人安禮守站了起來，鞠躬示敬，然後謙恭地問道：對一個猶太人來說，在基督的教義中，哪一條教義是最不值得相信的？對之我極其憤怒，願上帝原諒我吧，便回答他說，否定感覺，或者反對理性、自然以及上帝的意志，比如神轉成人身(incarnation of God in man)，比如一個女子沒有同男人發生關係就生了孩子等等，這都是沒有價值的。安禮守聽到這裡，一躬到地，又一次謙卑地回答道，他希望我在他們的城市中可以幸福並獲利。然後他要求我對他們簡單地講一講上帝的本質，讚美祂吧。

因此我說道，上帝既不是一個肉體，也不是肉體中的一種力量，也不能擁有肉體，也不能有肉體的化身，頌揚祂吧。但是基督徒，因為是偶像崇拜者，錯誤而不敬地給上帝賦予了實質和位置、質和量、關係和時間，因此而給不可說的名字賦予了一個偶像的軀體，願崇高的上帝寬恕我說這樣的話吧，願祂對這個世界的猶太人和異教徒慈悲和憐憫吧！

這樣，他們把聖一看成好像就在天上，而我們僅可說，主是我們的上帝，主是一。但是，如果我們說上帝的手或者臂，這並不是說實質或者肉體的東西，而是一種由字詞組成的形象，我們用這個形象，通過我們的肉體之口來表達一種非肉體的力量。

同樣，當我們說到上帝的聲音，這可以通過我們的導師摩西的耳朵聽到，但並不是指上帝實際上的聲音，而是指由上帝給人們實際上的感官所傳遞的聲音。對這些感官來說，因為它們力量甚微，僅僅可以聽到和看到一些具體的事物，就像人的理解力不能把握上帝的話一樣，除非上帝的話和人的思想所能夠了解的東西吻合一致。因此，當神聖的一宣稱祂無所不見，說到祂的眼睛，這並不是因為祂是一個實體的存在。但是人就是這樣認為的，因為他們知道眼睛是人類視覺的棲身之所，所以也就這樣來理解上帝語言的意思了。但是人自身並不能通過這種手段來描述或者勾勒上帝，因為這些偶像的製造都是上帝禁止的。

商人安禮守又一次站起來，詢問是否一個基督徒可以通過其他手段，製造一個相反於猶太人教義的上帝偶像。對此我回答說，當他把整個一生都投入到祈禱中去的時候，他可以這樣做。因為和其他人一起完成我們世俗的工作，才是真正崇拜上帝。這種崇拜上帝，較之一個人日日夜夜地祈禱，就像基督徒在他們的傳統習慣中偶像似地崇拜上帝做的那樣，那要更加完善。因此我們會問，誰會到天上去為我們帶來這種工作的職責，以便我們可以聽到它且完成它？對此我們的哲人回答說，正是那些在這個世界中一生都恪守義務的人，才是把上帝的真理帶給了人類的人，而不是那些迴避這一職責、只想著自己靈魂的人。

對於這個回答，安禮守顯得十分滿意，他深深地鞠躬，對我的智慧表示感謝，讚美上帝吧。

現在，另外一個人站了起來，他是光明之城的一個法官(judge)，名字是高瑤(Gao Yao)。他的年齡比較大，脖子帶有甲狀腺腫的樣子。他笑著問我怎麼看待薩拉森人或者穆罕默德教徒，而較之基督徒，他們是好一點還是差一點。這在眾士子中間引起了一陣大笑，他們都聚集在一起聽我的話。對於我所得到的這一殊榮，感謝上帝吧。

我回答了下面的話：「薩拉森人是我們的兄弟，因為我們都是亞伯拉罕的後代，願他安寧，我們中間也很少有人不能說他們的語言。因此，我們能夠同他們自由地交談，這一點法蘭克人是不行的。進一步來說，既然我們和他們都堅持上帝是一，我們在信仰上也都是兄弟，而我們和基督徒以及其他偶像崇拜者就不一樣。基督教的教皇因為我們恨他們的偶像而同樣怕我們，把該隱的標記強加在薩拉森和猶太人身上，這是一個對我們都同樣沉重的東西，願上帝把這樣的負擔從我們的身上移開吧。」

「在男子的割禮問題上，在討厭偶像和豬肉的問題上，以及在尊崇聖城和肉非自己所殺者不吃等問題上，薩拉森人也同意我們的觀點。因此，我們的哲人宣布道，在薩拉森人家中，如果一個猶太人非常飢餓，而且又找不到其他好的肉食，他甚至可以吃他們家的肉食。因為薩拉森人不但厭惡豬，而且在他們認為合適時，也把牲口的血抽去。所以我也在他們中間吃飯，但是僅僅是在我非常飢餓的時候，如果有任何不潔之物沾了我的唇，願上帝寬恕我吧。」

商人孫英壽(Suninsciou，Sun Yingshou)財大氣粗，人們都害怕他。他這時站了起來，雙手交叉，顯得十分專注地對我說，希望進一步了解薩拉森人和猶太人反對偶像崇拜的論辯。

我回答他說：「在整個世俗的世界上，只有猶太人和薩拉森人不作偶像崇拜，讚美上帝吧。除了基督徒之外，其他所有的人都在木頭和石頭的形象面前匍匐，用他們的手指崇敬地輕觸此雕像，然後他們仰望上天，或者一聲長嘆，或者把鮮花以及其他供品擺在他們的雕像前面，他們甚至相信，只有這樣的雕像和偶像才可以為他們免災解難祛病延年。這就是他們的偶像崇拜，不去崇拜並不具有人類和其他形式的唯一的上帝，而去崇拜褻瀆地固定在聖壇或者王座上的人工作品。」

我，安科納的雅各，就是用這樣的形式，帶著對主的敬畏而說話。這個城市的士子非常驚訝，好像不知道說什麼才好，因為他們靜靜地傾聽我的話，而在他們身後卻作一些小聲的私語。

我繼續說道：「諸位，薩拉森人常常對我的兄弟表示友愛，所以在他們的土地上，甚至建築清真寺也靠近我們的祈禱室，也遵從我們的許多習慣和方式，就像我曾經談論到的那樣。然而，在過去的時間裡，人們都知道，他們的祖先崇拜太陽，但願上帝禁止這樣的事情。此外，就像我們的導師摩西・本・邁蒙所說，沒有誰對以色列造成這樣的傷害比以實瑪利(Ishmael)部落更大，以實瑪利部落就是崇拜穆罕默德的那些部落㉒。」

隨後，他們中的另外一個士子站了起來，憤怒地大聲說我是一個忘恩負義之人，因為他聽說，猶太人的一些有學問的著作，絕大部分都是用阿拉伯語所寫，而不是用我們自己的語言所寫，所以，就像中國人一直認為的，我們是同一個民族，是同一種思想。對此我回答道：「確實，先生，他們的教學形式有一些和我們很接近，這是因為他們比基督徒更有學識，所以他們對我們顯現了比基督徒更高尚的靈魂，而這些基督徒是把我們的《托拉》扔進火中的㉓，願上帝保護我們吧，願在地獄中懲罰這樣的違犯戒律者吧。然而，猶太人對薩拉森人的信任程度並不高於對基督徒的信任程度，它們中每一方，當它陷入狂熱狀態之時，都會遷怒我們。」

聽了我的話，另外一個士子站了起來，他大聲地說道，他聽說猶太人是因為擁有大量的財富，所以才生活在薩拉森人中間而受到他們的尊敬和愛護，才像兄弟一樣的。我回答他說：「確實，在薩拉森的一些土地上，我們贏得了最高的地位和讚賞，在基督教的土地上也是這樣。因此，在塞繆爾・哈－拿吉德(Samuel Ha-Nagid)的時代，讓我們為他祝福，有一個猶太人曾經像是真正的國王一樣，統治過薩拉森人在西班牙的一個王國。但是，阿拉伯的哈里發們把基督徒和猶太人全都趕出了他們的土地，就像薩拉森人在離開聖城時，毀滅對猶太人以及基督徒來說都同樣神聖的地方一樣，願上帝把詛咒全部降臨到他們身上吧。而猶太人也深深地記得，薩拉森人以死亡的痛苦和折磨來改變猶太人和基督徒的信仰，把那些堅強不屈的人放到刀尖上。我們城市的人民，如果他信奉猶太教或者基督教，也必然會記得薩拉森人糟蹋了財富，既不寬恕婦女，也不寬恕兒童，願他們安寧。」㉔

聽到這些話，商人安禮守再一次站起，帶著一種兄弟般的風度，為此讚美上帝吧，他說，既然薩拉森人是猶太人和基督徒的共同敵人，那麼在他們之間就肯定需要更多的愛。

聽到這一點，我很生氣地說，基督徒對猶太人的愛不會由於這樣的事情而增加，這是因為他們之間的靈魂不同。

因為我這樣說話，所以也有人說道，全部薩拉森人都惡毒地反對基督徒，倒過來也是這樣。但是這也不是事實，因為各地商人之間的兄弟關係就可以證明這一點。同樣，全體薩拉森人和基督徒都惡毒地反對所有猶太人，而猶太人也反對他們，這也同樣不是事實。然而，我曾聽一個基督徒說，薩拉森人和猶太人都渴望殺基督徒(thirst for Christian blood)，因為每一方似乎都相信，其他幾方，不管在一起還是分開，都會有意傷害他們。

但是同樣真實的是，在薩拉森人的眼中，猶太人和基督徒都是異教徒，這些異教徒也都受到了薩拉森人的攻擊，就像受到哈里發奧-哈金(Al-Hakim)以及柏柏爾人(Berbers)國王的攻擊一樣㉕。然而在基督徒的眼中，我的兄弟是同薩拉森人一起祕密地行動，為的是對基督教信仰造成危害。但是這也不是事實，因為薩拉森人的《可蘭經》禁止穆罕默德信徒甚至同猶太人或者基督徒有任何友誼，以免穆罕默德的信徒會成為他們中的一員。

誰不知道薩拉森人和基督徒在他們沒有互相殺戮的時代，曾經攜手攻擊我們？因為即使我的兄弟同他們友好地在一起居住，在一起貿易，他們中相互有很多的夥伴，比如同弗斯塔德、埃登特、亞歷山大海岸，以及其他薩拉森土地上一些大商人的貿易往來，同那些阿拉貢、瑪爾西格利亞(Marsiglia)、熱那亞，維尼吉亞(Vinegia)以及其他基督教城市有貿易往來，也同樣如此。進一步來說，每一個城市都分別去殺戮我的兄弟，願上帝讓他們的靈魂安寧吧，比如在梅迪那(Medina)，穆罕默德教的最初時期，由先知的命令，以色列的兒子們就被放到了刀劍之下。誰不知道在約瑟夫・那吉德(Josef the Nagid)的時代，我的兄弟，願他們的靈魂安寧，在安息日遭到了薩拉森人的屠殺？願詛咒的雨水灑滿作惡者全身㉖。

然而，薩拉森人稱我們是他們的兄弟(在亞伯拉罕家)，因為薩拉森人的祖先以實瑪利是亞伯拉罕的長子，以撒──願我們尊敬他吧，又是我們自己的祖先──的長兄。但是薩拉森人在他們的經文中說亞伯拉罕不是猶太人，願上帝寬恕我，但是也不是偶像崇拜者，但願上帝禁止這樣的事情，因為他在心中投降了上帝。無論如何，薩拉森人因為不像基督徒那樣是偶像崇拜者，可以公正地說他們是我們的兄弟，他們也在他們的聖經──讚美上帝吧──否認猶太人殺死了那個人，對此，願上帝，崇高的一，也用祂的正義來保護他們吧。

隨後，我繼續說道：「但是，基督徒擔心薩拉森人是所有民族中最偉大者，因此，征服他們就成了他們的虛榮理想。基督徒希望韃靼人和他們聯合一起來反對薩拉森人，韃靼人從他們這一側，而基督徒則從他們那一側，兩邊夾攻。薩拉森人在知道這種策略的時候，更加急切地去使自己成為大汗(the Great Cane)的顧問，這樣，大汗就不會同基督徒一起來反對他們了。諸位，我得知在上都韃靼主人的朝廷上，薩拉森人具有對大汗的影響力，有的人甚至宣稱，大汗受到了他們占星家以及控制其所有財富的薩拉森人的蠱惑，所以就對他們有幾分畏懼。」

聽了這些話，對此而讚美上帝吧，該城的一個非常有名的士子大聲地說我說了真話，所有這些事情也都是衆所周知的。對此，他們中間有些人大笑起來，而另外一些人，他們是絕大部分，則催促我繼續說。他們中間主要是商人安禮守一派的人，在我的命令下，忠誠的李芬利利用他們的語言十分優雅地對他說了一些話，安禮守在聽了以後非常高興。因此，我說了下面的一段話，有些士子静静地聽，其他人則在他們中間小聲私語。

我說：「基督徒夢想可以使韃靼人皈依他們的信仰，這樣，他們就可以共同來戰勝所有的薩拉森人，十字架的標誌也可以在地球的各個地方看到，這是上帝禁止的事情。」

「因此，要當心，那些來到大汗的國土上的法蘭克人一心想把穆罕默德的信徒趕出這個世俗的王國。進一步來說，他們帶著虛榮的理想要達到這種不虔誠的目的，主要是因為，雖然有人說法蘭克士兵較之薩拉森人要好，但是，薩拉森人在穆罕默德的名義下顯得極其殘忍，甚至比基督徒更願意為他們的信仰而獻身。」

「但是，如果薩拉森人統治一切基督徒的話，那麼就會比基督徒統治他們更加令人厭惡。因為他們人人都同樣惡毒地對待對方，而兩者又都惡毒地對待猶太人，就像我曾經說過的那樣。確實，猶太人既不希望在這一個也不希望在那一個的統治之下，因為基督徒對我們產生了極大的傷害，而薩拉森人則是嫉妒我們。對我們的尊嚴，他們稱之為傲慢；對我們的謙恭，他們又稱之為卑汙；我們對他們的憤怒，他們則稱之為叛逆。」

對這些話，光明之城的士子們聽了之後都很贊同，讚美上帝吧。這樣，我感到自己成為一個能正直地為上帝和祂的子民服務的人。隨後，何祝申再一次站起。他因為了解了各種各樣的信仰、教義，講話中對我讚美有加，對此，感謝上帝吧！他對旁邊的其他一些士子說道：「在下㉗雖然甚少了解猶太人的事情，因為沒有誰的學識可以同大人的學識相比，但是在下也知道，亞伯拉罕是你們信仰的創造者，亞伯拉罕之後是摩西，摩西建立了律法，寫就了神聖的著作。在漢明帝(Migti)時代，我們稱摩西的追隨者為大秦國(tachincho)，後來又稱作西胡(ciuhu)。這些摩西的追隨者從西域(Siiui)來到我們的土地上。但是也有人說，他們甚至是在周朝(Ciou)就已經來了㉘。也有人說，西胡以及先知穆罕默德的信徒是同樣的人，難以相互區別。因為他們說，他們都是回人(oui)，猶太人則是吃肉不吃筋腱(nerves and sinews)的回人㉙，而穆罕默德信徒也是同樣不吃豬肉的回人。」

但是，我聽了這種話卻認為這不是事實，猶太人和薩拉森人並不是同樣的人，雖然猶太人也不吃豬肉，讚美上帝吧。然而另一個士子，一位姓張(Cian，Zhang)的人，卻無知地說，猶太人敬天，這和中國人是一樣的，並說《托拉》的真正作者是亞伯拉罕，願上帝寬恕我的這些文字吧，他又說在漢明帝時代，猶太人把大印度的服裝獻給了這位皇帝。

我回答這位姓張者說，他並不真正了解我們的人民，但是因為他是個詭辯家，馬上發了脾氣，大聲說道：「我們知道，你們的律法是要敬天，要光宗耀祖，要尊敬死者。總之，你們相信為國王服務就是對父母盡責。你們和我們其實並沒有多大的區別，你們的安息日在很久以前，在比亞伯拉罕的時代還要早的時代，我們也同樣遵守；你們使用的語言字母也像我們周朝的文字。我們也知道，在你們的土地上，農耕、商業、法律以及戰爭等等都取得了傑出的成就，各種忠誠也都得到了高度讚賞。」

我回答姓張者如下：「你的話有的是事實，有的只是部分事實，有的則是謬誤，因為我們並不崇拜天，但願上帝禁止這樣的事情。我們在戰爭上無傑出的成就，也不尊敬死者，我們的安息日在我們祖先亞伯拉罕時代之前也沒有其他人遵守，願亞伯拉罕安寧，我們的語言也和中國人的語言不一樣。」

隨後另一個士子站起來說道，猶太人和薩拉森人是一樣的，他們有同樣顏色的眼睛，都是鷹鉤鼻子，都同樣恨豬。人們對他的話發出了一陣大笑。

我回答他說，猶太人有著和其他人一樣的眼睛，鼻子不大不小也很合適。我們並不恨豬，雖然它是不潔之物，僅僅是禁止吃豬肉而已。聽到我的話，有一個士子用粗野的方式大聲嚷道，我和我所有的兄弟一樣，都有黑色的眼睛、鷹鉤鼻子。對此，何祝申，願記下他的名字來，極其憤怒地站起來說道，他不希望聽到這樣的話，並責備他們說，對一個善良的客人如此說話是缺乏教養的。

因此，我對何祝申體面地鞠躬示敬，然後說道，自從那聖殿倒塌以後，願這些惡徒永遠受到詛咒吧，我的兄弟就到中國的土地上來了，我的兄弟並不應該受到責備，相反倒是要受到讚揚。因為，甚至基督徒也說，是我的波斯兄弟首先將造絲的技術帶到了中國，因為我們很久以前就已經知道養蠶的方法、織蠶絲的方法。說到這裡，聽衆對我顯得更加憤怒，許多人大吼不已，說我的話是錯的，他們的祖先在世界開始之時就已經知道這種技術了，這是沒有人會相信的。

但是現在，前面說到的姓張者再一次站起來，但願上帝禁止這樣的事情。他說，雖然我這樣說，但是猶太人還是應該受到責備：「即使猶太人、基督徒以及穆罕默德信徒的信仰不一樣，但是你們神聖的著作卻確實教導說，你們有同樣的創世主和祖先，因為這是我在研究中明確了解到的。不是因為你們的信仰而是因為你們都是人，所以，你們肯定是兄弟。那麼，你們又為什麼這樣互相排斥反對，希望給對方造成傷害呢？」

對這個問題，我回答說，讚美上帝吧：「你說得對，作為人，我們是兄弟，因為所有的人都是以上帝的形象創造的。進一步來說，亞伯拉罕，願他安寧，是父親，經過夏甲(Hagar)然後到以實瑪利，又經過薩拉，願她安寧，到以撒(Isaac)，願他的記憶受到祝福，這樣說，穆罕默德的第一個追隨者就都有我們的血統了。因為那個人被基督徒們大為不敬地崇拜為一個神(a god)，因為他確實是一個猶太人，而他的追隨者也是猶太人，所以他們才從希伯來人那兒得到了他們的信仰。然而，我們不能認為我們同他們是聯合一起的，因為上帝給予了我們律法和責任，並沒有把這些律法和責任給予其他人，頌揚上帝對以色列的慷慨饋贈吧。因此，他們的崇拜並不是我們的崇拜，他們也沒有避免在他們的清真寺和教堂裡講道反對我們，因為這樣，願給他們所有的人一個詛咒吧。」

說到這裡，姓張者並不滿意，便問道：「但是，如果上帝是唯一的話，我們怎麼解釋上帝的禁令是如此不同呢？」對此我回答說，感謝上帝：「這是因為人是不同的，有的人用一種方式感知上帝，有的人用另外一種，上帝是准許每一個人去做對他來說最合適的事情的。上帝把最偉大的真理惠予那些最值得接受祂教導的人民，這樣，我們便成為照亮其他人民的光芒了。」

對於我的話，姓張者因為是一個沒有智慧的人，他沒有站起來就大聲地說道：「所以你辯解說，猶太人、基督徒和薩拉森人之間的仇恨是一種自然的習慣。」

對此我回答說：「在有理性的人之間，如果有仇恨，那是違反自然的。但是害怕那些堅持反對理性的人，是並不違反自然的，而懷疑那些像基督徒一樣違背自己信仰的作惡者，也同樣是不違反自然的。進一步來說，雖然在我們中間，對我們短暫的生命，或者對這個被創世界的奇蹟都有很好的理解，沒有什麼矛盾，但是這樣的和諧一致，這樣的分享知識，常常又受到仇恨的嚴厲打擊。由於這種攻擊，猶太人，願上帝保佑我們平安無事吧，被別人驅趕出他們的家園，失去他們所擁有的一切，甚至失去生命，這都是屢見不鮮的事情。」

對此，姓張者回答說：「我們都知道，你們對別人關閉了大門，甚至當他們並沒有想去傷害你們的時候也是這樣，這不是你們應該受到指責的問題嗎？」

我回答說：「我們從祖先那兒了解到，願他們安寧，別人對我們的意見都是站不住腳的，至多是片刻而已。這是因為，今天大多數愛我們的人，如果他們認為我們得罪了他們，他們就會在明天把我們恨到極點；又有許多人，當面對我們微笑，背後就會說我們的壞話。因此，我們只有謹慎地保衛我們的財富，並不知道我們可以真正相信誰。」

聽了我的話，姓張者說，並不是因為有人懷疑我們，仇恨我們，才把我們驅趕到一邊，而是因為我們的傲慢。因為我們傲慢，所以我們才相信只有以色列㉚擁有智慧，擁有理解力，而其他人都處於愚暗之中。對此我再一次作了回答，我說，說唯有以色列有智慧，有理解力，其實並不比說以色列沒有這樣的東西更聰明什麼，就像基督教僧侶推論的那樣，詛咒他們吧。這是因為，不但所有的人都是按照上帝的形象而創造的，而且，依照真理宣講出來的東西都依然是真理，不管是誰說的，也不管他的信仰是什麼。

我又說道：「如果一個異教徒之子具有一定的知識，而一個以色列的兒子也具有一定的知識，他們的知識對各自來說又都是合適的，在這種情況下，如果這個異教徒之子較之以色列之子更有知識，那麼，這個異教徒之子就肯定比我們的兒子高貴，就肯定擁有更為偉大的靈魂。而如果一個異教徒甚至研究和掌握了我們的《托拉》，那麼，他就值得我們去把他讚美得像高級教士一樣，拉比梅爾(Meir)就曾經這樣說過。同樣，判斷這樣的事情也不是我們的驕傲，雖然甚至連大海也為希伯來人的通過而分流讓道，雖然我們的立法者摩西從西奈山(Sinai)來，帶來了上帝的福音，作為子孫後代生活的指導原則，也同樣不是我們的驕傲。」

聽我說到這裡，姓張者憤怒地說我就是這樣顯示出驕傲的，令人人都會厭惡，而刺桐的猶太人以及從遠方來到他們這兒的猶太人，也都有同樣的行為舉止。

我辯解說：「猶太人有理由自豪。因為誰不知道，我們的耶利米(Jeremiah)是希臘柏拉圖的老師[31]。誰不知道偉大的亞里士多德，願他的名字永存，是拜在西蒙門下學習的？進一步來說，諸位，世界上每一個猶太人，無論他多麼儉樸，他都是有文化修養的。猶太人哪怕是個鄉下人，也有文化修養。如果他不能誦讀《托拉》，那他就不是猶太人，他就要待在外面。」[32]

但是聽了我的這些話，姓張者滿腔怒火地說我這樣就是堅持認為，只有有教養的猶太人才值得在全世界稱作聰明者，因為只有他根據《托拉》而學習道德法律，成為真正的有學識者。對此我回答說，不但是《托拉》而且也是人的理性，教會了他道德的法律，即使他沒有學識，只要有理性，他也可以去區別善惡。對於我的回答，姓張者不知道說什麼才好，便保持了沉默，讚美上帝吧。

這樣，我又說到了我的猶太人兄弟，願上帝保佑他們吧，因為這是我的責任，去告訴光明之城的士子賢哲有關我們的律法和習俗；同時我也聲稱，在基督教的土地上，我們因為佩戴該隱的標誌，所以我們的安全是難以確定的，我們所有的福祉都來自上帝，崇仰祂吧，頌揚祂吧。

基督徒常常奪走我們的生命，奪走我們的財產，比如教士以他們上帝的名義而讓他反對我們，那時就是這樣。所以，雖然全世界都可能是猶太人的家鄉(native land)，就像某些人所說的那樣，但是，每一個人都必須死得其所(lay his head at night in one place and no other)。此外，我們真正的家只有耶路撒冷，在其他城市，我們只是小作逗留而已。有的基督徒壓迫我們，有的基督徒對我們很好。但是他們都說我們猶太人常常憂傷痛苦。如果一個人就像這些基督徒所說的那樣說我們，認為我的兄弟常常憂傷痛苦，那麼這是真的。因為即使在希伯來人高興的時候，我們也可以聽到憂傷的東西。我在各位賢哲士子面前就這樣略為講述了一二。

對此，高貴的何祝申很受感動。他詢問我，我的很多兄弟常常這樣艱難，得不到安慰，是否在將來也會這樣。我回答他說：「對將來，我從我的人民那裡既看到了燦爛光華，也看到了慘痛辛酸㉝；既看到在一切土地上我們的賢哲盛開的花朵，也看到在一切土地上對我們造成的巨大傷害，願上帝保護我們免於敵人的傷害吧㉞。因為在一個猶太人面前，教會會教育一個基督徒，不要把這位猶太人看成一個像他一樣的人，不要把他看成像所有人一樣，是從生到死，以期得到上帝的救贖，讚美上帝吧，而要把他看成一個十惡不赦的該隱，不管他的行為是善或者惡，全都這樣看待。」

「這樣，我的每一個兄弟，常常不是面對一個朋友，而是面對著指責他的人。在這些指責者的眼睛裡，我的兄弟可以看出他的真正的評判，甚至當別人用甜言蜜語來掩蓋這樣的評判之時，他也能夠看得出來其評判的實質內容。但是，這樣的評判也是一種誹謗，因為只有上帝才可以真正地評判我們，就像那些指責我們的人，也會在世界的末日受到審判一樣。諸位，在這些敵人中，基督徒是最壞的，因為基督徒的心中只想去作惡，總是去挑我們的刺，檢查我們的過錯比檢查他們自己更為認真。」

「所以，這樣的人便會急切地找出我們作為猶太人的特徵，即使我們的行為和其他人毫無區別；如果由於我們心靈的力量，他從我們身上看到什麼，就像動物的毛會在脊背上豎立起來一樣，他也會在心中產生恐懼和嫉妒，也會迅速地控制我們，即使我們身體瘦弱，家境貧窮，也不例外。確實，即使我們貧窮、儉樸，他也會認為我們財產充足，足智多謀；即使我們謹小慎微，他也會認為我們聰明超常；即使我們審慎小心，他也會認為狡猾多計；即使我們有自己的信仰，他也會說我們毫無信仰；即使我們儲存商品抵禦敵人，他也會說我們貪得無厭；即使我們求知若渴，他也會說我們野心勃勃，甚至在我們善良的行為中，他也會說我們是奸詐欺騙，好像我們做這些事情僅僅是為了謀求社會地位或者收買人心一樣。」

「因此，基督教的這種觀點使我們的善惡均無安全之感。我們愈是去取悅他們，他們愈是會經常有意來對抗我們。這樣，我看到擺在我們前面的是大量的痛苦和死亡，這是要保護祂子民的上帝所禁止的事情呀，而這種痛苦和死亡甚至超過我們過去曾經遭受的一切。除非基督徒對我們的惡意能受到其他人理性和善良的檢查，否則，這一切就會發生。有這麼一些人，他們對我們的仇恨只有吮吸我們的血，或者佔有我們的財產，或者把我們從他們的城市驅逐出去，才能得到滿足。」

「然而，因為我們具有堅定的信念，能夠為自己並為他人而努力勞作，因為我們為我們燦爛的智慧之光而驕傲，所以我們的堅定不移和毫不屈服才激起了其他人更大的仇恨。」

「因此而有可能，但願上帝禁止這樣的事情發生，一個新哈曼會在某一天站起來，把我們像塵土一樣顛來倒去地摔打，哀哉！將我們全部殺死，願上帝使我們免遭這樣的磨難吧。然而，上帝肯定不會遺棄我們，不會讓我們遭受大屠殺，而會像祂席捲埃及人一樣，摧毀我們的敵人，首先是顯聖(the Divine Presence)於他們的刀劍和我們的身體之間，然後帶我們脫離流浪的痛苦，安全地抵達聖地。」

「這樣，我看見以色列的敵人就好像全副武裝，嚴陣以待，準備用繩索、毒藥、刀劍來屠殺我們，然而我卻看不到被屠殺者，為此而崇仰上帝吧，讚美祂吧。因為在我的思想中，我僅僅看到上帝把那燃燒著的燦爛光芒射向敵人，使敵人的視線因為主的威嚴而茫然失明，隨後，犧牲的煙火從我們的祭壇直上雲霄，感謝我們的得救，為此，崇仰上帝吧，讚美祂吧。」

我，安科納的雅各，在這樣說了之後便沉默下來，沒有再說話。該城的賢哲士子也沉默了好一會兒。因為說到這種猶太人的得救，我也給他們帶來了和諧，感謝上帝吧，他們的爭吵隨後也停止了。後來，商人安禮守站了起來，對我非常友好，懇求我改日就法蘭克土地上基督徒的邪惡和虛偽情況，給他們再說一說。這樣，由忠誠的李芬利陪同，我離開了大廳，他們所有的人都在我們面前低首致敬，對此而讚美上帝吧。

第二天，我在所有禮拜式的職責都完成之後，對此而感謝上帝吧，聽說我在剌桐對那些賢哲士子的演說也已經在該城各地傳播開來，這是李芬利告訴我的。可以注意到，街道上發生了許多毆打和爭吵，那是在高貴的白道古一派和商人以及人民一派之間發生的，這樣，所有的人都只好為了安全而待在他們的家中，不再出門。

但是我卻遭受了惡婦伯托妮和布卡祖普小姐的折磨和煩惱，因為水手圖里格利奧尼在後來已經埋葬，她於是很快就對忠誠的李芬利產生了愛意，但願上帝禁止這樣的事情。伯托妮悄悄告訴我，以她孩子的頭起誓說是如此，並假惺惺地流出許多淚水，免得布卡祖普小姐會看出什麼來。因為對布卡祖普來說，圖里格利奧尼去世當然會使她憂傷不已，而李芬利因為知道她常常憂傷，便來安慰她，這樣就贏得了她的好感。在了解了這些情況以後，我把布卡祖普喚到我這兒來，並對她說，既然她是在我的照顧之下，是為我服務的，她就不能偏離工作職責而走得過遠，同時也要考慮這樣做對她的靈魂的危險。我只好用基督教的方式來說話，為此，願上帝寬恕我吧。我告訴她說，她不可能認為留在蠻子的土地上，同本地任何人在一起，她的生命就沒有什麼大的危險，因為這個城市正處在遭受日夜逼近的韃靼人入侵的危險之中，同時還有來自該城市民的許多麻煩，所以，每一個外地來的人都應該考慮其退路才是。我也告訴她，我已經命令我的船隻準備抵抗各種危險，我們很快就會離開。

她聽了我的這些話，哭泣得非常厲害。她首先說，伯托妮說得不對，然後說，忠誠的李芬利一點也不知道她的愛意，這種愛意是深藏在她靈魂中的。聽到這些，我現在有了一種對這位失去愛人者的同情之心。於是我說，她最好在婦人伯托妮面前保持沉默，同時我又說，我將更加關心她，照顧她，以便能保護她免於任何對她的傷害。雖然李芬利是一個值得她愛的人，但是她必須考慮回國之事才是。進一步來說，因為她的忠誠，我將在返航的時候教她學習字母。這樣她就離開了，但還是哭哭啼啼的。

在這幾天裡，也就是舍莫特(Shemot)安息日之後的第二十四天和第二十五天㉟，在納森・本・達塔羅的房子裡，有消息傳來，首先是高貴的白道古的消息，說是稱讚我在該城賢哲面前講話的智慧，對此，他已經收到了報告；但是他也警告我說，同那些要請教的人在一起的時候，我最好做好我的安全工作。隨後又有一個來自商人安禮守的消息，他說我是一個哲人中的哲人，謙卑地邀請我，要我一起去孫英壽大人的府上拜訪，這樣，我還可以更多地了解那些祕密統治該城者的意見。

對這些人，我在通過李芬利的幫助而回覆了以後，又得到了我兄弟納森・本・達塔羅、威尼斯的埃利埃澤爾以及拉扎羅・德爾・維齊奧等人的消息，願他們安寧。他們有消息來說，他們在貿易上有了大的發現，這種發現會令人吃驚的，並告訴我去行在的捷徑，說他們已經獲得了很大的利潤，他們為得到如此的饋贈而感謝上帝，讚美祂！

註釋

①也就是說一二七一年十一月二十六日。這有一點令人困惑，因為雅各在前面給我們的時間是一二七一年十月十二日，現在已經過去四十五天了。這提示我們，或者是雅各在刺桐的「下層」社會逗留的時間比他所承認的時間要長，或者(可能性更大的)是他從事了商業活動，比如作瓷器的訂貨等，所以沒有去記錄什麼事情。無論如何，他所提供的尋找和發現圖里格利奧尼的時間順序，令人產生諸多疑問。

②大概是他父親逝世的幻象。

③一二七一年十一月二十九日。

④一二七一年十二月五日。

⑤手稿為 cocer 'l drago e ucider la fenice。

⑥「泥土占卜」：占卜的一種形式。占星家和其他人把泥土撒到地上，或者其他東西的表面，也包括扔在紙上，這樣而組成線條和數字的形狀，然後去對此加以解釋。在這些形狀和形式中，占卜者可以感覺出來並預見個人的命運，同時也可以發現它們與各個星座和行星的位置對應的關係。在中世紀以及後來一段時期，這種活動在東西方的文化中都是常見的，但是邁蒙尼德的信徒則將它斥之為迷信。

⑦雅各在這裡似乎是(很鄭重地)說，在中國人中間，巫師和占卜家缺乏他們意大利同伴的知識。

⑧我認為，這意思肯定是「在猶太人中間」，而不是說「意大利人」，不過二者都是對的。

⑨「義理」(doctrina)包括「教授」、「知識」、「理論」甚至「科學」的意思。

⑩手稿為 sembiano savi a loro che li odono。

⑪手稿為 l'oblivion；文化人的拉丁語現象。參見附錄的《雅各的語言》一文。

⑫手稿為 volti。這裡有一個雙關語，難以翻譯：volto 既可譯為「臉」也可譯為「轉」。

⑬手稿為 a rivelar e rinovarlo。從表達形式看，整個這個段落都充滿強烈的希伯來精神，「重新審視這個世界(re-view the world)」的責任是《塔木德經》的 Tikkun 概念，也就是救贖這個世界(redemption)或者為這個世界救治病症的中心。

⑭手稿為 ipocrisia，看起來和我們對這個詞的習慣用法同義。

⑮字面上來看，那些「使他們自己分離出去」(parteggiano)的人，通過擴大範圍，把他們自己組織成為具有特殊興趣的宗派團體或者黨派。上面幾行，雅各在一個短語中使用 parte 這個詞，我將它含糊地翻譯成「什麼黨的什麼」。更為接近的翻譯則是「在某一邊」。

⑯一二七一年十二月十二日。

⑰這肯定意指老虎，因為在這些地方未曾聽說有什麼獅子。

⑱這只能是指雅各擔心，在繼位者的命令確立之前，過渡期會產生混亂和法律的解體，在此期間，旅行商人尤其會受到影響。

⑲手稿為 della mia terra e fe，這就是說意大利以及猶太人的信仰。

⑳「我的兄弟中間也有」：第三次拉特蘭公會(一一七九年)命令，正式禁止猶太人為他們的子女僱傭基督教僕人和保母，但是在安科納顯然沒有受到重視(《密西拿》中也禁止猶太人為孩子僱傭基督徒保母)。

㉑雅各所說並不準確；猶太人之間互相放高利貸是明文禁止的。

㉒雅各在這裡回應了邁蒙尼德及其追隨者的(含糊的)立場；參見科恩(M. Cohen)的《新月旗下和十字架下：中世紀的猶太人》，普林斯頓，一九九四年。科恩處處都認為，十三世紀伊斯蘭世界的猶太人，較之西方基督教世界的猶太人，遭受的迫害和痛苦反要少了許多。進一步來說，雅各的這種充滿敵意的評論，和他對猶太人與薩拉森人關係的早期判斷也不相稱。在邁蒙尼德的《致葉門(Yemen)使者書》中，他提到薩拉森人，認為他們「貶低並羞辱了我們」。學者們一直在尋索反映邁蒙尼德這一認識的觀點。卡爾金(A. Kalkin)和哈特曼(D. Hartman)

的《危機和領導：使者書信和邁蒙尼德》，費城，一九八五年，第一二六頁。

㉓雖然雅各並沒有提到任何特別的事件，但是在一二三四年，多明我會的命令曾譴責《托拉》「有害於信仰」。

㉔這一點明顯是指薩拉森武裝在八四〇年和八五〇年對安科納的洗劫。「願他們安寧」在手稿中是用希伯來語所寫，如果這些犧牲者都是異教徒，這就是一個很不尋常的詛咒了(an unusual imprecation)，但是它也暗示地方上有傳說，認為在他們中間有猶太人。

㉕手稿為阿拉伯語：奧-哈金(九九六—一〇二一)是埃及法蒂碼的哈里發，他不分區別地摧毀了耶路撒冷的猶太教堂和其他教堂，也包括保存聖物匣的教堂。雅各說「柏柏爾人的國王」，意思是柏柏爾·奧莫哈特，他從十二世紀中葉的四〇年代開始，佔領了葉門、北非和西班牙，對基督徒和猶太人都造成了傷害，並產生了恐怖。雖然這裡所提的事情都比較簡短，但是他所講的都具體而細微，沒有訛誤。

㉖這個事件發生在一〇六六年十二月三十一日的格拉納達，當時，一個暴民殺死了約瑟夫·哈-那吉德，也叫作約瑟夫·伊本·納格里達，是西班牙皇家大臣。

㉗手稿為il minore，也就是說話者。「大人」當然指雅各。

㉘周朝(公元前一一二二—公元前二五五)的年代時間久遠，當時不會有猶太人居住中國，但是也並非完全不可能。

㉙這與《創世記》三二：三二的禁令是完全對應的。

㉚這是把猶太人作為一個整體。

㉛「耶利米是……老師？」：希臘人從猶太人那裡獲取了許多知識，這一傳說根深柢固，特別是在猶太人中間，甚至尼采也認為蘇格拉底有可能是猶太人。除了雅各在這裡提出的認識以外，根據猶太人的思想傳統，也難以確定是費羅·朱達(Philo Judaers)受到了柏拉圖的影響還是相反。人們也相信，亞里士多德研究了七十子希臘文本聖經，而《塔木德經》認為，拉比耶胡舒亞·本·查南亞同雅典的賢哲進行過辯論(《貝喬羅特》)。

㉜大概是在猶太人「學習室」的外面，因此也是在社區本身的外面。

㉝手稿為strazio。這是很粗的話，意思是「受罪」、「痛苦」、「折磨」。

㉞手稿為希伯來語；頁邊用希伯來語附言說「阿門，阿門」。

㉟一二七一年十二月二十九和三十日。

第七章　自由的法則

在雅各的手稿中，最令人驚奇的章節是他描寫在一二七一年到一二七二年冬天發生在刺桐的那些政治辯論。在這些辯論中，城市的長者和賢哲爭論不休，討論了保衛該城，抵禦韃靼人入侵，乃至一般性地關注政府和秩序等更爲廣泛的問題。雅各對這些辯論的評論，對這些辯論的展示——如果他的敘述可以信賴的話——也促使我們進一步去追問他的觀點在實質上意味著什麼？對此，需要我們去作進一步的探討。

在翻譯中，我相當武斷地把手稿分成了章節。在下面的章節中，我們發現雅各與一位富商的私下交流，他稱這位富商爲grande popolano，意譯爲「人民的典範」(man of the people)，但是我相信它的意思是市民(citizen)或者「自由民」(burgess)。交流中，他們談論了貧富問題，貿易和利潤的問題，以及我們今天稱之爲「福利事業」和「自由市場」的美德和惡行的問題。這兩個商人討論了富人的責任和窮人的期望，討論了商業自由的有利性和危險性。無論在事後他又作了多大的補充，辯論都是非常尖銳激烈的。而且，由於孫英壽(Suminsciou)對雅各的回答十分憤怒，這場辯論只好匆匆收場。從稿本來看，辯論的主題內容大體上是存在的，因爲在雅各被深深捲入，或者說是他讓自己被捲入了這個迷宮，這個城市的受苦之謎。

在這個討論的過程中，南宋帝國富商的「生活方式」，連同其「爭豪鬥富的消費」、奢華和貪婪

(至少雅各是這麼看的),得到了引人入勝的簡述。對此,作為商人,他羡慕不已;作為道德家,他又鄙夷不屑。確實,正是其性格中相互對立面之間的緊張關係——這個手稿是一種有趣的混合物,它有意無意地證明了雅各性格的複雜性——驅使我把翻譯工作一直進行了下來:站在我們面前的這個人具有多面性,他相信,他正面對著種種困境和挑戰,這些困境和挑戰既是道德的,又是實踐的。

接下來,雅各敘述了他第一次出席的一次集會,該集會準確的政治性質尚不太清楚,但可以知道是準備就城市中存在的問題進行論辯。雅各對這次會議使用了臨時會議(Concilio)一詞。這個詞在他是意味著一次為一個特殊目的舉行的高級行政官員參加的會議,無論宗教或是世俗方面都有人參加,而不是一種常設的「議會」機構;雅各也使用了Parlamento一詞,但只是作「大辯論」的意義,或者(就像我們可能說的)「清談俱樂部」(talking shop)。這個詞,對他來說似乎並沒有一種市民代表會議的意思,儘管「諸等級組成的議會」(parliaments of the estates)在歐洲的許多地方在十三世紀都有了發展。

在這裡,他可能被視作其時代的過時人物,這或許是因為他對宗教過於虔誠而不關心基督教歐洲的政治發展情況。然而,雅各卻熱情地投入了刺桐的政治討論之中。他的這種投入,隨著手稿不斷向前推進,幾乎達到了著迷的地步,而他的熱情也告訴我們,他聲稱,捲入其中的辯論會,他去參加時是有思想準備的。

在雅各的時代,西塞羅(Cicero)的著作,特別是他的《義務論》(On duty),阿維森那(Avicenna)的著作以及阿威羅伊(Averroe)的著作,在學者、猶太人、基督徒以及穆斯林教徒等中間,都影響了他們關於世俗世界以及那些與統治相關事務的各種思想和討論。學者們輕鬆地越過了上帝和愷撒(Caesar)之間的界限。在中世紀,特別是在亞里士多德的影響下,政治實體的本質問題是猶太賢哲思考的一個合適論題。當時猶太人確實有一個古老的傳說(tradition),說亞里士多德本人在其晚年皈依了猶太教

①，這在中世紀的意大利是衆所周知的。

但是，即便撇開雅各仍在過時的意義上使用 parlamento 不談，雅各到底在多大程度上熟悉當時在意大利就城市和地區應以何種方式進行統治這一問題進行的思考和辯論呢？手稿在討論政治問題時，自由地使用了在雅各時代流行的意大利詞彙，比如 citta 和 cittade(城市)、cittadino(市民)、governo(統治管理)、regno 和 reame(王國)，以及作爲「國家」的 terra 或者 patria 等。我們發現 terra natio 也代表「國家的土地」(native land)，但是，若是要說雅各在「國家」意義上的 stato，或者在 nazione(民族)意義上使用了 stato，這似乎有點爲時過早。

無論如何，相對於他那個時代的愚昧思想而言，後來他本人也表現得足夠「現代」，因爲他向他的中國對話者表示，有必要召集城市代表(city representatives)，針對該城的困境而商量對策〔這只能意味著，這些出席臨時會議(concilio)的人並非正式的被選代表〕。雅各出於猶太人的傳統，厭惡君主原則和專制統治。但是，他和阿奎那一樣，似乎也相當不關注(或者尚未具有)當時出現的一種新觀念。在中世紀，當時的一些法律學家已經開始信奉這種新觀念，在包括意大利在內的一些城市已經將這種新觀念付諸實踐。這種觀念認爲，與人民有關的決定，應該由人民「民主地」認可；此外，還包含由多數人的決定(majority decision)進行統治的原則，即使這樣的認可只是由大部分重要市民(principle citizens)來代表執行。此外，極有可能的是，雅各自己的城市安科納，在當時已經存在著常設的代表會(representative standing council)。

首次提及安科納的 podestà(近於市長之義)和執政官(consul)的文獻是在特里米蒂(Tremiti)修道院發現的一份檔案，時間可標定爲一一二八年八月。我們看到，這些 podestà 和執政官極有可能是由一個常設機構(或許由多數投票通過)予以任命或選任(chosen)的，而這個常務機構則由安科納具有出生、財富和地位等資格的市民選舉所組成，幾乎可以肯定不包括猶太人。此外，無論是任命還是選舉，代議制的原則(principle of representation)都是在宗教會議(councils of the Church)中得到牢固的確立②。

最後，這種早期「民主的」觀念和實踐，特別是在十五世紀初葉和中葉，受到了教義主張的挑戰和排擠。但是，在雅各本人的時代，政治思想以及實踐要比他自己的觀察和討論所反映的內容寬廣得多。雖然他具有敏銳的思想，使他能夠理解他在刺桐所發現的政治和社會動亂的內涵，但是，他似乎並不熟悉當時西方討論這類問題的前沿性進展。雖然他的政治觀點由於他具有「人文主義」和懷疑主義傾向而較爲溫和，但就其總的趨向而言，他的觀念似乎(尤其從事後分析的立場看)是屬於「中世紀」，而不屬於「早期文藝復興」。

我想，他之所以對這問題採取了相當冷漠的態度，也是有一定原因的。最好的解釋是，他作爲一個猶太人，儘管有很好的人際關係，有很好的地位，但是他卻(可能)在他自己的城市裡並不是具有充分權利的市民，因而對於教會中宗教會議的管理規則問題，他作爲一個猶太人是茫然不知的。一個像他這樣的人，當他自己極不可能成爲一名公民的時候，卻會在後來對一個外國城市的長者，發表一種關於公民義務的理論——就像他宣稱他所做的那樣，這確實是一個反諷。

雅各生動地敘述了在第一次臨時會議上，官員、商人與其他人之間相互衝突的辯論。這些敘述，在他私下裡同商人孫英壽討論關於自由的本質以及秩序的必要性等問題時，大部分都涉及到了。在他自己的談論中，他最關心的仍然是道德方面的問題，不管是關於合理價格，或者是關於自由意志，還是關於自由選擇的問題，都屬於此類問題。

本章結束時，雅各用一些二手材料描寫了南宋的首都行在(杭州)，並討論了婦女權利和行爲舉止的問題。

在特維特月的第二十七天③，我由李芬利和安禮守陪同，來到了大商人孫英壽的府上。孫英壽很年輕，但是非常富有，在城市中是個令人敬畏的人，就像我已經寫過的。他的居所真是一個豪華的宮殿，有很多的通道，用於宴飲的亭台、花園，連他家中的地板也使用銀子鑲嵌。那些新興起的富商，生活悠閒自得，就像他們是國王一樣。他們的婦人日子過得也像是天使一般，願上帝寬恕我的話，穿的是綾羅綢緞，全身披金戴銀。

他們的房屋也富麗堂皇。他們花費大量的金錢來購買裝飾品、字畫和家具。此外，他們從大印度的商人手中購買了許多名貴的香水、香料和藥品等物，對那些高級物品不惜揮金如土，以贏得他人的羨慕。同時，他們在習慣上和生活方式上唯那些貴族的馬首是瞻，不但在生活上，而且在說話上也和他們一樣，因而他們成為他人嘲諷的對象。忠誠的李芬利就是這樣告訴我的。他們都擁有各種各樣的東西，他們本人為此覺得十分光榮，好像這種東西就是他們生活的目的一樣，但願上帝禁止這樣的事情。

在他們所擁有的這些東西中，有的付出了極高的價錢，有許多是中看不中用的東西，比如以高超的技藝和用金銀製成樹葉，目的只是發出沙沙的響聲而已；比如站立於樹上的金鵲銀燕，目的只是鳴出聲音，又有何用？他們也帶著銀幣騎馬進城，然而在他們的腳下卻是汙穢之物，而騎馬者卻一點兒也不在意。

這位孫英壽是自由民中的頭面人物(a grand burgess)④，有五十個僕人隨時恭候呼喚。當他入座就席的時候，各種杯盤菜肴就上了桌子，數量多得令人吃驚。有時候僕人侍候他吃飯，甚至把飯食送到他的嘴裡，好像他是一隻寵鳥，這真是一件令虔誠的人看去害羞的事。確實，據說這位孫英壽其富無比，在城北的一座小山上，他儲藏了金銀財寶，甚至比天子的寶藏還要多。儘管他有很多財富，卻有人說他非常殘忍，說他鞭打他的孩子，甚至當著僕人的面也打。但是也有一些人說他善良、仁義，還有一些人又說他是個強盜，甚至從窮人那裡偷竊財物，但願上帝禁止這樣的事情。

他的穿著非常講究，鞋子是緞子做成的，衣服的材料也是最好的絲綢。他好像婦女似的渾身灑著香水。如果他發現衣服有問題，會立刻把他的裁縫喊來，立即改正，不得延誤。他對站在他門口的乞丐，據說很少關心。他在城裡走動，毫不考慮如何使城市保持清潔，解決城市中糞便的臭氣問題，然而當水果擺在他面前的時候，不洗乾淨他就不吃。

他家婦人們的衣服也是綾羅綢緞，服飾美麗得令人吃驚。她們的頭髮上戴著黃金首飾，全都是她們自己的工匠精心製作而成，但象牙梳子卻是來自大印度和柬巴(Ciamba)。她們出門，頭髮上不作任何遮蓋，以便能更好地炫耀。在大型宴會上，該城富商的妻子頭上也都戴著冠狀的珍珠頭飾，這樣男人們就不會認為這是新富⑤，而認為是真正的貴族了。她們在用香水和明礬洗浴之後，全身都散發著馥郁的馨香，聞起來十分甜美，所以，即使是在家門以內，她們打扮得像是天堂花園中的花朵，對此而讚美上帝吧。

然而對這樣的女人，不但有人說她們揮金如土，而且有人說，她們雖然美得像狐狸一樣，她們卻用龍和母獅子(lionesses)的方式來滿足自己。那些最富者的最大願望就是奉詔去行在度宗的宮廷，在君主以及那些應邀赴其宴會的大臣中佔有一席之地。

這樣，他們希望他們和家眷都像貴族一樣地生活，就像我已經寫出的那樣，招呼詩人和歌手到他們的家中，以便使他們的客人開心。在他們的大廳裡，在花園裡，有那麼多的阿諛諂媚者，前面所說的那應受詛咒的⑥孫英壽，雖然還是個年輕人，但是在他扈從伴隨中間，他已不像是個商人，而像是個國王了。擁有那麼多的財富，這是違反理性的。

因此我告訴他，我們的拉比，願他們安寧，教導我們說，甚至是最富有的人，也應該根據理性而努力生活，不但如此，而且應該在自然的限制範圍以內生活。對此，孫英壽輕蔑地回答說，他們的哲人老子教導說，自然並不對人顯現善心，也不對人關懷，只是為他自己的目的而做一切事情，但願上帝禁止這樣的事情。

在說了這些大不敬的話以後，他繼續說道：「那些遵循此道的人⑦說，最高的美德意味著得到一切，但是在物質世界裡，這種美德什麼也得不到。此外，尋求財富本身並不就會貪婪，就像貧窮並不是天命一樣。只有富人和商人為幹壞事或者為否定神靈而使用他們的財富，他們才會受到譴責。凡事都由人的行善還是作惡而決定，金錢本身並不分什麼善惡。如果貿易有害於靈魂，就像曾經到我們中間來布道的法蘭克教士一樣，那麼刺桐將要如何生活為好？難道你也把邪惡和財富混淆在一起，把貧窮和美德混淆在一起，就像基督徒所做的那樣？」

對此我回答說，因為我並不是基督徒，那是上帝禁止的事情，所以我並不堅持這樣的觀點，相反，我認為富人應該聰明地使用他的財富，應該救助窮人，應該根據上帝的法律而生活，而不是去過一種過度的生活。

但是，孫英壽對我的話仍然非常藐視，他說道：「嘲笑安逸享樂的人當然可以按他們的願望去做，但是，近火者也最快得到溫暖⑧。更何況，引起人們靈魂快樂的行為並不總是那些善的東西，而那些準備為他人服務的人也並不總是有德之人。相反，依靠自己的力量，追求自己的理想者會獲得最大的幸福。好些總是指望他人者，不管是取悅他人者還是向他人求助者，神也好人也好，都不可能得到回報。」

我從來沒有聽説過這樣邪惡的論斷，這位大商人孫英壽對給予他人的美德，甚至沒有一點讚賞之意，我回答說：「大人，我也是個商人，也追求商人的利益和商人自身的目的，所以才會冒險到這世界上最遠的地方來尋求利益。但是作為一個虔誠的人，我也要服從上帝，讚美祂吧，我也要遵從我們賢哲的教導，願他們安寧。這樣，我們無論擁有多少財富，我們也不是要讓他人相信，我們有無限的力量，因為這是對上帝的褻瀆，唯有上帝才能統治天地萬物。任何人都不能漠視窮人，漠視那些嗷嗷待哺之人，而應該對他們援之以手，因為這是我們對上帝和人的責任，頌揚祂吧。」

聽了我的這些話，孫英壽的臉漲得通紅，非常生氣，聲音愈來愈大，甚至會使人顫抖不已。他的僕人聽到這樣的話，身體像凍僵了一樣，呆立在那兒。孫英壽說：「你可以任意給他人財物，因為這是人的自由判斷⑨的問題，但是，受惠者因為所得太多，或者因為過於經常有所得而會變得懶惰，變得邪惡。因為他在乞求麵包的時候，他會覺得是天經地義之事，好像他不是接受那些給予他的東西，而是對給予者施恩行惠。所以，求助者不會說，『我們請求你發善心報答(requite)我們』，而會說，『我們在這裡要求正義』，或者說，『我們希望你樂於對我們盡職盡責』。而注意到這種邪惡的人則會說，對於這種人，我們不會給任何幫助，唯有忍耐和審慎。」

「但是，就像我們的《詩經》所說，君子只會欣賞自己用勞動獲得的食品，小人才會以不勞而受賞為樂，因為他認為這樣也有所獲利。確實如此，比如他只想去追求認為是其權利的東西，就毫不關心他所應盡的責任。」商人孫英壽就是這樣說的。我回答他說，他似乎太不關心他的責任了，他就屬於那種光追求自身目的而不照顧他人的人。

他對我的話顯得不屑一顧，說道：「狗就是一個很好的裁判，狗眼看人低嘛。人人都需要擁有賴以生活的東西。進一步來說，城市的空氣使人自由舒暢，而在田野裡，人就成為土地的奴隸了。光明之城的市民過著一種甜蜜的生活。」

對此我毫不畏懼，感謝上帝吧，用下面的形式回答說：「大人，其實不然。雖然是過著一種甜蜜的生活，有的人卻毫無道理，有的人則充分合理，也有的人只有一點道理，又有一些人則什麼也沒有。進一步來說，雖然光明之城就貿易的財富來說，是所有城市中的最大者，使得整個世界沒有哪兒能和它比較，但是，它的罪惡和危險也同樣大得驚人，甚至一個人尚未動步就要為其生命而擔憂，為其財產而擔憂，即使是在其家中或者在大路上，也難以免憂。在這個城市裡，當然也可以發現樂趣和快慰，但是它們卻給人的身體和靈魂都蒙受了羞恥，因此，上帝的憤怒之劍，讚美吧，就是此時也都高懸空中，等待劈下，因為韃靼人已經逼近門口了。同時，城市的市民已四分五裂，有的是這個黨，有的是那個派，無人能發現善言良策。」

「此外，在你們的賢哲之中，這種仇恨和惡行那麼厲害，使得他們再也不可能發現真理。而在你們信仰的寺廟裡，卻僅僅存在著古老的，對於年輕人來說不再信服的崇拜，就像高貴的白道古對眾人所說的那樣。然而，富人們卻洋洋得意地炫耀著他們擁有的財富……認為只有通過貿易和金錢，才能夠帶來人類生活的福祉，認為那些幾乎一無所有的人，通過他們意志的力量，可以獲取更多的東西而因此得到滿足。儘管你有各種上好的絲綢、瓷器以及其他東西，然而所有在你四周的人，大人，都是成千上萬失去了他們的生活之道和靈魂的人，他們中的大部分儘管是年輕人，卻不願意沿著他們父輩的道路前進，甚至已失去了生活的手段。」

我用這種方法說明道理，此後大商人孫英壽便沉默不語，緊緊地盯著我，好像沉浸在思考之中。他的僕人默默地站在他的身邊，忠誠的李芬利似乎非常害怕。最後，孫英壽說：「你太固執也太刻板。在人的身上可以發現各種各樣的錯誤缺點，但是，他們的美德也多種多樣。即使他將其他事情都做得非常糟糕，但是，又有誰不能夠將某一件事做得比別人更好一點呢？不過，根本就沒有人會做全部的事情，甚至我們中間最偉大的賢哲也不可能。」

說到這裡，他停了下來，這樣，我，安科納的雅各，又準備開始說話，但是他卻阻止了我的話頭，又繼續說道：「只有在一件事情上我們做錯了，因為我們有無數子孫。所以，既然我們有這樣多的人，那就沒有什麼空地可以留下來用作勞動之用了。」

對他的這些話，我回答說：「那麼，大人，除了人口的繁衍，在其他一切事情上你就都聽任自由判斷了，然而干涉上帝的設計對人來說是不敬的。頌揚上帝吧。」

孫英壽對此回答勃然大怒，使得李芬利的翻譯語言也顫抖不已。他認為我應該更加關心我自己的國家，那才是我需要考慮的問題。而在他自己的城市，在他的管理之下，一切都會順利的。聽到這裡，李芬利趕快用我們的語言勸我說，我們應該告辭了。但是我則堅持我的立場，因為這是上帝的意旨；我堅持認為，照顧窮人的需要是人的責任。

對此，商人孫英壽回答說：「那些養育他們兒女的窮人，可以將孩子送給或者賣給富人，因為在富人的家中，這些孩子更容易養大。至於那些健康的人，他們必須去做某些買賣。這是因為，那些沒有生病又年輕的人，如果不去做這些事情，他們就會反過來指望他人的憐憫，或者在別人走過的時候行兇搶劫。」

對他的話，我大膽地回答道，讚美上帝吧：「我從高貴的白道古那兒聽說，以前天子同情窮人，為他們謀利。現在，天子不再為窮人謀利了。他的手下告訴天子說，在窮人們需要的時候去幫助他們，就會使他們的靈魂喪失審慎和力量，所以天子不再去關注他們，這是上帝禁止的事情。」

孫英壽對我的話再次表示了輕蔑，回答說：「為窮人服務並不是天子的責任，而窮人的責任則是為天子服務。進一步來說，天下所有的人，無論貧富，無論貴賤，都必須在陽光下前進或者在黑暗中摸索。然而每一個人，如果他有見識和力量，他也可以通過他自己的意旨而選擇生活得好一點或者差一點，有信念或者沒有信念，具有這個目的或者具有那個目的，一切都由他選擇。因此，天子或者這個城市的統治者，他們的任務並不是去限制人們的選擇，因為這會使他們沒有選擇的餘地，並會毀滅他們的美德。」

忠誠的李芬利在我一邊，我回答說：「窮人抱怨說，人們不關心他們的疾病，僅僅關心那些富人的身體，井水不再甘甜，孩子在街頭流浪，很多人毫不負責地在城外的花園和田野裡大小便。」

對此，商人孫英壽這樣回答說：「你對我們的事情一點也不懂。窮人屬於我們的黨派，不屬於白道古以及他周圍一些老人的黨派。白道古這一派只為他們自己的目的，要轉回到他們祖先的道路上去。因為我們中間無論貧富都不想任何人阻礙他們的慾望實現，甚至情願韃靼人來，也不願有人用義務來限制。現在，沒有機構來保護兒童，但是也不徵收外國商人的稅，人們也不必悄悄地賄賂 scibaso(市舶使?)，以便他的商品可以免稅。相反，就像人們可以自由地在光明之城的大街上走動一樣，所有的商業活動也都可以在其港口碼頭自由往來，誰都可以發財。天子也和這些目的和諧一致，這是因為，既然他愛他的人民，他也就希望他們發財，同時也因為他明白，在和平的年代，愈是能夠讓他們自由地追求他們自己的慾望，當有必要打仗的時候，他們就愈是願意為保衛我們的國土而出錢。」

「進一步來說，在光明之城中，商人也不再害怕 Cianinpancian，而外國貿易商，不管他想不想出售金銀財寶，也都不再受到限制，不過還受到天子的限制而已。王安石(Ouaninsci，Wang Anshi)這個統治者已不復存在，因為我們已經這樣發布命令，人人都可以按照自己的意願而尋求自己的目的，這樣，人們都可以按照自己的方式而滿足快慰。因為這是自由的法則⑩，無人可以背叛這個法則，除非他是摧毀這個城市的財富和撲滅其光明的人。」

這些事情都是孫英壽大聲講出來的，充滿了自負和驕傲，就好像要給聽者帶來畏懼一樣。但是我毫不畏懼，聲言說，對每一個人來說，按照自己的意志去做，以便達到他自己的目的，這並不是人的法律，而僅僅是野獸的習慣。對我講的話，這位商人暴跳如雷，連他的臉都變了形。

但是我對他仍然沒有絲毫的畏懼，又說了下面的話：「如果我在市場上耗去我中午和晚間的光陰，但願上帝禁止這樣的事情，而不考慮我對上帝的責任，讚美祂吧，那麼生活就沒有任何意義了。」

隨後，孫英壽問了我下面的一個問題，他說話就像他的喉嚨痙攣了一樣：「一個人如果堅持真理，堅持走正義之路，而不作惡，他就能沒有衣食之虞了嗎？」我回答他說，即使邪惡之徒邊做買賣邊祈禱祝福，願上帝寬恕我的話吧，他的商品也仍然會受到詛咒。

孫英壽聽了以後，一邊命令我離開他這裡，一邊很不禮貌地回答說：「就像在寒冷的冬天，火在燃燒時火苗會非常清晰一樣，在貿易事業中，我們也不允許過多的品德來模糊貿易的光輝。」說到這裡，他的僕人全都靠近了他，就好像前面有一個敵人似的。

我向他告辭，並說道，瓦耶拉(Vaera)安息日的第一顆星很快會在天空出現，所以我要去祈禱了，讚美上帝吧。聽我這樣說，邪惡的孫英壽一邊大笑，一邊回答說：「凡是在人們不把由教士和賢哲宣講的人的義務條款放在心上的地方，人們都會繁榮昌盛，和平共處。」但願上帝禁止這樣的話吧。聽到這裡，我由忠誠的李芬利陪同離開了這裡。

隨後的一些日子裡，也就是說從細罷特(Shevet)月⑪開始，有消息傳來說，在刺桐城裡，有一些男子被殺死，他們是孫英壽一派的，其他一些被殺的人則是高貴的白道古一派的。看來，他們之間的敵意已經變得非常深了。

我因為擔心納森・本・達塔羅、拉扎羅以及威尼斯的埃利埃澤爾的安全，願他們安寧，所以派了一個信差去行在見他們。如果發現他們仍然在城中，就叫他們趕快回來。此外，為安全起見，同時也為了不要有什麼商業失誤，但願上帝禁止這樣的事情，在該城的混亂導致危險之前，我再次命令我的船隻作好準備，這樣我們可以盡快地開拔，又命令把我的貨物裝載穩妥，船員則靠近港口碼頭，因為沒有人知道我們會在什麼時候就要動身。我又同樣告訴了我的僕人伯托妮和布卡祖普以及魯斯蒂西(Rustici)和佩克特(Pecte)。布卡祖普聽到這個消息，臉都嚇白了，這似乎表示她有留在該城的打算，儘管她對我通知她的事情沒有作出任何回答，也沒有問伯托妮。

也就在這些天裡，在細罷特月的第二天和第三天⑫，從高貴的白道古府上也來了一個信差。這個信差告訴我說，這個省的大官，用他們的語言稱之為cicu(知州？)和tunpan(通判？)命令說，光明之城的百姓應該團結一致，因為這是天子的命令，同時要他們聚集一起，召開會議，以便對一些問題作出討論，而不是在城市裡相互攻擊殘殺。此外，因為他們要在這裡一起討論該城可能遭受的痛苦和折磨，考慮如何來管理自己，而我在這些事情上又是個很有主意的人，所以我雖然只是他們的一個客人，也可以去參加這樣的會議，一邊也聽一聽他們所作的討論。高貴的白道古的信差說，雖然我是在各地都有名的大商人，但是我卻不屬於商人的派別，僅僅是遵從善和真理之道的人，頌揚上帝吧。

聽了信差的話，我非常高興，於是說道，我謹對他高貴的主人表示感謝，並將盡職盡責，參加會議，傾聽他們的討論。

這樣，在細罷特月的第四天，由李芬利伴隨，我去了城裡衙門的大廳(great hall of the prefect of the city)，那兒已經聚集了所有的高級官員和地方代表(lords-deputy)，用他們的話稱作Chuan，以及一大批商人、賢哲和其他市民。確實，這麼多人擁擠一起，這是我在任何會議中也沒有見過的。有幾千人聚集一起，就是為了舉行一次商談討論⑬。

在開會之前，行政長官說了下面的話：「父老鄉親們，我們現在聚集這裡，是為了確保城市的安全，所以我們必須保持安靜。因為我們人很多，比較混亂，人人都認為他知道怎麼做，認為其他人是盲目地做事，矛盾糾紛迭起，如果這樣的話，我們就相互為敵了。因此，我們必須追本溯源，分清主次，把一切事情都當作上天的命令來做。我們不應該相信一個人會在各方面都正確，因為我們每一個人，都只可能發現真理的某一部分，就像你們會聽到的那樣。」

「你們也知道，天子的幾個主要大臣，哲人周敏(Ciumin，Zhou Min)和高定夏(Gaiudincia)都崇仰孟子，他們已經奏請天子發布命令，要求我們的城市免去商品稅。這就像孟子所云，市廛而不徵，法而不廛，則天下之商皆悅，而願藏於其市矣。同樣，在一個城市的範圍內，如果沒有稅賦，那麼，行旅皆欲出於此地，也樂於把商品藏於此市，這個城市也就財源滾滾而來了。」

「進一步來說，如果我們允許百姓有這種自由，就像孟子教導其弟子的，百姓就會對該地的王者引領而望，那麼這裡也就會天下無敵了。百姓們因為使用這個標準，不但會從各種貿易中富裕起來，而且會為工作而感到快樂，同時又可以擺脫他們先前的負擔。這樣，轉過來，天子和這個城市就都可以減輕他們責任的負擔，讓百姓來承擔一二，因為這樣會更好地自食其力。」

「用這種方法，我們的城市根據孟子的教導而得以管理統治，這樣，百姓就可以更好地根據其自由判斷而得到好的結果，由此而給這整個城市帶來福利。因為天子和他的大臣希望，在這個城市中，那些在上者是人民的僕人而不是主人，人人都將同其他人一起在自由的環境中作為自由人而自由地生活⑭。此外，賢哲周敏也曾經說過，一個城市在這樣的環境下，百姓的目的變化多樣，很難由一個共同的規則來統治管理，就像在我們的其他城市一樣。人人都必須以善心相待，因為我們不可能在家家戶戶，大街小巷都安排士兵看守的。」

「因此，為了使百姓都能夠在自由的環境中繼續共同生活，我們就不允許任何人使用武器來攻擊他人，但是卻允許人人都去追求他自己的目的，當然，這種目的必須是合法的。用這樣的方法，我們每一個人都能夠找到他的財富和幸福。但是，如果他阻擋了他人的道路，或者反過來他人阻擋了他的生財之道，那麼，所有的人都會處於天下大亂之中，我們會失去一切財富，人人都會遭受傷害。」

高貴的白道古在聽到這些話以後，未讓那個長官繼續說下去，辛辣地說出了下面的一些話。開始的時候，許多人都轟他。他說：「因為那種愚不可及的辯論，使天子受到了蠱惑，不明白每種自由都會產生另外一種自由，一直綿延不止，直到使所有的秩序喪失殆盡，到那時恢復起來就極其困難了。因為人們一旦得以自由地選擇其追求目標，那麼，要想再對它加以限制就會怨聲載道了。」

商人以及百姓中有許多人高聲反對他，然而他繼續說道：「在過去的時代，我們使北方的野蠻人轉而習慣了我們的風俗，而不是他們改變我們。但是現在，我們中間有一些人，因為對孟子的思想缺少真正的理解，便逆天而行，毀棄古法，數典忘祖。一個人可以出於幽谷而遷於喬木，但是他不能遠離喬木而入於幽谷。」

聽到這些話，有些人開始大嚷大叫，白道古又大聲增加了幾句，他說：「孟子並沒有說城市的領袖人物應該相信商人，因為這樣城市就會被毀滅。」聽到這裡，沒有人再允許白道古繼續說下去，人群中喧鬧之聲不絕於耳，直到一些武弁在地方長官的命令下，用大棒把群衆的吵鬧制止下去，才好一點。

隨後，高貴的白道古又用下面的方式說到了他們的國家：「直到現在，周敏和高定夏兩位大臣都在協助我們的天子做一些思考工作，力求使天子能完全轉變到正確的軌道上來，這樣，甚至日常用品的貿易往來，比如食鹽、酒、香料以及其他一切東西，地方上都仍然有能力來控制，沒有什麼問題。確實，甚至提供娼妓的問題，因為我們的天子曾一度用之來為其他國家的使節服務，以便侍候他們，這也成了我們商人要完成的任務。」

這時，人群中怒聲大作，紛紛反對白道古，但是白道古仍然繼續說道：「但是現在，國家的土地、礦藏和沼澤地都在出售。而天子卻曾一度借貸給農民，對穀類市場進行管理，這裡面的許多工場和倉庫，先前都是國家所有。但是現在，全都落入了商人之手，任由商人為所欲為。」

在場的商人一派有一百多人，當然不允許高貴的白道古用這種方式繼續說下去，於是商人安禮守大聲地叫嚷，反對那些高官，這些高官用他們的話叫權臣(Chuanceni)。安禮守說道：「有多少天子派遣的官員(lords-delegate and lords-deputy)來到這裡，我們被迫從口袋裡掏錢為他們支付各種生活費用？在我們的城市裡，不是有三四百個這種閒散的官吏嗎？他們的唯一任務不就是小題大做，在各種事情中挑毛病，如不得到他們的允許，連一塊石頭也不能從這裡移動到他處嗎？現在，讓我們推崇高貴的領導孫英壽，他有力量保護我們免受這種愚蠢者的攪擾。」

「市舶司(the office for ships)以及那些搶奪我們財物的有關經紀人官員(brokers)再也不能成為我們的負擔，而房建司(the office buildings and houses-with-storeys，直譯為：房屋與樓房批准機構)也不再允許破壞我們的勞動。來自其他國家的貿易商在城市的商店裡自由做買賣，我們現在全都在自由的環境之下，吸血鬼們已經喪失他們的尖牙和利爪了。」

安禮守大聲地說出了這些話，隨後，商人和人群中發出了大笑聲。但是，也有一些人憤怒地叫喊，說是這個病鬼已不可救藥，而兒童也不能再在天子的保護之下，他們說，孩子們的院舍已經關閉，住在裡面的人也已經打發走了[15]。

有一個叫安世年(Anscinen，An Shinian)的，也是商人中的主要領導。他聽了這些話，同高貴的白道古一同爭著要講話，前面說的那個長官以及衛兵讓他先說，他於是回答說：「各位父老，那些賣藥品的是我們天子的僕人，做了很多錯事，是我們的罪人。這是因為，那些珍貴的東西，從其他地方帶到我們這兒來，說是如果我們使用它，就可以治病。但是他們僅僅把它們賣給了權臣(Chuanceni)和其他官員以及衙門的婦女。高貴的白道古，這種不公正的事情，我們已經把它結束，因為現在，城市裡的商人已經把他們控制在了自己手上。我們絕不允許那些用天子的名義看守我們監獄的人繼續他們殘酷的統治，也不允許那些愚暗不明之人把一些陳詞濫調灌輸給我們的孩子。但是，我們將把我們的孩子和囚犯，交給那些最適合給這個城市引向更加光明燦爛之境的人負責管理。我們也不會對頂禮膜拜的地方免稅，因為我們要說，那些僧侶的欠款必須從那些善男信女的善金中償付，要讓城市去支撐它們就不再公正了。」

「我們也不會像以前那樣幫助百姓⑯。因為給予窮人過多的幫助會有害於他們，而過多的幫助一大批家庭也將對城市造成傷害。」

安世年這位商人的話，在人群中引起了強烈的不滿。有一位叫黃達第(Oantatte，Huang Dadie)的人，他尖酸刻薄地說：「但是各位長者，為什麼天子不像以前一樣，根據每個人的需求而給窮人家庭一定的幫助？比如在冬天裡給一些衣服。這本身不是一種善舉嗎？而在百姓中間不也有極大的需要嗎？幫助人民，使他們能夠生活，工作，能增加商品，這不是值得做的事情嗎？」

對此，高貴的白道古站起來回答，全場都安靜了下來，他說：「孟子說，王若不仁，不能保其國於四海之內。」⑰

隨後，商人安世年憤怒地問他說：「那麼根據你的教義，什麼才是給予需要者的幫助？」

對此，白道古回答說：「合於上天之命的仁義之舉。」

對這樣的話，安世年說道：「但是，如果富人有這種仁義之舉，並不是在上天的命令之下，而是由於賦稅迫使他們必須支付，那麼這不是損一邊而補另一邊嗎？或者是人民應該離開他們自己的土地而耕種他人的土地嗎？孟子不是教導說，一個真正的仁義之人，比如我們的天子，不應該取某人補某人，而應該從他自己的口袋去提供一切，讓富人在自己想去施捨並在需要者來求助的時候才去給予嗎？因為唯有這樣，所有的人才能夠根據他們的良心來行動，根據他們的意志，自由地聽其命令或不聽其命令。」

但是對安世年的這些話，人群中發出了一陣嘲笑聲。對此，站在大眾一邊的黃達第說道：「給予窮人是富人的責任。對那些窮人來說，他們需要工作和食品，唯有供應了他們食品，他們才可以生活。因為他們是大眾的一員，所以對這樣的事情，他們也有正當的權利。」

白道古回答說：「對這樣的事情他們並沒有正當的權利，但是心地溫善者所期望的也就是善行。不過，甚至善也會受到那些說人人都該憑良心做事者的傷害。」

對這樣的話，安世年帶著嘲諷的口吻說，因為周敏和高定夏的決策而產生了富裕，因為富裕又產生了仁慈。對此，許多人大聲怒斥他。

然後，高貴的白道古說道：「但是諸位，你們恰好摧毀了救助他人的意志。仁本身就含有善，這一點窮人也是可以做的。只是因為仁並非來自財富，而是來自善心。這種善心，周敏和高定夏兩位大臣並不理解。進一步來說，對於以前的稅賦，如果你們不能改變百姓的道德思想，那麼，無論你們是支付了一半，或者是加倍支付，或者是根本不去支付，這本身都不能說明什麼。百姓如果沒有道德，你們就會失去一切。」

這些話含有一定的真理，為此而讚美上帝吧。商人安世年的回答大為不敬。他說：「你的意思是說，我們的行為沒有正義的原則。但是我們的原則是老子自己提出的原則。老子說，宇宙是由不變的自然之法來決定的，所以他極其鄙視那些妄圖反對天道，阻礙人的意志的人。所以，對那些根據他們自己的選擇和需要做買賣的人，沒有誰找到可以管理他們又不傷害到其他所有人的辦法。每個人在選擇他認為適合的道路上，都是自由的，因為是人的意志首先促進了城市的繁榮和發展。摧毀這種力量，這個城市也就被摧毀了，而那些用這一種方式來作破壞的人，較之韃靼人，則是我們更大的敵人。」

但是現在，天哪，有學識的士子何祝申，一位瘦高個子，為了討好先前說過的安世年，說道：「各位父老，就商人的行為來說，它既非善也非惡。而因為它對是非也不關心，所以我們並不能說商人的行為就是為了反對善。進一步來說，就像Cienlian(陳亮?)教導我們的，我們必須根據效果而不是根據原因來判斷其行為，就像我們判斷一個人是根據其行為，並不是根據其衣服或者原則一樣。我們也不能說商人給我們的城市帶來了什麼危險，相反，商人在這個國家中給城市帶來了百姓的生活必需品。而賣的商品愈多，買的也就愈多⑱。」對這樣的蠢話，人群中有許多人不禁哄堂大笑起來。

雖然如此，何祝申還是繼續說道：「進一步來說，通過商人的貿易往來，他們為他人也為自己創造了財富。而這些財富也為窮人帶來了許多好處。而買來賣去之間，因為獲利，他就像螞蟻一樣，也為他人樹立了一個多勞多得的榜樣。此外，通過他以及其商業同人的力量，他們也可以獲得一種手段，並不是想去劫掠這個城市或者摧毀城市的生活，而是要去保護這個城市，使它免於暴君的傷害，因為這種暴君會用不公正的苛捐雜稅壓榨其百姓，或者是暴君自己給商人造成傷害。」

大商人安世年對他深深地鞠躬，然後說道：「何祝申博學多識，所說也都非常聰明。這就像老子所教導的，魚兒離不開水，同樣，人也不能斷絕和市場的往來，因為市場就是為了交換，而人們也需要他所缺乏的東西。任何人也不能忽視那些給他們提供物品者，或者了解他們需要何物者。」

白道古對此回答說：「那麼先生，你是說商人最好是不要政府，豈止是不要，他們還要自己去管理一切。」對這些話，有許多人大聲地對他表示贊同。因此白道古又增加了下面一些話：「此外你們說，商人應該自由地去做他們自己選擇的事情，而不受任何人的監視。既然如此，在商人中間發生糾紛的時候，你們又希望城市的法官去秉公執法，這又是為什麼？」

高貴的白道古提出的問題，含有一種普遍的真理。安世年這樣回答道：「我們並不否認，在我們中間應該公平合理。但是我們也認為，如果管理我們的法律很糟糕，又很繁瑣，那麼，百姓就會變得愈來愈窮，而國家也就會陷入混亂之中。窮人甚至會遭受大饑荒，這一切都並不是因為他們閒散，而是因為官員們用他們的法律吞噬了一切。法令和法規愈多，賊盜也就會愈多。其實，治大國如烹小鮮⑲。如果百姓難以治理，這不是因為統治者愚蠢，而是因為他們的法律不好。」

「因此我們說，不應該把老百姓限定在狹小的範圍之內，也不應該因為法律而使他們的生活疲憊不堪。進一步來說，如果統治者不使百姓疲憊不堪，百姓自己是不會使自己疲憊不堪的。因此先哲說，如果我少做，則百姓自有出路。」對商人安世年的這些話，許多人大聲歡呼，表示贊同，這樣在一段時間，喧鬧之聲使得人什麼也聽不見。

隨後高貴的白道古抱怨地說了起來，也有一些商人和百姓嘲笑他。他說：「這不是你們所說所做的一切。我們也不否認孟子的話。孟子說，唯有善於治理國家者，才有足夠的手段來滿足它的消費。但是，你們要摧毀一切在你們看來沒有用處的東西，比如我們祖宗的傳統習慣、最寶貴的方法、法律乃至建築物等等對你們來說沒有價值的東西。」

「在野蠻人的土地上，如果沒有城牆，也沒有來自其他國家的使節，就像沒有公共機關和城區一樣⑳，也就沒有公共領域，一切都草創未就，這樣，人們就會在你們的計劃中看到很多合理的東西。但是，在我們這個國家和城市就不一樣了。我們的生活之道不會被輕易地推翻，秩序不可能輕易地維持，幸福不易隨便地獲取，遵守天道也不能毫無敬意，因為這天道是往古的明君賢哲一直認為真正的、正義的東西。往古的明君賢哲關心天下萬物，無論它們高低尊卑，無論它們屬神屬人，他們都關心，但是你們卻僅僅去思考你們的慾望和財物。」

「同樣，漢武帝(the Emperor Oaou)和王莽(the Emperor Man)也命令說，鹽鐵二事絕不能落入商人之手，然而你們目中無人，甚至將這些也抓到了自己手上㉑。但是，這些皇帝要比你們聰明很多，諸位，明乎此，為了有益於大衆，你們不能僅僅在富人的管理之下。」

「進一步來說，對他們是錯誤的東西，對我們也同樣是錯誤的。因為無論是誰，也無論何時，心中的正義觀念都很清楚。這樣的人，在任何時候，都會被他認為是不公平的同類事情所激怒。」

商人安禮守十分粗俗。他對白道古的這些話，顧他安寧，好像不願意再聽下去，就大聲喊叫，哦，耐心一點吧，其他許多人大聲地讚揚他。他說道：「這個國家不可能是商人的國家，像白道古這樣的人也不可能織絲綢，而官員也不可能給人民帶來一切他們所渴望的東西。所以，無論什麼事，如果能得到那些在百姓需要的時候提供服務的人去管理，那才是正確的；如果是那些為他們服務卻不能給他們帶來幸福的人管理，或者是騎在他們背上作威作福的人來管理，那就不好了。」

聽到這些話，黃達第站在百姓一邊說道：「你說得很對，但是為什麼在你的治理下我們卻仍然貧困，甚至為明天的勞作而沒有足夠的錢來恢復我們的力氣？如果事情像你說的那樣，那麼，為什麼下水道卻無人管理？現在，整個城市的商店和攤位七零八落，沒有人能夠知道可以在哪兒買到東西，因為一切都在混亂之中。」

這時候，許多人都對他的話發出笑聲，願上帝懲罰那些心地冷酷者吧。這時，另外一個人從窮人群體中站出來，說了幾句話：「諸位，在你們的治理之下，甚至大量的財富都到了少數人的手中，因為高低收益不均，所以富人腦滿腸肥，而窮人則瘦骨嶙峋。但是，既然窮人不能像以前一樣得到幫助，那麼就應該有一個法律，命令窮人和富人都應該同樣平等。」對這位鄉下人的話，願上帝可憐他吧，商人群中又發出了一陣大笑，而守衛人員也不允許他再繼續說下去，因為他會說到光明之城的反叛者㉒，大呼小叫，說是天神肯定會懲罰那些傲慢的商人。

隨後，高貴的白道古那一邊站出來一個人，他的名字是張延明(Cianiammin，Zhang Yanming)。此人是一位藥物專家，年紀已大，他對商人說了下面的話，這時所有的人都在注意傾聽：「不管是鄉下的窮人還是城市的窮人，如果沒有土地，就都會比以前更窮。因為現在他們明白，在他們眼前的，不是他們祖先的靈魂，而是一些希望擁有但是卻一無所有的鬼魂。你們自己也說，你們是那些給城市帶來光明的人，但是根據你們的行為來看，你們只是使天下產生了苦難，給公益事業造成了傷害。因為在我們之間沒有一致和諧，我們如何來抵禦逼近的敵人而保衛我們自己？又如何治療廝殺和暴力造成的傷害？須知，這些傷害在我們的許多城市中正困擾著我們。諸位，你們逆天而行，這樣就會給我們富人窮人都帶來毀滅。」

對於他的話，商人安禮守怒氣沖沖地說：「尊敬的長者，你所說的話並不是真理。買賣做得愈大，那些希望勞作的人就愈可以獲得更多的利益。你的思想就像被蛾子齧蝕的衣服，你的話就像從空洞裡傳出來的聲音。」

聽到這裡，人群中許多人大聲喧嚷，互相攻擊，有的甚至想揍靠近其身邊的人，這樣，沒有人可以聽到老人張延明的話，願他安寧。守衛人員走到人群中，打了這個又打那個，使大家平靜下來。然後，老人又繼續說道：「你們缺乏對神和人的尊敬，在你們的傲慢中，你們甚至相信自己可以統治整個的自然。因為地球上的金屬、水以及所有地上和水中的動物，應該都屬於你們，你們又如何去考慮其他的東西？相反，就像老子教導我們的，水是最善的，如果它不過度，它就會給萬物帶來福祉，因此它也屬於一切。其他的一些慷慨饋贈也是如此。對於這些，無人敢說是他的，因為它們是給予所有人的，所以它們也就可以生生不息。」

張延明很有知識，對他的這些話，人群中響起了一陣讚美的聲音。對此，商人安禮守回答說：「那些老老實實的農民、工匠、金匠和裁縫忙於他們手中的活計，正是他們，維繫了這個城市和國家，而不是什麼頭腦裡充滿了知識，卻連一桶水也不能從井裡打上來的儒雅之士。」

對安禮守的這些話，商人和大衆中又響起了一陣讚美的聲音，有的讚美這一點，有的讚美那一點，博學的張延明憤怒地說道：「如果你那些老實的金匠不偷金子，他們的家庭就會餓死，如果你那些老實的裁縫不偷衣服，他們的妻子就會赤身露體。」對此，安禮守作了這樣的回答：「你們嘲笑商人，卻購買他們的商品；你們仰望天空，而別人卻必須耕種田地。這種生活的方式公平嗎？進一步來說，當人們選擇新的道路而落腳的時候，你們不但不沿襲往昔的道路，反而把人們從新的道路上拉開，把危險帶給所有的人。」

對這些指控，高貴的白道古現在開始作答：「甚至一些睿智之士為你指出了你的錯誤之處，你也一意孤行，不聞不問。然而就像孟子所說，識迷途而應知返。但是，你的這種貪婪地攫取城市的商品——從前那些商品用來為所有人的需要服務——又毫無道理地任許多東西腐爛、生蟲的人卻會為這樣的事情所震驚：心靈混亂的人們將會轉過來互相攻擊。在你的眼中，你是一個值得讚美的人，因為你為你的富裕從早忙到晚，你的心理得到了如此的滿足。但是，那些起早貪黑、不知疲倦地為自己而勞作的人，也不比盜賊好多少。因為他們僅僅追求世界上最齷齪的那種東西：對財富的貪婪追求。」

現在，既然似乎是白道古的那一派佔了上風，主持會議的官員要求大商人安世年回答，於是安世年回答說：「市場並不是貪婪的場所，而只是工作的地方，是百姓希望得到商品和其他東西從而也得到滿足的地方。在光明之城，不就是這大量的商品刺激了人們想佔有它們，因此而拚命努力地工作，以便獲得它們嗎？一個人要想擁有財物，就要找到獲取財物的方法，而在得到了這樣的方法之後，他就會轉過來滿足那些滿足其願望的人。這樣，貿易的車輪就會轉動不停㉓，而停止其轉動，用這塊石頭或者那塊石頭擋路，阻礙其前進，也不是一件好事。因為這樣去做對任何人都沒有好處，而任由這個車輪自由地運動不止，則整個城市就都會繁榮起來了。」

商人安世年的這些話，再一次受到了人們的稱讚，高貴的白道古似乎對他已經厭倦，而博學的張延明則回答道：「各位長者，在今天，人們鄙棄溫和，追求過度，這是危險的。就像孟子所說，修心養性最好是去慾，而那些視珠寶超過一切的人則肯定會遭受疾病的痛苦。你們另外一派的人認為自己高於他人，因為你們是大商人，但是你們的這種高僅僅是高在富有而已。我們還是去學習學習老子。老子說，真正偉大的人，是立根於真理，扎扎實實，而非依附在事物的形式上，華而不實，徒有其表。」

「有的人駕四馬之車，但是，有什麼方式會比平心靜坐更好呢？如果一個人為擁有金銀財寶而得意洋洋，不但他不可能守衛它們，而且他還會很快地自我崩潰，就像踮著腳尖的人難以站穩㉔，兩條腿分得過開並不能行走一樣。知足者不辱，知止者不殆。」

對他的話，粗魯的商人安禮守高聲應道：「你老兄說得很好，但是你並不老實。你走在大街上，市場上，心裡會為商人提供什麼而好奇，但是卻假裝鄙視這些東西，好像它們是不屑一顧似的。這就像一盤熱豆子㉕，只能看不能吞嚥而令你難受一樣。」對這些話，大眾一邊的人大聲笑了起來，為此而讚美上帝吧㉖。

白道古對他的話作了如下的回答：「你們大笑，但是對那些希望佔有、希望滿足的人來說，他們怎麼能夠理解在旱澇災荒中他人所遭受的痛苦？是上天孕育了五穀雜糧以養育百姓；給富人遺贈財物以使他們幫助窮人。但是對這樣的事情，僅僅考慮他們自己利益的人又能知道什麼？當米價高漲的時候，窮人難以購買，沒有人會同情他們的境況，那些對鄰里的哀告哭喊甚至不聞不問的人，他們會不會關注上天說個什麼？」

對這三個質問，有好一陣子冷場，就好像人們不知道說什麼一樣。過了一會兒，大商人安世年回答說：「誰不考慮明天，誰會讓其鄰里支付一切。沒有哪個時代沒有旱澇之災、沒有疾病饑饉凍餒之苦。然而，當每一個人的責任就是去保護自己，使自己免於天災人禍之時，你們就永遠只有缺少遠見卓識的百姓。」

對此，高貴的白道古回答說：「確實如此。難道說在這個時候，百姓就必須忍飢挨餓，膽戰心驚，因為無法購物而原地不動，而默默地相互注視，而毫不遲疑地走向死亡？你們在注意到這一切的時候，為他們的貧窮而責備他們，但是這是否他們的過錯？進一步來說，如果一個窮人躺在陰溝裡，躺在大街上，或者背井離鄉，漂泊四方，誰還來耕種你們的田地㉗，為你們的餐桌獻上美味佳肴？」

對白道古的這三個進一步的質問，人群中又產生了一陣讚美之聲，許多人在他們的位子上高聲叫喊，反對商人。而在此之前，人們曾是讚美他們的。所以安世年只好再一次站起來說道：「但是高貴的白道古，像你這樣的人，頭腦簡單，不通世務，你們本身就是我們所有疾病的根源所在。你蔑視世間的各項事務，而這些事務，不管是床笫之私、買賣交易、尋歡作樂還是其他的一切，對活著的人來說，其實都是普遍要做的，早已是司空見慣。但是對閒散之人，你卻加以認可，雖然你因為傲慢而目無所見；你對那些得過且過者，所謂的關心也只是任由他們一直愚昧下去而已。這樣，他們就會不顧一切，總是向你去求助。進一步來說，你顯得風度翩翩，但是卻從來沒有在田地裡或者在工場裡幹過一天活，居然認為給窮人大米吃會比讓他自食其力更好。你也認為，當了商人就是從天上降到了地下，認為一個人自食其力並不比婦女出賣其肉體更好。你傲慢自大，一直看不起那些樂於去四處謀利的人，除非是那些從外國來的人，對他們，你卻給予了榮譽，這很不公平。」

「但是在所有的壞事中，最壞的則是你告訴人們，說百姓應該少追求而不應該多追求，說失敗比成功更好，窮人比富人更高貴。但是，如果採用這樣的教導，這個城市就肯定會淪於毀滅了。」

現在，白道古一派以及大衆這一邊全都沉默了，就好像他們是在尋求真理一樣，為此而讚美上帝吧。這樣，安世年又自由地說出下面的一段話來：「高貴的白道古以及他四周的人對商業上的事一無所知，所以他們看不起城市的富人是最沒有道理的。正如我的兄弟安禮守按照他的論點所說，他們好像對看到的一切都鄙夷不屑。但是，唯有一個人可以選擇各種各樣的東西，比如可以選擇各種各樣的大米和水果，這樣，他才能根據他的口味或者錢款，通過購買合適的物品而得到滿足。進一步來說，在購買這種或者那種東西的時候，他也給商人提供了一些知識，人們喜歡什麼，人們不喜歡什麼，等等。這樣，商人由於受到其他商人的限制，為了提高他所賣商品的質量，而又不會因為價錢過高而嚇走了買主，那麼，他就要善於選擇擺在他面前的各種想買的商品了。通過這樣的方法，每一個人都能知道別人的情況，賣主知道買主的品味和支付能力，買主知道各地的商品和他準備購買的價錢。這樣，當雙方根據各自的意願就所作選擇而自由交易的時候，每個人就都可以用這種方式而滿足對方。在買賣交易的圓圈中，誰都可以介入其中，而這個城市就會變得既富裕又自由了。」

但是高貴的白道古儘管已上了年紀，卻並沒有平心靜氣。他回答說：「百姓在慾求方面是得寸進尺的，他們的慾望是無窮的，人人都像孩子一樣想擁有他沒有的東西。但是，他們不會因為手中擁有了他們所要的東西而感到幸福，他們甚至會把手中的東西扔到一邊而再次爭搶新的東西。這樣，所有的常規都打破了，因為在他們的眼中，唯有新東西才有價值，這樣他們就沒有寧靜之日，心中總是無休無止的攪動不安。」

對白道古的話，粗俗的安禮守回答道：「有的人愛好蕪菁而不喜歡梨子，因為每一個人都喜歡他所喜歡的東西，所愛不同。你能說他們錯了，或者我們不應該讓每個要吃蕪菁的人去吃蕪菁？」但是人們對這樣的話大笑不已，有好長一段時間，會場上亂糟糟一片，聽不清任何一句話，直到那上了年紀的張延明作答才安靜了下來。他說道：「你可以同楊朱(Ianciu)比較，楊朱也只是考慮他自己，但是他是一個哲人。」聽到這句話，笑聲大起，甚至商人那一邊也笑了起來。在他們中間討論這些事情，他們的快樂、痛苦、憤怒，就是這樣顯現出來的。

但是商人安禮守，因為感到了他們的嘲笑，非常難受，於是大聲說道：「不管追求什麼東西，只要能使我高興，使我快樂，對我來說就是正確的，對其他人也同樣如此。如果我由於擁有好衣服，擁有美女而激動不已，那麼我追求它就是正確的，因為人的本性就是要去實現他自己的理想。」

高貴的白道古，願他的名字永存，對他作了回答。他的回答就好像真的在心中聽到了上帝的話一樣，為非猶太人能夠理解和學習《托拉》的智慧而讚美上帝吧。他說：「諸位，所有的人都希望得到快樂，就像孟子所說。但是，每一個人也都還有一種快樂，這種快樂並不需要佔有財物、好衣服或者女子就可以得到。他所有的這一點就是他的靈魂，然而在有些人，這樣的事實卻從來沒有進入他們的心中。安禮守老朋友，使你快樂的並不是快樂自身，而真正使你快樂的東西你卻從無所見也無所知。」

「進一步來說，如果你追求快樂超過你追求任何東西，那麼，你為什麼還為那帶給你一切希望之物的財富而平添煩惱？如果幸福和追求自己的理想是當作同一件事看待，那麼其他人又如何約束這同一件事？我們倒不如說，你的貪婪才是我們這個城市的最大敵人，而並不是什麼財富的問題。財富可以使我們的城市更加強大、富有，也使我們具有抵禦敵人的安全。」

白道古所說的這些話，人們在聽了之後，好像什麼人給了個信號一樣，所有的商人都站了起來，憤怒地叫喊，說是他要指控他們為城市的叛徒，韃靼人的朋友，也有的人就好像要去揍白道古和負責人張延明一樣，因此衛兵們趕快跑過來幫助他們。人們在混亂之中，有的為這一派高喊，有的為那一派大叫。

最後，商人們只好用手把安世年向前推㉘，因為他已經不想再對高貴的白道古說什麼。他們對所作的指控憤怒異常，大部分人都決定離開這個集會，不再繼續討論。

但是我，安科納的雅各，同忠誠的李芬利一起，卻走了上去，拉住商人安禮守，以上帝的名義而請他讓他的一派人留下來。這是因為，如果此時離開，對這個城市的所有商人，不管是蠻子也好，其他國家的商人也好，都會不利，他們會因為這種爭吵而遭到指責。我說道，如果一些百姓同他們一起憤怒地走上街頭，他們肯定會受到指責的。感謝上帝把這樣的智慧給了我，使我能脫口而出，講了這樣的話。

商人安世年因為不能確定去留，就說道：「財富是自由人生活在自由環境中的財富，我們不但要抵抗那些想限制財富的人，而且要努力使它擴大。和白道古所說的相反，這個財富決定了全城的幸福和富裕，包括今天那些窮人和缺衣少食者的幸福和富裕。這就像司馬遷(Sumacien)所說，當人人都在他的崗位上工作的時候，他會為他自己的事業而高興；所以，就像水流向下一樣，商品無須任何人引導，就會根據自然的法則㉙而流向前，日夜不停，不必別人要求，人民就會生產出那些他人需要的東西的。確實，世界上沒有任何城市像我們的光明之城這樣，自由的秩序合於實際，人人都努力奮鬥，為完成他們的工作盡職盡責。」

「既然在我們的城市裡，每個人都自由地做事，勞而有得；每個人又都知道，做自己應該做的，保存他獲得的東西，這都是合理的行為，所以他極其願意這麼做下去。這樣，我們的城市果實累累，財源滾滾，強大得足以禦敵，同時也準備同那些攻擊商人者戰鬥到底。」

對安世年所說的這些話，許多人大聲地讚美，聲音嘈雜到極點，聽起來真是可怕。但是，白道古一派並沒有被嚇倒，白道古說道：「安世年，你說話很有風度，然而你做的大部分事情都是不合法的，也是違反天道的。你們壓迫窮人而沒有憐憫之心，相互欺騙，出售假珠寶以及其他一切，全都是想得到黃金。富人們以自由裁判的名義，為所欲為，而窮人們就都去做他們能做的事情。因此，當百姓們搶劫或者欺騙他人的時候，他們並不認為他們犯了任何罪，所以現在這個城市已經瀕於地獄的邊緣。諸位，這個國家就像個大家庭，很難管理。這是因為，人們喪失了聚集一起，和諧一致地生活的目的。然而現在你們辯論說，在這個光明之城，每一個人都應該自由地保衛他所擁有的一切，想怎麼做就怎麼做，說是既然有這麼多人在日日夜夜地走來走去，手中拿著刀劍棍棒，所以，每個居民就都可以順理成章地保護他們自己，按照他們的需要而設法使他們的財富免受鄰里的搶奪。」

「這樣，現在就沒有誰可以合理地剝奪每個人的這種手段了，因為沒有這種手段，我們每個人都會變成他人的犧牲品。但是，如果有人說，你們因此而沒有把所有的人放在安全地帶，而是放到了極其危險的境地，你應該回答說，最好是所有的人都拿起武器，而不是僅僅讓強壯的人或者那些得允動武的人拿起武器。確實，你們中間也有一些人說，如果每一個人都盡其職責，拿起刀劍，就好像這就可以使所有的人都安全一點，這樣會好一點。」

「但是，這是死之道而不是生之道。用這種方法沒有人能夠安全。因為當每個人都手拿武器走在大街上的時候，解決爭吵肯定常常是用流血的方法，而不是用理性的力量。然而你說，對那些要傷害他人者，由於人人都帶著刀劍就會禁止他們作惡的，甚至爭辯說，最好是這樣維護和平，而不是使國家損失過大。但是這也是一個邪惡的見解，因為僅僅使用刀劍是不可能堅持正義的。」

「此外，我們中間也有一些來自外國的博學之士。他們為我們的財富而驚奇不已，但是也為我們的病態而恐懼羞愧。讓我們就邀請這樣的一位學者用他們的語言來講話。他確實是一位極其聰明的人，既是他們國家最偉大的商人，也是最偉大的哲人，同時他也具有憐憫心，擁有財富。他通曉猶太人律法和其他很多東西，因此他是最適合當我們的面來理論一番的。」

高貴的白道古用這樣的方法，給予了我，雅各•迪•所羅門，安科納的商人，一種極大的讚美和榮譽。猶太人也好，異教徒也好，無論如何，我得以從這些衆人之中被挑選出來，借助於忠誠的李芬利，在光明之城衙門的大廳裡，在擁擠一起的無數衆人面前講話。於是我說道：

「各位長老，自從這個世界被分割成了各種各樣的疆域領土以來，有哪個國家從其商人那裡聽到過，像在這個城市中聽到的這種邪惡的事情嗎？自從我來到了這個地方，我目睹了這麼多的奢侈、貪縱和愚蠢，甚至在其他國家都沒有人會相信我們的故事。任何人，如果他具有理性的光芒，又怎麼會相信，一個國家或者城市的統治者，會允許那些居住在那裡的人如此自由地行動；又怎麼會相信，沒有人去反對市民們手拿刀劍出門，在衆目睽睽之下同女人一起睡覺，同男子發生關係，或者其他一些事情，這所有的一切都是上帝所禁止的事情。」

「同時我們也不能相信，在追求財富的過程中，國家或者城市的統治者會向其商人讓步，不但聽任他們的意願去自由地買賣，減免進口稅，而且向他們出售建築物和道路，湖泊和水道，甚至放棄寺廟和他們祖先的祭台。因為他們在做這種事情的時候，愚蠢至極，甚至只有瘋狂的人才會說做這種事的人聰明。人民應任由其自己的意志而讓他們的城市陷入毀滅㉚，使城市的市民相互成為敵人，我們曾經聽說過這樣的事情嗎？」

「各位長老，雖然我也是一個商人，但是根據我的判斷，這些事情並不是人的理性或者智慧的結果，而是魔鬼的行為所造成的，但願上帝禁止這樣的事情。確實，自由的往來和自由的買賣，是那些不自由者所不欣賞的力量。但是沒有這樣的自由，在他們中間也就沒有貿易。但是這樣的自由是實用的權利，不是自然的權利，也不是絕對的權利，法蘭克人的賢哲就是這樣說的，十分正確。至於對財富，高貴的白道古說得很好，鋪張，過度，就會傷害靈魂，即使金銀財寶塞滿了商人的財庫也是如此。」

「因此，雖然商人安世年的話會讓我這樣的商人高興，但是這些話卻令我的靈魂不快，感到遭受了折磨。因為這個城市雖然很富有，但是它似乎並沒有由明智之人來管理。作為一個虔誠的人，讚美上帝吧，我因此堅持認為，像我在你們的城市所見到的這種貪婪和漫無節制的慾望，並沒有什麼價值，只是低賤邪惡而已。一個人對自己、對別人，都有一種責任，這使他既不能向他所希望做的一切讓步，也不能試圖擁有他所希望的一切。」

隨後，忠誠的李芬利花費了很大的力氣去翻譯我的話，白道古的那一派則一致讚賞我的講話，並要求我繼續說。

我因此說道：「我們有的賢哲允許商人做自由貿易，但是有一個條件，那就是他們不能欺騙買主。也有的賢哲警告我們，要我們注意那些生活於洪水滅世時代者的罪行，並聲稱說，如果商人要隨意按照自己的意願去賺錢，那麼它就是一種罪惡的事情。因為他們說，這樣去做並不能發財而只能褻瀆上帝的聖名。如果一個人擺脫了法律的束縛，可以不管適度不適度，不顧他的同伴而行動，那麼，一切法律和權利就都會混亂一片，因為每個人都愛模仿他的同伴，而那些允許某些人做的事情也就要允許所有的人去做。相反，在一切關係中，在萬物之中，人的行為必須受到限制，使他們能夠互相行為公正，無論是主人對僕人還是僕人對主人，丈夫對妻子還是妻子對丈夫，商人對買主還是買主對商人，相互都必須公正。因此，對最後的一點，亦即商人對買主或者買主對商人的問題，在他們之間就必須建立一個公平的價格，如果能這樣，那麼二者就可以得到滿意了。」

聽到這裡，商人安禮守大聲嚷道：「在你的評判中，哦，智者中的最智者，什麼是公平的價格？」我回答說：「大人，你不妨首先告訴我。」安禮守回答道：「任何價格，如果是建立在買賣雙方之間者，那就是公平的價格。」於是我回答道：「這倒不如說一個東西只要能夠賣出去那就是有價值的。」㉛對此，愚蠢的安禮守宣稱道：「這也是我們的信念。」

我轉過來對他說：「但是也有一些人說，一件物品的價格由其用處而決定，由購買者的需要來決定，就像我們偉大的阿奎那㉜所說的那樣。」對此，安禮守宣稱說，阿奎那的話與前面所說的話並沒有什麼區別㉝，他說道：「如果買主發現一件對他有用的東西，於是要買這一物品，那麼他就會為它付出公平的價錢。這個價錢也就是這個物品能夠賣出去的價錢。」說到這裡，那些圍在他四周的人一點也沒有理解就大聲笑了起來，願上帝可憐他們吧。

因此我問道：「但是，在這種公平的價格中，公平又在哪裡？一個飢餓者，因為需要麵包來填飽他的肚子，如果要他出五十個格羅特，那麼他因為在飢餓之中，就會願意付出這個數字嗎？」對此，邪惡的安禮守回答道：「如果他願意出這個價來支付麵包商，他為什麼不這樣？你要用你的大智大慧來禁止他支付他願意支付的錢嗎？如果他願意付這個價錢，麵包商為什麼向他少要一點呢？」

對於他的話，我轉過來回答道，感謝上帝吧：「這樣，大人，在這個世界上就不可能有什麼公正了。」

我的這些話使得商人階層的人極不高興㉞，他們許多人站了起來，呼喚會議長官說，因為我是一個客人，不應該允許我再說下去。對此，人群中許多人也高喊表示同意，但是另外也有一些人，卻認為我應該留下來，說我的話很聰明，讚美上帝吧。隨後，高貴的白道古，願他安寧，說我也是個商人，所以能夠正確地判斷出城裡這些商人的過錯，並且毫不畏懼地對他們說話，所以使得他們膽怯了。此外，他說我是一個猶太人，也是他們中間的一位客人，不可能將真理變成謬誤，也不可能將邪惡變成我的虔誠的語言。

因此我得以允許繼續說話，我說道：「確實，所有國家的商人都希望既沒有太多的賦稅，也沒有那種阻礙商業發展的人。商人們希望自己能夠自由地經營，根據自己的判斷來決定把他的船隻帶到哪一片土地上去，選擇何時而買進，何時而賣出。此外，商人也希望他的國王或者治理(govern)城市的官員能夠保護他們，並不是指望那種高高在上對他們進行統治(rule or stand over him)的人，因為他要比他們更知道他們應該為他提供哪些服務。」

「但是，這個城市就因此而不徵稅，不關心井中的飲用水，不救助窮人和病人，不懲罰那些男人同男人一起睡覺的人？或者不指出誰進入市場，誰不進入市場嗎？如果這樣，那麼城市該怎樣管理統治，公共福利該怎樣維持才好？如果不出高價，人們不給他人空氣、水和火嗎？他們可能購買天、海洋、河流和燃燒的火焰嗎？相反，如果一個人認為自己能擺脫一切限制，隨他的意志而為所欲為，不考慮他人，那麼，他在這個世界上一無所得也是應該，我們的哲人就是這樣教導我們的，願他們安寧㉟。」

對於我的這些話，那粗俗的傢伙只好起來應答，儘管商人的一派並不希望再聽到我的話。

但是現在，這個商人安禮守的表情變化得很大，他說：「你是個猶太人，總是在說善惡。一個一個商人，如果背叛了他的同業，那就和背叛所有的猶太人一樣了。你承認你也受過教育，談吐也像很有智慧，這一點，我們的領袖人物孫英壽和聰明的張兄已經告訴了我們。但是恰恰是你，而不是我們，處於混亂之中，同時我也不笨。你抱怨說，我們總是堅持認為每個人都應該追求他自己的目標，就像在市場上兩種服裝之間，他選擇自己滿意的一種，在兩條魚之間他選擇他最喜歡的一條。然而你所說的一切關於你們猶太人的善惡之事，如果一個人不能在好壞之間作自由的選擇，那麼他又怎麼能在善惡之間、在經營的優劣之間作一個選擇呢？進一步來說，如果沒有什麼選擇，那麼，人也就不應該為他的行動而受到責備，而所有的判斷也就都歸之無用了。」

安禮守就這樣說了很多。他並不具有真正的智慧，然而他周圍的人卻在大笑不已，並用手指著我對我加以嘲笑，上帝拯救他們吧。我信心十足地回答他說，讚美上帝吧，「各位長老，我並不否認，由於一個人的本質特徵和上帝的饋贈，他可以做那些他要做的事情，選擇那些他有能力去做的事情，就像在兩條路之間選擇這條而不選擇那條，在兩個夥伴之間選擇這個而不選擇那個，在兩袋香料之間選擇這一袋而不選擇那一袋。這正如我們的猶太哲人所說，一切都是可以預見的，但是，人卻被賦予了選擇的自由。然而，選擇這塊絲綢而不選擇那塊，選擇這種胡椒而不是那種胡椒，這並不是在作善惡的選擇，而是在作兩種東西的選擇。因此，在它們之間作選擇並不能為道德的生活提供什麼原則。這是因為，一個自身行為表現得好而不是壞的人，並不是由於他在它們之間作選擇，而是由於他聽從其靈魂和責任感的引導。」

對此安禮守不能回答，他周圍所有的商人也混亂一片，為此而頌揚上帝吧，讚美祂吧。這樣，有的人對我大喊大嚷，說我不是他們中的一員，也有的人抱怨安禮守沒有再作回答。隨後，人群中有許多人憤怒地離開，感慨高貴的白道古和大商人孫英壽這兩派都不能領導他們。有一個人叫道，那是法蘭克人和猶太人，但願上帝禁止這樣的話，從他們的自身利益出發，過分地鼓動了刺桐的商人。但是高貴的白道古對我深深鞠躬，以表示敬意，對此而讚美上帝吧。他說通過我的話，真理的一邊勝過了謬誤的一邊。這時商人安禮守則在我們離開的時候來到我身邊，再次請求我說一說基督徒以及他們對猶太人的仇恨問題。他說所有的人都希望聽一聽我的談論。我回答他說，我認為自己是由於信仰而受到尊敬，由於責任也必須承擔各種義務。他聲稱我是所有的人中最聰明的人。

在波(Bo)安息日㊱之後，細罷特月也都平安度過。此時我的兄弟納森•本•達塔羅、拉扎羅以及埃利埃澤爾乘船平安地返回了刺桐㊲，帶來了大量的絲綢、黃金、香水和藥膏，這些東西的價值都是難以估量的，為此而讚美上帝吧。他們並不關心這個國家的麻煩，也不關心光明之城的混亂情況，只是奇怪他們在天子的城市裡受到了注意。

他們告訴我，行在是蠻子國家的首都和度宗的宮廷所在，是一個用黃金裝飾的城市。它具有世界上最高的城牆，有很多的湖泊和花園，有一千多座廟宇寺院，比在威尼斯所看到的人工湖還要多，還有四千多座石橋、九十萬個家庭㊳。所以這是世界上最大的城市，僅繞城一周就得四天時間。

皇帝住在豪華的大理石宮殿裡，宮殿有五千多個房間，全都用金銀珠寶加以裝飾。因為他們認為，這適合他們不虔誠地稱之為天子的人居住。稱之為天子，就像基督徒稱那個人為上帝的兒子一樣，雖說這樣稱這個人並不比稱呼那個人愚蠢多少。在度宗的宮殿裡，宮廷中的貴族全都充滿了仇恨，互相勾心鬥角，和羅馬教廷的紅衣主教毫無差別。此外，就像教皇給那些擠在其議事廳中的人授予官銜和榮譽一樣，蠻子的天子也這麼做，用一種教皇的方式主持金鑾殿的跪拜儀式。天子宮廷的那些皇親國戚，也和羅馬教皇的一樣，都獲得了提拔，得以高升，掌握大權。因此，人的慾望和貪婪，而非美德和正義，就統治了這一個國家，就像教皇統治的那一個國家一樣。

天子的四周圍滿了太監、文書、僕人、占星家、宮女以及其他閒散的人，有為皇帝職掌動物者，比如負責鷹和鷂隼者；有管理魚類的僕人，他們是為皇帝的享樂而在宮殿旁邊的湖中做養魚工作的。凡此以及其他許多人，真達到了上萬的數量，他們都從天子那兒得到他們的職位所需要的一切，所有的人轉回來又都匍匐在天子的腳下。雖然如此，據說皇帝同他四周的人在一起還是很自由的，他們有的人甚至看見皇帝理髮，看見皇帝在洗浴之時的赤身裸體，這是令人厭惡的事情。

行在的猶太人大約有兩千，都居住在鳳山(the Hill of the Phoenix)上。鳳山位於度宗皇宮的西邊，蠻子們把它稱作法蘭克人的山，因為那裡也有法蘭克人和薩拉森人居住。薩拉森人有他們自己的寺廟和房屋，是在靠近富橋(the Bridge of Riches)的地方；猶太人也有他們的崇拜室(house of worship)，讚美上帝吧，是在福街(the Street of Blessings)。然而，我說的這一切都是從我兄弟拉扎羅和威尼斯的埃利埃澤爾那裡聽來的。這些事情，不管是令人驚奇的，還是應該禁止的，都不再能打動我的心，甚至看到他們帶來的高級物品我也不為所動，雖然從這些物品中間我能分得不少的利潤。

一個人稱他自已為皇帝，擁有許多妃子，佔有大量的金銀財寶，而這些又都遠遠超過了一個人的需要，這是既不應該驚奇也不應該讚美的事情。我靜靜地看著納森・本・達塔羅放在我面前的商品，沒有一點貪慾之心，因為我的靈魂對這種貿易已經厭倦了。皇帝也好，教皇也好，他們趾高氣揚地坐在寶座上，無論是絲綢袍服還是金戒指，全都不是這個世界的真正光輝，僅僅是個影子而已，在它們旁邊，《托拉》的燈盞閃閃發光，它永遠不會熄滅，為上帝的慷慨而頌揚祂吧。

進一步說，我想到這個城市的麻煩也感到非常困擾，這種麻煩在百姓中間天天都在增加，有的人站在這一派，有的人站在那一派，我看到這些令人心碎的事情也令所有的人感到苦惱。因此在伊特羅(Yitro)和米西帕蒂姆(Mishpatim)安息日㊴的時候，我祈禱上帝，讚美祂，願祂在這個城市的大衆面前，賜予我智慧，指導我的思想和言語，這樣，城市的統治者就會徵求我的意見，對我大加讚賞，感謝上帝吧，願祂給我幫助，使我從黑暗走向光明。因為這就是虔誠的猶太人的責任，就像我們的賢哲教導的那樣，願他們安寧。

但是現在，在細罷特月的這些天裡，其他的苦惱也讓我難受。我的女僕布卡祖普，已經長成了一個美麗的女子，願上帝寬恕我對她的讚美吧。布卡祖普莫名其妙地哭泣哀嘆。考慮到她和邪惡的伯托妮交往太多，我請求忠誠的李芬利把布卡祖普交給他的姐姐，一位叫李珍姐(Li-ciancie，Li Zhanqie)的人。李珍姐因為能說我們的語言，可以陪伴我的這位不幸的女僕。這樣，她們一起談了許多小時，但是我卻不知道她們是在談什麼，天哪，我的心思全在這個城市了，甚至我虔誠的責任也是匆忙地完成，願上帝寬恕我吧。李珍姐終於應邀來了這裡，於是我們可以和她談話，但願上帝禁止這樣的事情，因為我不希望自己忽略了對布卡祖普的責任，這是我的承諾㊵。隨後我發現，李珍姐有一種厚顏無恥的神態，有一點那種輕蔑男子的樣子，她的穿著邋遢，也不潔，她快嘴快舌，總會說出一些沒有哪個女人會說的事情來，這種事情，無論對男人還是對女人一般都不會說出口的。

李芬利說這樣的女子在光明之城有很多，所有的男人都會很明智地與這種女子保持距離。她們中間的那些已婚者，習慣於粗暴地對待丈夫，不但將他們從床上趕下來，而且拒絕同他們在一起睡覺，但願上帝禁止這樣的事情，她們也拒絕服侍他們。她們就是這樣做違反理性和自然的行為的。據說她們的丈夫因為害怕她們，都高興她們不在身邊，也沒有什麼想同婦女睡覺的慾望，所以所有的人最後都變得恨她們。然而這些婦女相互之間也遠不是什麼好朋友，她們在一起時常常辯論爭吵，甚至會打起來。

我同李珍姐作了一次談話。當我問她對男人和女人睡覺有怎樣看法㊶的問題時，但願上帝原諒我這樣說，她回答說，這種事情沒有一點兒樂趣，一個婦女也不應該為了男人的慾望而生孩子。因為男人只是想利用婦女的身體來解脫他們的憂愁煩惱，毫不羞恥，毫不自重。隨後我問她，如果一個女子不願意同男子睡覺，那麼她又如何生孩子？她對此回答說，生孩子是不需要的，在這個城市中有大量的孩子，人們不知道他們的母親究竟是誰。

上帝給了我力量，使我去回擊她的不敬，因此我對她說：「一個處女不和男子同房而可以生育，這只有愚蠢的基督徒才會相信的。但是，一個婦女如果不希望和男子發生性關係，自己又不懷孕，但是又要擁有孩子，這也是違反自然的。一個婦女如果沒有男子的幫助，又如何能生出孩子來？」

對此，李珍姐又作了回答。布卡祖普就在旁邊聽她講話，我禁止她也沒有用。李珍姐說：「像船員的妻子就可以生出孩子。」我轉過來回答說：「沒有男人陪伴，對這樣的孩子，又如何照料他的需求？」聽了我的話，她拉著布卡祖普的手回答說，女子的友誼就是她希望的一切。我回答她說，這樣，她的這種希望就是一種不幸的靈魂了。她聽了我的話非常憤怒，對待我就像她是男人一樣，甚至好像要把我打倒在地，但願上帝禁止這樣的事情。

因此我講了下面的話：「你不注意他人的生活方法，只是去做對自己合適的事情，然而你一受到責備，就立即生氣發火。」對此，李珍姐毫不羞恥地回答說：「但是你也想能滿足自己的慾望，要按自己的要求同婦女做一些事情，如果遭到拒絕呢，也會生氣發怒。」

隨後，我讓布卡祖普出去，然後回答她說：「獨身生活，尤其是有很多人這麼去做，那就是違反自然，違反創造的法律。女子不可能同另外一個女子生孩子，男人和男人也不可能，上帝禁止這樣的事情。因為男人的精不可能從一個女子的本體(nature)中流出，男人的肚子裡也不可能發現子宮。所以，你的論斷就是違反自然和理性的，雖然你說話情緒激烈，雖然你相信自己正確。」

然而光明之城現在是如此混亂，以致李珍姐雖然是一個女人，卻作了下面的回答，願聖一在世界的末日寬恕她吧。她說：「一個像你這樣的男子是不完善的，因為男子並不是女子，必然會成為他慾望的犧牲品。對於使他感到誘惑的東西，他不可能把臉轉開，或者不去想它，而他又會很快厭倦一個不再能給他快樂的女子，所以她只能成為他慾望的犧牲品。但是誰不知道，男人在四十歲以後，他的精力就會年復一年地衰退，五十歲以後就會月復一月地衰退，六十歲以後就會一個星期一個星期地衰退，而七十歲以後更是日復一日地衰退。不過，雖然他的體力逐漸虛弱，他內裡的思想卻還保持不變，所以他會因為自己是在白白地生活而感到絕望。因此，他總是試圖把那些沒有肉慾而熱愛生活的女子投入束縛之中，因為這些女子在他眼前出現，會使他自己感到卑怯。進一步說，他常常都要投入到那些和他相似的男人群體之中，這樣，他就會感到更加絕望。但是，男人不應該以女人的靈魂和肉體為代價而自在地生活，也不能像水蛭一樣吮吸她們的血肉。」

因為李珍姐是一個年輕的女子，所以對她的這些話，我感到極其震驚，也感到非常苦惱。自從創世以來，當聖一給萬物賦予了生命，建立了自然的法則，願我們崇仰聖一吧，似乎還沒有哪個女子說過這樣的話。因此，我一邊把我的女僕布卡祖普喊來，這樣她也可以聽一聽我的話，一邊對李珍姐說道，女人野蠻的部分和男人的野蠻部分相差無幾，這兩者對人類社會都沒有任何價值。因為，自從一些男子邪惡地對待婦女，這是上帝禁止的，一些女子同樣對待男子也就合情合理了，但這也是上帝禁止的，因為每一個都含有了另一人的機能。同樣，婦女購買食物，整理房間，照料孩子，這都是婦女的優秀部分，而給予他們妻子財物的男子，則保護家庭，使家庭免於盜賊，用適當的方法教育子女，這又是男子的優秀部分。

對此，無恥的李珍姐回答說，我所說的婦女的事情都是僕人的工作，不是一個自由人的工作，所有的男子都命令他們的妻子，要她們在他們需要的時候為他們服務。這個女人又加了幾句話說：「我們將不再去接受教育，去學習什麼針線女工以及如此一類的工作。因為每一個妻子，如果她努力去做的是夫唱婦隨，一切聽命，以取悅她的丈夫，那麼在她自身以及她的身後，就會有艱辛悲苦的陰影了。如果不是這樣，我們難道要去從那些把我們的雙腳捆縛起來的人那裡接受一個不同的真理，稱他們為金百合花(golden lilies)㊷，或者教導說，一個妻子應該隨她已死的丈夫而甚至去死？」

「這樣的男人，現在把我們看作螫人的蠍子，然而他們虐待我們又有多少代了？如果一個男人粗俗不堪，或者有難聞的氣味，或者是個邪惡之人，而女人這樣說他們的時候，那麼，男人就不會再把我們像野獸一樣地談論，以便去發現，在我們的衣服下面我們並不醜嗎？現在，我們再不允許男人貶低婦女，對我們說話好像唯有男人具有理性，好像我們非常容易改變我們的意志，而只有男人會堅持他們的決定一樣。相反，女人必須去滿足她們自己，不是去做那些男人們要求我們去做的事情，而是去做那些能夠給我們帶來快慰的事情，每一個人都按照她的選擇去做。」

聽到李珍姐的這些話，我再一次感到極大的煩惱，唯恐這種愚蠢和真理的混合物會使布卡祖普產生不快，一個虔誠如我的人卻被迫把自己同她們緊緊地纏在一起，願上帝寬恕我吧。為了使真理戰勝愚蠢，我受到了進一步驅動，當著我的女僕布卡祖普的面，對李珍姐說了下面的話：

「男人並不想去無緣無故地傷害他人，女人對她們自己本質的理解，也並不比男人理解他們的本質好多少。相反，兩者都是按照上帝的形象創造的，讚美祂吧，兩者的脆弱之處也並無不同。」

對我的話，李珍姐也作了回答。她的回答使我感到十分可恥：「男人只有從女人的身體上才可以得到快慰，甚至是強姦，雖然他們對她們柔情蜜意地說愛，以便他們可以盡快地佔有她們。相反，女人應該選擇同她們一起睡覺的人，不管她們是結婚還是懷孕，都應該根據她們自己的意願，而不是根據男人的意願。進一步來說，在做愛的行動中，她們不應該在下面而應該在上面，因為這樣就可以把男人的傲氣打下去，使他們謙卑。」

對她講的這些話，這兩個女子都大笑起來，上帝憐憫她們吧。看到人類的邪惡，我真是從來都沒有感到這樣悲傷過。於是我說道，這樣去說話，這樣去大笑，都是不合適的，也是違反自然的。對此，李珍姐無恥地回答說：「像你這樣的男人教女人什麼適度的法律和信仰，但是你們自己卻可以毫無節制，肉慾橫流。你希望我們溫和、文雅，而你卻傲慢而殘忍。現在，就像一個男人把他的情婦作為他的賞心樂事一樣，一個女人也可以根據她的選擇和意志，為了滿足她的慾望而擁有一個情人來為她開心取樂。此外，就像以前婦女在男人的命令下把目光轉開一樣，現在，男人也應該同樣做。讓男人當烏龜(cuciolds)㊸是我們的權利。」

但是米西帕蒂姆安息日的第一顆星已出現在天空㊹，我憤怒地送她們出去，讚美上帝吧，並命令李珍姐不准到納森・本・達塔羅的房間去，以便使我的女僕布卡祖普免於遭受傷害。隨後我開始祈禱，讚美上帝，以便使我的心可以純淨，再一次接近上帝的御座。但是我也擔心我會在這個可詛咒的城市迷失方向，在這個城市裡，每一種謬誤都被當作正確的事情來看待，而那些蠢人又戰勝了真理自身。

註釋

①托馬斯・布朗爵士也說到了這個傳說，他說，「亞里士多德承認了摩西律法書中的一切，並最終成為一位改宗者」，《俗誤》(*Pseudodoxia Epidemica*)，一六五八年第四版，第四四五頁。布朗引用「本・約瑟夫拉比」和「亞伯拉罕・本・莫德采・法里索爾」作為他的原始材料。布朗含糊地說，一位意大利拉比法里索爾是從一部

「埃及著作」獲得了這條材料。

②但是，馬西格利奧(Marsiglio，大約一二七五—一三四二)的著作中有許多人民主權論的早期觀念，奧卡姆的威廉(William of Ockham，大約一二八〇—一三四九)，其著作也同樣有「現代的」思想，主張「所有的凡人(mortals)天生都是自由的」，並認為君主的責任就是去維護公民的權利和自由，這些都還是後來的事情。

③一二七二年一月一日。

④手稿為 grande popolano。簡單地說來，這可能指一種「重要的平民」，或者「人民中的要人」。但是從雅各告訴我們孫英壽具有權威性，而且在城市裡似乎有一定權力的情況來看，我相信 popolano 這個單詞包含有一種暗示，我寧願認為這個人是商業界的一個領袖，擁有某種正式的要人身分。「自由民」雖然是一個陌生的詞，但卻是我所能用來最接近這個意義的詞。

⑤手稿為 gente nove。這個短語看起來幾乎完全和 nouveaux riches 或者 arrivistes 對應。

⑥手稿為 maladetto。這個附加詞明顯是指他在城市衝突中的作用，雅各為我們報告了各種衝突。

⑦孫英壽大概提到了道家的「道」，但是也並非特別如此。

⑧手稿為 chi vien piu vicin' al foco vien piu presto caldo。

⑨手稿為 livero arbitrio。在翻譯這個短語時，我一般用「自由判斷」而不用「自由意志」。

⑩手稿為 il dritto della libertate。

⑪一二七二年一月。

⑫一二七二年一月五日和六日。

⑬手稿為 a tener gran parlamento。

⑭手稿為 uom libero in stato franco。

⑮這肯定是指孤兒。

⑯手稿為 aitorio。是指提供幫助，給予救濟品或者救濟金。

⑰大概這個意思是說，國王不能把這個國家控制在範圍之內，或者使它規整有序。

⑱手稿為 piu mercantanzie vi si vendono piu si comperano。

⑲手稿為 come si coce lo pesce piccol。也許就像我們所說，「別做得太過」。

⑳手稿為 sanza comune incarco e 'l negozio civil。

㉑鹽鐵傳統上是由皇家壟斷的；這裡白道古告訴了我們，刺桐的商人甚至對這些商品也正在發揮某種形式的控制作用。

㉒這裡一時間提到了可能是有組織的反叛行動，但是我們也僅僅了解這麼一點而已。

㉓手稿為 torna cosi la rota della mercatanzia。

㉔手稿為 sulle punte。

㉕手稿為 una tegghia di fazioli caldi。

㉖這說明雅各有很強的同情心，但是我們不清楚的是，這同情心是出於商人在情感上的重實際性，以及對他人大笑來補償欠缺，還是僅僅因為後者，要用大笑他人來作補償。

㉗這提示了我們，刺桐的商人也是當地的地主。

㉘手稿為 a sospigner Ansciner con le mani。

㉙這是根據物質世界的物質規律。就像水向低處流一樣，財富大概也是如此。

㉚手稿為 disfar。字面意思是「取消」，它也有「分解」的意思，比如一個屍體的分解。

㉛手稿為拉丁語 res tantum valet quantum vendi potest。雅各和商人安禮守之間的這些交換意見也許最能看出，手稿是在某個閒暇的時候所寫，因為其中包括的一些辯論，在那個時候是很難提出來的。又參見附錄《雅各的語言》。

㉜手稿為 mostro grande Aquina。作為一個「虔誠的猶太人」，使用阿奎那的話，表明他的同情心和知識都十分寬廣，這些都是非常了不起的表述語。它們也反映出雅各偏離拉比的正統思想有多遠。

㉝「前面所說的話」大概是指一個東西能賣多少價錢就有多大價值。

㉞grado 是意大利語，有「階層」、「社會地位」以及梯子中「階梯」的意思。這裡我認為它是指集會上商人大概被安排在一起的位置。

㉟手稿中大約有二十個單詞是用希伯來語寫的；這個段落中有基督徒小集團的東西，但是可以追溯到《密西拿》的猶太教公會一〇：三(有罪過的人在那裡被描繪為「伊比鳩魯學說的信奉者」)。

㊱一二七二年一月九日。

㊲似乎雅各的商業同伴是從陸路去行在，從海路返回的。

㊳手稿為 novecentomillia fumanti。這似乎是一個不可能的數字，比如說，每個「家庭」有四個人，那麼全部的人

口就要在三百五十萬人以上。前面的數字和後面的數字似乎也都誇大了。

㊴一二七二年一月二十日和二十七日。

㊵手稿為promessa。這可能說明，雅各在離開安科納之前，對這個姑娘的父母作了正式的承擔，要保證她的安全。

㊶手稿為 oppinioni。這個詞似乎比我們的「意見」一詞具有更重的意味，意思為「判斷」、「思想」或者「信念」。

㊷手稿為gigli d' oro。

㊸手稿為bozzi。

㊹這個日期可以確定，即一二七二年一月二十九日的傍晚。

第八章　我說出上帝的眞理

這是值得注意的一章，因爲這裡有雅各第二次對基督教和基督教的不良行爲進行更爲廣泛的抨擊(diatribe)或憤斥(tirade)。從事隔七百多年的今天來看，不管這些論辯是像雅各所描述的那樣，是一二七二年早期在刺桐的賢哲面前公開提出，還是像我所相信的，是他於次年返回安科納之後潤色加工而成的，它在今日依然具有發自虔誠信仰(living faith)的論辯力量(我在注釋中曾不斷地指出，這些段落明顯是反覆思考的產物)。他同那種，我想是屬法蘭西斯派(Franciscan)的弗拉·巴托洛繆(Fra Bartolomeo)進行的帶怒意的對話，以及雅各見解中的熱誠和苦心，無疑含有眞理的成分。這好像使我們聽到了宗教裁判所裡控訴和反訴的交鋒，聽到了在辯論的正方與反方之間的對立仇視的聲音。在這樣的交鋒中，我們得到了大量的信息，對中世紀猶太人的遭際和地位、教會的行事和瀆職行爲，其中包括買賣聖職(或者從教會機構獲利)與高利盤剝的罪行，以及因爲錯誤地指控和詆毀猶太人所造成的對他們感情的傷害等，都有了一定的了解。

進一步說，雅各的情感所具有的力量來自於一種特殊的(或者說是令人震驚的)情感，即他所擁有的「說出上帝眞理」的使命感和責任感。在情緒激昂之際，他靈感噴發，口若懸河，充滿激情，但是，他的言辭可能冒犯了其他宗教謹小愼微的信徒。在雅各的講話中，也總有一種「憤怒」的情緒，這是一個人在他自己和過去的年代裡，爲他的「教友兄弟們」遭受不公平對待而產生的怨恨情緒。對那些對猶太人沒有同情心的人來說，雅各的憤怒與論辯可能會令他們不怎麼舒服，但是如果考慮到後來的幾百年裡注定要落在猶太人頭上的那種痛苦，這種憤慨與論辯的激烈力度就確實是微不足道的了。但是，他指控基督教虛僞，比如說基督教並沒有按照他們布道的那樣去身體力行（包括他們相互之間），其指控是很有力的，這一點也是很難否認的。和這類指控形成對照的是，他那些更具有神學色彩的論辯，比如對「偶像崇拜」等的論辯，儘管很具有攻擊性（就像我們已經看到的，也有違於拉比們自己的禁令），但是在我看來，意義似乎反而要小得多。

有趣的是，像雅各上次就這個主題進行的憤斥所表明的那樣，他不但要經受基督教對手的考驗（比如在本章裡所遇到的情況），而且還要經受那些仕紳中的「嘲笑者」，甚至是固執的李芬利的考驗。當然，我們永遠也不能徹底弄清，不知道雅各是否眞正讓他們（在手稿中）表述了他們所提的問題和他們的情感。但是，他同年輕而「放肆的」李芬利所作的交談——一種猶太教－柏拉圖主義的對話，卻頗能說明雅各自己的思想觀念。他被迫在壓力之下澄清和解釋他的信仰與他的哲學，但此時他卻是帶著憤怒，這使我們明瞭他的虔誠行爲與思想本質，以及他們的弱點和力量所在。

在這一章中，雅各也敘述了他爲了貿易，在刺桐附近所作的短途旅行情況；敘述了其僕人鬧著要回意大利，使他變得更爲心煩意亂；同時也敘述了臨時會議（concilio）上的一場辯論，討論的是通過德行還是通過其他武裝保衛該城的途徑，來抵禦韃靼人入侵的問題。在這場辯論中，我們了解到，刺桐存在「主和」和「主戰」兩種主張。商人看起來更情願默認征服，以免除傷害；而他們的對立面，則要求頑強不屈，森嚴壁壘，抵抗入侵者。就是在這次辯論中，雅各愈來愈崇敬的「白道古」譴責了投降派的膽小畏懼，而雅各也作出了（或是他聲稱作出了）他自己的一定貢獻。

現在是阿達爾月(Adar)的第二天①，在我們完成了全部的工作以後，商人安禮守向我致敬，並以孫英壽大人的名義告訴我，要我和李芬利在他的僕人陪伴下，一起到和街的本城仕紳的議事廳去。在仕紳議事廳，我發現許多人已經聚集一起，準備聽我談論關於基督教的錯誤以及他們對猶太人的惡行，因為我的名聲已經在他們中間傳開②，為此而感謝上帝吧。

議事廳不大，根本擠不下那麼多的人。我進入仕紳的議事廳，一無所懼，也毫無負擔，聽從聖一的命令而宣講我信仰的真理，揭露那些偽君子的邪惡，那些因為自己的虛偽而總是說愛和寬恕、內心卻充滿了仇恨、對我們作錯誤指控的人。

隨後，仕紳何祝申以及一個大家族的族長樓來光，對我的智慧讚不絕口，並請我當著全城的博學之人，作一次講演。於是我作了以下的講話③：「各位長老，我想一反於往昔的含糊不清，把各種事情都直截了當地談一談，談一談猶太人的本質問題和我們敵人的邪惡問題。如果我說虛道偽，那麼上帝會讓我遭受基督徒的死亡下場。」聽了我的話，人群中傳出了大笑聲。然後我繼續說道：「這些事情的實際情況是不同尋常的，因為那些向世界布道，說兄弟友愛者，是迫害我們的人，他們在找出幾條理由，對我們一個或多人行兇作惡之前，從來沒有在哪兒會讓我們長久地安静，更不要說愛我們了。這並不因為我們反過來對他們犯了什麼罪，而是因為我們是猶太人。」

「進一步說，如果基督徒可以從猶太人那兒得到利益，那麼，他就會允許猶太人逗留；但是，一旦他發現猶太人不再為他的基督教目的服務，他就會想方設法把這個猶太人打發了，除非覺得讓大眾去攻擊他能更好地實現基督徒的目的。這樣，在法蘭克人的土地上，當他們僅僅為了攫取我們的錢財而沒有奪取我們生命的時候，我們應該把這種安全歸功於國王的貪婪，而不是他們的愛。如果猶太人宣布說，作為大衆的一員是他應有的權利，那麼，基督教的愛就會要求說，天哪，猶太人應首先放棄他的信仰，這是上帝禁止的。」

我，安科納的雅各，知道自己是帶著上帝的祝福而說話，雖然也聽到了一種尖刻的叫聲，但是我不為所動，再次提高聲音進一步說出了下面的話：「此外，在他們中間，教士是最邪惡者。這些教士教導那些忠誠老實者，說猶太人巧取豪奪，貪婪成性；同樣還是這些教士，又悄悄地到我們這兒來借貸，以便為他們藏於別室的女人而購買房屋、衣服和珠寶，為孩子請家教而支付錢款，或者賄賂他們的主教而獲取一個職位。這樣，在他們年紀大的時候就能夠賴此而多得積蓄。他們用這樣的方法，一邊悄悄地向我們索取錢財，一邊又在他們的布道壇上譴責我們，說我們是沒有信仰或者缺少憐憫之心的借貸者，撇開別的不說，他們至少打破了他們自己的神聖規則，毫無羞恥。」

「同樣，基督徒根據他們的法律和條令，不准我們在我們的家中僱傭他們，不准我們購買土地，不准我們從事我們選擇的職業，或者不准我們做其他一些事情。然而，猶太人誰不知道，那些對別人說根據他們的信仰應禁止接受他人財物的人，因為我們給了他們錢財，一切都變得准許了。同樣，那些基督徒對待猶太人是這樣嚴厲，而指責我們貪婪的人又是這樣貪婪，所以在他們中間，幾乎沒有什麼人能抵擋得住出賣靈魂而獲取財物的誘惑。」

聽到我說的這些話，突然他們中間有一個人站起來，用法蘭克語大聲高喊，說我是一個背信棄義的猶太人。這個人是在刺桐的基督教教士，名叫弗拉•巴托洛繆(Fra Bartolomeo)。我見他氣得發抖，但是我並沒有停止演說，因為我知道，我是在宣講上帝的真理。而商人安禮守則禮貌有加地請求巴托洛繆，咒死他吧，希望他同意我說話，這樣所有的人都可以從我的嘴裡了解事實。於是我繼續說道：「《托拉》禁止虔誠的猶太人買賣偶像，或者買賣可以為偶像崇拜者用作膜拜服務的其他任何東西。然而誰不知道，在所有法蘭克人的土地上，基督教的教士都同我們做，買賣對他們教會來說是罕見而珍貴的東西的交易？誰不知道是我們給他們帶來了香料？誰不知道這在他們的法令中稱作買賣聖物罪④？但是，修道院的院長們並不以此為罪，因為他們對香料和高檔商品的貪婪戰勝了對我們的仇恨。而他們信賴的國王在攫取我們手中的財物上也不示弱，但是這種事情對以色列的法官來說卻是禁止的，法官奉命禁止他們收取財物，因為財物會蒙蔽那些具有視力的人。」

「哦，這種瀆神者竭力鼓吹貧窮，但是卻像其他人一樣，又多麼貪求財富！他們把貿易攻擊為危害靈魂的事情，把商人命名為魔鬼的執行人，但願上帝禁止這樣的事情，然而他們為了發財致富，卻把教會的金錢投放在猶太人的大商船上。同樣，他們聲稱高利貸是對神聖物產的犯罪，但是他們的高級教士卻為了抵押品和利潤而借給他人金錢，超過了允許猶太人所做的一切。在費亞斯特拉(Fiastra)修道院陷入絕境的時候，薩利姆本尼(Salimbeni)修道院按百分之百的利息借錢給那些修士，卻並不感到慚愧，而其他的基督徒也借貸給他們。在每一個地方，基督徒關於金錢都不說實話。他們說，他們的借貸是自由的，而我們的借貸則是放高利貸的，然而他們用假的價格數字和錢款，掩蓋了他們的暴利⑤。這樣，那些虔誠市民其實是十足的高利貸者，就帶著虛假的文件而宣稱說，他們出售了商品給那些得到了他們金錢的人，這些人必須在後來的日子裡用更高的價錢來支付，此外他們也使用了許多相似的計謀。」

「一個人想找別人借錢，於是給這個人一件禮物，並且說，給你這件禮物，是希望你可以借錢給我。這叫做事先支付的高利。如果前面說的人為已經決定的一筆借款，給借貸者一件禮物，那麼這就是事後的高利，拉比賈馬利埃爾(Gamaliel)就是這樣教導的⑥。」

「然而虔誠的基督徒從事的所有這些事情，因為用這樣的手段，所以就混淆了他們認為合法和犯罪這兩種行為之間的區別。但是，他們使用這種詭計，把靈魂送到了危險境地，卻並不為此感到煩惱。基督徒在作錯誤的推論時，通過教會法律自身的允許，甚至使他們最邪惡的行為也顯得沒有錯誤，他們在這方面就是這樣駕輕就熟。他們施展手段把謬誤說成真理，這樣，雖然他們隨意犯了許多罪，卻想用這同樣的罪行來譴責他人，把這些人放到大火之上燒死。而羅馬教皇的使節和修道院院長，打著羅馬教會和高級教階人員的旗號，又從我們手中借了多少錢，至今未還⑦。這情況就如同我們的祖先借錢給我們所在城市的主教，教會驅使他以他們十字架的名義來壓榨猶太人一樣。」⑧

我的這些話，句句都是事實，但是巴托洛繆對我的話卻再一次憤怒至極，並用法蘭克語高聲嘲諷我，但是我不在意。他說，這樣的人才是真正的教父，才是教會未來的聖人，願詛咒這些把我們帶入絕境的人吧。

因為我知道，我現在是在上帝的注視之中，讚美祂吧，這就是我靈魂和身體的力量所在，於是我繼續說道：「感謝上帝吧，在基督徒中，除了銀行家和高利貸者，是誰管理著羅馬教皇的利潤和利益，卻在他們需要的時候祕密地向我們借錢？誰不知道，當一個教皇被選擇出來時，他馬上想到的就是獲取利益？誰不知道，他們的心不是固定在操守上，而是在他們自己的食品上？誰不知道，一旦他們中間有人坐上了不虔誠的彼得的寶座，他們自己，不管是不是神聖的和有學識的男人，就都能成為紅衣主教和教皇的使節？」

「但是，一個聖徒的兄弟就是一個聖徒嗎？因為他們的這個教會並不是平等者組成的集團

(university of equals)[9]。在平等的社會中，神聖和善能夠得到獎賞；但是一個自負而富有的教會，卻是由傲慢和惡行來統治的。慈善事業是沒有限制的。我兄弟對他們的基督教城市所做的慈善事業就絲毫沒有限制性，比如近期在我們那兒發生的大地震，我們就做了許多善舉。又比如腓力普(Filippo)教士在城市裡避難的時候，家父對他所做的善舉也是如此。因為誰不知道在地震中，猶太人和異教徒一起埋葬在廢墟之中，不管他們是什麼信仰。然而，基督徒卻總是對他們的鄰居說愛，但是當看到猶太人，願他安寧，這個基督徒便停下了腳步，願他受到詛咒吧，他認為猶太人和他人是不一樣的人，認為這種人應該打上該隱的標誌，這樣，那些追隨愛之信仰的人就可以防備他了。」

「確實，基督徒非常不講信用，甚至那些和我們最密切的人也變化無常，比如在我們遭受痛苦打擊的時候，他們就沒有平時那種親密友好了。當他們看見其他人傷害我們的時候，甚至最慈善的人也沒有能退出傷害我們的活動。在我們的宴會和婚禮上，他們是我們的客人；在我們的家中，他們是我們的僕人，這是因為我們比他們更為聰明。我們在許多事情上都能為他們服務；而國王讓我們做他們的顧問和哲人，跟隨左右。然而，甚至是最明智的國王，當高級教士頒布法令的時候，也不得不殘忍地對待我們[10]。」

「同樣，也有一些有學識的基督教教士，他們可以同我們一道學習我們神聖的著作[11]，然而誰又不知道，在這同時，他們的教皇卻譴責我們的《托拉》？感謝上帝對我們的饋贈吧。因為這樣的一個哈曼(按，《聖經．舊約》人物)，宣稱我們的智慧是對上帝的褻瀆[12]，願上帝送他下地獄吧，毀滅他的靈魂吧。這樣，他們在國王的宮廷裡向我們學習，同我們一起研究，尋求我們賢哲的幫助，以便他們可以閱讀希臘的、薩拉森的以及我們先知的著作，願他們的靈魂永存。然而，他們中間的那些偽君子卻樂於去攫取我們的智慧，焚燒我們的書籍，他們的罪惡是那麼大，對我們的仇恨又是那麼深。」

「因此，甚至當全國或者全城都依靠我兄弟的足智多謀之時，那些沒有擁有他的智慧或者他的理性的人，也仍然會輕蔑他。他們一邊微笑，一邊搶劫我們，但是卻毫不知羞恥；他們踐踏我們的身體而不是我們的智慧或者財富；他們總是想把沉重的負擔加到我們的肩上，在我們的道路上布置障礙，這樣我們就會很快地踉蹌摔倒。確實，這就是他們的兄弟般的愛。」

我說了上面這些話，為此而感謝上帝，弗拉·巴托洛繆聽了，怒斥我為騙子，但願上帝禁止這樣的事情。他用法蘭克語警告我，說我作為一個猶太人應該遭受極大的痛苦，因為我聲稱基督教的信仰在中國土地上有害，又說那些殺死那個人的人要永遠遭受譴責，同時也說了其他這一類的事情。

我回答他說，讚美上帝吧，他教會裡的神職人員那時本不應該處治我們，他的修道院院長和高級教士本不應該從我們手裡攫取錢財，本不應該把他們聖壇的金銀賣給我們，也本不應該允許我們帶著他們的朝聖者漂洋過海⑬，儘管這也是我們的《托拉》法律所禁止的，為此而讚美上帝。我在巴托洛繆面前，毫無畏懼之心，感謝上帝吧。巴托洛繆雖然是個愚蠢的人，雖然聰明的何祝申和商人安禮守請求他保持沉默，以便讓我講話，但是他不願意安靜下來。然而我不需要他們的幫助，因為我有來自上帝的力量，讚美祂吧，願耶路撒冷的寺廟在我們的時代重建，我大聲地繼續說道：「長老們，猶太人甚至面對著全世界的殘忍，也能戰勝每一個敵人，因為他們具有偉大的知識和能力，因為他們敬畏上帝甚於他人，所以將受到上帝的幫助，讚美祂吧。無論是嘲笑還是仇恨，無論是傷害還是惡意毒害，都不能把我們從我們選擇的道路上趕走，也不能摧毀我們心中深藏的自尊。阿門，阿門。」

我說完之後，忠誠的李芬利把它們翻譯給全城的仕紳，大家都沉默一片，就好像他們真的聽到了主的話一樣，願永遠讚美祂吧。我於是繼續說道，真正地敘述了我要說的一切：「諸位，站在你們面前的人，雅各・本・所羅門・本・以色列，在他自己的國家並無顯赫的頭銜⑭。在我自己的國家，我也沒有揮動手指，說出我在這裡所說的話來為自己辯護，主要是為了避免我的許多敵人加倍地反對我。如果在我的國家，猶太人抱怨這種人，譴責他們，那麼這種人就會笑話他，以輕蔑地叫他猶太人來作為回答。」

「富裕的猶太人因為畏懼搶劫，不去顯財露富；貧窮的猶太人似乎也不會那麼盲目、那麼低下而招致不快。同樣，聰明的猶太人不會去炫耀他的智慧，以避免別人出於嫉妒而仇恨他；無知的猶太人也不會顯示他的無知，以免遭受鄙視。因此，我們全都把我們真正的情況掩蓋起來，以免冒犯了別人。這樣，對以色列人來說，不幸、可憐，忍受痛苦，在屈辱之中生活，能提供給我們的只不過是富裕和驕傲，居住在王宮與居住在簡陋的馬廄並沒有什麼區別。每一種狀態都有它自身的危險，因為在每種情況下，猶太人，不管他是國王還是乞丐，愚蠢還是有學識，他都仍然是個猶太人，願安寧伴隨我們吧。這樣，不管我們是誰，他們都使我們佩戴了同樣的徽章，讓邪惡之人在我們出去的時候攻擊我們，然而當我們在我們的兄弟中間尋求保護的時候，他們就指控我們，要我們分開來住。」

「同樣，當我取下了徽章，隱瞞了身分出門，願上帝寬恕我，人們看不出我是個猶太人，此時托缽修會的修士(friars)，就像你們中間的那個人一樣，又怎麼會對我友好，把心中的愛給我，甚至給我某種神聖的遺物？但是，當這個上帝的僕人，願主寬恕我這褻瀆的話吧，知道我是個猶太人，是那個人(按，指基督)的兄弟⑮，我自己表現了自己的身分，各位長老(Sires)，他的臉會發生多大的變化，他的眉毛會變得陰鬱沉重。進一步來說，甚至當我們佩戴了標誌⑯，這樣他們可以識別的時候，他們就像看守門户的兩面神傑納斯(Janus，按，出自羅馬神話)一樣，帶著一副面孔去看我們(的標誌)佩戴得是否合適；又帶著另外一副面孔，問我們願意支付他們多少錢以免去此規定。同樣，如果我們顯得慷慨大方，他們就會指控我們，說我們是向他們行賄；但是，如果我們小心謹慎，他們說我們是可憐的猶太人；如果有知識，他們就說我們太聰明；如果驕傲，他們就說我們太驕傲；如果謙恭，他們就說我們像害蟲一樣地爬行。這樣，如果我們拒絕成為基督徒……就要聽從他們的命令，而倔強使我們不願意這樣做，但是如果我們去受洗——這是上帝禁止的——對那些接納我們的人來說，我們仍然是猶太人。」

「這樣，因為猶太人不會背叛其祖輩的信仰，他們寧願因為真實地表現自己而遭受仇恨，也不願意因為口是心非而遭受仇恨。進一步來說，基督徒自己一般都聲稱，猶太人將予以保存，以便作為真理——他們根據褻瀆性行為，把他們的信仰的真理命名為真理；但托鉢修會的修士(friars)，比如來到你們中間的那位——卻帶著這種仇恨反對我們的布道，好像希望我們全部滅亡，希望把我們從這個世界上全部趕走一樣。瞧，這就是他們宣揚的所謂人要愛他們敵人的信仰。然而猶太人，願他們安寧，並不因為是那個人(按，耶穌)的祖先，就成為基督徒的敵人，但恰恰是基督徒，通過誣蔑和讓我們流血(shedding of our blood)，稱我們是瘟疫，說我們傳染疾病⑰，把他們自己變成了我們的敵人，願他們在末日審判中受到懲罰吧。但是各位長老，那種談論自己都沒有真話的人，他們又怎麼能在談論我們的時候講出真話來？」

隨後，那個教士大聲地對仕紳何祝申和樓來光說，我不應該再說話了，他用盡氣力對擋他道的人推推搡搡，奮力朝我站立的地方走來，用法蘭克語說我所有的話都是背信棄義的，都是虛假的，因為這是一個猶太人所講的話。

但是，我因為既不畏懼他的指責，也不畏懼任何基督徒的批評，所以我對何祝申說，這個教士可以說話⑱，而我信賴的李芬利，願他安寧，則會將他的話翻譯給大家聽。因此，巴托洛繆把披風裹緊，帶著憤怒的聲音，抖落了一切他們用來指責我們人民的事情。他說我們背信棄義，信奉異教，放高利貸；說我們想喝基督徒的血，但願上帝禁止這樣的事情。他說我們殺戮那個在他們的偶像崇拜中稱作主人的東西，此外還有許多同他們的偶像有關的假話。又說我們的導師摩西的律法沒有價值，為此但願聖一，讚美祂吧，在末日審判的時候對他轉過臉去。巴托洛繆教士在這樣說了之後，並沒有轉回到他的位子上，而是擺出要離開的姿勢。他認為我，安科納的雅各，應該是無言以對。認為我作為一個猶太人，對他來說是低賤的、邪惡的、畏首畏尾的，不敢當著這麼多人的面去否定他的話。

但是主的力量在我的心中，在我的靈魂之中，我無所畏懼，於是回答說：「你說到上帝，但願讚美祂吧，說到天使，願他們安寧，說到善惡，說到謬誤與真理，說到你們崇拜的偶像，但願上帝禁止這樣的事情。但是，甚至於連你們所聽說的真理，以及你們的偶像也都是猶太人的，比如那個人(按，耶穌)的偶像，你們將其豎立在聖壇上，而自己跪於偶像之下。然而站在你跟前的猶太人，你們卻加以否認並將他們拋棄，此時，你知道什麼真理？」

「諸位，沒有哪個基督徒知道什麼是真理，什麼是謬誤。當他崇拜的人是一個猶太人，並以上帝的名義稱呼他，願祂寬恕我褻瀆的話，此時，他也不能給予真理和謬誤任何公正的名字。同樣，他們用他們十字架的名義血腥地殺人，他們並不用殺這個詞，他們說，這是一次聖龕(the Holy Sepulchre)之旅，或者說是去耶路撒冷朝聖，並沒有說到他們沿途的殘忍行為。一個人如果真正崇拜上帝，那就會在任何地方，在阿拉貢也好，在巴黎也好，都崇拜祂，但是基督徒在他們去聖城的路上屠殺一切人，以便他們自己可以成為神聖。然而那些返回這裡的人，不是和那些動身啟程的人同樣都是野獸嗎？」

「因為基督徒的信仰都是建立在錯誤的言行上的，只是他們沒有人會去說它罷了。這樣在布道壇上，一個人說，讓人類流血是罪惡，然而基督徒奪取別人的生命卻既不關心他自己的靈魂，也不關心那些被殺者的靈魂，愚蠢的教士[19]，他的話並不是來自上帝，而是來自對人的欺騙，常常說兄道弟，但是基督徒自己卻生活在相互仇恨和爾虞我詐之中。他們不可能從教士中選擇一個教皇而不產生巨大的痛苦和分裂，所以在他們中間，甚至現在也還沒有教皇[20]。這樣，他們無休無止地戰鬥，爭吵，同時也為誰負責天國的事務，誰負責世俗的事務而戰鬥、爭吵[21]，他們甚至用他們所崇拜的偶像的名義來互相屠殺。」

「因此，他們要對猶太人說什麼是善，什麼是惡，什麼是謬誤，什麼是真理，豈不是愚蠢嗎？在戰鬥中，基督徒把他們的旗幟配上十字架的標誌，以全世界人民兄弟的名義而相互屠殺。然而基督徒卻說，是我們而不是他們，奸詐地背叛了上帝，這是錯誤的；他們又說，我們一直不尊敬基督教的信仰，這是對的，我們將永遠這樣做，為此而讚美上帝吧。」

「至於基督徒僅僅是憑著那個人的名義而成為暗殺者，這本身就是極大的罪行，而他們說基督教(the Cross)只是去做正義之事，這就顯然是一個謊言了[22]。在拜占庭，他們不是用十字架的名義，不是用放置在十字架上的偶像的名義，但願上帝禁止這樣的事情，兄弟間互相殘殺，搶走金銀、珠寶、絲綢、毛皮以及高貴的衣服嗎[23]。因為這個地方的猶太人就是這樣報告的，他們也說，基督教的教士伴隨著那些刀劍出鞘者，一起分享戰利品，一起為屠殺而祝福。但是，如果我的兄弟帶走了這種戰利品，作出了這種不敬的行為，那麼，基督徒又會怎麼來說我們？」

想到我們的憂傷，天哪，我的痛苦不斷地增加，願主把我們放在祂的保護之下吧，這樣，我受到祂的召喚，帶著祂的氣息又繼續說道：「哦，虛偽和謬誤，哦，殘忍和愚蠢，哦，大不敬的偶像崇拜和血流成河，你們的名字永遠是基督教。甚至在這裡，你們的教士作為流浪者而來來去去，傳播對我們的仇恨，這樣我們在世界上就不可能有什麼安全之所了。多明我會的修道士(The Dominicans)真正是神祇[24]的狗，因為他們就是這樣恰如其分地稱呼他們自己，他們是兔子一類的惡狗，齜牙咧嘴，狂吠不已，要咬死陌生人。」

「他們的教士因為愛而給了我們火的標誌，講道的時候說，人們應該殺掉那些有鬍子並借錢給他人者。他們甚至說，我們施行割禮是作為一種標誌，這樣我們就可以相互識別，相互密謀而不出差錯。但是，一個猶太人向另一個人顯示他的性別，以便讓對方相信他的信仰，這樣的事情是從來沒有發生過的。他們又宣稱說，在我們逾越節的時候，我們屠殺基督教的孩子，這是上帝禁止的，在逾越節的桌子上喝孩子的血，這樣，每年我們都可以愉快地回憶起來那個人的死，願上帝詛咒這些編造假話的人吧。因為誰不知道，在我們的律法中，所有的血都是禁止的，律法甚至規定我們在吃肉類食品以前，也必須從我們的食品中把血抽乾淨。進一步來說，不也就是在同樣的桌子上，那個人，他們偶像崇拜中所崇拜的猶太人，在他生命的最後日子裡，同其他猶太人坐在一起，回憶我們擺脫枷鎖的日子？崇仰上帝吧，讚美祂吧。」

「他們把謊言加在他人的身上，這樣，他們就以真理的名義而掩蓋了真理。在他們的聖壇上，不也是他們，藉口要飲他們崇拜偶像的血，吃他的肉體，隨後又使用他們的教士所提供的衣服，難堪地擦著他們的嘴巴嗎？」

聽到我的這些話，教士巴托洛繆勃然大怒，從仕紳大廳走了出去，同他在一起的人也隨他一起出去了。但是，我因為知道上帝在注視著我，所以又繼續說道：

「這樣，基督徒用褻瀆者的方法，崇拜那他們稱之為被釘死於十字架的人，但是他卻不能起到什麼作用，也不能救助什麼。然而，根據他們的陳述，這些基督徒說他是世界上最好的人㉕，他好得確實是上帝之子，願上帝為我的話而寬恕我吧。」

「但是作為一個猶太人，我會相信無形的一(the Incorporeal One)，願祂在永恆的榮耀中達到頂點，會通過祂自己或者一個精靈，進入一個女人的子宮嗎？哦，願上帝為我說這樣的話而寬恕我吧；我會相信，如果祂和她一起結合，我們先知的話就可以實現嗎？但是，上帝，讚美祂吧，是那些白白佔有祂的聖名者的敵人，因為上帝是無形的，所以不可能有這樣的交媾，如果僅僅是在精神上，那麼它也不可能產生有形的效果。」

「進一步說，如果那個基督教崇拜的猶太人既有父親也有母親，那麼，為什麼他自己既沒有妻子也沒有兒子？因為，如果他會有這一個，那麼為什麼他就不可以有另一個？是誰說上帝是三位一體，又否定上帝的統一性，閉上他們的眼睛，什麼也看不見？」

聽到我的話，那個姓張的人，似乎帶著嘲笑注視著我，大聲說，對這樣的問題他不需要回答。這時，在他們中間產生了分裂，有的仕紳大笑不已，有的人要求那姓張者閉嘴。聰明的何祝申責備他，請求我繼續說下去，對此而讚美上帝吧。虔誠的猶太人如果被嘲笑者困擾，是不允許猶豫不決的，也不允許迴避上帝的命令，因此我繼續說道：

「此外，基督徒們用巴托洛繆教士的方式邪惡地說，我們的導師摩西得到的律法失效了，沒有價值了；又說那個人是我們的先知承諾的彌賽亞。他們也斷言，萬能的一已經同基督徒作了一個新的約定，他們極其愚蠢地宣稱自己是真正的以色列，不是猶太人，願上帝保護他們吧。」

「但是，當我們否定這種誣蔑的時候，基督徒卻嘲諷地說，上帝已經遺棄了我們，宣稱我們受苦受難就證明了這一點。然而，正是他們自己使我們遭受了這樣的痛苦，他們崇拜一個猶太人的雕像，他們的信仰並不比巫術(necromacy)好多少。但是，他們指控我們誹謗上帝，褻瀆神聖，以及其他各種邪惡，指控我們給了他們假先知，我們的祈禱文都是猶太人的道(words)，是雅各的上帝選擇膏定的(anointed)道㉖。」

「我們怎麼會殺了我們的耶穌(Ieshua)㉗？耶穌是羅馬人使用一種我們猶太人禁止使用的方式處死的㉘。因為我們的法官命令說，在以色列的兒子中，不管是誰，如果他對沒有見過的事情，或者沒有聽說過的事情作虛假的預言，濫用上帝的名義，違反我們的導師摩西的律法，那麼，他就將被處死。但是，在我們中間並沒有律法宣稱說，將使用羅馬人的方式，把這樣的一個人吊在一棵樹的十字架上。然而，基督徒邪惡而錯誤地宣稱，這就是我們的行為，這個行為應該在具有我兄弟血統的世世代代子孫的身上復仇，同時他們又宣稱，不是他們而是猶太人自己招致了報復。」

「這樣，基督徒試圖從《托拉》的神聖命令中解脫出來，為上帝對祂的子民的饋贈而讚美祂吧，把我們的先知從他們的位子上拉下來，用他們教義中真理的奇蹟勸說頭腦簡單的人。但是用這種方法也是錯誤百出，於是他們讓其高級教士任國王，殘酷地對待猶太人，對所有追隨他們的人說，這樣一來，他們就可以得到永恆的生命了。在這個謬誤百出的大山上，他們安置了他們的聖徒和殉道者，把我們的基督作為第一個殉道者。但是，他們以猶太人的名義，究竟使多少猶太人成為殉道者，卻是難以計數的。」

對我所講的這些話，那姓張者站在商人派仕紳的位置上㉙回答說，所有那些事情，可能是像我所說的這樣，不管是誰，只要不是基督徒也不是猶太人，就不會去注意它。每一個人，如果他認為合適，都會崇拜神，或者會從神那兒轉開，姓張者就是這樣說的。

然而對於這一點，我也不會低下我的頭的，為此而感謝上帝吧，因為祂命令我要在這一天，在光明之城的仕紳集會上說出所有的一切。進一步來說，雖然這個城市的痛苦非常大，而我從人民的盲目和貪婪，從他們中間的矛盾和分裂也知道，它的毀滅就在眼前，然而猶太人和基督徒之間的分裂卻更大。因為他們在世界各地都按照他們的信仰而分裂開來，因為基督徒所承認的信仰，不管上帝會在什麼時候讓它衰落，也總是注定要衰落的，所以我知道，它也將會使其他許多國家和人民隨之毀滅。

當最堅定的基督徒是那些對別人最殘忍者，最不堅定的又充滿了溫柔，充滿了愛，此時，基督教的信仰就不可能動搖薩拉森人或者猶太人了。從那些最堅定地供奉其偶像者，猶太人產生了最大的畏懼，而對其他人則沒有什麼畏懼的。當一個基督徒對猶太人說，你為什麼不成為一個基督徒㉚？此時，一種很不敬的要求就傷害了他，就像使他自己屈服於偶像，屈服於謬誤以及這種不好的信仰一樣。

這樣，我們並不因為基督徒所說的一些信仰的話而鄙視他們，但是卻會因為他們的行為而責備他們，因為他們言行不一。進一步來說，基督徒的信仰是建立在人的理性不可能相信的東西上的，連他們自己都對此暗自懷疑。然而當他們的這種懷疑逐漸增大時，他們就會兇狠地對待我的兄弟，就好像我們的存在使他們想起了他們錯誤的信仰一樣。這樣，基督徒用劍與火去追擊那些他稱之為無信仰的人，當此之時，他燒毀了㉛大量的東西，願上帝的怒火把他多次擊倒，超過他跪在其偶像之前祈禱的次數。

但是除了這些事情，願讚美那指導我的上帝吧，我又說道，雖然我們現在在所有的土地上都完全受他人的支配，但是承蒙他人的照顧，我們也興旺了起來，然而卻隨時為我們命運的轉變，比如逃走或者獻身而作好準備。猶太人不會因為其他人惡毒地對待他而屈服。相反，我們將高昂著頭在地球上度過每一天，因為我們的賢哲較之他人更聰明。如果我們自己經營不善，但願上帝禁止這樣的事情，那是因為別人對我們作惡才使我們如此。但是，有一天，因為我們的賢哲就是這樣說的，將出現一種罪惡的人、邪惡的人，他們去傷害以色列人，這種傷害就像從創世至今沒有人這樣做過似的。然而，在最後的時刻，當我的兄弟站立在生命自身的邊緣，難以形容的一(the Ineffable One)肯定會從死亡的牙齒中把我們拔出來，摧毀我們的敵人，摧毀他們的土地，摧毀他們佔有的一切。

隨後，猶太人將在上帝祝福的光輝中再次站起，頌揚祂吧，因為就是這樣許諾的，而猶太人將帶領所有的人民在學識和真理的道路上前進，直到最後的末日，直到彌賽亞的到來。我，安科納的雅各，預見的所有這些事情，在我心中都是確信不疑的，為此而讚美造物主上帝吧，崇仰祂吧，熱愛祂吧，敬仰祂吧，阿門，阿門，阿門。這是因為，那些壓迫以色列兒子的人最終會小得像風前塵土一樣。

我用這樣的方法，在姓張者以及所有來賞光的仕紳面前談論，聰明的何祝申對我讚譽有加，他的話得到了所有在座者的認同。我同忠誠的李芬利一起走在路上，十分滿意，感到我完成了對上帝和對人的責任。但是，當我們走過光明之城的一些街道的時候，我發現這裡的人流來往如潮，這裡是人，那裡也是人。李芬利提醒我要小心，並說，雖然我的話很有知識，確實值得稱讚，但是我肯定與巴托洛繆教士結下了大仇，因此也就同城市裡的其他基督徒結下了大仇，我大大地冒犯了他們。這樣，我現在在他們中間，就會受到懷疑和仇恨。他就是這樣說的。

進一步說，既然這個城市所有的人都處在恐懼和痛苦之中，相互之間又攻擊不休，比如商人反對高貴的白道古的黨派，商人又相互反對，仕紳和百姓之間也是如此㉜，所以，如果一個人現在參加了他們的會議，無論他是一個市民還是來自另一個國家的人，就都會處於危險之中了。這樣，我當然還是小心謹慎，不被他人看見為好，先多聽一聽，而不是多說話。同時我也不應該相信那些他人派來的人㉝，比如商人安禮守。因為那些在商人中間起領導作用的人，希望戰勝那些持反對立場者，但是內裡又擔心這個城市的百姓可能站在白道古一邊；那些在商人中間發號施令的人隨著時日的發展而變得更加大膽，更固執地反對他們的敵人。對於這一點，不管是在他們中間還是在外面，都可以看得出來。因此，忠誠的李芬利說，他們的話不能相信，因為他們並不去追求事情的真理，也不是為這個城市著想，而是為了他們自己的利益。因此，我最好是關注我自己的事務，在我和我的僕人日漸會有危險之前，離開這個城市。他進一步說，各方面的人都在說韃靼人在逼近，但願上帝禁止這樣的事情，這樣，這個城市的命運每一天都會變得更加難以確定了。

忠誠的李芬利指責我，然而他又請求我原諒他的多嘴多舌。我感謝他的關心，但是反過來也責備他的畏懼心理，我說，一個虔誠的人不能用這種形式，去完成上帝命令他做的事情。然而好心的李芬利，願他安寧，很不滿意我的話，大膽地說，我把人事放到了上帝之事的前面，願我們敬仰祂吧。他又說，不是上帝的眼睛而是人的理性，必須努力去探究事物的真理。這是因為，相信上帝的眼睛比人的眼睛更能看出真假，並不比給木頭雕像戴花環、油漆、鍍金、使這種雕像更具有人形的舉動更為明智。這個年輕人就是這樣說的，願上帝寬恕我所寫的這些話吧。對於他說的這些話，我毫不生氣，反而大笑起來，因為這個孩子畢竟年齡不大。我回答說，就真正的信仰來說，他所說的所有這些事情都是令人厭惡的，沒有猶太人會用這樣的形式給偶像戴上花環，雖然基督徒和其他偶像崇拜者，會面對著這種偶像匍匐在地，直到他們的膝蓋爛了，脖子僵了，才會停下來。但是，大膽的年輕人並不滿意我的回答，他說所有相信上帝的人都具有同樣的信仰，全都盲目地相信奇蹟，並說沒有真正的存在，願上帝寬恕這些話吧。

我們在追求著無窮慾望的擁擠人群中行走的時候，我邊走邊說：「在我們中間㉞也有許多人，他們承認是根據自然的運程、行星的排列，以及它們的跡象和指向來觀看他們的未來。但是，對於這些事情，我有很多懷疑，因為我明白，人的自由意志也是造物主上帝的禮物，通過這一點也就產生了善與惡。遵守或者打破神聖的律法，並不是根據星宿，而是根據每個人聰明和愚蠢來決定的。」

「毫無疑問，在天地之間有一些奇蹟，對此沒有人可以輕易地去理解，同時也有一些可以預示未來的夢境。但是，對此最好是去懷疑，不要相信那些在每一個方面都看到靈魂和魔鬼的人，不要相信那些害怕遭受魔鬼和巫師迷惑的人，也不要相信那些相信他們可以改變天氣的人，因為這樣的事情會使我們的思想從讚美上帝，從我們對祂的責任，讚美祂吧，以及從人的理性交談中移開。進一步來說，形式僅僅存在於事物之中，並沒有分離的存在，所以，沒有形體的本質就不應該恐嚇我們，因為它僅僅是我們思想的成果而已㉟。」

「進一步說，既然基督徒指控猶太人使用巫術詭計，指控猶太人有見不得人的行為，那麼我們就最好避免隱祕的東西，比如研究占卜術，比如過度地研究星宿㊱等等。因為我們的知識並不能把握未來，所以，沒有人可以說猶太人擁有什麼特殊的力量。因為只有一個上帝，並指導著地球，祂創造一切，在萬物之中，除了上帝沒有其他。進一步來說，祂創造了萬物而不是祂自己，崇仰祂吧，頌揚祂吧，這些被創造的東西本身不能受崇拜，用它們造出的任何形式也不能受崇拜，也不能從它們產生崇拜，阿門，阿門。」

然而李芬利還是不滿意我的回答，他向我探尋了許多關於神和偶像的問題，有的聰明，有的不敬，這樣我就必須在路上對它們作一些回答。我說：「年輕人，我們的賢哲教導說，偶像並不知道你，也不知道你的思想和行動，也不聽你的祈禱，也不觀察你的運動形式。而無法形容的名字也不使用任何人類的形式或者任何其他形式，猶太人甚至也不允許去這麼考慮。猶太教的理性也不允許說，聰明伶俐者可以創造一個物件，好像是一個奇蹟或者違反自然的奇觀。同樣，我們奉命把占星學放置一邊，因為以色列的命運並不依靠星象。這樣，你或者其他人就不會說我的兄弟既否認上帝的命令，讚美上帝吧，又否認人的理性了。」

對此，忠誠的年輕人回答說，神裡面總是有一些人們無法解釋的奇蹟的，願上帝寬恕我寫下這些文字。李芬利又進一步說道，猶太人既然極其相信上帝，那麼他們肯定也相信那種得不到證明的東西。

我轉過來回答說，並不是所有相信的東西都同樣有尊敬的價值或者信仰的價值，有的只是一些詭計，用來欺騙傻瓜和他人。有的是偶像崇拜的行為，在上帝的眼中是沒有價值的。上帝確實用神蹟和奇蹟把以色列的兒子帶出了埃及，在荒野裡照顧他們，給予他們迦南(Canaan)的土地。但是隨後，並沒有讓人去做違反自然法則的行動，如果那樣去做，就是違反自然的㊲，這些就是彌賽亞來臨之前一切事情的始終。

說到這裡，我們來到了納森的家，我的僕人布卡祖普向我致意，年輕的李芬利放肆地大笑，我很生氣。他說，猶太人雖然在他們自己中間沒有偶像，但願上帝禁止這樣的事情，卻也相信違反自然和理性的東西。

對此我回答說：「埃倫(Aaron)㊳的追隨者受到了懲罰，並被處死，這很公正，任何猶太人都不會走他們偶像崇拜的路。這不是說用幻象、他人的報告以及偶像崇拜者的信仰和預言來指導我們，因為這會使我們誤入迷途，而是說我們要尊敬聖名，使用理性和知識，把它們作為聖一賜予我們的禮物。因此，我們不能受騙上當，不能相信地球上有什麼靈魂，不能認為事物的本質可以用文字或者數字來解釋㊴，也不能認為把左靴子放在右靴子之前，或者樹上會產生小鳥等就是不走運。」

李芬利聽了我的話，滿意了許多，感謝上帝吧，詢問我是否相信奇蹟。我回答他說，船員說巨鳥住在月亮上。我不相信什麼巨鳥，我也不相信什麼空中的靈魂㊵。這是因為，承認在《托拉》中看不到的東西，對一個猶太人來說是不妥的，而承認他自己的理性所否認的東西，也是不合適的。所以，說有什麼巨鳥比人還大，有駱駝的腳和脖子，這是不可能的。它雖然有翅膀，但是只能奔跑，跑得和豹子一樣快，但是卻不能飛翔。然而考姆薩的船員堅持說是這樣，並說它們可以一天跑二十里格㊶，但是這樣的事情是不能令人相信的。因為一隻帶著翅膀的鳥，卻不能飛翔，與理性不一致，與神聖的教義也不一致，上帝並沒有創造什麼違反自然法則的東西，而自然法則本身也就是上帝的法則。

但是，上帝用祂的力量可以創造任何祂所選擇的東西，包括這樣的一隻鳥，所以，如果說創造物體，我應該回答說，祂可以這樣做，當然，如果在被創造的世界中產生什麼秩序上的混亂，這樣的創造就是不可能了的。確實，甚至我們的賢哲也都說到一種巨大的飛鳥，其翅膀若垂天之雲，可以遮蓋中午的太陽，但是我們並沒有奉命去相信這是違反理性的。所以，聖一不去創造一條不能游泳的魚，也就不會再創造一隻不能飛翔的鳥了。

因為每一種生物都根據它生活於其中的秩序，居住在它自己的世界裡，一種是水中的秩序，另一種是空中的秩序。一條魚，比如埃及的大鱷魚㊷，或者青蛙，根據上帝的慷慨饋贈，既可以居住在水中，也可以活動在陸地上。一隻鳥同樣可以在陸地上行走，在水中游泳，在空中飛翔。但是，一條不能在水中游動的魚是讓人不能相信的，因為它違反理性，並不比一隻不能飛翔的鳥多什麼存在的理由。

我並不是說一隻鳥必須飛得好飛得快，因為它就像母雞一樣，也不妨飛得很不好。但是，有翅膀的東西必須用某種方式飛翔，就像一個人具有靈魂就必須渴想上帝一樣。

我這樣論辯，讚美上帝吧，但是年輕的李芬利再一次不敬地大笑起來，我不得不去責備他，因為姑娘布卡祖普和婦人伯托妮也站在我們這兒，我沒有命令她們離開。她們的態度由於婦人李珍姐的惡言穢語而變化了許多，所以我不再命令她們根據我的意志走開或者留下，但願上帝禁止這樣的事情。

隨後，伯托妮哀嘆說，我們四周充滿了危險，又說因為敵人正在向這裡推進，我在這個城市耽擱了時間，我們會失去一切的。此外，布卡祖普也報告說，忠實的阿曼圖喬和皮茲埃庫利，因為知道我們從中國動身的時間已經快到了，所以對我不在這兒非常生氣，他們準備在第二天早晨出去，以便可以在刺桐一帶找到一些村莊和小村舍㊸，在那兒購買一些在光明之城難以發現的高級物品。但是我禁止他們這樣做，因為第二天是特魯瑪(Terumah)安息日㊹的前夕，所以我命令布卡祖普去告訴他們，要他們等到合適的日子再出門。

李芬利聽到我的這些布置，他非常膽大，說是從我這種表現來看，我就像在城市的仕紳面前指控他人做的那樣去做，自己也同樣接受那種巫術了。他說猶太人就像蠻子把用腳踏在門檻上看作罪過一樣，如果不是吉祥的日子，也害怕踏上大路。但是我責備他說出這樣的話，並告訴他，這是安息日的禮物和《托拉》律法的禮物。但是，他仍然談論不休，繼續說猶太人和基督徒沒有什麼區別，他們都在前額和胸前作十字的標誌，以迴避罪惡的眼睛。

我回答他說，這樣的事情確實在我兄弟中間也可以發現，這就像一個孩子，某一天讓他第一次面對我們神聖的文字㊺，人們會把他的臉蒙上，以免他看見一條小狗。因為在我們的賢哲中，有的人堅持認為，如果孩子是第一次去了解無法形容的聖名，那麼我們就不能把不潔的東西帶到孩子的面前。但是，這種愚蠢的事情並不能讓所有人都堅持認為它是公正的、正確的，它們也不可能詆毀我們安息日的光輝。我就是這樣告訴他的，讚美上帝吧。

然而因為李芬利非常固執，對我的話並不認可。他說在蠻子中，有的日子是禁止埋葬死人的，這樣的日子他們稱之為Tinsinci(停行日?)，以免這一天會把死亡很快地傳給這個家庭的其他人。他又說，所有這樣的事情，不管是猶太人的還是其他人的，也都違反理性。

應該感謝上帝賦予我以反對我的敵人的力量㊻，因為我實在是非常疲倦，我作了如下回答：「有的人害怕這個東西，有的人害怕那個東西，這就像一個人說這個東西是神聖的，而另外的人則說其他某些事情是神聖的一樣。所以，在梅里巴爾的那些人中，一個人比別人黑就是好，在法蘭克那裡的土地上則是白為好。那些梅里巴爾人用某種方法使他們的偶像變黑，使他們的魔鬼變得非常白，這是我所親見者；而基督徒則讓他們偶像的臉頰，願上帝寬恕我的話，變成白色或者蒼白，把他們魔鬼的臉頰弄得像黑夜一樣黑。同樣，印度人指控薩拉森人和猶太人吃牛肉，薩拉森人和猶太人指控基督徒吃豬肉，但願上帝禁止這樣的事情，基督徒指控猶太人和薩拉森人抽出他們肉食上的血，而遠道而來的人們又譴責蠻子們，說他們吃狗肉和蛇肉，而不吃任何肉類者又指責所有的人。這裡面有道理還是全都沒有道理，或者是理性失去了它的力量㊼？」

「同樣，那些大印度地方的人，不相信聖一而相信牛，而在基督徒中，他們的那些神和聖徒故事愈違反理性，他們就愈對他們抱著希望，愈會去相信他們。我聽說，韃靼人也同樣用煙熏偶像的方式，對惡劣的天氣使妖術，就像基督徒對他們聖徒的頭蓋骨和骨頭膜拜不已，以便從此得到好運。這樣，其他偶像崇拜者也用同樣的方式，不但在他們的雕像前用基督徒的方式祈禱，而且給它們供品，並做其他這類的蠢事。」

「這樣，在世界上所有的地方，只要人們用人類的面孔造偶像，或者讓思想受到恐懼的控制，把理性和知識命令的一切放置一邊，那麼，他們就會反對上帝的話，反對上帝的律法，他們就不會比基督徒好，只能是一丘之貉。這種偶像和畏懼是處於人和上帝之間，讚美祂吧，這就如同基督徒的死亡偶像——它是一個死人釘在十字架上的形象——處於基督徒和對上帝的知識之間一樣，崇仰上帝吧，敬仰祂吧。但是一個虔誠的人絕不允許任何東西，偶像也好，假代理主教也好，假規則也好，來阻礙他對聖一的沉思。進一步來說，雖然他因為畏懼上帝，必須遵守祂的律法，但是僅僅有信仰的典禮儀式是不會取悅上帝的。」

隨後，李芬利想進一步問我一些關於我們律法的問題，但是我送他走了，因為我不想再因為他而生氣，但是我在心中也很高興，因為特魯瑪安息日來到了。

在完成我的責任之後，為此而讚美上帝吧，我決定在阿達爾月的第五天㊽，同我的僕人阿曼圖喬以及皮茲埃庫利，連同納森•本•達塔羅以及他的僕人，一位名叫希安達(Cianta)的人，一起從刺桐動身出去，這樣，我們可以購買一些便宜的東西，這種東西在這個城市比較昂貴。我們在所旅遊的每一個地方都可以發現居住區，在用作貿易和工藝品交流的城鎮以及帶著圍牆的村莊裡，有很多人在從事買賣交易。一些非常好的地區，還生產大量賴以生活的東西。

這個省的所有城市以及圍繞此省的一切地方，都由刺桐管轄，每一個地方都有客棧和聚居的處所，相互僅間隔幾里而已，每一里合二百六十威尼斯的步㊾。在那兒，家家都有造絲業的生產，看起來真令人驚奇。

所以，很多有價值的商品在生產出來以後，人們就把它們帶到光明之城去出售；但是，如果人們直接去農村購買，則可以買到更便宜的，就像我已經寫的那樣。此外，村民中的男人和女人對來自其他國家的人都十分友善，他們說，願你能在我們這裡發財。這裡的土質溫和，非常肥沃，生產出大量的財富。田野中水渠密布，流著清澈的河水。這些田野雖然經歷過乾涸，但是現在卻綠得像花園。在大海旁邊，長著大量的竹子。在這些地區，他們是靠打魚為生，靠打撈從附近海域帶過來的珍珠為生。這片土地的城鎮都比較富裕，因為這兒有各種香料、草藥、樹木以及絲綢、緞子和瓷器等物品。

每個地方的土地都有其優點。這裡就好像是一個美麗的大花園，有大山和溪流，純淨的泉水，也有大量的樹木，它們不落葉，而是四季長青，為此而讚美上帝吧。這兒也有許多湖泊、池塘、鹹水湖或者沼澤地等，許多食鹽就是從這些靠近大海的地方運過來的。這裡也有石山，山上建有偶像崇拜者的寺廟。

在度宗的國家，據說有上千個大城市，比如Iansu(揚州)[50]，Pocien(?)、Chiacien(嘉興?)以及行在等，國境一直到長江(the river Chian)[51]的南岸。那裡盛產穀物和水稻一類莊稼。治下還有大河[52]，河水氾濫便會引起許多災害，就像波河流過我們的費拉拉市時造成的水患一樣。這兒也有許多信差，他們把信件和商品送到蠻子的各個城市，甚至晚上也騎馬奔跑不已，跋山涉水，很是辛苦。所以商人們都可以迅速地經營商業貿易，獲得較大的利益。他們也用金錢、紙幣或者其他許多交易的手段來付款。

但是，商人在刺桐一帶可以擁有的一切商品中，最高級的、最好的則是各種顏色的絲織品，其中又數絲織和鑲金的衣服為佳。生產這種衣服的作坊也是各種作坊中的最佳者。確實，各種絲綢原料都有很高的價值。這種絲綢甚至可以作為固定的價碼來計算銀兩，然而在這個國家，你用最高額一百里波(Libbre)還換不到八個威尼斯的格羅特幣，感謝上帝吧。這裡你也可以發現各種緞子，甚至比刺桐城市的緞子還要貴，這也是從來沒有見過的；最貴的是用小珍珠穿綴的緞子以及韃靼人編織的物品，工藝嫻熟，甚至畫家的彩筆所繪也無法與這種織品相比，凡此我都購買了一大批，讚美上帝吧。

我也發現質量絕佳的瓷器，它們是用來當碗使的，精美得就像玻璃的酒壺，我用二百個格羅特購買了六百件，因為它們全都是世界上最美麗的瓷器。這裡也有很多的食糖，口感很好，這是放在一個黑盤子裡的，還有紅花、生薑，以及高質量的良薑，我都購買了一大批。他們還有一種紅花，是用來治療腎臟和胃的毛病的，我也買了一些；這裡還有治療牙齒的油膏和治便祕的山扁豆㊸。

這樣，由納森・本・達塔羅以及其忠誠的僕人作指導，我購買了大量的物品，全都是能賺錢的物品。我也發現了許多靛藍和明礬㊹，也看見了許多香料㊺，這在我們的土地上都是從未見過的，其名稱我難以說清。這兒還有紙張、油漆以及飲用的高級草藥。

然而我非常害怕受到搶劫，但願上帝禁止這樣的事情，因為一路上有那麼多的土匪，我也擔心農夫的報告，他們總是說韃靼人愈來愈近了，所以我擔心會死在這條路上。但是讚美上帝吧，祂用手保護了我，為我獲取了極大的利益而使我免受傷害，雖然我沒有完成我對祂的責任，因為這一點，願上帝在末日來臨時寬恕我吧。我在特薩維(Tetzaveh)安息日㊻的前夜㊼，晚上我是在路上，因為實在受不了，所以沒有完成責任，願上帝寬恕我吧；而且因為有異教徒在，我擔心我的錢袋，就像《托拉》教導的那樣，所以我總是處於畏懼之中。我甚至在我必須過夜的客棧中也不能放下心來，從那兒到光明之城得一天多的旅程呢。整整一個晚上，我都在讚美上帝，向祂祈禱，高興地感謝祂在安息日對我的饋贈，同時也因為蠻子村民對客人的眷顧而感謝祂。每個商人在旅行中經過這些城鎮時，不管是一種什麼情況，都可以按規定而得到免費的床位和食糧，對此而讚美上帝吧。

這樣，在離開刺桐七天之後，我帶著我的商品又轉回了光明之城，回到了我朋友的身邊一起相伴㊽，感謝上帝吧。這是以斯帖(Esther)齋戒的前夜，普林節(Purim)的開始。然而我的思想卻被攪得很亂，因為我感到我所通過的城鎮和村莊，都在等待著他們落入韃靼人之手的末日。

農村人並沒有忙於保衛他們的家園，願上帝保護他們吧，而是隨著他們的習慣平靜地忙活，像山羊一樣傻乎乎地看著屠夫的白刃而等待屠殺。這樣，他們既沒有聽到他們的哈曼逼近其家園的腳步聲，也沒有聽到別人告訴他們的善言良策，而是來來去去，像光明之城的百姓一樣，一點不考慮來日如何。

在這些天裡，薩拉森㊾船長同我的僕人阿曼圖喬一起來到我這裡，說我們的船隻已經準備完畢，懇請我現在從刺桐啟程，免得我們由於天氣變化，在以後動身時會發生危險，而船員們也都在準備動身。

但是我尚未想到現在啟航的事，因為有信差從高貴的白道古那裡來我這兒，告訴我說，白道古準備召開一次全城的大會。因為現在已經到了這個城市最危急的關頭，百姓們對於和他們有關的每件事情都混亂不清。他也警告我說，願他安寧，我應該參加所說的這次會議，但是，既然我在所到的每個地方都作了充滿智慧的講話，我就應該小心商人孫英壽以及他那一派的人對我的仇恨。因為我曾當衆勸告他們，責備他們貪得無厭，只去追求利益和財富，同時又讚揚了那些提倡善行、謙虛和真理的人，所以，如果我進一步講話，我肯定會被驅逐出這個城市。

但是在白道古的信差走了以後，我把薩拉森船長以及我的僕人阿曼圖喬也打發走了，同時告訴他們，如果埃利埃澤爾和拉扎羅·德爾·維齊奧等不及，要立即離開，那他們就根據自己的計劃從這個城市動身啟程。我告訴他們，這麼做是合適的，不過我將留在這兒，直到我完成了我的責任再動身。

這時，邪惡的女人伯托妮也來了，她滔滔不絕，嘴裡說著基督教的詛咒，催促我動身。對她所說的話，願魔鬼撒旦在最後的審判日抓住她吧；她又說，所有的人都應該立即動身，並且說李珍姐婦人現在也在她的控制之下。因為李珍姐在我離開這個城市不在這兒的時候，經常到納森的房間去，有時夜裡也去，但是我不太相信，感謝上帝吧，她的舌頭是邪惡的舌頭而不是真理的舌頭。

因此我感到極其困惑，但是在我把經文護符匣放好的時候，感謝上帝吧，祂把虔誠而有學識的人置於祂的保護之下，我決定在阿達爾月的第十六天，也就是說一二七二年的二月十八日，參加該城的大會，由忠誠的李芬利陪伴，這樣我可以傾聽高貴的白道古的講話，願他的名聲永存。

當所有的人全都聚集一起，他們對他們的神祇依照習俗作了祈禱，如此鞠躬，那樣行禮，把一件供品放置在大廳的偶像前面。隨後，其中一個人站起來，用哀悼的聲音為光明之城的憂傷而唱出了一首讚美詩，中間也有人為他們的困境而哭泣。

隨後，城市的長者、商人以及仕紳等開了一個大會。在這次會議上，高貴的白道古因為德高望重而首先講話。他神情嚴肅地說，韃靼人已經把北方的土地夷為平地，搶劫城市，毀滅財富，這樣，那些記錄他們父輩的言行和今天情況的書籍都被燒毀，這種命運也會落在中國南方百姓的頭上，除非人們能夠在危急關頭站出來。

他用這樣的方式說道：「這個國家沒有秩序，而我們的城市在四周卻有很多誘惑，我們在閒散和享樂中對這些卻並不注意。危急的關頭，我們必須設法保衛我們的城市，找到新的武器，因為我們的武器已經陳舊，難以同韃靼人戰鬥。然而我們既沒有準備去抵抗敵人⑥0，此時也沒有進行抵抗所必需的力量。」

「但是，就像孟子所說，人必自侮，然後人侮之，一個城市也同樣如此，必自己招致了攻擊，然後他人才會攻擊它(按，《孟子・離婁上》：『夫人必自侮，爾後人侮之；家必自毀，爾後人毀之；國必自伐，爾後人伐之』)。那些僅僅帶領著人們一次又一次失敗的人，並不能稱作賢哲。因為我們藐視了用兵之道，所以我們才會讓那些不懂軍事的人來領兵打仗，讓士兵脫離了我們的引導，使他們失去了戰鬥的勇氣。開始的時候，這是因為害怕他們竊奪天子的權力，所以才那麼做的，但是現在，這就成了一個不能打破的習慣了。因此，我們的士兵雖然很多，也很有經驗，但是在此時，在敵人愈來愈逼近我們大門的時候，他們缺少的卻正是他們所需要的各種手段。」

「在我們的貴族和兒子中間，一度也愛舞槍弄棒。但是現在，他們居住在城市裡，悠閒自得，不屑於體格的強壯和精神的勇敢。現在，韃靼人已經開始毀滅大批的家園，而我們卻仍然無動於衷。甚至在 Sanian 和 Fancien 的一些城市，老百姓飢餓難忍，人們說他們的眼睛都變綠了，現在這些地方也快落入韃靼人之手。所以，敵人攻佔我們省的日期也就愈來愈近了⑥1。」

「我們是任敵人為所欲為，恥辱地向他們屈服，還是為我們的榮譽而戰？我們必須加深溝渠，鞏固城牆來抵禦敵人，但是，你們為保衛這個城市又做了什麼工作，諸位？這個城市的三面，我們原本都有堅固的城牆和塔樓，但是它們現在都毀圮殆盡。這都還是我們祖先的遺產，懶散者搬走了牆磚，為他們家的房屋打地基。」

「因此，這個城市的城牆和大門都必須迅速加固，以便去保衛它、挽救它。確實，繞城一周的城牆必須擴大、加固。沒有環繞一周的城牆，並把它維修牢固，具有十步(strides)高㊷；沒有很深的壕溝，我們怎麼能抵禦韃靼人？進一步來說，沒有一條很高的走道，使人們可以步行環城一周，一個人又怎麼能看到城市外面的情況？所以，我們必須加速維修。如果是在一個堅固而強大的地方，就沒有人會畏懼了。」

聽了高貴的白道古的話，一個名叫羅達第(Lotacie, Lo Dadie)的商人，有錢有勢，年輕而瘦弱，站起來回答道：「諸位，即使我們在世界上是最有遠見卓識的人，韃靼的軍隊及其人民也馬上就要戰勝蠻子了。此外，他們的軍隊為征服各城市和各省份而訓練有素，我們沒有像敵人那樣的士氣，不可能去抵抗這樣多的軍隊；而缺乏了這種士氣，我們現在不可能阻止敵人前進的步伐。」

「如果大汗第一次進攻不能取勝，他就會堅持下去，直到他勝利的那一天。他為了奪取Cipenchu已經嘗試了多少次？他又有多少次轉回來進攻？這是一個因為高牆深溝、森嚴壁壘就會打消念頭的國王嗎？我們為什麼要為一個最終會失去的東西而戰鬥到死？他們的軍隊就像一大群螞蟻，他們的武士勇敢得就像獅子，他們的殘忍只會因為抵抗而激起，並不會因為屈服而產生。因此，屈服於命運而不是作無謂的哭喊來攪擾上天，才是對神更為虔誠的事情，也更受神的歡迎。我們必須接受我們如今的形勢，而不是去追求我們達不到的目標。人會認為這個世界應該變化，但是高高在上的天道卻不是這樣認為。諸位，終極命運的法令是逃避不了的。」

對羅達第所說的這些話，高貴的白道古非常生氣，他質問羅達第道：「你知道天意嗎？」羅達第輕蔑地回答說：「用山羊一樣的身體，披著獅子的皮，在戰鬥中是得不到勝利的。或者說，像駿馬尾巴上的一隻蒼蠅似的，大人，你能遠行萬里嗎？我們並不需要戰爭，從戰爭也不會獲得任何利益。此外，天底下的國家有興有亡，無不如此，而送一些沒有經過訓練的人上戰場，就是讓他們去送死。我們難道不知道，如果他的國家的任何城市背叛了大汗，四周的城市就會奉命派遣軍隊去摧毀那個城市？但是，既然我們的城市由於地理位置的緣故㊸而屬於最後被征服的一些城市㊹，不管我們選擇做什麼，我們不是都會因此而受我們鄰城的支配嗎？」

對他的話，高貴的白道古奮力地回答說：「那麼，我們就更有必要去與蠻子的其他城市聯合起來、相互協助而抵抗這種命運了。」

商人羅達第這樣回答他說：「韃靼人已經摧毀了許多城市。如果我們不抵抗他們，我們的城市就可以免遭此類的痛苦。如果我們抵抗並且失敗，我們肯定會這樣的，那麼光明之城就會被毀滅了。」

對羅達第的這些話，許多人都表示同意，有的人認為他講得處處在理，也有的人保持沉默，白道古則大聲地叫道：「我們每一個人都必須做好準備，堅忍，勇敢，這是因為，如果我們不這樣行動，我們就將給這個城市帶來恥辱。讓我們因此而準備抵抗，讓我們最勇敢的將軍團結在一起，毫不畏懼地面對敵人。」

羅達第放肆地大笑，其他人也跟著大笑不已。他回答說：「現在，像你這樣一把年紀的人，老得連牙齒也沒有了，又如何勇敢地投入戰鬥？你會勇敢得連全世界都怕我們？官員到七十歲就應該回家。但是也有許多人，諸位，他們繼續在干涉這個城市的事務。不過因為一個人的年紀已經說明他究竟怎麼樣，所以那些年紀老大的人就會說，他們比他們的實際年齡要更為年輕。」

對此，他那邊的商人全都對高貴的白道古嘲笑不已，其他許多人也是如此，但願上帝禁止這樣的事情。羅達第又繼續說道：「談論美德是一回事，實踐又是一回事。能說會道的老人並不等於是身體力行的人。你所說的一切都僅僅是演講而已，不管什麼東西，不能感動其他人，也就不能讓人去相信。進一步來說，即使是這個城市的勇敢者也不願意遭受不幸，因為他們也知道，大汗並不傷害誰，也不會搶劫。所以，最好是自願地跟在這些人的後面㊺，知道他的慷慨大方，免得我們的城市因為你的誤導而產生極大的傷害。」

對商人羅達第的這些話，仍然有許多人同意，但是高貴的白道古，願他的名字永存，似乎非常苦惱，說話也沒有什麼力氣，他回答道：「像你這樣的人，只愛賺錢而不珍惜別人的生命價值。你們不應該去拚命地賺錢花錢，而應該人人都去拚命地維護我們的榮譽，這才是最好的。這樣，如果你決定勇敢地行動，那就應該像我們中間一直所做的那樣去做。因為你們的祖先也都堅持認為，戰死沙場比聽任失敗價值要大得多。」

「你們十分清楚，我們的北方兄弟厭惡大汗的統治，因為大汗在他們的每一個城市都安排了管理者，他們是韃靼人，經常又是薩拉森人，我們的這個城市也肯定會這樣。北方的兄弟被當作奴隸一樣地對待，這是他們不能忍受的。你希望這樣的管理者和統治者也統治你嗎？進一步來說，大汗不是已經派了他的部下帶著衆多的騎兵，甚至有八萬人之多，監督北方的城市，並由居住在其中的百姓為他們提供一切，令百姓不堪重負嗎？諸位，那就是你們為自己的城市所希望的嗎？大汗不是對其他城市宣稱說，我用我手中的武器戰勝了你們，你們所有的一切都屬於我嗎？」

對此，商人羅達第回答說：「你是個上了年紀的文人，選擇好戰的姿態對你並不合適。你們許多人也都因為貪婪而道德敗壞，但是你們老得連牙齒也沒有了，你們中間也沒有誰要騎馬投入戰鬥，也沒有誰給別人講什麼戰略戰術。韃靼人對待那些其他信仰的人不也十分友好，並沒有用什麼惡言穢語稱呼基督徒，並且說他們很公正嗎？在大汗的幕僚和僕從中間，不也有許多來自其他國土上的人㊅嗎？在大汗的兄弟所擁有的妻妾中，最受寵愛者不是基督徒婦女嗎？大汗不是譴責那些嘲笑基督徒，嘲笑其他宗教者的人嗎？」

「因此，我們難道不能說，韃靼人是尊敬其他人生活之道的人民，如果我們用適當的自我經營，我們不也不會遭受痛苦而會從他們的統治中有所獲益嗎？」

隨後白道古，願他安寧，再一次站起，憤怒地說道：「你真賤，真懦弱。韃靼人是野蠻人。你不是聽說了大汗的將軍怎樣對待他們的俘虜，甚至把他們投入煮沸的大鍋之中？他們抓獲北方城市的官員，雖然這些人像你一樣去取悅韃靼人並接受他們的統治，他們不是也殘酷地殺死他們了嗎？你因為自己懦弱無能而相信這種人温順和善，然而，我們不是聽說他們怎樣用刀劍殺人並吃他們的血肉嗎？」

「即使我們被征服，你和你的財產也能免遭傷害，我們也會被公平而温和地對待，這樣的無恥昏話你還要繼續說上多久？這是懦夫的認識，他們擺出小心謹慎的姿態來掩蓋內心的懦弱。韃靼人善於戰鬥，並不怕死，而你的每一次呼吸都顯出要躲避我們的敵人的味道㊆，毫不希望去勇敢地走上戰場，無畏地投入戰鬥。」

但是，高貴的白道古的這些話，並沒有得到人們的讚賞，反而出現了一些嘲笑聲，人群中相互的衝突非常激烈。商人們都在其位子上大喊大叫，攻擊白道古，願他的名字永存。白道古因為想再一次讓人們聽他說話，於是聲稱，商人的話違反了上天的命令。然而，商人中間有個人狂笑不已，大聲嚷道，上天的命令並不會保護他們免於敵人軍隊的進攻，但是他們中間另一個人說，即使他們商人一派很能辯論，他們也應該允許那些甚至給這個城市招致毀滅的人講話。高貴的白道古，因為年長力衰，難以繼續說話，這樣會場上又好一陣子沒有人說話，而白道古左右的人過去幫助他，鼓勵他。他氣力稍有恢復，終於又繼續說了起來：「你們就像魯肅(Lusou)一樣，多言而缺少意志。像你們這樣做，會在危險的時候連藏身之所也沒有，就像老鼠落在麵堆裡，只能轉動你們的眼睛了。」隨後，有的人大笑，有的人憤怒地大喊，但是高貴的老人繼續說道：「商人羅達第十分虛弱，他的商品也鬆軟，因為他膽小怕事，有一顆虛弱的心。諸位，你們必須學會控制你們的懦弱，減小自己的慾望。如果不是這樣，那你們是要一直等到野蠻的韃靼人站在我們的門口才好？」

「然而我想，如果你們要顯現出男子的氣概，甚至現在你們也不能這樣猥瑣、這樣畏懼，不能因為害怕韃靼人的軍隊而準備放棄一切。相反，你們是寧願摧毀我們的人，通過毀滅一切而教育我們，使我們知道，我們在貪婪中，在享樂中，在缺乏信仰的道路上已經太久太久？北方的國家有多少次被毀滅？Taniani、契丹(Chitani)和Uceni乘虛而掃蕩我們的家園，留下一片荒蕪的土地，這些曾經給我們祖先慘痛教訓的事實⑱，我們必須再一次來了解嗎？」

「我們要因為你們的惡劣見解而再次遭受這種淪喪和傷害？我們要讓那些嫉妒我們的財富、貿易、技術以及我們先哲智慧的人來蹂躪我們？我們難道不應該既使用堅固的城牆和閃光的武器，也使用往昔失敗的經驗教訓來保衛我們自己嗎？如果我們的百姓堅定地團結一起，不因為空想而四分五裂，難道我們不會興旺起來嗎？」

對白道古的話，年輕的商人羅達第一邊大笑，一邊回答說，不可能僅僅憑美德就可以打敗一支大軍。從來沒有一個敵人，會在老實忠厚的人面前放下他的武器，落荒而逃。

高貴的白道古在回答他的時候，看上去非常疲倦，他說：「韃靼人和他們的大汗很快就會進攻我們。在這樣的危急關頭，知道往昔發生的一切，你們還會繼續渴求你們的財富，追求享樂，而不去維護我們的生活之道和我們的習俗嗎？在那些要摧毀你們的人集中全力之際，你們還會徒勞地考慮你們自己而不管他人？我再一次對你們說，你們必須勇敢頑強，所有的人都應該這樣來振奮自己，這樣，整個的世界就會說道，這些人是真正勇敢的人。」

但是在場的大部分人和白道古都不一致，好像很少有人希望為城市而投入戰鬥，或者調整自己而對付敵人。商人羅達第是大部分人的領袖，他說，要是能成為那種從來不與其他民族作戰的民族，讓所有的民族都和平相處，那會更好。

白道古內心痛苦，臉色蒼白，但願上帝禁止這樣的事情，用柔和的聲音對他說道：「但是我們並沒有相互和平地生活。相反，人人都在追求自己的目標，受慾望和貪婪的驅遣，攻擊他的兄弟，這樣，不管他擁有多少財富，他都不能得到休息或者得到安慰。在古時候，我們中間宣揚互愛，所以我們互相沒有矛盾，也沒有戰爭。」

「然而現在，像你以及你的領袖人物孫英壽這樣的年輕人，說是只有通過獅子和狼的方法，而不是通過鴿子的方法，人們才可以在光明之城得到繁榮興旺。但是在危險威脅的時候，背對著敵人，尋找你們藏身的巢穴，又是什麼樣的一種獅子和狼的方法？相反，如果所有的人都堅定地站在一起，百姓會滿意的，而這個城市也可以免於傷害，那些為他們自己而希望這樣做的人也可以變得更加富裕。」

「如果不是這樣，而是大群的人日日夜夜穿街走巷，尋找獵物，而人人都互相害怕，相互猜疑就會大到極點。諸位，因為這是你們創造的光明之城，雖然燈光照耀，遍布每一個角落，但是人的靈魂深處卻黑暗一片。」

但是，那些圍繞在商人羅達第四周者，全都是孫英壽一派，他們毫不為高貴的白道古的話所動，商人安禮守站起來問道：「孔子不是反對那些發動戰爭的人嗎？他不是也說過，對那些展示如何吞噬人的血肉者，就像白道古所展示的那樣，死亡的痛苦已經是過於輕微的懲罰，已經難以放在他們的身上？他不是教導我們說，甚至那些死於戰爭者也要承受正義的最嚴重的傷痛嗎？然而你白道古，一個沒有智慧的老人，站立在我們面前，卻勸告我們拿起武器。那麼你也該死嗎？」

對安禮守的這些話，人群中靜止了很長時間，就好像死亡的天使，但願上帝禁止這樣的事情發生，已經來到他們中間。但是，高貴的白道古，願他的名字永存，並沒有顯示任何畏懼，只是問道：「那麼天子也像在陷阱中的野獸一樣等待死亡？」

這時，從人群中傳出許多叫喊聲⑲，有一個人大聲詛咒天子，另一個說道：「那成千的婦女有什麼美德⑳，天子要在國家危難的時刻把她們留下來侍候他？他懦弱無能，毫無價值可言，成天同這種荒淫的女人一起，他知道什麼武器？」

對這樣的話，人群中爆發了一陣笑聲，但是高貴的白道古告訴這些聚集一起的人說：「你們侮辱天子，但是你們說國家在危機之中卻是對的。因此，你們應該傾聽我的話，對那些勸告你們看重貪婪而漠視榮譽者，提倡小心而鄙視勇敢者，應該掉轉過自己的頭，不聽其言。韃靼人不但是優秀的士兵，而且也為我們樹立了榜樣，這並非是他們的殘忍，而是因為他們能夠堅韌不拔，比其他人頑強。但是，我們卻很少能夠忍受，我們習慣於考慮我們的享樂，毫不注意明天。確實，我們已經被征服，不是被戰勝而屈服，而是因為我們已經放棄了我們的習慣、法律，因此也迷失了我們的道路。」

「至於我們有錢的人，有的人認為自己在各種貿易中都是聰明的商人，有的人相信自己是優秀的哲學家和博學之士。我們中間確實有許多優秀的醫生，知道如何去辨症，並給病人開出合適的藥方，就像其他地方的醫生所做的那樣⑪。但是，這種關於疾病的知識，這種哲學和這種貿易事務上的聰明，對我們的危機有什麼作用嗎？韃靼人不是對我們天子的統治無恥地提出了挑戰，而我們有的人不是對天子表示輕蔑，有的人對他表示尊敬嗎？就像鐵木真(Temucin)⑫屠殺Succiur人一樣，我們現在也會被殺死嗎？」

「因為，如果你們不注意我的建議，Cin(秦？)和蠻子的水會匯合一起，天空會變得漆黑，大海會掀起滔天的巨浪，這樣，光明之城會被淹沒，所有的人都會被覆滅。因為天的法律就是這樣命令的。」

隨後，高貴的白道古突然臉色蒼白，虛汗淋漓，於是我走到他跟前去幫助他，然而有許多人卻對他的話發出嘲笑聲，他悲傷地大聲說道：「沒有什麼比戰爭和佔領土地更可以讓大汗高興的了。然而你們愚蠢者卻一點不去考慮，僅僅想著賺錢、享樂和女人。但是，除非你們自己振奮起來，否則你們就會失去一切。」

說到這裡，白道古轉向我，雅各·本·所羅門·本·以色列，讚美上帝吧，說道：「當他們在城門口看到大汗的部下及其主人的時候，他們所有的人都會畏懼顫抖，就像那些從來沒有見過戰鬥的人一樣，人人都會疑慮重重。所以他們不會堅持的。」

隨後，雖然許多人都要離開，但是也有許多人，為高貴的白道古，願上帝保護他吧，這樣對一個陌生人說話而感到羞恥。但是，雖然他們全都憤怒地聚集在他周圍，他卻並不在意，並且說道：「同樣，你們不去抵抗你們城市的疾病和邪惡，卻任由年輕人隨意而行，無視他們的惡行，無視你們商人的貪婪和軍隊的虛弱。也許這個客人會告訴你們如何去保衛你們的城市。」

這樣，我，雅各・本・所羅門，終於受到高貴的白道古的邀請，不但傾聽了他們的辯論，而且要在他們面前說話。於是我準備講話，這時，有的人在聽，有的人已開始走了。我說道：「各位長老，我是一個遠道而來的人[73]，並不能真正了解那些要保衛城市者，也不能真正了解那些向他們的敵人投降者。但是有的人說，你們 Cataio 的兄弟們不願意接受那些來自其他土地的人的統治，不管他們是蒙古人、薩拉森人還是其他人的統治，都不願意。在薩拉森人作為韃靼人顧問的情況下，既然每一個犯罪他們都視為合法，甚至不是他們信仰的人就都殺死，那麼，你們兄弟的這種做法就是正確的。」

「因此，所有那些褻瀆他們聖典(Holy Scripture)的人，不管他們屬於什麼人，不管在哪裡發現他們，他們都準備殺死。此外，當他們擁有了權力，比如在大汗的宮廷中，他們就會設計反叛他們的主人。但是，我的兄弟並不做這樣的事情，因為我們的《托拉》是禁止這樣做的，為《托拉》的寬容而讚美上帝吧。」

「至於戰爭的行動，我們的賢哲教導說，不怒者力量大於大地，控制心靈者比統治一個城市者更好。然而我們的拉比西緬・本・亞塞(Simeon ben Azzai)也教導我們說，甚至在我們要完成最重大的事情時，我們也應該去完成最小的事情。除了對上帝的責任，崇仰祂吧，還有什麼任務比保衛自己的家園[74]，以及他們鄰居的家園更重要？」我十分榮幸能這樣講話，感謝上帝吧，給高貴的白道古一些安慰和建議，因為我知道，如果一個人不去完成他對上帝的責任，對其親人[75]以及伴侶的責任，以及他對其城市的責任，那麼他和他的城市就不可能堅定地站立。這樣，我帶著忠誠的李芬利離開了，心中明白，我的周圍沒有光明只有黑暗，但願上帝禁止這樣的事情。

註釋

①一二七二年二月四日。不過這個時間和雅各早先所斷言的時間不吻合，前面他說，這些仕紳「隔二十日」就見一次面，而他早先說的時間是一二七一年十二月八日或者九日。

②大概是說他很早就介入了他們的辯論，並在他們上一次集會的辯論上講了話。

③接踵而來的這段講話，或者冗長的議論，我已作了刪節。這段話顯然是事後精心組織的。

④手稿為simonia。做聖物的交易買賣，或者用其他方法從教會機構中贏利，這都是教會的過錯。

⑤「掩蓋了他們的暴利」：雅各並沒有進行完全的解釋，但是有某些材料可以說明，在懲罰「拖延」付款的幌子下，中世紀的借貸人用一種教會法規所禁止的高利貸方式，獲得了利息。儘管雅各暗示自己沒有責任，但是，猶太人銀行家似乎是使用了同樣的手段。因此，借錢給別人者從別人手中拿到的借款單，數字就會大於實際借貸的數量，甚至大到百分之百，G. Luzzatto，I Banchieri Ebrei in Urbino Nell' Eta Ducale，帕多瓦，一九〇二年（一九八三年再版），第三十七頁。

⑥對這兩種高利貸的形式，手稿使用了「預付高利貸」(usura anteriore)和「後付高利貸」(usura posteriore)這兩個詞。雅各使用拉丁化的術語，說明他在這種事情上與教會談話很熟悉。但是，我難以找到這兩個術語的起源。引用拉比賈馬里埃爾的話，可以追溯到《密西拿》文本的《巴波梅塞亞》五：一〇章節。

⑦手稿為拉丁語：ad honorem dei et ecclesie Romane et summi pontificis。這明顯是雅各的諷刺語，但是卻披露了羅馬教會的某些規則情況。一個猶太人敢於使用這種抨擊的手法，顯然會使這部手稿的傳播範圍縮小，只能讓一些可以相信的朋友傳看，限定在很小的圈子中。

⑧手稿為a succiar l giudei nel nome della croce。「我們城市的紅衣主教」幾乎肯定是進一步指向紅衣主教雷納，或者是指教皇在安科納的使節萊尼埃羅·迪·維特伯，大約從一二四四年到一二四九年在職。

⑨手稿為 universita degli iguali，也就是說一個平等者的團體。

⑩這可能暗示雅各曾經有在拿波里生活的經歷。

⑪雅各在這裡簡單勾畫了一幅一起合作的學習圖，可能是根據他在拿波里弗里德利希二世宮廷的直接經驗。至於在意大利的這種特殊合作，有一個著名的例子。薩勒諾的摩西·本·所羅門(一二七九年去世)在對邁蒙尼德的《迷途指津》寫評論時，曾經同一位多明我會的僧侶、喬溫那佐的尼古拉進行了合作(參見西拉特(C. Sirat)的《中世紀猶太哲學史》，劍橋，一九八五年，第二六六頁)。

⑫「我們的智慧是對上帝的褻瀆」：一二三六年，雅各十五歲的時候，教皇格里高利九世在多明我會的勸說下，把猶太人的《塔木德經》譴責為褻瀆上帝的、異教的書籍；一二三九年，另一份教皇詔書，重複了一二三二年的詔書，命令所有《塔木德經》的抄本都必須銷毀。一二四〇年在巴黎，由「運貨馬車所裝的」《塔木德經》各種手稿都遭到了燒毀，就像當時所描寫的那樣。

⑬「帶著他們的朝聖者漂洋大海」：雖然不太具體，但是這也說明，雅各本人知道，甚至是參與了帶領朝聖者乘坐猶太貿易商出資或者屬於他們的船隻，從意大利到聖地的活動；安科納在這種運輸中是主要的港口。根據亨利·皮朗所說(《中世紀歐洲的社會經濟史》，倫敦，一九四七年，第三十二頁)，「十字軍要求」從海路通達耶路撒冷，使意大利港口注入了「意想不到的生機和活力」，一直持續到一二七〇年，路易在突尼斯失敗的一年，也就是雅各本人從東方返回的一年。這也不僅僅是租船的問題：「在商人們對東地中海的認識中，他們是天下第一，所以他們的服務機構都得到了大筆的報酬。」(龐德N. J. G. Pounds《中世紀歐洲經濟史》，倫敦，一九九四年，第三六五頁)

⑭手稿為 sanza titol di fama。

⑮手稿為 fratello stesso di quel om。

⑯「標誌」：在基督徒和猶太人之間禁止有婚姻關係和性關係，這一禁令首次是寫在四三八年狄奧多西法典上的，而拉特蘭公會則直接作了反覆說明。一二一五年的法令要求，猶太人必須在衣服上佩戴「恥辱的徽章」，據說主要是設計來防止錯誤的雜婚(miscegenation)。事實上雙方把性的禁忌都放到了一邊。因此，宗教法規學者經常重複這一禁令。

⑰「稱我們是瘟疫……疾病」：這不完全是事實。第五世紀的狄奧多西法典使用過雅各所引用的術語，雖然教會從來沒有正式廢除這條法典，但是西格特·尤迪斯，格里高利教皇(五九〇—六〇四)的法令卻使它緩和了下來。

這個法令發布以後，十三世紀不下於十位教皇作過各種修改法案，在一二三四年成為教會法規正式的一個部分，雅各當時十三歲。西格特・尤迪斯反對強制性受洗，堅持猶太人教堂和修道院的神聖性，授予猶太人從事他們信仰活動的權利。儘管有這一點，教皇英諾森三世還是在一二〇五年認為「永久奴役」猶太人是有理由的，一二一五年的第四次拉特蘭公會對猶太人又加重了進一步的負擔，並對他們更為憎惡。在雅各的時代，「宗教裁判」即正在擴散開來。

⑱在這裡發生的情況(在雅各的敘述中!)似乎有兩個方面：一面是巴托洛繆試圖阻止雅各繼續演說，一面則是雅各本人希望這位教士繼續演說，因為他說要讓「我信賴的李芬利」把他的話翻譯出來。但是令人覺得不同尋常的是，雅各僅僅提供了這位教士演說的一個簡短總結，然而在這個段落中卻有一種強烈的可信感。

⑲不太清楚這個表述詞語是指弗拉・巴托洛繆還是籠統地指一般教士。

⑳這是第一次非常清楚的證明，說明至少這些話是在雅各所說的那個時間裡講出來的，即使雅各斷言的一二七二年二月這個時間有誤，也能夠說明。克雷芒教皇四世是在一二六八年十一月逝世，但是因為與紅衣主教之間的政治糾紛，所以直到一二七一年九月才選出了繼承人皮亞琴察的西奧博爾德，幾乎晚了三年時間。因此，當雅各離開意大利的時候，那兒當時確實沒有教皇；似乎雅各大概和弗拉・巴托洛繆一樣都仍然不知道一二七二年二月的真正事實。

㉑這裡明顯在暗示，教會和聖羅馬皇帝之間在繼續不斷地發生衝突。

㉒手稿為 esser cristiano assessino nel nom di quel uomo e gran villania e quando dicono che la croce non vole far altro che diritto e menzogna。

㉓一二〇四年春天，雅各出生前十七年，十字軍洗劫了東正教的中心君士坦丁堡，造成了巨大的破壞。「他們雖然是十字軍，但是在向基督教城市航行時，他們並不想和平地逼近。當一些漁船正好在他們的航線上的時候，他們就立刻攻擊這些小船；當艦隊航行……靠近城牆下的時候，甲板上的士兵都已經準備好了武器，準備戰鬥……這是在復活節前的一週，但是並沒有因此而阻止基督的勇士。經過三天近乎瘋狂的姦淫、擄掠、破壞，士兵們把拜占庭洗劫一空……古典時代最偉大的財富被惡意地毀滅了……君士坦丁堡失去了它的輝煌。」莫里斯(J.Morris)的《威尼斯帝國》，哈蒙德斯沃斯，一九九〇年，第二十八、三十九、四十一頁。

㉔手稿為拉丁語 domini canes，作竭力諷刺的文字。

㉕手稿為 fue il miglior uom che mai fosse。

㉖手稿為希伯來語，這是在猶太人的傳統中，直到大衛王的時代，都經常還有的一個表述語，因此也可能與《讚美詩》有關。雅各似乎認為《詩篇》在基督教祈禱文中是不「合適」的。

㉗這是「基督」的希伯來語形式。這是雅各第一次說「基督」而不用「那個人」。

㉘這是說被釘死於十字架。

㉙從這裡我們似乎可以看出，賢哲(savi)們分成了許多宗派，反映了整個城市的各個派別，有的是商人「派」，有的是長者白道古的支持者，同時我們也可以看出，在這次集會中，他們分別而坐，形成了幾組。

㉚手稿為 poiche non fassi cristiano。

㉛手稿為 arde。另外一個尖銳的雙關語。

㉜這似乎是說，在他們中間，仕紳、人民以及商人都作了區分。這裡是第一次特別提到商人階層的分化。

㉝如果商人安禮守確實屬於派到雅各這兒來的人，要勸說他再次在臨時會議上演說，那麼這就提示了兩件事情：第一，商人「黨派」在城市中正愈來愈多地控制著各種事情；第二，作更深一層思考，也許雅各由於商人的興趣而被不知不覺地拉入了某種陷阱之中。在這一陷阱中，他會由於過度展示對商人黨派利益的一種基本傾向，或者過度介入這個城市的事務而敗壞他自己(和白道古)的名聲。李芬利是否對雅各作過警告？

㉞我認為這裡的「我們」是指猶太人，但是它也很容易去指那一時期一般意大利人的信仰。

㉟上帝和天使無疑不在陳述的規則之列！從這個主張顯然能看出，亞里士多德學說對雅各思想產生的影響。

㊱一二五四年，不到二十年之前，教皇頒布了一條法令，要猶太人「停止他們的巫術活動」，大概是指從事和占星術、占卜術有關的活動，像雅各所說的那樣。

㊲手稿為拉丁語：id est contra naturam。這裡雅各所提出的一般主張都與猶太人的正統信仰不合，這是因為，他的主張似乎進一步排除了人類事務有神的干涉行為，或者有什麼奇蹟出現——出埃及以及其後果等都是最後的事情(無論如何，它可以對現代的「在奧斯維辛集中營，上帝又到哪兒去了？」這個問題，起到一種回答的作用)。

㊳就是說那些崇拜「金牛犢」的人。

㊴「不能認為事物的本質可以用文字或者數字來解釋」：這似乎是對中世紀神祕哲學(cabbala)的批評。它同時也是一個李芬利難以理解的評論，顯然是雅各在閒暇之時所寫。奧祕教義(the cabbala)字面意思是傳說(tradition)，它是神祕主義哲學的一個體系，其起源可以追溯到十三世紀初西班牙傑羅納的猶太人社區。這一哲學體系認

為，人可以通過神祕的沉思而得以「同上帝結合」；認為世界不是由上帝所創造，而是上帝的一種「流溢」(emanation)；認為「永恆」是由十個發光的星球，或者塞費羅斯(Sefiroth)組成，每一個星球都產生一種寬仁和恩惠。這種神祕哲學的知識和實踐有一些迷惑人的地方，因為它假定，除了其他東西以外，它還可以通過神祕地檢查審視希伯來語的字母，而辨認出神的特性，雅各提及的似乎就是這一實踐活動。邁蒙尼德的信徒一般反對這種奧祕教義，更看重亞里士多德。而奧祕教義的提倡者轉過來也反對同邁蒙尼德思想聯繫在一起的理性主義。

㊵手稿為 ispirti in aere。
㊶等於八十英里左右。如果它像這個樣子，是鴕鳥的話，那麼雅各的理性至上論就欺騙了他。
㊷手稿為 logran colubro di Mitzraim(最後一個單詞是用希伯來語寫的)。
㊸手稿為 castella。這意思肯定不是指「城堡」，而是指用壘起的泥土或者土牆圍繞的小村莊。
㊹一二七二年二月五日。
㊺大概是教他閱讀希伯來語字母。
㊻手稿為 avversaro。雅各在與有些人發生爭論的時候，都給了他們這個名稱，包括「忠誠的李芬利」。
㊼在接下來的段落中，雅各並沒有回答他自己的問題，因此他沒有說，或者避免說，猶太人是絕對正確或者錯誤。他的虔誠使他不會對猶太人的飲食規定公開作一個懷疑性的回答。但是在一個無疑是寫於所記錄事件之後的段落裡，他提出了這樣的問題，這足以使他接近了一種懷疑論的立場。
㊽一二七二年二月七日。
㊾手稿為 dugentosesanta passi vinegiani。中國的一里大約是三分之一英里。
㊿這可能是揚州。
51或者「江」，即揚子江。
52明顯是黃河(說是黃河流域，明顯是雅各的誤斷)。
53這肯定是山扁豆類，能長出旃那葉子，乾了之後可以作瀉藥。
54染色和紡織中使用。
55手稿為 tante ispezie che nonme vegnono in nostre contrade。
56一二七二年二月十二日。

(57)「我在特薩維安息日的前夜」：雅各在星期五夜幕降臨之後，因為身上有錢而破壞了禁令。休息的安息日這一天要在愉快中度過，禁止做工作日的活動，要慶祝上帝從六天的創造中得到的休息。《密西拿》禁令有五十九條之多。其他的安息日的《密西拿》禁令有：不能生火或點燈，不能燒飯，不能旅行，不能負重，不能寫作，不能從事貿易活動，不能帶錢，或者使用和掌管錢財。因此，雅各對他打破虔誠遵守的規定十分吃驚。安息日裡也禁止齋戒和哀悼，因為它是用來作為「快樂的一天」，在這一天裡，人們要穿著洗滌一新的衣服。

(58)手稿為 mia masnada · masnada。意思是一幫熟人友好，無疑是指雅各的同宗者。

(59)很明顯，這是雅各在巴士拉僱傭的大商船隊的穆斯林(或者阿拉伯)船長。

(60)手稿為 difensione。我將它翻譯為「抵抗」(resistance)，而不是更為明顯的「保衛」(defence)，因為這個單詞有堅決對抗的含義。

(61)這一點雅各報告得很準確：襄陽(Xiangyang)和樊城(Fanzheng)在一二五七年首次遭到韃靼人圍攻，然後從一二六八年開始一直遭到圍攻。它們在一二七三年三月陷落，也就是這次演講之後的一年。

(62)這就是五十英尺或者十五米高的牆。

(63)南宋的東南部。

(64)事實證明是這樣，刺桐直到一二七七年才落入蒙古人之手。

(65)手稿為 dietro a questa gente。大概這是指韃靼人，至少是指韃靼為入侵者。

(66)「許多來自其他國土上的人」：在忽必烈汗的蒙古宮廷中，確實有阿拉伯人和基督徒，他們充任內侍、醫生、占星家，甚至充任廚師，至少也有一個大臣。至於馬可·波羅，從他所敘述的在中國十七年的情況來看，他被蒙古的統治者忽必烈汗任命為宮廷的使節，或者特使，到中國的各個地方，而在揚州任官員則有三年之久。中國的材料並不能清楚地確定這一點，但是卻有跡象表明，在一二七七年，在馬可·波羅二十三歲的時候，他受命為大汗私人顧問團的成員。他為蒙古宮廷所做的許多工作似乎都要旅行到遙遠的省份，包括去雲南等，以便向上面報告那兒的情況。

(67)手稿為 'l voler di fuggir nostro nimico。

(68)這些名字中有兩個可以辨認出來，一個是游牧部落黨項(Tangut)在十世紀佔領了中國西部的一些部分；一個是契丹(Khitan)，在一〇〇四年，北宋和它簽署了一個和平條約(澶淵之盟)，但是付出了巨大的代價，要歲貢幣銀十萬兩、絹二十萬匹。Uceni 可能指女真(Jürchen)，其軍隊在一一二九—一一三〇年佔領南京和京師，向南一直抵達浙江的寧波，距離刺桐有六百英里。

⑲手稿為 'l popolo。當然，這個單詞不是十分清楚究竟是指誰，也不知道究竟有多少人在場，更不知道他們有沒有被分配座位，也許是在某種圈子裡或者走廊上。進一步令人困惑的是，他們中間的發問者所講的話，表達得都相當正規，至少是用意大利語來看是這樣，這說明，對話者是一個受過教育的人。不過這也可能是雅各在這個事件之後精心製作的產品。

⑳手稿為 merta。這就是：「……的優點是什麼？」

㉑或許這裡是一個對雅各的轉彎抹角的暗示，假設他是一個醫生？

㉒能夠辨別出來是鐵木真，即成吉思汗。

㉓手稿為 peregrino，也包含有「流浪者」和「旅行者」的意思。

㉔手稿為 case，這個可能也是指「家庭」、「家」甚至「家系」。

㉕手稿為 famigliari，字面意思是「家庭成員」。

第九章　魔鬼

這一章開始時，雅各敘述，他在年輕的文盲女僕布卡祖普流下了淚水之後，開始教她「識字」。本章結束時則是雅各的一個論斷，認爲中國人在追求知識上走得「過深」；有關段落包含一些令人驚奇的材料，論及血液循環，論及一種「能爆炸的藥粉(bursting powder)」，也談論了造紙、印刷，等等。它使手稿的一大主題明朗化了：虔誠地探尋事物本質的必要性，以及虔誠自身又會限制這種探索。但是，雅各在這一方面有點騙人，當他完全投入他感興趣的對象時，他的探索精神卻完全沒有界限，正如我們前面看到的一樣。同時，他的性格也顯現了兩重性。我們已多次注意到，他兼爲商人和服務於上帝的人。在這裡超前地說，他既是「自然科學家」，試圖解明太陽下的一切；又是虔信的人，因爲尊崇創世的神聖性，又立刻阻止他去這麼做，兩種性格剛好相反。

但是對現代讀者來說，這些段落還有一種更重要的對立。這是在雅各和「安鳳山」(Anfenscian，An Fengshan)之間的對立。對安鳳山，雅各幾乎總是使用希伯來語「魔鬼」(Adversary)或者「撒旦」(Satan)作爲他的別號。雅各曾使用意大利文字 Avversaro(敵人)來稱呼與他不和的人。有一次用這種方式來描寫「邪惡的伯托妮」，另一次則是描寫總是「忠誠的」李芬利，因爲李芬利在宗教方面反對了雅各。無論如何，他專爲安鳳山而保留了「魔鬼」以及「惡魔」(the Evil One)這種特殊的用語(一般來說，都由希伯來語的補充來伴隨，「但願上帝禁止」，好像略爲提到他的名字，就由於義憤而讓雅各顫抖不已)。

雅各把安鳳山描寫爲「刺桐的哲學家」、「出名的聰明」、「年富力強」。他同雅各的關係帶有某種迫不及待的意味。安鳳山似乎是自己來找雅各，硬纏著他，甚至在安息日的前夜，當雅各在做他祈禱的時候，也是這樣。他的表面目的，或者眞實目的，是希望雅各回答一定的問題，特別是教育學上的問題。安鳳山希望了解，猶太人在兒童的教育上相信什麼。在這一點和隨後的一些問題中，雅各的回答顯現了巨大的智慧，既具有仁慈性又具有道德上的嚴厲性。但是兩人之間的對話，再加上「白道古」，轉過來又顯現出安鳳山的立場和原則，或者顯現出沒有什麼立場和原則。這種立場和原則對雅各來說，似乎眞的是「撒旦式的」，就今天的標準來看，這種立場和原則也還是激進的。

他們之間的鬥爭是英雄式的，或者可看成是一個雅各同一個「邪惡而褻瀆神的」天使進行的搏鬥。穿過時間的壁障(和翻譯)，我們仍然能夠感到，在關於教師固有的作用和適當的方法問題上，在關於兒童應該接受教育(和不該接受教育)以及教育自身的目的等問題上，虔誠的《塔木德經》研究者對年輕的安鳳山所提出的見解震驚不已。年老的賢哲白道古對年輕人的缺點傷感不已，這種傷感之聲，就好像我們正在傾聽一個現代的「末日先知」(prophet of doom)，就同樣的主題所發出的傷感之聲一樣。

在我回到我兄弟納森房間的時候，願他安寧，邪惡的伯托妮已經同阿曼圖喬說了我們商業上的事情，以及船員們極想動身離開的事情。此後，她來到了我的船艙，當著李芬利的面對我說，他的姐姐李珍姐，已經同布卡祖普一起度過了好幾個小時，雖然我已經禁止這個女人去找她，因為她無視真與善，有可能傷害這個年輕的姑娘。

因此，我責備忠誠的李芬利說，除非主人開恩允許，否則，誰也不能插手阻礙主僕之間的事，照顧她是我的責任。從安科納動身以後，我就已經承擔了這個責任。隨後李芬利回答說，李珍姐是個你推不走的人，她獨斷獨行，不會服從什麼命令，你說不准她去的地方，她並不會就不去，即使發令者是這裡最強大的人，也沒有用，但願上帝禁止這樣的事情。

因此，我把布卡祖普喊來，詢問她為什麼讓李珍姐在她那兒。她進來以後，一看到李芬利就在他面前哭了起來，哀嘆她命運不濟，說我對她不好，一點也不顧事實。於是忠誠的李芬利就要去安慰她，但是我禁止他這麼做，我說布卡祖普和伯托妮都由我來負責照顧，而不是任何其他人。

布卡祖普仍然哭泣不已，願上帝別讓我遭受這些折磨吧。她說李珍姐去她那兒是教她讀書，而李珍姐很生氣，認為一個賢哲，這女人就是這樣稱呼我的，讚美上帝吧，他的僕人居然不懂文字。對此我也很生氣，上帝寬恕我吧，因為我早已準備在我們回國途中教她學習，而在此之前她也告訴過我，說她希望讀書。

但是布卡祖普因為李芬利在場，並沒有說什麼，於是我就把李芬利打發了出去。布卡祖普說我並不真想教她，因為我認為她只是一個頭腦簡單的姑娘①，而我卻是一個虔誠而有學識的人，總是要花大量時間去思考上帝，因此，我不會從上帝那兒轉過來以便使她可以學習文字的。這樣，我只好勸她要有耐心，我告訴她，一個像我這樣的虔誠之人，會去完成他所肩負的責任的。如果她要學習，那麼我就是她的老師，這樣她就沒有任何理由再哭泣了。她聽了我的話以後很滿意，隨即就離開了。

第二天，也就是說阿達爾月的第十七天②，基蒂薩(Ki Tissa)安息日的前夕。現在我在光明之城，因為我的講話而備受衆人的尊重，許多人到納森的房間來看我，以便和我交談，傾聽我的進一步見解，為此而讚美上帝吧。來人是那麼地多③，所以我必須讓忠誠的李芬利來幫助我。他們中間有個人叫安鳳山，雖然很年輕，卻已經是個以聰明而出名的哲學家了，他希望從我這裡了解猶太人是如何教育年輕人的④。這個安鳳山，他們稱他為Sciofu(師傅)，也就是說一個了不起的老師。但是我聽他說話，卻使我心中混亂一片，攪擾不安，但願上帝禁止這樣的事情。

我首先說道，既然他很年輕，希望他先談一談在他要問我的那些事情上，他自己的認識和意見，就像我們的賢哲所做的那樣⑤。他回答道：「博學的先生，上天賜予我們孩子的稟賦，差異並不太多⑥。同類的事物在本質上都是相同的⑦。就像孟子所說，所有的鞋子都相似，因為所有的腳都相似。耳朵如此，眼睛如此，其他各種器官也是如此。因此，大腦和心不是也應該一樣，擁有共同的質素嗎？孩子和孩子之間之所以產生了區別，要歸功於那種對每個孩子的內在傾向有吸引力的東西，歸功於每個孩子自己願意去對它們加以了解的東西。」

我回答說：「年輕人，你的見解很脆弱，如果從這樣的一個立場出發，那麼就沒有任何孩子能因為教育而聰明了。人類生下來是同樣無知的，但是，如果不是那些心靈有缺陷的人，大家都同樣希望去克服這種無知。因為人們都需要去探尋和了解所有人類的存在情況，這樣，即使一個年幼的孩子，如果別人說他蠢，他也不會高興。」

「但是，如果他成長的條件太差，身心的培養從一開始就非常糟糕，你所說的傾向愛好早已經遭受了極大的傷害，那麼，他和野生動物似乎就沒有多少區別了。年輕人，對這樣的人你又能說什麼？我們應該說，這就是人真正的樣子嗎？但願上帝禁止這樣的事情。我們必須按照所看到的樣子來教育這個孩子嗎？這樣的事情對他和其他人來說是公平的嗎？或者說，這不違反教師的職責嗎？」

安鳳山對此作了回答。他說：「我們必須發現每個孩子身上的善，一旦有善存在，那麼就去保持它、養育它，希望它能留存下來。這樣我們就必須對每個孩子加強教育，不但根據他的意願，而且也根據他的優點。」

我回答如下，讚美上帝吧：「但是，如果這個孩子同一個具有理性並具有善的孩子並不相同，而他又似乎缺乏理性和善這兩個方面，那麼我們怎麼辦？教師只是根據孩子的意願和優點來教育，這並非真正的原則；如果它是一個真正的原則，那麼就很少有人能因為教育而突出了。相反，每一個孩子都希望在他人的指導下，超越他為自己所選擇對象的界限。因為只有通過這種手段，他才可以被教育成為能理解其內心的人，為上帝的慷慨而讚美祂吧。進一步來說，不管什麼時候，只要一個孩子希望選擇一件東西而不是另外一件，他都必須接受那些合適之人⑧的幫助，用他們有的智慧來指導他的選擇。」

我的這些話都是我學習的成果，很有價值，但是這個年輕人卻並不欣賞我的話，而是用一種極端的方法說：「如果一個老師，因為了解孩子的愛好，知道他內心裡哪一點是好的，那麼在這個孩子著手學習那些在生活中無用的東西之時，老師就應該注意到，某些知識對這種孩子既不能發揮作用，也不能使他高興，所以，這個老師就應該教他其他知識，以便使孩子內心裡的好東西開花結果。」

「學習不僅僅是模仿，也不應該在一個狹窄的範圍內進行。學習是一種手段，我們用這種手段來喚醒心靈，達到我們所設想的心靈的自由。這樣，一個孩子就可以逐漸地認識到他本人⑨所謂的真實之物，而不僅僅只是一些他人所謂的真實之物。」

我回答說：「年輕人，你的話只是看起來聰明而已。在追求事物本身之真的時候，在還沒有接觸衆人認定的真實之前，孩子的心靈必然會在面對世界的時候收縮退卻，而不是把心靈擴張得達到豐富充實、精光四射的地步，這對所有的人來說都是這樣的。」

「進一步來說，教師也不能允許孩子先去思考或者了解他自己所謂的真實，然後再去了解衆人所謂的真實，因為如果這樣，他就不能確切地了解是非了。此外，如果這種孩子墮落變壞，和一個具有理性和能力的孩子不同，甚至顯得一點沒有這樣的素質，根本不明是非，那麼，我們就不能允許這樣的孩子在認識衆人認定的真和善之前，去作他自己所謂的真和善的選擇。」

對我的這些話，安鳳山也作了回答，但願上帝禁止這樣的事情。他說：「在一個學校裡，既然兒童的數量比老師要多得多，所以他們常常受到限制，必須坐在他們的位子上，這常常也違反了他們的意願，但是他們必須屈從其良師所認定的善和真的東西。這是不公正的。老師如果黑白顛倒，以是為非，當然會使孩子誤入歧途。所以老師就更應該謙虛，不能專斷，因為通向真理，通向善，都有許多條路，並不僅僅只有一條。這就像有許多神和許多人一樣，對每一個神和每一個人來說，有時候由於各人的判斷不同，有時候同一件事看上去是最優的，有時候其他的東西看上去是最優的，人們都應該表示尊重。」

「這是因為，我們只有這樣去做，才能夠發現衆人所謂的真和善，而不僅僅是少數人所謂的真和善。你講到了教師的責任，大人，但是你講的這些話卻並不像看起來那麼聰明。」

雖然安鳳山還是一個年輕人，但是他使用這種偶像崇拜的方式⑩談話，我寫下了這樣的事情，為此願上帝寬恕我吧，所以我就沉默不語了。因為我知道，眼前這個同我談話的人是一個邪惡之徒，他會把我置之於危險之中，因為他的話會讓最聰明最虔誠的人遭受折磨，但願上帝禁止這樣的事情。然而他卻一躬到底，雙手交叉，擺出真誠的樣子，等待我的回答。這樣一來我就不能再保持沉默了，於是我回答說：「哦，年輕人，不管你說什麼，我還是比你聰明，因為我深思過你所說的事情。因為學習並不是去猜測，而是去了解，所以，在孩子學習的每一件事情中，並沒有什麼其他的方法。對他來說，只有去獲得一個真正的學習基礎才行。因此，為了閱讀，孩子就必須認識字母；為了數數，我們就必須教授他數字的順序⑪。因為，如果沒有這樣的知識，孩子就會處於愚暗之中，但願上帝禁止這樣的事情，只能偶然地發現真理的些小部分，而不是根據規律來發現全部的真理。」

對此，安鳳山再一次彎腰鞠躬，然後回答道：「大師肯定愚蠢地認為你說的事情我不知道。但是記憶字母以及數字的規律並不是獲得真正的知識，僅僅是獲得表面的知識而已，這就像小鳥被人教會說話一樣。真正的知識是一件不同的事情。真正的知識是去自由地思想，這樣，通過體驗而發現通往人生真理的道路。」

但是現在我發現，在我面前的是魔鬼(the Adversary)，我發現一個邪惡的人在監視我，而我必須同他戰鬥到底。因為他說了這一點，雖然顯得聰明，但是最終會毀滅光明之城的。因此我辯駁道，崇仰上帝吧，敬仰祂吧：「我們必須進入事物的核心。不了解學習的規則，孩子也好，大人也好，自由也好，不自由也好，都不可能很好地思考。因為只有了解了學習的規則，我們才能把孩子教養得具有達到較高的語言和行為的智慧，而缺少這一點，孩子就會像沒有鋸子的木匠，像沒有手術刀的外科醫生一樣而無所作為了。所以，我們只有去引導孩子注意語言和邏輯的規則，他才能夠運用他的理性。因為沒有這種規則的知識，思想本身就會變得模糊不清，一種思想就會同另外一種相互衝突，沒有任何辦法來把思想規範化，以便能說給別人聽。」

「但是，如果一個孩子不能對他人解釋自己的思想，那麼人們就不可能心悅誠服承認他是有理性的，或者說具有天賦的智力，相反，他們會認為他愚蠢。但是，這卻是他的老師犯下的大錯。年輕人，由於老師錯，兒童們因為從本質上講不屬於他們自己的過錯而被判定為有錯，這公平嗎？」

現在，安鳳山自己保持沉默了，就像他不知道說什麼一樣，我的話真的又聰明又有力量。在我講話時，上帝是我的導師，讚美祂吧，是祂把祂的智慧傳授給了那些能聽到祂的聲音之人。進一步來說，在那個時刻我也明白了，我是在祂的掌握之中。這是基蒂薩安息日⑫的前夕，伯托妮來告訴我，高貴的白道古來看望我，他甚至沒有帶僕人就來了。這是一種榮譽，而現在所有的人都這樣尊敬我，我智慧的名聲傳遍了全城。

這時，白道古進到我的船艙裡，安鳳山和忠誠的李芬利對他俯首致意，而他則感謝我幫助了他，並說我，安科納的雅各，是真正的聰明人，既虔誠又有學識，雖然我是一個來自外國的猶太人，然而卻知道那些對任何人都有益的事情。

然而魔鬼，但願上帝禁止⑬，卻並不打算從我的船艙離開，他對所有到他手上的人都死纏硬扭，絕不鬆手。上帝對祂的僕人說，這是祂對我的信任，我現在在上帝的命令下，要用理性把他引入到我的控制之中，這樣，萬物的真理就可以戰勝謬誤，光明就可以戰勝黑暗。

於是我請教白道古，希望他談一談學習的本質和學習的藝術問題，談一談教師的責任問題。他回答說：「天哪，大人，這個城市的孩子並不想學習，甚至根本不想學習。因為他們相信，要想有錢或者得到他人的尊敬，並不需要學習文字或者算術。進一步來說，這樣的學習，並不像人們對年輕人的自由判斷那樣重視⑭，Chuotsu(朱子)就是這樣說的，所以很多人都不去學校學習，甚至想阻止別人學習。現在，無知對他們的影響作用要大於他們自身的理性作用，這樣就再也沒有天則(the rule of heaven)，因為現在很少有人願意聽從別人的命令。」

「如我們的《詩經》(*Book of Songs*)中所說，鷹在天空翱翔，魚在深海遨遊(按，《詩・旱麓》：「鳶飛戾天，魚躍於淵」)，孩子們就這樣在學習中四處尋找世界的真理。因此我們的孔子說，真正能理解真理的人是那些習慣將其智慧付諸實踐的人。但是現在，我們的孩子並不看重學習，反而是輕蔑它，而他們的教師，知識也少得可憐，卻要用這麼一點知識，在他們學生中間激發對學習的熱情。這樣，他們就很容易滿足他們所做的些微工作，甚至無意去正確地看待工作的不足之處。」

「進一步說，有的老師冒充很有學問的樣子，說古訓錯誤，或過於偏頗，有的老師說每個孩子都應該走他自己的路，以他自己的意志去把握那些人生需要的技能，也有的老師說，只有我們的祖宗之道是公正的。混亂不堪，這樣孩子們在學校裡所獲得的知識就會愈來愈少，教師的知識和理解力也會愈來愈貧乏。但是有的老師會說，這是當政者的失誤給學生造成的痛苦，並不是他們老師的失誤；有的老師會說，我們並不能使孩子具有判斷知識的真正能力，因為人和人是不同的；也有的老師哀嘆道，那些對教師極其輕蔑的人對他們最為粗暴。」

「但是同時，孩子們知識愈來愈少，他們甚至既不能閱讀也不能書寫，而人們對這樣的結果互相抱怨責備⑮，沒有人作任何自我批評。所有這些事情，都是由於指導原則的錯誤造成的，這樣，現在也很少有人去注意長者的智慧，或者去注意那些危害這個城市的事情了。」

「相反，我們應該讓孩子拿起筆，至少在四歲時就應該開始學習文字⑯，這樣他在長大以後才能夠書寫。如果拖延時間，那就會對他造成傷害。因為到孩子六歲和七歲的時候，他就不太擅長學習了，如果他四周的那些人比他受過更多的教育，就更是這樣。在這樣的年齡，如果他的心靈還沒有導向一些確定的東西，那麼他就容易轉移方向，易於學壞。」

但是，魔鬼在聽了高貴的白道古講的話之後，毫不尊重，開口說道：「學校的目的並不僅僅是教育孩子學習文字和算術，而是要確保孩子的幸福。」

對他的話，我回答說，感謝上帝給了我力量，這樣就可以戰勝魔鬼了：「你說的這種幸福其實是來自學習本身。如果你忽視了孩子的學習，孩子又怎麼可以幸福？進一步來說，確保孩子的幸福既不是目的，也不是教師的責任。相反，教師的首要責任和目的是教育和確定道德的原則⑰，引導孩子去了解世界的創造和自然的法則，教育孩子理解我們人類存在狀態的各種關係，因此而去熱愛上帝，讚美祂吧，祂是萬物的創造者。」

隨後，魔鬼帶著揶揄的口吻問道：「這樣的事情又如何教給孩子？」對此，高貴的白道古，願他的名字永存，回答道：「用做好小事的方式。因為在人的一生中，偉大的事業都是由一些細小的事情成就的。這樣，通過一點一滴的學習，孩子就能夠理解是非，理解其他各種大事了。」

在白道古說了這些話以後，我，雅各•本•所羅門又加上了幾句：「我們也相信這一點。此外，我們的賢哲拉比摩西•本•邁蒙，願他安寧，也曾在《瑪卡拉》(Makala)中教導過我們。我們把道德的傾向稱之為 Hilkotdeot，人的行為就是根據這種道德的傾向來決定的。他教導我們說，道德的傾向必須由孩子的父母和老師逐漸固定在孩子的心中，這樣，它們就能形成一定的習慣，如果上帝許可。因為就其本質來說，在人生的初始階段，人既非善也非惡，但是通過其父母的行為以及其老師的教導，他就會趨善避惡。因此，那些具有這一條件的人，為此而讚美上帝吧，他們自身就有這一種責任，去喚醒那些尚未得到它的人。這就是教師的責任。」對此，高貴的白道古，願他安寧，宣稱說：「我們的先賢也是這樣教導的。」

隨後我想繼續我的傳教，便說道，如果一個孩子因為受到不良影響而變壞，那麼他也就可以因為好的影響而變好。但是魔鬼打斷了我的話，他說：「沒有人會受到強迫而去隨從教師的道德思想，因為這種思想很少能固定下來，甚至教師自己也不可能。我們不應該允許這一點，也不應該在那上面加什麼禁令，相反，我們應該教育孩子，讓他能夠自己發現通向真理和善的道路。因為教師並不是通向各種真理的唯一源泉⑱。此外，孩子發現了他自己的知識，如果正確，那麼，教師就必須對此表示尊重，他也必須經常對此讓步。」

為他的不虔誠話語所激怒，白道古說道：「那麼，如果農夫的小雞和母雞走失了，他不感到應該去追尋它們嗎？當你學生的心靈偏離了真理，誤入歧途，為了把他們帶回安全地帶，去追尋他們不是你的責任嗎？」

對於白道古的話，我轉過來又增加了幾句，讚美聖一吧：「孩子的思想不可能不出差錯，因為凡是人的思想都是這樣。所以，教師如果允許學生開小差，離開學習，或者允許學生閒坐著，諸事不做，那麼就是他工作的失職。」

因此高貴的白道古問安鳳山道：「不斷地學習和盡職盡責，豈不是很愉快的事情嗎？」

魔鬼對此回答道，願上帝在最後審判時征服他吧：「那麼我們要像那個農民一樣，嫌莊稼生長太慢而拔苗助長嗎？如果這樣，當其他人去看的時候，這莊稼就全都枯萎了。那些忍不住要拔苗助長的人，不但無益於莊稼，反會對莊稼造成極大的傷害。所以，我們最好通過實踐而學習，而不是通過傳授而教育。工匠可以對別人展示他的藝術技藝，但是他卻不能使別人獲得技巧。因為人們必須用他自己的方法而工作，通過這一手段而達到他的目的。」

白道古簡單地回答道：「那麼你就放棄你的責任。因為你就像孟子所說的，大匠不為拙工改廢繩墨，你也如此做了。」

隨後，白道古就像對安鳳山不屑一顧似地，他問我有學識的猶太人是如何談論教師的任務的，我回答他說：「一個優秀而聰明的教師，其任務是去幫助他的學生，通過他自己明晰的理解力，知道他們在未來的生活中應該遵循的道路。」白道古轉過來這樣回答說：「然而在光明之城，就是教師憑他自己可憐的理解力，去幫助他的學生認識方法的時代也結束了。確實，我們中間有的人說，教師不學習，只能去同其他人一起分享他的愚昧，以便使他的盲目得到某種安慰。」

因此我繼續道：「大人，你問我猶太人所教授的內容。是摩西，我們的導師給予了我們教誨。他說我們的任務是禁止相互之間做錯事。如果不敬畏上帝，那麼就誰也不能完成這樣的任務。就像我們的賢哲所寫的那樣，有些人既不知道也不理解，只是在黑暗中走動，甚至在真理之光照亮了天空之時，他們也看不見。但是你們的老師說每個孩子都必須走他自己的路，這樣的老師並不屬於賢哲之列。因此，就像我在錫蘭島上所注意到的，深知游泳者能夠從海底獲得珍珠，但是無知者則會沉溺大海。所有人類的事務都是這樣。因此，我們不是去教育孩子他們想要知道的知識，而是去教育他們那些對他們說來需要知道的知識，這樣，他們就不僅僅是去生活，而是能夠像衆人一樣地生活了。」

白道古聽了我的話，然後問道：「但是對於孩子應該知道什麼的問題，你們的賢哲是怎麼說的？」我這樣回答他，感謝上帝吧：「我們的賢哲，願他們安寧，教導我們說，孩子需要知道的是那些感官能夠感知的知識，是那些借助論辯、經驗、類比以及規則⑲顯現出來的知識，是那些涵存在古代智慧中的知識，保留這些知識就是今天的人所應盡的責任。對這些知識有任何忽視，但願上帝禁止這樣的事情，不僅是忽視孩子的教育，而且也是忽視對所有人的教育。但是最重要的是，我們必須教育孩子去區別善惡，區別什麼是值得讚賞的東西，什麼是值得鄙視的東西，按照真理而行動，同時也調整和修正人的行為，因為不知道正確行為者在人世上是不能立身的。」

接著魔鬼，但願上帝禁止，說了下面一段話：「但是，你說的這個善、這個真和這個公正是什麼呢？只有你能正確地理解它們嗎？教師不能在言行舉止各方面都作命令，以便使他在教育孩子時就像在給孩子禮物一樣，而孩子應當接受它(指禮物)的服務和它的義務。但是，教師不能教育孩子成為道德高尚的人，因為這是父親的責任；教師只能是教育他們如何具有勇氣去選擇自己的道路，為了能夠選擇自己的道路，最大的優點就是去大膽地思考和行動。」

對於安鳳山的話，高貴的白道古憤怒地說，他不希望聽到任何這種東西，他說道：「如果一個人有天生的善，就有行為端好的可能。但是如何才能獲得良好的行為，則需要教育才行。如果沒有他人的教育指導，仁的源泉就可能由於不良的影響而乾涸。但是，如果教師常常督促孩子向善，教導他為什麼應該這樣做，那麼就會有一個推動他前進的動力，而他也就會自動地做出好的行為了。」

但是，魔鬼卻遠遠沒有終止，他大聲地否定白道古所說的一切，講述了一段從來沒有人說過的邪惡的觀點。他說：「無論是父親還是教師，都不能為孩子選擇道路，也不能去決定孩子必須學習什麼，或者制止孩子去了解他希望知道的一切祕密。同樣，他們也不能把自己關於神的信仰或者關於其他人的信仰強加在孩子的身上。所以，他們也就不能把這樣的孩子違其心意地帶到寺廟裡去，也不能禁止孩子按照自己的理性來思考和說話。」

「我們並不能假設說，因為孩子的父親說是這樣，孩子的幸福可以用這種方法或者那種方法來確定。有一種觀點認為，孩子如果不堅強，就應該去做他父親希望他做的任何事情，到他父親希望他去的任何地方，或者談論和思考他父親希望他談論和思考的任何東西，這是錯誤的。父親不能把他的意志強加在孩子的身上，就像孩子不能把他的意志強加在他父親身上一樣，不管是父親還是孩子，強迫另一方屈服都是不公平的。」

在我的有生之年，為此而感謝上帝吧，我從來沒有聽過像安鳳山所說的這種話。但是高貴的白道古，因為對城市的命運感到絕望，好像難以再說話，但我卻明白我必須說什麼，而且我又得到了上帝之助，於是我說道：「這些事情都是魔鬼的邪惡，上帝會把他打倒的。這是因為，通過這些原則，那種把父與子連接一起的自然紐帶[20]就被完全破壞了，一個人傳授給另一個人真與善的知識，其方式就會終止。這樣，國家的安全，這一代和下一代之間的神聖紐帶，以及人類的生活就全部處於危險之中了。」

但是魔鬼依然沒有終止，他還是邪惡而褻瀆地說個不停，高貴的白道古非常痛苦，把手放到他的耳朵上，不想再聽他的話[21]：「大人，想讓孩子遵從他父親的信仰，或者遵從他父親的道德規範，以確保一代一代地傳下去，完美無誤，這是一個嚴重的錯誤。相反，如果我們對一切事情都能產生疑問，那我們就能發現光明。這也是教師的責任。但是，如果什麼也不問，漠然處之，那人類就會處在黑暗之中了。進一步來說，沒有任何信仰或者道德規範在每個人、每個時代看來都是真理，因此，這種信仰和道德規範也就不能作為每個人的指導。一個人無論多麼聰明，都不能說他確定為真和善的東西，對其他人也同樣是真的和善的。」

「每一個孩子都必然要由其老師告訴他們，在那些人們認為是真理的東西中，什麼有可能看作真理，但是卻不能說，這種真理比那種真理更加聰明。這是因為，如果這樣去做，就會剝奪了孩子們自由選擇的意志，這樣就不是去教育孩子分清是非，而是取消孩子自己的道德判斷了。」

聽到這樣的話，我怒氣沖天，讚美上帝，於是我回答年輕的安鳳山說：「這種聲音是惡魔(Evil One)的聲音，但願上帝禁止它，說崇拜上帝，永遠頌揚上帝吧，和崇拜偶像具有同樣的價值，說我們的導師摩西的律法，願他安寧，並不比納布考多諾撒(Nabuccodonosor)的法令好，願他的名字永遠消失。」

「哦，撒旦㉒，你會進一步說，孩子的意志可以超越上帝的意志，所謂或多或少根據人的慾望和需要的東西就是永恆的真理標準。但是這種說教是邪惡的，這是因為，並不是每一個真理都具有同等的價值，就像木頭或者石頭的偶像並不等於無法形容的聖名一樣，並不是每一個鄉下人都適合立於上帝的右首上座。給真理和謬誤同樣的榮譽和尊敬，就像給智者和蠢人同樣的榮譽和尊敬一樣，等於是不尊敬任何事情，也不尊敬任何人一樣。這樣教育孩子，但願上帝禁止，就是帶領他進入沙漠，但是卻沒有先知來指導他的腳步。確實，即使是偶像崇拜者對他自己的信仰也要比對其他人的信仰更為尊敬，可是有的人對一切信仰都同等尊敬，或是對任何信仰都不尊敬，相比之下，偶像崇拜者的行為反而要好一些。」

「因為毫無審查地接受一切，等於是不審查就什麼也不接受，因為這是混淆了上帝和魔鬼的界限，但願把他打倒，這樣也就沒有棲身之地，一切都在混亂之中了。教育孩子尊敬一切事情而毫不考慮其價值，等於是教育他什麼也不尊敬。此外，那些教育別人這種事情的人也不能成為別人的理性之光，相反，一代又一代，黑暗會愈來愈濃地降臨人世，直到按照上帝的形象所創造的人，在人世間喪失生命為止。」

但是這魔鬼很強大，所以並沒有失敗，他又回答我說：「孩子並不是必須接受訓練的士兵，比如說強迫他去學習教師要求他應該了解的東西，如果他不這樣去做，他就要馬上受到懲罰。」

聽到這種錯誤而狡猾的論辯，我說道，讚美上帝：「每一個孩子都極想勝過別人，比如搶在他人之前回答問題，感謝上帝吧，作為教師，就必須去培養孩子們的這種慾望。因為這是孩子自己顯現出來的學習意志，我們的拉比就是這樣教導的。」

對我所說的話，高貴的白道古，願他永存人心，又加上了幾句：「但是如今在我們中間，希望勝過他人者，很多都是邪惡的人，因為這種希望只能起到區別聰明不聰明的作用。相反，那些追隨安鳳山的人說，每一個孩子都應該有他自己要完成的任務，這樣，他就不會同其他人爭鬥不休，相反，卻能夠安靜地學習他希望了解的一切東西，如果他比別人更敏捷，也不會引起他人的失落感。」

隨後，安鳳山因為認為兩個聰明的長者並沒有將他制服，就繼續毫不羞恥地說：「我們應該鼓勵孩子按照他自己的方法，根據他自己的需要和適合他自己的速度㉓，沿著他自己的道路而一直走向真理。此外，這也要根據他所問的問題和他所需要的知識來決定，而不是由他的老師來催他加速。如果每個孩子都這樣走他自己的路，那麼，把任何一個孩子說成失敗都是不公平的。確實，最好是每個孩子都按照他自己的標準而取得成功，這樣孩子就可以得到幸福，靈魂也能保持自由了。」

我對這個撒旦回答道：「在這樣的情況下，可以說是老師沒有完成任務，而不是孩子沒有完成任務。這是因為，如果一個無知的孩子開始了他的人生旅程，但是卻沒有為自己或者為他人服務的手段，那麼，他的老師就是工作失職，因為老師沒有使孩子具有鍥而不捨的精神，反過來卻僅僅培養了孩子閒散的性格，其結果就是對神聖的存在(Divine Presence)的否定，願上帝寬恕我講這樣的話吧。如果孩子沒有完成所接受的任務，老師也不能允許孩子去找什麼藉口，那麼當孩子長大成人，想方設法去推辭擺在他面前的事情，或者讓他行善而他並不想做的時候，人生的大失敗和大錯誤就開始了。同樣，老師的任務就是要確保孩子在學校裡不浪費時間。學習的習慣來自於專心聽講，比如傾聽老師的教誨，接受老師的突然提問。」

「年輕人，你確實走著一條邪惡之路，因為你並不想說事情的是非好壞，以免這個孩子讓人覺得沒有其他人聰明，這或者是因為你自己不知道，或者是因為你不希望使孩子得到矯正。你使用這種方法，毀滅了學習和知識本身，而你所負責的孩子卻仍然沒有任何辦法去實現他自己對上帝，讚美祂吧，和對他人應盡的責任。進一步來說，學習好的孩子值得讚揚，而那些學習差的孩子卻應該批評。這是因為，如果所有的人，不管他們知道得多還是少，不管他們做得好還是壞，都得到了同樣的獎勵，那麼就沒有人會努力向上了。」

魔鬼鞠了一躬，對我的話回答說：「遠來的客人，你說話就像我們的古人所說，判斷現在好像是在過去。」㉔

年輕人的話使高貴的白道古非常生氣，說道：「你說得太輕佻了，一點不尊敬來到我們這兒的賢者。以前，你嘲笑說，我們的孩子在六年裡，每天學習二十個不同的字㉕、寫作的藝術以及蠻子的算術㉖。他們也背誦詩人的文字，學習成為虔誠的人，而老師也教他們演奏樂器。但是現在像你這樣的年輕人，卻說對於這些事情，就像把一條牛拴住，用一塊布蒙住了它的眼睛，使它看不見光線、繞圈而行一樣，是通過旋轉而學習。」

「我們的大廳裡再也聽不到人們琅琅的讀書聲，甚至連李白和杜甫也不知道。但是當我們解釋說人們不應該忘記這些詩人，而我們也有責任讓我們的孩子了解詩歌之美的時候，我們卻遭到了訕笑，就好像這僅僅是老人的真理似的。他們不再知道我們的賢哲，不再知道往昔的立身行事。然而孔子說，為了獲得過去的知識，我們最好是去理解現在，了解如何安排今天，如何把握今天。我們說根據先哲的教誨，我們應該堅持這種學習，否則我們的孩子就不可能具有嘉言懿行的典範，而孩子們之所以能朝前邁進，就是由這樣的典範引導的。但是現在，當我們這樣說的時候，卻沒有人來聽我們的。」

「相反，在學校裡，就像在這個城市的市場上一樣，孩子們可以選擇各種各樣的商品，這樣他就會選擇那些對他來說最為中意、最為甜蜜的東西，而不是那些令人不快的艱澀的東西。如果沒有知識，一旦一個人既沒有立足之地也沒有金錢，那麼他就只能通過艱苦的勞動而獲取一點報酬了㉗。現在，一個沒有受到過教育的人，只要他是一個具有潛力而又有能力的人，就會對所渴望的一切東西抱有非分之想，直到這種非分之想毀滅他為止。確實，為了獲得生活的幸福，謙虛和智慧都不被看得很重，也不把它看成是必需的，反而是與之相反的東西被看重和看作必需的。」

「情況就是這樣。現在，這個城市的許多發號施令者，很少了解過去的賢哲和君王，甚至既不懂寫作也不能輕鬆地閱讀。但是，年輕人已經遭受了較大的傷害，一心都是陰謀詭計，並希望用這種手段來掩蓋他們知識的貧乏。因為教師的過錯，他們不但忽視了許多，而且也失去了來自良知的羞恥心。」

「有的人高談闊論，使人不能靠近他，了解他知識的貧乏；有的人要手腕討好他人，以免遭受惡評；有的人信口雌黃，把別人說成傻瓜，以便掩蓋他自己的愚蠢。因此，城市的士子現在不但沒有他們自稱的學問，而且還要依靠那些去他們那兒求教者的貧乏的知識。」

「然而，如果有人指出他們的缺點，他們就會立即造謠和說謊，反對那些指控他們的人，說他們是沒有價值的不學無術者，以便保護自己。這樣，他們使用安鳳山的方式，用一個謊言掩蓋了另外一個謊言，這樣就無人能夠發現真理了。相反，所有的人都走著同樣的路，無視天道，毀滅這個城市。」

魔鬼聽了這些話……就離開了，好像不希望再聽什麼。高貴的白道古想從我這兒得到某種安慰，對此而感謝上帝吧。因為對正直的人言慧說智，是虔誠而有學識的猶太人所承擔的責任，而他們也希望從他那裡聽到智慧的聲音，所以我就對白道古說：「大人，虔誠的人必須當著魔鬼的面一起商談。因此，即使此時我的安息日已到，我也請你聽我說一下。我們應該知道，所有的人都希望認知㉘，頌揚上帝吧，讚美祂吧。但是，人的才藝只是處於潛存的狀態之中，為了顯現出來，就需要教育。每個孩子都有推理的能力，而智慧，也就是說潛在的知識，要依靠教師把它引導出來，一旦成功，就要對孩子加以讚揚，教師應該使這種智慧成為實際運用的知識。但是，如果教師未能盡職盡責，孩子也就不能成功；相反，如果教師完成了他的責任，孩子就也可以這樣去做。孩子如果尚渾渾噩噩，不知道什麼是適宜他知道的東西，那麼他的眼睛就蒙上了一層紗，教師的任務就是去把這層紗揭開，這樣孩子就可以一點一點地認識世界的真理，站在理性的光芒之中了㉙，如果上帝許可的話。但是人的最大優點，正如我們的賢哲摩西・本・邁蒙所教導的，願他安寧，就是使自己能夠合理地行動。只有合理地行動，人才成其為人，而無論是誰，如果沒有得以接受教育，具有理性，在行動上也就不合於理性，但願上帝禁止這樣的事情，那麼，他就不是一個人而只是一個動物，徒具人形而已。」

「因為上帝，讚美祂吧，把人創造為僅次於天使者，就像我們的國王大衛，願他安寧，所唱的歌一樣。因此，孩子來到學校，其實早已具有上帝賦予他的智慧，只不過還沒有『琢磨』而已。教師的責任就是去使它發出光彩，這樣，作為一個按照上帝的形象所創造的人，孩子就可以在地球上活動了，讚美上帝吧。」

「進一步來說，既然人由於上帝的饋贈而具有先於一切生物的條件，他們就應該做好準備，去理解他們的職責，力求名副其實。如果渾然無知，孩子就可能轉變氣質，成為一隻兇殘的狼，在城市中無拘無束地浪蕩，或者成為一條在巢穴裡顫抖、畏縮的惡狗，對著整個世界狂吠不已。」

「因此就像我所說的那樣，教師的任務就是讓孩子的智慧之燈發出光輝。然而在你們中間，似乎許多教師並不知道如何去做，有的是因為孩子抵制㉚，有的是因為教師不知道怎樣克服這一點，有的是因為教師缺少真正的教學方法，有的是其他原因。」

「然而由於人的智能不能從潛能達到實際運用的階段，也就是說還沒有真正掌握知識，所以它就還不是上帝真正天意的部分，讚美上帝吧。理性是人的存在所具有的神的部分，由於這個理性，孩子由其老師的幫助而獲得了上帝的、自然法則的和人的真正知識，而借助這些知識，他自己才可以更加接近上帝，頌揚祂吧。」

「一個人沒有知識當然不好，而且，如果他一生不去求知，那麼他也是個沒有靈魂的人。所以，尊敬的大人，我們都堅持認為，如果一個人不讀我們的導師摩西得以知曉的東西，也就是說閱讀通向上帝、成為人的正確的行為規範，一個人就不能了解上帝的法則；如果一個人沒有這樣的知識，他也不能稱自己為猶太人，而在我們的兄弟中間，沒有誰不能閱讀神聖的律法(the Holy Law)，為此而讚美上帝吧。就像我們尊敬的所羅門・本・猶他(Salomone ben Judah)教導我們的，知識是人類生活的目的，是我們存在的理由㉛。正是如此，所以一個猶太人如果缺乏知識，那就是違背自然的事情，也是在哪兒都找不到的人了。」

接著高貴的白道古說，一個像我這樣的人，如果在他們中間發現了一個，那麼就可以借助我的智慧而拯救這個城市，使它免於災難，對此而感謝上帝吧。然而他又說，我還是盡快離開這座城市為好，因為他們一派的人現在也正處於危險之中，而我是一個外地人，又說了許多得罪人的話，則更加危險。

隨後，他的一些僕人過來陪伴他，說是要他盡快地和他們在一起㉜，因為有人報告說，韃靼人已經逼近這座城市，商人裡面有許多人已經開始準備迎接他們了。

在此之後，我把忠誠的李芬利送走，指示他把我們所寫的一切都一頁一頁地準備好，然後穿上新衣服㉝，同我的兄弟納森一起迎接基蒂薩安息日，祈禱上帝，願我的罪孽全部消逝，願我在這個世界上以及在未來的世界中日子有所增加，阿門㉞。不過猶太人雖然在安息日必須歡歡喜喜，讚美上帝吧，我在夜晚卻仍然感到遭受了百般的折磨，因為我聽到了四周哭泣的聲音㉟，在睡夢中再次看到了我父親的身體，願他的靈魂安寧。此外，我的內心也受到一些令人可鄙之事的困擾，因為我看到了我面前一些女人的內在部分，願上帝寬恕我吧，我在痛苦中大聲喊叫，同時也哀嘆我的兄弟維沃的去世，哀嘆我在這樣的一個黑暗的地方，遠離我親愛的薩拉，願上帝保佑她吧。

這樣，我在黑夜中痛苦地悲泣，一邊擔心韃靼人會到我這裡，搶走我的財物，一邊也擔心自己會葬身大海，願上帝寬恕我產生這種疑惑吧。隨後，我在黑暗中站起來，祈禱上帝，願隨著安息日早晨的光芒而恢復，願邪惡不要降臨這個城市。我周圍的一切都在沉靜之中，聽不到一點聲音，就好像人們全都在他們的家中，處於極大的恐懼之中。

到了第二天，並沒有人從他們的家中出來，所有的大門都關得緊緊的㊱。因此，女傭布卡祖普以及婦女伯托妮非常害怕。這就好像是死亡的天使，但願上帝禁止這樣的事情，來到了光明之城，然而卻幾乎沒有人能夠提出什麼聰明的建議，或者指出什麼是正確的道路。我的僕人阿曼圖喬冒著危險來到了我這兒，當時我仍然在禱告，他大聲催促我離開，說是所有的船員以及我的兄弟埃利埃澤爾和拉扎羅，都在他們的崗位上整裝待發，然而我卻依然沒有走，為此而讚美上帝吧。

到了第三天，也就是說阿達爾月的第十九天㊲，有一個信差從高貴的白道古那兒來到我這兒，忠誠的李芬利也隨之來了。他們告訴我說，韃靼人逼近城市的消息是假的，對那些準備迎接韃靼人的商人，很多老百姓都非常憤怒，也很恨他們。商人安禮守在晚上死在了一群亂民手中，因為他希望這個城市投降㊳蒙古人，所以這些人極其憤怒。一些追隨大商人孫英壽的人也在黑暗中死於非命，究竟有多少人遇害，很難說清楚，但願上帝禁止這樣的事情發生。但是現在，這個城市在安靜之中，因為它的商人、仕紳和官員都決心要從第二天開始團結起來，以免光明之城由於忽視了對其百姓的責任，陷入更大的痛苦之中。

因此我也決定對城市的長者獻計獻策，這樣，這個城市有可能會根據我們賢哲的教導而把自身管理得好一點、聰明一點，願他們安寧。於是我把我身邊的人全都從船艙裡打發出去，開始考慮這個大城市的苦難之源㊴，尋根究柢，以便能拯救這個城市。

我想到，感謝上帝吧，這個城市雖然陷入了大混亂之中，但是卻無人知道哪一條是正確的路，也不知道人的美德又怎樣才能戰勝邪惡。這裡有許多人，不但擁有大量的財富，大批的財產，而且他們還以令人驚奇的方式去認識自然的法則㊵，這種認識至深至真，通過他們一些賢哲的體驗和實踐，甚至認識了許多物質和肉體的內在本質。

因此，上面所說的賢哲們大為不敬地說，他們知道第一推動力(the prime mover)的真諦，也知道生命最細微的要素㊶。但是他們不想把這些東西透露給外人，因為他們把這些視為祕密。他們也有一些作煉丹術的人，說是知道了天體和人體的根本原理，這兩者是一致的。

據他們說，人體的根本原理是在心臟，當心臟開始運動的時候㊷，它就會使得心臟的血液來回流動，而脈搏的跳動㊸則標誌著身體中血液的順行和逆行。同樣，他們又說天體的根本原理是在太陽，但願上帝禁止這樣的事情，太陽使天體運動不已，它的順行和逆行同血液的運動是一致的。

他們的賢哲用這樣的方法確立了他們的偶像，不是以上帝，而是以心和太陽，或者他們用偶像崇拜者的方式選擇其他什麼東西作為第一推動力。然而唯有上帝創造並給予萬物根本的靈魂，崇仰並讚美祂吧。此外，那些追隨他們賢哲的各種方法的人也非常相信巫術(the magic arts)，有的人想了解長生不老的祕密，願上帝把他們打倒吧，有的人想返老還童，也有的人想使自己瞬間可以從一個地方到另外一個地方，都是一些巫術的東西，但願上帝禁止這樣的事情。但是他們並不認為這是褻瀆上帝，而聲稱說，這些只是手段，可以用來使人得到福祉。他們說，那些能夠揭露自然的祕密法則的人將不但知曉這個被創造的世界的力量，而且能夠與之合一㊹。

但是我回應說，這是對聖名的褻瀆，因為如果是這樣，人就會認為自身同上帝是平等的了。進一步來說，他們中間的那些希望找到長生不老術的人，夢想自己可以在這個物質的世界永遠生存，不必等待彌賽亞的來臨，願上帝原諒我寫下這些文字。這樣，甚至是最聰明的人也會因為背離上帝而犯罪，試圖尋找那些找不到的東西。然而他們中間有些人，雖然魔鬼已經使他們背離了他們的正道，但無疑是很聰明的，因為我看見有些人，心臟已經衰竭卻又恢復了力量，聾子能夠聽見，盲人可以看見。此外，有許多人活到了很高的年齡，甚至活到七十歲或者八十歲，因為有某種神祕的藥物可以使他們保持康健。但是在我們的賢哲㊺中，有許多人也知道如何達到這種目的，也知道其他一些令人驚奇的東西。

身體的疾病和精神的煩惱是對應的㊻，所以，如果人的精神紊亂，他的身體也就會出現病態，就會虛弱，對此，我們的大師摩西•本•邁蒙不是很聰明地說過嗎？因此，希望身體健康者當然也應該如是而行，同上帝的意志保持一致，這樣，疾病不會侵害其靈魂，也就不會侵害其身體了。

關於煉丹術的祕密，蠻子的一些賢哲的知識也很豐富，因為他們對許多東西都做了探索。雖然有的很愚蠢，有的是玩弄巫術的詭計，也有的恰好令人驚奇於上帝的慷慨，他們因此知道，大地的內部藏有各種各樣人們可以發現對人有益或有害的東西，而大地的表面雖然負載著通都大邑、高山峻嶺，卻毫不感到它們的重量。

這樣，雖然在蠻子中間缺乏戰鬥的意志，但是其煉丹術士卻通過試驗而製造了許多武器。其中有一種他們稱之為轟天雷㊼。因為他們用一種爆炸的魔粉(a magical powder)㊽，把它裝在一個鐵管或者銅管裡，就可以把迅速飛動的火㊾拋到很遠的地方，給敵人造成極大的傷害。這樣的一種東西，是他們中間煉丹高手的傑作，包括那些能順從他們所謂大道(the way of Tao)的人。他們還製造出投石器(catapults)，以眼睛追不上的速度拋出幾呫(stones)重的鐵。當他們舉行宴會的時候，他們也慣於在一根根的竹子㊿裡放上爆炸的粉末，將它點燃，用其閃光來取樂。

但是一個虔誠的人不應該瞧不起這些東西，因為我們所受賜的這個世界，不但是令我們驚奇的，而且也是讓我們去理解和利用的，這就是我們對造物主的責任。但是，正如最聰明的人，我們的大師(51)教導我們的，巫術和妖術，如呼喚死者復生，把一種物質變成另一種物質，用神祕的方法引誘人的愛與恨，或者用某種手法說出某種話來折磨病人等，都是不潔的，因為這些都是上帝的工作而不是人的工作。

我們從自然中得到了許多東西，比如磁石，使用它，人們不接觸鐵就能夠將之吸起來並使其移動。比如某些草藥，當我們把它們扔到水裡的時候，就能夠使魚跳到陸地上來，還有其他一些在世界上發現的更加微妙的東西。雖然如此，一個虔誠的人卻不應該到迦勒底人(Chaldeans)那裡去[52]。這是因為，雖然人的理性和本質使他必須去探索萬物的真理，但是，了解自然的某些祕密卻會使人生大病，受大的傷害，就像我們的賢哲所教導的那樣。

然而蠻子們也知道許多令人驚奇的東西，比如他們能使用最好的方法來造紙[53]與羊皮紙。他們是用木漿和桑樹皮來製造的。此外，中國人說各種各樣的語言，相互之間也不能非常明白，但是他們的書寫文字卻只有一種。讀音各異，意思卻一樣不變，所以通過書寫，他們能夠相互理解[54]。

造紙和書[55]，給人帶來很大的利潤。這些書很多，用很少的錢就可以買到。確實，他們用小塊的木頭[56]，不僅巧妙地在上面刻文字，還刻圖像。用他們特有的一種褐色的墨水[57]，在紙上印出來。這樣，他們用種種這類方法，就能製作出許多不同的書，如他們賢哲以及詩人的作品，及取悅普通百姓的故事和寓言。但是這裡面的東西也有很多是邪惡的、低級的，裡面有性愛和殘忍惡行的畫面[58]。這些東西銷量很大，因為書商可以自由地賣，他們想出什麼就出什麼。這樣，有些人如果並不希望獲取教訓，只是想看如男女交歡，甚至人獸淫嬉等令人噁心的圖畫來滿足自己的淫慾，都可以在光明之城隨意找到。

但是，了解這一類以及其他一些殘忍而邪惡的事情，並不能使人們變得聰明。這是因為，通過理性以及敬畏上帝而學得的東西，和魔鬼在他的道路上放置的東西，對這兩者一個人必須有所區別才行。在蠻子中間，有很多人知道成千上萬我們不知道的事情，他們的一些賢哲也說，他們甚至能夠看到無形的東西，可以聽到死者的聲音，但願上帝禁止這樣的事情，他們也知道某些潛存的東西，知道某些讓任何人知道都是不敬的東西。

因為當理解過度深入㉟的時候，不管是在自然法則的問題上還是在人類的行為上，都可能知道得過多，使善變成惡，會毀掉人們所尊重的東西。這就好像用棍棒打擊一個東西一樣，又像人的心從身體上割了下來讓人更好地研究一樣，人的肛門和嘴好像成為同一種東西了㊱。將整體的東西分解，或者通過技巧讓人們懷疑他們所相信的東西，這對有知識者來說也並不明智。

知識這個東西，和各地的假賢哲所認識的不同，並不是在人們所理解的一切東西中都能發現，它也並不總是在賢哲自己所知道的事物中才能發現。此外，就像在世界上有許多令人目眩神迷的強光㊲一樣，世界上也有一些知識，能夠加強人的理解力，但是卻常常戕害人的靈魂。我就這樣在我的船艙裡思考這些事情，讚美上帝吧，我也更好地理解了，過多的財富和過多的知識，就像缺乏這些東西一樣，都可能使人歸於毀滅。

註釋

①手稿為 giovinetta simplice。雅各手稿的拼寫變動不一，在這裡完全表現了出來，giovanetta 和 giovinetta，在這二十幾行的文字裡都運用了。有許多類似的例子，有時候在連續的幾行文字中就有不同的拼寫。參見附錄〈雅各的語言〉。

②一二七二年二月二十日。雅各幾乎對每一天都標記出日期，説明他對自己在刺桐經歷的最後的、歷史性的階段特別注意。

③這裡肯定有一種「閔希豪森」(Baron Munchausen)式的自我誇張因素。

④手稿為 del pedagogo。我按照字面的意思而翻譯為 teacher of the young（年輕人的老師），而不是現在不太具體的 pedagogue（教員，學究），因為從他們的討論來看，明顯是這樣的意思。

⑤大概是根據《塔木德經》對話中的談話方式。

⑥手稿為sota，一個學術性的單詞。

⑦手稿為son simiglianti in essenza loro。

⑧手稿為apti，一個純粹的拉丁語；參見附錄〈雅各的語言〉。整個這個段落都顯現出了亞里士多德的思想特徵，至少也是受到了亞里士多德思想的影響。

⑨手稿為lo ver per se。很容易去把它翻譯成「真理自身」(truth in itself)，也就是說，一種超驗的真理。但是從上下文上又能明顯看出，安鳳山並沒有這個意思。從雅各認真而帶有學術意味的遣詞造句可以看出，他對安鳳山的辯論非常注意，這或者是因為安鳳山本來就是這麼說的；或者是因為雅各看到他的觀點有一定特點並且有趣味，雖說雅各極力反對它們；或者是因為這能夠使他的交換意見的敘述更有分量，因此，對他來說也就更為可信。這也可能是三者的混合物。

⑩大概是因為早先提到了「許多神」。

⑪手稿為l'ordin de' numer i。

⑫一二七二年二月二十日。但是我們不清楚，雅各為什麼在這裡要插入這一點。

⑬這個表述詞在手稿中是用希伯來語寫的。雅各從安鳳山看到了或者認為他看到了「魔鬼」或「撒旦」，於是每一處提到他時都加上這個表述詞。

⑭手稿為posposta al libero arbitrio del giovane。

⑮不清楚這是指誰，也許是說，在那些從事城市教育工作的人中間，有一種一般性的矛盾衝突。

⑯手稿為lettere。但是，白道古講的不是字母，而是漢字；雅各在後面幾行中給安鳳山也強加了同樣的詞。但是雅各知道漢字的功能，至少部分地知道，這一點是清楚的。

⑰手稿為a far fissi e fermi l principi morali。

⑱手稿為fonte unico ond' ogni vero vene。

⑲手稿為ragionamento...esperienza...analogia e...regola。

⑳手稿為livincoli naturali。

㉑雅各敘述的細節乃至意味都提示了我們，無論他多麼憎惡安鳳山，他對這個「魔鬼」的立場還是十分看重，並詳加考慮的。他是不是至少在某些方面受到了他們的欺騙？

㉒手稿為希伯來語。雅各是讓我們了解，他直接並且是用希伯來語，以這個表述詞來稱呼安鳳山。

㉓手稿為 al passo che lo convien。
㉔這就是說，評判他們自己的時代就好像他們是在過去。
㉕「二十個不同的字」：雅各顯然是指他似乎頗為理解的方塊漢字，儘管他在前面曾將漢字錯稱作「字母」。它們並不是「字母」，而是極其複雜的符號系統或稱「文字」，可以目識，但是它們的意義並非根據不同的中國方言和方言分支的音來決定，也就是說，同樣的文本能夠讀出不同的方言來。一個人所讀，另一種方言的人卻不能明白。然而同樣的文字，當用眼睛看的時候，對所有中文讀者來說卻都是一樣的。自從公元前三世紀末葉書同文以後，就是這種情況了。書寫的語言從那時就發揮功能——在中國文化和政治中作為一種統一工具的功能。根據白道古的說法，一個孩子在學校「六年」，每年如學習一五〇天，一共可學習一萬五千個漢字以上。可能不是這樣。在十三世紀的中國，大概有七千個漢字就夠一般使用了。
㉖手稿為 I numeri di Manci。這提示了我們，在南宋，已經開始使用特定的數學規則或圖表了。
㉗手稿為 il labore piue aspro a denari piccoli。
㉘這不是《托拉》的真理，這明顯是亞里士多德《形而上學》一書的首句名言。此書處於中世紀哲學教育的中心位置，雅各大概是在拿波里學習的。他在這裡所稱之為他自己的基本道德原理，表明了亞里士多德的思想是怎樣融入了猶太人、包括那些虔誠者的思想中的。
㉙手稿為 alla luce della ragion。
㉚手稿為 ostante。
㉛這幾乎肯定是指所羅門・猶大・伊本・加比羅爾(大約一〇二一—大約一〇五八)，一位語法學家、哲學家、詩人、新柏拉圖主義的第一流教師。
㉜手稿為 a fretta。
㉝手稿為 vesti novi。這肯定是「乾淨」或者「新」衣服的意思，為安息日的規定。
㉞虔誠的猶太人認為，在安息日的前夜贖罪者，能受到救死扶傷的天使送來的祝福。
㉟雅各聽到了布卡祖普的哭泣聲嗎？
㊱手稿為 alla spranga。
㊲一二七二年二月二十一日。
㊳手稿為 lassar。

㊴手稿為doglie。

㊵手稿為della legge naturale。對「自然法則」一詞，十分清楚，雅各還是指控制自然世界或者物質世界的規律，而不是指道德法律。

㊶手稿為della matera vital la piue piccola。

㊷「當心臟開始運動的時候」：用意大利語說是quando move 'l cor fa scorrer lo sangue del cor che ondeggia，這是在威廉・哈維於一六二八年對這個問題發表論文三五〇年之前，對血液循環所做的基本描述。哈維(一五七八—一六五七)曾在帕多瓦學習過一段時間，他描述了血液如何進入右心房，通過肺動脈而壓向肺部，然後，經過肺靜脈又到達左心室，而心臟的瓣膜則阻止血液回流。這樣，血液就通過心血管系統而流通了整個身體，包括心臟、動脈、靜脈和毛細管等。在哈維之前，人們一般認為，動脈含有空氣，而血液是用簡單的來回運動形式而從心臟流到靜脈的。雅各敘述中國人在這個問題上的觀點，說明中國人已經處於簡單的古代認識和現代知識的中途，使用ondeggia這個詞，以其像波浪漲落一樣的含意，似乎是要說明血液的循環情況，至少也是說明心臟運動的一縮一張的形式，說明心臟壓送的血液所進行的「順流和逆流」等情況。

㊸手稿為'l batter de' polsi。

㊹手稿為uniti。這個單詞意思似乎是說，中國人相信，他們可以去分享「造物主」的力量，從而能夠統治自然本身。

㊺這裡也不完全清楚，雅各是特指猶太賢哲，還是指整個「西方」或意大利的賢哲。他直引作為良醫的邁蒙尼德的話，說明是指前者。

㊻手稿為I mali corporali respondono alle travaglia e duoli animali。

㊼手稿為folgor che scote lo ciel。

㊽手稿為magico polve che scoppia，顯然是一種「爆炸性的」粉末。

㊾「迅速飛動的火」：意大利語原文為foco veloce e volante。這是迄今所知對「火藥」作用的最早描述。這種火藥是用炭、硝石和硫磺製造，它好像是一種火焰投擲器！能拋出幾呫鐵(lapidi di ferro)的「投石器」，顯然是指某種火炮。我們並不清楚，雅各的知識是不是根據眼見，既然他並沒有說他親自看到了這些東西，像他在談論紙的段落所做的那樣，那就可能不是他自己觀察所得。他可能是從居住在泉州的猶太商人夥伴那裡，或者就是從李芬利那兒知道的。有些學者說，韃靼人早在一二三二年也已擁有大炮，可能是從宋人那兒學到的祕密，並

且在一二四一年匈牙利紹約之戰(the battle of Sajo)中使用了這種武器。

(50)手稿為 riempir stecchi di bambagio。

(51)肯定是指邁蒙尼德。

(52)崇奉經典的猶太人把迦勒底人看作巫師，整個《塔木德經》都反映了這一種感覺。

(53)「用最好的方法來造紙」：中國人早在公元一世紀就已經知道用桑樹皮造紙，而到了十二世紀末和十三世紀初，歐洲方才知道這一點。值得注意的是，雅各描述說中國人知道「最好的方法」，說明他也熟悉其他一些生產方法。「第一家，在很長的一段時間裡也是唯一的造紙廠，是靠近西班牙瓦倫西亞的賈蒂瓦(Jativa)的猶太人建立和維持的。」見魯斯(C. Roth)的《猶太人簡史》(倫敦，一九四八年，第二一六頁)論十三世紀歐洲的情況。

(54)這是雅各把握知識和追求知識的一種方法，這樣就使他能夠準確無誤地解釋一切，毫無疑問，這是徹底詢問對話者所取得的結果。但是他身上的商人成分也很快抓住了它的「市場」價值。

(55)手稿為 quaderni。我將它翻譯為「書」，這是可以的，但是對雅各來說，它可能是指某種輕而薄的東西，像我們的「小冊子」。這個詞，但丁也使用過，《煉獄》，XII，一〇五，據說有一種文件「分發」的意思，也許是單頁紙。

(56)「小塊的木頭」(forme di legno)可能是現在所知，首次提到對於使用木版印刷的方法。這是中國人精心確定的使用方法，就像雅各所告訴我們的，是使用「他們自己的棕色墨水」，把一個影像印在用桑樹紙漿製成的紙上。這在事實上表現了我們現在稱之為「活版」(moveable type)的使用方法，早於古登堡同一種方法大約五百年之久。雅各提到「許多不同的」書籍和小冊子，有的有「刻出的形象」印在上面，這證實了業已知道的事實，說明在南宋有大規模的書籍印刷。在中國，印刷本身被認為可以上溯到唐代早期(六一八年之前)。雅各看到書上的形象，他還會對偶像崇拜作一種虔誠的退縮嗎？

(57)手稿為 incostro bruno。

(58)手稿為 impressi：字面意思是印在(紙上)的形象。

(59)手稿為 va troppo al profondo。

(60)手稿為 come se fossero medesma cosa。難以弄清雅各在這裡究竟是什麼意思，但是他似乎提示我們，不必要地從事某些種類的探索，會混淆好的知識和壞的知識或有用的知識和無用的知識之間的道德區別。如果是這樣，這就是對經驗科學方法非常早的倫理批評了，雖然在其他地方他似乎贊成這一點。

㊶手稿為 eccesso di lume che abbaglia li occhi。

第十章　死亡之雲

下面的這些段落，肯定是雅各敘述其旅行以及歷險的最佳篇章。在這些段落中，雅各向我們講述了他的道德和「政治」信仰的本質問題，描述了他努力「為城市的仕紳和長者出謀劃策」的災難性結果。他目標堅定，又過於自信(extraordinary presumption)；好像我們比他更能看清楚——但我們又依賴於他的描述——他的言語行事中的聰明與愚蠢；前提是他向我們透露的情況是可以信賴的。

在這裡，談話的核心是有關政府、自由、正義、秩序、懲罰以及「群利公益」等古老的問題。但是，在集會上以及在納森·本·達塔羅的家中，在同那些聚集一起的人所作的交流中，雖然有許多問題現在幾乎都無法把握，翻譯起來也非常困難，卻仍然最能贏得「現代」的反響。甚至我們可以聽到「所有的人都是平等的」這一主張。確實，在中國的長者中間，對於平等和財富問題的簡短討論，無論用什麼尺度來說都是引人注意的。

但是，雅各放言談論應該怎樣治理一個城市，他在談論時愈來愈大膽，愈來愈盛氣凌人，這些演講也同樣不乏意義。這些演講擺出權威的樣子(ex cathedra)，是一種混合的產物，其中含有情緒性和傲氣，也含有愛管閒事的性格和《塔木德經》思想家的權威性等。雅各對聽眾演說了，或者說他演說了關於獎賞和榮譽、美德和道德以及最重要的責任的問題。最後的那些段落，對我產生了很大的影響；我在拙著《責任的原理》中借用了雅各·德安科納的文字，將「公民的秩序」(the civic order)這個理念變成了我的東西。雅各將它稱之爲 la civitate，很不尋常。此外，在雅各看來，「責任」不僅僅是一種抽象的道德。他把責任分解成具體的內容，並勸告人們說，每一個城市都應該在其自己的憲章中預先規定其市民的具體責任。

我在前面曾嘗試爲雅各的一般的「政治哲學」提供一個背景，以說明我相信他確實具有一些見解，不過這些見解雖然具有相對的自由思想，卻並不反映他自己的時代，特別是某些不斷獨立的意大利市區(communes)所具有的比較「先進的」觀點和實踐。在下面的章節中，他提出了一個宗教會議(conciliar)(和半教會公議)選舉的制度。雅各對會場的人說，這種制度的選舉是從「公民」中產生的，由「召集來的」一些「忠誠而勇敢的」人領導這樣的委員會，而這些「忠誠而勇敢的」人「要處於你們的首要位置，達兩年或三年之久，以便把城市控制在手中」。

這樣看來，雅各絕不是「自由主義者」，除了他引起我們的同情(或情感)之外，我們也沒有任何理由來希望或者期望他是如此。不過，我對他的判斷仍然有可以提出異議的地方。因爲他有兩次陳述說，「一種規則適合一種人，另一種適合另外一種人」，又說「每一個城市都產生看起來適合它自己的城市法律」：這兩種陳述有可能是雅各的所有政治靈丹妙藥中最具有亞里士多德意味的，又是最爲「先進的」(因爲是最自由的)。這樣的一種立場很明顯是受到了在早期意大利城市——國家發揮著作用的那些衝動的影響，並且提前半個世紀就預示了薩索菲拉托的巴托魯斯(Bartolus of Sassoferrato, 1314–1357)的觀點。巴托魯斯就堅持把「城市是其自身的主宰」(civitas sibi princeps)作爲法學的原則。

然而雅各的觀點，比如對懲罰的看法，常常也是「非自由主義的」(illiberal)和苛刻的。在他關於政府統治技巧的觀點中，可能也有一些在今天會稱作「相對主義」的零星跡象，但是一般來說，他並沒有論及倫理原則、正義行爲或者道德責任的問題。這大概表明他在信仰問題上並沒有去屈服什麼東西；他拒絕他的僕人要離開(在布卡祖普的情況下則是留在)中國的懇求；他同「魔鬼」勇敢地鬥爭，幾乎是殊死的搏鬥；在刺桐，當人們對他的意見明顯含有敵意的時候，他也拒絕放棄自己的主張，就其不妥協態度而言，似乎有點冥頑不化。

也就是在這裡，雅各的敘述表現出了很高的質量，也顯現出了許多令人費解的問題。他的有些證明斑斕多姿，就像我們業已看到的那樣，甚至可能是充滿了奇思妙想。但是其他的一些部分，我們又只能斷定爲是非常幼稚的東西(或者天眞無知？)，因爲它們給我們提供的材料只能證明，雅各似乎並不十分明白他所說的和所做的事(或者是他比我們聰明，不是意識不到而是各方面都知道)。這樣，似乎不是雅各，而是我們，能發現有一個宗派或者陰謀集團正在反對他。但是反對者的一方有些什麼人？誰又在眞正控制該城的事務？影響雅各以及白道古命運的決定是如何以及由誰作出的？有沒有監視和陷阱？難道說雅各只是一位有利用價值的受騙者，因爲他的智慧對一場鬥爭有用；關於這場鬥爭的大致輪廓，他爲我們提供了某些佐證，但他自己也並沒有或者一點也沒有意識到這些嗎？

我們只能對這些問題作出的可能答案作一個簡單的考察。總的說來，它們表明雅各的「魔鬼」(按，adversary 爲雙關語，另一層意思是對手)具有巨大的但又是尚未披露的權威力量。它們還表明，商人–領袖帶著他們的扈從(或者幫派)，同一些「長者和仕紳」以及平民受僱者，一起結成了聯盟，組織起來，後者被迫接受那些商人領袖的使喚，進行暴力和反暴力的行動。

在一點上，雅各把富商安世年描寫爲「魔鬼」的「使者」，好像他也明白，在圍繞他四周的不同來歷和不同利益的個人之間，都具有某種「政治的」關係。當介入論戰的白道古用同樣的形式，向雅各所說的「魔鬼」(按，敵手)發表演說的時候，他認爲「那些像你們一樣的人」「甚至已準備來對我們行兇」。這裡的「我們」，也就是由長者和官員組成的忠誠於傳統的(tradition-bound)的那一「派」。這也提示了我們，這個城市存在著具有威脅性的陰謀小集團。這個小集團的存在，引起了「高貴的白道古」極端的輕蔑和鄙視。

在雅各的手稿中，作者也簡短地提及這個城市或者其周遭地區的「反叛者」，這種提及並非只有一次。但是，我們並不清楚這些反叛者有可能是誰，也不知道他們是否在政治上同宋朝舊政權(ancien regime)的對手有聯繫，甚或他們自己就是宋朝舊政權的對手。雅各也不時地發現自己和宋朝的皇帝意見上極其不一致。但是在一系列的問題上，出身高貴的華應綬(Uainsciu, Hua Yingshou)選擇了異乎尋常的立場，魔鬼安鳳山和商人羅達第則是選擇了自由思想的立場。根據他們所選擇的立場來判斷，似乎在這個城市中有一組年輕的平民主義者和「理性主義者」，他們本身雖然在某些論題上有不同的意見，但是都信奉一種混合了「平等主義」和「自由意志」的激進觀點。

面臨這些情況，對雅各的全部智力和道德精力來說，顯然他會發現他難以對付，他甚至於有點不知所措。理性主義的自由思想在他自己的信念中造成了緊張，這恐怕不是無足輕重的原因。雅各的個人行爲，在這個城市妓院中的活動，在後面一些段落中所說的關鍵時刻的活動，都不完全可信。在最後的段落，他的自私自利和表現出來的漫不經心，展現了他最壞的方面，這與白道古的光彩照人形成了對照，他也十分難堪地明白了，他僅僅關心他自己的生命和他的財產。

但是，用眞正的歷史學家(以及猶太人的「傳述者」)的方法，他十分渴望能夠把自己起伏迭宕的故事講述出來；在帶著他珍貴的貨物以及他對人類的情況虔誠的哀嘆，啓航「向西南而去」之前，他對於忠誠的抄寫員爲他所做的服務，在報酬方面也顯然十分慷慨大方。

第二天，阿達爾月的第二十天①，伯托妮到我這兒來說我的女僕布卡祖普的壞話，我很惱火，便把這女人打發了出去，同時我也把僕人阿曼圖喬打發了出去，他根本不想在中國再待下去。隨後，我帶著忠誠的李芬利一起去給這個城市的仕紳和長者獻計獻策。

我們在抵達他們集會的地方時，我被人家擋在了門外，因為衛兵接到了命令，說是不准我——安科納的雅各進去，因為這個城市的商人擔心我會有力地反對他們。此外，我又聽說，在蠻子②中有一些猶太商人，無信無義，也在說我的壞話，並且要那些長者讓我閉嘴，免得我給這個城市的猶太人帶來傷害。這些自稱是猶太人的傢伙，膽小低賤，他們甚至對偶像崇拜者說，不要去聽那虔誠者的話，想因此而把我的生命投入到危險之中，但願上帝保護我吧。

但是忠誠的李芬利，願他的名字能記錄下來③，進入了會場。會場裡有幾百人聚集在一起，要在這個城市中建立一支團結的力量。李芬利請求高貴的白道古，希望他允許我進場，這樣我才得以進到裡面，為我得到這樣的榮譽而讚美上帝吧。隨後我發現，長者和商人被安排成一派反對另一派的樣子④。商人們都非常憤怒，因為前面所說的安禮守已經被人殺死，而圍繞在白道古四周的人又控告他們是城市的叛徒。

現在他們已經決定大家團結一致，共同保衛城市，抵禦敵人，所以全都靜了下來，傾聽高貴的白道古講話。白道古是這樣說的：「在天上和地下的物質自然界之中，都有一種道德規範(conformation)，它的法則只有一條，即要求根據同樣的原則來做事，公平合理，恰如其分。在天地之間，春夏秋冬的四季更替，晝夜間的日月轉換，就是根據這個原則。」

「自然的運行有它自身的程序，章法井然，毫不混亂，同樣，我們也必須努力井井有條地生活，毫不混亂。就像張延明所說的，如果生活的原則無誤，甚至死人也都能管理好國家。為了保持和諧一致，大家在開始的階段就應該確定任務，防患於未然。我們最好在還沒有任何分裂之前就管理好各項事務，古人說，未雨綢繆，也就是這個意思。」

「然而現在的中國，政府機關威信掃地，老百姓對未來憂心忡忡，連賢人(the worthy)也無意去承擔治國安邦的大事了。唯有流氓無賴和不學無術之徒接替了城市的工作，而其他人則一心注意穿著打扮，聲色犬馬，並不去為他人的利益著想。他們從一件事情轉到另一件事情，一時想東，一時念西，忙忙碌碌，像熱鍋上的螞蟻一樣。」

「諸位，那些城市的管理者也同樣毫無見識。他們不去考慮我們的祖訓遺言，也不尊敬天道正則。所以在今天的中國，我們就只能生活在一個無所適從、管理不善的政府之下了。但是，如果百姓們想使明天比今天過得更好，那麼，我們就必須選擇不同的道路。」

「因此我們必須伸張正義，做那些符合情理，恰如其分的事情。要做到這一點，首先就是要尊敬那些賢良之人。然而在我們中間，現在卻有很多人拒絕把這樣的榮譽稱號給予那些更年長、更聰明、更博學的人，或者其他一些值得我們尊敬的人。不尊敬我們中間的佼佼者，正義就會消失，人們也就不可能行使正義了。」

有一個老人⑤回答他道：「我歷經苦難，開始是做樹木的稅收工作，後來是去保護浮橋，這樣別人會把我看成下等人嗎？」一個叫華應綬的年輕人回答他說：「不，人們不會把你看成下等人，因為所有的人都是平等的。」對這樣的話，人群中發出了一陣大笑。商人羅達第⑥說道：「人與人並不是平等的，也沒有誰可以使他同其他人平等。我們只能讓每個人去盡其所能，不干擾他的生活之道。但是生活本身並不是公平的，人的行為也不可能使它公平。相反，人人都必須選擇自己的生活道路，承受他自己行為的後果。」

此時，華應綏轉過來回答他說：「我們不想使人人平等⑦，不想使生活完全平等，同時也不允許人們迴避他們行為的後果，但是我們應該為大衆的利益去尋找救治之道。如果不是這樣，難道把孤兒⑧遺棄在光明之城的街頭，任其流浪，任其自行其是，把少女作為一個被損害者而遺棄給老鴇？難道這個城市不應當從它的財富中拿出一部分為這兩者提供避難之所，以免我們會因為冷酷無情而蒙受恥辱嗎？」

商人羅達第回答道：「應該是這樣。你是想去改變命運的進程，好像厄運自身也可以避免一樣。但是你並不具有上天的智慧或者力量。」年輕人對他的話大聲回應道：「那麼我們就必須呼籲天子來幫助我們。」對此羅達第嘲諷地說：「當天子的國家很快也要完蛋的時候，呼籲他來幫助我們，這多麼愚蠢。」

對他們的這些話，有的人支持羅達第的觀點，有的人大聲地反對他。整個的會場上全是喧嚷之聲，大家究竟在說什麼，誰也聽不見。

因此我，雅各·本·所羅門，決定來加以指揮，於是說了下面一席話，對此而讚美上帝吧：「諸位，從我對這些事情的所見所聞來看，我覺得像你們這樣的一座城市，除非從一開始就以一種不同的方式生活，並具有對公共責任的一種不同的管理形式，使得和平、正義和公共的善(common good)能夠戰勝傲慢、貪婪、饕餮以及相互的傾軋，否則，這座城市就不可能保存完好，只能被別人戰勝，最後招致毀滅。」

「管理這個城市，就像駕馭一隻船，為了使國家總是處於和平安寧之中，每一個城市都要論功行賞，也就是說，每種功績都應該有相應的獎勵，這樣才符合情理。我的意思是說，獎賞應該均衡相稱，過錯也是如此⑨。這樣，榮譽就不會授予邪惡之徒，而恥辱也不會給予行善之人了，但是城市的社會等級不應該根據財富的多少，或者身分的高低來構成，而應該根據功勞的大小來構成。」

「這樣，就那些具有同樣優點的原則來說，平等的原則就是最重要的了，而只有把統治權交給了最聰明者和最公正者，這樣的城市或者國家才可以取得成功。」

但是我還沒有把這些話説完，很多人就又氣又恨，大聲地反對我。那個年輕人高聲説道：「這種論功行賞的原則會產生各種不公平，整個的國家也必然會受到它的傷害。這是因為，唯有一切都同等地考慮，不管什麼功勞的大小，和平才能在大衆中間起到主導的作用。」聽到這些話，那些大喊反對我的人自己也開始分化了，讚美上帝吧，他們的熱情是那麼大。

然而，我毫不畏懼，因為聖一再一次站在我這一邊，於是我繼續説道：「諸位，對一個有價值的人不去論功行賞，那麼，在任何城市或者國家就都難以有什麼起積極作用的品德了。相反，如果你們能使市民勤奮工作，不造反生事，那麼真正具有價值者就總是能夠得到公正的獎賞。因此，那些對這個城市有貢獻者，如果他們總是謙卑，就肯定能得到配得上他們行為的榮譽。」

「這是因為，授予他們榮譽並不僅僅是獎勵他們自己，同時也是增強其他人對公正的理解。這樣，獎賞那些盡職盡責者，獎賞為他人服務稱職者，凡此都不應該忽視。因為我們必須分清，誰對上帝、對人能盡職盡責，誰又不能盡職盡責，但願上帝禁止這樣的事情。如果沒有這樣的區別，那些操行不軌者活得和那些為這個城市增光者一樣好，此時，一個人無論怎樣恣意妄為就都無關緊要了。」

「這樣，操行正直的市民就應該受到獎賞，而他在那些對他負責者的保護之下，而不是在那些僅僅依賴強權和奸詐之人的統治下，轉過來也會生活得更好。因此，為了使刺桐的市民可以相互安寧地生活，你們這些對這個城市應盡責任的人就應該協調一致，以便光明之城的人為了所有人的幸福而改善自己，更新自己。諸位，城市的存在並無其他目的，就是為了公衆的利益，正如我們的賢哲所教導的那樣。」

聽了我的這些話，商人羅達第回答說，凡是一個人可以暢遂其道，根據他的德行，他或是變成富者，或者仍舊貧困，這符合公共的善。但是我並不屈服，讚美上帝吧，便繼續說道：

「諸位，公衆的利益是一個道德的目標，但是一個人如果僅僅做那些對他自身有益的事，那麼這種公衆利益也就不可能實現。每一個城市都是一個團體或者組合體⑩，所以都應該有它自己的憲章。在這一共同綱領中，應該確定每個公民對全體公民的責任。如果每個城市都沒有確定公民的責任，那麼，一旦專制暴君統治了該城市，這個暴君就非常容易隨心所欲地來給公民確定責任。在他發現合適的時候，他就可以把各種責任都加到市民身上，甚至使他們淪落到遭受奴役的地步。」

「在我們中間，基督教的學者說，公民的秩序(civic order)⑪是人性的結果，是人類智慧的結果，也是正義的源泉，值得我們去愛護它並為它盡責。但這種公民秩序，對於不是公民的人來說是一件有害的事情，雖然如此，他們卻把猶太人從公衆利益中排除出去，同時卻又要求我們完成對這個城市或者國王的責任。」

「在每一種公民秩序中，人人都應該受到同樣的統治，那些由這個城市或者國王保護的人也應該完成同樣的責任，同樣，那些管理這個城市的人也要受到這種責任的限制，只有這樣才能好一點、公平一點。這是因為，在他們中間，雖然對城市的真正本質各人的看法不盡相同，有的說是上帝的工作，有的說是技術和理性的工作，有的說應該由國王來統治，有的說應該由人民來統治，但是，唯有在有了一個對人人都有所規定的共同意志(common will)⑫之時，在公民中間才可能產生一致性，這樣也才能夠使公民秩序免於解體。」

「人人在思考問題上都有內在的自由，這是真的，唯有上帝知道他們在思考什麼，因為畢竟是祂而不是人在統治萬物，崇仰祂吧，頌揚祂吧。確實，既然聖一是宇宙之王，那麼在地球上就不必再要其他什麼國王了⑬，而專制暴君因為只是為他自己的目的而統治，不是為了公眾的利益，所以就應該把他拋棄一邊。但是當人們說話和行動的時候，他們的自由就會逐漸縮小，就必須受到法律的約束了。在上帝和人看來，對其他人會產生影響的東西都必須服從一個總的規則，這樣才公平合理，因為如果沒有這種規則，內在的自由就會變成外來的傷害了。」

「諸位，我們發現你們的城市確實有許多公民不可信、不忠實，這就是說，有一大批人認為他們自己不受任何人的限制，也不受任何事情的限制⑭。因此，你們應該在成千上百的人中間挑選出三四個人，要邀請⑮其中忠誠而勇敢的人，在兩年或三年之內都處於你們的首要位置上，以便保持城市的公正性和嚴肅性。」

「統治一個城市，有好法律而沒有國王，要比有國王而沒有好法律好上許多。然而對城市的法官和其他官員來說，最好也要相信公民的善意。但是，如果一切又不值得他們去相信，而城市的生活又每下愈況，就像你們此時的這種情況一樣，那麼就沒有必要去等待人民去改進為了。相反，在這個城市病入膏肓之前，你們就應該努力行動起來，教育公民和官員都去承擔責任，對那些不能盡職盡責者加以懲罰，因為勉強去完成責任也比一點不做要好。」

「此外，你們現在非常混亂，所以，為了更好地管理城市，你們就應該在每一個區域都成立一個小組，選有組長；並制定一個具有權威性的法規，如果任何人犯罪或者違規，那麼他就應該受到懲罰。同時，這個小組也要注視這個區域的所有事務，以便使各地的公民都能和睦相處。」

「諸位，所有的城市，不管它們是大是小，都只有一個目的，這就是為了全體的利益，為了公民秩序的和諧。但是，如果城市的事務交給了每個人的自由意志⑯，那麼，誰的意志最強大，誰就會佔優勢，而不是根據人的美德的大小了。如果公民們從他們中間選擇那些忠誠勇敢者，或者從其他地方找人，在一定的時間裡來管理他們，情況就大不相同了。這也是我們的先知塞繆爾(Samuel)提出的管理方法，願他的聲名受到讚美。但是，你們中間的富商惡毒地破壞了這個城市的和平，這樣，他們就必須接受教育，讓他們克制自己的慾望，讓他們使用自己的財富為其他人謀福利，而不是僅僅為他們自己。」

我，雅各，告訴了他們所有這一切，此外我還希望談論更多的東西，對此而讚美上帝吧。但是他們不願意繼續聽我說話，有的人大聲喊叫，有的人想用手打我，但願上帝禁止這樣的事情，這樣我就不能再繼續說下去，只好同我的忠誠的李芬利一起離開了。

隨後，我就回到了我兄弟納森家中，但是我發現，有人唆使我的僕人來反對我，但願上帝禁止這樣的事情。辦事員阿曼圖喬說，我的兄弟拉扎羅和埃利埃澤爾，因為已經準備許多天了，不想再繼續推遲下去，所以已經啟航；而我們因為孤身在此，並且也已等待太久，很可能在海上遇到海盜，或者碰上惡劣天氣而遭受危害。阿曼圖喬說，現在啟航非常危險，我們會毀滅自己，否則也會被迫返航，因為我們很快就趕不上西南風了。但是我沒有留意他的話，對此而讚美上帝吧，也沒有留意薩拉森人如何埋怨和發火，這些人甚至因為我是一個猶太人而詛咒我，願上帝懲罰他們吧，他們說我們會失去一切，而我的財富也會喪失殆盡。惡婦伯托妮和姑娘布卡祖普也哭哭啼啼，但是她們並不能轉移我的心思，感謝上帝吧，她們倆一個說要前進，一個又淚水漣漣地說，她希望留在光明之城，我聽了真感到非常驚奇。

但是我抗擊了這一切，毫不屈服，我已決心對這個城市的長老提出我的忠告，堅持到底，因為這是上帝對我的命令。一個虔誠的猶太人去做他受命要做的事情，對人民宣講《托拉》的真理，在這個時候，他就不會受到傷害，而上帝也會保護他，他的聲名也會永遠留存下來。

這樣，我把我的僕人打發了出去，僅僅讓忠誠的李芬利在我身邊，並命令布卡祖普陪著他。稍後，天色已晚，張延明來到了我這兒。他是高貴的白道古的顧問，也是醫學大師，很有學問。他問是否有人傷害我。我對他禮貌有加，這對一位年長者，對給我如此榮譽者，都是合適的。此外，既然他是在夜晚穿過城市的大街，摸黑來我這兒的，所以我就說，沒有什麼人傷害我，而他在夜晚冒著這麼大的危險，坐轎子穿過大街，以示領其心意，真應該感謝。

張延明回答道：「在過去，更夫晚上要走大半個城市，但是現在，確實有很多地方都變成危險地帶了。曾經有一度，如果人們發現過了法定的時間還有人在大街上行走，那麼就要按規定把他抓起來，到早晨再把他送到城市管理人那裡。但是現在，甚至連更夫也害怕年輕人施暴行兇，所以更夫們也已經停止在城裡走動，任由那些年輕人去行兇犯罪，這樣，那些作惡者就愈來愈多了。」

「晚上，城市裡很少有百姓敢走出家門⑰，只有那些想夜遊的人才出門。在過去，市裡日夜都有衛兵，有二百人之多，會迅速地趕去幫助百姓。一旦有固定的懲罰，就很少有人敢去搶劫左鄰右舍。」

「但是現在，大人，有些犯罪真是可怕，年輕人用刀殺戮婦女或破壞她們的貞節，有些人早已是白髮蒼蒼，但是他們也要對這些人施暴，或者把另外一些人慢慢地殺死，這樣死者的肢體就會被分割四處，他們則在遭受折磨之中死去。有一些人在城市裡四處走動，無惡不作，在達到目的而轉回家時，好像圓滿地完成了工作一樣；還有一些人在深夜四處出動，搶劫市民。」

張延明這麼說了各種情況以後，令人意想不到的是在這麼晚的時候，那魔鬼，或者說是叫安鳳山的人也來到了我的船艙，他說要進一步聽聽我充滿智慧的談話，對此而讚美上帝吧。我請他坐在我們中間，這是因為，即使魔鬼也是命令萬物的上帝送來的。隨後，我請求張延明繼續說下去，於是他就說道：「各位大人，人類如果不根據天下制定的一些法律而生活，又該如何生活呢？然而現在，這個城市的法官並不想去處死任何人，他們認為處死人是不公正的，即使這個人殺了人，該當死罪，也不應該處死。確實，有的法官對死刑和刑訊表現出畏懼萬分，甚至瞧不起那些主張暗殺以公正處罰的人。因此，即使一個人殺了很多人，他們也不判他死刑，而只是說，我們應該同情他。然而在過去，我們的祖先卻並不同情這些給他人造成傷害者，僅僅同情那些受害者，因為只有這樣，天下才可以和平安寧。」

魔鬼聽了他的話，但願上帝禁止，回答道：「但是老子說，一個人應該以德報怨，以便使惡人向善。」我回答道：「對邪惡的人，最好是按照一定的標準而給他們某些懲罰，作為回報。對邪惡的人行善，很少能使惡者變善，除非他們首先受到懲罰。此外，如果對邪惡的人好，那麼就混淆了好與壞，這樣年輕人就更容易受人引誘去傷害他人，並會認為幹壞事無所謂的。因此，諸位，懲處惡人，而不是對他們好，這對所有的人來說都是比較公平的。」

接著那魔鬼回答道：「你不可能像去追逐走失的豬那樣行動，因為人是一種不同的動物。你也不會因為把這頭豬牽回了豬圈就感到滿足，而是要把它的四個蹄子捆縛起來。」對此，仕紳張延明十分不敬地答道：「是的，就像孟子所說，人之所以異於禽獸者幾希。」

對他的話，我，雅各，說了下面的話，感謝上帝吧：「如果是這樣，那麼你們的孟子就錯了。因為上帝是按照祂自己的形象而造人的，雖然人違反了這個形象，但是上帝的其他生物卻並不能分享這個形象。沒有人的靈魂、人的理性，不想培養美德，他們就和人明顯不同了。」

聽了我的話，張延明回答道：「但是人的行為並不比那些動物做得好。確實，我們可以相信那些動物很糟糕，因為人擁有理性，就像這位虔誠的客人所主張的那樣，和野獸不同，人能夠區別是非。因此，懲罰其惡行就是公正的了。」

隨後那魔鬼，他的名字叫安鳳山，回答道：「那麼博學的大人，你會主張我們像韃靼人一樣，鞭打那些犯下小偷小摸罪的人，主張把那些偷馬賊攔腰一刀了事，主張像穆斯林人一樣，割去犯罪者的耳朵，砍斷其手指，以示懲罰嗎？或者我們要擰斷他們的脖子，就像在這個城市早先所做的那樣，或者用毒藥將他們殺死，或者將他們沉入大海使他們葬身魚腹？過去，人們是用大棒和小棍拷打他們⑱，直到打得他們皮開肉綻，呼天搶地，叫苦不迭。但是這種事情又怎麼能使一個人變好？」

博學的張延明回答道：「大人，這種懲罰的目的並不是要去使惡人變好，而是去警告其他一些人，讓他們不要去作惡，否則他們也會受到公正的懲罰。在韃靼人中間，人們並不需要牧民或者其他人去看守他們的牲口和財產，因為他們的法律非常嚴厲。一個作惡者，不但他自己會受到懲罰，而且他的兄弟和孩子也會受到懲罰，其中的罪大惡極者會像宰割一隻羊一樣而遭受凌遲處死。」

對他的話，安鳳山暴跳如雷，回答說：「你所說的其實是野獸的法律。人應該打破這種法律，其實這樣比懲罰得使人不像人要好。」

仕紳張延明回答道：「大錯。過去，在人們尚知道是非的時候，殺人者或者搶劫者就是違犯了天條。進一步來說，那些行為超越了一定標準者，那些對他人造成傷害者，其實也都處在危險之中，這並不是說他們的生命有什麼危險，而是說他們的自由或者他們的快樂也處於危險之中，有的人因為過錯和惡行而受到囚禁，有的人雖然可以自由，但是也會受到限制和禁止，有的人又會遭受流放⑲。但是現在，不但許多邪惡之徒沒有受到懲罰，而且他們還常常自由地行動，不受到任何限制，說是他們貧窮或者其他什麼原因，因此可以這麼做。」

對此，那魔鬼回答說：「但是，即使一個人很壞，對他造成傷害又怎麼能夠公正？」

張延明回答說：「你過於軟弱，你對他們一點也不了解。」魔鬼回答道：「就像孟子所說，以法之名而濫殺無辜，君子去其國也當。」張延明轉過來回答道：「但是孟子也說過，無惻隱之心者非人，無羞惡之心者非人，無是非之心者非人。」

我回答他說：「那麼孟子和我們的先賢也是一致的，願他們安寧。」

但是這個魔鬼聽了我們的話之後，卻遠遠沒有終止，又繼續說道：「囚徒⑳也是人。因此，無論他的過錯有多大，我們對囚徒也要尊重，也要保護他的人格。同時，我們也不能違反他的意志而強迫他做苦力，也不能在士兵面前羞辱他，相反，除了使他失去自由這一點之外，我們應該像對待自由人一樣地對待他㉑。」

「但是，甚至懲罰和譴責常常也是不公正的，比如一個人作了暴行，他自身並非殘暴，而只是靈魂卑汙，無知無識才這樣做的。這在年輕人最多。這些年輕人，雖然去傷害他人，常常也怒氣沖天，但不是由於他們自己的過錯，而是由於沒有人告訴他們所要注意之處。」

「進一步來說，囚徒表示後悔也是好的行為，即使他罪大惡極，也應該釋放他，這樣他就可以再一次追求自己的理想，當然，這些理想應該是符合法律的。這樣，我們就不是去剝奪這種人的自由，而是去使他理解自己行為的愚蠢，使他轉回到和其他人維持兄弟般的關係上來。一個人因為其行為，而要用一生的時間來承擔其後果，這不公平。相反，我們應該盡快地寬恕那些對城市造成傷害和犯了罪的人，這樣他們的生活就不會最終一無所獲了。」

這魔鬼是上帝派來考驗我這個虔誠者的。我對這魔鬼說：「年輕人，在這一點上，就像在其他所有的事情上一樣，避免極端才是明智的。最好的辦法是，只對那些對他人造成危險的人才予以監禁，並用鐐銬禁錮，而其餘的人則應該管制勞動。劣跡斑斑的人，我們當然不能釋放，也不能給予他們優美的花園、少女，但願上帝禁止這樣的事情，或者開胃的美酒，而是要他們去做苦工，要他們遵守嚴格的規章制度，提供給他們少量的食品。因為囚徒必須用痛苦的麵包和折磨的水來餵養才行。」

「你的推論並不足以去實行正義。這是因為，如果你既沒有教育孩子學會辨別是非，又沒有用一種適當的法律懲罰罪犯，以便維護法律的尊嚴，那麼你就不能期望你們的公民善良。」

這時夜已很深，博學的張延明仍想請我談一談猶太人，願上帝保佑他們，是怎麼談論正義，怎麼談論公正者的。於是我就說了下面的一席話，上帝是我這些話的嚮導：「我們的賢哲教導說，人人都知道是與非。因此，善者都希望能以正義來統治他們，而把非正義拋到一邊，因為這就像小鳥飛向鳥巢一樣，人的靈魂也趨向正義，讚美上帝吧。」

「同樣，人的邪惡也是意志的產物，因為人都是按照上帝的形象而創造的，都可以作善惡的選擇。人的犯罪也是從這種選擇中產生的，如果他的選擇是去作惡，那麼他就要付出代價，這對他的選擇來說也是公平的。進一步來說，如果否定這樣的真理，那就是罪上加罪㉒，因為這樣既無益於那些作惡者，也無益於那些受害者。」

「同樣，那些具有自由意志的人也不能說是他們天生就壞，這麼一說就好像一切都可以如此解釋了。因此當上帝，讚美祂吧，問邪惡的該隱，他為什麼殺死他的兄弟，此時，這個邪惡者回答說，我是完全清白的，過錯是你的過錯，因為是你賦予了我邪惡的本能。我們的邪惡之徒在他殺死其兄弟之後，就這樣極其狡猾地辯說，和光明之城裡你們的一些邪惡之徒搖脣鼓舌所說的一樣。」

「因為人人都可以在善惡的路口作出選擇，所以，每一個人對於他人都無疑是一種威脅。因此，如果是非難以確定，令人難以辨別，那就更加危險了，這樣，正直者的名字得不到祝福，但願上帝禁止這樣的事情，而邪惡者的名字也不會遭受毀滅。因此，非法的東西和合法的東西必須明確區分開來，這樣，你們城市的長者就不會對它們產生懷疑了。年輕人應該接受教導，了解什麼該做，什麼不該做，並且事前就知道其各種行為的後果，免得後悔不迭。」

「諸位，上帝並不希望人們有傷害他人的心思，這種心思產生於各種不同的原因，就像哲學家亞里士多德所說。有的是由於缺乏自我的克制，或者超過了常規；有的是由於誤用理性，或者出於欺騙；有的是出於某種人的野性，雖然他們和野獸迥然各異，但是他們卻像野獸一樣沒有惻隱之心。因此，我們對每個人都必須作不同的考慮，這樣才可以發現每個人邪惡的原因，才能給予他們適當的懲罰，這就是我們賢哲的智慧，願他們安寧。」

「同樣，懲罰也必須公正，要與所犯之罪對應。這就像我們的賢哲所說，只能是以眼還眼，以牙還牙，而不能是以眼還牙，或者以生命回報微不足道的傷害㉓，除非是兒子打了其父母，這是上帝所禁止的事情。」

「然而在他們中間，對他人造成最大的傷害者，也是那些意志薄弱或者靈魂有病的人。對此，我們的拉比摩西・本・邁蒙教導說，這些人應該向賢哲求教，向靈魂的大師求教。這些賢哲和大師可以現身說法，使這些人了解他們的道德品質，從而醫治這些人的疾病，使他們轉回到不偏不倚的路上。如果這些人不這樣做，那麼，我們就不能把他們看作有理性的一個人，也不能允許他們再生活於衆人之中，以免他們會貿然地把人打翻在地，或者對人作出其他嚴重的危害。」

「但是，就像我們的士師(judges)所教導的，願他們安寧，當一個人由於作惡而受審的時候，首先要讓他也心甘情願地接受審判的標準。如果證據確鑿，犯罪無誤，那麼我們的審判就不能温文爾雅了。」

此時，雖然我充滿智慧的談論使得魔鬼茫然不知所措，但是他還是再次否定我講出的真理之聲，認為那些作審判的人只會在原來傷害的基礎上增加傷害而已，並不能帶來和平和公平，只能給城市帶來仇恨和恐怖。

對他的言論，我根據我們賢哲的智慧而回答說：「確實，如果一個人有了悔改之意，那麼，挽救其生命比奪走其生命要好。確實，殘酷地折磨人的肉體也是錯誤而犯罪的行為，比如鞭打或者拷打被判刑者，這是上帝禁止的。因為這是虐待那些以上帝的形象而創造的人，是對人的尊嚴的不敬。」

「如果是為了一般人從中取樂而做這種事情，就像常常折磨我的兄弟，使他們痛苦那樣，願上帝保護他們，那麼就更是這樣了。但是，沒有嚴厲也就沒有真正的公正。因此，法官的判刑就必須既嚴厲又公正。即使法官顯示了慈悲憐憫，但是公正總是需要立場的堅定，沒有了堅定的立場，也就沒有尊嚴可說，因此也就會導致惡人去做更大的傷害。」

「年輕的先生㉔，人不應該出於錯誤的憐憫而害怕審判的嚴格。這是因為，雖然慈善的人總是希望避免給他人造成傷害，但是懲罰卻是對衆多疾病發揮作用的唯一補救之方。對光明之城來說，溫順或者同情並不是最好的補救方法，只有實行真正的公正，才是最佳的方法。張揚正義，作惡者就要為他的惡行而付出一定的代價，或者被處死，或者被排除於大衆之外，或者被剝奪在該城他所享有的權利㉕。」

「寬恕邪惡者比錯誤地懲罰無辜者會造成更大的傷害，確實是這樣。這是因為，在第一種情況下，邪惡者可能會再次作惡，給他人造成痛苦；而在第二種情況下，不過是法官為他的誤判而感到良心不安而已。但最重要的是，要反對那種讓作惡者逍遙法外的法律條文，否則惡行因為不受懲罰而不斷對別人產生傷害，導致錯誤。如果惡行不付出代價，那麼善行也毫無價值了。」

對我的這些話，博學的張延明高度地加以讚賞，並且說猶太人的賢哲真是世界上最聰明的人。

於是我又繼續發表看法，雖然這時天快要亮了。我說：「我們的賢哲教導說，一個人不應該由於自己的貪婪或其他錯誤而攪擾城市的安寧。因此，諸位，你們的城市就有必要加強守衛工作，這樣市民就可以免於生活在恐懼之中。如果市民總是要保衛他自己，保護他的財產，那麼邪惡之徒因為知道人們膽小怕事，就會變得更加猖狂放肆，而膽小怕事產生不了什麼善策，常常只能把怕事者交到邪惡者的手中。」

魔鬼並不同意我的話，他想提出反對意見，但還是對我俯首致敬。他說，我在辯論中要手腕，但願上帝禁止這樣的事情，並不是想使城市產生正義，而是想使城市的管理者能更好地統治百姓，日夜監督他們，就像父親對待兒子一樣。在這種情況下，這個城市和百姓就難以維持一個自由的狀態。

我回答說：「意見不一，爭論不休，是最糟糕的。比如人們毫不講理地相互打鬥，以武力代替他們的一切行為。同時，不分孩子還是大人，認為只有那些服從他們自己的意志的人，才有自由，這也是不對的㉖。這是因為，讓人們不情願地服從還能夠使這個城市處於和平之中，而純粹按照意志去行動將會摧毀城市自己㉗。進一步來說，唯有正義能夠確定不移，就像我業已說過的那樣，想破壞法律的人才會在其行為上有所收斂，作出更多合乎規範的事情，實際上這能給他更多的真理的自由(freedom in truth)，而不是他擁有的、必定導致作惡的自由。」

「因此，你們法律上允許做的許多事情，你們必須加以禁止㉘。這是因為，雖然人與動物不同，但是，放縱的人和放縱的獒是一樣的。如果這兩者沒有變得野性大發，那麼，他們就都需要服從規範的指揮，都要接受教育，了解如何在人類社會中和平地生活。我們必須與邪惡鬥爭，然而你們的城市卻把一切都交給了邪惡之徒，這樣，錯誤就會放任自流，不受懲罰，在上帝的眼中，這種城市就該受到詛咒，頌揚上帝吧。」

「但是，人絕不能這樣偏離正義的軌道，這樣就可以品嘗到真正的正義帶來的一切，讚美上帝吧。」

博學的大師張延明對我說的話大為讚賞，他說我應該在政府官員和長者的集會上再講一次話，因為天亮以後，他們還想在城市的混亂中達成共識。

但是魔鬼，願上帝最終將他打倒，又站起來說：「遠方的遊客，你口出惡言。你為正義而自找罪受，說是代表真理，所說的卻不過是你的教義而已。你假借智慧的名義，但你許諾的僅僅是恐懼與不協調，所以老百姓絕不會聽從你。進一步來說，很少有人會選擇你的方法，因為這是俯首屈從的方法，不是自由判斷的方法。你也不會明白人們應予懲罰的真正目的，因為你認為嚴厲就是公正，悲天憫人會給這個城市帶來傷害。因此，你最好從我們這裡滾出去，免得你的勸說給我們帶來更大的混亂。」

上帝帶領我步入了《托拉》的真理之路，為上帝的名字之故，我回答他說：「懲罰一個人的目的是使他感到羞恥㉙。如果他沒有羞恥之感，他也就不想去改變他的行為，而只能永遠停留在他的靈魂的黑暗之中。這種黑暗，唯有正義之光才可以照亮。進一步來說，如果能夠使他產生羞恥之心，那麼也就能使他常常對其惡行產生悔恨，這樣，公民們就可以比較容易讓他去盡自己的職責，如果上帝許可的話。正如眼睛的光是來自眼睛的黑暗一樣，如果一個人受到了公平的懲罰，那麼，善也就可以從惡中產生。但是，為了達到這個目的，正義就必須是積極的，這樣就可以制服從此出現的一切邪惡了。」

「因此，上帝用祂的正義賦予律法以尊嚴，賦予它榮譽，因為是律法把人和上帝聯繫一起的，讚美祂吧，是律法使人達到至善。進一步來說，如果一個人尊重律法，那麼他也應該受到大眾的尊重；如果一個人使律法蒙羞，那麼他自己也應該為人所不齒。」

「諸位，這就是猶太人關於律法的教導。」

現在已經是阿達爾月的第二十二天了㉚，晨光乍露，為此而讚美上帝吧。博學的張延明以及上面所說的安鳳山起身告辭，於是我可以去完成我的功課，小作休息㉛。這時，有一些衛兵來到了我這兒，命令說，我應該在日落之前離開這個城市和這個國家。這是因為我的智慧所帶來的回報。但是我決定，讚美上帝吧，儘管有這樣的一個命令，我還是應該根據高貴的白道古的意思，願他的名字被記錄下來，按照大師張延明的意思，願他安寧，再次去面對光明之城的官員和長者。

隨後，當忠誠的李芬利還在休息的時候，我喊來了我的辦事員阿曼圖喬，告訴他，我要去參加該城官員和長者的會議，但是我的船隻應該同時作好啟航的準備。

在長者之中，一派和另一派現在相互對立，每一派都發誓要攻擊對方，攻擊所有那些他們認為給城市帶來傷害的人。因此，阿曼圖喬由我的兄弟納森陪同，根據我的指示，立刻去了港口碼頭，以準備好一切，把各種食品也準備妥當。

隨後，我的僕人伯托妮也來了，她希望馬上動身，毫不拖延。她膽戰心驚地說，人人都在說，城中的占卜者們宣稱有極其嚇人的不祥之兆，這一點，甚至一個虔誠的人也是可以相信的。因為城市混亂不堪，各種神祕的事情將要在該城發生。但是我沒有去聽她的請求，為我的勇敢而讚美上帝吧，這是因為，我首先要把我最後的忠告帶給這個城市，這樣才有可能把這個城市從它的敵人手中解救出來，如果上帝許可的話。

我的僕人布卡祖普也來了，她含著眼淚請求我說，她應該留在光明之城，走她自己的路。我對她的憂傷報以極大的同情，她雖然年輕，但是卻好像完全失望。因此，我輕聲細語地責備她，並說她不能留下來，因為那樣會非常危險。這個城市正處在這種危險之中，她會在韃靼人到來的時候毀滅。此外我又告訴她，把她安全地帶回她的國土，這是我的責任，因此，她應該作好動身的準備。

這樣，我在我兄弟納森・本・達塔羅的房間裡安排好了一切事情，同時把忠誠的李芬利喊醒，願他安寧。然後，我們就動身去城市衙門的大廳，其他一些人也蜂擁而至，許多老百姓想傾聽究竟說什麼㉜。然而，他們就像一群羊，由於牧羊人的疏忽而四散走動，但是他們並不是想為大衆的幸福，只是為他們自己各種各樣的目的而已。現在，所有的人都在擔心，每一個人會根據自己的意志和願望而做什麼。在他們中間，幾乎沒有什麼協調之處。因此，可以說，光明之城儘管還沒有被韃靼人所佔領，上帝禁止這樣的事情，其實已經毀滅了。

這樣，我，安科納的雅各，讚美上帝吧，最後一次來到了會場，城市的所有長者、顧問、商人和賢達，連同其他一些高級官員㉝，全都聚集在這兒。現在我來到這兒，就可以幫助高貴的白道古㉞，給予他聰明的指導，這樣，這個城市就有可能得救了。

長官首先在他們面前說道：「諸位，讓邪惡的傢伙滾到外面去，唯有善良的人才能進來；讓竊賊和惡棍滾出去，唯有熱愛良言美德的人，關心城市安全的人才可以進來！讓那些說話簡短而有禮貌的人發言，這樣比較合適，不能惡言穢語地傷人！讓我們中間既沒有紅嘴，也沒有白舌㉟！」這就是說，按照他們的語言是既不憤怒也不虛假。

因此，許多人對他們的偶像作了膜拜，但願上帝禁止這樣的事情，人們說話都帶著對城市所遭受痛苦的深切感受，有的是這個意見，有的是那個意見，沒有誰能說服衆人，也沒有誰能使得大家一致同意他來管理這個城市。此外，仕紳們也毫不讓步，仍然爭來吵去，人人都只不過想用不正當的方式佔他人上風，而在他們中間，有的人因為不想與人為善，甚至否認他們的城市處於危險之中。

人與人之間，你恨我我恨你，城中的商人飛揚跋扈，長者對大衆的邪惡感到絶望，信心頓失。我突然產生了一個偉大的念頭，勇氣大增㊱。儘管他們中間有很多人對我怨恨不已，但是其他人也還對我非常尊敬，於是我謙恭地請求長官，願他安寧，允許我借助忠誠的李芬利而發表講話。然而衛兵卻根本不允許，説是我已經接到了離開這個城市和國家的命令。商人和仕紳中的一些人也大聲喊叫，説我是一個外國人，是一個沒有智慧的人，對此，願上帝在最後審判之日把他們打倒吧。

但是，高貴的白道古和博學的張延明，連同大賢哲何祝申一起，請求聽我講話，因此我説了下面的話，讚美上帝吧！「諸位，在上帝和人的眼中，我們的義務就是要處於世間萬物的中心。因此，智者的任務就是去探求和回答這種義務是什麼，為了世代人民的福利而教育他們這種義務。」我説上面的這些話，心靈充滿了活力，博得了上帝的靈啟，讚美上帝吧！然後，我又繼續説道：「如果人人都想從這個城市攫取財物，你攫取我的財物，我攫取你的財物，沒有人想去奉獻，那麼大衆又如何繁榮發展？除非大多數公民㊲都知道，他們的城市是正義的源泉，人人都有義務來保衛，否則，光明之城自身如何抵禦敵人的進攻？因此，必須讓每一個人都明白他的義務，這樣城市才可以得救㊳。」

「義務是生存的中心，是人的本質，我們的責任就在於去完成我們的職責，這是一個人永遠要做的唯一之事，對此而讚美上帝吧。此外，要教育每一個公民，使他們分辨清楚，什麼是有能力做的，什麼是允許去做的，這樣就可以避免各種衝突，避免過多的追求了。」

「此外，公民必須遵守這個城市的法令，而城市的法令也必須加強，人民必須按約㊴而完成他們的任務，並不是單純要去服從，而是為了保衛城市。進一步來說，城市的統治者必須大膽地把壞公民從公民中挑出來，如果這種人既不願意去為他人謀利，更有甚的是繼續傷害他人，那麼，你們就必須用公正的形式處罰他，或者把他趕出這個城市。」

「同樣，執政者或者負責公民事務㊵的人，除了其他職責，最重要的職責就是要為城市行善。因此，唯有廉潔奉公者才值得人民的信賴，可以管理這個城市。要把那些不值得這種信賴的人打發開去。一個公民，如果盡職盡責，忠於職守，就不應該貪求或者接受財物，因為這是不名譽的事情。相反，你們必須告訴執政官，公正地獎賞那些值得獎賞的人，打擊那些背叛這個城市的人，作為一個執政官，是一種榮譽。」

我的話語淹沒在一片嘈雜的聲音中，有的人嘖嘖稱讚，有的人對我加以譴責。高貴的白道古雖然年老體弱，在這個情況下站起來，說了下面一些話：「我們的責任就是去規範這個世俗的世界，就像這個聰明的猶太人所說的那樣。即使當我們到達既沒有形式也沒有質料、既不存在地位也不存在名聲的混沌之境時，我們也仍然應該尋求天下的秩序，就像孔子教導我們的那樣。這是因為，如果一個城市有很多百姓不去注意他們在人生關係㊶中的責任，那麼上天就不可能讓這種城市長久存在。正如博學的猶太人教導我們的，教育大人小孩，讓他們知道什麼是自己的責任，喚起每一個人的意志，讓他們去完成這些責任，這應該是我們的目的。但是，大衆之間如果不能實現均衡的關係，全城或者全國就不可能產生這種意志。既然富人的吝嗇和富裕，使得光明之城貧富懸殊，那麼我們就必須改正這種貧富懸殊的現象，每個人承擔責任的大小，應該同他們的財富成比例。」

「唯有富人承擔了比窮人更多的責任，發號施令者承擔了比俯首聽令者更多的責任，天下才會有一個公正的秩序。」

但是，高貴的白道古所說的這些話，引起了商人一派的強烈反感，因為他們對於富人要比其他人承擔更多的義務的說法，遠遠不能接受。商人羅達第憤怒地站起來說道，用這樣的手段，那就是要把那些給城市帶來好處的商人趕走，而有些商人已經被人殺死，真不道德。此外，這個羅達第又造謠中傷說，我，安科納的雅各，所說的話只能在群衆中引起不和，只是給那些試圖危害城市最高權力者的人出謀劃策而已，這是上帝禁止的。

於是，他用手惡毒地指著我，這使我在位子上顫抖不已，願上帝寬恕我膽小害怕，他聲稱，所有的人都知道衛兵發布的命令，日落以前我必須離開。

但是我不再膽怯，讚美上帝吧，由於祂的指導，使我從膽小怕事而變得勇敢無畏，於是我說了下面的話：「諸位，我的建議絕非出自邪惡之人，而是出自當他看到並明白了許多事理的智者，感謝上帝吧。就像我相信的那樣，雖然一種規則適合一種人，另一種適合另一種人，每一座城市都可以產生適合該城市自身的法律，但是我也相信，一個國家的人民作為美德和公正的東西，也是其他國家的人民作為美德和公正的東西。」

「因為我們都是按照上帝的形象而創造的，猶太人和異教徒也是一樣的人，因此就都同樣具有服從道德法律的義務。此外，在每個人的心中，都有著義務的形象(the image of duty)[42]，上帝召喚我們人人都去面對這個義務的形象，讚美祂吧，不僅僅是為了讚美祂，而且也是為了使人們可以和他們的鄰里和睦相處。」

「我說的這個義務就是去考慮他人，並且用行動來表現這一點。這樣，人的義務就包含兩個方面，雖然它們常常混淆一起：一個是心的義務，同思想發生關係，是義務的內在部分；一個是世俗的義務，關係到對他人的行為作用。」

「在這些義務中，最大的義務是讚美和敬畏上帝，頌揚祂吧，是維繫和尊敬他人的生命，是維繫和尊敬其他神聖創造物的生命，是作為按上帝形象而創造的人，帶著尊嚴、按照理性而生活的義務，是學習和工作的義務。這樣，我們就可以把榮譽歸於上帝，歸於我們自己，歸於其他人，這樣我們就可以為公共之善——如果上帝許可的話——奉獻出我們的力量。僅僅生兒育女是不夠的，我們必須照料他們，給他們合適的營養，確保在大是大非的問題上對他們進行教育。此外，在敬畏上帝中，我們還應該顯示對動物以及植物的敬畏，它們是地球根據上帝的命令而產生的，因此人對它們也具有一種義務。雖然它們沒有靈魂和理性，我們也不能無緣無故地傷害它們。」

「用這種關注的方法，每個人如果能完成他的義務，那麼他就可以把他所應做的一切都獻給上帝，獻給其他人，這樣，因為人人都照顧了他人，每個人的立身行事不是像你們城市的公民那樣，而是作為一個循規蹈矩的人所應該做的那樣，那麼也就使城市得到了保護。」

為我所說的這些話而讚美上帝吧。這時，商人中的幾個領袖也在人群中憤怒地說個不已，而前面說到的華應綬，在聽了我的話以後，發問道：「但是，這個城市對公民的義務又是什麼？城市沒有義務嗎？或者百姓必須一直跪倒在富人的腳下，以博得他們的歡心嗎？」

我回答道：「年輕人，你的問題比你們城市中那些商人提出的問題聰明，他們對城市所遭受的痛苦一點也不理解。如果你對一個公民不盡責，那麼你就不能期望他能恪盡職守。責任是雙方的，是公平的，就像一條紐帶在大衆中間起的作用一樣。進一步來說，如果我完成了我的責任，我的鄰居也必須完成他的責任，就像統治者要求我們盡職盡責，他們自己也必須完成對我們的責任一樣。」

隨後，高貴的白道古說道：「我們的城市確實已經忘記了它對天下的責任，而虔誠的猶太人卻給予了我們偉大的智慧。如果我們不去恭敬小心，上天自身就不會再照顧我們，而天下的人也就會仇恨那些試圖喚起他們責任的人。除非有人用聰明的方式，就像猶太人教導我們的那樣，帶領我們前進，否則，我們的城市就要遭受滅頂之災。」

我在大衆的集會上又回答道：「高貴的白道古對我稱譽有加，為此而讚美上帝吧。諸位，你們在許多事情上確實都失敗了，所以，你們應該傾聽一個比你們聰明一點的人所說的話，雖然傾聽也會含羞帶恨。」

聽到我的這些話，大廳裡響起了一片反對我的叫喊聲、尖叫聲㊸，但是上帝，讚美祂吧，卻鼓勵我，要我不要畏懼。這時，商人中有一個人放肆地大喊，說是服從我們的祖先，僅僅考慮他人的好處，都是奴隸做的事，並不是具有意志和自尊的人所做的工作。

對此我回答道：「諸位，唯有某些人才會主動地肩負起救濟他人、為他人謀利的義務。這些人是那種全心全意地使人們，而不僅僅使他們自己，能夠安全而滿意地生活的人。因為在他們的靈魂中，有一個上帝賜予他們的東西，它比最優美的寶石還要珍貴，這就是為公共福利服務的願望。」

「特別是在城市動盪不安和危機四伏時期，所有的人都必須具有這種願望，認真而循規蹈矩地做事㊹。然而在光明之城，你們面臨的危險更大，因為你們許多人認為，人人對他內心渴求的東西都有權利，認為這樣的慾望高於其他一切。在這個地方，你們是全世界最愚蠢的人，因為沒有哪個城市和國家能單獨承受得了橫流的人慾。」

「相反，為了拯救你們的城市，你們首先要鬆開貪婪的拳頭，伸出仁義之手，如果上帝許可㊺。此外，公民應該做他分內的事情，在責任的道路上既不要退卻也不轉向㊻，這一點必須成為大衆的規則，自願地承擔這樣的責任，比在強迫之下去做要更好。」

「但是，如果在必要的時候也不強制性地對人們賦予義務，這本身就是對那些願意自覺地依照義務行事的人的一種傷害。同樣，如果有人專門去做其他人主動疏忽的事情，那麼，人們對於他所在城市法律的信仰就無足輕重。因此，所有的人都必須養成習慣㊼，去恪盡他們的義務。到了最後，所有的人都能自願去做那些開始是出於畏懼而讓他們做的事情，那麼所有的人就都可以過上一個安静的生活了。」

儘管我的話充滿了智慧，但是我四周的敵人似乎也增加了。商人羅達第説，我的話是使這個城市喪失財富和輝煌，是熄滅城市光芒的信條。但是我的論辯卻是井井有條，讚美上帝吧。在他們中間，商人也好，仕紳也好，都沒有人比我講得更好。除了圍繞在高貴的白道古四周的人，其他人很少能把對這個城市的責任作為一個整體來看，人人都僅僅關注自身的利益。因此，他們遠遠不能從這種混亂中擺脱出來，而是像魚一樣，在乾涸的土地上垂死掙扎，又像無錨的船一樣，脱離了航線，這樣，一個聰明的人只能對他們的痛苦報以同情。

一個又一個人出於自身的願望而憤怒地發言，但是誰也不能令他人信服他的話，相互之間的猜疑心重到了極點。於是，我明白了，人人的心中都是盲目一片，連他們中間最聰明的人也不例外；我也明白了《托拉》的大智大慧，為其慷慨的贈與而頌揚上帝吧。異教徒短視無方，博學的猶太人永遠都要起到為異教徒㊽顯現光芒的作用。

這樣，我，安科納的雅各・本・所羅門就對他們說道：「你們沒有真正的上帝，讚美祂吧，除了商人的信仰，也沒有其他任何信仰。當此之時，你們就必然是在沒有指導或者規戒的情況下生活了，甚至忘記了生死，忘記了時光的流逝，這是上帝禁止的。」

「但是，人不能僅僅為了低級的目的而生活，這會由於他們自己的邪惡和愚蠢而給大部分人造成痛苦。因此，如果你們想引發善念，引發那可以在一切有理性的人中發現的東西，你們就最好去為這個城市服務，也為你們自己服務。這樣，人人都希望愛他人更甚於愛他們自己，人人也都希望用他們的善行來滿足他人的需要，人人都希望因為他們已經做的一切，受到這個城市的讚揚。」

「進一步來說，如果你們希望和平而富有地生活，就不能讓別人和你們自己逃避各種責任，就不能允許別人和你們自己不關心各種事情，而僅注意自己的私慾。一個人沒有責任，最終會像一隻失去主人的狗，盲目地奔來跑去，對路人狂吠不已，希望它的主人把它牽回去，這樣它才能重新知道它應該做什麼㊾。同樣，喚起人們的責任心並不是讓他們受到束縛，屈從他人，使他們毫無意志力，而是要教育他們知道應該做什麼樣的人，而完成這些責任也就是拯救你們城市的唯一方法。」

「此時你們處於危險之中，只有掉轉航向，以便維護和平，讓公正和理性在你們的國家再一次出現。如果你們不這樣去做，你們就不但要在這動盪不安之中找不到堅實的立足之所，而且會一併失去你們的自由和國家。如果這個美麗的光明之城，由於商人的貪婪、仕紳的愚蠢以及人民的邪惡而毀於韃靼人之手，那就足以給全世界留下了口實，你們也永遠難以洗刷其中的恥辱㊿。」

我這樣講了之後，前面說到的那個姓張者㊿，願他不得好死，勃然大怒，居然跑過來一拳打到我的嘴上，但願上帝禁止這樣的事情，大喊大叫，說我放肆，要把我帶下去。同時，也有許多人大叫不已，說我應該馬上從這個城市滾走。但是，有幾個衛兵跑過來幫助我，為上帝的寬仁慈愛而崇仰祂吧、頌揚祂吧。其中有一個衛兵對大會聲稱，我應該在日落時分離開。聽到這些話，有的商人和仕紳洋洋得意，大笑不已，這使我內心感到非常痛苦。

這時，高貴的白道古，願其聲名受到讚美㊷，站起來說道：「這個猶太人教育我們，聰明睿智，但是你們的言行卻傷天害理。動手打我們高貴的客人，你們已經把道德法律忘得一乾二淨。孔子說己所不欲，勿施於人㊸，我們想要別人怎樣對我們，我們就應該怎樣去對別人；我們想要兒子怎樣侍奉我們，我們就應該怎樣侍奉我們的父親；想要弟弟怎樣對我們，我們就應該怎樣對待我們的兄長。此外，行為公正合理是我們的責任，因為正確的行為和責任原本就是一而不是二。」

「這樣，我們必須尊敬賢良之人，就像這位聰明的猶太人所說的那樣，對我們的親友負責，扶助弱者，尊敬遠方來的客人㊹。他們來時，我們歡迎；留下時，我們給予照顧和幫助；走時，我們保護他們的安全。如果不這樣去做，那就攪亂了天的和諧。」

隨後，有一個商人問道：「這位客人要干涉我們城市的事務，我們應該如何對待他？」有一個仕紳也說道：「並非人人都能得到幫助，同理，也非每一個來客都是賢良之人。」聽了他的話，許多人都毫不羞恥地笑了。

但是，高貴的白道古回答他們說：「就像孟子所說的，如果一個人想成為一個君主，他就必須完成君主應負的責任；想成為一個公民，他就必須完成一個公民應負的責任。君主能盡職盡責，公民也就更樂意去盡職盡責。但是，如果君主不盡其責，那麼公民也就不會盡其責任了。」

隨後，年輕的華應綬對高貴的白道古深鞠一躬，問他什麼是公民的最重要職責。白道古回答他說：「年輕人，一個人肩負的職責有很多㊿，但是兒子對其祖先的責任卻是最高的。」

對此，年輕人回答道：「遵守這一點，有多少窮人能夠以食果腹，以衣蔽體？」

聽到這一點，我因為不能再沉默下去，感謝上帝，於是說道：「就我所知和所能談論者來說，這個城市的富人確實擁有大量的財富，但是你們中間大多數窮人也並無衣食之虞㊵，讚美上帝吧，這還不說其他許多東西。然而像你這樣的人，抱怨什麼不公正，好像每個窮人都應該是國王，輕鬆自如地生活；除了自由支配時間，隨他的心意之外，沒有人應該做什麼工作。如果是這樣，一個人的義務又會成為什麼東西呢？」

對此，商人羅達第放肆地回答說：「現在並不是說責任的時候，因為我們的義務已經足夠多了；相反，現在倒是談論一個人如何可以隨意做事，追求自己的理想，又如何可以得到保護的時候。」

白道古對他說：「輕易開口者是這樣做的，因為他根本不知道政府的職能。」對白道古的話，許多商人加以嘲笑，但願上帝禁止這樣的事情，因為他頭髮已白，應該受到人們的尊敬。

年輕的華應綬讓他們安靜下來，然後說道：「你們嘲笑他，但是發財又能怎麼樣？窮人不能去做其他事情，而你們假如也不去選擇，這不是連你們自己也把工作的義務放棄了嗎？別人必須肩負著沉重的木頭，而你們卻躺在鬆軟的臥榻上㊶，四周有僕人侍候，這不是很不公平嗎？」忠誠的李芬利告訴我，華應綬是一個地主的兒子，並不知道這種勞動的辛苦，為了他的聲名，所以他說這一切都慷慨激昂，假裝他是大衆中間年輕的一員㊿。白道古憤怒地回答道：「你具有為窮人㊾的獅子頭、獅子眼，但是卻沒有為國家的東西。」

但是，年輕人立即回答道：「你談論義務，只是希望人們去服從他們的君主；你談論服務，卻只是想使百姓為天子提供金錢，向天子效忠；你要尋找人與人的紐帶，卻只是想把人民用鎖鏈捆縛一起。」對於他所說的話，我這樣回答說，上帝在指導我講話，「年輕人，你相信你的意見很不錯、很周全，並相信堅持這種意見的人也是很不錯的人、很有價值的人。但是就遭受的奴役來說，心靈受到錯誤觀念的束縛而遭受的奴役才是最大的奴役，比如說，有人認為，為了這個城市的繁榮昌盛，不需要人們去盡職盡責，在盡職盡責者和不盡職盡責者之間，我們也不需要作什麼區別，這就是錯誤的觀念。」

「這是因為，如果我們認為缺少美德，並不比具有美德和善少得什麼報酬，那麼這就是對我們的一種束縛，因為為了相信這種事情，人的靈魂就必須自身屈服於謬誤。你嘲笑責任，但是一個人如果也這樣看待責任，那麼他就會認為，不管一個公民是好人還是壞人，幹好事還是幹壞事，一切都無關緊要了。」

當他明白了我說的話之後，年輕人不知道說什麼為好，沉默了下來，因為我的論辯非常成熟，令人無懈可擊。

但是，那魔鬼從他的位置上站了起來，這就是安鳳山。他命令所有的人都保持安靜，並向我鞠躬，對此而讚美上帝吧，然後他說道：「但是諸位，像公民是善是惡一類的問題，誰又去作出決定呢？你，遠方來的客人，能斷定你們的鄰里中間誰好誰壞，誰完成了他的職責，誰又沒有完成他的職責？你說了這麼多的真理和謬誤，但是，並沒有人足以完善到能評判他人德行的地步。無論一個人多麼虔誠，他自己都是好與壞的混合物，有時比別人好，有時比別人壞，這不是最偉大的真理嗎？」

「你作為客人而來到一個城市，堅持一種特殊的信念，並要把這種信念作為世上唯一的信念而十分得意地加在他人頭上，不也是這種情況嗎？我並不關心你的上帝或者你的賢哲，但是我自己明白什麼是正確的行為，什麼是錯誤的行為，然而我們並沒有讀過你們的經典⑹，雖然它們也可能是聰明的。」

我不想聽這魔鬼的話，感謝上帝給予我力量，於是我在他們面前說道，「安鳳山的話是違反理性的，如果沒有人可以評判他人的德行，那麼在這個國家就沒有正義和法律了。」但是這魔鬼仍然沒有停止，但願上帝禁止這樣的事情，並且力量倍增，在他的臉上似乎還有一種歡欣鼓舞的神色，他回答說：「諸位，恰好相反，我們是堅持理性的，而他本人反對我們倒是違反理性，因為我們是想去發現萬物的真正的原因和結果。」

「因此我們認為，如果那些並不希望所有的百姓都能過上好日子的人，對我們作強行統治，高高在上，如果以城市的善為衡量標準，這就是違反理性的。那些僅僅代表富人說話的人，也不能保衛這個城市，這是因為只有那些能夠鼓勵所有的人——無論富人還是窮人——都能夠自由追求他們自己的目的的人才能夠領導大眾，能夠贏得全體人民的忠誠和服從⑹。」

我回答他說，上帝在指引著我的道路：「你說誰也沒有資格去判斷他人的德行，然而你自己卻斷言什麼符合理性，什麼不符合理性。同樣，你指責虔誠的人，因為他說他這一邊全都正確，別人一邊全都不正確，但是你自己不是也這樣做嗎？」

「哦，魔鬼，你說你的敵人所作的一切判斷都沒有是非好壞，然而你同時又說一切事情都是好與壞的混合物，又說誰也不能決定是與非，但是對每一個人來說，也都同樣可以帶來榮譽和善良。如果是這樣，你的見解就沒有任何意義，因為你既沒有邏輯也沒有根據，既沒有原因也沒有理性⑫，這樣，對任何人也都不能起到指導作用了。」

在高貴的白道古四周的人，以及一些仕紳，都嘲笑安鳳山，為此而讚美上帝吧。但是，這個魔鬼怒不可遏，緊握拳頭，回答道：「猶太人，你嘲笑我而對我造成了極大的傷害，因此，我要求你停止對我做任何嘲笑。我們友好而和善地接待了你，但是現在，我們將按照理性的要求而處理這件事情⑬。我們寧願死在韃靼人的手中，也不會允許那些阻礙他人自由意志和正確的願望的人留在光明之城。」魔鬼用這種方式說話，而仕紳們則膽怯地保持沉默，害怕作任何回答。」

高貴的白道古儘管非常虛弱，這時卻獨自站了起來，回答安鳳山說：「曾經有一度，每一級別的政府官員，其披風都有相應的顏色，低級官員大多數是黑色和白色，三級以上是紫色，六級以上是朱紅色，七級以上是青色，九級以上是天色⑭。但是，現在卻全都是紫色，沒有區別，在我們中間全都混淆了。」

白道古說的這些話，使會場裡笑聲不絕，亂糟糟一片，什麼也聽不見。長官和衛兵只好制止會場的喧嚷聲，喝令安靜。

這時，那魔鬼又恬不知恥地對高貴的白道古說道：「那麼老頭子(old man)，僅僅因為你年長，因為你衣服的顏色，我們就要尊敬你嗎？你的美德又在何處，使得你指責每一個人而不指責你自己？」

白道古回答道：「我也指責自己，安鳳山，不過在仍然還有時間的時候，我並不和你對抗，也不要他人去和你對抗。因為你和你一類的人都是一些想當官者，現在卻鄙視你們的年長者，惡言穢語，甚至還準備對我們施暴。」

「過去，不但我們中間無人不知其責任，就像這位猶太人演講所說，而且所有那些具有同樣頭銜的人，相互之間也都具有責任的約束，人人都根據天道而竭盡所能。但是現在，許許多多的人脫離了他們的家庭、父母和孩子，到光明之城來尋歡作樂，追求財富，這樣就不再有什麼秩序了。」

商人羅達第回答他說：「你是一個愚蠢的老人。你夢想的城市只是一個死亡之所，是一個僅僅適合神仙而不適合人居住的地方。人受到物質和時間的限制，死亡是他們的必然，而你尋找的世界則是一個他們不能生活的地方，在未來的日子裡也沒有誰去居住。」

通過忠誠的李芬利的翻譯，我聽到了這種放肆的語言，為整個人類而悲傷哭泣，同時我也看到，許多人都指著我，對我的悲痛而大笑不已。

這樣，我，雅各·本·所羅門·以色列，就對他們說道：「諸位，一個任人為所欲為的城市，必然會使所有的居住者都成為不幸的人，因為沒有規則就不可能有幸福，沒有禁律就不可能有規則，唯有上帝的力量是無限的，讚美祂吧。但是在人的世界，不可能有秩序、正義、信仰而沒有禁律㊅和限制。」

隨後羅達第作了回答，他的話是世界上從沒有聽說過的，願上帝寬恕我寫下這一切：「諸位，我們只能確定人們低下的情感。因為這些情感和人們低下的慾望聯繫一起，所以別人也都可以依靠這些情感。但是你所說的高尚品德，只能在少數人中得以發現，而且還隨風變化不定，所以，沒有誰會相信它們而不受到捉弄。因此，和你所說的真理不同，我們所說的真理和其他所有的人所說的真理，都必須保護他們自己，以免受到你的各種謬論的影響。」

這樣，在羅達第的幫助下，那魔鬼，願上帝把他打倒，又繼續去探求他自己邪惡的目的，應該承認，他的信念確實非常堅定，他最後對我們說道：「諸位，你們的原則充滿了欺騙性，因為你們只有一個信念，暗底裡認為，唯有百姓出於恐懼而屈從，和平才可以得到保持。Anfesu(韓非子)就是這樣教導的，而你也是這樣相信的，只是你缺乏勇氣把它說出來罷了。」[66]

此時，我好像聽到在我上面有死亡天使拍打翅膀的聲音，但願上帝禁止這樣的事情。天暗了下來，雷聲轟鳴，高貴的白道古儘管內心極其痛苦，卻仍然想把人的尊嚴維持到底，願上帝救贖他的靈魂吧。

這樣，他就對羅達第以及安鳳山說道：「兩位都有點像孫卿子(Cienciunsu)一樣，因為孫卿子希望人們把他當作一個真正的人，但是他自己卻無視他的義務。你羅達第因為擁有大量的財富，所以也認為自己可以任意而為，而窮人因為貧窮，認為他也可以免於一切責任。因此，富人和窮人現在都以各自的方式，認為自己可以超越法律的限制，只要服從他們自己的意志就可以了。但是這兩者都不是真正的公民，因為他們一個是屈從於其財富，一個是屈從於其需要。然而，你羅達第則更為惡劣，因為你希望為韃靼人而背叛你的城市，在你們中間，人人都想富裕而不想投入戰鬥。」

對此，羅達第簡短地回答道：「老頭子，你的這些話和我沒有關係。你落伍了，我們不會再聽你的了。」

聽到這些話，因為沒有人敢站起來反對撒旦的使者，因此我說道：「諸位，我們所說的這些原則是公正的，直到世界的末日也公正不移，讚美上帝吧。這是因為，除非人人都對他人盡職盡責，否則，他的城市就不可能存在。此外，高貴的白道古所說的那些事情，比如他說富人和窮人不關心其他，僅僅關心他們自己，這些話都說得十分明智。」

「一個博學之人，他的建議受到某些人的歡迎，而沒有受到另外一些人的歡迎，這也是可以理解的。這是因為，雖然自創世以來，這些見解是人類所提出的最聰明的，就像我們的所羅門所提出的那些見解，但是，總會有一些人嫉妒提出這些見解的人，因此，他們也就會為此而受到排斥。」

聽到我的話，前面說到的那個曾打過我的姓張的仕紳，願上帝把他打倒，回答道：「大人，我們並無意嫉妒你，因為你所說的一切，我們其實都已經知道。確實，我們很久以前也堅持你在我們城市所說的這些意見，所以也就是說，你所說的話並沒有什麼可以啟發我們的東西。然而在我們中間也有一些病態十足的人，白道古就竭力想帶著他們來反對這個城市。這些人垂涎他人花園的果實，因為低賤，他們發現這種果實比他們自己的果實更加甜美。」

「這樣，他們就把猶太人，一個遠道而來的客人，奉為上賓，榮光備至，比對我們自家人更高了許多。同樣，他來自外國土地，聲稱自己是一個賢哲，人們也就不管他是否真的聰明，就把他作為賢哲來對待了。」

這時，另外一個仕紳又增加了幾句話：「博學的張是大衆裡面最聰明的人，他說得很對。這個猶太人所說的話，我們不是早已經知道了嗎？而我們不知道的事情，不是空空洞洞，毫無價值嗎？我們不總是相信，一個人應該虔誠，應該做他必須做的事情嗎？既然如此，既然他說的所有原則，長久以來，我們就像我們的父輩一樣，一直遵從不悖，那麼，高貴的白道古為什麼還要拜倒在這個客人面前？」

第三個仕紳宣布道：「有一道聖旨已經送到了我們城市，裡面說，在我們危險的時候，外來人是不會給我們任何忠告的。」

光明之城的仕紳們心中充滿了仇恨，說了這一切，而死亡天使，但願上帝禁止這樣的事情，已經進入了會場，站在了我們中間。

高貴的白道古，願他的名字永存，好像知道他的死亡就在眼前，說道：「諸位，自從上古以來，我們就是治世少而亂世多。然而在每一個時代，百姓們都希望在風調雨順中安寧地生活，希望沒有什麼狂風暴雨。在過去，當危險的時候，我們就轉向我們的皇帝和大臣，希望他們來使國家恢復和平，但是現在，這樣的皇帝和大臣沒有了。甚至孔子在過去周遊列國多年，想尋找一個遵守其教義的君主，也難以如願。」

「因此，諸位，現在人人都應該考慮他的責任，這是極其需要的。只有這樣，我們才可以珍視天道。現在一個虔誠的客人來到我們中間，知道正確的方法，我們對他就應該友好和善，恭敬地接待他。」

隨後，高貴的白道古拉著我的手，對此而讚美上帝吧，並說道：「大人，我們知道你備受人重視和尊敬，既然你對許多事情的判斷都堅實可靠[67]，我們希望你能夠留在我們這兒。進一步來說，在每一個城市裡，在每一個國家的人民中，人們都尋找並希望追隨出類拔萃之人，這樣的人在我們中間稱之為君子(ciuntsu)。就像我們的孔子教導的，這種人必須正直、忠誠、虔誠、聰明，唯有這樣他才配得上去統治百姓。」

「因此，如果你同意作為我們法律問題上的顧問[68]，我們將遵從你的論斷，就像它是至尊之言㊾一樣，這樣，人們就可以再次發現真理之路，而這個城市也就可以得到恢復。」

這樣，高貴的白道古，願他安寧，說要授命我，安科納的雅各，以法官的頭銜⑰，我應該對城市的長者出謀獻策，我得到了這樣的榮譽，崇仰上帝吧，讚美祂吧。

然而有許多人憤怒地叫喊，反對白道古，並且嘲笑我、詆毀我，同時也有人希望我成為這個城市的官員(lord)⑪。還有一些人說，為了他們的一派，他們已經準備讓我作為他們的法官，像對待城市中其他法官一樣，尊敬我、敬重我，服從我的決定。但是也有人大叫不已，反對他們，聲稱他們是叛徒。這時，城市的執政官命令大家安靜，並且把高貴的白道古喊了過去，要求他放棄他的建議，但是他不為所動。

隨後，我再一次聽到了隆隆的雷聲，崇仰上帝吧，頌揚祂吧，我以上帝作為我的指導，又說了下面一段話：「諸位，我並不能被當作一個有無限智慧和價值的人，我只是一個虔誠而有學識的猶太人，一個學習《托拉》經典和人生之道的人。而且管理統治⑫。也沒有任何真正的獎賞。人應該信仰上帝，頌揚祂吧，唯有祂能夠使我們幸福。然而為了你們給我的榮譽，我感激你們，雖然我並不值得這一點。」

「但是也並不難看出，你們中間有許多人缺乏真正的價值標準。進一步來說，在我們的土地上也有一些大師，他們具有城市法律和道德法律的知識，以智慧而聞名，就像其他人以貴族⑬而聞名或者以擊劍而聞名一樣。他們常常被召進宮廷去作為顧問，這裡面也有許多我的兄弟，願上帝保護他們。他們具有實際辦事的智慧⑭和政治上的謹慎(political prudence)⑮，這些美德都是來自於理解人而獲得的美德。我們中間確實也有人說，一個具有深謀遠慮的人，較之一個具有高貴血統的人更適合統治別人。」

「進一步說，我們的傳道者教導說，人們欠缺的東西是無限的，愚蠢者總是比聰明者多；許多統治者都沒有他們的國家所需要的智慧。然而有些人仍然堅持認為，對聰明的人來說，最好是去繼續他的研究，過他已經熟悉的生活，而不是去將布衣[76]換作皇家的紫袍。」

「但是在你們的城市，市民的貪婪和暴力是那麼多，每個人都堅信，唯有他是判定是非的最好的法官，甚至我們的賢哲所羅門，願他安寧，也不可能發現什麼辦法在你們中間建立和諧。此外，在你們的城市裡，那些指導你們，在你們面前裝作聰明樣子的博學的蠢人，自己早已不想有什麼美德，也不再知道什麼是善惡。」

為我的這些話而感謝上帝吧，所有在場者都沉默不語，誰也沒有表現出想說話的樣子。此時，天空再一次響起雷聲。

因此我繼續說道：「雖然一個虔誠的人不應該離開他的學習，但是我的祖先，願他們安寧，卻作為我們土地上國王的顧問，為他們服務。這樣我的父親，願他在天堂安寧，因為受到諮詢一些如何同威尼斯和睦相處的問題，也多次去我們的兄弟亞魯希奧(Alleuccio)那兒，以便能為我們的城市解除重負(lift the heavy weight from our city)[77]。」

「此外，我們的賢哲也教導說，如果出於謙虛而不去承擔責任，那就錯了。這是因為，一個人如果有能力在大衆中間發揮正確而公正的作用，他就不應該迴避，否則就有可能因為迴避而對這塊土地的毀滅起到不良的作用。因此，諸位，我可以幫助高貴的白道古，去拯救你們的城市，我接受他的提議，因為這肯定也是世界上最大的榮譽。」

隨後，所有聚集在一起的人都聒噪不絕，十分刺耳。我感到非常痛苦，眼睛也看不見他們前面究竟是什麼東西，但願上帝禁止這樣的事情。我想把真理和智慧帶給光明之城，光明之城現在仍處於黑暗之中，然而我在公衆面前已經開始受到鄙視。

在這種喧鬧聲中，魔鬼的使者安鳳山和大商人安世年，由姓張者以及其他幾個人陪同，在大會上說了許多從未聽過的謬論，安世年說道：「在我們中間，有一個不配活在世上的人。他長期違犯法律，想把那些城市的管理者拉下來，把那些給這個城市帶來財富的人趕走，在人民中間製造事端，甚至當著一個遠方來的客人之面，誣蔑那些為公共福利努力的人。更有甚者，他貿然邀請那些毫無價值之人，比如這個猶太人，要他們來對我們的生活之道作出什麼判斷，好像我們中間沒有什麼博學之人比這位客人更懂得我們城市和國家的是非善惡。」

說到這裡，安鳳山，但願上帝禁止，用手指著我說道：「諸位，我們中間的這個人，表裡並不如一。他說自己是虔誠的，但是卻極其輕蔑別人的信仰，比如輕蔑基督徒的信仰，甚至使得我們城市的基督徒，因為他所說出的反對他們的話，在法官面前提出了起訴，對他進行譴責。同時，他對我們講什麼責任，而他自己卻瞧不起他人的憐憫之心；對我們談什麼智慧，而他自己卻輕蔑大衆的智慧，唯獨不輕視他自己；對我們說什麼信仰，而他卻否定衆方之神，唯獨不否定他自己的神。」

「更有甚者，這個愚蠢的猶太人要對我們講什麼德行，認為所有的人都低賤，唯有他自己不低賤。然而，還是這個說他人貪婪的人，來到我們的城市，不是為了求索智慧之果，而是為了金錢財富，四處伸手，去購求諸如珠寶、絲綢、香料，以及其他一些最貴重的東西。」

「他也談論我們道德的墮落，比如我們人性的墮落，然而他自己卻頻繁地光顧城市中最下流的地方，同女人廝混，這一點懷珠(Uaicіu，Huai Zhu)⑱已經有所報告。同樣，這個猶太人不斷地談論一個人對他人的責任，但是據說，他卻殘忍地對待他身邊的女僕，對她們大發淫慾

⑦，人們就是這樣說的。」

「城市裡的猶太人也不說這個人的好話，說他是那種最會在大衆中挑撥離間，從中獲益的人⑧。此外他們又說，他並不是那種真正的猶太人。真正的猶太人並不在他們兄弟中間祈禱，而是遠離衆人所在之處，獨自祈禱。」

「然而，恰恰是這個人，白道古卻要委命他為我們中間的法官，誠如此，他反對這個城市的罪惡陰謀就可以向前施展了。還是這個人，現在法官們發布命令，要他在日落之前離開我們的土地。」

一個人攻擊另一個人而講出的話，還從來沒有像這魔鬼攻擊我所說的話這樣惡毒。我的忠誠的僕人李芬利小聲對我說，他希望代表我，當他們的面講幾句話，但是我禁止了，免得他會遭受嚴重的傷害，同時我也感謝上帝，在魔鬼的謊言面前，上帝使我不再虛弱、不再傲慢。

因為在把法官的榮譽僅僅歸屬《托拉》的研究，為上帝的饋贈而頌揚祂的時候，我在集會上不是也錯誤地說，作為他們中間的一位法官，是世界上最大的光榮嗎？我不應該再回到我的土地上，再回到我親愛的薩拉身邊，願上帝使她身體健康，而應該消失在天涯海角，應該被殺死，這是上帝禁止的。

隨後，所有的人都高聲大喊，對我進行攻擊，而衛兵則緊緊地站在高貴的白道古旁邊，我感謝上帝，因為祂寬恕了我的傲慢，寬恕了我內心的愚蠢，而一個人無論多麼虔誠多麼有學識，只要傲慢和愚蠢，就會使他鑄成大錯。

人們想剝奪一個人的聲名，於是就說他的壞話。但是，好的聲名比最甜美的香水還要好，所以，一個人也不能允許人們說他的壞話而不作任何回答。因此我必須作一次答覆，讚美上帝吧：「諸位，他們攻擊我所說的一切都是謊言，卑鄙至極，沒有哪個有智慧的人值得降低身分去批駁它。進一步來說，關於責任的問題，我對你們所說的一切，也都是為了拯救你們的城市，這是事實，你們也心知肚明。」

「你們也說，我只不過是一個遠來的客人，但是，不管是蠻子(Mancino)、法蘭克人、薩拉森人還是猶太人，不管是誰，如果他說的是真理，我們就應該聽一聽。現在，既然你們不想聽我說，而且還要趕我出去，願上帝為我所做的一切而保護我。我並不想得到別人的什麼感謝，因為至上的行為和理想常常都沒有什麼回報。」

這時候天空變得愈來愈暗，死亡的天使正在我們中間。城市中商人的領袖⑧、大商人孫英壽來到了大廳，他的幾個衛兵伴隨著他。為了使所有的人都可以聽見，他大聲地講道：「我們相信有人在陰謀背叛我們，我們相信有人想破壞我們自由的環境，我們也相信，甚至一個異邦人也介入了這種犯罪陰謀。」

聽到這樣的話，我的心好像突然凝固，一時間裡，所有的人也都靜默不動了。孫英壽不像是個人，倒像是一場風暴⑫，因為他的整個身體都由於仇恨而抽搐不已，眼睛也因為發怒而睜得老大。現在，還是這個孫英壽，但願上帝禁止，對高貴的白道古大聲吼叫，願上帝保護他的靈魂，說道：「老頭子，你如此悠閒地催促他人打仗，但你對打仗知道些什麼？商人在謀利活動中又能得到多少休息⑬？你一直在侮辱我們，時間太久了，整個的城市都在說這件事，而為此又有許多人流血喪命。但是現在，讓你和你的同夥在身體和財產上都遭受傷害的時候到了。」

他氣勢洶洶地說了這些話，但願上帝禁止這樣的事情，然而白道古卻並沒有嚇得發抖。

這時，隨從們簇擁著孫英壽，城市的衛兵也在他旁邊。孫英壽繼續用手指著高貴的白道古說：「老頭子，是你這樣的人勸我們做一個純粹的人，不允許違反正義的準則。然而人人都知道，你自己並沒有按照這樣的準則生活：你擁有大量的財富，而你卻用儉樸的服裝掩蓋了一切；你告訴別人，要對世俗的財物看淡一點，然而你自己卻從事市場的貿易活動；你禁止別人涉足下等婦女的社會，但是你自己卻荒淫無道。」

「老傢伙，你也攻擊那些追求其自身理想的人，但是誰也沒有你自負；你指責別人膽小，但是你自己卻要毀滅城市以挫敗他人。最後一點，你讚美我們祖先的信仰，讚美天則，但你卻是這個城市敵人的朋友，深更半夜去他們的房間，比如去這個猶太人的房間，以達到你的目的。」

「老傢伙，你已經背叛了我們的城市，你的末日到了。」

隨後，會場上一片沉靜，一點動靜也沒有，高貴的白道古筆直地站在大商人孫英壽的面前，毫不畏懼，大義凜然，看起來真令人敬佩，讚美上帝吧。

這時，白道古說了下面一段話：「雖然謬誤能長時間受到他人的讚賞，但是謬誤最終也戰勝不了真理⑭。你對我以及這位虔誠的猶太人所說的這些事情，甚至能引得啞巴說話，因為你點燃了無名之火。但是，像你這樣的夏日蠅蟲沒有資格談論冰雪，井底之蛙⑮也不應談論太陽和天空。」

「孫英壽兄，你抱怨說，我想讓人們循規蹈矩，不超越準則半步，你抱怨得很合理。宇宙不是由矛盾組成的，而是一個平衡體。這種平衡必須由每個國家的賢哲去發現，因為所有的人對平衡都不清楚。」

「平衡有兩個方面，一個是珍視往昔的歷史，一個是帶著仁慈之心去接受新事物；同樣，一個是捨棄過去邪惡的東西，一個是捨棄今天邪惡的東西。保持公平合理的平衡，哦，孫英壽，是一門藝術，非常困難。如果不了解責任的原則，這樣的藝術就不可能學會，就像這位猶太人業已告訴我們的。」

但是，對於高貴的白道古的話，這個撒旦站在他的面前說道：「你談論公平合理的平衡，老傢伙，但是你卻背叛了這個城市。你同這個遠方的客人策劃密謀，就像大家所報告的那樣，想在我們中間製造混亂。因此，在這樣一個危險的時刻，我們就有責任去驅除和處死背信棄義的叛徒，以光明之城的名義，消滅你和所有像你一樣說話的人，最好把你撕成碎片。」

隨後，人們大聲喊叫，攻擊高貴的白道古，願他的靈魂安寧。有一個人叫道，在一個自由的環境中，每個人都可以用他自己的意志來征服另一個人，那些在商人孫英壽周圍的人便迅速過去打他㊇。他們憤怒地衝向白道古㊈，有個人手裡拿著一把刀，但願上帝禁止這樣的事情，刺向他的左側，他隨之倒在了地上，鮮血從他的身上流出來，看去令人痛苦。這樣，這個希望給城市帶來最大幸福的人，便遭受了最壞的命運㊉。

看到這裡，我因為擔心自己的生命，而太陽也已經落下，於是便立刻在混亂中逃走，讚美上帝吧，頌揚祂吧。他們在相互地攻擊撕打，一片混亂㊊，而忠誠的李芬利卻總是在我身邊，對此而感謝上帝吧。

我就這樣逃了出來，拚命地跑開去。我教導他們的事情對他們一點也沒有價值，我痛苦萬分，大聲地哭喊。因為他們應該做得更好一點，因為我並不希望引起他們更多的憂傷，因為有的人想打我的頭，但願上帝禁止，有的人想扯我的衣服，但是慶幸的是也有人想保護我躲開憤怒的群衆。

我逃了出來，這是上帝的意志，感謝祂吧。我雖然身體虛弱，還是一個人跑到了納森・本・達塔羅的房間，立即命令忠誠的李芬利，要他把他記錄的所有東西都帶到這兒來⑨⓪。我又命令我的僕人伯托妮以及布卡祖普作好準備，並告訴米切利以及弗爾特魯諾，已經到了離開中國大陸的時候，因為我明白，現在不可能再長時間逗留了。

當李芬利帶著我需要的那些東西匆忙趕回來時，我感謝他對我的幫助，給了他豐厚的報酬，其中有許多貝桑金子，又悄悄地贈給他一枚珍貴的錫蘭珠寶，同時把那些留下來的東西放到一起，收藏在我兄弟納森的房間裡⑨①。雖然李芬利有點輕視我的信仰，但是我也非常喜歡他，在刺桐的日子裡，他一直都盡心盡力地為我服務。

但是現在，當我同他說話的時候，我的僕人布卡祖普開始痛哭流涕，說她不想離開光明之城，並拉住李芬利的胳膊，別人難以把她拉開。我對此感到非常吃驚，婦人伯托妮想去把她拽過來，而李芬利也感到非常痛苦，因為似乎他的心也已經交給了這位姑娘。

我下令動手把她帶到船上去，於是米切利和弗爾特魯諾只好帶著她，因為太陽已經落山，我擔心別人會因此殺死我，願上帝永遠保佑我吧。然而在路上，女人李珍姐來了，她也來拽布卡祖普的胳膊，假惺惺地大哭不已，說我是一個有著邪惡意志的人，說我的僕人只有一個願望，那就是留在光明之城。於是，我只好把她打倒，但願上帝禁止這樣的事情，免得我所有的人都會被城市的衛兵抓住。忠誠的李芬利，儘管他旁邊的哭喊聲使他感動不已，還是過去幫助米切利和弗爾特魯諾。

這樣，我們來到了港口，對此而感謝上帝吧。我的船隻此時已經準備就緒，衛兵們對我的到來而低首致意，讚美上帝吧。我站在那兒，淚水漣漣，同我的兄弟納森以及忠誠的李芬利告別。這樣，在阿達爾月的第二十二天⑫，帶著我平安無損的財富，帶著我完好無傷的身體而拔錨啟航，讚美上帝吧，頌揚祂吧，崇仰祂吧，阿門，阿門，阿門。

就像我已經寫的那樣，船隻都已經準備妥當，所有的必需品也都裝載完畢。我兄弟巴士拉的以賽亞擁有的船，是一艘載容量很大的船⑬，裝運了八萬多坎塔的物品⑭，船頭和船尾⑮也都裝滿了我的物品，感謝上帝吧，這樣我們就離開了光明之城，槳帆並用的兩只大木船在前面開道。

這樣，我改變航線，順風行駛，帶著我從大小印度帶來的大批貨物，其中有不少於一百坎塔⑯的絲綢、二百五十坎塔⑰的優質緞子；大量的瓷器、生薑、中國的 galingale、紅花和樟腦；四百坎塔⑱的糖，連同各種各樣的香、藥品、草藥以及其他香料；還有紙、寶石和最高級的珍珠，以及在海上從未有過這麼珍貴的一些東西，為此而崇仰上帝吧，頌揚祂吧。

儘管天空有雷聲，但是東北風很平和，圓月當空⑲，這樣，船員們可以輕鬆地在海上航行⑳。我們離開這個城市，漸行漸遠，這個城市也變得愈來愈小。最後，它的燈火也變得非常小，直到從我們的視野中完全消逝。然而，這並不是光明之城，而是死亡的煙雲㉑，但願上帝禁止這樣的事情，那些居住其中的人也不是光明的兒女，而是盲目和黑暗的兒女。火和石頭應該覆蓋這座城市的惡行，就像所多瑪遭遇過的城一樣，因為這是這座城市應得的結果。傍晚，天漸漸地暗了下來。黎明的時候，光明又回轉過來，對此而讚美上帝吧。但是，黑暗已經降臨刺桐這座城市。在這座城市之上，從此再也沒有光輝閃耀，除非它能有所變化。相反，它會遭受完全的毀滅，連同其中所有的一切，它的人民，它的動物，它擁有的財富，它收藏的珍品，它將永遠是一個堆積物，再也不會有所建築。當帶著狗臉和長舌的人佔了上風，兒子不孝敬父親，責任遭到了嘲諷，專橫取代了智慧而一統天下，那麼，這個城市就變得毫無價值，就不可能發現真理了。

這樣，光明之城就沒有了光明。商人用他們的邪惡攪擾了城市的安寧，並不想去放棄他們的慾望，發現正義的準則。相反，我在這裡看到，貪慾主宰了這個城市，那些令其醉生夢死的東西使他們看不見來日的危險，疾病正折磨著所有的人。

這樣，我們的船隻在月光下，向著西南方向⑩航行，對此而感謝上帝吧。我的僕人布卡祖普在我們動身之時，痛哭流涕，但是現在也變得比較安靜了，然而卻並不多說話，儘管我對她說，我將遵守承諾而教她學習。

隨後，我在完成了我的功課之後，願上帝寬恕我吧，我開始回想這個城市的憂傷，回想我的僕人圖里格利奧尼和高貴的白道古所遭受的不幸，同時我也感謝上帝，讚美祂無可形容的名字，是祂饒了我一命，免遭財產的損失。

這是因為，雖然我在第一次進城的時候，這個城市的財富令我震驚不已，隨後我也目睹了許多奇蹟，為此而讚美上帝吧，但是現在，我看這座城市卻像一個自由人看囚徒，像受過清水淨化的人看那周身糊上汙泥的人一樣。但是我也犯了大罪，但願上帝禁止這樣的事情，因為我把視線落在了一個虔誠之人不該看的事情上。在夜晚，我為此而向上帝祈禱，願我得到原諒，因為誰也難以免去肉慾，為此而讚美上帝吧⑬。

但是上帝因為我的罪過而對我的懲罰，也確實不輕，我在那個城市遭受了許許多多的折磨。因此，即使我獲得了令人高興至極的財物，我卻受到了不公正地對待，好像我是叛徒一樣，所以我就只好像我所做的那樣，毫不猶豫地逃走了。如果我不這樣，他們肯定會殺死我，把我的屍體扔到無人能發現的地方，但願上帝禁止這樣的事情。但是在聖一的幫助下，沒有人發現我從這個城市逃走，也沒有人想到我會逃走，為此而感謝上帝吧。

我心中也感到憂傷，因為我有可能在中國成為一個國王[104]，但是我所作的一切忠告良言都付之東流了。確實，如果他們學到了我的智慧，我肯定會贏得全世界的讚賞。但是，我感謝上帝使我對人類生活之道有如此深的了解，感謝祂，使我在光明之城了解了剌桐人渾渾噩噩的生活。

我看到，在一個自由的生活環境裡，從上帝的觀點來看，自由的人們給他們自己帶來了毀滅。確實，人的法律是不同的，每一個城市都可以發布一些看來適合它的法律，而這些法律對這個城市合適，卻可能不適於另外一個城市。但是，上帝的法律是永恆的，是不能改變的，雖然我們的賢哲教導我們，教我們如何更好地實現上帝的意志，雖然上帝把律法賜予我們先知，為上帝對以色列的饋贈而讚美祂吧，而在各種事情上沉默不語，只有我們的賢哲教育我們如何去處理各種事情。

同時我也看到，光明之城的居民廢除了大衆的所有命令，總是同其他人一起忙忙碌碌，徒勞地奔東逐西，尋找能給他們帶來快樂的東西，然而慾壑難填，他們毫無所樂。因為他們的靈魂永無寧静之時，但願上帝禁止這樣的事情，他們所追求的東西並不能給他們任何快樂，而他們在自已所擁有的財富中也找不到安寧。他們的商人告訴他們，每一個人都應該追求他自己的目標，而他們的賢哲又不能區別善惡。這樣一來，魔鬼和他們的使者就竭力嘲笑那些盲目而可憐的人民了。

確實，上帝榮光四射，沒有什麼黑暗不能驅除。人們致力於獲取財物，滿足慾望，將生命也棄置不顧，好像上帝看不到他們一樣，他們不知道這樣只是白活了一場。但是，一個人能永遠生活在他的商店裡，生活在他的櫃台裡，而上帝僅僅在最後審判之日才來臨嗎？

因此，我對光明之城人民的失落而傷感不已，但內心又高興，因為他們總要步履維艱，因為根據永恆的正義之法，上帝的審判是不會允許他們這樣長久生活的。選擇了錯誤的道路，他們做一切事情都會每下愈況，而這個城市也就靠近末日了。

但是，因為這個城市擁有大量的財富，人們充滿了貪婪之心、虛榮之心，而大部分市民又毫無信仰，所以，很少有人能看到日益逼近的命運。韃靼人希望征服全世界，但願上帝禁止這樣的事情，而此時城市的大部分市民卻不注意他們的來臨。但是，那些受愚蠢規則支配的人，就不可能知道什麼叫做戰勝魔鬼，無論他們的武器多麼有力，沒有上帝的幫助，他們不能戰勝他自己的邪惡意志，因為魔鬼比他們更為機敏、更為狡猾。

正是因為這魔鬼機敏、狡猾，所以他能夠使用各種手段，披著各種各樣真理的外衣，四處活動。但是智慧和愚蠢各自都只有一種服裝，每一種都只能選擇一條道路，這樣就不那麼便利了。

我躺在床上，這麼想來想去，徹夜難眠，淚水不止，同時也切盼著盡快返回我的國土，如果上帝寬恕我的話。我攜帶著大量的財富，這是我的貿易帶給我的運氣。因此，我從床上起來，對上帝表達我的千恩萬謝，因為大海總是波濤洶湧，令人可怕。死亡的天使，但願上帝禁止，已經無力控制與《托拉》有著密切關係的虔誠之人，因此，我投入學習之中，直到天邊出現第一道曙光，而此時，我的僕人，願他們安寧[105]，都還在睡覺。

我們這樣揚帆迎風，遠航而去，遠離了港口，沿著西南方向的航線一直向前。

註釋

①一二七二年二月二十二日。

②這提示我們，他們是來自刺桐的「中國猶太人」社區。

③手稿為希伯來語。這是雅各首次把這個保護性的表述詞擴大到他忠誠的僕人身上，因為它一般都是給同教者的。

④手稿為 disposti uno contra al altro。因為混亂，長者和商人統統「被安排」成互相對立，這樣描寫還是首次。把他們看成是「這個國家」處於萌芽狀態的「社會集團」，很引人入勝，但是並不正確。

⑤不同尋常的是，雅各並沒有說出他的名字。從描寫中看，他似乎是一個卑微的人，可能是從他所在的地方喊起來的，就像在前次的辯論中發生的情況一樣。

⑥羅達第，前文的描寫是「一個年輕人，身體單薄」，先前強烈地反對抵抗韃靼人。

⑦使用第一人稱複數形式，很能說明華應綬正在為他人講話，或者正在要求為他人講話，而不是為他自己，這也許是為早先在書中間接提到的一個「激進」組織或者「反叛」組織講話。但是，既然他後來為了他的論辯而呼喚宋朝的皇帝，那麼，他就不可能等同於一種「左派」或者「民主派」，這裡姑且誤植一下年代。這裡令人感興趣的，可能是他坦白承認自己相信人的平等性。他拒絕努力去「使人平等」，但是他並不否認人是平等的主張。

⑧手稿為 orbo。這也可以指「盲」，但是這裡它似乎有較古的拉丁語意思，指「鰥寡」、「貧窮」、「孤獨」。

⑨手稿為 il remunerar de' esser altretanto e biasimo anco。

⑩手稿為 lacivitate。

⑪手稿為 voler comun。

⑫這裡明顯表達出一種猶太人從君主統治和專制政體後退的思想。

⑬手稿為 obbligati a niuno e neente。

⑭手稿為 al libero arbitrio di ciascheduno。

⑮手稿為 de' esser chiamato。「被邀請」(summoned)這個詞還是不清楚，但是它本身並不像我們所理解的那樣，

有由選民團體選舉的意思。但是雅各所推薦的，可能就是中世紀意大利城市－國家產生公民團體的方法。

⑯手稿為 obbligati a niumo e neente。

⑰手稿為 avrebbero ardimento d'uscir di casa。

⑱手稿為 messi alla quistion。這個意思也是「加以拷問」，但是說明雅各給中國人設計的宗教裁判的方法。

⑲手稿為 posti in bando。

⑳手稿為 lo cattivo，字面意思是「俘虜」(the cative)(「cattivo」這個詞在現代意大利語中已經變成「邪惡的」意思)。

㉑手稿為 come se fosse om libero。

㉒手稿為 mal al mal。

㉓手稿為 feruta。對兒子打父母的限定，能夠追溯到《密西拿》的《巴波卡馬》八：五。在這個地方，對這種攻擊因而「造成傷害」的懲罰是處死。

㉔對於一個雅各把他當作撒旦化身的人來說，這是一個奇怪的禮貌。

㉕整個這個章節都對我寫作《責任的原理》產生了強烈的影響。

㉖雅各似乎在這裡暗指魔鬼早先對教育的觀點。

㉗雅各的辯論在邏輯上並不完整，因為他可能也是指，和平地生活是自由的一種形式，而摧毀這個城市也就失去人的自由了。

㉘手稿為 dovete vietar anco molte cose che vostra legge vi permette。

㉙手稿為 a sentir la vergogn。

㉚一二七二年二月二十四日。

㉛手稿為 riposo。「責任」指遵守晨禱，但是一個真正虔誠的猶太人並不期望去「休息」，或者隨後而去睡覺。

㉜手稿為 essendo attenti ad ascoltar le cose parlate。

㉝手稿為 altri ufficiali maggiori。

㉞這是唯一一個地方，雅各公開承認他如此介入其中。

㉟手稿為 ne boch che rosse ne lingue bianche。雅各對這些詞語的翻譯似乎似是而非。

㊱手稿為 che venne gran pensero al cor mio e l'animo mio cominciò a gonfiar。雅各的「偉大念頭」是什麼不太清楚；

接下來的一些段落包括放置一起的一些思想觀念，凡此他在其他地方都已經零零碎碎說過，全都是植根於他的學識之中，希伯來文化的和非宗教的都有。

㊲手稿為la cittadinanza。

㊳手稿為farlo ciaschedunо accorto del suo dover。整個段落對我產生了很大的影響，在我寫作《責任的原理》時，從中自由地抽取了許多的材料。

㊴手稿為la gente dev' esser obligate per patto。

㊵手稿為negozio civil。

㊶手稿為vincoli。

㊷手稿為nel cor d'ogni esser uman sussiste l'imago del dover。

㊸手稿為strida。

㊹手稿為al disderio d'agir bene e rettamente。

㊺手稿為se dio v'aiuta；這本手稿中大部分都是用希伯來語寫的，只有幾處沒有，此是其一。

㊻手稿為ne ritrarsi ne torcersi dal cammin del dover。

㊼手稿為一個純拉丁語；參見附錄〈雅各的語言〉。

㊽手稿中為意大利語和希伯來語混合所寫，以lume代替「光」；參見《以賽亞》四九：六。

㊾雅各把人和野獸進行比較，和他前面所提出的觀念——人獸之間有一條清楚的界限相矛盾。

㊿手稿為la farne parlar il mondo intiero alla vostra vergogna eterna。

51這是不是前面描述為「賢哲」的同一個Cian(張)，雅各曾同他辯論猶太人的問題？

52這是雅各對非猶太人使用的一個非常有力的表述詞。

53白道古表述的儒家「金條」(the Golden Rule)，幾乎同希伯來的說法相同。

54手稿為alli peregrini dalle terre che son di lontano。

55手稿為che si de' far。

56雅各似乎改變了他對窮人生活情況的立場，因為他先前曾談論過他們的貧困問題。

57手稿為iacer sul dolce lettolo。

58手稿為come giovine popolano。

(59) 這裡很明顯是說「你代表窮人，採取了一種粗野的行為舉止」。
(60) 手稿為vostre scritture。
(61) 這個立場似乎是比「魔鬼」早先採取的立場更為激進，或者更加「平等主義」。
(62) 手稿為senza cagion e ragion。
(63) 手稿為tratteremo cosi come ragion esige。
(64) 手稿為sor lo terzo grado di porpora...vermiglio...color del ciel；最後的意思大概是「天藍」或者「青綠」。
(65) 手稿為senza interdetto e fine。
(66) 手稿為a voi manca'l valor a dirlo。
(67) 手稿為sano，這個詞具有「健康」、「正常」的含義，因此而有「穩當」(sound)的意思。
(68) 手稿為consiglier。
(69) 手稿為quale sovrano。
(70) 手稿為incarcato come giudice。
(71) 手稿為signoreggiar；直譯為「像男子一樣行動」。就城市的功能來看，這個詞的意思不太清楚，地方行政官？長官？也看不出來雅各這句話背後的意思，究竟要賦予他什麼作用。白道古似乎希望他作為一個「顧問」，這個提議，雅各轉過來顯然是認為與「法官」同義；這個詞本身可能是雅各自己的設想。在這裡，雅各性格中亟於吹噓自己勇敢的一面，似乎再一次發揮了作用。
(72) 手稿為nel imperar。直譯是用在「控制」、「管理」、「負責」等詞中(這似乎也都超過了雅各自己開始所說授予他的職務！)
(73) 手稿為dal nascimento。
(74) 手稿中為希臘語：phronesis。雅各在這裡使用了亞里士多德的原來術語。
(75) 手稿中為拉丁語prudentia politica。
(76) 手稿中為cangiar vesta semplice per la porpora real。
(77) 「為我們的城市解除重負」：在同其敵對的威尼斯達成協議以後，安科納城市的「重要地位」得以提高。雅各敘述說他父親參加了這個協議的談判，可能是指在一二六四年七月二十九日，亦即雅各開始海外之旅六年之前，在威尼斯戰爭的威脅之下，在兩個城市之間達成的商業條約。但是，如果這是成問題的「一致」，就並不像雅各所暗示的那樣。同時，這個條約的條款本身也是不公平的，因為它對安科納從亞得利亞地區之外進口商品，強加百分之二十的進口稅，通過這一點，試圖把安科納的商人限制在他們與伊斯蘭以及拜占庭世界的商業活動之中。但是，安科納的商人似乎並沒有在意這個條約的條款，他們全然不顧，繼續隨意地選擇貿易地點，就像手稿所證實的那樣，這其中也包括同威尼斯商人本身結成夥伴關係等。

(78)參見前面所述，雅各詛咒懷珠，可能就是因為他後來所作的誹謗，如果這是誹謗的話。安鳳山引述懷珠的話，說明在刺桐也有對外國人作某種形式的監視，或者收集他們的活動情況，因為還有其他一些攻擊雅各的陳述。

(79)手稿為appetiti turpi。我們只能思考一下這種主張的來源，但是，因為雅各對他的女僕伯托妮反複使用「邪惡」(maligna)這個形容詞，那麼他自己也相信他的女僕伯托妮是這樣嗎？

(80)手稿為seminando discordie tra le genti con cotanto acume per cio hanno guadagni。

(81)手稿為duce。

(82)手稿為non pareva om anzi una tempesta。

(83)這似乎是對前面批評富商要追求和想得到「自在」(ease)的一種回答。

(84)手稿為passata al son de' lodi altrui。

(85)手稿為la rana che sta ad imo del pozzo。

(86)手稿為si lanciarano contro a lui：lui顯然是指白道古

(87)手稿為si corsero a dosso con gran furia。

(88)「遭受了最壞的命運」：這大概是說，白道古被殺死了，但是值得注意的是，雅各並沒有用這個詞。在手稿中，雅各最後一次提到白道古也僅僅是說「不幸」(sventura)落到了他的身上。

(89)手稿為gran nischio。

(90)我認為這是指李芬利對雅各討論的記錄或者總結；比薩的兒子似乎因為他的服務而得到了一筆可觀的報酬。

(91)如果雅各早先提到他藏了一些珍貴的商品，那麼這些大概就是他購買的最有價值的東西了。

(92)一二七二年二月二十四日。

(93)手稿為di gran portar。這是在巴士拉租用的船。

(94)四百多噸。

(95)手稿為caricata a pien a prora e poppa。

⑯幾乎等於五噸；這肯定有所誇大。
⑰等於一噸多，這也似乎是一個不可能的數字。
⑱幾乎等於二十噸。
⑲手稿為tonda。但是，如果像雅各所說的那樣，這是「阿達爾月的第二十二天」，那麼他就錯了。在那個時候，月亮大體上都已經虧缺了。
⑳向公海的江河。
㉑手稿為delle nubi di mortalita。這個奇怪的短語說明猶太教神祕哲學對雅各的影響。
㉒手稿為per gorbi
㉓從雅各在前面所作的自我責備來看，為「肉慾」而讚美上帝，令人想不到。但是它無疑是因為，虔誠的希伯來人偏愛為上帝賜給人類的慾望去慶祝，而不是為死亡去慶祝。
㉔手稿為principe。雅各說白道古最初曾向他提議，這裡則進一步、並明顯是把最初的提議作了想像性的擴大。
㉕這是雅各在提到他的僕人時，唯一使用這種表述語的地方。

第十一章　好的結局

手稿的內容很長，所以我有選擇地刪除了雅各·德安科納敘述他返航經歷的大部分。這一部分佔去了手稿的二十三張紙(共四十五面，最後一面是空白)。一二七二年二月二十四日的晚上，雅各乘著和煦的西北風離開了刺桐。在這個月動身，已經比他性情急躁的船員和僕人所希望的時間晚了許多。他這個由三艘船組成的小商船隊，於是只好在沒有大船護衛的情況下啓航；他的同伴，意大利-猶太商人、威尼斯的埃利埃澤爾和拉扎羅·德爾·維齊奧則早已經走在他們的前面了。

在「逾越節之後兩天」，在雅各稱之爲「東巴海」，亦即離今天越南不遠的海面上，他和他同伴的船隻會合。逾越節是在一二七二年三月二十六日，他是在船上度過的。在那兒，他作了祈禱，或者做了「功課」。他的敘述包括了下面的一些內容：

在海上，因為是逾越節，船上裝載了許多酵餅①，這樣就難以遵守教規(ordiances)。於是我便就著燈光，給自己清理了一塊地方，並尋找在破裂的船舷中各種禁止的東西，按照誡令上所規定的那樣，對任何發酵的餅餌一點不沾，讚美上帝吧。隨後，我向上帝祈禱，因為是祂把我們的祖先從米茲萊姆(Mitzraim)的奴役下救贖出來的，我虔誠地祈禱，按照拉班·賈馬里埃爾(Rabban Gamaliel)所教導的那樣去做，就彷彿是我自己在這些日子裡從奴役狀態中走出來一樣。

一個月以後，在四月二十六日，隨著西南季風氣候的來臨，海上有「非常強烈的逆風，狂風暴雨」，於是他們再次在「小爪哇」躲避，而不是去錫蘭。這和雅各告訴我們的一樣，因爲他也希望如此。他們在小爪哇一直等到一二七二年五月二十九日。在這段期間，大雨一直下個不停，但是也沒有能阻止雅各作進一步的購物和觀察。

他們在蘇門答臘被迫躲避風暴時期，雅各開始教他的僕人布卡祖普「識字」，對她也很和氣。雅各對自己「曾經有可能在中國成爲一個君主(prince)」，感到非常惋惜，他對那失去的統治機會神往不已。他相信那是賜給他的一次統治機會，只是那些誹謗者將它奪走罷了。儘管連續的惡劣天氣，但是爲了趕上從六月到九月的季節風，以便使中世紀的船員能夠到達通向阿拉伯的印度海岸，他的大商船便冒險航行到尼克巴爾島(Nicobar)和錫蘭，他敘述說，「我們並不想作進一步的拖延」。風很大，海水洶湧，暴雨也下個不停，但是他們在六月中旬終於抵達了錫蘭。雅各用他習慣的方式讚美了上帝。

雅各說的一些在錫蘭的事情殊多興味，其中他說道：

在中國，我獲利甚豐，得到了非常多的珠寶。其中有一塊紅寶石，像閃著火苗；一塊藍寶石，質地純淨；一串珊瑚項鏈，上面鑲了金，做工精美，這是我為親愛的薩拉所購，她佩戴上會非常有效果的。我也購置了一串價值不菲的珍珠項鏈，一副紫水晶手鐲②，以便給我的女兒作嫁妝。我也買了長串的桂皮香料，它比馬拉巴爾的肉桂還要昂貴……

雖然暴雨如注，但是，看到樹上有那麼多色彩斑斕的小鳥，我的靈魂也因此而清洗一新，在樹林深處，也有大批的野獸，任何人到那兒去都是危險的。

從六月十八日到二十二日，雅各僅僅在錫蘭逗留了五天，其間還包括稱作 Pinchas 的安息日，這是雅各認眞告訴我們的。此後，三艘商船又繼續前進，常常是在波峰浪尖中行進，抵達了西印度的馬拉巴爾海岸，短暫訪問了科蘭姆(Colam，Quilon)、卡利卡特(Callicote，Calicut)、馬拉比亞(Marrabia)和塔納(Tana)〔靠近坎納諾爾(Cannanore)〕。在提到科蘭姆的這一行文字中，雅各的手稿包含了下面一段話。把商業和哀傷的輓歌結合在一起，非常能顯現他的性格：

這裡的生薑質量不錯，我買了不少，準備帶到亞歷山大海岸和安科納去；我也買了一些靛藍染料，想給我的兄弟弗里格諾(Foligno)的亞布拉姆(Abramo)一家；我還買了染料以及某種神祕的東西，能去除身體的疼痛，這是人人都需要的③……

在這裡，我也像以前一樣，在我表兄弟家中休息。我的表兄弟列維(Levi)看到我從中國帶來的財物，知道我曾一度因為在蠻子中間熱愛智慧，追求正義，連生命都陷入危險之中，驚奇不已，讚美上帝吧，他對我表現出誠摯的愛。在我和他分手的時候，我流下了眼淚，因為我知道，我們不會再見面了。

在塔納(Tana)，雅各度過了猶太人的新年，這是一二七二年的八月二十三日，他爲我們敘述了猶太人在那個地方的風俗習慣，但是也再一次暗示了他對其父親去世的預感：

厄路耳月(Elul)的最後一天，新年的前夕，正是新月達到秋分的日子，也就是說一二七二年八月二十六日，為上帝使我得以如此平安而讚美祂吧。在這裡，所有的猶太人都來到了會堂，作規定的祈禱。有的人用阿拉伯語，有的人用我們的母語，相互祝願在這新的一年裡有好運氣，祝願人們所做的一切能有一個圓滿的結果④。

隨後，人人都吃蜂蜜，祈禱新年甜甜蜜蜜；我則努力控制自己不要哭泣，因為我心裡知道，我的父親已經不在人世了。第二天，當公羊的角⑤吹響的時候，崇仰上帝吧，讚美祂吧、頌揚祂吧，我祈求非正義閉起它的嘴巴，各種邪惡都像煙雲一樣散去，那時，神聖的一肯定會使傲慢的統治在大地上絕跡，阿門，阿門。

儘管雅各出於宗教的原因而憤怒地反對，但是，因爲船員們強烈要求乘著有利的季風抵達亞丁，所以，一二七二年九月五日的贖罪節(Atonement)，他們還是在海上度過的。這激起了值得雅各記住的一段散文段落：

雨已經停止。在這神聖之日的黎明，天氣還是如此之熱，人們簡直不敢去想像中午的時分又會如何。因為天氣乾燥，我的身體痛苦不堪⑥，僕人布卡祖普懇求我用飲水(take water)來洗澡，但這是上帝禁止的。

在這憂鬱和悔罪的日子裡，太陽在天空中升起，為此而讚美上帝吧，敬仰祂吧，我在心中聽到了公羊角的號聲，這使我顫抖不已。這是因為，沒有人在耳朵裡聽到了陣風(terua)

和大風聲(tekia)之後⑦，還可以保持其靈魂的安靜，感謝上帝吧，頌揚祂吧。在我聽來，那聲音嘹亮，就像在天空回響一樣，然而我周圍卻無人能夠聽到，為此我向上帝大聲地哭喊，請求祂寬恕我在中國的大地上犯下的罪惡，同時我也向我敬愛的父親的靈魂祈禱，願他安寧，向我的祖先祈禱，願他們的靈魂安寧。

聖一記錄下萬物的一切，計算萬物的一切，甚至記得那些已經遺忘的東西。當偉大的號角⑧響起，天使大喊的時候，上帝在這審判的日子靜心傾聽，然後打開了指控的記錄簿，宣布那裡寫就的方方面面，比如誰會生，誰會死，但願上帝禁止；誰會窮，誰會富，如果上帝許可的話；誰會沉淪，誰會上升；誰會承受火的危險，誰會承受水的危險⑨，這也都是上帝禁止的。

因為人人都會像花朵而凋謝枯萎，像影子而飄散無蹤⑩，像灰塵而四處飄散，像春夢而消逝無痕⑪，但是上帝則永存，願祂永遠保護我吧，阿門，阿門。

隨後雨停了下來，而突然而至的大熱則把一些船員們「幾乎熱死」。小商船隊在十月的最初幾天到了亞丁港口，雅各將它定位在「中印度」。他用不同名稱稱呼這個港口，如 Edente、Ehaden 和 Edena。他對這個地方作了如下的描述，同時他對「偶像崇拜」這個老問題又作了(商業化的)評判。

(亞丁)坐落在靠近薩拉森地區的一個島上，島上有三千多名猶太人，願上帝保佑他們。這些人在那裡都是最富有者，有他們自己的律法，有猶太會堂和法院，當然也擁有巨大的財富。他們有的人還擁有大商店和倉庫，我表兄弟希納達(Ceneda)的艾弗萊姆(Efraim)就有不少，有的人並管理海關的徵稅工作。這裡居住了許多來自坎貝塔、塔納、卡萊姆(Calam)以及其他地方的馬拉巴爾商人，還有來自錫蘭和小爪哇的商人，他們主要從事貿易商行和代理商的工作。

這個地方的薩拉森人對基督徒非常仇視，並發生一些暴力行為，但是他們與猶太人卻相處得很好。他們稱猶太人為他們的兄長，說我們都是來自同一個祖先亞伯拉罕，願他安寧。

在這裡我購買了大量的優質香脂和香，這類東西在這裡可以發現很多，比如紅龍⑫、沒藥樹⑬和安息香⑭等。他們把其中最好的放在小匣子裡，或者放在罈子裡，就像我們所做的一樣，也有的人是把它們放在一些罐子裡。把這些東西擺在一起，看起來十分好看，這都是上帝的慷慨饋贈，讚美祂吧。

但是在所有這些東西中，最值錢的還是乳香⑮，我購買的一大批叫作zaffaro⑯的乳香，是為靠近卡特利亞山⑰的聖·克羅斯修道院一些喜歡偶像崇拜的兄弟們用的。因為他們在祈禱時非使用最純的香不可，而不使用混合香，比如棕黑色的香。他們說，當他們唱著讚美詩而四處走動的時候，在祭壇以及其他地方燒香，香爐⑱中必須使用純香才合適。這樣，他們在偶像前作儀式時，總是選擇上等的香料，認認真真，十分在意，較之對他們同伴是不是真愛的問題，要在意多了。然而我們的賢哲也說過，猶太人嚴禁向異教徒出售這種東西，因為這些異教徒是用這種東西去作偶像崇拜。但是也有的賢哲說，只要不是他們頂禮膜拜衆神的重大節日，其他任何時間都是可以出售的。因此，既然可以從基督徒以及他們的神職人員那裡獲得很高的利潤，於是我就通過我的兄弟，包達斯的亞布拉姆，買了兩坎塔的Zaffaro香，共花了六十貝桑。

在從亞丁動身以前，「天氣仍然熱得可怕，風和以前一樣地熱」，雅各告訴我們說，他向前面的休薩爾(Ciusar)或者古塞爾(Quseir)，紅海的一個港口，捎去了一個口信，要求那兒在他抵達之前，準備「四百頭駱駝，要健康強壯，體力充足」，並準備一些「毛驢和馬匹」。然後他支付了「巴士拉船員」的報酬，這些船員是在他僱船出海遠行的時候加入他的船隊的；他也支付了那些隨他去西印度和中國而受僱的人。對那些在路上死去的人，他還稍微加了一點錢。同時他也選擇一些人隨他繼續向前。有的人則可能是在他把僱船還給他的女婿、巴士拉的以撒的時候，返回巴士拉的。他隨後好像又僱傭了另外一艘船，或者幾隻，將他的貨物裝了進去；他敘述說，「通過送禮物的方式，我們可以確信一切都十分方便」，這可能是指賄賂了亞丁港口的官員，亦即在他動身去紅海和埃及的時候。

在返航途中，他上了「卡諾蘭島」(Carnoran)，我難以識別出來究竟是哪兒[19]。他說在那兒發現了一個「猶太人」社區，並對它作了某種非常有趣的敘述。

卡諾蘭島靠近阿貝西亞(Habescia)[20]陸地，但是在旅行者通過澤德(Zede)海[21]。之前，可以看到一些陌生人。這些人自稱是基督徒，但是卻像是猶太人，因為他們一點兒也不知道那個人，並且顯現出厭惡豬肉的樣子，表面很像猶太人，但是他們的皮膚卻是黑色的。

這些人在他們的寺廟裡一天要聚會四次，一起高聲唱誦《阿利路亞》；他們在一年裡有一天，但並不是贖罪節[22]的日子，要作自我懲罰，擊打胸部以示悔罪。此外，他們不吃肉，一起喝牛奶，結婚也和猶太人的方式一樣。

他們中間也有伊薩各(Isaco)和亞齊巴(Iachba)之名，也就是說雅各，還有錫安(Zion)，為此而讚美上帝吧。但是他們也像偶像崇拜者那樣把香四撒開去，但是他們不太喜歡喝酒，這一點又像猶太人。此外，他們不使用聖壇，而是使用一隻方舟，在方舟裡面放上他們的聖典。但是這聖典卻是用一種別人不知道的文字寫的。他們在膜拜的時候也帶著十字架，但願上帝禁止這樣的事情，雖然他們可能是猶太人。所有那些有兒子的人，一旦兒子到了十三歲㉓，他們就具有了某種約定，崇仰上帝吧，讚美祂吧。

但是，如果有人問他們所遵循的律法，他們又是從誰那兒接受了這個律法，他們就回答說是從祖先那兒得到的。如果有人進一步問他們，他們的那些祖先生活在什麼時代，他們奉行自己的信仰又有多長時間了，他們就回答說有七百年之久了。但是，他們已經有很長時間保持原狀，並沒有得到什麼教育。然而對他們的律法，他們又說道：「因為我們是從祖先那兒接受了它們，所以我們也頌揚和尊重我們的律法和規則。」

因此，人們可以說他們就是歷史上丟失的以色列的人，讚美上帝吧，然而他們又是生活在黑暗中的人，但願上帝禁止這樣的事情。因為基督徒給他們帶來了偶像，這一陰影遮覆了上帝的面容。

一二七二年十月二十六日，雅各同他的夥伴和僕人一起，抵達了埃及的古塞爾(Quseir)港口。在古塞爾港口，因為他在亞丁已經事先安排好，所以他的貨物順利地放到了四百頭駱駝以及馬和毛驢的背上。他描述了這一點，同時也描述了隨後發生的極其痛苦的事件：

然後，他們把我的貨物放到了駱駝背上，每一隻駱駝都負載了十坎塔的重量。這樣，他們拉著駱駝，共花了九天的時間，穿過陸地，到達了米茲萊姆大河(Mitzraim)㉔，那已經是基色婁月㉕的第十天了。駱駝有四百頭之多，人們從來沒有看見這麼多的駱駝，再加上九十五頭毛驢，每頭毛驢馱了四坎塔重㉖的貨物，還有三十匹馬，陣容浩大，所以看起來真令人吃驚。另外我們還有一些弓箭手作護衛㉗，因為這裡的薩拉森人四處出動，搶劫任何他們能發現的東西。

這樣，我們列隊而行，聲勢很壯，一邊也吃一些棗子，喝牛奶和水，同時也吃一些甜麵包，但是隨時注意我們四周的一切。特別是在晚上，如果沒有月光，薩拉森強盜就會逼近商隊，試圖偷竊，因為看守的人也難以發現他們會去哪兒。

這樣，我們來到了休斯(Cius)和米茲萊姆大河。在這裡，我把貨物全都裝到了船上。但是在這裡，我發現了一件極其醜惡的事情，因為那些從休薩爾(Ciusar)動身到這兒的駱駝少了一頭，而它背上的貨物也一併遺失。忠誠的阿曼圖喬和皮茲埃庫利對我報告了這件事情，我生氣至極，心臟也幾乎停止了跳動，但願上帝禁止這樣的事情。正如我們的賢哲教導的那樣，對於存心要搶劫商人的薩拉森人來說，利用駱駝來進行盜竊是家常便飯。

因此我在休斯遭受了嚴重的損失，願上帝為此而懲罰作惡者吧。不過既然我的財富絕大部分都完好無損，我內心還是感謝上帝，因為祂帶著我從中國大陸到了米茲萊姆大河，平平安安。在這裡，就像我已經說過的那樣，人們把我的貨物裝到了船上，甚至把駱駝㉘的鞍子也扛在他們的肩上，因為這是我們的賢哲，願他們安寧，禁止我們做的事情。

從這個地方開始，我所有的貨物和僕人，以及我的兄弟埃利埃澤爾和拉扎羅，現在都上了船，在河上行駛了。這樣，在十天以後，我們抵達了弗斯塔特，在基色婁月的第二十二天㉙進了城。

雅各在弗斯塔德(開羅)僅僅逗留了幾天。他告訴我們，這是光明節的頭幾天。令人失望的是，他對這個城市沒有留下任何記錄。可能是在他把貨物裝卸完畢之後，他又動身去了亞歷山大港。這一段路程是「二百威尼斯里」，他花了十天時間。在這段時間裡，他都是由他的「兄弟」或者教友們陪伴的。他十分風趣地說，他們在城市裡的「舉止像護衛隊一樣」。他又虔誠地說，在這次旅行中，他點燃了(光明節)「第六天到第八天的蠟燭」，同時請求上帝寬恕他無意間忽視了他的功課。

在亞歷山大港，他同他的兄弟巴魯奇、兒子以撒、兒媳麗貝卡以及孫子一起，度過了一二七二年到一二七三年的冬天。他在巴士拉曾參加了以撒和麗貝卡兩人的婚禮。在這裡，他得知了他的父親所羅門於一二七二年二月十九日在安科納去世的消息。去世比他從刺桐動身早幾天；他第一次對於他父親之死形成的焦慮性幻視(anxious visualization)有點過早。但是我們應該讓他自己來訴說這一段動人的事情：

亞歷山大市是一個國際性的大市場，港口停滿了來自各個王國和地方的商船。在這些商船中，也有許多安科納商人的商船。這些商人就住在這個城市。在這裡，我也看到了我親愛的兄弟海姆、兒子以撒、我的女兒麗貝卡以及我的孫子摩西．大衛，願他幸福長壽。但是在這裡我也聽說了我父親去世的消息，我內心痛苦萬分，無人會有這種痛苦的，願他的靈魂在天堂安寧。那是在阿達爾月的第十天㉚，五〇三二年特薩維(Tetzaveh)安息日的前夕。

聽到這個消息，我許多天都哭泣不已，這世界的痛苦真是永無止境的，我由衷地祈禱，願他的靈魂平安，同時我也感謝上帝，因為一個猶太人走過了這個世界，另外一個人也就誕生了。因此我把他抱在懷中，把我們的導師和國王的名字㉛給了他，使他在漫長的一生中都能堅持我們的信仰。

我在說祈禱文的時候心痛欲絕，淚水不斷，因為我是世界上最不幸的人，然而，每一天我看到我的孩子還是感到高興㉜，這樣，我的痛苦又因為我的高興而得到了調整，一件事和另一件事抵銷了。進一步來說，聖一在萬物之中都反覆地出現㉝，生生死死，死死生生，就像冬去春來一樣，為此而崇仰上帝吧，讚美祂吧。

儘管雅各十分悲傷，但是他在亞歷山大市的冬天卻並不閒散。從手稿的最後情況來看，他去遠東旅行，主要是想在那裡發現廣泛的貿易機會，因爲韃靼人的統治在全中國擴展(我們也發現了一些隱隱的暗示，說明他儘管強烈譴責教會，他可能也還負有某種代表教會的外交使命)。在接下來的段落裡，他試圖給亞歷山大市的猶太貿易商人一些建議。更準確地說，這似乎是他正式受到了亞歷山大市猶太商人社區(或者行會?)的邀請而敘述他的旅行的，不過他發現自己的警告也遭到了拒絕，像在刺桐一樣。下面就是他所寫的一切：

我也受到邀請，要我去對艾弗萊姆·哈-列維和所羅門·哈斯代㉞，報告我在中國大陸的旅行以及我在那兒的冒險經歷，他們都是了不起的人。於是我勸告我的兄弟，要他們告誡那些與蠻子作貿易的商人，必須注意安全，因為北方的韃靼人很快就要佔領中國和剌桐，因為其他人也都這樣說了。

但是這個艾弗萊姆卻顯得很信任大汗。他說，雖然大汗可能會傷害蠻子，但是，其他國家的商人是會受到韃靼人歡迎的，就像在契丹(Cataio)韃靼(Tattaria)的其他地方一樣，因為他們會給國家帶來財富。因此，我難以使他們相信，我所說的那個城市，就像所多瑪城被毀滅前一樣，如今混亂一片，一切也都會因為其弊端而遭毀滅。相反，他們卻嘲笑我，說我膽怯，這是因為他們對我親自見到和聽到的事情一無所知，他們只是說，金錢是地球上萬物的主人，但願上帝禁止，它能夠戰勝韃靼人，就像戰勝其他人一樣。

但是在維埃拉(Vaera)安息日的前夕㉟，我因為內心感到痛苦憂傷，因為我的兄弟們對我的勸說是那麼不當一回事，我便祈禱上帝，願祂教給他們更多的智慧，從而在他們的統治之下，上帝的《托拉》之光萬世永存，願上帝原諒我的話吧。

當地商人的拒絕，使他熱切地猜想，如果自己身在剌桐，如果穿上了國王的紫袍，又會如何；同時他對父親的去世顯然也感到痛苦。這兩種感情，使我們感受到了雅各鬱鬱寡歡的情緒。但是在亞歷山大市，除了孫子摩西．大衛時時給他帶來快樂以外，他的商業上的成功也鼓舞了他的精神，從表面看來，也鼓舞了他周圍一些人的精神：

在這裡(亞歷山大市)，我賣出了一部分自己儲存的香料，也賣出了一些絲綢和其他東西，獲利不菲。這樣，我從賣出的六百坎塔㊱商品中賺得的錢，就已經超過我購買商品所花費的全部錢款了。我靠出售我的(？)蜜香以及蘆薈也獲利甚多。這種東西和金子一樣貴重㊲。因此，忠誠的阿曼圖喬和皮茲埃庫利也高興到了極點，我的其他僕人也是如此。我給了他們一些酒和蜜餞，讓他們設宴慶祝，我的僕人布卡祖普，現在行為舉止也顯得純潔文靜，為此而感謝上帝吧。她通過學習而懂得了好的品德，就像其他人也可以做的一樣。

我在這裡也購買了大量亞歷山大的棉花，準備帶到安科納去；購買了優質的棗子和芝麻，以及銅條、銀制器皿，也購買了高級良藥，主要是用來治療水腫和肺結核，抵抗間日熱和三日瘧，治療心臟和腎髒疾病。

在他返國的旅途上，他購買的東西似乎已經超過了他出國時所購買的東西。在東巴(Ciamba)，他買了蘆薈和豆蔻，他稱蘆薈爲 tarum；在小爪哇，他買了大約合一噸的「二十坎塔」的「黑胡椒和白胡椒」，以及肉豆蔻、丁香和華澄茄。這些商品他都說是「爲了亞歷山大市和安科納」，全都是「低價」購買(初出航時，他在東印度也買了香料，但不知比價是多少，他告訴我們，那是在中國出手的)。雅各也買了大量東印度的檀香、紫膠、巴西木以及胭脂蟲紅，後兩種可能是作染料出售的。

在回國的途中，他也傾心盡力地購買高質量的香，他稱之爲「爲偶像崇拜者的乳香」，特別是安息香和樟腦，他在蘇門答臘也買了一些樟腦。他說他這樣做是「爲了堪普的聖・羅倫佐修道院以及法諾主教」，他肯定是從法諾主教那兒得到了什麼使命。在蘇門答臘以及南印度的科蘭姆，他買了甘松香(spigo)和山扁豆，也買了大量的良薑和生薑，以及「其他一些罕見的香料」。

在西印度，他又買了「胡椒」，普通的和特殊的兩種都買了一些，他告訴我們說，「五月和六月間是胡椒的收穫季節」。在馬拉比亞，他買了「大肉桂」和藥店的東西，有些詞難以翻譯，但是包括米羅巴蘭斯(mirobalans)以及turpetto或者Radex turpethi，這兩者他都是在出航的時候購買的，毫無疑問又在中國出手，或者在貨物交換時派了用場。

在古加拉特(Gujarat)的塔納港口，他買了更多的靛藍、麻布以及刺繡的皮革地毯，他說這是「亞歷山大市的薩拉森人非常珍貴的」東西。在亞丁，他爲其意大利的業務代理人購買了各種香；在亞歷山大和拉古扎兩個城市，他出售了他的一些香料和其他商品，同時在亞歷山大市又購買了棉花、銅條、棗子和藥品，大概是準備帶到意大利市場去的。

他和威尼斯的埃利埃澤爾以及其他商人一起，在一二七三年三月三日離開了亞歷山大市。他們的「五艘船」組成的「船隊」，在威尼斯的旗幟下揚帆啓航。他告訴我們，其中有三艘船是安科納的。他也告訴我們，他把他的貨物中「最值錢的」放到了「兩艘槳帆並用的大木船中」，每一艘船上都有「八十名武裝人員」，另外的兩艘船則有「二百名船員」，第五艘船他沒有說，這些船全都是「在西尼噶格利亞(Sinigaglia)的我兄弟雅各的船㊳」，這大概是讓我們的雅各租用的。

他再一次訪問了拉古扎。在拉古扎，他顯然是用悠閒的方式而經營商務的。從一二七三年四月四日到十一日，他在扎拉度過了逾越節，不過僅僅停留在港口，未到它處，他沒有解釋爲什麼，或許是爲了修理一條船吧。這樣又過了三個星期。雅各在一二七三年五月五日抵達安科納，或者是像他所敘述的那樣，「五〇三三年伊亞爾的第十六天」，「在我五十二歲的時候，讚美上帝吧」。儘管他未能成爲「中國君主」，他可是從這裡滿載出發的。從他返家時著意的敘述中看出，他發了，至少從短期看是如此。

在貝哈爾(Behar)安息日的除夕，也就是五〇三三年伊亞爾的第十六天㊴，自創世以來，我生命的第五十二個年頭，我們終於來到了考尼羅(Conero)㊵，我感謝上帝使我平安地返回了我的家鄉，帶著我的財富和我周圍所有的僕人，只有勇敢的圖里格利奧尼以及孩子伯萊托(Berletto)除外。當我離開的時候，我一直擔心我的遠航會以不幸而告終，但是今天，我卻隨著和煦的海風返回，身體健康，船艙中裝滿了財富，很少有什麼毀壞和遺失，那些被薩拉森人偷去的東西除外。

我感謝上帝，因為祂垂憐於我，使我得以在良好的狀態下返回。為此，我在航行中每天都作祈禱，早晚各一次，起床的時候和上床躺下休息的時候。這樣，我帶著許多大小印度的圓胡椒和長胡椒，中國和梅里巴爾的生薑、長肉桂和厚肉桂，乾的山扁豆、紅花、肉豆蔻、小豆蔻、丁香、鑾子糖，蘇門答臘的檀香木、蘆薈，為我兄弟購買的番蘇拉(Fansura)樟腦和亞丁乳香，此外還有上萬片麝香，這東西只要一點就可以賺取大價錢。誰都會對我的大筆財富驚奇不已，為此而崇仰上帝吧，讚美祂吧。

我有一百二十坎塔的肉桂、六十坎塔的華澄茄、一百五十坎塔的丁香和四十坎塔的生薑㊶，還有大批其他東西，比如琥珀、珍珠和珊瑚等。

我有一大批高級絲綢，比如用絲綢織就和鑲金嵌銀㊷的大小布匹，這是給我在盧卡的兄弟塞繆爾的；有錦緞和亞歷山大市的棉花，還有最好的紫膠，這紫膠我買了二百五十坎塔，另外還有巴西木、靛藍和米羅巴蘭斯，這是為我的兄弟，弗里格諾的亞布拉姆家買的。

在藥品方面，我有為以撒·德·安雷佐(Isaac d' Arezzo)買的上等的華澄茄，此外我也買了其他許多藥品，比如大黃㊸、珍珠粉㊹、squinanti ㊺，貝殼粉眼藥(shells for the eyes)㊻、白屈菜㊼、蘇門答臘的良薑、小良薑、藥喇叭㊽、明目的 succus lycii ㊾以及其他一些神祕的東西。

我把這一切，連同上帝的祝福一起，獻給了我親愛的她。從我離開到歸來，我和她天各一方已經三年零二十四天了。我的薩拉，哦，我的光明；我不在身邊，她經歷了悲傷的歲月，各種事情都使她煩惱不斷。在說到我父親的時候，她悲泣不已，然而她也為其他的一些事情而得到了安慰。我們的兒子摩西出世了，這是在第八天以前作出標記的㊿，為此而感謝上帝吧。我給她帶來了一些珠寶，她也感到非常快慰，這樣，她的一顆心終於實實在在地放了下來。

我就是這樣帶著我的財寶回到了安科納。因為我在梅里巴爾和中國大陸賺取了大筆的財富，所以我的合夥人也得到了一份豐實的財富，感謝上帝吧。此外，我自己還暗藏了許多錫蘭和蠻子的高級珠寶、珊瑚以及為偶像崇拜者使用的琥珀串珠51，還有一些金貝桑(……)，準備在災難降臨時，但願上帝禁止這樣的事情，好為我和我的孩子作不時之需。虔誠而堅定的猶太人，如果行為端好，盡職盡責，對他的兄弟，願他們安寧，情誼深重，這樣他就總會得到回報的，所以我返回之時能夠得到如此的利益。我因此讚美上帝，讚美祂在我得到了各種所見所聞之後又得到了好的結果，因為主總是保佑你平安出門，順利返鄉。

隨後，我們從船上下來52，我給了忠誠的阿曼圖喬一筆豐厚的禮物，我的僕人皮茲埃庫利、伯托妮和布卡祖普每人一袋金子，又給了布卡祖普兩枚珍珠，留作耳飾，願上帝寬恕我的罪惡53。但是現在已經是貝哈爾安息日的時間，我把我的貨物交給我們家的僕人保管，讓每一個人都各回其家，和其家庭一起，以便人人都能用他們自己的方式去讚美上帝。為上帝用祂的手把我們安全地帶到了港口而崇仰祂吧、頌揚祂吧。

我祝福我的孩子，感謝上帝，祂是世界的光明，祂保護了他們，引導我返回我的故土。因為所有的人都在上帝的手中，我同我親愛的薩拉一起祈禱，願祂在我們有生之年，讓彌賽亞來解救我們，阿門，阿門。

人人都會死，所以誰也不能逃避死亡，但是我感謝上帝在茫茫的大海和遙遠的土地上對我的寬宥。我們除了耶路撒冷，並沒有一定的地點或者最後的居所，但是我也但願，在我們的時代能夠再次建立神殿，而安科納的這個邊境地區則是我的藏身之所，我的家園54。

此外，上帝對這個地方肯定十分關注，因為在這裡，猶太人世世代代都不乏學識淵博的人，他們教育其他人別忘記歷史；猶太人世世代代也都有富人，他們用他們的財富來熱情地幫助他們的兄弟。因此，願上帝繼續把我們作為祂的財富而加以保護，把我們放在祂的力量的影響之下，忽視我們的罪惡，關心我們的憂傷，阿門。

本卷中所寫的一切都是準確的記錄，是我，安科納的雅各·本·所羅門，在旅途中所見所聞，我自己所做所說的事情，而在中國，我還有可能成為一個君主。然而透露了這樣的事情，我還是有一定的疑問，因為我們最好是說得少而做得多，而烜赫的名字是很容易成為一個遭受毀滅的名字的。任何東西也不能逃避上帝的目光，感謝祂吧，一個人又如何能虛度時光，陳述祂已經知道的事情！

但是，對我所遭遇的幸與不幸，我所經歷的危險，凡此一切，我都作了整理和敘述，同時我也得到了滿足，為此而讚美上帝吧。因為人人都有責任去把他生活的賬目羅列出來，以便能計算一二，從中作出一個真正的估算，從他所犯的錯誤中學到一點東西。於是，我便把這些寫作清楚⑮，感謝上帝，是祂使我得到了這個機會而完成了我的故事⑯。

雖然我自年輕時代開始就聰明多智，因為上帝在我早年時代就為我開啟了理解的窗户，但是我卻從不知道，也從未聽說過像我在刺桐，即稱作光明之城所了解到的那些事情。然而我擔心，如果現在我把自己所看到和寫下的一切全部公之於世，那麼，因為我所觀察和敘述的事情奇妙至極，人們不可能相信我，但願上帝禁止這樣的事情，那麼人們就會把其他部分也當作一個嚴重的錯誤了。

但是，甚至我所遭受的荒唐事，我所犯的罪惡，願上帝寬恕我，也以人人都賴以生活的方法，正確而公正地教育了我。因此，哦，上帝，讚美一吧，把我也算作以色列中的一個聰明人，願上帝的容顏之光永遠照耀著我，阿門，阿門，阿門！⑰

註釋

①手稿為希伯來語。這是指任何用穀物或麵粉製成的食品，因為這在逾越節是禁止的。下面的幾行文字說明，所有那些東西的痕跡，猶太人都必須按照常規而將它們從房間裡挪走。

②手稿為 un cordone di perle di gran valuta e bracciale di amatisti。

③手稿為 cose segrete a remover il dolor ch' alcun avesse nel corpo e per questo ognuno ne vuole；值得注意的是，雅各把這些藥物的名字都掩蓋了起來，說明他至少在心中有某種「讀者」，他不希望這些「讀者」了解各種特殊的私情，就像他沒有告訴人們他獲利的細節一樣。

④手稿為 v'intravenga ben ogni cosa che farete。
⑤手稿為希伯來語，shofar：「第二天」是「歲首節」，猶太人的新年。
⑥雅各當然是齋戒的，所以在海上烤人的八月，禁水肯定是一個極端的考驗。
⑦手稿為希伯來語。terua 是呼嘯的狂風，tekia 是持續的大風，使全體以色列人精神集中。
⑧手稿為 risona la gran tromba。
⑨手稿為 chi perira di foco e chi d'acqua。
⑩手稿為 com il fior che langue o l' ombra che trapassa。
⑪手稿為 come la polve che volita o sogno che vola lontan
⑫手稿為 craco rosso。紅色的阿膠樹脂，用來染色。
⑬手稿為 murra，用作香水和香的阿膠樹脂。
⑭手稿為 stirace。散發香味的阿膠樹脂，明顯是用作藥物的
⑮手稿為希伯來語 lebonah。
⑯我翻譯不出這個單詞。
⑰馬爾凱大區亞平寧山脈的山嘴；能看出是楓丹•亞維拉那的修道院，現在也仍然存在。
⑱手稿為 incensieri。
⑲可能是在達拉克群島的許多小島中，紅海西南，埃塞俄比亞海岸北。
⑳「阿貝西亞」肯定是埃塞俄比亞。
㉑能看出是吉達，在沙特阿拉伯海岸。
㉒既然雅各沒有說他在這一天到場，那麼他至少是從別人那兒得到這個「事實」的，很可能是從亞丁的猶太人那兒得到的，也許這樣他能完整性地敘述「卡諾蘭」。
㉓手稿為 subito che sono in eta d' anni xiii。
㉔手稿為希伯來語；明顯是尼羅河。
㉕一二七二年十一月三日。
㉖如果雅各的數字可以相信，那麼駱駝隊是運載了二百噸的重量，其他動物另外又運了二十噸(每隻駱駝馱了十坎塔的重量，大約等於二十捆的絲綢。)但是我們不清楚，拉扎羅•德爾•維齊奧和威尼斯的埃利埃澤爾的商

品是否也在這一大批貨物中。

㉗這些弓箭手是誰我們也不清楚，但是他們不可能就是那些「武裝人員」。那些武裝人員是最初就同雅各一起，從安科納啟航，以防備海盜的，這些人也沒有再提到。

㉘手稿為 selle de' camelli。我不清楚這個特殊禁忌的就裡，但是它肯定同男人的尊嚴有關，因為把一個動物的鞍具放在其背上是令人不快的。

㉙一二七二年十一月十五日。

㉚時間是一二七二年二月十二日，雅各離開刺桐前十二天。

㉛這是指摩西和大衛。

㉜手稿為 mio fi，這是指他的孫子。

㉝手稿為 una gran ricorrenza，對一個虔誠的猶太人來說，是一個相當離經叛道的觀念，比《塔木德經》還要「東方」。

㉞雅各並沒有說這些人是誰。他們或許是海外猶太人貿易商人組織的亞歷山大行會，這是比較可能的猜想；也或許是猶太人會堂的長老，後者的可能性不太大，因為他們的見解說明他們只有一種狹窄的商業興趣。在那個時代，亞歷山大市可能有四千名左右猶太人，但是雅各並沒有提供任何數字。

㉟一二七二年十二月二十三日。

㊱大約是三十噸，或者三萬公斤。這可能還不到雅各貨物的五分之一，甚至六分之一，如果他早先對其商品數量所說的話可以相信的話。

㊲手稿為 dal mio(?)melincenso e legno aloe li quali vendevo a peso d' or。我難以認出第一個，但是它可能是一種馥郁的香，聞起來有蜂蜜的味道。第二個是在準備香的時候使用的。

㊳西尼噶格利亞，現在為西尼噶利亞(Senigallia)，在意大利中部的亞得利亞。「西尼噶格利亞的雅各」，可能是往返於地中海港口城市之間的一個船主和出租船隻者；也可能是擁有許多船隻，為一些在黎凡特和亞得利亞之間作商業貿易者提供特殊需要。在中世紀，西尼噶利亞有許多猶太人社區，有一些家庭現在也依然存在。

㊴一二七三年五月五日。

㊵一座位於安科納的山名，因此也有「在看到考尼羅的地方」之意。

㊶所有這些似乎數量都確實很大，很難讓人相信(雅各沒有提及他從中國購買的瓷器)。

㊷手稿為 maramati d'oro，這可能也意味某種金絲絨。

㊸手稿為 rabarbaro bono，用作瀉藥和補藥。

㊹手稿為 perle da pestar，大約作藥用。

㊺難以翻譯，草藥？

㊻貝殼粉眼藥是用作眼膏。

㊼手稿為 chelidonia，罌粟科植物，用作補藥。

㊽手稿為 turpetto，用作催吐藥。

㊾難以辨認：「利休斯(Lycius)的汁？」

㊿這是指割禮的「標記」，割禮要在出生後的八天裡完成。

(51)用作念珠？

(52)手稿為 uscimmo di nave。

(53)我把這個「罪」當作是給他年輕的女僕這種私人禮物。

(54)手稿為 questa marca di Ancona e loggia mia e mia ca'。

(55)手稿為 a far piana mia scritura：piana 在這裡有「易於理解的」意思。這個商業短語，再次告訴了我們，無論有什麼樣的限制，雅各在內心還是有一個讀者群的。

(56)手稿為 compier la mia narrazion。

(57)簽名「蓋奧‧波納尤蒂」放在手稿最後一行文字下方七釐米處！

第十二章　尾聲

雅各於一二七二年二月離開了剌桐，一年多以後，韃靼人在蒙古將軍伯顏(一二三六—一二九四)的統率下，加緊了對「蠻子即南宋帝國的軍事進攻。一二七三年三月，被圍困的襄陽城與樊城，這兩座雅各與剌桐長者白道古在一次談話中曾涉及的城堡，都已失陷。在一二七三年和一二七四年之間，南宋的領土漸漸落入韃靼人的統治之下。一二七五年一月，伯顏已經進軍至雅各所說的行在這個宋帝國的朝廷所在地，當時的皇帝，即手稿中所寫的度宗皇帝的嗣君，在一二七六年三月同意臣服於韃靼人的統治。一二七七年，剌桐，這座光明之城，被維吾爾人(Uighurs)、波斯人、阿拉伯人等組成的韃靼軍隊佔領。

德安科納在手稿中所說的宋度宗已於一二七四年駕崩，他留下的(似乎)只有幼子，其中有一個繼承了他的王位，由其祖母攝政。還不到兩年，都城行在就落入了韃靼人的手中。大多數皇室都被監禁起來，皇子們被送到了汗八里(北京)。在那裡，聽說他們受到了忽必烈汗的善待。另外，度宗還至少有兩位幼子沒有被俘虜，其中有一位被宋的遺臣擁立爲帝，據說他在一二七八年死在南中國海的一個海島上。另一個幼子接替了他的位置，但是一年以後，在宋朝剩餘的將士與韃靼人的最後一次海戰之後，宋朝的宰相抱著年幼的皇帝跳入海中，雙雙溺死。

在一二七九年之前，即雅各返回安科納的六年之後、南宋帝國最終滅亡之前，大多數的貴族、地主、官吏等南宋名門大家已歸順了入侵者。忽必烈汗因此成了整個中國的皇帝，正如貴族白道古在他與刺桐失敗主義者激烈的爭論中警告的那樣，蒙古人的統治被證明是暴虐的。實際上，歷史學家指出，包括「光明之城」在內的「蠻子」中國人都受到了特別苛刻的民族歧視，蒙古人大規模地把他們從政府和行政部門驅逐出去，禁止他們管有軍隊，在任何地方他們都要隸屬於蒙古族、突厥族的官員，後兩者構成了新的軍民中的特權階層。

南部中國的蒙古統治者只允許由蒙古人來擔任政府的高官，在官方文件中他們把漢人稱爲「臣民」(subjects)。漢人殺了蒙古人要被處死，而蒙古人殺了漢人則只須處以罰款。公共工程依靠抓來的勞力(press-gang)，新的統治者要求漢人長期無償服役，他們的土地被沒收。據謝和耐講①，那些一流的工匠——也許雅各曾購買過他們當中一些人的瓷器、工藝品——全都「被看管在一處特殊的作坊裡」，在這裡他們不准改變他們原有的職業：這是另一種形式的勞役。

不過，並非所有的人對韃靼人的統治都保持沉默。比如漳州(Zhangzhou)，在一二七五年被韃靼人征服了兩個月之後又爲漢人收復，不過(經過進一步抵抗之後)它最終還是被鎮壓，它的大部分居民因爲對入侵者的反抗而受到屠殺，這正是雅各所記載的刺桐「主和派」在辯論時曾警告過會發生的後果。

一般認爲，韃靼人征服南部中國對經濟的影響是消極的②，「在某些方面是災難性的」。例如，蒙古人的行政部門看來貪汙腐敗，任人唯親，玩忽職守，對漢人曾花費大量勞力興修的複雜的運河與水利系統造成了巨大破壞。不過另一方面，這種嚴厲的蒙古統治也給人一種更大的安全感。漫遊全國的商人更爲安全，而此前他們的擔憂在雅各的手稿中曾有所描述。而且，與雅各給他在亞歷山大作商人的兄弟的告誡中所說的正好相反，在蒙古人的統治下，外貿十分繁榮。

一些現代的歷史學家甚至論證說，在蒙古人對漢人的壓制下，中國的外貿逐漸幾乎全都由外國人所把持。也就是說，在蒙古人的統治下，過去出沒於中國港口，與東印度人、印度人、阿拉伯人做生意的中國商人被曾經從他們那裡購物的外國人所取代。當然，直到一二九四年忽必烈汗去世之後，蒙古人統治逐漸瓦解，在中國做生意以及在中國國內的商路變得不安全時，許多歐洲商人看來便離開了中國。

不過在韃靼人征服刺桐及南部中國其他商業城市更直接的後果中，正如馬可・波羅與忽必烈汗在一起的經歷所證明的那樣，外國商人乃至普通的外國人都受到了蒙古人的優待。對於穆斯林即薩拉森的商人(似乎)尤其是這樣，大概對猶太商人也是如此，因爲這兩種商人都有關於西方世界金融業務的知識，而且他們的商業貿易達到了令人生畏的地步。具有諷刺意味的是，像雅各這樣站在傳統主義者白道古一邊極力主張抵抗韃靼人征服的商人，他們的自身利益實際上受到這個征服者更多的保護而不是傷害。

同時大家都知道，蒙古人對南部中國的統治不僅摧毀了雅各遊記中描述的已被重商主義價値觀所削弱的當時的社會秩序，而且洗劫了它的大部分財富。擁有資產的階層，如貴族和富商，都希望通過接受韃靼人的統治以維持自己的地位，保住自己的私有財富，如在刺桐的辯論中眾多的聲音所極力主張的那樣。事實上，他們卻遭受了巨大損害(農民和城裡貧民更少能苟安的，正如歷史學家所示)。

蒙古汗向蠻子強徵繁重的稅賦。如雅各所述，刺桐城這一「自由貿易」港曾取消了稅收和雜費，而現在卻被沉重的進口稅所取代，這正是馬可・波羅告訴我們的。馬可・波羅寫道：「大汗從該城市(刺桐)和港口所上交的稅收中獲得了一大筆稅金。你必須知道對所有入關的商品，包括珠寶在內，他都要徵收百分之十的稅，換句話說即抽取什一稅。此外還有船稅，裝載小型商品的船按百分之三十上稅，裝胡椒的船上稅百分之四十四，裝檀香木等其他體積大的商品的船按百分四十上稅。這樣光是在船稅和大汗的雜稅上面，商人就得投資一大半的錢。不過，他可以靠另外一半錢賺取相當大的利潤，以致他常常是帶著大量的新商品高高興興地回家。由此，你根據我所講的可以充分相信大汗從這個城中撈取了巨大的一筆稅金。」③。

曾為刺桐被征服以前的商人如此熱情擁護的「自由貿易」(free trade)的理想結束了，至少直到我們現在所處的時代為止都結束了。不過除去受壓迫的因素，按照韃靼人的辯護者馬可・波羅所說的，在韃靼人的統治下，外國商人能繼續經商贏利。然而總的來說，與大汗的扈從馬可・波羅為我們所提供的關於韃靼人統治的熱情洋溢的報導相比，(顯然)被人暗殺的白道古的預言更接近於歷史中將要發生的眞實情況。

韃靼人的統治由於貪汙腐敗、自相殘殺以及笨拙苛刻的獨裁主義等的危害，結果才維持了不到一百年，在雅各的時代之後半個多世紀，韃靼人的統治引起了窮人大規模的反抗，尤其是受到有組織的祕密社團「紅巾軍」(一三五一—一三六六)的反抗。像手稿中所生動描述的那樣，在一個習慣於放縱消費的社會中，生活不量入為出，結果造成了貿易平衡中的赤字，只有通過出口貴重金屬來部分地彌補，通貨膨脹與它產生的社會矛盾也助長了蒙古人統治的崩潰。

現在我們知道，繼之而起的是明代，它的開國皇帝原先是一個佛教和尚。明代有效的統治恢復了穩定，恢復了曾讓「貴族白道古」為其消亡而痛苦惋惜的許多原有模式，中國再一次變得安定繁榮起來。至於韃靼人，他們最終被驅逐出去，返回到自己原先的家鄉，在蒙古斡兒寒(Orkhon)河邊的哈剌和林(Karakorum)重建起了自己的朝廷。

一二七六年，韃靼人佔領了南宋都城行在之後，在那兒建立了一個新的「宗教事務組織」。第二年，它由一個叫楊璉眞伽(Yang lian zhen jia)的有名的西藏僧人負責，他的薩滿式的(Shamanistic)佛教信條在蒙古人中大受青睞。這個僧人違背被征服的漢人的情感的許多種罪行之一，就是於一二七八年，即雅各離開刺桐後的第六年，從紹興附近的南宋皇帝(天子)陵墓中盜竊珠寶。

不過，據説伊斯蘭教從蒙古對中國的統治中獲利最多，這不可忽視的原因是因爲蒙古軍隊中的許多人都是從中亞的穆斯林教徒尤其是土耳其人中招募來的。汗八里(北京)的大汗宮廷委託給了一個穆斯林建築師來建造，穆斯林官員被派去統治中國的雲南等行省。包括刺桐、廣州在内的中國南部紛紛建起了新的清眞寺。據歷史學家説，曾有大批的中國人改信伊斯蘭教。中世紀西方羅馬教皇長期以來希望蒙古人能皈依基督教，並在其與伊斯蘭教的鬥爭中能幫助教會，看來難有結果。不過，在一二九四年，蒙古親王汪古闊里吉思(Önqut Körguz)皈依於後來的北京大主教孟特哥維諾(Giovanni de Monte Corvino)④。

一般而言，歷史學家持有這樣一種看法，即：中國的「進步思想」在韃靼人統治下遭到了相當大的破壞，雖然在有顯著發展的數學、科學和技術方面受到的衝擊比較小(有些學者甚至認爲它們根本沒有受到破壞)，但在哲學和倫理道德方面則受到了很大的破壞。然而，無疑在「維護天下秩序」的名義下，蒙古人的統治促使中國的儒士明顯傾向於聽從短暫的政權的命令，傲慢的雅各已給我們留下了一份對那些儒士嚴厲指責的描述。據説蒙古人特别喜歡巫術和迷信，這無疑吸引了雅各自己所説的這個城市的「智者」中的「術士和占卜者」之流。

在雅各在遠東的三年期間，威尼斯與安科納的關係惡化⑤。實際上，從一二七七年，即他返回後的第四年起，兩個城市之間的戰艦交鋒過好幾次，直到一二八一年，兩個城市才簽訂了和平條約，那一年雅各六十歲（假設他還活著）。雖然條約沒有具體提及商業問題，但它確定了威尼斯在亞得利亞海的霸權，在長達約一百五十年的衝突之後，和平正是在這個基礎上建立的。十四世紀期間，安科納與威尼斯的關係得到了進一步的改善，尤其是在一三四五年簽訂了新的條約之後，那時雅各已去世了很長時間。在新的條約中，安科納與拉古扎的貿易、與拜占庭帝國的貿易都被放在了更加安全的、一致的基礎上。

但在更廣闊的經濟、政治背景來看，意大利在十四世紀被市民的鬥爭弄得四分五裂，還受到黑死病（一三四七——一三五〇）的折磨，動亂致使經濟利益遭受了嚴重的衰退。中世紀的一些意大利尤其是佛羅倫薩的大商人、大金融家（非猶太人），在這個時期都破產了。Bonnaccorci 與 Corsini 於一三四一年破產，Baridi、Peruzzi 與 Acciajuoli 於一三四三年破產。然而，正如皮朗所描述的，「意大利儘管有政治上的分裂，然而直到（十五世紀）通往印度新航線的發現，使當時主要的航線和商業貿易從地中海地區移到大西洋地區之前，意大利的銀行業、高檔品的工業方面在歐洲其他國家的霸權地位仍然成功地保持著。」⑥

在十四世紀動盪期間，從一三四八年到一三五五年，安科納曾短暫地處在 Rimini 的 Mulatestas 的統治之下，此後，它又重新由羅馬教皇所控制。在一三九二年的一個文獻中，人們可欣喜地看到它是一座「非常突出的、強大的、富庶的城市」，在它的港口中有無數的海船和三桅大船，簡直就像在一個世紀以前雅各眼裡所呈現的刺桐。

我們只能推測雅各的後裔是否會是在那些船上遠洋航行的人之一，不過看樣子是不可能的⑦。十四世紀強加在猶太人商業貿易活動上日益增多的各種限制，或許已把他家族的繼承者從意大利的國際貿易中驅逐了出去；也有可能是雅各在給他的同伴分了一些在遠東積累的財富之後，在這一筆財富的有效幫助下，雅各本人在他的餘生致力於國內的銀行業。

我們來看安科納猶太人特殊命運的一幕：一二七九年，也就是雅各從南部中國返回的六年之後，那時雅各五十八歲，無疑還活在世上。當時猶太人被指控引起了就在此年衝擊安科納的地震⑧。從雅各的時代之後，尤其在方濟各會教士影響下的時代，猶太人的處境自然變得更壞。最糟糕的是，Bernardino da Siena(一三八〇—一四四〇)、Giacomo della Marca(一三九一—一四七六)、Giovanni da capistrana(一三八六—一四五六)和Bernardino da Feltre(一四三九—一四九四)經常向下層人士描繪猶太人有祭神時殺犧牲的罪行以及「褻瀆神靈的罪行」，以此煽動下層階級來反對猶太人，從而使猶太人中間傳播著一種恐懼的氣氛⑨。

然而，在許多中世紀文藝復興時期的意大利公國和它們中的Mantua、Parma、Ferrara、Urbion等其他自治城市中，以及在羅馬教皇自己的境內，儘管猶太人受到周期性的人身攻擊、受到各種限制和驅逐，但猶太人仍然存活了下來，甚至變得更加興盛。一五五四年，在Julius 教皇三世在位期間，在意大利有一一五個猶太會堂(Synagogues)，在那些地方允許猶太人居住⑩，其中有三十四個是在雅各居住的馬爾凱大區。不過，在一五六九年之後，羅馬教皇境內的猶太人得到(官方)允許，只能住在羅馬和安科納，雖然在一段很長的歷史時期內，安科納對猶太人顯得(相對)友好，然而正如在雅各原先的焦慮中所清楚表達過的，一股潛在的敵意也常常顯露出來。

在安科納，這類人們所熟知的最壞事件發生在Cardinal Gian Pietro 教皇統治時期，當他在一五五五年成爲教皇後，便取名爲保羅四世。當時在安科納城內，約有一百家講葡萄牙語的猶太人(Marranos)，他們曾被迫改信基督教，十六世紀四〇年代，他們遷到安科納來避難，並恢復了當初他們所信仰的猶太教。在加快「使猶太人皈依」的名義下，教皇保羅四世將宗教裁判所的那種狂熱來處置這些安科納的猶太人(Anconetan Marranos)。他下令沒收這些人的財產，並要他們繼續準確地貫徹基督教信仰。有二十四個男人和一個女人，因抵抗皈依，拒絕這種結果，於一五五六年四月至六月間被絞死和燒死在木樁上。那正是在烏爾比諾(Urbino)猶太人的經書被當眾焚毀約三年後的事。當時雅各的子孫中是否有人仍生活在安科納，並目睹了此血腥事件，我們已不可得知。但是，許多人的心中肯定也和以前的他那樣焦慮不安。

我艱難地譯完雅各的驚人之作後，經常思考著這個人物，以致常常感到他就出現在我的面前。這是件令人乾著急的事，我知道有關他的「實情」，尤其是關於他的結果，僅僅是我所知道的那些。不過，許多歷史學家也有同樣的迷惘，他們也常常深感材料不足，並最終從他們所研究的難以捉摸的人物中退了出去，他們知道就是費盡他們所有的心血，也不能更接近那些人物一步。

對於對象的這種沮喪，研究中世紀中國的著名學者亨利·玉耳(Henry Yule)用言辭作了表述。他在寫那令雅各如此擔憂的蒙古人的征服時說：「十四世紀中葉以後，隨著蒙古王朝的蹣跚而下，使臣與商人都同樣從這片土地上消失了。我們聽說修道士和主教們紛紛從阿維尼翁出發，不過他們向前卻走入了一片黑暗之中，再沒有被人說起過……一片黑暗的薄霧已降在遙遠的東方，覆蓋了蠻子、契丹，(以及)以往的旅遊家驚奇萬分地提到的汗八里、行在、刺桐和辛迦蘭等城市。當這層面紗掀起時……已是在一個半世紀以後了，而那些名字已不再爲人所知……不僅是那些古老的名字遭人遺忘，而且那些地方以前曾經很知名的事件也被人們徹底忘掉了⑪。」

至於雅各·本·所羅門·德安科納(Jacob ben Salomone d'Ancona)，他是位學者、旅遊家、商人，也許還是位拉比兼醫生，他比大多數人對我們更有幫助(也很幸運)，他在他身後留下了他的手稿來指導我們和滿足我們。不過，他是否死於安科納，並被埋葬在那裡，現在無人可以說得清。如果他的屍骨被安葬在安科納古老的、已被拋棄的懸崖頂上的猶太人墓地中，那他的屍骨也許算待對了地方。他可以眺望亞得里亞海和他生前曾遠航的路線。他的墓石有一部分已在很久以前落入海底，其他的墓石則被移到耶路撒冷，那就是雅各在他稿本倒數第二頁上所提到的作爲「最終寓所」的城市。無論他死於何地，都「願平安與他同在」！正如他所常說的那樣。

註釋

①謝和耐：《中國文明史》，劍橋大學出版社，一九八五年，第四七〇頁。
②有代表性的評價見於 W. Rowicki：《設牆的王國》(*The Walled Kingdom*)，倫敦，一九九一年，第一三八—一四〇頁。
③見玉耳與戈爾迭的《馬可波羅行紀》第二冊，紐約，一九九三年(據一九〇三年版重印)，第二三五頁。
④見玉耳與戈爾迭的《馬可波羅行紀》第二冊，紐約，一九九三年(據一九〇三年版重印)，見第九頁。
⑤同上書，見第十八、三二九頁。
⑥皮朗：《中世紀歐洲經濟社會史》，一九四七年，倫敦，第二三三頁。
⑦W. Rowicki：《設牆的王國》(*The Walled Kingdom*)，倫敦，一九九一年，第二十四—二十五、二十七—二十八頁。
⑧A. Milano: *Storia deli Ebrei in Italia*, Torino，一九六三年，第七十三頁。(我十分感謝 Maria Luisa Moscati Benigni 給我提供的參考資料。
⑨例如在一四七五年，Bernardino da Feltre 在 Trento (當時這裡僅有三十個猶太人)布教時，煽動說要對一些人動用殘酷的死刑，對其餘的人進行驅逐。他斷言這些人在逾越節(the Passover)的儀式上，用一個名叫西蒙(Simone)的二歲兒童作犧牲。雖然西蒙的死後蒙恩，受到了宗教儀式上的禮遇(beatified)，但對於 Trento 的猶太人以這個孩子作犧牲的控訴直到一九六五年才予以撤銷。
⑩從十五世紀到十六世紀的漫長期間，西西里、意大利南部、米蘭等地的猶太人都受到了驅逐。只是在十九世紀中葉，他們才返回到米蘭和那不勒斯。

⑪見亨利・玉耳著的《東域紀程錄叢》(*Cathay and the Way Thither*)第一冊，倫敦，一八六六年，第一七二頁。

猶太曆月名表

月名	譯名	與公曆對應關係
Shevat	細罷特月	一～二月
Adar	阿達爾月	二～三月
Nisan	尼散月	三～四月
Iyar	伊亞爾月	四～五月
Sivan	西萬月	五～六月
Tammuz	塔慕次月	六～七月
Av	亞維月	七～八月
Elul	厄路耳月	八～九月
Tishri	提市黎月	九～十月
Heshvan	赫舍汪月	十～十一月
Kislev	基色婁月	十一～十二月
Tevet	特維特月	十二～一月

雅各的語言

我看到雅各的手稿，很快就開始明白，這是一部受到多種語言影響的，甚至由多種語言組成的複合體。手稿中首先是意大利語，它們看起來大部分是托斯卡那方言，但可能也含有某些威尼斯的習慣用語，特別是在適當的名詞和詞尾的情況下尤其如此，連帶還有許多文化人使用的拉丁字。手稿的用語也有些短語、動詞等等，幾乎是法語或者法語-意大利語形式。同時，裡面也有相當數量的純拉丁語、希伯來語以及零零散散使用的一些阿拉伯語和希臘語，這些語言也都是手稿作者自己的筆跡。此外，還要加上一些音譯的中文姓名、地名以及官員的頭銜等，比較奇怪，有時候也難以理解；尤其是官員的頭銜，大部分都仍然難以辨認。

意大利語有大量晦澀難懂的術語，它們和拉丁字以及「法語-意大利語」詞彙不同。它們的多見，乍看就引起我特別注意。這裡我隨便選擇一些，比如 duolo、dolio、duol 為「悲痛」之意，doglioso 為「極其痛苦的」意思，contrada(國家，地區)，loggia(房屋)，signoria(規則)，periglio(危險)，mastro(大師)，reame(領域，王國)，ospizio(居住)，cupidigia(貪婪)，piove(下雨)，fe(信仰)，matera(事情、問題 matter)以及 reo(邪惡的)等。最後一個詞，雅各常常使用，有時候含有腐敗、道德上敗壞的意思。還有一些詞更為晦澀，也很罕見，比如 speglio 為鏡子之意，negghente 為忽視的意思，presto 為牧師，labbia 為臉面，corsalo 為海盜，lalagio 為宮殿，veneno為毒藥，ariento為銀子，而naul則是租用的意思。也有一些詞，比如以inveggia代替Invidia，以soprano代替sovrano，以manciar代替mangiare，以loico代替logico，以aitar代替aiutare，以archimia代替alchimia。還有一些詞與今天的習慣用法十分遙遠，比如以mai代替mali(壞，邪行)，augelli代替uccelli(鳥)，lai代替lagni(抱怨)，fi代替figli(兒子)，以及用家庭中使用的 fazzioli 為豆子，tegghia 為盤子。我也習慣了以 anco(anche)為「也」的意思，fori(fuori)為「外面」的意思，niuno(nessuno)為「無人」意思。

雅各使用的許多單詞，包括我所提過的一些，可以看出僅僅是當代單詞的古代拼寫；在我看來，如與喬叟時代的英語和現代英語的變異比較，意大利語在詞彙上，甚至在語法上，可說沒有多少變化。因此，雅各使用 dimando(代替domando)，calamaro(代替 calamaio)，feruta(代替ferita)，posta(代替posto)，dificio(代替edificio)，intrando(代替entrando)，cultello(代替col-tell o)，forastieri(代替forestieti)，lagrime(代替lacrime)以及giudicio(代替giudizio)，還有很多同現代意大利語同樣區別不太大的詞。

確實，從某些種類的單詞來看，如果作更多的分析，我們就能夠看出其變異的若干類型來。比如說，雅各的詞彙同現代的習慣用法的區別可以就是加一個「i」：以sentenzie代替sentenze(句子)，lievar代替levare(提起，升起)，brieve代替breve(簡短)，leggiero代替legge ro(光)，sustanzia代替sustanza(本質)，niegar代替negar(否定)，cimiterio代替cimitero(修道院)等等。倒過來，一個單詞也可以少掉「i」，比如以spirto代替spirito，dritto代替diritto，queto代替quieto，merto代替merito，sentero代替sentiero，pensero代替pensiero以及其他一些。

或者也可以用「i」來代替「e」，比如以quistioni代questioni，以discriver代descrivere，以nimico代nemico，以dimoni代demoni，以diserto代deserto等。倒過來則是以「e」代「i」，如以devoto代divoto，以trestizia代tristizia，以uomeni代uomini，以pregioni代prigioni。或者以「e」代「a」，比如以greve代替grave，以assessino代替assassino；或者相反，以maraviglia代替meraviglia。也有以「u」代替「o」的，比如在vagabundo這個單詞中就是這樣；或者以「g」代替「c」，比如以dugento代替duecento，以lagrima代替lacrima，以aguto代替acuto，以gastigar代替castigare；或者倒過來，以「c」代替「g」，比如以macro代替magro，以navicando代替navigando等等。

手稿中的用詞也有附加「u」的情況，聽起來很不順暢，比如以pruova代替prova(證明)，以cuoprono代替coprono(它們覆蓋)，以truovano代替trovano(他們發現)；或者我們常見的「u」又略而不見，比如以mover代替muovere(移動)，以scola代替scuola(學校，學派)，以rote代替ruote(車輪)，以cocer代替cuocere(燒飯)，以sonar代替suonare(發聲)，以及用bono、novo、foco和voto代替現代的buono、nuovo、fuoco、vuoto。在手稿中，雅各對同一個單詞，在不同的地方，形式和拼寫也不一致，有點令人模糊，但是這也使我們清楚了，因為那是在中世紀，拼寫並沒有固定下來，所以也就不盡一致。比如我們有cor和cuor(心)，giovanetta和giovinetta(少婦)，periglio和pericolo(危險)，esempio和esemplo(範例)，imprenta和impronta(一種印象)，giudei和zudei(猶太人)；有時候這種同一個單詞的不同樣式，在相連的幾行文字中同時出現。

此外，在一些單詞中間，還有許多不常見的輔音轉換現象，特別是一些動詞。比如雅各用vegnono代替vengono(他們來)，stringer代替strignere(壓迫，擠)，ritegno代替ritengo(我堅持)。同時也常常有一些意想不到的過去分詞，比如 acceso(被超越)，ragunato(帶到一起)，onrato(受敬重)，ascoso(被隱藏)，soprato(被克服)，miso(被送)，都是其中最怪的。尤其奇特的是——我開始看時還以為是手寫時的一個折筆體，那是把「i」加到一些詞的前面，名詞、動詞、形容詞都有。比如以 isperanza 代替 speranza(希望)，不過這個詞雅各也使用 speme，以 istrade 代替 strade(道路)，以 ignude 代替 nude(裸身)，以 ispezerie 代替 spezierie(調料)，以 ispirti 代替 spiriti(靈魂)，甚至用 ispada 來指劍。此外手稿中還有其他一些例子。

但是，對研究意大利語源學和語法史的學者來說，更主要的興趣可能會在雅各不斷以加定冠詞的動詞不定式作名詞使用，如 il voler、l'ordir、il narrar、il cangiar，甚至 il dar，分別作為 the will(意志)，the ordering(of)(命令，秩序)，the narration(敘述)，the change(變化)，the giving (or gift)(贈與)。因此，「理解」(有時候)就是 il comprender，「尋找」就是 il cherer，「演說，說話」就是 il parlar，「治療」就是 il guarir，「食物」就是 il mangiar 或者 il manicar，「生命」或者「生活」就是 il viver，「賣」就是 il vender。確實，「我的講話」在雅各的手稿中(多次出現)是 il mio parlar，他愛說 suo sceglier 以及(不止一次)「他們的聲明」loro dire 等。但是在此同時，雅各使用抽象名詞的範圍，就中世紀意大利語來說，也特別廣泛，一般是帶後綴-ezza (pienezza、debilezza、durezza、secchezza，甚至 amichezza)，或者帶後綴-anza 和-enza(simiglianza、sembianza、conoscenza、parvenza、doglianza)，或者帶後綴-mento(pensamento、parlamento、nascimento)。

也有許多抽象名詞是以-ion 結尾(沒有最後的「e」)，這種情況我注意到幾乎有三十多處，使我覺得這和威尼斯的習語有關。這些詞包括有 orazion、ragion、cagion、perfezion、 profession、oblivion、diluvion、derision、estimazion，乃至有 proporzion。也有一些詞，依威尼斯方式而除去了「e」，比如 baston(堅持)，ordin(命令)，religion(紐帶，繫帶)。

在雅各的寫作中也有大量拉丁化的抽象名詞和概念，這是一種有文化人的語言，比如 felicitate(幸福)，salutate(安全，健康)，bontate(善意，慷慨)，etate(世代，時代)，pietate(同情，憐憫)，civitate(公民社會，我們也說 civic society)，以及 autoritate(權威，authority)。還有其他一些拉丁風格，如 turpo(邪惡的)，雅各特別喜歡使用這個詞，sueti(習慣於)，patre(父親)，stulto(愚蠢)，magno(巨大)，nigre(黑色的)，pulcro(美麗的)，festino(迅速，趕快)，milite(士兵)，delicti(犯罪)，labore(工作)，arbore(樹)，peregrino(陌生人)，templi(寺廟)，apti(合適的)以及civi(公民)等。

此外，手稿中還有一些純粹的拉丁語單詞和短語，和我上面講的拉丁化的意大利語單詞不一樣，有一些我在註釋裡已經指出。這些詞有 contra naturam(幾次使用)，rerum natura(兩次使用)，res publica，in actu，proprium，prudentia politica 以及 spelunca latronum(賊窩)等；還有源於拉丁語的一些詞(inter crura、mentula、labra 以及其他單詞)，出現在一些色情段落的性描寫中。

但是雅各的典型風格遠不及這樣的文化水準，乃是相當粗俗的意大利縮寫，以'n 代替 un，'na 代替 una，'l 代替 il，de'代替 dei 和 degli，等等。此外還有許多短語，比如 suso e giuso(上下)，quinci e quindi(此處彼處)，di' verno e di state(冬夏)，al merigge(中午)，信筆所至，連不是專家的人也能看出是日常說話中「通俗」的習語。也有許多單詞省略詞尾，與上述「威尼斯」式的不同，使雅各的文章有了一種方言口語般的簡略，比如 il bene e il male (善與惡)，這意大利古今都有的標準對立觀念，手稿中作'l ben e 'l mal；il cuore buono(善心)則作'l cor bon。同樣，雅各的手稿中還有好多名詞，比如 poder、amor、piacer、dover、valor、splendor、favor、error、onor、romor(代替 rumore)，以及 mar(代替 mare)等等，不一而足。

也有一些單詞，「應該」以「e」結尾，但是卻輕易地省略了，這在當時肯定是非常普遍的。但是雅各也常常去掉結尾的「o」，比如 fren、titol、vincol、cammin、piccol、uom、vassel、ver(代替 vero)、ciel；也用 lor 代替 loro，並在同樣縮寫的精神下，用 gran 代替 grande、vergogn'代替 vergogna(羞恥)，還有 vicin 代替 vicino，son 代替 sono，甚至用 han 代替 hanno。

這樣，人們會覺得是在讀法語，或者法語－意大利語的方言。就像我上面說到的，在這裡，這些語言之間的現代界限幾乎不存在。雅各省略的習慣給我們指出方向：在手稿中，gentile 變成了 gentil，male 變成了 mal，bestiale 變成了 bestial，這樣也就變成了，或者可以讀成「法語」。sanza 這個詞，雅各在手稿中經常為「沒有」，接近法語的 sans；secreto(而不是 segreto)接近法語的 secret；sovente(常常)接近法語的 souvent；om 接近法語的 homme；la dimane(明天)接近法語的 demain；pien(完全)接近法語的 plein。雅各用 tien，而不用 tiene，看來更加接近「法語」，而不是「意大利語」。因此，雅各也就以 egale 和 egal(同等的)代替 uguale，sol(太陽)代替 sole，pan(麵包)代替 pane，或者以 pie(腳)代替 piedi。這樣看來，確實有許許多多習慣用法，其中雅各所運用的縮寫和略寫的形式，都突出了當時這兩種語言的共同性。他寫出 al fin(在末尾)，還有 ver 和 inver(朝向)，後者簡直就等於法語的 ver 和 envers。當雅各把 mani(手)縮寫成 man 的時候，我們可以聽到法語 mains 的聲音；當雅各使用 reine 來代替 regine(女王)的時候，兩種語言幾乎是一樣的。

至於雅各的一些我稱之為專業性的詞彙，比如有關大海、商人以及草藥採配(?)等的詞語，對學者來說都是饒有興味的。雅各本人不是水手(他的一些描寫和術語都簡直是旱鴨子的語言)，但是他對他的船隻所取的風向、地理方位以及羅盤方位，都很清楚。比如風有 al maestro(西北風)，alla tramontana(北風)，al ponente(西風)，al mezzodi(南風)，以及 al gherbino(西南風)等。他對東北風稱之為l vento greco，西北風為 vento maestro；他幾乎是口語化地、很簡潔地說起遠航 per gorbi(向西南)，稍微正規一點的則是 verso isciroc(向東南)，好像天生就慣於航海。他一般也很小心，比如說他的船隻駛向 verso levante e sciroc(東南偏東)，或者 verso greco e levante(東北偏東)，在大多數情況下，這些方向都能夠同地圖以及他告訴我們所採取的路線相符，但是並非全部。

但是他對其船隻的類型和船體各部分似乎都不熟悉，也很少細節的描寫，雖然與這些船隻相關的詞很多。他提到甲板是說 ponti，船頭船尾是 prora e poppa，背風和迎風是 orza e poggia。他的船隻是「使用帆和槳」(a vela e a remi)，沿航路(passaggio)而行，帶著一個 buxida(羅盤)，他兼稱他的船長為 mastro 和 ammiralio；壓艙物(zavorra)在暴風中移動了位置。但是也有其他一些術語是陸地上人所使用的，比如「水面平靜」(calm water)，雅各膽怯地稱之為 acqua piccola，洶湧的海浪則是 acqua grande。他害怕他的船 ruttura 即破裂；上船，雅各非常笨拙地說，是「進入」(entrare)，而下船則僅僅是「離開」(uscire)。

在商業事務上，他對利潤和會計所使用的詞彙一般都很有限，但是(突出地)在稅金、百分比與進口稅上，又非常詳細，雖然其中有些單詞不甚明確，或者難以翻譯。他支付 il quarantenum(2.5%?)，或 il decimo，或 il quindecimo 及 il ventesimo。他秤量購買的物品是一盎司一盎司(oncia a oncia)；他購物是根據東西的重量，使用金子或者銀子(a peso d'oro, a peso d'ariento)；買得便宜(a denari piccoli)；他賺取了大筆利潤(grandi guadagni 或 avanzi)；他也在買賣中打折(sconti)；把金貝桑(bisanti d'oro)放在錢袋(borse 和 tasche)裡；他視察他的貿易站(fondachi)，同代理人(commisso)和代理商(fattor)交涉或者爭論。手稿中有多處提到稅金和欠款，獲利和損失，收入和純收入，以及由他的主要辦事員阿曼圖喬保存的「一大卷冊」的賬目；但是雅各(似乎)過於保密，並沒有說到商務的細節，令人氣悶。

但是對他的實際購物情況，比如紡織品(nacchi、cammucche、maramate、zituni、bucherame 等等)、香料、藥物、香等，都有大量的詞語，有的模糊，有的常見。有不少我都在腳注和詞表中作了詳細描述。他的醫學術語十分有趣，有 parlassia(癱瘓)、tisi(肺結核?)、idropsesi(水腫)、livore(貧血?)、la terzana 和 la quartana(瘧疾?)，包括在解剖學上不同部位的各種術語，從牙齦到生殖器，有的是使用拉丁語，同時也有大量途中買得的草本植物和草藥的詞。

希伯來語單詞、表述詞語(epithets)以及(通常為簡短的)《聖經》和《塔木德經》的段落也有很多。確實，有些表述詞語，比如「讚美上帝」，「願他們安寧」等等，在手稿中反覆出現。這一類文字，我大部分都刪去了，但是仍然有很多保留了下來，這是因為沒有它們，在我看來，翻譯就會失去某些特徵。還有大量經書引文和拉比著作的引文難以識別出處；有些地方，經過幫助而知道出處，比如在《摩西五經》和《密西拿》中的引文，我都使用了現存的權威譯本。

雅各常用希伯來語(手寫體)表述安息日的名稱、猶太人節日的名稱及猶太人祈禱文的名稱、猶太曆月名(參見〈猶太曆月名表〉)、猶太賢哲和拉比的名字、一些親戚以及猶太人商業夥伴的名字，後者有些是和他們在意大利的出生地、住所一起從意大利語翻譯成希伯來語的。但是他對一些特殊的詞，幾乎一定使用希伯來語及其字體：如所有對上帝的稱呼(只有一處例外)，還有托拉、彌賽亞、地獄、猶太教堂、方舟、國王——這是奇特的，但幾乎總是用 melech，還有摩西、契約、異教徒、混亂、埃及、嘲笑者、婚姻(和婚禮的篷帳)、割禮、離婚、經文護符匣、公羊的角，以及(更突出的)常常出現的阿門。如果一般通用的「賢哲」和「賢哲們」指猶太人，那麼他就使用希伯來字體的 haham 和 hahamim；但是如果是非猶太人，他就用 savio 或者 saggio，也用 savi 或者 saggi。

手稿中也反覆出現許多猶太意味的短語，也幾乎都是使用希伯來語，包括那些涉及上帝的短語(上帝的憤怒、上帝的慷慨、上帝的真理、上帝的光榮、上帝的話、上帝的律法)，涉及《托拉》經的詞(托拉的真理、托拉的律法、托拉的智慧、托拉的燈光)。此外，「聖地」、「一位哈曼」、《寬恕書》(the Book of Forgiveness)、死亡天使、「我們被擄入巴比倫」、以色列的孩子們(或兒子們)、惡一(Evil One 或魔鬼)、「末日」以及光明之城(兩次)等都是用希伯來語。

此外，祈禱語和詛咒語也幾乎全都是用希伯來語所寫的，有些還非常詳細。最簡單的祈禱語，比如「如果上帝許可的話」，「但願上帝禁止這樣的事情」，「願他或他們安寧」，「讚美祂吧」，「上帝讓他安寧」以及「但願上帝寬恕我吧」等，都很多見，總是用希伯來語。有時候急不可待，就縮寫成了一個或者兩個希伯來字母。上帝(常用「聖一」一詞)受到感謝、讚美、頌揚、熱愛、敬仰、崇仰、尊崇，有時候也用「永遠」。在說這些句子的時候，雅各常常都沒有提到理由，但是有時候說因為祂的慷慨，因為「《托拉》的饋贈」，雅各甚至自己宣稱「因為我英勇無畏」，「因為我的力量」！手稿中也有請求上帝幫助、寬恕、垂憐、同情、「保護我們」或者「保護祂的子民」，以及「使我們免遭……痛苦」等。對於自己，雅各總是用希伯來語請求上帝保護他，寬恕他的過錯，把他置於祂的保護之下，有好幾次請求原諒他在手稿中寫下了一定的段落。對其他人，雅各則請求上帝使他們健康，使他們的生命得到保護，使他們的聲名得到祝福，「名聲遠揚」，能夠記錄下來，使他們能在天堂或者伊甸園安寧，使他們的靈魂能夠長存或得救贖。對猶太人整體，雅各也用希伯來語祈禱，願「耶路撒冷的神廟能夠在我們的時代再建」。

相反，他的詛咒或者咒罵也同樣有力，有時候令人畏懼，「願上帝懲罰他們」是最溫和的。有時候僅僅提到一個敵人或者其他什麼憎惡的東西，他就使用了表述語「願上帝打倒他」，「願上帝的詛咒降臨到他們身上」，「願上帝讓他短命」，「願他的名字湮滅」，「願他在記憶中消失」，「願上帝在最後的日子把他打倒」（對邪惡的哈曼）則是「願上帝把他打入地獄，摧毀他的靈魂」。凡此，在我們今天的人聽來也還是具有力量的呼喊聲。但是，有時候甚至雅各也沒有什麼詞彙可用：在憶及憂傷或者失望的時候，他寫道「哦，oh」、「ohime」、「哦，我 oh me」、「ahime」、「ahme」以及「ahi」等，這樣在他與我們之間就沒有什麼距離了。

中外人名對照表

Aaron	埃倫
Aaron Ebreo of Eraclione	埃拉克利奧尼的埃倫・埃布雷奧
Aaron of Barcelona	巴塞羅那的埃倫
Abel	亞伯
Abraam Hagiz	亞布拉姆・海吉茲
Abraham	亞伯拉罕
Abramo ben Leo of Mestre	梅斯特里的亞布拉姆・本・萊奧
Abramo of Baudas	包達斯的亞布拉姆
Abu Al-Barakat	阿布・奧－巴拉卡塔
Akiba	阿奇巴
Alberto de' Tarabotti	阿爾貝托・德・塔拉波蒂
Alexander IV	亞歷山大四世
Al-Hakim	奧－哈金
Alleuccio	亞魯希奧

Alofeno	阿羅菲諾
Andrea di Famagusta	安德列・迪・法馬古斯塔
Andrea di Perugia	安德魯・迪・佩魯賈(即佩魯賈的安德魯)
Anfenscian(An Fengshan)	安鳳山
Anfesu(Han Feizi)	韓非子
Angati(Huang Di)	黃帝
Anlisciu(An Lishou)	安禮守
Anscinen(An Shinian)	安世年
Aquinas	阿奎那
Aristotle	亞里士多德
Asher ben Jehiel	亞西爾・本・傑西爾
Atto Turiglioni	亞托・圖里格利奥尼
Augustine	奥古斯丁
Averroes	阿威羅伊
Avicenna	阿維森那
Bartolomeo	巴托洛繆(即弗拉・巴托洛繆)
Bartolus of Sassoferrato	薩索菲拉托的巴托魯斯
Baruch	巴魯奇
Baruch Bonaiuto	巴魯奇・波納尤托

Baruch Ebreo	巴魯奇・埃布里奧
Baschra	巴斯切拉
Bekhor	貝考爾(即以撒・貝考爾)
Beniamino	貝尼亞米諾
Beniamino Vivo	即貝尼亞米諾
Benjamin	本傑明
Benvenuto	本維努托
Berletto	伯萊托
Bertoni	伯托妮
Bonducdaro	邦達克達羅
Buccazuppo	布卡祖普
Caesar	愷撒
Cain	該隱
Calati	卡拉蒂
Cane Cacciala	凱恩・卡西亞拉(……汗?)
Capocci	卡波西
Cardinal Simone	加迪諾・西蒙
Cauiau(Kao Yao)	高瑤
Charles of Anjou	昂儒的查理一世

Chubilai	忽必烈
Chun/Chunfutsu	孔子
Cian(Zhang)	張
Cianianmin(Zhang Yanming)	張延明
Cianta	希安達
Ciasinna	西亞辛那
Ciasuto	賈似道
Cicero	西塞羅
Cienciunsu	孫卿子(即荀子)
Cienlian(Chen Liang)	陳亮
Cingis Cane(Genghis Khan)	成吉思汗
Ciumin(Zhou Min)	周敏
Ciusi(Zhu Xi)	朱熹
Clement IV	克雷芒四世
Confalonieri	康法羅尼埃里
Dante	但丁
Dattalo Porat	達塔羅・波拉特
David	大衛
David Selbourne	大衛・塞爾本

Dionysius of Siracusa	敘拉古的迪奧尼修斯
Domenico Gualdi	多梅尼格・古爾蒂
Efraim ben Judah Greco	埃弗萊姆・本・朱達・格里高
Efraim Ha-Levi	艾弗萊姆・哈－列維
Efraim of Ceneda	希納達的艾弗萊姆
Elia	埃利亞
Eliahu ben Elhanan	埃利亞胡・本・埃爾哈南
Eliezer	埃利埃澤爾
Eliezer ben Isaac	埃利埃澤爾・本・以撒
Eliezer ben Nathan	埃利埃澤爾・本・納森
Eliezer Bonaiuto	埃利埃澤爾・波納尤多
Elijah	以利亞
Elijah del Medigo	伊利賈・德爾梅迪格
Elijah of Ferrara	費拉拉的伊利賈
Eve	夏娃
Ezra	以斯拉
Federico	費德里科
Filippo	腓力普
Flaminio Catelano	弗萊米尼奧・卡特拉羅

Fra Bartolomeo	弗拉・巴托洛繆
Francesco Maria II	弗朗西斯科・馬利埃二世
Francesco Scudacchi	弗朗西斯科・斯庫塔齊
Frederick Barbarossa	弗里德利希・巴巴羅薩
Frederick II	弗里德利希二世
Fultrono	弗爾特魯諾
Gaio Bonaiuti	蓋奧・波納尤蒂
Gaiudincia	高定夏
Gamaliel	賈馬利埃爾
Gernet	謝和耐
Gershon ben Judah	傑爾申・本・朱達
Giacobbe	參見雅各
Giacomo Bladioni	吉亞考姆・布拉迪奧尼
Giovanni Confaloniere	喬萬尼・康法羅尼埃里
Giovanni di Marignolli	馬黎諾里
Giovanni di Monte Corvino	孟特哥維諾
Giovanni of Ibelino	伊布里諾的喬萬尼
Giuglielmo Ebreo	G・埃布里奥
Gregory IX	格里高利九世

Guglielmo	古格列摩
Guidobaldo	吉多巴爾多
Hagar	夏甲
Haim ben Abraam Ha-Levi of Sinigaglia	西尼格利亞的海姆・本・亞布拉姆・哈-列維
Haim ben Joel	海姆・本・喬爾
Henri Pirenne	亨利・皮朗
Hillel	希萊爾
Hillel ben Samuel	希萊爾・本・塞繆爾
Homer	荷馬
Hymes	韓名士
Iacobbe	雅各
Iacobbe ben Salomone ben Israel	雅各・本・所羅門・本・以色列(即雅各)
Iacobbe〔Jacob〕D'Ancona	雅各・德安科納
Ianciu(Yang Zhu?)	晏子(楊朱?)
Ibn Batuta	伊本・白圖塔
Innocent III	英諾森三世
Innocent IV	英諾森四世
Isaac	以撒

Isaac Bekhor	以撒・貝考爾
Isaac ben Isaac of Ceneda	塞內達的以撒・本・以撒
Isaac d'Arezzo	以撒・德・安雷佐
Isaia ben Simone	以賽亞・本・西蒙
Isaia of Ascoli	阿斯庫里的以賽亞
Isaia of Bastra	巴士拉的以賽亞
Isaia Sullam Hagiz	以塞亞・蘇蘭・哈吉茲
Isaiah	以賽亞
Ishmael	以實瑪利
Israel di Firenze	以色列・迪・菲倫茨
Israel of Florence	佛羅倫薩的以色列(即以色列・迪・菲倫茨)
Issac de Bonaiuta	以撒・德・波納尤塔
Iunien(Yun Yan)	圓念
Jacob	雅各
Jacob Anatoli	雅各・安納脫利
Jacob ben Abba Mari Anatoli	雅各・本・阿巴・馬里・安納脫利
Jesse	約瑟
Jojun	成尋
Jose	朱斯

Josef the Nagid	約瑟夫・那吉德
Joshuah	約書亞
Juda	猶他
Kublai Khan	忽必烈汗
Latsu(Lao Zi)	老子
Lazzaro del Vecchio	拉扎羅・德爾・維齊奧
Lazzaro Ha-Coen	拉扎羅・哈-可恩
Leo	利奧
Leo ben Benedetto	利奧・本・本尼代托(即利奧)
Levi	列維
Levi d'Ancona	列維・德安科納
Levi di Abramo of Camerino	卡梅里諾的列維・迪・亞布拉姆
Liciancie(Li Zhanqie)	李珍姐
Lifenli(Li Fenli)	李芬利
Lipo(Li Bai)	李白
Lo Hoan(Lou Hean)	羅候
Lolichuan(Lou Laiguang)	樓來光
Lorenzo Abstemio	羅倫佐・阿布斯泰米奧
Lotacie(Lo Dadie)	羅達第

Lusou	魯肅
Magister Boncompagno da Signa	M・B・德西納
Maimonides	邁蒙尼德
Man ???	王莽
Marco Polo	馬可・波羅
Matteo Angeli	馬修・安吉尼
Meir	梅爾
Meir ben Joel	邁爾・本・喬爾
Menahem	梅納伊姆
Menahem ben David of Mestre	梅斯特里的梅納伊姆
Menahem Vivo	梅納伊姆・維沃
Menche	孟子
Meshullam of Volterra	沃爾特拉的梅述蘭姆
Messer Tarabotto	梅瑟爾・塔拉波托
Messiah	彌賽亞
Michael Scott	米切爾・斯考特
Micheli	米切利
Migti	漢明帝
Mose ben Maimon	摩西・本・邁蒙(即邁蒙尼德)

Mose David	摩西・大衛
Mose ibn Tibbon	摩西・伊本・提班
Moses	摩西
Nathan ben Dattalo of Sinigaglia	西尼戈格里亞的納森・本・達塔羅
Oantatte(Huang Dadie)	黃達第
Oaou	漢武帝
Ociuscien(He Zhushen)	何祝申
Odorigo	鄂多力克
Ouaninsci	王安石
Paccambou	帕卡姆波
Pallavicini Sforza	帕拉維西尼・斯法爾薩
Pecte	佩克特
Pico Della Mirandola	比科・德拉・米蘭多拉
Pietro	皮埃特羅
Pietro Armentuzio	皮埃特羅・阿曼圖喬
Pietro de Todini	皮埃特羅・德・托迪尼
Pirenne	皮朗(即亨利・皮朗)
Pitaco(Bai Daogu)	白道古
Pizzecolli	皮茲埃庫利

Plano Carpini	柏郎嘉賓
Plato	柏拉圖
Rabban Gamaliel	拉班・賈馬里埃爾
Raniero	拉尼埃羅
Rebecca	麗貝卡
Robert Lopez	羅伯特・洛佩茲
Roccan Mahomet	洛坎・穆罕默德
Rustici	魯斯蒂西
Sabbato ben Menahem	薩巴托・本・梅納伊姆
Salomone ben Giuda of Basra	巴士拉的所羅門・本・吉烏達
Salomone ben Judah	所羅門・本・猶他
Salomone ben Mose	所羅門・本・摩西
Salomone d'Ancona	所羅門・德安科納
Salomone Hasdai	所羅門・哈斯代
Salomone of Ancona	安科納的所羅門
Samuel	塞繆爾
Samuel di Nathan of Lucca	盧卡的塞繆爾・迪・納森
Samuel Ha-Nagid	塞繆爾・哈-拿吉德
Sanson Ebreo ben Mose	桑森・埃布里奥・本・摩西

Sara　薩拉
Sara Bonaiuta　薩拉・波納尤塔(即薩拉)
Satan　撒旦
Schirokauer　希里考爾
Scipi(Shi Bi)　史畢
Sengsu　曾子
Ser Capocci　卡波西
Ser Giovanni　喬萬尼
Ser Raniero　拉尼埃羅
Sheshet Ha-Levi　謝西特・哈-列維
Simeon　西緬
Simeon ben Azzai　西緬・本・亞塞
Simeon ben Zoma　西緬・本・佐馬
Simone　西蒙
Simone Pizzecolli　西蒙・皮茲埃庫利
Solomon　所羅門
Solomon ben Isaac　所羅門・本・以撒
Sumacien　司馬遷
Sundara　桑搭拉

Suninsciou(Sun Yingshou)	孫英壽
Taitsun	太宗
Tauris	拖雷斯
Temucin	鐵木真(成吉思汗原名)
Toufu(Du Fu)	杜甫
Toutson	度宗
Trajan	圖拉真
Tuli	拖雷
Uaiciu(Huai Zhu)	懷珠
Uainsciu(Hua Yingshou)	華應綬
Vioni	維奧尼
Viovi	維奧維
Vivo	維沃
William	威廉
Yang lian zhen jia	楊璉真伽
Yannai	亞納伊

中外地名對照表

Abania	阿巴尼亞(河)
Abilence	阿比林
Acre	阿卡
Aden	亞丁
Adriatic	亞得利亞海
Alessandia	亞歷山里亞(即亞歷山大港)
Alexandria	亞歷山大港
Al-Basra	奧爾－巴士拉(即巴士拉)
Amoy	即廈門
Ancona	安科納
Apulia	阿普利亞
Aragon	阿拉貢
Arcevia	阿西維亞
Arezzo	阿雷佐(河)

Aurano	奧拉諾
Avellana	亞維拉那
Babel	巴別(聖經城市)
Badascian	巴達西安
Baghdad	巴格達
Barcelona	巴塞羅那
Basra	巴士拉
Battala	巴塔拉
Baudas	包達斯(即巴格達)
Bintano	賓塔諾
Black Sea	黑海
Brindisi	布林迪西
Bohemia	波希米亞
Bolor	波勒
Bosnia	波斯尼亞
Bruge	布魯格
Burgundy	伯貢迪
Byzantine	拜占庭
Cacula	卡庫拉

Cairo	開羅
Calam	卡萊姆
Callicote(Callicut)	卡利卡特
Cambaetta	坎貝塔
Cambodia	柬埔寨
Campo	堪普
Canbaluc	即汗八里
Carmuren	即黃河
Cannanore	坎納諾爾
Carpazzo	喀爾帕佐
Carnoran	卡諾蘭島
Cascaro(? Kashgar)	卡斯卡羅
Cathay	契丹
Ceneda	希納達
Ceylon	即錫蘭
Chaifen	開封
Chesimuro(Kashmir)	切西姆羅
Chesmacorano	切斯馬考拉諾
Chinscie	行在(即杭州)

Chios	開俄斯
Chisi	齊希
Chithera	齊斯拉
Ciamba	柬巴
Cin	秦(即蠻子)
Cius	休斯
Ciusar	休薩爾
Colam	科蘭姆
Comari	考馬里
Comari	考馬里
Conero	考尼羅
Constantinople	君士坦丁堡
Corchira	可齊拉(島)
Cormosa	考姆薩(即霍爾森茲)
Cranganore	克蘭格諾爾(即辛格里)
Crete	克里特
Curzola	庫佐拉
Cusam	庫薩姆
Cyprus	塞浦路斯

Dafaro	達法羅
Dalmatia	達爾馬提亞
Dalmatia	大馬色(即大馬士革)
Damascus	大馬士革
Edente	埃登特(亞丁)
El-Gamalia	埃爾—賈馬利亞
Eraclione	埃拉克利奧尼
Euphrates	幼發拉底(河)
Fabriano	法布里阿諾
Famagusta	法馬古斯塔
Fano	法諾
Fanzheng	樊城
Ferrara	費拉拉
Flemings	佛蘭芒
Florence	佛羅倫薩
Foglia	福格里亞
Foligno	弗里格諾
Fonte Avellana	豐蒂・阿威拉那
Fra Pietro	弗拉・皮埃特羅(疑是人名)

Fustat	弗斯塔德(即開羅)
Gazurat	加祖拉特
Genizah	金尼扎
Genoa	熱那亞
Great India	大印度
Great Turkey	大土耳其
Guangzhou	廣州
Gujarat	古加拉特
Habescia(Abyssinia)	阿貝西亞
Hamad	哈馬德
Hermon	赫爾蒙(山)
Hormuz(Cormosa)	霍爾木茲
Hungary	匈牙利
Iddacalo	伊達卡羅河(即薩拉森河)
Illi	伊利(國)
India	印度
Indian Ocean	印度洋
Ionian Sea	伊奧尼亞海
Iran	伊朗

Iraq	伊拉克
Isfahan	伊斯法汗
Italy	意大利
Ithaca	伊薩卡(島)
Java	爪哇
Java the Less	小爪哇
Jordan	約旦(河)
Karakorum	哈剌和林
Lucca	盧卡
Lyon	里昂
Maghreb	馬格里布
Malabar	馬拉巴爾
Malaysia	馬來西亞
Mangialur	芒吉阿勒
Marrabia	馬拉比亞
Marche	馬爾凱
Marsiglia	瑪爾西格利亞
Medina	梅迪那
Mellah	梅拉

Messiah	麥加
Mitzraim	米茲萊姆(河)
Montpellier	蒙彼利埃
Nicoverano	尼科維拉諾
Orkhon	斡兒寒(河)
Ouangho	黃河
Padua	帕多瓦
Paris	巴黎
Patara	帕塔拉
Pavia	帕維亞
Peniel	毗努伊勒
Persian Gulf	波斯灣
Perugia	佩魯賈
Pesaro	佩薩羅
Pisa	比薩
Poseidonia	波塞冬(指可齊拉島)
Provence	普羅旺斯
Quanzhou	泉州
Quseir	古塞爾

Ragusa	拉古扎
Red Sea	紅海
Rimini	里米尼
Rodi	羅迪(島)
Romania	羅馬尼亞
Rome	羅馬
Sabam	薩巴姆
San Geovanni d'Acri	聖・喬萬尼・德阿克里
San Lorenzo	聖・羅倫佐
San Tommaso	聖・托瑪索
Sandou	上都
Sant'Angelo	聖・安格羅
Saracens	薩拉森(河)
Saraggi	薩拉基
Sarha	薩拉
Scebavecco	西巴維科
Seilan	錫蘭
Serbia	塞爾維亞
Shaoxing	紹興

Siena	錫耶那
Sinai	西奈
Sincepura(Singapore)	辛斯普拉
Sinchalan	辛迦蘭
Singoli(Cranganore)	辛格里
Sinigaglia	西尼格利亞
Sion	錫安(山)
Sodom	所多瑪
Sondore	宋多爾
Spain	西班牙
Sumatra	即小爪哇
Sumatra	蘇門答臘
Suolstan	索爾斯坦
Syria	敘利亞
Tana	塔納
Tartary	塔塔里
Tatsin	大秦
Tauris	陶利斯
Tigris	底格里斯(河)

Trebizond	特里比松
Tudela	圖代拉
Tuscany	托斯卡那
Upper India	上印度
Urbino	烏爾比諾
Venice	威尼斯
Verona	維羅那
Vinegia	維尼吉亞
Xiangyang	襄陽
Zabai	扎拜
Zaitun(Zayton, Zaiton, Zeithum, Cayton, Saiton, Kaitan)	刺桐
Zante	贊特(島)
Zara	扎拉

中文譯者後記

英國學者塞爾本編譯的《光明之城》一書，一面世就受到了國際漢學界的矚目。一九九八年，李學勤先生在《中華讀書報》上撰文，介紹這部著作，隨即引起了國內學者的廣泛重視。在這種情況下，李學勤先生很希望能將本書譯為中文，讓更多的讀者可以接觸並鑑別此書。我們幾個譯者就是在李先生的直接指導下從事本書的翻譯工作的。

這部著作的難點很多。據說本書手稿寫作於七百年前，所使用的文字主要是意大利語，書中又頻繁地夾雜了拉丁語、希伯來語、阿拉伯語和希臘語。對於歷史和地理的描述記錄，涉及面寬廣；言及中國的地方，尤其是在宋元之交，人物衆多，名稱不一，使我們常常有捉襟見肘之感。在這種情況下，李學勤先生為我們的翻譯工作提出了指導性的意見。李先生認為，既然這部著作的背景是宋元之交，那麼在翻譯它時，就應該參考當時相關的一些歷史文獻，諸如《宋史》、《元史》等。本書是一部中西交通方面的著作，還應參考與之相類似的《馬可·波羅遊記》以及其他中世紀的中西交通史資料。本書的內容大都是同泉州歷史有關，因此查閱《泉州府志》等地方志也是必不可少的。另外，本書的原作者是一個虔誠的猶太教教徒，在翻譯中還需要著重參考《聖經》及其他有關猶太教的資料。李先生的這些意見，為我們的翻譯工作指明了道路。我們在翻譯過程中遇到困難時，就常常查閱這些相關文獻，試圖從中找出一些蛛絲馬跡。李先生還在百忙之中，多次騰出時間，參加我們的討論，為我們解決了大量的難點。在我們的譯稿完成後，他又進行了細心的審校。可以說，沒有李學勤先生的指導和幫助，這部著作的翻譯真不知要打上多少折扣，能否真正完成也都難說。然而，由於我們沒有從事宋元歷史及中西交通史的研究，自身的水平不高，加上時間有限，所以具體做到了多少，實在很難說。但是，李先生為我們提出的這些翻譯原則，對我們以後從事翻譯工作，仍具有很好的指導作用。我們感到遺憾的是，由於李先生工作實在太忙，只能通讀全部譯稿並給我們指出衆多問題，而沒有足夠的時間將譯文逐字逐句與原文對校，因此書中會有不少疏漏之處，只好有待於讀者給予指正了。

中國社會科學院歷史研究所研究員、宋元史和海外交通史專家陳高華先生，對我們的翻譯工作給予了熱心的幫助。他不僅審閱了部分書稿，給我們指出某些不足之處，並且慨然為本書的中譯本作序。對於陳先生所付出的辛勤勞動，我們銘記在心，並在此致以誠摯的謝意。

這裡，再說明本書翻譯中的幾個問題。

在地名和人名的翻譯上，對於雅各在遠航中所涉及的國外地名和談話言及的人名，如果是常見的，我們則直接譯出，不再注出原文；如果是不常見的，或者根本無法辨識的，則作音譯，在後面標出原文。外國的人名和地名，在翻譯時盡量根據商務印書館出版的《外國人名譯名手册》和《外國地名譯名手册》。對於中國的地名和人名，雅各在他的遊記中涉及繁多，我們在翻譯時，一般根據大衛・塞爾本先生的英文，能確定者，則直接寫出中文；有不能確定者，則寫出原文，同時寫出我們的翻譯，以供參考；如果拿不定主意者，則只好存疑，以待方家。雅各在泉州同許多當地的人士交往，這些人的姓名，原本是意大利文；塞爾本先生則根據雅各的意大利文而譯成了英文，我們即根據英文音譯。一些人名、地名古今有異，比如泉州古稱刺桐，又如英文中的 Jacob，現在稱雅可布，以前通常作雅各，在這種時候，我們即盡量存古，稱之為刺桐和雅各。對於書中所涉及的中外人名和地名，我們作了一個譯名表，供讀者參閱。

雅各稱南宋的杭州為 Chinscie(Kinsai)，有的《馬可・波羅遊記》譯本認為是「京師」，有的認為是「行在」，我們經過考慮，將其譯為行在。雅各稱呼當時的中國人，常常使用 Manci，Mancini，顯然這是說蠻子。塞爾本先生說是指南方的中國人，但是書中說到一般的中國人也有使用 Manci 或 Mancini 之處。在這種時候，我們都未作改動，仍按原文譯作蠻子，以存其真。

在講到同中國人的交談和辯論時，對於中國的一些辯論者，雅各常常使用 Sage 一詞。Sage 原來確實是賢哲、哲人、智者或者德高望重者的意思，我們或許可以這樣翻譯，但是在閱讀中，我們常常發現，在使用這些詞來翻譯時，根據其語境，又多少有不盡妥當之處。通觀全書，它在雅各的意思中常有變化，可能還是指中國的士子、學者或者具有一定哲學思想的人，並不僅僅是我們所說的賢哲，也不一定是指像雅各指稱其猶太賢哲的賢哲。所以，我們在翻譯時也就從權，稍微有所變動。翻譯之時，或說士子，或說仕紳，或說賢哲，並無一定，也沒有一一注出英文原文，請讀者理解。

雅各在泉州同當地商人仕紳的論辯演說，其中引用了許多中國古代的格言和學者的語錄。這些格言和語錄，有的可以找到出處，經對照，幾乎是準確無誤地翻譯了原作，比如孔子的話、孟子的話。在這種情況下，我們一般則使用孔子和孟子等人的原文。如果並不一樣，或者不完全一樣，我們即按照雅各所說，直接翻譯。在這種情況下，說是孔子所說，老子所說，或者韓非子所說，就只能是雅各說的所說了。

書中有許多意大利原文或拉丁文、希臘文以及希伯來文原文之處，塞爾本先生的意思是作為對照，或者供讀者參考，或者自己也沒有確定的認識，所以常常沒有英文的對應。在這種時候，我們一般隨塞爾本文本翻譯，非英文處則加以保留。

雅各是一個商人，遠航中國，遊歷四海，沿途購買物品無算，有許多名稱幾乎在任何字典裡都查不到。當此之時，我們即只好存疑，照錄原文，不去試譯，也不作音譯。

雅各在談話或敘述事件時，由於宗教的關係或者傳統習慣，每提及上帝、聖一，或者所尊敬之人、所厭惡之人，常常使用某種表述語，比如讚美上帝、讚美祂、願某人永存、願某人下地獄，等等。在英文中，這種表述語置入人名之後，並不影響文氣，但是在中文中，如果加上這麼一個表述語，常常使得句子不順，讀來彆扭。這是一個很麻煩的問題。我們在翻譯時，為了存真，即依原文而譯出，但是盡量使句子通順，作一種調和的處理。

我們在查閱文獻的過程中，遇到一些可以幫助讀者理解原文的地方，有時就加了一些按語。書中凡是在括號內的文字加「按」字或者在小注中加「中譯註」的地方，都是我們加的。

本書的初稿由楊民、劉國忠和程薇譯出，其中楊民負責翻譯本書的介紹、英譯本提要、第一、二、三、六、七、八、九、十、十一章以及塞爾本的〈雅各的語言〉；劉國忠和程薇負責第三、四章以及第十二章的翻譯。初稿譯成後，程鋼先生對譯文進行了通校，作了較大幅度的修改；這期間，劉原先生也曾幫助做了不少工作，謹致謝意。全書最後由李學勤先生審定。

翻譯難，翻譯這樣的一本著作尤其難。書中肯定有許多不盡妥當或謬誤之處。在全書譯稿完成之際，我們的心情仍不能平静。懇請廣大讀者不吝賜教，以便再版時可以有所改正，逐漸準確。

光明之城：一個猶太人在刺桐的見聞錄 ／ 雅各・德安科納(Jacob D'Ancona)著；大衛・塞爾本(David Selbourne)英文編譯；楊民等譯. -- 初版. -- 臺北市 ：臺灣商務, 2000[民 89]
面 ； 公分. -- (Open：1:20)
譯自：The city of light
ISBN 957-05-1656-9(平裝)

1. 猶太民族 - 社會生活與風俗 2. 中國 - 描述與遊記 3. 亞洲 - 描述與遊記

690 89006652